카라마조프 가의 형제들
3

카라마조프 가의 형제들 3

차 례 The Brothers Karamazov

4부

제10편
소년들

I	콜랴 크라소트킨	9
II	어린아이들	20
III	초등학생	32
IV	쥬치카	48
V	일류샤의 침상 옆에서	64
VI	이른 발달	99
VII	일류샤	114

제11편
이반 표도로비치

I	그루셴카 집에서	123
II	아픈 다리	144
III	작은 악마	167
IV	송가와 비밀	181
V	형은 아니야, 형은 아니야!	210
VI	스메르쟈코프와의 첫 대면	224

VII	두 번째 스메르쟈코프 방문	246
VIII	스메르쟈코프와의 세 번째, 곧 마지막 대면	266
IX	이반 표도로비치의 악몽의 주인공	300
X	"그건 그자가 한 말이야!"	342

제12편
오심

I	운명의 날	354
II	위험한 증인들	369
III	의료 감정과 견과 1푼트	389
IV	드미트리에게 보이는 행운의 조짐	401
V	뜻밖의 사태	421
VI	검사의 논고에 나타난 성격 묘사	443
VII	사건 진행 과정 개관	466
VIII	스메르쟈코프에 대한 논설	477
IX	검사 논고의 결말에 등장한 빠른 심리 분석과 질주하는 삼두마차 이야기	499
X	변호인 진술에서 언급된 이중적 측면	524
XI	돈은 없었고 도난 사건도 없었다	533
XII	게다가 살인도 범하지 않았다	546
XIII	궤변가	563
XIV	자존심을 세운 촌사람들	580

에필로그

I	드미트리를 구할 계획들	595
II	잠시 진실이 된 거짓	607
III	일류샤 장례식과 바위 옆 대화	624

주석 645

The Brothers Karamazov

/

4부

제10편
소년들

I
콜랴 크라소트킨

 11월 초였다. 우리 고을은 영하 11도가 되어 땅이 얼음으로 덮였다. 언 땅에 밤사이 보송보송한 눈이 조금 내렸고, 땅에 떨어진 눈은 '매섭게 부는 마른' 바람'을 타고 우리 읍의 허전한 거리 위에 인다. 눈이 특히 많이 이는 곳은 시장 광장이다. 뿌연 아침이다. 눈은 이미 그쳤다. 광장에서 그리 멀지 않은 곳, 플로트니코프 씨네 상점 근처에 관리의 미망인 크라소트키나의 집이 서 있다. 자그마한 이 집은 겉으로 보나 안에서 보나 아주 깨끗하다. 주청 서기 크라소트킨이 사망한 지는 이미 오래다. 거의 14년 전이다. 하지만 나이 삼십인 그의 미망인은 아직까지 용모가 아주 아름다운 여인으로, 자신의 깨끗한 집에서 자기 자본으로 살고 있다. 그녀는 정직하고 소박하게 산다. 성격은 온화하지만 꽤 명랑하기도 하다. 그녀는 만 열여덟 살 때 남편을 잃었다. 남편과 같이 산 것이 1년 정도밖에 안 된다. 남편이 사망한 것은 그녀가 아들을 출산하자마자였다. 남편이 죽은 후부터 그녀는 애지중지하던 자신의 아들 콜랴의 양육에 자신의 삶 전체를 바쳤다. 14년 내내 마음을 다해 아들을 사랑했지만, 아들과 함께 겪은 기쁨보다는 고통이 비교할 수 없으리만큼 많았다. 아들이 아플까 봐, 감기 걸릴까 봐, 심하게 장난치느라 의자에 기어올랐다가 떨어질까 봐, 또 뭐가 어떻게 될까 봐 거의 매일 조마조마하고 안절부절못했다. 콜랴가 초등학교에 들어가고 그 뒤 중학 예비 학교에 들어가자 그녀는 아들과 함께 모든 공부를 같이 하기 시작했다. 아들의 공부와 숙제를 돕기 위해서였다. 교사들과 그 부인들을 찾아가 인사를 했고, 콜랴의 학교 친구들도 매우 친절하게 대했다. 그들이 콜랴를 건드리거나 놀리거나 때리지 않게끔 하기 위해 그들 앞에서 아양을 떨기까지 했다. 그런데 결국 어떤 지경에 이르렀나 하면, 아이들이 콜랴의 엄마를 들먹이며 콜랴를 비웃었고, 콜랴를 마마보이라고 놀리게 되었다. 하지만 콜랴는 당하고 있지만은 않았다. 그는 용감한 소년이었고 아주 힘이 셌고, 반 내에서 그의 그런 점에 대한 소문이 쫙 퍼졌다.

민첩했고 성격이 강직했고 대담했고 진취적이었다. 공부도 잘해서, 산수와 세계사에 있어서 그가 심지어 교사 다르다넬로프의 말문을 막히게 할 수도 있다는 소문이 돌았다. 한편 콜랴가 비록 고개를 똑바로 들고 다른 아이들을 내려다보긴 했지만, 친구로서 의리가 있었고 오만을 떨지 않았다. 학교 친구들이 존경스러운 태도로 그를 대하는 것을 그는 마땅하다고 여기면서도 그들과 친한 관계를 유지했다. 중요한 건 무슨 일에서든 정도를 알았다는 것이다. 그래서 때때로 절제할 줄 알았고, 학교 당국과의 관계에서 넘지 말아야 될 선을 넘지 않았다. 즉 말썽을 부리고 난리와 법석을 피우는 등의 용납 못할 행위를 하지 않았다. 하지만 기회가 생기는 대로 장난을 치는 것을 그는 아주 좋아했다. 장난을 칠 수 있는 데까지 장난을 치려고 했고, 장난을 치는 것에 그치지 않고 어떤 기이하고 아리송한 행동, 범상치 않은 행동을 하고서 우쭐해했다. 그러니까 매우 자기도취적이었다고 할 수 있다. 심지어 자기 엄마와의 관계에서도 그녀를 자기에게 복종하는 처지에 서도록 하여 그녀를 쥐고 흔들었다. 그녀는 복종하는 처지가 되었다. 그렇게 된 지 오래였다. 단지 그녀가 도저히 참을 수 없던 것은 자기 아들이 자기를 별로 사랑하지 않는다는 생각이었다. 그녀는 콜랴가 자기한테 '무정하다'는 생각이 끊임없이 들었고, 그래서 아들에게 '왜 그렇게 쌀쌀맞냐'고 하면서 히스테릭하게 울며 떼를 쓰는 적이 종종 있었다. 콜랴는 그게 싫었다. 자기한테 솔직한 감정의 토로가 요구되면 요구될수록 그는 자신의 태도를 마치 일부러 더욱 깐깐하게 굳혀 가는 듯했다. 하지만 사실은 그가 일부러 그렇게 하는 게 아니었다. 자기도 모르게 그렇게 되는 것이었다. 성격이 그랬다. 엄마가 잘못 생각하는 거였다. 그는 엄마를 아주 사랑했다. 단지 지나친 애정 표현이 싫을 뿐이었다. 그가 학교에서 쓰는 은어로 표현한 바에 따르면 엄마는 '닭살녀'였다. 아버지가 돌아가신 후 남은 책장이 있었다. 그 안에 책이 몇 권 있었는데, 콜랴는 독서를 좋아하여 그 책들 중 몇 권을 벌써 다 읽었다. 엄마는 그걸 가지고 뭐라고 하지는 않았고, 단지 아이가 놀러 나가지는 않고 책장 옆에서 몇 시간씩 웬 책을 읽고 서 있는 것에 가끔씩 놀랄 뿐이었다. 그런 식으로 콜랴는 그 나이 아이들이 보통은 읽지 않는 그 무언가를 읽게 되었다. 한편, 그가 장난을 칠 때 정해진 선을 넘는 것을 좋아하지 않았음에도 불구하고, 최근 들어 그가 치는 어떤 장난들은 엄마를 많이 놀라게 했다. 부도덕한 것에 속하는 장난은 아니었으나 매우 분별없이 이판사판으로 하는 장난이었다. 마침 여름 방학 때, 7월에, 엄마가 콜랴와 함께 70베르스타 떨어진 다른 군에 사는 먼 친척 아주머니의 집에 일주일간 가 있었다. 그 아주머니의 남편은 기차역에서 근무했다(그 역은 바로 우리 읍에서 가장 가까운 역으로서, 이반 표도로비치 카라마조프가 그로부터 한 달 뒤에 모스크바로 떠난 바로 그 역이다). 거기서 콜랴는, 자기가 새로 얻은 지식을 고향에 돌아가서 학교 아이들 사이에서 과시할 수 있으리라는 계산 하에 철도를 잘 탐색하여 원리를 연구했다. 한편, 마침 그때 거기서 다른 몇몇 아이들을 알게 되었다. 그중 한 명은 역에서 기거했고 다른 아이들도 근처에 살고 있었다. 만 열두 살에서 열다섯 살 정도의 아이들이 여섯 명 혹은 일곱 명 모였는데, 그중 두 명이 우리 읍 출신이었다. 아이들은 같이 놀고 장난치고 했는데, 콜랴가 그 고을에 간 지 나흘째든가 닷새째든가 되던 날 역에서 그 천둥벌거숭이 아이들 사이에서 참으로 어처구니없는 내기가 하나 벌어졌다. 2루블을 걸고 하는 내기였다. 어떤 내기였는지는 다음과 같다. 콜랴가 아이들 중 가장 어리다고 할 수 있었는데, 그리고 바로 그것 때문에 나이 더 많은 아이들에게서 어느 정도 무시를 당했었다. 이에 콜랴는 자존심 혹은 만용의 발로로, 밤에 11시 기차가 지나갈 때 자기가 레일 사이에 납작 엎드려, 기차가 자기 몸 위를 통과해 다 지나갈 때까지 엎드려 있겠다고 했다. 사실 미리 연구가 이루어졌었다. 연구의 결과 알게 된 사실은, 레일 사이에 레일과 같은 방향으로 납작 엎드려 있으면 기차가 물론 몸에 닿지 않고 그 위를 통과해 지나갈 거라는 사실이다. 하지만, 말이야 바른 말이지, 거기 엎드려 있을 생각을 해보면 과연 그게 할 만하겠느냐 말이다. 콜랴는 엎드려 있을 수 있다고 확실한 입장을 밝혔다. 처음에는 아이들이 그를 비웃으면서 거짓말 뻥뻥 치지 말라고 했다. 그게 그의 마음을 더욱 부추겼다. 이 만 열다섯 살짜리들이 그 앞에서 너무 콧대를 세우고 처음에는 심지어 그를 너무 어리게 보아 친구로 삼으려 하지도 않았다는 게 바로 그를 참을 수 없을 정도로 화나게 한 것이다. 결국 저녁때 역에서 1베르스타 떨어진 곳으로 가기로 결정했다. 그 정도 돼야만 역에서 출발한 기차가 이미 제대로 속력을 붙일 것이었기 때문이다. 아이들이 모였다. 달 없는 밤이었다. 어두웠다기보다는 새까맸다. 정해진 시간에 콜랴가 레일 사이에 엎드렸다. 내기에 참여하는 나머지 다섯 명은 철길 옆 노반 밑 수풀에서 숨죽여 기다리고 있었다. 시간이 다가올수록 그들은 무서워졌고, 괜히 이 짓을 시작했지 싶었다. 결국 멀리서 기차가 역을 떠나 달려오는 소리가 들렸다. 어둠 속에서 두 개의 빨간 불이 보였다. 기차는 점점 다가오면서 괴물처럼 그르렁거렸다. "도망가, 도망가, 레일을 벗어나 도망가!" 하고 공포에 질린 아이들이 수풀 속에서 콜랴에게 외쳤다. 그러나 이미 늦었다. 기차가 달려와 무서운 속도로 지나갔다. 아이들이 콜랴에게 달려왔다. 콜랴는 움직이지 않고 엎드려 있었다. 아이들이 그를 흔들고 잡아당겨 일으켜 세우려 했다. 그가 갑자기 일어나 말없이 노반 밑으로 내려갔다. 내려가서 하는 말이, 아이들에게 겁을 주려고 일부러 정신을 잃고 엎드려 있는 척했다는 거였다. 그러나 사실은 그가 실지로 정신을 잃었었다. 그 사실을 이미 오랜 시간이 흘렀을 때 자기 엄마한테 고백했다. 아무튼 그 일 뒤에 그에게는 물불 안 가리는 놈이라는 영예가 영원히 붙었다. 그가 역 근처의 숙소로 돌아왔을 때 그는 백짓장처럼 창백해져 있었다. 이튿날 그는 신경성 열병을 약간 앓았으나 마음은 아주 기쁘고 즐겁고 만족스러웠다. 그 사건이 당장은 아니나 결국 우리 읍에까지 알려지게 되었고, 학교에 그 소식이 들어와 학교 당국에서 알게 되었다. 그러자 즉시 콜랴의 엄마가 학교 당국에 달려가서 자기 아들을 잘 봐달라고 싹싹 빌었다. 그래서 결국 존경받는 교사이자 영향력 있는 교사인 다르다넬로프 선생이 그의 편을 들어주게 되어 그를 변호하며 간청했으므로 이 사건은 마치 전혀 일어나지 않았던 것처럼 그냥 무마되었다. 이 다르다넬로프라는 교사는 홀몸이고 나이도 그리 많지 않은 사람으로서 이미 몇 년 동안 크라소트키나 부인을 열렬히 사모하고 있었고, 이미 1년쯤 전에 한번 떨리는 가슴으로 극히 조심스럽고 정중하고 예의 바르게 그녀에게 청혼을 시도한 적 있다. 그러나 그녀는 자기가 청혼을 받아들이는 것이 자기 아들에 대한 배반이라고 생각하고 단호히 거절했다. 비록 어떤 신비한 조짐에 따라 다르다넬로프는 자신이 이 아름다운 여인한테 있어 어쩌면 그리 꺼림칙한 존재는 아닐지 모른다는 희망을 가질 만하기도 했지만 말이다. 그러나 이 미망인은 너무 정숙했고 순결했던 것이다. 하지만 콜랴의 어처구니없는 장난이 실마리가 된 듯했다. 콜랴를 위해 다르다넬로프가 발 벗고 나서 준 데에 대하여, 다르다넬로프로 하여금 희망을 걸도록 하는 어떤 미묘한 암시가 주어졌다. 하지만 다르다넬로프 자신 역시 보기 드물게 순결하고 섬세한 성정의 소유자였기 때문에, 그 사실 자체만으로도 그는 충분한 행복을 느꼈다. 그는 콜랴를 마음에 들어 했다. 비록 콜랴 앞에서 아첨을 하는 짓을 굴욕적이라 느꼈으므로 교실에서 그를 엄격하게 대했지만 말이다. 물론 콜랴가 스스로 그를 어느 정도 거리를 두고 정중하게 대하기도 했다. 숙제를 훌륭하게 해 갔고, 반에서 2등을 하는 학생이었으며, 다르다넬로프를 무뚝뚝하게 대했다. 그리고 콜랴가 세계사에서 아주 강하기 때문에 다르다넬로프도 그의 앞에서는 맥을 못 출 것이라고 반 전체가 확신하고 있었다. 실지로 한번 콜랴가 다르다넬로프에게 트로이를 누가 건설했냐는 질문을 한 적 있다. 그 질문에 대하여 다르다넬로프는 민족들 및 그 이동과 이주 과정, 아주 오래전의 일이라는 점, 그리고 신화를 언급했을 뿐, 실지로 누가 트로이를 건설했는지, 즉 어떤 사람들이 트로이를 건설했는지는 답하지 못했다. 뿐만 아니라 그 질문이 별로 주안점을 지니지 못하고 근거가 없는 것이라는 의견이었다. 하지만 아이들은 다르다넬로프가 트로이를 누가 건설했는지 모른다고 확신하게 되었다. 콜랴는 아버지가 돌아가신 후 남은 책장에 소장되어 있던 스마라그도프의 책에서 트로이의 건설자들에 대해 읽었다. 결국 트로이를 건설한 사람이 누군지에 대해 모든 아이들이 관심을 갖게 됐다. 하지만 콜랴 크라소트킨은 비밀을 자기 혼자만 알고 있으면서 아무에게도 말하지 않았다. 그래서 유식하다는 명성이 그에게 굳건히 남게 되었다.

철도 사건 이후 콜랴가 엄마를 대하는 태도에 변화가 일어났다. 안나 표도로브나(크라소트킨의 미망인)는 아들이 한 행동에 대해 알고서 충격을 받아 하마터면 미칠 뻔했다. 그녀에게는 어마어마한 히스테리 발작이 일어나, 어느 정도의 간격을 두고 며칠 동안이나 계속됐다. 이에 장난이 아니게 놀란 콜랴가 엄마에게 다시는 그와 같은 장난을 치는 일이 없을 거라고 가슴에 손을 얹고 약속을 했다. 그는 성상 앞에 무릎을 꿇고 맹세를 했는데, 엄마 크라소트키나 부인이 요구하는 대로, 아버지에 대한 기억을 걸고 맹세했다. 게다가 '씩씩한' 콜랴가 누가 시키지도 않았는데 감정이 복받쳐 일곱 살 아이처럼 울음을 터뜨리기까지 했다. 그날 모자는 하루 종일 서로 얼싸안고 흐느껴 울었다. 그러나 이튿날 아침부터 콜랴는 다시 전처럼 '무정한' 사람이 되었다. 하긴 전보다 좀 더 말이 없어지고 온순해지고 메말라지고 생각이 깊어졌다. 그런데 한 달 반쯤 뒤에 그는 다시금 어떤 장난 속에 휘말려, 우리 동네 치안판사의 귀에까지 그의 이름이 들어갔다. 하지만 그 장난이라는 것이 이미 전혀 다른 성질의 것이었다. 심지어 우습고 한심하기까지 한 것이었다. 게다가 드러난 바, 콜랴 자신이 그 장난을 한 게 아니라 다만 어떻게 하다 보니까 말려든 것에 불과했다. 아무튼 그 얘기는 좀 나중에 하기로 하겠다. 엄마는 계속 안절부절못하며 괴로워했고, 다르다넬로프는 그녀의 걱정이 심해지면 심해질수록 점점 더 희망을 감지해갔다. 콜랴가 다르다넬로프의 그런 면을 짐작하고 아는 입장에서 그의 '감정'을 들어 그를 깊이 경멸하게 된 것은 당연하다. 전에는 엄마 앞에서 그에 대한 자기의 경멸을 드러내는 그런 비신사적인 행동도 했었다. 그럼으로써 다르다넬로프가 뭘 원하는지를 자기가 알고 있다는 걸 엄마에게 돌려서 암시하곤 했다. 그러나 철도 사건 이후 그는 그런 면과 관련하여 자신의 행동을 바꿨다. 암시는 아무리 돌려서 하는 것일지라도 절대 안 하기로 했다. 그리고 엄마와 있을 때 다르다넬로프에 대해 좀 더 경의를 가지고 이야기하기 시작했다. 민감한 안나 표도로브나는 그 점을 금방 깨닫고 마음속에 한없는 고마움을 가졌다. 그러나 어떤 손님이 와서 다르다넬로프에 대해 어쩌다 우연히 한마디라도 하는 경우에는, 그리고 그때 콜랴가 그 자리에 같이 있었으면, 그녀는 부끄러워 얼굴을 장미꽃처럼 새빨갛게 붉히곤 했다. 그럴 때면 콜랴는 인상을 쓰고 창문을 바라보거나, 아니면 자기 장화 앞

부분 밑창이 너덜너덜하지는 않나 살피거나, 아니면 털북숭이 개 페레즈본을 갑자기 거칠게 부르곤 했다. 이는 몸에 부스럼이 난 꽤 큰 개로서, 한 달쯤 전에 어디선가 구해온 것이다. 콜랴는 이 개를 집으로 데리고 와 왠지 모르게 집 안에서만 기르면서 친구들 중 아무에게도 보여주지 않았다. 이 개에게 여러 가지 재주를 가르친다면서 엄청나게 괴롭혔다. 결국 이 불쌍한 개는 어떻게 됐나 하면, 그가 학교에 가서 집에 없는 동안은 울부짖었고, 그가 오면 기뻐서 기성을 지르며 미친개처럼 뛰어올랐고, 앞다리를 들고 앉는가 하면 바닥에 자빠져 죽은 척을 하는 등 별짓을 다했다. 말하자면 그에게서 배운 재주란 재주는 다 피웠다. 이젠 이미 요구가 들어올 때 그걸 하는 게 아니라 단지 자신의 희열에 찬 뜨거운 감정과 열렬한 감사의 발로로 하는 것이었다.

  아, 내가 독자에게 상기시키는 것을 잊었다. 콜랴 크라소트킨은 바로, 독자가 이미 알고 있는 소년 일류샤, 즉 퇴역한 대위 스네기료프의 아들이 펜나이프로 허벅지를 찌른 바로 그 아이다. 일류샤는 학교 아이들이 자기 아버지를 '때밀이 수건'이라 놀렸기 때문에 아버지 편에 서서 그 행동을 한 것이다.

II
어린아이들

차가운 북풍이 불던 그 영하의 11월 아침 콜랴 크라소트킨은 집에 있었다. 일요일이었기 때문에 수업이 없었던 것이다. 그러나 이미 11시가 됐으므로 그는 '매우 중요한 한 가지 일로' 반드시 집에서 나가 어디를 좀 가야 했다. 그런데 집에 자기 혼자뿐이라서 자기가 집을 지켜야 하는 것이다. 이 집에 사는 그보다 나이 많은 사람들이 다 긴급하고 특별한 상황으로 집에서 이미 나간 것이다. 크라소트키나 미망인의 집 건물에는, 그녀 가족이 쓰는 한 가구용 공간에서 현관으로 나와 그 맞은편에 다른 가구가 쓸 수 있는 공간이 있었다. 한 가구를 위한 그 공간은 이 건물에서 유일하게 방 두 개로 구성되는 공간으로서, 그 방들은 세를 놓기 위한 작은 방들이었다. 그 공간에서 사는 가족은 어린아이 둘이 딸린 의사 부인의 가족이었다. 이 의사 부인은 안나 표도로브나와 동갑인데 그녀와 아주 가까운 친구였다. 그녀의 남편인 의사는 어디로 떠난 지가 벌써 1년쯤 됐다. 처음에는 오렌부르그로 갔다가 그다음에는 타시켄트로 갔는데, 소식이 끊긴 지가 벌써 6개월째였다. 크라소트키나 부인과의 우정이 버림받은 의사 부인의 슬픔을 어느 정도 경감시켰다. 그녀와의 우정이 아니었더라면 의사 부인은 슬픔의 눈물을 흘리다 못해 몸이 말이 아니게 쇠약해졌을 것이다. 그런데 어쩌다 보니 운명의 모든 압박에다 엎친 데 덮친 격으로, 토요일에서 일요일로 넘어가던 바로 지난밤, 의사 부인의 유일한 하녀 카체리나가 갑자기 자기 여주인에게 놀라운 발표를 했다. 자기가 아침께 아이를 낳을 작정이라는 거였다. 그걸 어떻게 그전까지 아무도 몰랐을 수가 있었는지는 모든 사람들에게 있어 거의 기적으로 남았다. 충격을 받은 의사 부인은 아직 시간이 남아 있을 때 카체리나를 그와 유사한 경우를 위해 우리 읍에 존재하는 한 기관으로 데리고 갔으니, 이는 산파가 운영하는 기관이었다. 의사 부인은 이 하녀를 아주 애지중지했기 때문에 자신의 계획을 당장 실행에 옮겼다. 하녀를 데려간 데에만 그치지 않고 거기 하녀와 함께 남았다. 그 뒤 아침이 되자 왠지 모르게 크라소트키나 부인의 우정 어린 참여와 도움이 필요하게 되었다. 크라소트키나 부인이 이런 경우에 누군가에게 어떤 부탁을 하여 후원이 행해지도록 해줄 수 있었기 때문이다. 그리하여 두 여자가 다 외출한 상태였고, 크라소트키나 부인의 하녀인 아가피야 할머니는 시장엘 갔으므로, 졸지에 콜랴가 임시로 꼬맹이들, 즉 의사 부인의 아들과 딸을 돌봐주고 지켜줘야 했다. 안 그러면 아이들을 볼 사람이 없었다. 집 보는 일은 콜랴로서 무섭지 않았다. 게다가 페레즈본이 같이 있었다. 페레즈본에게는 집 건물 입구와 바로 연결되는 실

내 공간의 긴 붙박이 의자 밑에 움직이지 말고 엎드려 있으라는 명령이 내려졌다. 페레즈본은 콜랴가 여러 방들을 돌아다니던 중 그 공간에 나타날 때마다 대가리를 부르르 떨고 꼬리로 바닥을 두 번 세게 치며 재롱을 떨었다. 그러나 오라는 뜻의 휘파람 소리는 울려 퍼지지 않았다. 콜랴는 불쌍한 개를 엄한 눈으로 쳐다보았고, 개는 다시금 순종하느라 몸동작을 멈추었다. 콜랴는 다 안심이었지만 한 가지 안심을 못 할 것이 있었다면 그건 바로 꼬맹이들이었다. 어쩌다가 카체리나에게 발생하게 된 예상외의 일을 콜랴는 물론 깊은 경멸을 가지고 바라보았다. 어쨌든 보호자 없이 남은 꼬맹이들을 콜랴는 아주 사랑했으므로, 그는 이미 어린아이들에게 아동용 서적을 가져다주었다. 누나 나스챠는 만 여덟 살이었는데 글을 읽을 줄 알았고, 남동생 코스챠는 만 일곱 살이었는데 나스챠가 책을 읽어주는 걸 듣기를 아주 좋아했다. 물론 콜랴 크라소트킨은 이 아이들을 좀 더 재미있게 해줄 수도 있었다. 애들을 줄을 세워 가지고 병정놀이를 한다든지 집 전체를 이용해 숨바꼭질을 한다든지 하는 거 말이다. 이미 전에도 재미있게 많이 놀아주었기 때문에, 크라소트킨이 집에서 셋방 어린아이들이랑 목마 타기를 하고, 옆의 말 흉내를 내느라 머리를 돌리며 뛰곤 한다는 소문이 한 번은 학급 내에 퍼지기까지 했다. 그러나 크라소트킨은 자기가 놀림받을 수 있는 상황에 대응하기를, '우리 시대에' 만

열세 살 먹은 동갑내기들끼리 목마 타기를 한다면 그건 정말로 창피한 일이었을 테지만 자기는 조그만 꼬맹이들을 위해서 그렇게 놀아주는 거라고 했다. 그가 꼬맹이들을 사랑해서 그렇게 해준다는데 그걸 가지고 뭐라고 할 사람은 아무도 없었다. 꼬맹이들은 물론 둘 다 그를 엄청나게 좋아했다. 하지만 이번만은 놀이를 할 상황이 아니었다. 그는 아주 중요한 일을 앞에 두고 있었던 것이다. 그 일은 심지어 거의 비밀스러운 일이라고도 할 수 있었다. 시간은 자꾸 가는데 시장에 간 아가피야는 아직도 돌아올 생각을 안 했다. 아가피야가 온다면 아이들을 넘기고 나갈 수 있을 텐데 말이다. 그는 이미 여러 차례 현관을 통해 의사 부인이 사는 방의 문을 열고 꼬맹이들을 걱정스레 둘러보았다. 꼬맹이들은 그의 명령에 따라 독서 중이었고, 그가 문을 열고 들여다볼 때마다 반갑게 미소를 지으며, 이제 그가 들어와 무언가 멋지고 재미있는 행동을 할 거라고 기대했다. 그러나 콜랴는 그럴 정도로 마음이 편한 게 아니었으므로 들어가지 않았다. 결국 11시가 되고 말았다. 그는 만일 10분이 지나도 '빌어먹을' 아가피야가 돌아오지 않는 경우에는 더 이상 기다리지 않고 집에서 나가야겠다고 확고하고 단호하게 결정했다. 물론 나가기 전에 꼬맹이들한테 그가 없어도 겁내지 않겠다고, 장난치지 않겠다고, 무섭다며 울지 않겠다고 약속을 받아낼 것이었다. 그런 생각을 하면서 그는 물개 모피

지 뭔지로 된 칼라가 달리고 솜이 들어간 겨울용 외투를 입고 가방을 어깨에 멨다. 그리고 '이런 추운 날씨에는' 집에서 나갈 때 꼭 고무 덧신을 신으라고 엄마가 전부터 몇 차례에 걸쳐 애원을 했음에도 불구하고, 고무 덧신을 한 번 째려보기만 하고서 현관을 거쳐 장화 바람으로 밖으로 나갔다. 옷을 입은 그를 보고 페레즈본은 꼬리로 바닥을 세게 치고 온몸을 들썩들썩하면서 가련한 우는 소리마저 냈다. 그러나 콜랴는 자기 개의 그토록 간절한 열망을 보고서, 그렇다고 금방 응해주면 군기가 빠진다고 생각하고 1분이나마 개를 긴 붙박이 의자 밑에 붙잡아두었다가 현관문을 열고 나서야 휙 하고 휘파람을 불었다. 개가 광란하듯 튀어 일어나 그의 앞에서 환희에 겨워 펄쩍펄쩍 뛰었다. 현관을 거쳐서 콜랴는 꼬맹이들이 있는 방문을 열었다. 둘 다 아까와 마찬가지로 상을 앞에 두고 앉아 있었으나 아까처럼 독서를 하는 건 아니었고, 무엇인가에 대해 열심히 논쟁을 벌이는 중이었다. 이 아이들은 생활하면서 겪는 여러 일들에 대하여 서로 논쟁을 벌이는 적이 많았다. 그때마다 나이가 더 많은 나스챠가 이기곤 했다. 코스챠는 나스챠에게 동의할 수 없을 때면 항상 콜랴 크라소트킨한테 와서 자문을 구했다. 그래서 콜랴 크라소트킨이 결정하는 바가 양측에 다 적용되는 절대적인 판결이 되었다. 이번에는 크라소트킨이 꼬맹이들의 논쟁에 어느 정도 관심을 갖게 되었다. 그래서 문구멍에 서서 논쟁을 들어보았다. 아이들은 그가 듣는 것을 보고 더 신이 나서 갑론을박을 계속했다.

"절대, 절대 난 못 믿겠어" 하고 나스챠가 조잘댔다. "산파 할머니들이 아기들을 채소밭에서, 양배추가 심긴 두둑 사이에서 찾아낸다는 말 못 믿겠어. 지금은 겨울이라서 두둑이 없어. 그래서 할머닌 카체리나한테 딸을 갖다줬을 리가 없단 말이야."

'어럽쇼!' 하면서 콜랴가 속으로 한숨을 쉬었다.

"아니면 이래. 산파 할머니들이 어디선가 갖다주긴 갖다주는데, 시집을 가는 사람들한테만 갖다줘."

코스챠가 나스챠를 뚫어져라 바라보며 말을 들으면서 생각에 잠겨 있었다.

"나스챠, 넌 바보야" 하고 그가 결국 또렷한 말투로 침착하게 말했다. "카체리나한테 어떻게 아기가 생길 수 있어? 시집도 안 갔는데."

나스챠가 무척 열을 내며 동생의 말을 가로챘다.

"모르면 가만있어. 카체리나한테 남편이 있었는데 감옥에 갇혔나 보지. 근데 카체리나는 아기를 낳은 거고."

"카체리나 남편이 감옥에 갇혔다고?" 하고 코스챠가 심각한 표정으로 물었다.

"그게 아니면," 하고 나스챠가 자기가 처음에 내세웠던 가설을 완전히 잊어버리고 재빨리 말을 바꿨다. "카체리나한테 남편이 없어. 그건 네 말이 맞아. 근데 카체리나가 시집을 가고 싶어 해. 그래서 어떻게 하면 시집을 갈까 하고 생각하기 시작한 거야. 그렇게 계속 생각하고 생각하다 보니 결국 남편이 아니라 아기가 생긴 거야."

"그럴 수도 있겠지" 하고 논쟁에서 확실히 밀리는 코스챠가 승복했다. "근데 아깐 그런 말 안 했잖아. 그러니 내가 어떻게 알아?"

"야, 애들아" 하고 콜랴가 한 걸음 방 안으로 들어서서 말했다. "너희들 참 위험한 생각을 하고 있구나!"

"페레즈본도 형이랑 같이 왔네!" 하고 코스챠가 이를 드러내며 웃고는 손가락으로 딱 소리를 내서 페레즈본을 부르려 했다.

"꼬맹이들아, 내가 어떻게 해야 될지 모르겠거든" 하고 콜랴 크라소트킨이 무게를 잡고 말을 시작했다. "너희들이 날 좀 도와줘야겠어. 아가피야가 아직까지 안 오는 걸 보니 어디서 다리가 부러진 게 너무나도 분명해. 근데 나는 나가봐야 돼. 날 나가게 해줄 거니, 안 해줄 거니?"

아이들이 어찌할 바를 모르는 표정으로 서로 눈을 마주쳤다. 표정에 불안이 나타나기 시작했다. 아이들은 자기들이 뭘 어떻게 해야 되는지 확실히 알지 못했다.

"나 없을 때 말썽들 안 피울 거지? 책장에 올라가지 않을 거지? 떨어져 다리 부러뜨리고 그러지 않을 거지? 무섭다고 울거나 그러지 않을 거지?"

아이들의 얼굴에 형용할 수 없는 근심이 서렸다.

"그 대신 내가 뭐 하나 보여줄게. 구리로 만든 대폰데, 진짜 화약으로 발사가 가능해."

아이들의 표정이 순식간에 밝아졌다.

"대포 보여줘" 하고 코스챠가 신이 나서 말했다.

크라소트킨이 자기 가방에 손을 집어넣더니 거기서 자그마한 구리 대포를 꺼내 상 위에 올려놓았다.

"보여달라고? 자, 봐. 바퀴도 달렸어" 하면서 크라소트킨이 장난감 대포를 상 위에서 굴렸다. "쏠 수도 있어. 산탄을 장전해서 쏘는 거야."

"맞으면 죽어?"

"겨냥만 당해도 다 죽어."

크라소트킨은 어디에 화약을 집어넣는지, 어디에 산탄을 장전하는지를 설명하고 화문의 형태를 띤 구멍을 보여주면서, 반동으로 인해 포신이 후퇴한다고 이야기해주었다. 아이들은 대단한 호기심을 갖고 이야기를 들었다. 특히 그들의 상상력을 사로잡은 것은 반동으로 인해 포신이 후퇴한다는 것이었다.

"그런데 화약 있어?" 하고 나스챠가 물었다.

"있지."

"화약도 보여줘" 하고 나스챠가 애원의 미소를 띠고 졸랐다.

크라소트킨이 다시금 가방 속에 손을 넣어 거기서 작은 유리병을 꺼냈다. 그 안에는 정말로 진짜 화약이 조금 부어져 있었다. 또 산탄 몇 알이 종이에 싸여 있었다. 그는 유리병을 열어 화약을 손바닥에다 조금 쏟았다.

"자, 근데 지금 어디서 불똥이 튀면 큰일 나. 뻥 터져서 우리 다 죽어" 하고 크라소트킨이 극적인 효과를 노리느라고 경고했다.

아이들이 침을 꿀꺽 삼키면서 조심스럽게 화약을 들여다보았다. 그들은 무척 흥분해 있었다. 한편 코스챠의 관심을 더욱 끈 것은 산탄이었다.

"산탄에는 불 안 붙어?" 하고 그가 물었다.

"산탄엔 불 안 붙어."

"나 산탄 조금만 줘, 응?" 하고 그가 애원하는 음성으로 말했다.

"산탄 조금만 줄게. 자, 가져. 그런데 내가 오기 전까지 엄마한테 보여주면 안 돼. 내가 다시 돌아올 때까지. 안 그러면 이게 화약인 줄 알고 기겁할지도 몰라. 그러면 너희들을 회초리로 혼내겠지."

"엄마는 우리를 절대 회초리로 안 때려" 하고 나스챠가 말했다.

"알아. 내가 그냥 한번 말해본 거야. 너희들 엄마를 속이면 절대로 안 돼. 하지만 지금은 나 올 때까지만 비밀로 해. 자, 꼬맹이들아, 나 지금 가봐도 되지? 나 없다고 무섭다고 울지 않을 거지?"

"울 거야" 하고 코스챠가 벌써 울 준비를 하고서 길게 늘여 말했다.

"울 거야. 꼭 울 거야!" 하고 나스챠가 겁을 내며 속사포처럼 말했다.

"아이고, 애들아, 너희들 나이는 정말 위험한 나이야![2] 이놈들 때문에 할 수 없이 몇 시간이고 기다리고 있어야 되는 거야? 아이고, 이 시간 좀 봐, 어떡하냐?"

"페레즈본한테 죽은 척하라고 해봐" 하고 코스챠가 부탁했다.

"아이고, 별수 없구나. 페레즈본도 동원해야 되겠네. 워리, 워리, 페레즈본!" 하고 콜랴는 개를 불러서 명령을 내리기 시작했고, 개는 자기가 할 줄 아는 모든 것을 다 보여주었다. 이 개는 크기가 보통 집 지키는 개만 한 털북숭이 개였다. 털 빛깔은 뭐랄까 회색이 도는 진분홍빛이었다. 오른쪽 눈은 비뚤어졌고 왼쪽 귀는 왠지 갈라져 있었다. 개는 가느다란 소리를 내면서 뜀을 뛰는가 하면 앞다리를 들고 앉기도 하며 뒷다리만으로 걷기도 하고 등을 깔고 누워 네 다리를 다 위로 쳐들기도 하고 죽은 척 가만히 누워 있기도 했다. 이 마지막 재주를 부리는 중에 문이 열리더니, 나이가 사십쯤 되고 얼굴이 얽은 크라소트키나 부인의 뚱뚱한 하녀 아가피야가 문지방에 모습을 드러냈다. 그녀는 시장에서 식료품을 사 종이봉투에 가득 담아 손에 들고 돌아왔다. 그녀는 서서 왼팔로 종이봉투를 수직으로 유지한 채 개를 구경하기 시작했다. 콜랴는 비록 아가피야를 기다리고 있었지만 쇼를 중간에 끊지 않고 페레즈본이 어느 정도의 시간 동안 계속 더 죽은 척을 하도록 한 다음에 결국 휘파람을 불었다. 개가 벌떡 일어나, 자기의 의무를 이행한 것이 기뻐서 펄쩍펄쩍 뛰었다.

"야, 개도 참!" 하고 아가피야가 점잔을 빼며 말했다.

"여자야, 왜 늦었어?" 하고 크라소트킨이 눈을 부라리며 물었다.

"뭐? '여자야'? 아니, 이 코딱지만 한 게?"

"코딱지?"

"그래, 코딱지. 내가 늦은 게 뭐 어떻다는 거야? 늦게 온 데에는 다 이유가 있을 거 아니야?" 하고 아가피야가 난로 근처에서 일할 준비를 하면서 중얼거렸다. 하지만 불만이 담긴 목소리도 아니었고 화난 목소리도 아니었다. 반대로 아주 만족해하는 목소리였다. 여주인의 맹랑한 아들과 말장난을 할 기회를 얻어서 기쁜 모양이었다.

"이 철딱서니 없는 할머니야, 내 말을 좀 들어봐" 하고 크라소트킨이 소파에서 일어나면서 말을 시작했다. "내가 없는 동안 한눈 안 팔고 꼬맹이들을 봐주겠다고 이 세상의 모든 거룩한 것과 그보다 더 위에 있는 그 무언가를 걸고 나한테 맹세할 수 있어? 나 지금 나가야 돼."

"내가 왜 네 앞에서 맹세를 하고 그래야 되는데? 그냥 봐주면 되지" 하고 아가피야가 웃었다.

"안 돼. 할머니 영혼의 구원을 걸고 맹세하지 않으면 안 돼. 안 그러면 나 못 가."

"가지 마라. 네가 가든 말든 내가 무슨 상관이야? 밖에 추운데 집에 있어."

"꼬맹이들아," 하면서 콜랴가 아이들에게 말했다. "내가 오기 전까지 이 여자가 너희들이랑 같이 있어줄 거야. 아니면 너희들 엄마가 오기 전까지. 너희들 엄마도 벌써 올 때가 한참 지났거든. 이 여자가 또 너희들 아침도 먹여줄 거야. 아가피야, 애들한테 뭣 좀 먹여줄 거지?"

"그럴 수도 있고."

"잘 있어, 애들아. 나 편한 마음으로 갈게."

그가 아가피야 옆을 지나면서 목소리를 반쯤 낮추어 진지하게 말했다.

"할머니, 카체리나에 대해서 여자들이 쑥덕거리는 흔해 빠진 얘기 쟤들한테 안 떠벌릴 거라고 믿는다. 쟤들 나이를 생각하란 말이야. 가자, 페레즈본!"

"아니, 얘가 못 하는 소리가 없네" 하고 아가피야가 슬며시 화가 나서 윽박질렀다. "너나 잘해! 그따위 소리 하는 애는 회초리 맛 좀 봐야 돼."

III
초등학생

그러나 콜랴는 그 말을 들을 여유가 없었다. 드디어 나갈 수 있게 된 것이다. 대문을 나서서 그는 주위를 둘러보고 어깨를 한 번 들썩하며 "춥구나!" 하고 말하곤 길을 따라 똑바로 가다가 오른쪽 골목으로 꺾어 시장 광장으로 향했다. 광장에 바로 접하는 집 바로 전 집 대문 앞에서 그는 호주머니에서 호각을 꺼내 있는 힘껏 불었다. 무슨 신호를 하는 것이었다. 1분이 채 못 되어 열두 살쯤 되어 보이는 발그스름한 얼굴의 소년이 쪽문에서 튀어나왔다. 그 역시 옷을 따뜻하게 입었다. 깨끗한, 세련되기까지 한 외투였다. 이 소년은 예비 학급에 속한 스무로프였다(콜랴 크라소트킨은 그보다 두 학년 위였다). 스무로프는 부유한 관리의 아들로서, 그 부모는 그에게 크라소트킨하고 사귀는 걸 허락하지 않았다. 크라소트킨이 소문난 못 말리는 개구쟁이였기 때문이다. 그래서 스무로프가 지금 집에서 나온 건 몰래 나온 것임이 분명했다. 독자가 기억하실 수도 있다. 이 스무로프는 두 달 전 도랑 맞은편의 일류샤에게 돌을 던지던 아이들 중 하나로서 그때 알렉세이 카라마조프에게 일류샤에 대해 이야기해준 아이라는 것을.

"나 벌써 한 시간째 기다리고 있었어, 크라소트킨" 하고 스무로프가 단호한 태도로 말했다. 두 소년은 광장 쪽으로 발걸음을 옮겼다.

"좀 늦었어. 그럴 사정이 있었어. 너 나랑 만났다고 회초리 맞는 거 아냐?"

"걱정할 거 없어. 내가 맞고 사는 사람인가? 페레즈본이랑 같이 왔네."

"응. 같이 왔어."

"거기로 같이 데리고 갈 거야?"

"응, 같이 데리고 갈 거야."

"아, 쥬치카가 있었다면!"

"쥬치카는 데리고 갈 수 없지. 쥬치카는 존재하지 않아. 쥬치카는 미지의 암흑 속으로 사라졌어."

"아, 이렇게 하면 안 될까?" 하면서 스무로프가 갑자기 멈춰 섰다. "일류샤가 그러잖아. 쥬치카도 페레즈본이랑 마찬가지로 털북숭이였고 털이 희끗희끗하고 희뿌옜대. 그러니까 이게 바로 그 쥬치카라고 하면 걔가 혹시 믿지 않을까?"

"초등학생, 거짓말을 멀리할 것. 그게 첫째야. 선한 일을 위해서도 마찬가지임. 그게 둘째야. 그리고 이게 제일 중요한데, 너 내가 올 거라는 걸 거기서 이야기 안 했겠지?"

"맙소사! 내가 그 정도도 이해 못 할까 봐? 어쨌든 페레즈본 가지고는 걔를 위로할 수 없어" 하고 스무로프가 한숨을 쉬었다. "참, 그 아버지 있잖아, 대위라는 사람. 때밀이 수건 말이야. 그 아버지가 오늘 걔한테 강아지 갖다줄 거라고 우리한테 그랬어. 마스티프³ 순종 강아지. 코 꺼먼 거. 그러면 일류샤가 기분이 풀릴 거라고 생각하고 있어. 그런데 그럴 리가 없을걸."

"그래, 걔는 지금 좀 어때? 일류샤 말이야."

"안 좋지, 물론. 내 생각엔 폐결핵인 거 같아. 정신은 말짱한데 너무 숨이 차. 숨 쉬는 게 너무 안돼 보여. 며칠 전에 내가, 걔를 좀 데리고 다녀보라고, 장화를 신겨서 데리고 다녀보라고 부탁을 했거든. 그래서 걔가 이제 가려고 했었는데, 갑자기 쓰러지는 거야. '아, 아빠, 내가 그랬잖아, 신던 장화가 불편하다고. 전에도 그랬어. 신고 다니기가 거북했어' 하면서. 걔는 장화 때문에 쓰러진다고 생각했는데, 사실은 몸이 약해져서 그런 거야. 일주일도 채 못 살걸. 게르첸슈투베가 왕진 다니고 있어. 이제 걔네 가족이 다시 부자가 됐어. 돈이 많아."

"사기꾼들!"

"누가 사기꾼이야?"

"의사들! 의료계에 있는 것들은 다! 싸잡아서도 그렇고, 물론 개별적으로도 그렇고. 난 의술을 부정해. 도움이 안 되는 제도야. 내가 다 조사해봐서 아는 거야. 너희들 뭘 그렇게 마음이 여려져서 그래? 뭐야, 거기서 한 학급이 다 모여 있는 거야?"

"다는 아니고. 그냥 열 명 정도가 계속 거길 다녀. 매일. 그냥 그 정돈데 뭐."

"그게 다 알렉세이 카라마조프가 그렇게 만들어놓은 거라는 게 놀랍다. 자기 형은 그런 엄청난 죄를 지어서 내일 아니면 모레 재판을 받는데 그 사람은 아이들이랑 그렇게 감상에나 젖어 있을 시간이 그리 많다니!"

"그게 뭐가 감상에 젖어 있는 거야? 너도 지금 일류샤랑 화해하러 가면서 왜 그래?"

"화해? 표현이 좀 우습다. 네가 뭔데 내 행동을 맘대로 분석하고 그래?"

"아무튼 일류샤는 네가 와서 참 기쁠 거야! 네가 올 줄은 전혀 상상도 못 할걸. 너 왜 그렇게 오랫동안 안 간다 그랬었어?"

스무로프가 갑자기 감정에 북받친 듯 외쳤다.

"얘야, 그건 내 일이지, 네 일이 아니란다. 나는 내가 알아서 가는 거야. 내 의지가 그러니까. 그런데 너희들은 다 알렉세이 카라마조프가 끌고 간 거 아냐? 그러니까 차이가 있는 거라고. 네가 뭘 안다고 그래? 내가 화해하러 가는 게 아닐 수도 있잖

아. 여하튼 한심한 표현이야."

"카라마조프가 끌고 간 거 절대 아니거든. 그냥 우리 애들이 알아서 그 집엘 다니기 시작한 거야. 물론 처음엔 카라마조프하고 같이 갔지. 그리고 네가 말하는 그런 한심한 거 하나도 없어. 처음엔 한 애가 다니기 시작했다가 그다음에 다른 애가 다니기 시작하고, 그렇게 된 거지. 그 집 아버지가 되게 기뻐하더라고. 그 아버지는 아마 일류샤가 죽으면 당장 미쳐버릴 거야. 자기도 알아, 일류샤가 죽을 거라는 거. 그래도 우리가 일류샤랑 화해한 걸 참 기뻐하더라고. 일류샤가 너에 대해 물어봤었어. 그 밖에 다른 얘기는 안 하고. 그냥 물어보고는 가만있어. 그 아버지는 미치든지, 아니면 목을 매 자살할 거 같아. 그러지 않아도 좀 미친 사람 같았잖아. 그래도 있잖아, 그 사람 좋은 사람이야. 그랬는데 잘못된 상황 때문에 그렇게 된 거지. 다 그 부친 살해범 때문이야. 일류샤 아버지를 욕보였잖아."

"어쨌든 카라마조프는 나로선 수수께끼야. 내가 오래전에 친분 관계를 맺을 수도 있었는데, 어떤 때는 내가 좀 거만해서 말이지. 그리고 내가 카라마조프에 대한 어떤 견해를 하나 세워놨어. 아직 검증과 확인이 필요하긴 하지만."

콜랴가 근엄하게 말을 멈추었다. 스무로프도 말이 없었다. 스무로프는 물론 콜랴 크라소트킨 앞에서 고개를 숙이는 입장이었으며, 맞먹으려고 하지 않았다. 지금 그는 무지무지하게 궁금한 상황이었다. 콜랴가 '자기가 알아서' 가는 것이라고 했는데, 그가 왜 하필이면 오늘 가기로 갑자기 결정했는지, 거기에 반드시 수수께끼가 있을 것이라고 생각했기 때문이다. 그들은 시장 광장을 따라 가는 중이었는데, 광장에는 짐수레들이 많이 서 있었고 어디선가 실려 온 날짐승들이 가득했다. 읍 주민 여자들이 차양을 쳐놓고 빵이며 실 등을 팔고 있었다. 일요일에 형성되는 그런 모임을 우리 읍에서는 단순히 장이라 부르는데, 그런 장은 일 년에 꽤 많이 열린다. 페레즈본이 신이 나서 달리다가 수시로 이쪽저쪽으로 가 뭔가를 코로 감지해보곤 했다. 다른 개들이랑 만나서는 개들의 규칙대로 아주 반갑게 서로 냄새를 맡으며 인사했다.

"난 실상을 관찰하는 걸 좋아해, 스무로프" 하고 갑자기 콜랴가 말을 꺼냈다. "개들이 서로 만나서 서로 냄새 맡는 걸 봤겠지? 개들에게는 공통된 자연의 법칙이 있어."

"응. 좀 우스운 법칙이지."

"우습지 않은 법칙이야. 네 말이 틀려. 자연엔 우스운 게 아무것도 없어. 사람이 선입견을 갖고 보니까 그렇게 보이는 거지. 만약 개들에게 판단하고 비판할 능력이 있다면, 자기들을 부리는 자들, 곧 사람들이 상호간에 갖는 사회적 관계 속에서 우스운 것을 역시 그만큼 발견할 거야. 어쩌면 훨씬 더 많이 발견할 수도 있고. 내가 훨씬 더 많이 발견할 수도 있다고 하는 것은, 우리 사람들한테 어리석음이 훨씬 더 많다고 확신하기 때문이야. 이건 라키친의 생각이야. 아주 훌륭한 생각이지. 나는 사회주의자야, 스무로프."

"사회주의자가 뭔데?" 하고 스무로프가 물었다.

"모든 사람들이 평등하다는 거지. 모든 사람들이 하나의 공통된 재산을 갖는다는 것. 결격이란 없다는 것. 그리고 종교와 모든 법칙들은 사람들이 알아서 갖거나 안 갖는 것 등이지. 넌 아직 그런 생각하긴 덜 컸어. 너한텐 일러. 그건 그렇고, 날이 춥네!"

"응. 12도야. 아까 아버지가 온도계를 봤어."

"너 그거 알아, 스무로프? 한겨울에 온도가 15도나 18도까지 내려가면, 예를 들어 지금처럼 이렇게 춥게 느껴지지 않는다는 거. 지금은 초겨울인데 어쩌다 갑자기 영하의 날씨가 돼서 12도가 된 거잖아. 게다가 눈도 많이 오는 게 아니고. 그러니까 사람들이 아직 익숙해지지 않은 거지. 사람들은 다 익숙한지 안 익숙한지에 좌우될 뿐이야. 모든 것에 있어서. 국가 정치 체제에서도 마찬가지야. 습관이라는 게 주요 기준이 되는 거야. 그건 그렇고, 저 남자 되게 우습다."

콜랴가 짐승 가죽으로 만든 외투를 입은 키가 크고 얼굴이 선하게 생긴 남자를 가리켰다. 그는 자기 짐수레 앞에 서서 장갑 낀 손을 서로 부딪쳐 추위를 쫓고 있었다. 연갈색의 긴 턱수염이 온통 서리로 덮였다.

"턱수염이 꽁꽁 얼었대요" 하고 콜랴가 그 남자의 옆을 지나며 시비를 걸듯 큰 소리로 외쳤다.

"나만 그런 거 아니다" 하고 남자가 훈계조로 침착하게 말했다.

"시비 걸지 마" 하고 스무로프가 한마디했다.

"괜찮아. 이 사람 착해서 화 안 낼 거야. 잘 있어, 마트베이."

"잘 가."

"당신 이름이 진짜 마트베이야?"

"마트베이야. 너 몰랐어?"

"몰랐어. 그냥 아무 이름이나 대본 거야."

"허허, 그것 참! 초등학생이냐?"

"초등학생 맞아."

"그래, 어때? 매도 맞고 그러냐?"

"뭐, 그럴 때도 있지."

"아프게 때리냐?"

"어떨 땐 아파."

"어이쿠, 고생이다!" 하고 남자가 진심으로 동정하며 한숨을 섞어 말했다.

"잘 있어, 마트베이."

"잘 가거라. 너 애가 참 착하네."

두 소년은 계속 길을 갔다.

"저 남자 좋은 사람이야. 난 평민들하고 얘기 나누는 걸 좋아해. 평민들의 가치를 제대로 아는 건 언제나 기쁜 일이야."

"너 왜 우리 학교에서 애들 때린다고 거짓말했어?" 하고 스무로프가 물었다.

"저 사람도 그래야 기분 좋을 거 아냐?"

"뭐가 기분 좋아?"

"야, 스무로프, 난 내 대화 상대자가 내 첫마디를 이해 못해서 되묻는 거 안 좋아해. 어떤 건 설명이 불가능할 때도 있거든. 저 남자는, 학생들은 맞으며 배운다고 생각하는 거야. 맞으며 배워야 정상이라고 생각하는 거야. 맞으며 배우지도 않는 게 어디 학생이냐는 거지. 그런데 내가 저 사람한테 우리 학교에선 안 때린다고 말한다고 쳐 봐. 그럼 뭔가 잘못됐다고 생각할 테지. 뭐, 하긴, 네가 이 말을 이해 못할 테지. 아무튼 평민들하고 이야기 나눌 때는 이야기 나누는 방법을 알아야 돼."

"그래도 시비는 걸지 마. 괜히 또 그때 거위 사건처럼 되면 어떡해?"

"너 그럴까 봐 무서운 거야?"

"비웃지 마, 콜랴, 정말 그렇게 되면 안 돼. 아버지가 화내실 거야. 나보고 너랑 같이 다니지 말랬거든."

"걱정하지 마. 이번엔 아무 일도 안 일어날 거야. 이봐, 나타샤!" 하고 그가 차양 밑에서 물건을 파는 한 여자한테 소리쳤다.

"왜 내가 나타샤야? 나 마리야야" 하고 여자가 톡 쏘았다. 아직 늙은 티가 전혀 안 나는 여자였다.

"아, 그래, 마리야구나. 그럼 잘 있어."

"이런 버릇없는 놈! 쪼끄만 게 버르장머리 없이!"

"나 당신 얘기 들을 시간 없어. 다음 일요일에 들어줄게" 하고 콜랴가 팔을 내저으며 말했다. 마치 자기가 여자한테 말 건 게 아니라 여자가 자기한테 말 건 것처럼.

"다음 일요일에 내가 너한테 무슨 얘기 해야 되는데? 자기가 먼저 말 걸어놓고, 원, 참, 별꼴이야! 너 같은 애는 그저 때려서 버릇을 고쳐야 돼. 어디서 배워 먹은 버르장머린지."

마리야 옆에서 노점을 차려놓고 장사를 하던 다른 여자들 사이에서 웃음이 터져 나왔다. 갑자기 읍내 상점 아케이드에서 어떤 한 사람이 튀어나왔다. 상인한테 고용돼 일하는 점원 같이 보였는데, 우리 읍의 상인은 아니고, 타지 사람이었다. 파란색 긴 외투를 입었고 챙이 있는 모자를 썼다. 늙은 편은 아니었고 회색이 도는 짙은 갈색의 곱슬머리에, 얼굴은 길쭉하고 희며, 약간 얽었다. 그는 무엇 때문인지 화가 나 있었고 흥분해 있었는데, 그게 왠지 오히려 한심해 보였다. 그가 다짜고짜 콜랴에게 주먹을 보이며 위협을 하기 시작했다.

"나 너 알아! 나 너 알아!"

콜랴가 그를 뚫어져라 쳐다보았다. 콜랴는 자기가 이 사람이랑 언제 무슨 실랑이가 있었는지 기억해내려고 했으나 기억이 나지 않았다. 하지만 거리에서 일어났던 실랑이가 어디 한둘인가? 사람들을 다 기억할 수는 없는 것이었다.

"알아?" 하고 콜랴가 비꼬듯이 물었다.

"나 너 알아! 나 너 알아!" 하고 남자가 바보처럼 같은 말만 되풀이했다.

"알아서 좋겠다. 자, 그럼, 나 시간 없으니까, 잘 있어!"

"왜 또 시비 걸고 그래? 또 시비 거는 거지? 나 너 알아! 너 또 시비 거는 거지?"

"그건, 이 아저씨야, 당신 일이 아니야, 내가 시비를 걸든 말든" 하고 콜랴가 걸음을 멈추고 그를 계속 눈여겨보면서 말했다.

"왜 내 일이 아니야?"

"당신 일이 아니니까 아니지."

"그럼 누구 일이야? 누구 일이야? 응? 누구 일이냐고?"

"그건 말이지, 아저씨야, 트리폰 니키치치가 알 일이야. 당신이 알 일이 아니고."

"트리폰 니키치치는 또 누구야?"

비록 계속 화를 내긴 했지만 남자가 바보처럼 놀라며 콜랴한테 눈길을 박았다. 콜랴가 거만하게 그를 머리부터 발끝까지 훑어보았다.

"예수승천절에 갔었어?" 하고 콜랴가 갑자기 근엄한 어조로 다그치듯이 물었다.

"무슨 예수승천절? 가긴 어딜? 나 안 갔었어" 하고 남자가 좀 어리둥절해했다.

"시바네예프를 알아?" 콜랴가 더욱 다그치면서, 더욱 근엄한 어조로 계속 물었다.

"시바네예프는 또 누구야? 몰라."

"그래 가지고 뭘 하겠다는 거야? 나 참 기가 막혀서!" 하고 콜랴가 거칠게 내뱉고 휙 오른쪽으로 돌아가던 길을 재촉해 가기 시작했다. 마치 시바네예프도 모르는 바보랑은 이야기를 나누는 것마저 자존심 상한다는 듯이.

"야, 거기 서! 어떤 시바네예프 얘기하는 거야?" 하고 남자가 다시 흥분하면서 기억을 더듬어보려는 듯했다. "저놈 무슨 얘기 한 거야, 지금?" 하고 그가 갑자기 장사하는 여자들한테 돌아서 멍한 눈으로 여자들을 바라보았다.

여자들이 웃음을 터뜨렸다.

"좀 복잡한 애구먼" 하고 한 여자가 말했다.

"누구 얘기하는 거야, 쟤? 시바네예프라니?" 하면서 남자가 오른손을 마구 흔들면서 계속 진정할 줄 모르고 되풀이했다.

"혹시 쿠지미체프 씨 집에서 일하던 그 시바네예프 말하는 거 아냐? 그런 거 같은데" 하고 갑자기 한 여자가 의견을 말했다.

남자가 거친 눈길을 여자에게 던졌다.

"쿠지미체프라고?" 하고 다른 여자가 끼어들었다. "그 사람 이름이 왜 트리폰이야? 그 사람 이름은 쿠지마야, 트리폰이 아니라. 근데 저애는 트리폰 니키치라는 이름을 말했잖아. 그러니까 딴 사람 말하는 거겠지."

"야, 야, 그 사람은 트리폰도 아니고 시바네예프도 아니야. 그 사람은 치조프야" 하고 또 다른 여자가 말을 받았다. 여태까지는 말없이 진지하게 듣고만 있던 여자였다. "그 사람 이름은 알렉세이 이바노비치고. 치조프래도! 알렉세이 이바노비치."

"맞네. 치조프 맞아" 하고 또 다른 여자가 지지하고 나섰다.

정신이 멍해진 남자가 이 여자 저 여자를 정신없이 쳐다봤다.

"근데 저놈이 그걸 물어보긴 왜 물어본 거야, 응? 왜 물어본 거야? 누가 말 좀 해줘" 하고 그가 이미 거의 절망적으로 외쳤다. "'시바네예프를 알아?' 하고 말이야. 에이, 씨, 시바네예프가 누군지 알게 뭐야?"

"야, 넌 몇 번 말해야 알아듣겠냐? 시바네예프가 아니라 치조프라고 하잖아. 알렉세이 이바노비치 치조프라고!" 하고 장사꾼 여인 하나가 거세게 소리쳤다.

"치조프가 누구야? 응? 누구냐고! 네가 알면 누군지 말해봐."

"거 있잖아, 키는 장대만 해 가지고 코 질질 흘리던 사람. 작년에 시장에서 장사했었어."

"근데 네가 말하는 그 치조프가 나하고 무슨 상관이야? 응?

누가 말 좀 해봐."

"치조프가 너하고 무슨 상관인지 난들 아냐?"

"혹시 모르잖아, 무슨 상관이 있을지도" 하고 다른 여자가 말을 이었다. "무슨 상관인지는 네가 알아야 되는 거 아니야, 그렇게 소리 지르는 걸 보면? 저애가 우리한테 말한 게 아니라 너한테 말했잖아, 이 바보야. 아니면 너 진짜로 모르는 거야?"

"누구를?"

"치조프."

"치조픈지 뭔지 귀신이나 잡아가라 그래! 너도 같이 잡아가라 그래! 그놈 내가 죽도록 패줄 거야! 알았어? 날 비웃었어!"

"치조프를 네가 죽도록 패준다고? 야, 네가 맞지나 않으면 다행이다, 이 바보야!"

"치조프가 아니고! 어이구, 치조프가 아니고, 이 못되고 성질 더러운 아줌마야! 저놈을 패준다고! 저놈 오라 그래! 저놈 이리 오라 그래! 날 비웃었어!"

여자들이 와 하고 웃음을 터뜨렸다. 콜랴는 이미 멀리 걸어가는 중이었다. 얼굴에는 승리자의 표정이 어렸다. 스무로프는 멀리서 소리를 지르고 있는 무리를 돌아보며 옆에서 걷고 있었다. 스무로프도 신바람이 났다. 비록 콜랴와 같이 추문에 휘말리게 될까 봐 아직 걱정이긴 했지만 말이다.

"네가 저 사람한테 물어본 시바네예프가 누군데?" 하고 그가 궁금해서 콜랴한테 물었다.

"누군지 난들 아냐? 저 사람들 이제 저녁때까지 저러고 있을걸. 난 모든 사회 계층에서 바보들 기분을 뒤흔들어놓는 게 재미있어. 저기 바보 하나 또 있네. 저 남자 말이야. '어리석은 프랑스인보다 더 어리석은 건 없다'고들 하잖아. 하지만 러시아 상판대기는 별건 줄 알아? 저 얼굴에 딱 쓰여 있네, 바보라고. 저 남자 말이야, 안 그래?"

"그냥 가만둬, 콜랴. 그냥 지나가자."

"절대 가만 못 두지. 나 지금 시작한다! 이봐, 아저씨!"

천천히 옆을 지나가던 몸집이 좋은 남자가 고개를 들어 콜랴를 보았다. 얼굴이 둥글고 단순하게 생겼고 턱수염이 희끗희끗했는데, 이미 한잔 걸친 듯했다.

"응? 왜 그러는데? 장난 걸라 그러는 건 아니고?" 하고 그가 천천히 반응했다.

"장난 걸라 그러는 거면?" 하면서 콜랴가 웃었다.

"장난 걸라면 걸어. 그럴 수도 있지. 그래도 괜찮아. 장난 거는 건 언제든 괜찮아."

"미안해, 아저씨, 장난이었어."

"미안하긴. 용서는 신께 빌어야지."

"아저씨는 용서해줄 거야?"

"용서하다마다. 가봐."

"보니까 아저씬 꽤 똑똑한 거 같아."

"너보단 똑똑하지" 하고 남자가 예상외의 대답을 했다. 태도는 계속 느긋한 태도였다.

"그럴 리가!" 하고 콜랴가 조금 어리둥절해했다.

"정말이라니까."

"글쎄, 뭐, 그럴 수도 있겠지."

"그거 맞아, 얘야."

"잘 가, 아저씨."

"잘 가."

"평민 남자들은 여러 가지야" 하고 콜랴가 잠시 침묵하다가 스무로프에게 말했다. "게다가 난 알았어. 똑똑한 사람이랑 맞닥뜨릴 거라는 걸. 난 평민들 가운데 똑똑한 사람을 알아볼 자세가 항상 돼 있어."

멀리 교회의 시계가 11시 반을 쳤다. 소년들은 걸음을 재촉하여, 스네기료프 대위가 사는 집까지 아직 꽤 길게 남은 거리를 거의 이야기를 나누지 않으며 빨리 걸었다. 그 집을 스무 걸음 앞두고 콜랴가 걸음을 멈추고, 스무로프에게 먼저 가서 자기한테 카라마조프를 불러오라고 명령하면서 말했다.

"미리 좀 냄새를 맡아봐야 되거든."

"뭐 하러 이리로 불러와? 그냥 들어가. 다들 아주 기뻐할 거야. 왜 굳이 추운 데서 인사 나누려고 그래?" 하고 스무로프가 말했다.

"추운 데로 왜 불러와야 되는지는 내가 알아" 하고 콜랴가 독재자처럼 단호하게 잘라 말했다(그는 '어린애들'한테 그런 식으로 말하는 걸 무척 즐겼다). 스무로프는 명령을 이행하러 달려갔다.

IV
쥬치카

콜랴는 근엄한 표정을 하고 담장에 기대어 알렉세이를 기다리기 시작했다. 사실 그는 오래전부터 알렉세이를 만나보고 싶었다. 그는 아이들을 통해 알렉세이에 대해 이야기를 많이 들었지만, 여태까지는 그럴 때마다 계속 별것 아니라는 무관심한 모습을 겉으로 보여 왔고, 심지어 알렉세이에 대한 이야기를 듣고서 그를 비판하기까지 했다. 그러나 속으로는 그를 만나보고 싶은 마음이 무척 간절했다. 그는 알렉세이에 대한 이야기를 들을 때마다 무언가 공감 가는 것, 마음을 끄는 것을 느끼곤 했던 것이다. 그러므로 이 순간은 중요한 순간이었다. 첫째, 행동을 잘해야 한다. 자신 있는 모습을 보여야 한다. '안 그러면 그 사람이, 내가 만 열세 살이니까 나를 저 애들이랑 마찬가지인 애로 받아들일 거다. 저 애들이 그 사람한테 어떤 의미가 있는가? 만나면 물어봐야지. 내가 키가 작은 게 좀 탐탁지 않긴 하다. 투지코프는 나보다 나이가 어린데 나보다 머리 반만큼은 크다. 하긴 나는 얼굴이 똑똑해 보이지. 내가 얼굴이 못생긴 건 나도 안다. 하지만 똑똑하게는 생겼다. 또 내 입장을 너무 노골적으로 드러내도 안 된다. 너무 반가운 모습을 보여선 안 된다. 만약 그러면 그 사람이 어떻게 생각하겠는가? 아, 그건 생각만 해도 비위 상한다!'

 콜랴는 그렇게 마음을 졸이면서 아주 자신 있는 모습을 취하려고 한껏 노력했다. 자꾸 신경이 쓰이는 것은 자기가 키가 작다는 것이었다. '못생긴' 얼굴보다도 키였다. 작년부터 집에서 그는 벽 한 쪽 구석에 연필로 금을 그어 자기 키를 표시하기 시작했다. 그때부터 두 달에 한 번씩, 그동안 얼마나 컸는지를 재기 위해 그는 두근거리는 마음으로 그곳에 다가가곤 했다. 하지만 안타깝게도 키가 아주 조금씩만 크는 것이었다. 어떤 때는 그냥 절망의 나락으로 빠져들기도 했다. 얼굴에 대해 말하자면, 전혀 '못생긴' 얼굴은 아니었다. 반대로, 그 정도면 꽤 보아줄 만한 얼굴이었다. 얼굴이 좀 창백하다고 할 정도로 희고, 주근깨가 있었다. 눈은 회색이고 별로 크진 않지만 총명해 보였고, 바라보는 눈빛에 자신감이 서려 있었으며, 열렬한 감정 상태를 잘 표명하는 눈이었다. 광대뼈가 좀 넓게 퍼진 편이었고 입술은 작고 별로 두껍지 않았지만 아주 새빨갰다. 코는 작은 것이, 자신 있게 쳐들려 있었다. '완전 들창코야, 완전 들창코!' 하고 콜랴는 거울을 볼 때마다 속으로 중얼거렸다. 거울을 보고 나서는 언제나 화가 나 있었다. '과연 이런 얼굴이 똑똑해 보이긴 할까?' 하고 그는 가끔씩 의심도 했다. 하지만 그의 모든 관심이 자기의 얼굴과 키에 대한 걱정에 사로잡혀 있었다고 생각하면 안 된다. 그와는 반대로, 거울 앞에 선 순간들이 아무리 신랄한 자기비판의 순간들이었다 해도 그는 그 순간들을 금방 잊곤 했고, 한번 잊으면 오래갔다. 그가 스스로의 활동을 말로 규정한 바에 따르면, 그는 '생각에, 그리고 현실의 삶에 온통 몰두하곤 했다.'

알렉세이는 금방 나타나 콜랴에게 서둘러 다가왔다. 아직 몇 걸음이 더 남았을 때 콜랴는 왠지 알렉세이의 얼굴에 기쁨이 가득 찬 것을 보았다. '나를 만나는 게 저렇게 기쁠까?' 하는 생각에 콜랴는 만족스러웠다. 여기서 한마디 언급해야겠는데, 알렉세이는 우리가 마지막으로 그에 대해 읽었을 때 이후로 많이 변했다. 법의를 벗어버리고 이제는 멋지게 맞춰진 프록코트를 입고 둥근 부드러운 중절모를 쓰고 짧게 깎은 머리를 하고 다녔다. 이 모든 것이 그의 외모를 한층 돋보이게 하여, 그는 아주 핸섬해 보였다. 그의 호감이 가는 얼굴은 언제나 유쾌한 빛을 띠었는데, 그 유쾌함은, 뭐랄까, 평온하고 차분한 것이었다. 콜랴는 알렉세이가 방 안에서의 차림 그대로, 외투도

입지 않고 나온 것에 놀랐다. 아마 서두르느라고 그랬을 것이다. 그는 바로 콜랴에게 손을 내밀었다.

"드디어 와줬구나. 네가 언제 오나 하고 우리 다 기다렸어."

"늦은 이유가 있는데, 이따 말해줄게요. 어쨌든 만나서 반가워요. 만나게 되길 오래전부터 기다렸어요. 이야기 많이 들었고요" 하고 콜랴가 약간 숨을 헐떡이며 빨리 말했다.

"그러지 않아도 언젠간 만나게 될 거였어. 나도 네 얘기 많이 들었어. 근데 네가 여길 좀 늦게 왔네."

"어떤 상황인데요?"

"일류샤가 상태가 아주 안 좋아. 죽을 게 확실해."

"네? 이럴 수가! 의술이라는 게 참 못됐죠? 안 그래요, 카라마조프 씨?" 하고 콜랴가 열을 내며 외쳤다.

"일류샤가 네 얘기를 아주 자주 했어. 어떤 때는 자면서 잠꼬대로 네 얘기를 하기도 했어. 그…… 전까지 네가 일류샤한테 아주 소중한 사람이었나 봐. 그…… 칼 사건 전까지. 또 다른 이유도 있어……. 이 개 네 개니?"

"내 개예요. 페레즈본이에요."

"쥬치카가 아니고?" 하고 알렉세이가 안타깝다는 표정으로 콜랴의 눈을 들여다보았다. "쥬치카는 사라져서 결국 안 나타난 거야?"

"다들 쥬치카를 필요로 하는 거 나 알아요. 다 들었어요" 하면서 콜랴가 의미를 알 수 없는 웃음을 지었다. "카라마조프 씨, 내가 다 설명해드릴게요. 내가 여기 와서 카라마조프 씨를 불러낸 이유가, 들어가기 전에 카라마조프 씨한테 사건을 다 설명해드리기 위해서라는 점이 중요해요. 들어보세요, 카라마조프 씨. 지난봄에 일류샤가 예비 학급으로 입학을 했어요. 우리 예비 학급이 어떤지는 뻔하죠. 맨 어린애들이죠. 곧 애들이 일류샤한테 시비를 걸기 시작했어요. 나는 두 학년 위거든요. 그러니까 당연히 먼발치에서 지켜볼 수 있죠. 보니까, 체구가 작고 몸이 약하면서도 다른 아이들 말에 순종하질 않아요. 맞붙어 싸우기까지 해요. 도도하고, 눈이 이글거려요. 난 그런 애들을 좋아하거든요. 걔 또래 애들도 그래요. 그런데 중요한 건, 그때 걔가 입은 외투가 아주 보기 흉했다는 거예요. 바지는 위로 올라와 있고 장화는 앞이 터졌어요. 그러니 애들이 놀렸죠. 모욕을 주면서요. 나 또 그런 거 못 참거든요. 그래서 즉시 일류샤 편을 들면서 다른 애들을 혼냈죠. 난 애들을 때리는데 애들은 날 좋아해요. 그거 아세요, 카라마조프 씨?" 하면서 콜랴가 열렬히 자기 자랑을 했다. "난 그러지 않아도 아이들을 좋아해요. 지금도 집에 어린아이들 둘을 달고 있어요. 오늘 그것 때문에 일찍 못 나온 거예요. 아무튼 그렇게 돼서 일류샤를 때리던 애들이 때리는 걸 멈췄고, 내가 일류샤를 보호하는 입장이 됐죠. 일류샤가 도도한 애라는 거 알아요. 물론 걔가 도도하다는 건 내가 지금 카라마조프 씨한테 쓰는 표현이지만요. 그런데 어떻게 됐나 하면, 일류샤가 나한테 노예처럼 충성스럽게 된 거예요. 내 사소한 명령들을 다 이행하고, 마치 신의 말을 듣듯이 내 말을 듣고, 내가 하는 행동을 따라 하려고 들어요. 수업 시간 끝나고 쉬는 시간이 되자마자 나한테로 와요. 그러면 같이 다니는 거죠. 일요일에도 마찬가지예요. 우리 학교에서는 상급생이 어린아이와 같이 다니면 주위에서 놀려요. 하지만 그게 다 선입견 때문에 그러는 거예요. 내 의견은 그래요. 그러면 됐죠. 안 그래요? 난 걔한테 교훈을 주고 정신적으로 걔를 키워줘요. 왜냐고요? 걔가 내 맘에 드는데 내가 걔를 정신적으로 키워주는 게 뭐가 나빠요? 카라마조프 씨도 이 어린애들이랑 잘 어울리잖아요. 그건 바로 젊은 세대한테 어떤 영향을 끼치고 유익을 주고 젊은 세대를 육성하기 위해서 그러는 거잖아요. 그리고, 고백하는데, 카라마조프 씨의 성격에 그런 특징이 있다고 난 들었어요. 바로 그런 특징에 제가 관심이 가장 많이 가요. 그건 그렇고, 본론을 계속하죠. 일류샤한테서 어떤 감각적인 면, 감상적인 면이 육성되어가는 걸 발견했어요. 그런데, 아실지 모르지만, 나는 닭살 돋는 모든 감정을 죽도록 싫어해요. 날 때부터 그랬어요. 게다가 그건 또 모순이잖아요, 도도하면서 동시에 나한테 노예처럼 충성스러운 거 말이에요. 노예처럼 충성스럽다가도 갑자기 눈을 번득이면서 내 말에 동의하길 싫어하는 거예요. 논쟁하려 들고, 성질을 부리고……. 가끔씩 내가 여러 가지 의견을 말했거든요. 그러면 걔는 꼭 내 의견에 찬성을 안 해서라기보다는, 내가 보니까, 그냥 나라는 개인을 상대로 성질을 부리는 거예요. 왜냐하면 걔가 다정하게 굴 때 내가 냉정하게 굴었거든요. 난 걜 훈련시키기 위해서, 걔가 부드럽게 나올수록 더 쌀쌀맞게 대해요. 일부러 그러는 거예요. 그래야 된다고 난 확신해요. 내가 목표로 하던 것은 강하고 침착한 성격을 육성하기, 인간을 만들기 등이에요. 금방 이해하시겠죠, 내가 원했던 게 뭔지? 그런데 갑자기 보니까 걔가 계속 마음이 안정이 안 돼 있더라고요. 하루만 그런 게 아니라 이틀째, 사흘째……. 시무룩해 있는 거예요. 하지만 자기의 다정함을 내가 안 알아주기 때문에 그러는 것도 아니었어요. 뭔가 다른 이유가 있었어요. 훨씬 중요한 문제였어요. '무슨 비극이 일어났나?' 하고 생각했죠. 걔를 다그쳐 알아낸 게 이거예요. 걔가 카라마조프 씨의 돌아가신 아버지(그때는 아직 살아 계셨던)의 하인 스메르쟈코프와 어떻게 하다 보니 알게 됐대요. 스메르쟈코프가 순진한 일류샤한테 바보 같은 장난 하나를, 아니, 그러니까 흉악하고 몹쓸 장난 하나를 가르쳤어요. 부드러운 빵 한 조각을 가져다가 그 안에다 핀을 찔러 넣고 한 집 지키는 개한테 던져주는 거예요. 배가 고파서 빵 조각을 씹지도 않고 삼키는, 그런 개한테요. 그리고 결과가 어떻게 나오나 보는 거예요. 그래서 그 둘이 그런 빵 조각을 마련해서, 지금 한창 이야기가 오가고 있는 그 털북숭이 개 쥬치카한테 준 거예요. 그 개가 사는 집에서는 그 개한테 먹을 것을 전혀 안 줬기 때문에 그 개는 하루 종일 신경이 곤두서서 짖기만 하고 있었어요(그런 허망한 개 짖는 소리 카라마조프 씨는 좋아하세요? 난 도저히 못 들어줘요). 결국 그 개가 달려들어 빵 조각을 삼키고는 빽 하고 비명을 지르면서 뺑글뺑글 돌다가 질주를 시작했어요. 계속 비명을 지르며 질주하다가 사라졌어요. 일류샤가 직접 나한테 그렇게 말했어요. 나한테 그 사실을 고백하면서 엉엉 우는 거예요. 나를 부둥켜안고 부들부들 떨면서, '달리며 울고, 달리며 울고……'라고만 계속 되풀이하는 거예요. 자기가 본 장면에 충격을 받고 양심의 가책을 받는 거였어요. 난 그 상황을 심각하게 받아들였어요. 그러지 않아도 내가 목표로 하던 게 걔를 엄하게 가르치는 거였거든요. 그래서, 지금 고백하는데, 그때 내가 꾀를 내어 행동했어요. 엄청나게 화를 내는 척했어요. 그전까지 내가 그렇게 화를 냈던 적이 전혀 없었을 정도로요. 그러면서 이랬어요. '넌 비열한 짓을 저질렀어. 넌 비열한 인간이야. 내가 물론 소문은 내지 않겠지만, 일단은 나 너랑 만나지 않는 것으로 하겠어. 내가 잘 생각해보고 스무로프(지금 나랑 같이 온 아이인데, 항상 나한테 충성을 보여왔어요)를 통해서 너한테 알려주겠어. 내가 너와의 관계를 지속할 것인지, 아니면 비열한 너를 영원히 버릴 것인지.' 걔가 나의 이 말을 듣더니 경악하더라고요. 내가 고백하는데, 나는 그때 바로 느꼈어요. 내가 너무 엄하게 대한 게 아닌가 하고. 하지만 어쩌겠어요? 그때의 내 취지가 그랬었는데. 하루 뒤에 걔한테 스무로프를 보내서 전달했어요. 내가 더 이상 걔하고 '말을 하지 않겠다'고. 우리는 보통 그렇게 말하거든요. 두 친구가 서로 친구 관계를 끊을 때 말이에요. 그런데 나는 걔를 단지 며칠 동안만 떼어놓고 단련시킬 작정이었어요. 그러다가 걔가 뉘우치는 것 같으면 다시금 걔한테 손을 내밀 작정이었어요. 그건 나의 확고한 의도였어요. 그런데 어떻게 됐는지 아세요? 스무로프의 말을 듣고 걔가 갑자기 눈을 번득였대요. 그러면서 이렇게 소리쳤대요. '크라소트킨한테 전해. 이제 나는 모든 개들한테 핀 꽂은 빵 조각을 던져줄 거라고. 모든 개들한테!' 나는 이렇게 생각했죠. '반항심이 자릴 잡았어. 반항심을 없애버려야 돼.' 그래서 걔를 완전히 무시하는 태도를 보이기 시작했죠. 만날 때마다 고개를 돌리거나 야유하는 웃음을 띠었죠. 그러다 갑자기 걔 아버지가 관계된 그 사건이 벌어진 거예요. 기억하시죠? 때밀이 수건 사건이요. 그렇게 해서 걔는 잔뜩 열을 받을 사전 준비가 이미 됐던 거예요. 아이들은 내가 걔를 버린 것을 보고 걔한테 우르르 달려들어 놀려댔죠. '때밀이 수건, 때밀이 수건!' 하면서요. 바로 그때 걔들이 서로 싸우기 시작한 거죠. 전 그게 무척 안타까워요. 왜냐하면 그때 걔가 아주 흠씬 두들겨 맞은 거 같거든요. 한번은 애들이 교실에서 나갈 때 마당에서 걔가 다른 애들한테 다 덤볐어요. 그때 나는 마침 열 걸음 정도 떨어져서 걔를 보고 있었어요. 나는 그때 맹세코 비웃지 않았어요. 반대로, 그때 나는 걔가 아주, 아주 불쌍했어요. 조금만 더 있었으면 내가 걔를 보호해주러 달려갔을 거예요. 그런데 걔가 갑자기 나랑 눈을 마주치는 거예요. 걔한테 내가 어떻게 보였는지는 몰라요. 어쨌든 걔는 펜나이프를 꺼내 들고 나에게 달려들어 내 허벅지를 찔렀어요. 여기, 오른쪽 다리를요. 나는 꼼짝도 안 했어요. 고백하는데, 내가 가끔가다 용감할 때가 있어요, 카라마조프 씨. 나는 경멸의 눈으로 바라보기만 했어요. 마치 '내가 준 우정의 대가로 또 한 번 찌르지 그래? 나 여기 버젓이 서 있을 테니까' 하고 눈으로 말하듯이 말이에요. 하지만 걔는 또 찌르진 않더라고요. 더 이상 버티지 못하고 자기가 지레 겁을 먹고 칼을 내던지고 엉엉 울면서 달아났어요. 나는 물론 고자질 안 했고, 애들한테 다 입 다물고 있으라고 명령했어요. 학교 당국에까지 소문이 퍼지지 않게요. 어머니한테도 상처가 다 아문 다음에야 말했어요. 그리고 뭐, 상처도 별거 아니었어요. 살짝 긁힌 정도요. 나중에 들어보니 그날 걔가 돌을 던지고 카라마조프 씨 손가락을 깨물었다고 하더군요. 이해하시겠지만, 걔 상태가 그랬어요. 어쩌겠어요? 내 행동이 어리석었죠. 걔가 병들어 누웠을 때 난 걜 찾아가지 않았어요. 용서하러, 아니, 화해하러 가지 않은 거예요. 지금은 그걸 후회해요. 하지만 지금 저한테는 특별한 목적이 있어요. 아무튼 이게 사건의 전말이에요. 단, 내가 어리석게 행동한 거 같아요……."

"정말 안타깝구나" 하고 알렉세이가 말했다. "내가 전에 너희들의 그런 관계를 몰랐다는 게 말이야. 알았더라면 내가 훨씬 전에 너를 찾아가서 나랑 같이 걔한테 가자고 청했을 텐데. 아파서 열이 펄펄 날 때 걔는 네 이름을 부르곤 했어. 나는 네가 걔한테 그토록 소중한지 알지도 못했지. 그건 그렇고 정말 쥬치카는 못 찾은 거야? 걔 아버지랑 아이들이 다 나서서 읍내를 다 뒤졌어. 걔는 아파서 눈물이 글썽글썽해 가지고, 내가 있는 자리에서 세 번이나 자기 아버지한테 이랬어. '아빠, 내가 아픈 게, 그때 쥬치카를 죽였기 때문이야. 그래서 신이 나한테 벌을 내리시는 거야.' 그 생각을 걔한테서 도저히 떠나게 할 수가 없어! 만약 쥬치카를 찾아내서, 쥬치카가 안 죽고 살아 있는 것을 보여준다면, 어쩌면 걔가 기뻐서 생기를 되찾을지도 몰라. 그래서 우리들이 다 너한테 희망을 걸고 있었는데."

"아니, 왜 내가 쥬치카를 찾아낼 거라고 희망을 걸었어요? 그러니까, 왜 꼭 나냐 이거죠. 다른 사람한테가 아니라 왜 나한테 희망을 걸었냐고요" 하고 콜랴가 아주 궁금해하며 물었다.

"그런 소문이 돌았어. 네가 쥬치카를 찾으러 다닌다고. 그리고 찾아내면 데리고 올 거라고. 스무로프가 그 비슷하게 말한 적 있어. 우리는 쥬치카가 살아 있다고 하면서 걔를 계속 위로하고 있어. 어디선가 본 사람이 있다고 하면서. 아이들이 토끼를 한 마리 잡아서 데려오기도 했어. 걔가 보고서 약간 미소를 띠더니, 토끼를 들판에다 놓아주라고 부탁했어. 그래서 그렇게 했지. 지금 걔 아버지가 집에 돌아오면서 걔한테 마스티프 품종 강아지를 데리고 왔어. 어디선가 구한 거야. 그러면 위로가 될 거라고 생각한 모양인데, 오히려 상황이 더 나빠진 거 같아."

"걔 아버지가 어떤 사람인지 좀 말해주세요, 카라마조프 씨. 내가 알긴 아는데, 카라마조프 씨가 보기에는 어떤 사람이에요? 광대 타입의 사람이에요?"

"아니야. 감정 체계가 잘 발달됐지만 어쩐지 좀 주눅이 든 사람들이 있거든. 그런 사람들은 누구 밑에서 기를 못 펴고 오랫동안 지냈기 때문에 주눅이 든 건데, 주눅이 들게 만든 당사자들 앞에 대고 감히 진실을 말하지는 못하고, 다만 야유 비슷한 것을 하게 되지. 바로 그래서 광대 같은 행동이 나오는 거야. 크라소트킨, 이 말은 정말인데, 그런 광대 같은 행동이 때로는 정말 비극적이야. 그 아버지한테는 지금 이 땅의 모든 것이 일류샤한테 달려 있는데, 일류샤가 죽으면 그 아버지는 슬퍼서 미치든지 아니면 자살할 거야. 난 지금 그 아버지를 볼 때마다 그 점을 확신하게 돼!"

"무슨 말인지 이해가 가요, 카라마조프 씨. 카라마조프 씨는 사람을 볼 줄 아는 거 같네요" 하고 콜랴가 진심에서 우러나 덧붙여 말했다.

"난 개를 데리고 오는 널 보자마자 네가 바로 그 쥬치카를 데리고 온 줄 알았어."

"하긴, 카라마조프 씨, 어쩌면 우리가 쥬치카를 실제로 찾아낼지도 몰라요. 하지만 이 개는 페레즈본이에요. 내가 지금 이 개를 방으로 데리고 들어가면, 어쩌면 일류샤가 마스티프 품종 강아지를 봤을 때보다는 더 기뻐할지도 모르잖아요. 잠깐만요, 카라마조프 씨가 지금 뭔가 알게 되실 거예요. 아, 나도 참! 지금 내가 카라마조프 씨를 계속 붙잡고 있었네요! 이 추운 데에 프록코트 바람으로 나오셨는데 내가 계속 붙잡고 있었네요. 내가 얼마나 이기주의자인지 아시겠죠? 아, 우리 모두는 이기주의자예요, 카라마조프 씨!⁴"

"걱정하지 마. 추운 건 사실이지만 난 감기 잘 안 걸려. 어쨌든 가자. 참, 그런데 네 이름이 뭐지? 콜랴인 건 알겠는데, 그다음은 뭐야?"

"니콜라이*예요. 니콜라이 이바노브 크라소트킨이요. 아니

---

* '니콜라이'가 정식 이름이고, '콜랴'는 애칭이다. - 역자 주

면, 관료주의식으로 말하면 '아들 크라소트킨'이죠."

그렇게 말하면서 콜랴가 뭐가 우스운지 웃음을 터뜨렸다. 그러다가 문득 이렇게 말했다.

"난 물론 니콜라이라는 내 이름이 싫어요."

"왜?"

"진부하고 관료주의 냄새가 나잖아요."

"지금 만으로 열두 살인가?" 하고 알렉세이가 물었다.

"만으로 열세 살이고요, 2주만 있으면 만으로 열네 살이 돼요. 조금밖에 안 남았죠. 카라마조프 씨 앞에서 미리 내 약점을 하나 고백할게요. 첫 만남에서 카라마조프 씨가 나의 본모습을 다 볼 수 있도록 특별히 말하는 거예요. 난 누가 내 나이 물어보는 거 싫어해요. 보통 싫어하는 정도가 아니에요. 그리고 또……, 예를 들어, 나를 헐뜯는 소문이 하나 도는데, 내가 지난주에 예비 학급 애들이랑 강도 놀이 하고 놀았다는 소문이요. 내가 논 건 사실이지만 내가 스스로 놀고 싶어서 논 거라는, 즉 내가 즐기고 싶어서 논 거라는 말은 백 퍼센트 나를 헐뜯으려는 거짓말이에요. 아마 카라마조프 씨한테도 그 말이 전해졌을 거예요. 하지만 난 나 자신을 위해서 논 거 아니에요. 난 어린아이들을 위해서 논 거예요. 왜냐하면 걔들이 나의 도움 없이는 뭐 하며 놀지 생각을 못 해내더라고요. 근데 사람들은 항상 헛소문을 내요. 이 읍은 유언비어가 횡행해요. 그건 정말이에요."

"아니, 만일 스스로 즐기기 위해서 놀았다고 쳐도, 그게 뭐가 어때서?"

"하지만 카라마조프 씨 같으면 자기가 하고 싶어서…… 목마 타기를 할 거 같아요?"

"이렇게 한번 생각해봐" 하고 알렉세이가 웃으며 말했다. "예를 들어, 어른들도 극장에 가잖아. 근데 극장에선 온갖 영웅들의 모험 이야기가 상연되기도 하거든. 도적들이 나오기도 하고 전쟁 장면이 연출되기도 한다고. 그것도 사실 마찬가지 아니겠어? 소년들이 여가 시간에 전쟁놀이 아니면 강도 놀이를 하는 것도 하나의 태동하는 예술 아니겠어? 어린 마음속에서 예술에 대한 갈망이 생겨나서 그런 거 아니겠냐고. 게다가 그 놀이들이란 극장에서 상연하는 연극들보다 구성이 더 잘된 거야. 차이가 있다면 극장에 갈 때는 배우들을 보러 가지만 놀이를 할 때는 어린이들 스스로가 배우인 거지. 하지만 그게 거북하지가 않잖아."

"그렇게 생각하세요? 그렇게 확신하세요?" 하고 콜랴가 알렉세이를 뚫어져라 쳐다보았다. "있잖아요, 정말 재미있는 생각을 말하셨네요. 이제 집에 가서 내가 그것과 관련해서 뇌를 좀 움직거려볼게요. 고백하는데, 난 카라마조프 씨한테서 뭔가를 배울 수 있을 거라 생각하고 기대했어요" 하고 콜랴가 진심에서 우러나오는 열렬한 어조로 말했다.

"나도 너한테서 뭔가를 배울 수 있을 거라 생각했지" 하고 알렉세이가 웃으며 말하면서 그의 손을 쥐었다.

콜랴는 알렉세이를 만난 것이 매우 만족스러웠다. 그는 알렉세이가 완전히 동등한 수준에서 그를 대해주고 어른과 이야기하듯 그와 이야기하는 것이 놀라웠다.

"내가 지금 재주를 하나 보여줄게요, 카라마조프 씨. 이것도 극장 공연이나 마찬가지예요" 하고 그가 어색하게 웃으며 말했다. "바로 이것 때문에 내가 온 거예요."

"먼저 주인 가족이 있는 저 왼쪽으로 들어가서 외투를 벗어 놓기로 하지. 왜냐하면 방 안이 비좁고 더우니까."

"아, 나 잠깐만 있을 건데요 뭐. 그냥 외투 입은 채로 들어가 있을게요. 페레즈본은 안 들어가고 현관 앞에 죽은 채로 있을 거예요. 워리, 페레즈본, 자빠져 죽어! 저거 봐요. 죽었잖아요. 내가 먼저 들어가서 분위기를 본 다음에, 그래야겠다 싶으면 휘파람을 불고 '워리, 페레즈본!' 하면 페레즈본이 금방 쏜살같이 달려 들어오는 걸 보시게 될 거예요. 단, 스무로프가 그 순간 문을 열어주는 걸 잊어선 안 되겠죠. 제가 그렇게 하라고 할 테니까, 카라마조프 씨는 재주를 보시게 될 거예요."

V
일류샤의 침상 옆에서

우리가 이미 알고 있는 방, 곧 우리가 이미 알고 있는 퇴역한 대위 스네기료프의 가족이 기거하는 방은 그때 많이 모인 사람들 때문에 답답하기도 하고 좁기도 했다. 소년들 몇 명이 일류샤 옆에 앉아 있었다. 그들이 결국 일류샤와 화해하고 지금 이곳에 모여 있는 것은 바로 알렉세이 덕분이라는 것을, 스무로프도 부정했듯이, 그들도 역시 다 부정했으나, 따지고 보면 그건 맞는 얘기였다. 그렇게 되도록 만든 알렉세이의 재주는 그가 그들을 한 명 한 명 일류샤와 화해시켰다는 데에 있다. 그렇게 하기 위해서는 '닭살 돋는 다정함'도 필요 없었다. 아주, 뭐랄까, 고의로 그렇게 한 것이 아니고 어쩌다 보니 그렇게 됐다는 인상이 들었다. 마음이 괴로웠던 일류샤로서는 그 덕분에 마음이 한결 가벼워졌다. 전에 적대 관계에 있던 이 소년들이 다 자기한테 친절함과 우정과 관심을 드러내는 것을 보고 그는 매우 감동을 받았다. 그래도 크라소트킨만은 오지 않는다는 사실이 그의 마음을 짓눌렀다. 일류샤의 쓰디쓴 기억 속에 무언가 가장 쓴 것이 있다면 그것은 바로 크라소트킨과의 사건이었던 것이다. 그의 유일한 친구이자 보호자였던 크라소트킨에게 그때 그는 칼을 들고 덤비지 않았는가. 똑똑한 소년 스무로프(그가 맨 처음에 일류샤와 화해하러 왔다)도 그걸 이해하고 있었다. 하지만 알렉세이가 '일이 하나 있어서' 만나고 싶어 한다고 스무로프가 크라소트킨에게 넌지시 전했을 때 크라소트킨은 당장 거절하고, '자기는 어떻게 행동할지 스스로 알기 때문에 어느 누구에게도 충고를 구하지 않으며, 아픈 애한테 자기가 가게 된다면 언제 가야 하는지를 자기 스스로 안다고, 왜냐하면 자기에게는 자기만의 계산이 있기 때문이라고 카라마조프에게' 즉시 전하라고 스무로프에게 시켰다. 그건 일요일인 오늘로부터 2주쯤이나 전의 일이었다. 그래서 알렉세이는 크라소트킨을 만나러 가려던 것을 그렇게 하지 않기로 했던 것이다. 하지만 알렉세이는 그가 결국 올 것을 기대하면서도 스무로프를 그에게 한 번 더 보냈고, 그 뒤 한 번 더 보냈다. 그러나 이 두 번 다 크라소트킨은 아주 신경질적으로 매정하게 거절하면서, 만일 알렉세이가 자기를 데리러 스스로 오는 경우에는 자기는 영영 일류샤에게 가지 않겠다고, 더 이상 자기를 귀찮게 하지 말라고 전하라고 했다. 그랬으므로 콜랴 크라소트킨이 오늘 아침에 일류샤한테 가겠다고 결정한 것은 스무로프마저 계속 몰랐고, 어제 저녁에 비로소 콜랴가 스무로프와 헤어지면서 갑자기, '내일 아침에 같이 스네기료프 씨네 집에 갈 거니까 집에서 기다리고 있으라고, 하지만 자기가 오기로 했다는 것을 절대로 아무에게도 알리지 말라고, 그것은 자기가 우연히 온 것처럼 하고 싶어서라고' 발표했다. 스무로프는 시키는 대로 했다. 콜랴 크라소트킨이 쥬치카를 데리고 오리라는 꿈이 스무로프에게 생겨난 것은 크라소트킨이 "만약 개가 살아 있다면, 그래도 그 개를 찾아내지 못하는 애들은 다 멍청이들이다"라고 지나가는 말로 휙 던졌기 때문이다. 스무로프가 기회를 보았다가, 개와 관련하여 자기가 추측하는 바를 크라소트킨에게 조심스럽게 암시하자 크라소트킨은 무지하게 화를 내면서 이렇게 말했다. "내가 읍 전체를 돌아다니며 남의 개를 찾아 헤맬 정도로 멍청이냐? 나한텐 페레즈본이 있는데? 또, 핀을 집어삼킨 개가 과연 살아 있을 거 같으냐? 죄다 센티멘털해 가지고 말이야!"

그런데 일류샤로 말할 것 같으면, 그는 이미 거의 2주나 침상에 계속 누워 있었다. 방구석에, 성상 있는 곳에 누워 있었다. 그는 알렉세이를 만나서 손가락을 깨문 사건 이후로 학교에 한 번도 가지 않았다. 사실 바로 그날부터 병이 난 것이다. 비록 그 뒤 한 달쯤은 가끔씩 침상에서 일어나 방 안과 현관을 돌아다니기도 했지만 말이다. 그러다 결국 완전히 무기력해져, 아버지의 도움 없이는 이동을 못 하게 되었다. 아버지는 안달을 하면서, 심지어 술도 끊고, 아들이 죽을지도 모른다는 두려움에 거의 미친 사람처럼 되었다. 특히 그를 부축해서 방 안을 돌아다니고 나서 도로 침상에 눕힌 뒤에 아버지는 별안간 현관으로 달려 나가 어두운 구석에서 이마를 벽에 대고 꺽꺽 하고 갈라지는 소리로 흐느껴 울곤 했다. 일류샤가 듣지 못하도록 소리를 죽여가면서 말이다.

도로 방에 들어와선 자기의 소중한 일류샤를 어떻게 하면 재미있게 해주고 안 슬프게 해줄까 하고, 옛날이야기를 해주거나 우스운 일화들을 들려주거나, 혹은 자기가 여태까지 만난 적 있는 여러 우스운 사람들의 흉내를 내 보이거나 심지어 동물들의 흉내를 내기도 했다. 동물들이 얼마나 우습게 울부짖고 소리 지르고 하는지를 보이면서 말이다. 그러나 일류샤는 아버지가 망가지면서 광대 역할을 하는 것을 매우 안 좋아했다. 그는 자기가 아버지의 그런 모습을 보는 게 기분이 나쁘다는 걸 겉으로 드러내려 하지는 않았지만, 아버지가 사회에서 모욕을 당했고 자기도 모르게 '때밀이 수건'과 그 '끔찍한 날'에 대해 잊어버리지 못하고 계속 기억하고 있다는 걸 가슴 아프게 의식했다. 걷지 못하는, 성격이 조용하고 소박한 일류샤 누나 니나 역시 아버지가 망가지는 것을 좋아하지 않았다(바르바라 니콜라예브나로 말할 것 같으면, 그녀는 연수를 받으러 페테르부르크로 떠난 지 이미 오래였다). 하지만 정신이 오락가락하는 엄마는 자기 남편이 우스운 몸짓을 해보이면 아주 재미있어하면서 진짜로 신이 나서 웃곤 했다. 바로 이것으로써만 엄마를 재미있게 해줄 수 있었다. 다른 때에는 그녀가 쉬지 않고 무슨 말을 계속 투덜거리며 울곤 했다. 이젠 모두가 자기를 잊었다고, 아무도 자기를 존경하지 않으며 다들 자기를 경멸한다는 등의 말을 하면서 말이다. 그러나 최근 들어 그녀가 갑자기 마치 완전히 변화를 일으킨 것 같았다. 그녀는 일류샤가 누워 있는 구석을 자주 들여다보면서 생각에 잠기곤 했다. 말수가 많이 줄었고 얌전해졌다. 그리고 만약 울게 되면 다른 사람들이 못 듣도록 조용히 울었다. 대위는 그녀의 이런 변화를 보면서 의아해했다. 아이들이 집으로 찾아오는 것을 처음에는 그녀가 싫어했고, 화를 내기만 했었다. 하지만 나중에 가서는 아이들이 유쾌하게 지르는 소리와 이야기들에 관심을 갖기 시작하다가 결국 좋아하게 되었다. 그래서 이 소년들이 그만 찾아오게 된다면 그녀가 아마 아주 무료해했을 것이다. 아이들이 무슨 이야기를 하거나 놀이를 시작하면 그녀는 소리 내어 웃으면서 손뼉을 치고는 했다. 그중 어떤 아이들을 자기한테 오라고 불러서 입을 맞추는 적도 있었다. 그녀는 특히 스무로프를 좋아했다. 대위에 관해 말하자면, 그의 집에 아이들이 일류샤를 재미있게 해주기 위해서 오기 시작한 것이 그로서는 맨 처음부터 큰 기쁨이 되었고, 심지어는 일류샤가 이제 심심해하지 않을 것이고 어쩌면 그래서 더 빨리 건강을 되찾을 거라는 희망마저 갖게 되었다. 그는 일류샤 때문에 갖는 자기의 그 두려움에도 불구하고, 아들이 어느새 갑자기 건강을 되찾을 것이라는 점을 맨 마지막 순간까지 단 1분도 의심하지 않았다. 그는 어린아이들을 정중하게 환영했고 수발을 들듯 근처를 왔다 갔다 했고 떠받들다시피 했을 뿐 아니라 실지로 안아서 들어올리기까지 했다. 하지만 일류샤는 그런 놀이들이 마음에 안 들었고, 어차피 같이 놀지도 못하는 입장이었다. 아이들한테 줄 선물, 과자, 견과를 사기 시작했고 차를 끓이고 빵에 버터를 바르기 시작했다. 이때에 그에게는 돈이 떨어지는 적이 없었다는 것을 지적해두어야겠다. 카체리나 이바노브나가 준 200루블을 그는 결국 받았는데, 그것은 알렉세이의 예언과 그대로 맞아떨어지는 것이었다. 그 뒤 카체리나 이바노브나는 그들이 처한 상황과 일류샤의 병에 대해 자세히 알게 되고는 스스로 그들의 집을 방문하여 가족 전체를 만나, 심지어 정신이 오락가락하는 대위 부인의 마음마저 사로잡았다. 그때로부터 그녀의 손은 인색해지는 적이 없었고, 대위는 자기 아들이 죽을 거라고 생각할 때 찾아오는 비참한 감정으로 인해 기가 눌려, 예전에 갖던 자존심을 잊고서 고분고분 기부를 받아들였다. 이때 의사 게르첸슈투베도 카체리나 이바노브나가 오라고 하여 고정적으로 이틀에 한 번씩 꼬박꼬박 환자를 보러 다녔으나, 그가 온다고 해서 그리 변하는 건 별로 없었으며, 그는 다만 환자에게 더덕더덕 약칠만 잔뜩 했다. 하지만 그때, 즉 일요일 아침에 대위의 집에는 모스크바 출신의, 모스크바에서 명의로 소문난 다른 의사가 오기로 되어 있었다. 카체리나 이바노브나가 그 의사를 모스크바에서 특별히 초빙하여, 거액을 주고 불렀다. 하긴 원래 일류샤를 위해 그랬던 건 아니고 다른 어떤 목적이 있었는데, 거기에 대해서는 나중에 얘기할 기회가 있을 것이다. 어쨌든 이왕 그 의사가 온 김에 일류샤도 봐달라고 그녀가 부탁한 것이다. 그리고 그 의사가 올 거라고 대위에게 미리 말해두었다. 콜랴 크라소트킨이 올 거라는 데에 대해서는 대위에게 미리 알려진 바가 전혀 없었다. 비록 일류샤가 그리도 가슴 아프게 그리워하던 그 소년이 끝내 와줄 것을 대위는 오래전부터 바라고 있었지만 말이다. 크라소트킨이 문을 열고 방에 모습을 드러낸 순간은 대위며 소년들이며 모두가 환자의 침상 곁에 무리를 지어, 방금 데려온 조그만 마스티프 품종 강아지를 살펴보고 있던 순간이었다. 바로 어제 태어난 강아지였다. 하지만 대위는 일주일 전에 이미 이 강아지를 주문해놨었다. 사라진, 그리고 당연히 죽은 것으로 여겨지는 쥬치카로 인해 고뇌하는 일류샤에게 이 강아지를 선물하면 그가 조금이나마 고뇌를 잊고 위로를 받을 수 있지 않을까 해서였다. 일류샤는 자기한테 조그만 강아지 선물이 들어올 거라는 걸 이미 사흘 전에 들어서 알았다. 강아지도 보통 강아지가 아니라 진짜 마스티프 품종 강아지라는 걸(이건 물론 아주 중요했다). 일류샤는 성의를 무시하지 말아야 한다는 기본적 의식이 있었으므로 자기가 그 선물을 받게 되어 기쁘다고 했지만, 그럼에도 불구하고, 그의 아버지와 소년들은 명백히 보고 느꼈다. 이 강아지로 인하여 그의 마음속에는, 자기로 인해 고통 받은 불쌍한 쥬치카에 대한 기억이 더욱 생생하게 되살아났을 뿐이라는 것을 말이다. 지금 강아지는 그의 곁에 누워 꼼지락거리고 있었고, 그는 병자 특유의 미소를 지으면서 자신의 가느다랗고 창백한 말라빠진 손으로 강아지를 쓰다듬고 있었다. 강아지가 그의 마음에 들었다는 것을 보아 알 수 있었다. 하지만……, 하지만 쥬치카는 어차피 없었다. 지금 있는 것은 쥬치카가 아니었다. 만약 쥬치카도 있고 이 강아지도 있다면, 그러면 더없는 행복이었을 텐데!

"크라소트킨!"

콜랴가 들어온 것을 처음으로 발견한 소년이 냅다 외쳤다. 누가 봐도 수긍할 만한 술렁임이 일었고, 소년들이 길을 트느라 침상 양쪽으로 갈라섰으므로 일류샤가 한눈에 드러났다. 대위가 콜랴를 맞으러 후닥닥 달려왔다.

"어서 오세요, 어서 오세요! 소중한 손님께서 행차하셨네요! 일류샤야, 크라소트킨 씨가 널 보러 오셨어" 하고 그가 수다를 떨었다.

한편 크라소트킨은 지체 없이 그에게 손을 내밀어 상류 사회 예절에 대한 자신의 해박한 지식을 순식간에 드러냈다. 그는 무엇보다도 먼저, 안락의자에 앉아 있는 대위의 부인(이 부인은 그때 마침 아주 불만이 많았다. 아이들이 일류샤의 침상을 몸으로 가리고 있어 자기는 새로 데려온 강아지가 안 보였으므로 투덜거리고 있었다)에게 몸을 돌려 양발을 맞부딪치며 매우 정중하게 인사를 했고, 그 뒤 니나에게 몸을 돌려, 그녀에게도 마찬가지로 상류 사회 여자에게 하듯이 절을 했다. 몸이 정상이 아닌 자기에게도 그런 정중한 몸놀림으로 인사를 하는 것을 보고 부인은 범상치 않은 좋은 인상을 받았다.

"이제야 교양을 제대로 갖춘 젊은이를 보겠구먼. 우리 집에 오는 다른 아이들은 서로를 타고 오는데" 하고 부인이 손바닥을 위로 하여 양팔을 벌리며 큰 소리로 말했다.

"서로를 타고 오다니? 애들 엄마, 그게 무슨 말이야?" 하고 대위가 상냥한 어조로, 하지만 '애들 엄마'가 또 무슨 이상한 소리를 하나 하는 걱정이 섞인 어조로 말했다.

"서로를 타고 온다니까. 현관에서 한 애가 다른 애 목말을 타고서 이 점잖은 집으로 들어온다니까. 목말을 타고서 말이야. 무슨 그런 손님이 다 있어?"

"누가? 누가 그렇게 타고 왔어? 응? 누가?"

"아, 바로 쟤가 쟤 목말을 타고 들어왔잖아, 오늘. 그리고 쟤는 쟤 목말 타고······."

하지만 콜랴는 이미 일류샤 침상 옆에 가 있었다. 일류샤는 창백해 보였다. 그는 약간 몸을 일으켜 콜랴를 뚫어져라 쳐다보았다. 콜랴는 자기의 이 어린 친구를 마지막으로 본 게 벌써 두 달쯤 전이었다. 그는 완전히 얼어붙은 듯 우뚝 섰다. 이 정도로 여위고 노래진 얼굴과 열에 시달려 벌게지고 마치 엄청나게 커진 듯한 눈과 비쩍 마른 팔을 보게 될 줄은 몰랐던 것이다. 그토록 깊이, 그토록 급히 숨을 쉬는 일류샤를, 입술이 그토록 바싹 마른 일류샤를 그는 비애에 찬 놀란 눈으로 들여다보았다. 그는 한 발짝 다가가 손을 내밀고, 완전히 당황하여 이렇게 말했다.

"그래, 지내는 건 좀 어떠냐, 인마?"

그러나 그의 목소리는 갈라져 나왔고, 자연스럽지가 않았다. 얼굴 근육이 갑자기 제멋대로 놀기 시작하고 입술 근처가 바들바들 떨렸다. 일류샤는 병자의 미소를 그에게 띠어 보였다. 무언가 말을 하기에는 아직 힘에 겨운 모양이었다. 콜랴가 갑자기 손을 들어, 무엇 때문인지 손바닥으로 일류샤의 머리카락을 쓰다듬었다.

"괜찮아!" 하고 일류샤가 그에게 작은 소리로 말했다. 혹 괜찮으니 걱정하지 말라는 뜻으로 그렇게 말한 것일 수도 있고, 혹 그 말을 왜 하는지 자기도 모르면서 그렇게 말한 것일 수도 있다. 그들은 다시금 잠시 침묵했다.

"이거 뭐야? 새로 생긴 강아지야?" 하고 콜랴가 갑자기 아주 냉정한 어조로 물었다.

"으으응!" 하고 일류샤가 숨을 헐떡이면서 긴 속삭임으로 답했다.

"코가 까만 걸 보니 성질 있겠는데! 쇠줄에 묶어놓고 키우는 종류일 거야" 하고 콜랴가 마치 강아지와 그 까만 코와 관련된 문제가 가장 중요한 것인 양 근엄하고 확고한 투로 말했다. 하지만 사실은 그가 자기의 감정을 컨트롤하느라고 온 힘을 다 쏟고 있었다. 어린아이처럼 울음을 터뜨리지 않기 위해. 그런데 감정을 억누르는 것이 쉽지 않았다. "좀 크면 쇠줄로 묶어둬야 될 거야. 내가 알아."

"몸집이 아주 커질 거야!" 하고 모인 아이들 중 한 명이 말했다.

"마스티프니까 엄청 큰 종류지. 이만해질 거야. 송아지만 해질 거라고" 하고 갑자기 여러 명의 목소리가 터져 나왔다.

"송아지만 해질 거야. 진짜 송아지만 해질 거라고" 하면서 대위가 끼어들었다. "내가 일부러 그런 걸 찾았어. 아주, 아주 성질 있는 걸로. 어미, 아비도 아주 크고 엄청나게 사나운 개들이야. 키가 이 정도고……. 여기, 일류샤 침대에 좀 앉지 그래? 아니면 여기 의자에라도. 참 잘 왔어! 네가 오기를 얼마나 기다렸는데……. 알렉세이 표도로비치하고 같이 온 거니?"

크라소트킨이 침상 한 구석에, 일류샤 발쪽에 걸터앉았다. 무슨 얘기로 시작해서 어떻게 자연스럽게 얘기를 풀어나갈지를 이리로 오는 도중에 준비해두었음에도 불구하고 지금은 그가 당황하는 기색이 역력했다.

"아뇨. 전 페레즈본이랑 같이 왔어요. 저한테 페레즈본이라는 개가 있거든요. 슬라브식 이름이죠. 저기서 기다리고 있어요. 내가 휘파람을 불면 쏜살같이 달려올 거예요. 나도 개 있다" 하고 마지막 말을 그가 일류샤에게 했다. "야, 쥬치카 기억하지?" 하고 그가 갑자기 일류샤에게 질문을 던졌다.

일류샤의 얼굴이 일그러졌다. 그는 괴로워하는 표정으로 콜랴를 쳐다봤다. 문 근처에 서 있던 알렉세이가 눈썹을 찌푸리고, 쥬치카 얘기를 하지 말라고 콜랴에게 조용히 고갯짓으로 신호를 보냈으나, 콜랴는 그 신호를 알아채지 못했거나 알아채고 싶어 하지 않았다.

"쥬치카가…… 어디 있는데?" 하고 쉰 목소리로 일류샤가 물었다.

"어디 있긴? 야, 쥬치카는 휙 사라져버렸어!"

일류샤가 입을 다물고 다시 한번 콜랴를 뚫어져라 쳐다보았다. 알렉세이가 콜랴와 눈길을 마주치고 고갯짓으로 신호를 보내려고 온 힘을 쏟았으나 콜랴는 이번에도 그 뜻을 알아채지 못한 척 다시금 눈을 돌려버렸다.

"어디론가 달아나서 없어져버렸어. 그런 걸 먹고 나서 어떻게 안 없어질 수가 있겠냐?" 하고 콜랴가 가혹하게 잘라 말했다. 그런데 그러는 도중 자기도 왠지 모르게 숨을 헐떡이기 시작했다. "하지만 그 대신 나한테 페레즈본이 있어. 슬라브식 이름이야. 내가 너한테 데리고 왔어."

"필요 없어!" 하고 갑자기 일류샤가 말했다.

"아니야, 필요 있어. 꼭 한번 봐봐. 네가 시름을 잊을 거야. 내가 일부러 데리고 왔어. 그 개처럼 마찬가지로 털북숭이야. 아주머니, 이리로 내 개를 좀 불러도 되겠어요?" 하고 그가 갑자기 스네기료바 부인에게 물었다. 그는 왠지 아주 이해하기 어려운 흥분 상태에 있었다.

"안 돼! 안 돼!" 하고 일류샤가 비통한 목소리로 소리쳤다. 그의 눈빛에 질책의 기색이 불타올랐다.

"그러지 말고 차라리……" 하면서 갑자기 대위가, 벽 근처에 있던 궤짝에 앉아 있다가 일어났다. "차라리 말이지……, 언제 다음에 그러는 게 차라리……" 하며 그가 중얼거렸다. 그러나 콜랴는 고집을 꺾지 않고 서두르면서 갑자기 스무로프에게 소리쳤다. "스무로프, 문 열어!" 그리고 스무로프가 문을 열자마자 호각을 꺼내 불었다. 페레즈본이 쏜살같이 방 안으로 달려 들어왔다.

"뛰어, 페레즈본! 앞발 들어! 앞발 들어!" 하고 콜랴가 자리에서 일어나서 소리쳤다. 그랬더니 개가 뒷다리로 몸을 지탱하고서 일류샤의 침상 바로 앞에 우뚝 섰다. 아무도 예상치 못

했던 갑작스런 일이 일어난 것이다. 일류샤가 깜짝 놀라 몸을 부르르 떨더니 페레즈본 쪽으로 확 몸을 내밀고 꼼짝하지 않으면서 페레즈본을 바라보았다.

"이건…… 쥬치카야!" 하고 그가 갑자기 외쳤다. 괴로움과 행복이 섞여 그의 목소리가 갈라져 나왔다.

"그래, 인마, 넌 설마 쥬치카 아니고 다른 개일 거라고 생각했어?" 하고 크라소트킨이 낭랑하고 행복에 겨운 목소리로 온 힘을 쏟아 외쳤다. 그리곤 개 쪽으로 몸을 굽혀 개를 양팔로 안아 일류샤가 보도록 쳐들었다.

"봐, 인마. 눈 하나가 비뚤어졌고 왼쪽 귀가 갈라졌잖아. 네가 나한테 얘기해줬던 바로 그 특징이지? 바로 그 특징 가지고 내가 이 개를 찾아낸 거야! 바로 그때 금방 찾아냈어. 이 개는 주인 없는 개였거든요, 주인 없는 개!" 하면서 그가 재빨리 대위, 그의 부인, 알렉세이 쪽으로 고개를 돌려 설명해주었다. 그러고는 다시 일류샤에게 말했다. "이 개가 표도토프 씨네 집 뒤뜰에 있었어. 거기서 붙어 살 수도 있었는데, 표도토프 씨네 집 사람들이 이 개한테 밥을 안 줬어. 근데 이 개는 원래 도망 나온 개였어. 시골에서 도망 나온 개……. 내가 찾아냈어……. 있잖아, 인마, 이 개가 그러니까 그때 네가 준 빵 조각을 삼키지 않은 거야. 만약 삼켰다면 당연히 죽었겠지. 그러면 그냥 끝이지! 그러니까 이 개는, 살아 있는 걸 보면, 그걸 뱉어낸 거지.

넌 이 개가 뱉어내는 걸 못 본 거고 말이야. 뱉어내긴 뱉어냈는데 혀가 찔린 거야. 그래서 그때 빽 소리를 지른 거야. 달리면서 비명을 지른 거야. 근데 넌 이 개가 완전히 삼켜버린 줄 알았지. 이 개가 비명을 아주 크게 지른 건, 개들은 입안의 살갗이 아주 약하기 때문이야. 사람 입안 살갗보다 더, 훨씬 더 부드러워" 하고, 기쁨으로 얼굴이 벌게지고 환해진 콜랴가 흥분하여 큰 소리로 말했다.

일류샤는 말이 안 나왔다. 그는 그 큰 눈으로, 어쩐지 아주 크게 부릅떠진 눈으로, 입을 벌리고 콜랴를 쳐다보고 있었다. 얼굴은 백짓장처럼 창백했다. 콜랴 크라소트킨은 그런 순간이 아픈 일류샤의 몸 상태에 얼마나 안 좋은, 얼마나 치명적인 영향을 끼칠 수 있는지에 대해서는 아무것도 모르고 있었다. 그걸 알았더라면 그가 절대로 그런 쇼를 기획하지 않았을 텐데 말이다. 그러나 방에 있는 사람들 중에서 어쩌면 알렉세이 혼자만 그 사실을 알고 있었던 것 같다. 대위에 대해 말하자면 그는 마치 나이가 아주 어린아이로 돌변한 것 같았다.

"쥬치카야? 그러니까 이게 쥬치카란 말이지?" 하고 그가 행복에 겨운 목소리로 말했다. "일류샤야, 이게 쥬치카래! 네가 그렇게도 걱정하던 쥬치카! 애들 엄마, 이게 쥬치카래!" 하면서 그는 거의 울다시피 했다.

"어휴, 난 또 몰랐지!" 하면서 스무로프가 안타깝다는 듯이 소리쳤다. "야, 크라소트킨 장하다! 그래, 내가 뭐랬어? 크라소트킨이 쥬치카를 찾아낼 거라 그랬잖아. 저것 봐, 찾아냈지!"

"찾아냈네!" 하고 또 누군가가 기쁘게 맞장구쳤다.

"크라소트킨 장하다!" 하고 또 누군가의 목소리가 울렸다.

"장하다, 장해!" 하고 모든 소년들이 소리치면서 박수마저 치기 시작했다.

"야, 야, 잠깐만, 잠깐만!" 하고 크라소트킨이 그 소리에 자기 목소리가 묻혀버릴까 봐 큰 소리로 외쳤다. "어떻게 된 일인지 내가 얘기해줄게. 그 사연이 바로 중요한 거거든. 내가 이 개를 찾아내서 우리 집으로 데리고 오자마자 곧장 숨겨놓았어. 당일 전까지 집에 가둬두고 아무한테도 보여주지 않았어. 스무로프 혼자만 2주 전에 알게 됐어. 하지만 내가 스무로프한테 말했지. 이건 페레즈본이라고. 그래서 스무로프는 몰랐던 거야. 나는 쉬는 시간마다 쥬치카한테 여러 기술을 가르쳤어. 너희들 한번 봐. 이 개가 어떤 재주를 피우는지. 바로 잘 교육시켜서 멀쩡한 상태로 너한테 데리고 오려고 내가 재주를 가르친 거야. 자, 보라고, 인마, 너의 쥬치카가 지금 어떤지를. 혹시 이 집에 쇠고기 한 점이나 뭐 그런 거 없어요? 이 개가 지금 재주를 보여드릴 수 있거든요. 그럼 다들 우스워서 쓰러지실 거예요. 쇠고기 한 점이 설마 여기 없을까요?"

대위가 재빨리 현관을 거쳐, 건물 반대쪽의 주인집으로 갔다. 거기서 대위가 먹을 음식이 삶아지고 있었다. 콜랴는 귀중한 시간을 허비하지 않기 위하여 매우 서두르면서 페레즈본에게 "죽어!" 하고 소리쳤다. 그러자 페레즈본이 갑자기 휙 한 번 돌더니 등을 깔고 누워, 네 발을 다 위로 향하고 움직임을 딱 멈추었다. 아이들이 웃음을 터뜨렸고, 일류샤는 계속 그 고통에 찬 미소를 띠고서 쳐다보았다. 하지만 페레즈본이 죽은 것을 보고 제일 좋아한 것은 바로 '애들 엄마'였다. '애들 엄마'는 개를 보고 깔깔 웃어대다가 손가락을 튕겨가며 개를 부르기 시작했다.

"페레즈본, 페레즈본!"

"절대로 안 일어날 거예요. 절대로" 하고 콜랴가 정정당당하게 뽐내며 말했다. "이 세상 사람들이 다 불러도 안 일어날 거예요. 하지만 내가 부르면 순식간에 벌떡 일어날 거예요. 워리, 페레즈본!"

개가 벌떡 일어나 기뻐서 뜀을 뛰기 시작했다. 대위가 삶은 쇠고기 한 점을 들고 달려 들어왔다.

"안 뜨거워요?" 하고 콜랴가 쇠고기를 받으며 진지한 어조로 서둘러 물었다. "아, 안 뜨겁네요. 개들은 뜨거운 걸 싫어하거든요. 자, 다들 보세요. 일류샤야, 봐봐. 야, 인마, 보라고. 왜 안 봐? 내가 데리고 왔는데 쟤는 안 봐요!"

그다음 프로그램은 코를 앞으로 내밀고 가만히 서 있는 개의 코에다 맛있는 쇠고기 한 점을 올려놓는 것이었다. 불쌍한 개는 고기를 코 위에 얹은 채, 주인이 명령할 때까지 그 자리에서 꼼짝 않고 서 있는 것이었다. 그렇게 심지어 30분까지도 서 있는 것이었다. 하지만 이번에는 페레즈본을 잠시만 그렇게 서 있도록 했다.

"먹어!" 하고 콜랴가 소리치자 고기가 순식간에 페레즈본의 코 위로부터 입으로 들어갔다. 보는 사람들은 물론 열광했다.

"그런데 진짜, 진짜 오로지 개를 훈련시키느라고 여태까지 오지 않았던 거니?" 하고 알렉세이가 어쩌다 약간 비난조가 들어간 말투로 물었다.

"진짜 그것 때문이에요. 난 개의 훌륭한 모습을 보여주고 싶었어요" 하고 콜랴가 더없이 덤덤하게 대답했다.

"페레즈본! 페레즈본!" 하고 갑자기 일류샤가 자신의 가느다란 손가락을 튕기며 개를 불렀다.

"왜? 개가 침상으로 바로 달려오게 해줄까? 워리, 페레즈본!"

콜랴가 손바닥으로 침상을 치자 페레즈본이 쏜살같이 일류샤에게 달려왔다. 일류샤가 양팔로 페레즈본의 머리를 허겁지겁 얼싸안았다. 페레즈본이 곧바로 그의 뺨을 핥았다. 일류샤가 페레즈본을 꼭 껴안고 침상 위에 몸을 길게 뻗고 누워 페레즈본의 북슬북슬한 털 속에 얼굴을 파묻었다.

"오, 하느님 맙소사!" 하고 대위가 외쳤다.

콜랴가 다시금 일류샤의 침상에 걸터앉아 말했다.

"일류샤야, 내가 또 한 가지 보여줄 게 있어. 나 지금 대포 갖고 왔어. 전부터 내가 대포 얘기하던 거 기억나니? 그때 너는 '아, 나도 한번 보았으면!' 그랬잖아. 자, 그래서 내가 지금 갖고 왔어."

그러면서 콜랴는 자기 가방에서 구리로 된 장난감 대포를 서둘러 꺼냈다. 그는 그걸 보여주는 게 스스로 아주 가슴 떨리는 일이었기 때문에 어서 보여주려고 서두른 것이다. 다른 때 같았으면, 페레즈본에 의하여 끼쳐진 감명이 한 풀 꺾일 때까지 기다렸을 것이다. 하지만 지금은 그런 걸 다 집어치우고 서둘렀다. '지금 이토록 감명을 받은 김에 그냥 내쳐 더 받으시오!' 하는 입장이었다. 스스로가 아주 도취된 상태였다.

"내가 이걸 관리 모로조프 씨네 집에서 이미 오래전부터 봐뒀어. 너 주려고, 인마. 너 주려고. 이게 그 집에 그냥 하는 일 없이 놓여 있잖아. 그 사람은 자기 형한테서 얻은 거래. 그래서 내가 아버지 책장에서 꺼낸 『마호메트의 친척. 치료 효과를 갖는 어리석은 행위』라는 책을 주고 그걸 갖고 왔지.[5] 그 책은 백 년 된 건데, 표현에 거리낌이 없고 대담한 책이야. 모스크바에서 출판됐어. 아직 검열이 없던 시절. 그런데 모로조프 씨는 그런 것들을 아주 좋아하거든. 나한테 고맙다고까지 했지 뭐야……."

콜랴는 대포를 모두의 눈앞에서 들고 있었으므로 모두가 잘 구경할 수 있었다. 일류샤는 몸을 약간 일으켜, 오른팔로 페레즈본을 계속 안은 채로 환희에 찬 눈길로 장난감 대포를 살펴보았다. 콜랴가 화약도 갖고 있다고, '만약 여성분들이 무서워하지만 않으신다면' 지금 발사를 해보일 수도 있다고 말하자 환희의 강도는 더욱 높아졌다. '애들 엄마'는 자기가 장난감 대포를 가까이에서 볼 수 있게 해달라고 당장 부탁했고, 그 부탁은 즉시 이행되었다. 바퀴가 달린 구리 대포가 아주 그녀의 마음에 들었다. 그녀는 자기 무릎 위에서 대포를 굴리기 시작했다. 발사를 하게 허락해달라는 요청에 대하여 무척 흔쾌히 응했으되, 요청의 내용은 이해하지 못한 상태였다. 콜랴는 화약과 산탄을 보여주었다. 대위는 군인 출신의 사람으로서 스스로 장약을 재는 일을 맡았다. 그는 화약을 아주 조금 뿌려 넣고서, 산탄은 다음으로 미루자고 했다. 대포를 바닥에 세워놓고, 아무것도 없는 자리로 포구를 향하게 한 뒤, 화약 세 알갱이를 화문에 밀어 넣고 성냥으로 불을 붙였다. 더할 나위 없이 멋진 발사가 이루어졌다. 애들 엄마는 깜짝 놀랐지만 곧 깔깔대며 웃기 시작했다. 소년들은 기분이 뿌듯하여 말없이 있었는데, 일류샤를 보면서 가장 기분이 좋았던 사람은 대위였다. 콜랴는 대포를 집어 곧 일류샤에게 선물했다. 산탄과 화약도 같이.

"이거 나 너 주려고 갖고 온 거야, 너 주려고 오래전부터 준비해뒀었어" 하고 그가 행복에 겨워 자기 말을 반복했다.

"아니야, 그거 차라리 나 줘! 대포를 나한테 선물해줘!" 하고 애들 엄마가 마치 어린아이처럼 보채기 시작했다. 자기한테 선물하지 않으면 어쩌나 하고 걱정하고 불안해하는 표정이 그녀의 얼굴에 나타났다. 콜랴는 어쩔 줄을 몰랐다. 대위가 안절부절못하며 끼어들었다.

"애들 엄마, 애들 엄마! 대포는 당신 거야, 당신 거. 그래도 일류샤가 좀 갖고 있으라 그래. 왜냐하면 일류샤가 선물로 받은 거거든. 그래도 당신 거나 다름없어. 일류샤가 언제든지 갖고 놀라고 줄 텐데 뭐. 일류샤 것도 되고 당신 것도 돼."

"안 돼. 싫어. 일류샤랑 같이 갖는 거 싫어. 나 혼자 갖고 싶어" 하고 애들 엄마가 거의 울 듯한 태도로 계속 칭얼댔다.

"엄마, 엄마가 가져. 자, 엄마가 가져!" 하고 일류샤가 갑자기 소리쳤다. "크라소트킨, 내가 엄마한테 선물해도 돼?" 하고 그가 갑자기, 자기한테 들어온 선물을 다른 사람에게 준다고 크라소트킨이 화를 내지 않을까 두려운 듯 애원하는 태도로 말했다.

"물론 되지!" 하고 크라소트킨이 즉시 동의하고는, 일류샤 손에서 대포를 받아서 직접 애들 엄마에게 전해주면서 정중하게 절을 올렸다. 애들 엄마는 감동해서 울음마저 터뜨렸다.

"일류샤야, 착한 일류샤야, 너 엄마를 정말 사랑하는구나!"

하고 그녀가 감동하여 외치고는 다시금 자기 무릎 위에서 대포를 굴리기 시작했다.

"애들 엄마, 나 당신 손에 입 맞출래" 하면서 대위가 그녀에게 달려가, 자신의 결심을 즉시 이행했다.

"또 누가 제일 예쁜 젊은인가 하면, 바로 이 마음 착한 소년이지!" 하고 그녀가 크라소트킨을 가리키며 감사의 뜻을 드러냈다.

"화약은 말이지, 일류샤야, 너한테 얼마든지 계속 가져다줄게. 화약을 이제 우리가 직접 만들어. 보로비코프가 성분을 알아냈거든. 질산칼륨, 유황, 자작나무 목탄을 24대 20대 6 비율로 넣고 함께 빻아서 물을 부어 섞어 말랑말랑하게 만든 것을 둥근 체에 갈아서 가루를 만든 게 바로 화약이야."

"너희들이 화약을 만든다는 거 스무로프가 벌써 나한테 말해줬어. 하지만 아빠가 그러는데, 그건 진짜 화약이 아니래" 하고 일류샤가 말했다.

"그게 왜 진짜가 아니야?" 하고 콜랴가 얼굴을 붉혔다. "우리가 하면 불붙는데. 글쎄, 하긴 내가……."

"아니야, 괜찮아" 하면서 갑자기 대위가 미안해하는 모습으로 달려왔다. "내가 진짜 화약은 그렇게 만드는 게 아니라고 말한 건 사실인데, 사실 그렇게 만들어도 괜찮아."

"글쎄요, 아저씨가 더 잘 아시겠죠. 우린 돌로 된 향유 단지에다 넣고 불을 붙였는데, 아주 잘 탔어요. 다 타고 그을음이 아주 조금 남았어요. 그래 봤자 그건 말랑말랑한 것에 불과해요. 하지만 그걸 체에다 갈면……. 하긴, 아저씨가 더 잘 아시겠죠. 전 잘 모르겠어요……. 참, 불킨은 화약 만드는 것 때문에 아버지한테 혼났대. 그 얘기 들었어?" 하고 그가 갑자기 일류샤에게 물었다.

"들었어" 하고 일류샤가 대답했다. 그는 흥미와 즐거움에 가슴 졸이면서 콜랴의 말을 듣고 있었다.

"우리가 화약을 병 하나 분량을 만들었거든. 불킨이 그걸 침대 밑에 두었는데 아버지가 발견한 거야. 이거 터지면 어떡할 거냐고 하면서 그 자리에서 회초리로 갈겼대. 학교에다 나를 고발하려고도 했대. 지금은 나랑 같이 놀지 말라고 했대. 지금 나랑 같이 놀게 놔두는 애 한 명도 없어. 스무로프도 나랑 같이 못 놀게 한대. 내가 그만큼 악명이 높아진 거지. 나보고 '못 말리는 애'래. 그게 다 철도 사건에서 비롯된 거야" 하면서 콜랴가 어이가 없다는 듯 픽 웃었다.

"그래, 우리 그 사건에 대해서도 들었어! 그때 어떻게 그렇게 엎드려 있을 수가 있었니? 기차 밑에 엎드려 있으면서 어떻게 그렇게 전혀 겁이 하나도 안 날 수가 있었니? 무섭지 않았어?"

대위가 콜랴 앞에서 엄청나게 아첨을 떨었다.

"별……, 별로요!" 하고 콜랴가 별것 아니라는 듯이 대답했다. "여기서 나에 대한 평판에 먹칠을 한 건 무엇보다도 그 망할 놈의 거위야" 하면서 그가 다시 일류샤에게 고개를 돌렸다. 한편 그는 이야기를 하면서 별것 아니라는 듯 인상을 찌푸리긴 했지만, 그래도 아직 완전히 자기 컨트롤을 못 하고 있었다. 그래서 태도가 계속 이랬다 저랬다 했다.

"아, 나 거위 얘기도 들었어!" 하면서 일류샤가 환하게 웃으며 말했다. "얘기를 들었는데, 근데 정말로 너 법원에서 판결을 받은 거야, 뭐야?"

"사실은 전혀 아무것도 아닌 일 가지고서, 아주 사소한 일을 가지고서, 흔히들 그러듯이 그때도 엄청나게 부산을 떤 거지" 하면서 콜랴가 이야기를 늘어놓기 시작했다. "한번은 내가 여기 광장을 지나는 길이었는데, 그때 바로 장사꾼들이 거위 떼를 몰고 왔더라고. 내가 걸음을 멈추고 거위 떼를 보고 있었지. 문득 비쉬냐코프라는 이곳 청년 한 명이, 지금 플로트니코프 씨네 가게에서 배달원으로 일하는 청년인데, 그 청년이 날 보고 말하는 거야. '거위들은 왜 쳐다봐?' 내가 그 청년을 보니까 얼굴은 둥글넓적하고 꺼벙하게 생겼더라. 만 스물 먹은 청년이야. 나는 있잖아요, 평민들하고 얘기 나누는 거 언제나 마다하지 않아요. 전 평민들하고 있는 걸 좋아해요……. 우리는 평민들보다 뒤떨어져 있어요. 이건 공리예요. 카라마조프 씨, 저를 비웃으시는 거 같은데요."

"아니야. 내가 설마? 난 네 말을 귀 기울여 듣고 있어" 하고 알렉세이가 최고로 순박한 얼굴을 하고 반응했다. 그 말을 들은 콜랴는 자기가 괜히 걱정했나 보다 생각하고 곧바로 자신감을 얻었다.

"내 이론은 말이죠, 카라마조프 씨, 명확하고 간단해요" 하면서 그가 다시금 신이 나서 서둘러 말했다. "나는 평민들을 믿고, 평민들의 정당함을 언제나 기꺼이 인정해요. 하지만 그렇다고 무조건 오냐오냐하지는 않죠. 그건 sine qua*예요……. 아, 내가 지금 거위 얘기 하려고 했지? 응, 그래서 말이지, 내가 그 바보 같은 청년한테 이렇게 대답했지. '나 지금, 거위는 무슨 생각을 할까 하고 생각 중이야' 하고. 그랬더니 그 청년이 무지하게 바보 같은 표정을 하고 날 보다가, '그래, 거위가 무슨 생각을 하는데?' 그러는 거야. 그래서 내가 이랬지. '저기 봐. 귀리를 실은 짐마차가 서 있는 거 보이지? 자루에서 귀리가 흘러나오고 있는 거. 그래서 거위가 바퀴 바로 밑으로 목을 쭉 빼서 귀리를 쪼아 먹고 있는 거.' 그러니까 그 청년이, '응, 아주 잘 보여.' 그랬어. 내가, '자, 봐 봐. 저 짐마차를 조금만 앞으로 밀면 바퀴에 거위 목이 잘릴 거 같아, 안 잘릴 거 같아?' 그랬더니 청년이, '당연히 잘리겠지.' 그러는 거야. 그러면서 벌써 마음

---

* 반드시 있어야 할 조건.

이 풀어져서 입을 헤벌리고 싱글거리고 있는 거야. 그때 내가 이랬지. '자, 가서 해보자.' 청년이 '그래.' 그러더구먼. 일은 오래 걸리지 않았어. 그 청년이 슬그머니 굴레 앞에 섰고, 난 거위를 그리로 보내기 위해 옆에 섰지. 그때 마부는 딴 데에 정신이 팔려 있었어. 누구랑 얘기를 나누고 있었어. 그래서 나는 뭐, 굳이 거위를 보내고 할 것도 없었어. 거위가 직접 귀리를 먹으려고 짐마차 바로 밑, 바퀴 바로 밑으로 목을 쭉 뺀 거야. 내가 청년에게 윙크를 했고 청년은 꽉 밀었지. 그러자 빠지직! 거위 목이 그 자리에서 두 동강! 그런데 일이 안 될라 치려니까 그러는 우리들을 남자들이 다 봤어. 다들 한꺼번에 소리치는 거야. '너 이거 일부러 그랬지?' 하면서. '아니에요, 일부러 그런 거 아니에요.' '아니긴? 일부러지!' 그러면서 '치안판사에게 보내!' 하고 다들 소리치는 거야. 나도 같이 잡아가더라고. '너도 여기 서서 도왔지? 시장 전체에서 널 모르는 사람이 없어!' 그러면서. 왠지 모르게 진짜로 시장에서 날 모르는 사람이 없어" 하고 콜랴가 으쓱해하듯이 말을 덧붙였다. "그래서 다들 우리를 끌고 치안판사한테 갔어. 거위도 들고 갔어. 내가 보니 그 청년이 겁을 잔뜩 먹고서 울부짖는데, 진짜로 여자같이 빽빽 소리 지르더라고. 거위들 몰고 온 상인이, '이놈들이 하듯이 그런 식으로 하다간 내 거위들 싹 다 전멸할라!' 하고 고래고래 소리치는 거야. 물론 증인들도 다 같이 갔지. 치안판사가 판결을 금방 내리더구먼. 거위 값으로 상인한테 1루블을 물어 내고, 거위는 청년 보고 가져가라고 하면서, 앞으로는 그런 장난 절대 치지 말라고 하는 거야. 그러자 청년이 계속 여자처럼 **빽빽** 소리 지르면서, '내가 한 거 아니에요. 저놈이 부추긴 거예요' 하며 날 가리키네. 난 아주 냉정한 어조로, 난 그렇게 하라고 가르친 적 없고, 다만 기본적인 생각을 표현했을 뿐이고 기획안을 발표했을 뿐이라고 했지. 치안판사 녜표도브가 피식 웃더니, 피식 웃은 것에 대해 자신에게 화가 나는지, '앞으로는 앉아서 책이나 읽고 공부나 하는 대신에 그런 기획안을 만들거나 하지 못하게 하라고 내가 지금 당장 네 학교 당국에다 말할 거'라고 하더구먼. 진짜로 학교 당국에 말하진 않았어. 내가 한 건 그냥 장난이었거든. 하지만 그 일에 대한 소문이 좍 퍼지면서 학교 당국 귀에까지 들어갔어. 내 참, 귀들은 다들 밝아서 말이지! 특히 고전 문학 선생 콜바스니코프가 길길이 뛰었는데, 이번에도 다르다넬로프가 날 옹호해줬어. 콜바스니코프는 지금 모두한테 다 화가 나 있어. 얼굴이 붉으락푸르락 당나귀 같아. 일류샤야, 그 사람 결혼했다는 거 들었냐? 미하일로프 씨네 집에서 지참금 1천 루블 챙겼다고. 신부는 눈 씻고 찾아봐도 더는 못 찾을 추녀래. 3학년 애들이 단번에 풍자시를 지어 읊었네.

그 소식에 삼학년 애들은 경악했네.

너저분한 콜바스니코프가 장가갔다네.

뭐 그렇게 시작하는데, 아무튼 엄청나게 우습고 재미있어. 나중에 한번 너한테 갖고 와서 보여줄게. 다르다넬로프에 대해선 나 뭐라고 안 해. 지식이 아주 풍부한 사람이야. 난 그런 사람들을 존경해. 나를 옹호해주기 때문에 존경하는 게 절대 아니라."

"하지만 네가 트로이를 누가 건설했는지 질문해서 그 사람을 할 말 없게 만들었잖아" 하면서 갑자기 스무로프가 크라소트킨을 치켜줄 좋은 기회다 생각하고 끼어들었다. 그는 거위 얘기가 아주 마음에 들어 기분이 좋았다.

"정말 그렇게 선생이 할 말을 잃었다며?" 하고 대위가 아첨하는 투로 장단을 맞추었다. "트로이를 누가 세웠냐는 그 얘기 말이지? 우리가 벌써 다 들어 알고 있어. 선생을 할 말 없게 만들었다는 거. 일류샤가 나한테 그렇게 말해줬어."

"아빠, 얘는 모르는 게 없어. 우리 중에 제일 만물박사야!" 하고 일류샤가 이어서 장단을 맞추었다. "얘는 겉으로는 안 그런 척하지만, 사실은 모든 과목에서 1등 하는 애야."

일류샤가 감동에 겨운 눈길로 콜랴를 쳐다보았다.

"트로이에 관한 얘기는, 그건 그냥 별 얘기 아니에요. 내가 생각해도 내가 했던 질문이 주안점이 결여된 질문이고요" 하고 콜랴가 겸손하게 보이는 거만함을 띠고 대답했다. 그의 말투는 이미 그만하면 안정된 톤을 띠었으나 그래도 약간의 불안함은 남아 있었다. 그는 자기가 아주 흥분한 상태라는 점, 그리고 예를 들어 거위 얘기는 자기가 심하게 열정적으로 했다는 점을 느끼는 중이었다. 한편 그 얘기가 진행되는 동안 알렉세이는 아무 말도 없이 계속 심각하게 있었는데, 그것 때문에 콜랴는 자기가 너무 잘난 척을 해서 그러는 거 아닌가 하고 조금씩 걱정이 되는 중이었다. '내가 자기한테서 칭찬을 듣고 싶어 하는 줄로 생각하고 내가 경멸스러워서 아무 말이 없는 게 아닌가? 만약 그렇다면, 만약 저 사람이 진짜로 감히 그렇게 생각하는 거라면, 그럼 나는……' 하고 그는 생각했다.

"난 그 질문이 진짜로 주안점이 결여된 것이라고 생각해요" 하고 그가 거만한 태도로 다시 한번 잘라 말했다.

"난 트로이를 누가 건설했는지 알아요" 하고, 여태까지 거의 한마디도 안 하고 있던 한 소년이 문득 말했다. 그가 갑자기 대화에 끼어들 줄은 아무도 예상을 못 했었다. 과묵하고 수줍음을 잘 탈 것으로 보이는, 아주 귀엽게 생긴 열두 살쯤 돼 보이는 소년으로서, 성은 카르타쇼프였다. 그는 문 쪽에서 가장 가까이 앉아 있었다. 콜랴가 놀라서 그 소년을 거만한 눈길로 쳐다보았다. 뭐가 놀랄 일이었나 하면, '누가 트로이를 건설했는가?'라는 문제는 전 학년에 걸쳐서 비밀이 되어 있었고, 그 문제의 본질로 침투해 들어가기 위해서는 스마라그도프의 책을 읽어야 되는 것으로 모두가 알고 있었기 때문이다. 하지만 스마라그도프의 책은 콜랴를 빼고는 아무도 갖고 있지 못했다. 그런데 한번은 콜랴가 딴 데로 고개를 돌렸을 때 카르타쇼프라는 소년이 콜랴의 다른 책들 사이에 놓여 있는 스마라그도프의 책을 몰래 재빨리 펼쳤고, 그때 트로이를 건설한 자들에 대해 쓰여 있는 바로 그곳이 눈에 들어왔던 것이다. 그 일이 있던 것은 꽤 오래전이지만 이 소년은 수줍어서, 트로이를 누가 건설했는지 자기가 안다고 공적으로 밝힐 결심을 못 했던 것이다. 잘못하다 일이 안 좋게 될까 봐, 그것 때문에 콜랴가 자기한테 뭐라고 할까 봐 말이다. 그랬었는데 지금은 왠지 갑자기 못 참고 말문을 튼 것이다. 그러지 않아도 오래전부터 트고 싶던 말문을 말이다.

"그래, 누가 건설했어?" 하고 콜랴가 그에게 몸을 틀며 오만하게, 깔보는 투로 물었다. 얼굴을 보니 그 애가 진짜 알고서 하는 소리라는 걸 짐작할 수 있었다. 그래서 그 애가 답을 말하면 어떻게 대처하리라는 것까지 머릿속에서 후닥닥 준비를 해 놓은 것도 물론이다. 무리를 장악하던 분위기 속에서 소위 혼란이 인 듯했다.

"트로이를 건설한 것은 테우크로스, 다르다노스, 일로스, 트로스야" 하고 소년이 명료하게 잘라 말하고는 별안간 얼굴이 새빨개졌다. 너무 새빨개져서 쳐다보기가 민망할 정도였다. 그래도 다른 소년들은 이 소년을 계속 뚫어져라 보고 있었다. 일 분 정도를 그렇게 보던 그들의 눈길이 그 뒤 갑자기 한꺼번에 콜랴에게로 쏠렸다. 콜랴는 건방지게 행동한 이 소년을 경멸에 찬 냉정한 태도로 아직까지 계속 머리끝부터 발끝까지 훑어보고 있었다.

"그러니까 어떻게 그들이 건설했다는 거야?" 하고 마침내 그가 말을 꺼내주었다. "아니, 어떤 도시나 국가를 건설한다는 거 자체가 뭘 뜻하는 거야? 그들이, 뭐야, 와서 벽돌 한 개씩 쌓은 거야?"

웃음소리가 터졌다. 소년은 창피해서 얼굴이 빨갛다 못해 진홍색이 되었다. 그는 아무 말도 못 하고, 이제 막 울음을 터뜨릴 지경이었다. 콜랴가 1분쯤을 더 끌면서 가만히 지켜봤다.

"민족의 태동이라든지 하는 그런 역사적 사건을 해석하기 위해서는, 일단 그게 무엇을 뜻하는지를 알아야 하는 거야" 하고 그가 또랑또랑하고 엄한 교훈 조의 말투로 말했다. "나는 이를테면 여자들의 수다와 같은 그런 모든 이야기들에 중요성을 두지 않고, 뿐만 아니라 세계사 전체를 그리 다 믿지도 않아요" 하면서 그가 갑자기 다 별거 아니라는 태도로 모두를 향해 덧붙여 말했다.

"세계사를 말이야?" 하고 대위가 갑작스레 깜짝 놀란 듯이 물었다.

"네. 세계사를요. 그건 인류의 어리석은 행동들을 연구한 것에 불과해요. 난 수학과 자연과학만 정당한 학문이라고 생각해요" 하고 콜랴가 무게를 잡으며 말하고는 알렉세이를 힐끔 쳐다보았다. 콜랴가 여기서 만만하게 보지 못할 것이 있다면 그것은 오직 알렉세이의 의견이었다. 한편 알렉세이는 계속 아무 말이 없이 심각한 태도였다. 지금 알렉세이가 무슨 말이라도 좋으니 한마디만 한다면 콜랴의 마음이 좀 편할 터였으나, 알렉세이는 계속 침묵하고 있었고, 그의 침묵에는 경멸이 섞여 있을 수 있다고 생각하여 콜랴는 이미 참지 못할 지경이었다.

"우리 학교에선 또 그 고전어를 강의한대요. 그건 미친 짓이고 그 이상 아무것도 아니에요. 카라마조프 씨는 또 제 말에 동의 안 하시는 거 같은데요. 어떠세요?"

"동의 안 해" 하고 알렉세이가 감정을 억제하는 듯 미소를 띠었다.

"고전어에 대한 제 의견을 다 듣고 싶으시다면, 그건 우민화 조치나 마찬가지예요.[6] 단지 그 목적으로 그 과목들이 도입된 거라고요." 콜랴가 다시금 숨을 조금씩 거칠게 쉬기 시작했다. "그 과목들은 지루한 것이므로 도입된 거예요. 지루하기 때문에 사람의 분별력을 둔하게 만들어요. 그냥도 지루했잖아요. 그런데 더 지루하게 하려면 어떻게 해야 돼요? 그냥도 생각이 꽉 막혔었잖아요? 그런데 생각이 더 꽉 막히게 하려면 어떻게 해야 돼요? 바로 그 목적으로 고전어를 도입하기로 한 거라고요. 이게 고전어에 대한 나의 의견 전부예요. 그리고 난 그 내 의견을 앞으로도 절대 바꾸지 않을 거라고 희망해요" 하고 콜랴가 거칠게 잘라 말하면서 말을 마쳤다. 그의 양쪽 뺨에 빨간 반점들이 하나씩 나타났다.

"그건 맞는 말이야."

열심히 듣고 있던 스무로프가 갑자기 낭랑한 목소리로 확신 있게 동의의 뜻을 밝혔다.

"그러면서도 라틴어에서 네가 일등이잖아!" 하고 무리 중 한 소년이 갑자기 소리쳤다.

"맞아. 아빠, 얘가 말은 이렇게 하지만 라틴어 성적이 학급에서 일등이야" 하고 일류샤도 한마디했다.

"그게 왜 그런지 알아?" 하고 콜랴가 자기 입장을 정당화해야 할 필요를 느끼고 말을 시작했다. 비록 자기를 향한 칭찬에 아주 기분이 좋았지만 말이다. "라틴어는 내가 그냥 외우는 거야. 왜냐하면 그래야 되기 때문이지. 내가 그 과목을 이수하기로 어머니한테 약속했거든. 나는 이왕 일단 시작한 것은 잘해야 한다고 생각해. 하지만 마음속 깊은 곳에선 고전주의와 그 모든 몹쓸 산물을 경멸해. 카라마조프 씨는 내 의견에 동의하지 않으세요?"

"'몹쓸' 산물이라는 건 왜인데?" 하고 알렉세이가 다시금 약간 웃으며 물었다.

"네, 대답할게요. 고전 작품들은 다 모든 언어로 번역됐잖아요. 그러니까 라틴어는 고전 작품들을 연구하기 위해 필요했던 게 전혀 아니라, 오로지 통치의 수단으로서, 분별력을 무디게 하기 위해 필요했던 거잖아요. 그러니 어떻게 몹쓸 산물이 아니에요?"

"널 그렇게 가르친 사람은 누군데?" 하고 알렉세이가 마침내 놀라 소리쳤다.

"첫째, 나는 누가 가르쳐주지 않아도 스스로 이해할 수 있어요. 둘째, 내가 지금 번역된 고전 작품들에 대해 해드린 바로 그 얘기를 콜바스니코프 선생이 3학년 애들 전체에게 직접 말한 적 있어요."

"의사 선생님 오셨어!" 하고, 계속 한마디도 안 하고 있던 니나가 갑자기 외쳤다.

아니나 다를까 호흘라코바 부인 소유의 마차가 대문 앞에 와서 멈추었다. 아침 내내 의사를 기다리던 대위가 의사를 맞으러 부리나케 대문으로 달려 나갔다. 애들 엄마가 옷매무새를 다듬고 점잖은 기색을 취했다. 알렉세이는 일류샤에게 다가

가 베개를 정돈해주기 시작했다. 니나는 안락의자에 앉은 채로 가슴을 졸이며 알렉세이가 침상을 정돈해주는 것을 바라보고 있었다. 아이들은 서둘러 작별을 고했고, 그중 몇몇은 저녁때 들르겠다고 했다. 콜랴는 소리쳐 페레즈본을 불렀다. 페레즈본이 침상에서 뛰어 내려왔다.

"나는 가는 거 아니야. 현관에서 기다리다가 의사가 가면 다시 올게. 페레즈본이랑 같이 올게" 하고 콜랴가 일류샤에게 황급히 말했다.

한편, 의사는 이미 방에 들어오는 중이었다. 곰 모피 외투를 입고 긴 검은색 구레나룻을 기르고 턱수염은 매끈하게 면도를 한, 위엄 있어 보이는 인물이었다. 문턱을 넘어서더니 그는 갑자기 어리둥절한 듯 멈추어 섰다. 아마 자기가 집을 잘못 찾았다고 생각했나 보다. "이건 뭐야? 여기 어디야?" 하고 중얼거리며, 어깨에서 모피 외투를 벗으려다 멈췄고, 챙뿐만 아니라 전체가 다 물개 가죽으로 된 모자를 머리에서 벗으려다 멈추었다. 사람들이 많이 모여 있고 방은 허름하고 방구석 빨랫줄에 빨래가 널린 것을 보고 어리둥절했나 보다. 대위가 그의 앞에서 허리를 한껏 숙여 절을 하며 말했다.

"맞게 찾아오셨습니다. 맞게 찾아오셨습니다. 네, 저희 집에 오시는 게 맞습니다."

"스네기료프? 스네기료프 씨 맞소?" 하고 의사가 큰 소리로 위엄 있게 물었다.

"네, 접니다!"

"아."

의사가 다시 한번 방 안을 꺼림칙하다는 듯 둘러보고는 모피 외투를 벗었다. 칼라에 달린 훈장이 장중하게 번쩍이면서 모두의 눈앞에 드러났다. 대위가 재빨리 외투를 받았고, 의사가 모자를 벗었다.

"환자는 어디 있소?" 하고 의사가 쩌렁쩌렁한 소리로 물었다.

VI
이른 발달

"의사가 뭐라고 할 거 같아요?" 하고 콜랴가 빠른 말투로 말했다. "근데 용모가 얼마나 재수 없게 생겼는지! 안 그래요? 의술은 정말 싫어요!"

"일류샤는 죽을 거야. 그건 분명하다고 생각돼" 하고 알렉세이가 슬프게 대답했다.

"사기꾼들! 의술은 사기예요! 어쨌든 전 카라마조프 씨를 뵙게 돼서 기뻐요. 오래전부터 만나고 싶었어요. 이런 슬픈 분위기에서 만나게 된 게 유감이네요."

콜랴는 무언가 좀 더 열정적인 말을, 좀 더 격정을 드러내는 말을 하고 싶은 마음이 간절했으나, 무언가가 그를 움츠리게 하는 것 같았다. 그 점을 알렉세이가 눈치채고, 미소를 지으며 그의 손을 꽉 잡았다.

"난 카라마조프 씨 안에 숨어 있는 진기한 존재의 가치를 높이 평가할 줄 알게 됐어요. 오래전부터요" 하고 콜랴가 말이 엉기는 것을 느끼며 웅얼거리듯 말했다. "난 카라마조프 씨가 신비주의자라는 거, 수도원에 계셨다는 거 들었어요. 신비주의자신 거 알아요. 하지만 그래도 관심을 계속 가졌어요. 현실에 몸담으시면 고침 받을 수 있을 거예요. 카라마조프 씨 같은 유형의 사람들은 다들 그렇게 되거든요."

"뭐를 신비주의자라고 부르는 거지? 무엇으로부터 고침을 받는단 얘기지?" 하고 알렉세이가 조금 놀라며 물었다.

"신이니 뭐니 하는 거요."

"아니, 그럼 넌 신을 믿지 않는 거니?"

"그 반대예요. 난 신을 전혀 반대하지 않아요. 물론 신이란 가설일 뿐이지만……. 그래도 난 신이 필요하다고 인정해요. 질서를 위해서……. 세상의 질서를 위해서 신이 필요하고, 또 신이 필요한 다른 이유들도 있겠죠. 그리고 신이 만약 없다면 신을 꾸며내야 할 거예요" 하고 콜랴가 덧붙여 말하다가 얼굴이 붉어졌다. 그는 갑자기, 알렉세이가 지금 이렇게 생각할 것 같다고 상상이 되었다. '이 아이가 자신의 지식을 내보이면서 자기가 얼마나 어른인지를 보여주려 하는구나'라고. '하지만 사실은 내가 전혀 이 사람 앞에서 내 지식을 내보이고 싶지 않은걸' 하는 생각이 들어 콜랴는 화가 나면서, 갑자기 분했다.

"솔직히 말하면 나는 이 모든 논쟁에 휘말려 드는 거 정말 지긋지긋해요" 하고 그가 단호하게 잘라 말했다. "신을 믿지 않으면서도 인류를 사랑할 수 있잖아요. 어떻게 생각하세요? 볼테르는 신을 안 믿었지만 인류를 사랑했잖아요(이 대목에서 그는 '어이쿠, 어쩌다 또 시작했네!' 하고 속으로 생각했다)."**7**

"볼테르는 신을 믿었으되, 조금밖에 안 믿었던 것 같아. 그리고 인류도 조금밖에 사랑하지 않았던 것 같아" 하고 알렉세이가 작은 소리로 절제해가면서 아주 자연스럽게 말했다. 마치 자기와 나이가 같거나 심지어 더 많은 사람이랑 얘기하듯 말이다. 콜랴로서는 알렉세이가 볼테르에 관한 자신의 의견에 마치 대단히 자신 있는 것은 아닌 양 말하는 것이 무척 놀라웠다. 마치 자기보다 나이 어린 콜랴에게 이 문제를 직접 해결하도록 맡기듯 말이다.

"아니, 볼테르의 저작도 읽어봤단 말이니?" 하고 알렉세이가 또 물었다.

"아뇨. 꼭 읽었다기보다는……, 저는 하지만 『캉디드』**8**는 읽었어요. 러시아어로 번역된 거요. 아주 오래된, 웃음만 나오는

엉터리 번역이었어요."('또, 또 시작이네!')

"이해는 갔어?"

"네, 다요. 아, 그러니까……. 왜 제가 이해를 못할 수도 있다고 생각하시는 건데요? 거기 물론 점잖지 못한 표현들이 많긴 하지만……, 저는 물론 그게 철학 소설이고 사상을 펼치기 위해 쓰였다는 걸 이해할 수 있어요" 하고 콜랴가 이미 갈피를 못 잡으며 말을 하기 시작했다. "난 사회주의자예요, 카라마조프 씨. 난 돌이킬 수 없는 사회주의자예요."[9] 하고 그가 갑자기 얼토당토않게 딴 얘기를 하기 시작했다.

"사회주의자?" 하면서 알렉세이가 웃었다. "언제 또 사회주의자는 됐어? 아직 만으로 열세 살밖에 안 됐잖아, 그렇지?"

콜랴가 자기도 모르게 인상을 찌푸렸다.

"첫째, 열세 살이 아니라 열네 살이에요. 2주 뒤면 만 열네 살이 되니까요" 하고 그가 열을 내며 말했다. "둘째, 여기서 내 나이가 도대체 무슨 상관인지 전혀 이해가 안 가네요. 나의 주장이 중요한 거지 나의 나이가 중요한 게 아니잖아요. 안 그래요?"

"네가 나이가 좀 더 들면, 어떠한 주의에 대해 주장을 하는 데에 나이가 어떠한 영향을 미치는지 스스로 알게 될 거야. 내가 보니까 네가 누군가 다른 사람이 한 말을 따라 하는 것 같았어" 하고 알렉세이가 조용하고 침착하게 대답했다. 하지만 콜랴가 열에 받쳐 그의 말을 끊었다.

"그런 소리 마세요. 복종과 신비주의를 원하시는 거 다 알아요. 예를 들어 말이에요, 크리스트교가 부자들과 귀족들만 좋게 만들었다[10]고 생각 안 하세요? 하층민들을 노예로 부려먹도록 말이에요. 안 그래요?"

"아, 난 네가 그런 내용을 어디서 읽었는지 알겠어. 그리고 누군가가 그런 말을 가르쳐준 것이 분명해!" 하고 알렉세이가 외쳤다.

"잠깐만요. 내가 그걸 왜 반드시 어디서 읽었다는 거예요? 가르쳐준 사람도 아무도 없어요. 난 혼자서도 가능해요……. 그리고 내 의견을 듣고 싶으시다면, 난 그리스도를 반대하지 않아요. 그리스도는 아주 인도적인 성품의 소유자였어요. 만약 그리스도가 우리 시대에 살고 있다면 당장 혁명가들한테 가서 가담했을 거예요. 어쩌면 눈에 띄는 역할을 했을 수도 있어요……. 아니, 반드시 그랬을 것 같아요."

"아니, 어디서, 어디서 그런 말을 들은 거니? 어떤 바보랑 이야기를 주고받았어?" 하고 알렉세이가 큰 소리로 물었다.

"그런 소리 마세요. 진실은 감추지 못하는 법이에요. 내가 어떤 때는 라키친 씨랑 자주 이야기를 나누기도 하지만……. 또 벨린스키 할아버지도 그런 말을 했다고들 해요."

"벨린스키가? 난 잘 모르겠는데. 그 사람이 어디에 그런 말을 썼다고 그래?"

"쓰지 않았다면 말로 했겠죠. 사람들이 하는 말에 따르면요. 난 누구한테서 그 말을 들었나 하면……, 에이, 젠장!"

"벨린스키의 저작을 읽은 적은 있고?"

"그게……, 아니거든요. 읽었다기보다는, 그러니까……, 하지만 타치야나 얘기 나오는 대목은 읽었어요. 타치야나가 왜 오네긴이랑 가지 않았는지에 대한 내용이요."[11]

"오네긴이랑 가지 않았다니? 아니, 설마 너……, 그런 것까지 이해한단 말이니?"

"그런 소리 마세요. 나를 아주 스무로프 정도로 생각하시는 거 같은데요" 하고 콜랴가 신경질적으로 이를 드러내며 웃음 비슷한 것을 지었다. "그건 그렇고, 내가 완전히 혁명가라고는 생각하지 마세요. 나는 라키친 씨 의견에 동의하지 않을 때가 아주 많아요. 내가 한 타치야나 얘기가 내가 여성 해방에 찬성이라는 건 절대 아니에요. 난 여성은 귀속된 존재로서 복종을 해야 한다는 걸 인정해요. 나폴레옹이 말했듯이, Les femmes tricottent*예요" 하면서 콜랴가 왠지 모르게 픽 웃었다. "적어도 이 점에 있어서는 내가 이 사이비 위인의 주장에 완전히 동의해요. 나도 역시, 예를 들어, 조국으로부터 아메리카로 달아나는 건 비열하다고 생각하지만, 그 행위는 비열해서라기보다

---

* 여자들이 할 일은 뜨개질이다. (프랑스어)

는 어리석다는 점에서 더 나쁜 거예요. 뭐 하러 아메리카로 가요? 우리 나라에서도 인류를 위해 많은 이로운 일을 할 수 있는데요. 바로 지금이요. 유익한 활동이 얼마든지 있어요. 난 바로 그런 입장으로 응한 거예요."

"응하다니? 누구한테? 너보고 아메리카로 오라고 하는 사람이 벌써 있었니?"

"솔직히 말하자면 나를 부추기는 사람이 있었어요. 하지만 난 거절했어요. 이 얘기는 물론 카라마조프 씨와 저만 알고 있기로 해요. 아셨죠? 아무에게도 말하지 마세요. 내가 특별히 말해드리는 거예요. 난 제3부서의 손아귀에 걸려들어 체프노이 다리 근처에서 교육 받는 거 전혀 하고 싶지 않아요.[12]

> 체프노이 다리 옆의
> 건물을 기억하게 될 것이다![13]

이거 기억하세요? 너무 멋지지 않아요? 왜 웃으세요? 설마 내가 거짓말을 했다고 생각하시는 건 아니죠('아, 우리 집 아버지 책장에 바로 그 기사가 실린 『콜로콜』지[14]가 달랑 있을 뿐, 그 외에는 그것에 대해 내가 읽은 게 아무것도 없다는 걸 이 사람이 알면 어쩌지?' 하고 콜랴가 언뜻 생각하고 몸서리를 쳤다)?"

"아니야. 나 비웃는 거 아니고, 네가 거짓말을 했다고 절대 생각 안 해. 그런 생각이야말로 내가 안 하는 생각이야. 왜냐하면 어찌 됐든 네 말이 다 참말이니까. 참, 푸시킨 작품은 읽었니? '오네긴' 말이야. 지금 네가 타치야나 얘기 했잖아."

"아뇨, 아직 안 읽었어요. 하지만 읽으려고 해요. 난 선입견이 없어요, 카라마조프 씨. 난 이편 의견도, 저편 의견도 들어 보고 싶어요. 근데 왜 물으셨어요?"

"그냥."

"저……, 있잖아요, 카라마조프 씨는 저를 많이 경멸하세요?" 하고 콜랴가 갑자기 알렉세이 앞에서 폼을 잡듯이 몸을 똑바로 세우며 딱 잘라 물었다. "그러면 그렇다고 솔직히 말씀하세요."

"너를 경멸하느냐고?" 하고 알렉세이가 놀라서 그를 쳐다보았다. "왜? 난 단지 너 같은 멋진 성품의 사람이 아직 충분히 살아보기도 전에 그런 잡동사니들로 벌써 망쳐진 게 슬플 뿐이야."

"내 성품 가지고 너무 걱정하진 마세요" 하면서 콜랴가 자만하는 태도로 알렉세이의 말을 끊었다. "내가 좀 별거 아닌 걸 가지고 신경을 많이 쓰는 건 맞아요. 그건 어리석고 엉성한 면이에요. 지금 웃으셨기 때문에 나한테 그런 생각이 드는 거예요. 마치 나를 갖다가……."

"아, 내가 웃은 건 완전히 다른 이유야. 왜 웃었는지 말해줄게. 내가 얼마 전에, 러시아에 거주한 적이 있는, 지금은 외국에 사는 독일 사람이 요즘의 우리 나라 학생들에 대해 자기의 의견을 쓴 걸 읽어봤어. 이렇게 썼더라고. '러시아 학생한테 별자리표를 한번 보여줘보세요. 그 학생이 그전까진 별자리표에 대해서 전혀 몰랐다고 칩시다. 그 학생은 당장 그다음 날 그 별자리표를 수정해서 당신에게 돌려줄 겁니다.' 지식은 전혀 없으면서 자만심만 투철하다는 게 이 독일 사람이 러시아 학생에 대해 하고 싶은 말이었어."

"그건 진짜 딱 맞는 얘기네요!" 하고 콜랴가 갑자기 웃음을 터뜨렸다. "더할 나위 없이 딱 들어맞는데요! 그 독일 사람이 아주 제대로 봤어요! 하지만 그 외국인이 좋은 면을 발견 못 한 것도 있어요. 어떻게 생각하세요? 자만심은 있을 수도 있어요. 젊어서 그런 거니까, 그건 고쳐야 된다면 고칠 수 있어요. 하지만 그 대신 거의 어렸을 때부터 존재하는 독립심, 생각의 과감성과 확신은 알아줘야 하잖아요. 권위 앞에서 벌벌 떠는 쟤네 독일 놈들의 노예근성과는 달리요……. 어쨌든 그 독일 사람은 말 한번 잘했어요! 멋졌어요, 독일사람! 그래도 사실 독일 놈들은 목을 졸라야 돼요. 그놈들이 학문에 있어서 강할지는 몰라도, 아무튼 그놈들은 목을 졸라야 돼요."

"뭘 어쨌다고 목을 졸라?" 하고 알렉세이가 웃으며 물었다.

"글쎄요? 네, 어쩌면 내가 말을 잘못했을 수도 있죠. 난 어떨 때는 지독하게 나쁜 아이예요. 그리고 뭔가 좋은 기회가 생기면 참지를 못하고 황당무계한 일을 저질러요. 가만있자, 우린 지금 여기서 이런 시시한 얘기나 나누고 있는데, 저 의사는 왠지 뭔가 오래 걸리네요. 아, 어쩌면 의사가 '애들 엄마'도 봐주고 앉은뱅이 니나도 봐주나 보죠. 있잖아요, 니나가 내 맘에 들었어요. 내가 이리로 나올 때 니나가 나한테 갑자기 '왜 좀 더 일찍 오지 그랬니?' 하더라고요. 그런 질책이 섞인 목소리로요! 니나는 아주 착하고 불쌍한 거 같아요."

"그래, 그래! 네가 계속 여기 오면 니나가 어떤 사람인지 잘 알게 될 거야. 바로 그런 사람들에 대해 알아가는 게 아주 유익할 거야. 다른 더 많은 것의 가치를 인정할 줄 알게 되기 위해서. 바로 그런 사람들과 알고 지내게 되면서 그런 것을 알게 될 거야. 그렇게 하면 자신이 많은 변화를 겪게 될 거야" 하고 알렉세이가 열렬히 말했다.

"아, 내가 좀 더 일찍 여기에 오는 거였는데! 그러지 않은 게 안타깝네요!" 하고 콜랴가 유감스러운 감정으로 외쳤다.

"그래. 참 안타깝다. 불쌍한 어린애한테 네가 어떤 기쁨을 안겨줬는지 직접 봤지? 네가 그동안 안 와서 쟤가 얼마나 괴로워했는데!"

"그렇게 말하지 마세요! 아픈 데를 찌르시는 거예요! 하긴 난 좀 아파도 싸요. 내가 그동안 안 왔던 건 자존심 때문이었어요. 이기적 자존심과 비열한 지배욕 때문에요. 저는 평생 그걸 벗어날 수 없었어요. 비록 계속 안 그러려고 자신을 채찍질하는데도 그래요. 지금은 제가 그걸 깨닫겠어요. 전 많은 점에 있어서 비열한 사람이에요, 카라마조프 씨."

"아니야. 넌 아주 훌륭한 성품을 가졌어. 좀 망가진 건 사실이지만 말이야. 그리고 난 네가 저 얌전하고 심할 정도로 감수성 예민한 아이에게 왜 그렇게 큰 영향력을 지녔는지 아주 잘 알 것 같아" 하고 알렉세이가 열렬한 어조로 말했다.

"카라마조프 씨가 저한테 그런 얘기를 하세요?" 하고 콜랴가 놀라 외쳤다. "전 사실 말이죠, 내가 여기 온 이후로 몇 번씩이나, 카라마조프 씨가 저를 경멸할 거라고 생각했었어요! 제가 카라마조프 씨의 의견을 얼마나 중요하게 생각하는지 아마 모르실걸요!"

"하지만 네가 정말 남이 널 어떻게 생각할지 가지고 그렇게 걱정이 많아? 너 같은 나이에 벌써? 하긴 사실 내가 아까 방에서 네가 이야기하는 것을 쭉 들으면서 네가 남들이 널 나쁘게 생각할까 봐 걱정이 많을 거라고 생각하긴 했어."

"벌써 그렇게 생각하셨어요? 정말 보는 눈이 있으시네요! 근데 그게 바로 제가 거위 얘기할 때였죠? 그게 틀림없을걸요! 제가 바로 그 얘길 하던 중에, 제가 어떻게 하면 영특해 보일까 하고 노력하는 것 때문에 카라마조프 씨가 절 경멸할 거라는 생각이 들었어요. 그래서 그것 때문에 카라마조프 씨가 미워지기까지 했어요. 그래서 더 허튼소리를 마구 하게 됐어요. 그다음엔(그건 바로 지금 여기서예요) 내가 '만약 신이 없다면 꾸며냈을 거예요' 하고 말하던 대목에서, 내가 나의 교양을 너무 섣불리 드러내려 한다는 생각이 들었어요. 더욱이 그 구절은 제가 책에서 읽은 것에 불과하거든요. 하지만 내가 아는 바를 드러내려고 한 것은 공명심 때문이 아니라, 그냥이에요. 글쎄, 뭣 때문인지는 모르겠지만, 어쩌면 그냥 기뻐서 그러는 거예요. 진짜예요. 하긴 사람이 기쁘다고 해서 다른 사람들한테 너무 허물없이 맘대로 하는 성향도 아주 역겨운 성향이긴 하지만요. 전 그걸 알아요. 어쨌든 전 지금 확신하게 됐어요. 카라마조프 씨가 절 경멸하지 않는다는 걸요. 괜히 저 혼자만 그렇게 생각했네요. 카라마조프 씨, 저는 참 불행한 사람이에요. 저는 어떤 때는 희한한 생각을 다 해요. 모든 사람들이, 온 세상이 다 저를 비웃는다고 생각하고, 그럴 때는 제가 모든 사물의 이치를 다 뭉개버리고 싶어요."

"그러면 주위 사람들도 괴롭히게 되는 거야" 하고 알렉세이가 웃으면서 말했다.

"네, 주위 사람들도 괴롭히죠. 특히 어머니를요. 카라마조프 씨, 제가 아주 한심한 사람인가요? 말해주세요."

"그런 생각을 하지 말라니까. 조금도 그런 생각을 하지 마!" 하고 알렉세이가 확고하게 말했다. "한심하다는 건 또 뭐야?

사람이 실로 한심한 사람이 되거나 한심하게 보이는 적이 어디 한두 번인가? 그런데도 요즘 거의 모든 사람들이, 능력이 있으면서도, 한심하게 보일까 봐 엄청나게 겁을 내. 바로 그래서 불행해지는 거야. 내가 놀라워하는 것은 네가 그리도 이른 시기에 그걸 느끼게 됐다는 점이야. 사실 나는 꼭 너한테서만 그걸 느끼는 것도 아니지. 이미 여러 사람들한테서 그걸 느낀 지 오래야. 요즘엔 거의 아이들마저도 그 문제 가지고 고민하기 시작했어. 그건 거의 미친 짓이야. 자만이라는 건 악마가 둔갑한 형태야. 악마가 자만으로 둔갑하여 모든 세대에 침투한 거야. 그건 악마인 게 분명해" 하고 알렉세이가 맨 마지막 말을 특별히 강조했다. 콜랴는 알렉세이의 얼굴을 똑바로 쳐다보면서, 그 대목에서 알렉세이가 픽 웃을 거라고 생각했는데, 알렉세이는 웃지 않았다. 알렉세이가 계속 말했다.

"너도 다른 모든 사람들과 마찬가지야. 아, 그러니까, 다른 많은 사람들과 마찬가지야. 그러지 말아야 돼. 마찬가지가 되지 말아야 돼."

"다른 사람들이 다 그런데도요?"

"응. 다른 사람들이 다 그런데도, 너 혼자만이라도 그러지 말아야 돼. 넌 실로 다른 모든 사람들 같지가 않아. 왜냐하면 지금 자신의 나쁜 점과 한심한 점을 고백하는 걸 창피해하지 않았잖아. 그런 점을 자백하는 사람이 요즘 어디 있다고? 아무도 없고, 게다가 자기비판의 필요성마저도 사람들이 더 이상 발견하지 못해. 너는 다른 모든 사람들같이 되지 마. 오직 너 하나만이라도 그렇지 않은 사람으로 남아. 그렇지 않은 사람이 되라고."

"정말 멋지네요! 내가 카라마조프 씨를 잘못 본 게 아니네요! 정말 위로를 할 줄 아시네요! 아, 제가 얼마나 카라마조프 씨를 만나 뵙고 싶었는데요! 만나 뵙기를 얼마나 오래전부터 갈망하고 있었는데요! 카라마조프 씨는 저를 그만큼은 생각을 안 하셨겠죠? 아까 그러셨잖아요. 저에 대해서 생각하셨었다고."

"응, 나 너에 대해 들었고 너에 대해 생각한 것도 사실이야. 그리고 네가 지금 그걸 나한테 물어본 게 약간은 자만심 때문이었더라도, 그래도 사실 괜찮아."

"카라마조프 씨, 우리 둘이 나누는 대화가 왠지 사랑 고백 하는 사람들의 대화 같아요" 하고 콜랴가 어쩐지 힘이 빠진, 수줍어하는 목소리로 말했다. "이거 한심해 보이지 않나요? 네?"

"전혀 한심하지 않아. 그리고 설사 한심하더라도 괜찮아. 좋은 일이니까" 하면서 알렉세이가 밝게 웃었다.

"그런데 카라마조프 씨도 지금 저랑 대화하는 게 약간은 쑥스러워지시지 않았어요? 눈빛을 보니까 알겠는데요" 하면서 콜랴가 조금 교활하게, 하지만 행복에 가까운 느낌을 갖고서 웃었다.

"쑥스럽긴 왜?"

"근데 왜 얼굴이 빨개지셨어요?"

"네가 그렇게 만들었잖아! 나 얼굴 빨개지게!" 하면서 알렉세이가 웃으면서 진짜로 얼굴이 새빨개졌다. "그래, 맞아. 조금은 쑥스러워. 왜 그런지는 진짜 모르겠네" 하고 그가 거의 당황한 상태까지 되어 중얼거렸다.

"아, 이럴 때 얼마나 귀여우신지 아세요? 저랑 얘기하다가 뭔가를 쑥스러워하시는 이때 말이에요! 그럴 때 꼭 저 같으시기 때문이에요!" 하고 콜랴가 환호하며 소리 질렀다. 그의 뺨이 발갛게 불타올랐고 눈이 반짝였다.

"콜랴야, 그건 그렇고 넌 살아가는 동안 아주 불행한 사람이 될 거 같아" 하고 왠지 갑자기 알렉세이가 말했다.

"저도 알아요. 카라마조프 씨도 미리 그렇게 다 아시듯 말이에요" 하고 콜랴가 곧바로 찬성했다.

"하지만 그래도 삶에 감사하길 바란다."

"바로 그거예요! 와! 카라마조프 씨는 예언자예요! 역시 우리는 잘 통하네요, 카라마조프 씨! 제가 제일 기분 좋은 건 카라마조프 씨가 저를 완전히 대등한 관계로 대하시는 거예요. 우리가 대등하지 않은데도 말이에요. 당연히 대등하지 않죠. 카라마조프 씨가 높으시죠. 하지만 우리는 잘 맞을 거예요. 사실요, 전 한 달 전부터 계속 이렇게 생각해왔어요. '우리가 단번에 서로 통해서 영원한 친구가 되든지, 아니면 처음부터 바로 적이 되어 죽을 때까지 등 돌리는 것, 둘 중의 하나다' 하고요."

"그런 생각을 하면서도 날 물론 좋아했겠지?" 하면서 알렉세이가 유쾌하게 웃었다.

"좋아했어요. 아주 좋아했어요. 좋아했고, 만나길 꿈꿨어요. 어떻게 나를 그렇게 훤히 꿰뚫고 계세요? 와, 박사신가 봐요. 와, 인제 무슨 말 하려고 하는 것 좀 봐. 와, 세상에! 저 얼굴 좀 봐!"

VII
일류샤

의사가 다시금 모피 외투로 몸을 감싸고 머리에 모자를 쓴 상태로 그 집에서 나왔다. 그는 거의 화난 얼굴이었고, 뭔가가 자기 옷이나 몸에 묻을까 봐 계속 꺼림칙해하는 표정이었다. 슬쩍 눈을 돌려 현관을 둘러보다가 알렉세이와 콜랴에게 근엄한 눈길을 보냈다. 알렉세이가 문 밖으로 마부에게 손짓을 하자 의사를 태우고 온 마차가 출입구로 가까이 다가왔다. 대위가 의사를 뒤따라 부리나케 뛰어와 그의 앞에서 거의 굽실거리는 태도로 허리를 굽히며 그의 마지막 말을 듣고자 그를 멈춰 세웠다. 불쌍한 대위는 비탄에 빠진 얼굴이었으며 겁먹은 눈빛이었다.

"존경하옵는 의사 선생님, 존경하옵는 의사 선생님, 설마 그 말씀이……?" 하고 그가 말을 미처 끝맺지 못하고 절망에 양팔을 쳐들기만 했다. 비록 의사가 지금 무슨 말을 하면 마치 불쌍한 아들에 대한 선고가 바뀔 수 있기라도 하듯 그의 마지막 말을 간원하면서 계속 그를 바라보긴 했지만 말이다.

"뭘 어떻게 할 수 있을까요? 난 신이 아닙니다" 하고 의사가 성의 없이, 하지만 늘 그래 왔듯이 위엄 있는 어조로 대답했다.

"의사 선생님, 존경하옵는 의사 선생님, 금방 그 일이 일어날까요? 금방이요?"

"모든 일에 준비를 갖추십시오" 하고 의사가 한 음절 한 음절을 또박또박 끊어서 말하고는 눈길을 내리깔고서 자기도 문턱을 넘어 마차로 갈 준비를 갖추려고 했다.

"존경하옵는 의사 선생님, 제발 잠깐만요!" 하고 겁먹은 대위가 다시 한번 그를 멈춰 세웠다. "존경하옵는 의사 선생님! 정말 아무 방법도, 진짜로 아무 방법도, 이젠 완전히 아무 방법도 없는 겁니까?"

"이젠 나한테 달려 있는 문제가 아닙니다" 하고 의사가 지긋지긋함을 겨우 참는 듯 말했다. "그런데, 참, 아, 그러고 보니까……" 하면서 그가 갑자기 멈칫했다. "만약, 예를 들어, 댁의 환자를 지금, 조금도 지체하지 않고(의사는 '지금, 조금도 지체

하지 않고'라는 말을 근엄한 태도라고 해도 모자랄 정도로, 거의 화난 태도로 했기 때문에 대위는 화들짝 놀라기까지 했다) 시라쿠사로 보낸다면, 좋은 새 기후 환경 덕분에 어쩌면……."

"시라쿠사로요?" 하고 대위가 마치 아직 아무것도 파악 못한 듯 외쳤다.

"시라쿠사는 시칠리아에 있어요."[15] 하고 갑자기 콜랴가 큰 소리로 설명했다. 의사가 콜랴를 쳐다보았다.

"시칠리아로요? 존경하옵는 의사 선생님," 하고 대위가 어쩔 줄 몰라 했다. "보셔서 아실 거 아닙니까?" 하면서 그가 양손으로 원을 그려 자신의 주거 환경을 가리켰다. "애들 엄마는 어떡하고요? 이 가족은 어떡하고요?"

"아니오, 가족은 시칠리아로 가면 안 돼요. 가족은 코카서스로 가야 돼요. 이른 봄이 오면……. 따님은 코카서스로, 사모님은…… 물 요법을 마치고 역시 코카서스로 보내셔야 돼요. 류머티즘이 있으시니까요. 그 뒤 곧장 파리로 보내셔야 돼요. 정신과 의사 르 펠르티에의 병원으로요. 내가 편지를 써드릴 수 있어요. 그러면 어쩌면……."

"의사 선생님, 의사 선생님! 직접 보셔서 아시잖아요" 하고 절망에 빠진 대위가 다시금 현관의 헐벗은 통나무 벽을 가리키느라 양팔을 획 하고 휘둘렀다.

"그건 내가 상관할 일이 아니고요" 하면서 의사가 픽 웃었다. "난 단지 마지막 수단에 대한 댁의 질문에 학문이 답할 수 있는 것을 말했을 뿐이오. 나머지는……, 유감스럽게도……."

"걱정하지 마세요, 의술사님, 내 개는 의술사님을 물지 않을 거예요" 하고 콜랴가, 문턱에 서 있는 페레즈본을 향한 의사의 약간 불안한 눈길을 눈치채고 큰 소리로 자신 있게 말했다. 콜랴의 목소리에 분노의 억양이 묻어 나왔다. '의사 선생님' 대신에 '의술사님'이라고 한 것도 일부러 그런 것이었다. 그가 나중에 발표한 바에 따르면, '모욕을 주기 위해 말한' 것이었다.

"뭐가 어째?" 하고 의사가 고개를 쳐들어 놀란 눈으로 콜랴를 응시했다. "이건 누구야?" 하고 의사가 갑자기 알렉세이에게 물었다. 마치 알렉세이한테서 설명을 기다린다는 듯이.

"저는 페레즈본의 주인입니다, 의술사님. 제 신분에 대해서 걱정하실 거 없습니다" 하고 다시금 콜랴가 또박또박 말했다.

"무슨 쯔봉?" 하고, 페레즈본이 뭔지 이해 못 하고 의사가 되물었다.

"어디 갔는지 모른대요, 쯔봉. 안녕히 가세요, 의술사님, 시라쿠사에서 뵙죠."

"저거 누구야? 엉? 누구야?" 하고 의사가 돌연 격분했다.

"얘는 이 동네 학교 학생입니다, 의사 선생님. 장난꾸러기예요. 너무 신경 쓰지 마십시오" 하고 알렉세이가 눈살을 찌푸리고 빠른 말투로 말했다. "콜랴야, 조용히 있어!" 하고 그가 크라소트킨에게 소리쳤다. "신경 쓰지 마십시오, 의사 선생님" 하고 그가 이미 어느 정도 초조하게 말을 반복했다.

"회초리를 대야 돼, 회초리를!" 하고 이미 왠지 분이 너무 금방 극도에 달한 의사가 분해서 발을 굴렀다.

"근데요, 의술사님, 페레즈본이 어쩌면 물지도 모르는데요" 하고 콜랴가 떨리기 시작한 목소리로, 얼굴이 창백해져 가지고 눈을 부라리면서 말했다. "워리, 페레즈본!"

"콜랴야, 만일 네가 한 마디만 더 하면 난 너랑 영원히 절교할 거야!" 하고 알렉세이가 위엄 있게 소리쳤다.

"의술사님, 온 세상을 통틀어 니콜라이 크라소트킨에게 명령할 수 있는 존재는 하나밖에 없는데, 그게 바로 이 사람입니다." 그러면서 콜랴가 알렉세이를 가리켰다. "전 이 사람 말을 들어요. 안녕히 가세요!"

그는 획 하고 자리를 떠, 문을 열고 방 안으로 잽싸게 들어갔다. 페레즈본이 바람같이 그의 뒤를 따랐다. 의사가 알렉세이를 보면서 그 자리에 못 박힌 듯 5초 정도 더 서 있다가 별안간 침을 퉤 뱉고서 마차를 향해 발걸음을 재촉했다. 그가 "이건, 나 정말 이건 뭔지 모르겠네!" 하고 큰 소리로 투덜거리면서 갔고, 대위는 그가 마차에 타는 것을 도와주려고 달려갔다. 알렉세이가 콜랴를 뒤따라 방 안으로 들어갔다. 콜랴는 이미 일류샤의 침상 앞에 서 있었다. 일류샤는 그의 손을 붙잡고서 아빠를 불렀다. 잠시 후 대위가 돌아왔다.

"아빠, 아빠, 이리 와. 우리……" 하고 일류샤가 아주 흥분한 태도로 말을 늘어놓으려 했으나 아마 계속 말할 힘이 없었나 보다. 갑자기 자신의 비쩍 마른 양팔을 앞으로 내밀어, 자기가 할 수 있는 만큼 힘껏 콜랴와 자기 아빠를 한꺼번에 끌어안고 자기 몸을 꼭 붙였다. 대위가 아무 말도 못 하고 별안간 소리 없이 흐느끼기 시작했고, 콜랴는 입술과 턱이 떨렸다.

"아빠, 아빠! 난 아빠가 너무 불쌍해!" 하고 일류샤가 슬프게 신음을 발했다.

"일류샤야……, 애야……, 의사가 하는 말이…… 너 나을 거래……. 우리 행복할 거야……. 의사가……" 하면서 대위가 말하기 시작했다.

"아유, 아빠! 난 새로 온 의사가 아빠한테 뭐라고 했는지 다 알아……. 난 다 봤어!" 하고 일류샤가 소리치고 다시금 자기의 온 힘을 다해 두 사람을 끌어안고는 아빠의 품속에 자기 얼굴을 감추었다.

"아빠, 울지 마……. 내가 죽으면 아빤 좋은 아이를 구해 와. 다른 아이……. 아이들 중에서 제일 좋은 아이를 골라서 일류샤라고 이름 붙여. 그리고 그 아이를 나 대신 사랑해줘……."

"닥쳐, 인마! 낫는다잖아!" 하고 크라소트킨이 마치 화난 것처럼 갑자기 소리쳤다.

"나를, 아빠, 나를 영원히 잊지 마……" 하고 일류샤가 계속 말했다. "내 무덤에 와줘……. 참, 아빠, 나를 그 바위 옆에 묻어줘. 우리가 거기까지 산책 갔다 오곤 했던 그 바위 말이야. 그리고 크라소트킨이랑 같이 그리로 와 줘, 저녁때……. 페레즈본도 같이……. 내가 기다리고 있을게……. 아빠, 아빠!"

그의 목소리가 끊어졌다. 세 사람이 아무 말 없이 부둥켜안고 서 있었다. 니나도 자기 안락의자 위에서 조용히 울었고, 모두 다 울고 있는 것을 보고는 엄마도 갑자기 눈물을 흘렸.

"일류샤야, 일류샤야!" 하고 엄마가 외쳤다.

크라소트킨이 갑자기 일류샤의 팔을 벗어났다.

"난 가볼게, 인마. 우리 어머니가 점심때 날 기다릴 거야" 하고 그가 빠른 말투로 말했다. "내가 우리 어머니한테 미리 말해두지 못한 게 유감이네. 걱정 많이 할 거야……. 하지만 점심 먹고 곧장 너한테 올게. 와서 하루 종일 있을게. 밤까지. 너한테 이야기해줄 거 무척 많아! 페레즈본도 데리고 올게. 지금은 데려가야 돼. 왜냐하면 내가 없으면 페레즈본이 울부짖을 거기 때문에 너한테 방해가 될 거야. 이따 봐!"

그렇게 말하고 그는 현관으로 달려 나갔다. 그는 울고 싶지가 않았지만, 현관에 이르러 자기도 모르게 울음을 터뜨렸다. 그러는 걸 알렉세이가 봤다.

"콜랴야, 반드시 약속을 지켜야 돼. 와야 돼. 안 그러면 쟤가 너무 슬퍼할 거야" 하고 알렉세이가 확인을 받아 내려는 듯 말했다.

"꼭 올게요! 아, 진작부터 오지 않은 내 자신을 저주해요!" 하고 콜랴가 울면서 말했다. 자기가 우는 것을 이미 창피해하지도 않았다. 이때 별안간 방에서 대위가 튀어나오더니 허겁지겁 방문을 닫았다. 극도로 흥분한 얼굴에, 입술이 떨리고 있었다. 그는 두 젊은이 앞에 서더니 양팔을 위로 번쩍 쳐들었다.

"좋은 아이 원치 않아! 다른 아이 원치 않아!" 하고 그가 쉰 소리로, 이를 갈면서 거칠게 속삭였다. "예루살렘아, 내가 너를 잊을진대, 내 혀가 내 입천장에……."[16]

그는 목이 메는 듯 말을 끝까지 하지 못하고 나무로 된 긴 붙박이 의자 앞에 힘없이 무릎을 꿇었다. 양쪽 주먹으로 머리를 꽉 죄면서 그는 흐느끼기 시작했다. 때때로 괴상한 빽 소리를 발하기도 했다. 하지만 그 소리를 집안사람들이 듣지 못하게 하려고 온 힘을 다해 울음을 눌렀다. 콜랴가 밖으로 뛰쳐나갔다.

"갈게요, 카라마조프 씨! 이따 오실 거예요?" 하고 그가 알렉세이에게 힘껏 소리쳤다.

"저녁때 꼭 올게."

"근데 저 아저씨 무슨 예루살렘 어쩌고 한 거예요? 그게 다 무슨 소리죠?"

"성경에 나오는 말이야. '예루살렘아, 내가 너를 잊을진대'

하고 말이야. 그러니까 그건 이런 뜻이야. '만약 내가 나 자신에게 있는 가장 소중한 것을 모두 잊어버린다면, 즉 그걸 잊고 다른 것으로 대치한다면, 그러면 나에게……"

"됐어요. 이해 갔어요. 이따 오세요! 워리, 페레즈본!" 하고 그가 아주 사납게 개한테 소리치고는 성큼성큼 크고 빠른 걸음을 걸어 집으로 향했다.

제11편
이반 표도로비치

I
그루셴카 집에서

 알렉세이는 소보르나야 광장 쪽으로 향했다. 사업가 미망인 모로조바의 집으로, 즉 그루셴카한테 가는 거였다. 그루셴카는 이른 아침 그에게 페냐를 보내, 자기한테 들러달라고 강청했다. 페냐에게 물어보아 알렉세이가 알아낸 것은, 그루셴카가 어제부터 중대하고 특별한 일로 걱정에 휩싸여 있다는 것이었다. 드미트리가 체포된 후 최근 두 달 동안 알렉세이는 모로조바 부인의 집에 스스로 필요를 느껴서, 혹은 드미트리의 부탁에 따라 자주 들러 왔다. 드미트리가 체포된 후 사흘쯤 되던 때 그루셴카는 심하게 몸져누워 거의 다섯 주를 누워 있었다. 이 다섯 주 중 한 주는 의식을 잃은 채로 누워 있은 것이었다. 그녀는 얼굴이 노래지는 등 많이 변했고 몸이 야위었다. 그 뒤 간신히 외출을 할 수 있게 된 지 거의 2주가 됐다. 그러나 알렉세이가 보기에는 그녀의 얼굴이 마치 더 매력적이게 되었다. 그는 그녀의 집에 들어가면서 그녀가 선사하는 눈길을 마주보는 것이 즐거웠다. 그녀의 눈 속에는 어떤 의연하고 총명한 빛이 단단히 자리잡았다. 큰 영적 변화가 느껴졌고, 굳건한 각오, 겸손과 선을 추구하는 단호한 결심이 보였다. 이마 양미간에 자그마한 수직 방향의 주름이 생겨, 그녀의 호감 가는 얼굴에 새로운 인상을 가져다주었다. 자신의 생각에 집중하는 듯한, 처음 볼 때는 준엄하기까지 한 인상이었다. 전에 있던 느낌, 예를 들자면 경박한 느낌은 흔적도 남지 않았다. 한 남자의 약혼녀가 되자마자 거의 즉시 그 남자가 무서운 죄목을 쓰고 체포되는, 그런 급작스런 불행을 겪은 불쌍한 여자임에도 불구하고, 또한 그 뒤에 병을 앓았고, 거의 피해 갈 수 없는 법정 판결이 앞에 도사리고 있었음에도 불구하고 그루센카가 전에 갖던 젊은 여자 특유의 유쾌함을 잃어버리지 않은 점이 알렉세이로서는 이상할 정도였다. 전에 도도한 빛을 발했던 눈에서 이제는 고요함이 반짝였다. 하긴……, 하긴 그녀의 눈이 그래도 가끔씩은 난폭해 보이는 불꽃으로 빛날 때가 있었다. 그것은 전에 갖고 있던 고민이 다시 생각날 때였다. 그 고민은 그녀의 가슴속에서 잠잠해지지 않았을뿐더러 더 불어나기까지 했다. 그 고민을 불러일으키는 것은 전과 마찬가지로 카체리나 이바노브나였다. 그루셴카는 아파서 누워 있을 때부터 헛소리를 하면서 그녀의 이름을 부르기도 했다. 재소자가 된 드미트리 때문에 그루셴카가 그녀에게 엄청난 질투를 느끼는 것을 알렉세이는 알고 있었다. 비록 갇혀 있는 그를 카체리나 이바노브나가 방문한 적은 한 번도 없었지만 말이다. 카체리나 이바노브나는 언제든 마음만 먹으면 드미트리를 방문할 수 있었다. 이 모든 상황이 알렉세이에게는 힘든 과제가 되었다. 왜냐하면 그루셴카가 자기 마음을 알렉세이 혼자에게만 믿고 드러내면서 계속 알렉세이의 충고를 받으려 했기 때문이다. 반면 그는 그녀에게 충고를 할 만한 처지가 된 적이 전혀 없었다.

알렉세이는 염려가 쌓여 그녀의 집에 들어갔다. 그녀는 이미 집에 와 있었다. 드미트리를 만나러 갔다가 돌아온 지 30분쯤 되었다. 그녀가 상 앞에 놓인 안락의자에 앉아 있다가 알렉세이를 맞기 위해 벌떡 일어난 그 잽싼 동작으로 보아 알렉세이는 그녀가 자기를 목이 빠지게 기다리고 있었다는 결론을 얻었다. 상에는 두라크 게임*을 하도록 카드가 놓여 있었다. 상의 다른 쪽 앞에 놓인 가죽이 씌워진 소파에는 잠자리가 깔

---

* 러시아에 두루 퍼져 있는 카드놀이의 일종. - 역자 주

려 있었고, 거기에 막시모프가 가운을 입고 종이로 만든 고깔모자를 쓰고 반쯤 누워 있었다. 아마 병들어 기운이 빠진 모양이었다. 비록 들큼하게 웃고 있긴 했지만 말이다. 이 집 없는 노인은 그때, 벌써 두 달쯤 전에 모크로예에서 그루셴카와 같이 돌아와 가지고 그녀의 집에 눌러앉아, 그때로부터 그녀와 계속 같은 집에서 지냈다. 그때 비와 진눈깨비가 오는 가운데 그녀와 함께 오면서 몸이 온통 젖고 겁을 먹은 그는 소파에 앉아 그녀를 말없이 바라보면서 부탁이 담긴 소심한 미소를 띠었다. 그루셴카는 극한 비탄에 처해 있었고 이미 열병이 시작되고 있었기 때문에, 집에 도착한 지 30분간은 여러 가지 분주한 일들 때문에 그에 대해서 거의 잊은 상태였다. 그러다 갑자기 그를 빤히 쳐다보았다. 그는 당황하여 바보같이 그녀를 쳐다보며 키득거렸다. 그녀는 소리쳐 페냐를 불러 그에게 먹을 것을 주라고 했다. 그날 내내 그는 그 자리에 계속 꼼짝 않고 앉아 있었다. 날이 어두워져 창문을 잠갔을 무렵 페냐가 그루셴카에게 물었다.

"어떻게 해요, 아씨? 저분 여기서 주무실 거예요?"

"응. 소파에 자리 펴드려" 하고 그루셴카가 대답했다.

그에게 자세히 물어보아 그루셴카는 지금 진짜로 그가 갈 데가 전혀 없다는 걸 알았다. 그는, "저한테 은혜를 베풀어준 칼가노프 씨가 더 이상은 저를 들이지 못하겠다고 하면서 5루블을 주셨어요" 하고 말했다. 그래서 그루셴카는, "그럼, 뭐, 할 수 없죠. 그냥 여기 계세요" 하고 그에게 동정의 미소를 보내면서 애처롭게 말했다. 그녀의 미소에 이 노인은 감동을 받았고, 감사한 마음에 울음이 터질 것 같아 그의 입술이 떨렸다. 그때로부터 이 방랑 식객은 그녀의 집에 남게 된 것이다. 그녀가 아파서 누워 있을 때에도 그는 그 집에서 나가지 않았다. 페냐도, 그루셴카의 요리사로 일하던 페냐의 모친도 그를 쫓아내지 않았고, 그에게 계속 밥을 주고 소파에 자리를 깔아주었다. 나중에 그루셴카는 그가 자기 집에 있는 것에 익숙해져, 드미트리를 방문하고 돌아와서는(그녀는 병세가 약간 완화되자마자, 즉 완전히 나은 것이 아닌데도 드미트리를 방문하러 다니기 시작했다) 앉아서 그와 이야기를 나누곤 했다. 자신의 울적함과 슬픔을 잊기 위해서나마 이런저런 이야기를 나누는 것이었다. 이 노인은 이야기를 꽤 재미있게 풀어나갈 줄 아는 사람이라, 결국 그루셴카에게 필요한 사람이 되고 말았다. 그루셴카는 알렉세이 외에는 거의 아무도 들이지 않았는데, 알렉세이는 매일 들르는 것이 아니었고, 들러서는 조금만 있다가 가곤 했다. 그녀를 돌봐주던 사업가 노인은 그때 이미 병세가 아주 심해져, 읍내에서 사람들은 '그가 떠날 채비 중'이라고 수군거렸고, 실지로 그는 떠났다. 그것은 드미트리가 재판을 받고서 일주일 후였다. 죽기 3주 전 그는 마지막 때가 다 된 것을 느끼고 마침내 두 아들을 소리쳐 불러 올라오라고 했다. 그 아내들과 아이들도 같이 올라오라고 했다. 그래서 계속 자기 곁에 있으라고 했다. 바로 이때부터 그는 하인들에게 그루셴카를 더 이상 전혀 들이지 말라고 명령했고, 만약 그녀가 오면 그녀에게 자기를 완전히 잊고서 즐겁게 오래오래 살라고 전하라고 했다. 한편 그루셴카는 거의 매일 그의 건강 상태를 알아보라고 사람을 보냈다.

"드디어 왔구나!" 하고 그루셴카가 카드를 내던지고 알렉세이를 기쁘게 맞았다. "막시무쉬카*가 너 안 올 거 같다고 나한테 겁줬어. 내가 널 얼마나 기다렸다고! 여기 상 쪽으로 와서 앉아. 너 뭐 줄까? 커피 마실래?"

"그러지 뭐" 하고 알렉세이가 상 앞에 앉으며 말했다. "안 먹은 지가 오래돼서."

"그래, 그래. 페냐! 페냐야! 커피!" 하고 그루셴카가 소리쳤다. "벌써 끓여 놓은 지 오래됐어. 너 주려고. 페냐야, 빵도 갖고 와, 따뜻하게 해서. 야, 알렉세이야, 내 말 좀 들어봐. 오늘 빵 때문에 식겁했어. 내가 그 사람 주려고 교도소로 빵을 갖고 갔는데, 그 사람이 안 먹는다며 나한테 도로 내팽개치지 뭐야! 빵 한 개는 진짜로 바닥에 팽개치고 밟아 뭉갰어. 내가 그 사

---

* 그루셴카가 막시모프를 이런 애칭으로 불렀다. - 역자 주

람한테 그랬지. '간수한테 맡겨둘게. 저녁이 돼도 네가 안 먹으면, 네가 네 못된 성질에 배불러서 그런다고 생각할게.' 그러면서 와버렸어. 그게 다 말싸움이 나서 그렇게 된 거야. 내 참! 갈 때마다 싸워."

그루센카가 흥분하여 이 말을 단숨에 다 해버렸다. 막시모프는 금방 소심해져서 눈을 내리깔고 수줍은 미소를 머금었다.

"이번엔 뭣 때문에 싸우게 됐는데?" 하고 알렉세이가 물었다.

"정말 그것 가지고 싸우게 될 줄은 전혀 몰랐어! 상상이 가니? 그 사람이 내 전 남자를 가지고 질투하는 거야. '너 왜 그놈을 먹여 살리는 거야? 네가 그놈을 먹여 살리기 시작했다며?' 그러는 거야. 계속 질투야. 자나 깨나 질투야. 지난주에는 쿠지마 때문에도 질투했어."

"전 남자 관련해서 형이 알고 있었던 거야?"

"그런가 봐. 맨 처음부터 바로 오늘까지의 일을 알고 있었어. 그러다가 오늘 갑자기 일어나서 욕하기 시작했어. 그 사람이 한 말을 입 밖에 내는 것도 창피해. 병신! 내가 나오는데 라키친이 그 사람 만나러 왔더라고. 혹시 라키친이 다 얘기해서 그 사람 성질을 돋우는 거 아닐까? 어떻게 생각해?" 하고 그녀가 맨 마지막 말을 할 때는 기가 좀 죽은 것 같았다.

"널 사랑하니까 그런 거야. 아주 사랑하니까. 그래서 그렇게 신경이 날카로운 거야."

"그럼 내일이 재판인데 신경이 안 날카롭게 생겼니? 내가 그 사람한테 가면서 내일 어떻게 행동하라고 말해주려고 했었는데. 그래서, 알렉세이야, 내일 어떻게 될지 생각하면 나 너무 무서워. 그 사람 신경이 날카롭다고 네가 말했지만 난 또 신경이 얼마나 날카로운지 아니? 그런데 그 사람은 폴란드 사람 얘길 하고 있어! 바보! 참, 막시무쉬카한테는 아마 질투 안 나나 봐."

"내 아내도 질투 많이 했어요" 하고 막시모프가 한마디했다.

"당신한테요?" 하면서 그루셴카가 자기도 모르게 웃었다. "누구 때문에 질투했는데요?"

"집 안 청소하는 아가씨들이요."

"아이고, 막시무쉬카, 그런 말 마요. 나 지금 화나서 웃을 기분 아니에요. 빵은 쳐다보지 마요. 안 줄 거예요. 당신 몸에는 해로워요. 발삼주도 안 줄 거예요. 아유, 이 사람 돌보려면 참! 우리 집이 갈 데 없는 사람 수용하는 시설도 아니고……" 하면서 그루셴카가 웃었다.

"사실 난 그런 친절을 받을 만한 가치가 없는 사람이에요. 난 보잘것없어요" 하고 막시모프가 우는 소리로 말했다. "차라리 나한테 베푸시는 그런 친절을 나보다 더 쓸모 있는 사람들한테 베푸시죠."

"어허! 사람은 누구나 쓸모 있는 법이에요, 막시무쉬카. 누가 누구보다 더 쓸모 있는 사람이라는 걸 뭘 보고 알아요? 알렉세이야, 만약 그 폴란드 사람이 애초에 존재하지 않았다 해도 오늘 드미트리는 어떻게든 닦달했을 거야. 나 그 사람한테도 갔었어. 나 인제 그 사람한테도 일부러 빵을 보낼 거야. 난 보낸 적 없는데 드미트리가 나보고 빵을 보낸다고 뭐라고 했어. 그래서 인젠 일부러 보낼 거야, 일부러! 아이고, 페냐가 또 편지 가지고 왔네. 음, 아니나 다를까, 또 그 폴란드 사람들한테서 온 거네! 또 돈 부탁이네!"

진짜로 폴란드인 무샬로비치가 보낸 편지였다. 늘 그래 왔듯이 만연체로 쓴 매우 긴 편지였다. 3루블을 빌려달라는 요청이었다. 편지에 첨부된 쪽지는 수령증으로서, 세 달 내로 반드시 갚겠다는 말이 쓰여 있었는데, 거기에는 브루블레프스키 역시 서명을 해놓았다. 그런 수령증이 첨부된 그런 편지들을 그루셴카는 자신의 전 남자에게서 이미 여러 번 받았다. 그것은 2주쯤 전에, 그루셴카가 건강을 회복하자마자 시작되었다. 한편 그녀는 자기가 아플 때 이 두 폴란드인이 병문안을 왔던 것을 알고 있었다. 그루셴카가 받은 첫 번째 편지는 큰 크기의 편지지에 쓰인 긴 편지로서, 집안 대대로 물려져 내려오는 커다란 도장으로 봉인된, 내용이 심하게 불명료하고 수사만 화려한 편지였다. 그래서 그루셴카는 그 편지를 반쯤 읽다가 아무것도 이해 못 한 채 내던져버렸다. 게다가 그때 그녀는 편지를 읽을 경황도 아니었다. 이 첫 번째 편지 이후로 그

다음 날 두 번째 편지가 이어졌는데, 거기에 무샬로비치는 자기한테 2천 루블을 빌려주면 아주 짧은 기간 내로 갚겠다고 썼다. 그루셴카는 이 편지에도 답을 하지 않았다. 그 뒤 편지가 하루에 한 통꼴로 무수하게 날아들었다. 역시 장중한 만연체였기는 했지만 빌려달라고 부탁하는 돈의 액수가 점점 더 낮아져갔다. 100루블까지 내려갔다가 20루블까지 내려갔다가 10루블까지 내려갔다. 그러다 종내 그루셴카는 폴란드인 두 사람이 단 1루블을 달라고 부탁하는 편지를 받기에 이르렀다. 그 편지에도 수령증이 첨부되어 있었고, 폴란드인 두 명이 다 서명을 해놓았다. 그때 그루셴카는 갑자기 불쌍한 생각이 들어, 어둑어둑해졌을 무렵 직접 폴란드인을 찾아갔다. 그녀는 폴란드인 두 사람이 말할 수 없을 정도로 가난한 상태에 처한 것을 보았다. 거의 거지꼴이었다. 먹을 것도 없었고 장작도 없었고 담배도 없었다. 그전까지는 그나마 여주인한테서 꾸었었다. 모크로예에서 드미트리한테서 딴 200루블은 어디론가 눈 깜짝할 사이에 없어져버렸다. 하지만 자기들한테 온 그녀를 맞는 폴란드인들의 태도에 그녀는 놀랐다. 두 사람 다 위엄과 거만을 부리고 말을 과장되게 꾸미며 지나치게 정중한 태도를 보였으며, 자기들이 마치 아무에게도 기대지 않는다는 태도를 보였다. 그루셴카는 단지 깔깔 웃고는 자기의 전 남자에게 10루블을 주었다. 그 일에 대해 그녀는 드미트리에게 웃으면서 말했는데 그때는 드미트리가 전혀 질투하는 기색을 안 보였었다. 하지만 그 일 후 폴란드인들이 그루셴카를 붙잡고 늘어져, 돈을 요청하는 편지를 매일 그녀에게 쏟아부었다. 그루셴카는 매번 조금씩 보내주었다. 그러던 중 오늘에 와서 드미트리가 갑자기 살벌한 질투의 입장을 드러낸 것이었다.

"내가 바보지. 드미트리한테 가다가 그 사람한테도 들렀어. 딱 1분만 있었지만 말이야. 왜냐하면 그 사람도 병이 났거든. 그 내 전 남자 폴란드 사람 말하는 거야" 하고 그루셴카가 분주하게 서두르며 다시금 말하기 시작했다. "내가 웃으면서 드미트리한테 얘기해줬지. '그 폴란드 사람 말이지, 전에 불러주던 노래들을 기타 치며 나한테 불러대더라고. 내가 감동 먹고 자기한테 올 거라고 생각하는 거야.' 그러자 드미트리가 화들짝 솟구치면서 욕을 해대기 시작했어. 그래, 어디 두고 보자, 내가 폴란드 사람들한테 빵을 안 보내나! 페냐야, 그 사람들이 보내온 여자 애한테 3루블 주고, 빵 열 개쯤 종이에 싸서 주면서 그 사람들한테 전달해달라 그래. 그리고 알렉세이 넌 내가 그 사람들한테 빵을 보냈다고 드미트리한테 반드시 얘기해줘."

"절대 얘기 안 해줄 거야" 하고 알렉세이가 미소를 짓고 말했다.

"왜? 네 형이 괴로워할까 봐? 야, 그 사람 일부러 질투하는 척한 거야. 그 사람 속으로는 아무렇지도 않아" 하고 그루셴카가 쓸쓸하게 말했다.

"일부러라니, 그게 무슨 말이야?" 하고 알렉세이가 물었다.

"야, 알렉세이 이 맹추야, 네가 아무리 똑똑하다지만 이런 건 이해 못 하는구나. 내가 화나는 건 그 사람이 이런 나한테 질투를 해서가 아니야. 만약 그 사람이 전혀 질투를 안 했다면 그게 바로 화나는 일이 됐을 거야. 난 그런 사람이야. 난 누가 질투하는 거 가지고 화 안 내. 나도 마음이 독한 사람이고 나도 질투 잘하거든. 내가 화나는 건 그게 아니고, 그 사람이 날 전혀 사랑하는 게 아니라는 거, 그래서 이제 일부러 질투하는 척하는 거, 바로 그거야. 내가 그 정도도 못 볼 줄 아냐? 그 사람이 나한테 카체리나 그 여자에 대해서 갑자기 이렇게 얘기하는 거야. 그 여자 이렇고 저렇고 하면서, 자기를 위해서 모스크바에서 의사를 법정으로 초빙했다는 거야. 자기를 구하려는 목적으로 초빙했다는 거야. 또 제일가는 변호사도, 가장 학식이 많은 변호사도 초빙했다는 거야. 그러니까, 그 사람이 내 앞에서 그 여자 칭찬을 하는 걸 보니, 그 여자를 사랑하는 거야. 그런 뻔뻔스러운 눈을 하고 말이지! 자기가 나한테 구린 게 있으니까, 마치 내가 자기보다 잘못한 게 더 많은 것처럼 만들어서 다 나한테 덮어씌우려고 나한테 시비 거는 거란 말이야. '내가 자기보다 먼저 폴란드 놈이랑 놀아났으니까 자기도 카체리나랑 그래도 된다'는 거야. 바로 그거라고! 나한테 모든 잘못을 뒤집어씌우려고 그래. 그래서 일부러 걸고넘어지는 거란 말이야, 일부러. 단지 나는……."

그루셴카는 자기가 뭘 어떻게 할 거라는 말을 끝까지 하지 못하고, 손수건으로 눈을 가리고 엉엉 울기 시작했다.

"형은 카체리나 이바노브나를 안 사랑해" 하고 알렉세이가 확신 있게 말했다.

"사랑하는지 안 사랑하는지는 내가 곧 직접 알아낼 거야" 하고 그루셴카가 눈에서 손수건을 거두면서 위협적인 억양을 목소리에 담고 말했다. 얼굴 표정이 험악하게 변해 있었다. 평온하고 쾌활하던 그녀의 얼굴에 갑자기 그늘이 지고 독기가 뿜어져 나오는 것을 보자 알렉세이는 씁쓸했다.

"그런 바보 같은 얘기는 그만 집어치우자!" 하고 갑자기 그녀가 단호하게 말했다. "내가 그런 얘기 하자고 너 오라고 한 거 아니니까. 알렉세이야, 내일 말이야, 내일 어떻게 될까? 바로 이 생각 때문에 난 괴로운 거야. 근데 나 혼자만 괴로워하는 거 같아! 다른 사람들을 아무리 봐도, 아무도 그 생각은 안 하는 거 같아. 그건 아무한테도 상관없는 일인 거 같아. 혹 너도 그 생각 하니? 내일 재판 날이잖아! 어떤 판결이 날 거 같아? 네가 한번 말해봐. 하인이 그런 거잖아! 살인자는 하인이잖아, 하인! 하느님 맙소사! 설마 하인을 대신해서 그 사람이 유죄판결을 받게 될까? 그래도 아무도 그를 옹호하러 나서는 사람이 없단 말이야? 사람들이 하인은 전혀 안 건드리고 가만 내버려뒀잖아, 그치?"

"하인도 엄중하게 심문했어" 하고 알렉세이가 생각에 잠긴 태도로 말했다. "하지만 다들 하인이 범인이 아니라고 결론을 내렸어. 지금 그 사람은 아주 많이 아파서 누워 있어. 그때 발작을 일으킨 이후로 계속 아파. 진짜로 아픈 거야" 하고 알렉세이가 마지막 말을 덧붙였다.

"아, 네가 좀 그 변호사한테 가서 직접 얼굴을 맞대고 사건을 설명해주지 그러니? 페테르부르크에서 3천 주고 초빙했다는데."

"우리 셋이 합쳐서 3천 마련한 거야. 나, 이반 형, 카체리나 이바노브나, 이렇게. 모스크바에서 2천에 의사 초빙해온 건 카체리나 이바노브나가 혼자서 한 거고. 페츄코비치 변호사는 원래 돈을 더 받을 사람인데, 이 사건에 대한 소문이 러시아 전체에 좍 퍼지고 신문이니 잡지니 할 것 없이 다 이 사건 얘기니까, 페츄코비치가 돈보다는 명예를 바라보고 오겠다고 한 거야. 이 사건을 통해 명성을 떨칠 수 있다고 생각하고. 내가 어제 만나봤어."

"그래, 어떻게 됐어? 말은 다 했어?" 하고 그루셴카가 서둘러서 소리쳐 물었다.

"내가 하는 말을 다 듣고는 아무 말도 안 했어. 자기한테는 이미 일정한 의견이 형성돼 있었대. 하지만 나한테서 들은 말도 고려해보겠다고는 했어."

"고려해보겠다고? 이런 사기꾼 같으니! 일을 그르치고 말 거야! 그건 그렇고, 의사를 초빙한 건 왜 그런 거야?"

"전문 감정인으로서 초빙한 거야. 형이 미친 사람이라서 광기에 휩쓸려 제정신이 아닌 상태에서 살인을 했다는 쪽으로 사건을 끌고 가려 하는 거야" 하고 알렉세이가 조용히 웃었다. "하지만 형은 거기에 찬성하지 않을 거야."

"그런데 그건 사실일 거야, 만약 그 사람이 죽인 거라면!" 하고 그루셴카가 소리쳤다. "미친 사람과 같았어. 완전히 미친 사람 같았다고. 그건 내가 못돼서 그래. 내 잘못이야! 하지만 그래도 그 사람은 안 죽였어! 안 죽였어! 하지만 사람들이 다 그 사람이 죽였다고 손가락질해. 읍 전체가. 페냐마저도 그 사람이 죽였을 거라고 증언했어. 그리고 상점에서도, 또 그 관리도, 또 그전에 술집에서 사람들이 다 들었어. 모두가, 모두가 다 그 사람한테 불리한 증언을 떠들썩하게 하고 있어."

"맞아. 증언이 엄청나게 많이 들어왔어" 하고 알렉세이가 우울하게 말했다.

"그리고리는 또 어떻고? 그리고리 바실리예비치 그 양반. 아주 요지부동이잖아. 문이 열려 있었다고. 자기가 봤다고 우기는 거야. 꺾을 수가 없어. 내가 찾아가서 얘기를 나눠봤어. 욕까지 해!"

"맞아. 그게 아마 형한테 불리한 증언들 중 가장 결정적인 걸 거야" 하고 알렉세이가 말했다.

"그리고 드미트리가 미쳤다는 건 말이야, 지금 그 사람 상태가 진짜로 그렇게 됐어" 하고 그루셴카가 갑자기 특별히 걱정스럽고 암울한 표정을 하고서 말했다. "알렉세이야, 나 오래전부터 너한테 이 얘기 하고 싶었어. 나 그 사람한테 매일 다니면서 계속 놀라고 또 놀라. 네 생각을 한번 나한테 말해봐. 그 사람이 지금 계속하고 있는 얘기가 무슨 얘기야? 무슨 얘길 계속하는데 아무리 들어도 이해가 안 가. 그 사람이 무슨 어려운 얘기를 하는데 내가 바보라서 못 알아듣는 거라고 생각이 돼. 갑자기 무슨 '아그' 얘기를 하기 시작했어. 그러니까 무슨 애 얘기를 하는 거야. '아그가 왜 불쌍해야 돼?' 이러는 거야. '아그 때문에 이제 내가 시베리아로 가겠어. 난 살인자가 아니지만 시베리아로 갈 필요가 있어!' 이러는 거야. 그게 무슨 소린지, '아그'가 누군지, 난 아무것도 이해 못 했어. 그 사람이 이야기하는 동안 난 그냥 울기만 했어. 그 사람이 그 얘기를 아주 거침없이 하면서, 자기도 우는 거야. 그래서 나도 울었어. 그 사람이 갑자기 나한테 입을 맞추고 손으로 성호를 그어줬어. 이게 다 뭐니, 알렉세이야? 네가 한번 말해줘봐. '아그'가 누구야?"

"라키친이 왠지 형을 자주 찾아가서 그렇게 된 거 아닐까?" 하고 알렉세이가 웃으며 말했다. "하긴…… 라키친한테서 들고 그러는 건 아닌 거 같네. 나 어제 형한테 안 갔었는데, 오늘은 가봐야겠어."

"라키친의 소행이 아니야. 오히려 그 사람 동생 이반 표도로비치가 그 사람을 정신 사납게 하고 있어. 그 사람한테 다니면서 말이야. 바로 그거야……" 하고 그루센카가 말하다가 갑자기 입을 다물었다. 알렉세이가 놀라서 그녀를 똑바로 쳐다보았다.

"다닌다고? 아니, 이반 형이 드미트리 형한테? 드미트리 형이 직접 말했는데. 이반 형은 한 번도 안 왔다고."

"아이고, 나도 참! 입 밖에 내버렸네!" 하고 그루센카가 당황해서 소리치고 얼굴을 새빨갛게 붉혔다. "잠깐만, 알렉세이야. 가만있어봐. 뭐, 사실 이렇게 된 이상……. 이미 말이 새나간 이상, 그냥 다 말할게. 이반이 드미트리한테 두 번 갔었어. 첫 번째는 이반이 돌아오자마자야. 그때 모스크바에서 당장 달려왔잖아. 나 그때 아직 채 몸져눕기 전이었어. 이반이 두 번째로 다녀간 건 일주일 전이야. 드미트리한테, 너한테 그 이야기 하지 말라고 했대. 절대로 하지 말라고 했대. 뿐만 아니라 아무한테도 하지 말라고 했대. 그러니까 몰래 다녀간 거야."

알렉세이가 깊은 생각에 잠겨 이리저리 머리를 굴렸다. 그 소식을 듣고 놀란 것이 분명했다.

"이반 형이 드미트리 형의 일에 대해 나하고는 이야기를 하지 않아" 하고 그가 천천히 말했다. "뿐만 아니라 최근 두 달 내내 나하고 나누는 대화가 극히 적어. 내가 이반 형을 찾아가면 언제나 불만인 태도를 보였어. 내가 왔다는 것에. 그래서 내가 안 찾아가게 된 지가 벌써 3주째야. 음……. 이반 형이 일주일 전에 갔었다면, 그럼…… 이 일주일 동안 드미트리 형한테 진짜로 변화가 일어난 거네……."

"변화 맞아, 변화!" 하고 그루센카가 재빨리 말을 받았다. "그 둘 사이에 비밀 대화가 오갔어, 비밀 대화가! 드미트리가 나한테 직접 말했어. 비밀이라고. 그것도 어떤 비밀이기에 드미트리가 계속 안절부절못하는 거지? 전에는 쾌활했잖아. 하긴 지금도 쾌활하긴 한데, 단지, 있잖아, 머리를 막 좌우로 흔들고, 또 방 안을 이리저리 돌아다니고, 이 오른손 손가락으로 자기 여기 관자놀이의 머리카락을 잡아당길 때는 있잖아, 그때는 내가 알지, 마음속에 무슨 불안이 자리잡고 있다는 것을. 난 알지! 전에는 쾌활했었는데. 하긴 지금도 쾌활하지만!"

"너 아까 형이 신경이 날카로워졌다고 말했지?"

"응. 신경이 날카롭기도 하고 쾌활하기도 해. 신경이 날카롭긴 하지만 그냥 잠시야. 곧 쾌활해져. 근데 조금 뒤에 또 신경이 날카로워져. 있잖아, 알렉세이야, 난 그 사람 볼 때마다 놀란다. 그렇게 무서운 일을 앞두고 있는데 그 사람은 아무것도 아닌 일 가지고 폭소를 터뜨리기도 하고 말이야. 마치 자기가 바로 그 '아그'인 것처럼."

"드미트리 형이 이반 형에 대해서 나한테 말하지 말라고 한 게 사실이야? 바로 그렇게 말했어? '말하지 마' 하고?"

"바로 그렇게 말했어. '말하지 마' 하고. 그러니까 네가 알게 될까 봐 두려운 거야, 드미트리가 말이야. 왜냐하면 비밀이니까. 직접 그렇게 말했어, 비밀이라고. 알렉세이야, 네가 가서 한번 알아봐, 그 둘 사이에 무슨 그런 비밀이 있는지. 그리고 나한테 와서 알려 줘" 하고 그루셴카가 갑자기 애원조로 외쳤다. "불쌍한 나의 궁금증을 네가 좀 풀어줘. 내가 이 빌어먹을 내 운명을 좀 알게, 응? 바로 이 말 하려고 널 부른 거야."

"넌 그 비밀이 너에 관한 거라고 생각해? 만약 그게 맞는다면 형이 네가 있는 자리에서 이 비밀에 대해서 입도 뻥끗 안 했을 거 아니겠어?"

"모르겠어. 어쩌면 나한테 말을 해주고는 싶은데 감히 못 하는 것일 수도 있잖아. 비밀이라서 말이야. 무슨 비밀인지는 말 안 했어."

"네 생각은 어떤데?"

"내 생각? '이제 끝장이구나'라는 게 내 생각이다, 왜? 그 셋이 공동으로 나한테 끝장을 선고한 거야. 왜냐하면 카체리나가 손을 썼거든. 다 카체리나한테서 비롯된 거야. '그 여자가 이렇고 저렇고' 한 걸 보니 나는 그렇지가 않다는 얘기네. 그 사람이 말을 시작하면서 그렇게 말했거든. 나한테 미리 그렇게 암시를 한 거지. 그러니까 날 버릴 생각이라는 거야. 비밀이 바로 그거지, 뭐겠어? 셋이서 그렇게 짠 거야. 드미트리랑 카체리나랑 이반 표도로비치가 말이야. 알렉세이야, 내가 오래 전부터 너한테 물어보고 싶었어. 일주일 전에 그 사람이 갑자기 나한테 말하기를, 이반이 카체리나한테 사랑에 빠졌대. 카체리나한테 자주 다니는 걸 보면 알 수 있대. 그 사람이 한 그 말이 정말이니, 아니니? 양심에 따라서 나한테 거리낌 없이 말해줘."

"난 너한테 거짓말 안 해. 이반 형은 카체리나 이바노브나한테 사랑에 빠지지 않았어. 난 그렇게 생각해."

"그치? 나도 그때 바로 그렇게 생각했어. 그러니까 그 사람이 나한테 거짓말하는 거네. 이 양심 없는 사람! 그리고 지금 자기가 나한테 질투하는 척 나섰어. 그래서 결국 나한테 모든 죄를 뒤집어씌우려고. 근데 그 사람은 바보거든. 뭘 하나 제대로 숨기질 못해. 아무리 해도 다 훤히 보여……. 근데 내가 그걸 그냥! 그걸 그냥! '넌 내가 살인자라고 믿어?'라고 하는 거야, 나한테. 나한테 말이야. 내가 그렇게 생각하는 거 아니냐고 하면서 날 책망한 거야! 이런 망할! 어쨌든 그 카체리난지 뭔지 법정에서 나한테 죽었어! 내가 거기서 한마디만 하면……. 내가 다 말해버릴 거야!"

그러면서 그녀는 다시금 서럽게 울기 시작했다.

"그루셴카야, 내가 너한테 확실히 해줄 수 있는 말이 있어" 하고 알렉세이가 자리에서 일어서면서 말했다. "첫째, 형이 널 사랑한다는 거야. 이 세상에서 누구보다도 더. 너만을. 이 점에 있어선 내 말을 믿어도 돼. 내가 알고 있어. 내가 분명히 알아. 둘째는, 내가 형한테서 비밀을 캐묻기 싫다는 거야. 만약 오늘 형이 나한테 직접 말해준다면, 그럼 내가 형한테 그대로 말할 거야. 너한테 얘기해주기로 약속했다고. 그리고 오늘 바로 너한테 와서 이야기해줄게. 단지……, 내 생각에는……, 여기에 카체리나 이바노브나는 전혀 연루되지 않았어. 그 비밀이란 것은 뭔가 다른 것에 대한 거야. 그건 거의 확실해. 내 생각으로는 카체리나 이바노브나에 대한 것 같지가 않아. 일단 나 가볼게!"

알렉세이가 그루셴카의 손을 잡아주었다. 그루셴카는 아직도 계속 울고 있었다. 알렉세이는 자기가 한 위로의 말을 그루셴카가 거의 믿지 않는 것을 보아 알 수 있었지만, 그래도 그루셴카가 마음속에 꿍하고 지니고 있던 걸 밖으로 드러내자 그녀의 마음이 한결 가벼워진 것 같았다. 지금의 상태로 그녀를 놓아두고 간다는 게 조금 미안했지만, 그래도 서둘러야 했다. 아직 할 일이 많이 남아 있었다.

II
아픈 다리

그중 첫 번째 일은 호흘라코바 부인 집에서 있을 것이었으므로 그는 그곳을 향해 급히 갔다. 거기서 일을 빨리 끝내고 드미트리에게 늦지 않게 갈 작정이었다. 호흘라코바 부인은 벌써 3주째 환자였다. 무엇 때문인지 다리 하나가 퉁퉁 부어, 비록 침상에 누워 있진 않았지만, 그래도 낮에 자기 규방[17]의 소파에 매혹적이지만 점잖은 실내복 차림으로 반쯤 누워 있었다. 알렉세이는 호흘라코바 부인이 병을 앓으면서도 옷치레를 한다는 걸 깨닫고서 자기도 모르게 미소를 지은 적이 있다. 레이스 같은 머리 장식, 리본, 단추 안 달린 상의 같은 걸 보면서 그는 그런 게 왜 필요한지 대충 짐작은 했으나, 그런 자기의 생각을 필요 없는 생각이라 판단하여 될 수 있으면 없애려 했다. 최근 두 달 동안 호흘라코바 부인을 찾아오곤 하는 그녀의 손님들 중에 페르호친이라는 젊은이가 있었다. 알렉세이는 안 들른 지가 벌써 나흘쯤 되었기 때문에, 그 집에 들어가자마자 곧장 리자한테 가려고 서둘렀다. 리자를 볼 일이 한 가지 있었기 때문이다. 리자는 어제 벌써 그에게 하녀를 보내어 자기한테 지체 없이 와달라는 집요한 요청을 전했다. '아주 중요한 상황이 생겼다'는 것이었다. 알렉세이는 거기에 관심을 보였는데, 그럴 이유가 좀 있었다. 하지만 하녀가 리자에게 보고하러 간 동안 호흘라코바 부인이 누군가를 통해 그가 왔다는 걸 이미 알고 자기한테 '1분만' 들르라는 부탁을 전하기 위해 즉시 사람을 보냈다. 알렉세이는 일단 리자 모친의 요청을 충족시키는 것이 낫겠다고 판단했다. 왜냐하면 만약 알렉세이가 리자 방에 가 있으면 호흘라코바 부인이 리자 방으로 사람을 1분에 한 번씩 보낼 것이었기 때문이었다. 호흘라코바 부인은 왠지 특별히 명절에 차려입듯 옷을 차려입고 소파에 누워 있었는데, 마음이 매우 흥분된 것처럼 보였다. 그녀는 환호하듯 소리쳐 알렉세이를 맞았다.

"못 본 지가 수백 년은 됐어요, 수백 년! 그러니까 일주일은 됐어요. 하긴, 뭐, 나흘 전에, 수요일에 오셨었지만 말이에요. 내가 못 듣게 뒤꿈치 쳐들고 살금살금 리즈한테 가려고 하셨죠? 내가 다 알아요. 아, 친애하는 알렉세이 표도로비치 씨, 내가 리즈 때문에 얼마나 걱정하는지 아세요? 아, 이 얘긴 좀 나중에 하기로 하죠. 비록 가장 중요한 얘기긴 하지만 나중에 하는 것으로 해요. 친애하는 알렉세이 표도로비치 씨, 난 내 딸 리자를 알렉세이 표도로비치 씨한테 안심하고 맡기는 입장이에요. 조시마 장로가 돌아가신 이후에⋯⋯, 주여, 그 영혼에 안식을 주소서(그녀는 성호를 그었다)! 그 이후에 난 알렉세이 표도로비치 씨를 고행 계율을 받은 수도사로 보기 시작했어요. 비록 알렉세이 표도로비치 씨가 새로 맞춘 양복을 입고 다니시는 게 참 잘 어울리긴 하지만요. 그런 양복장이를 어디서 구하셨어요? 아, 참, 이건 별로 중요한 게 아니죠. 나중에 이야기하기로 해요. 내가 알렉세이 표도로비치 씨를 어떤 때는 '알료쉬아'*라고 불러서 죄송해요. 하지만 내가 나이가 훨씬 많으니까 그래도 괜찮겠죠(그러면서 그녀는 아양을 떨듯이 미소를 지었다)? 하지만 그 얘기도 나중에 하기로 해요. 중요한 건 말이죠, 네, 내가 중요한 걸 잊어선 안 되죠. 내가 쓸데없는 말을 너무 많이 지껄이기 시작하면 나한테, '중요한 건 뭔데요?' 하고 말해주세요. 아셨죠? 아, 어쨌든 지금은 내가 알아요, 뭐가 중요한 건지. 리즈가 자기가 알렉세이 표도로비치 씨한테 한 약속을 취소한 다음에 말이에요. 알렉세이 표도로비치 씨한테 시집가겠다는 그 약속은 어린애 같은 약속이었어요. 그 약속을 취소한 다음에 알렉세이 표도로비치 씨는 물론 아셨겠죠. 그 모든 것이 단지 장애인용 의자에 오래 앉아 있은 몸이 아픈 여아의 장난 섞인 어린 꿈이었다는 것을요. 다행히도 그 아이는 이미 걸어 다니게 됐어요. 카체리나가 모스크바에서 초빙해온 새 의사가 말이에요, 알렉세이 표도로비치 씨의 불행한 형님을 위하여 초빙한 거죠. 그분한테는 내일······. 아유, 내일 일을 벌써부터

---

* '알렉세이'라는 이름의 애칭들 중 하나. - 역자 주

얘기할 필요가 뭐 있어요? 난 내일 일을 생각하기만 해도 죽을 지경이에요. 왜냐하면 일단 궁금해서 말이죠……. 한마디로, 그 의사가 어제 와서 리즈를 검진했는데……. 난 의사한테 왕진료로 50루블 줬어요. 하지만 그게 중요한 게 아니라……. 네, 또 덜 중요한 얘길 했네요. 보시다시피 난 지금 무슨 얘기를 하려 했는지 도통……. 너무 서두르다 보니까 그래요. 왜 서두르냐고요? 모르겠어요. 지금 난 모르는 게 아주 많아졌어요. 모든 것이 섞여서 덩어리가 지어진 거 같아요. 난 알렉세이 표도로비치 씨가 내 말을 듣다가 지루해서 휙 뛰쳐나가버릴까 봐 겁나요. 그래서 내가 알렉세이 표도로비치 씨를 보기만 하고 아무 말도 못 한 게 될까 봐. 아, 참! 우리가 왜 이렇게 그냥 앉아 있는 거죠? 일단 커피를……. 율리야야, 글라피라야, 커피!"

알렉세이가 고맙다고 말하고, 커피는 자기가 금방 마시고 왔다고 말했다.

"누구네 집에서요?"

"그루셴카 집에서요."

"그…… 그 여자 말하는 거죠? 어머! 모든 게 바로 그 여자 때문이잖아요. 하긴, 글쎄요, 그 여자가 성녀가 됐다고들 이야기하기도 하고……. 비록 그래 봤자 이미 늦었지만. 좀 더 일찍 되지 그랬어요? 필요할 때 말이에요. 지금은 뭐예요? 그래 봤자 무슨 소용이 있어요? 아무 말 필요 없어요, 알렉세이 표도로비치 씨. 왜냐하면 내가 하고 싶은 말이 너무 많아서, 결국 아무 말도 못할 것 같아요. 그 생각만 해도 끔찍한 소송 사건……. 나 꼭 갈 거예요. 갈 준비 하고 있어요. 사람들이 날 휠체어에 태워서 들여보낼 거예요. 난 앉아 있을 수는 있거든요. 사람들도 옆에 있을 거고. 또, 아시겠지만, 난 증인들 중 한 사람이에요. 내가 어떻게 말을 해야 되죠? 어떻게 말을 해야 되죠? 무슨 말을 해야 될지 모르겠어요. 선서를 해야 되겠죠? 그렇죠? 그렇게 하는 거죠?"

"네. 하지만 부인께서 출두하셔도 된다곤 생각 안 해요."

"나 앉아 있을 수 있어요. 아유, 제가 하던 말을 끊으셨어요! 그 소송, 그 무지막지한 행동, 그 뒤에는 다 시베리아로 가게 되죠. 어떤 사람들은 결혼을 하고, 그리고 이 모든 것이 빠르게, 빠르게 지나가고, 모든 것이 바뀌고, 결국에는 아무것도 아닌 게 되고, 모두가 늙은이가 되어 관 속에 들어갈 날을 기다리게 되죠. 사실, 뭐, 그러면 어때요? 아유, 나 피곤해요. 카체리나가, cette charmante personne*이, 내 모든 희망을 깨어버렸어요. 이제 카체리나는 알렉세이 표도로비치 씨 형님 한 사람을 따라서 시베리아로 가겠죠. 또 다른 형님은 카체리나를 따라가서 인근 도시에 살게 되겠죠. 그러면서 서로를 괴롭히겠

---

* 그 매력적인 분.

죠. 난 그런 생각만 하면 미칠 것 같아요. 그런데 중요한 건, 사람들 사이에 소문이 널리 퍼지는 거예요. 페테르부르크와 모스크바의 모든 신문에 백만 번은 더 실렸을걸요. 아, 참, 있잖아요, 내 얘기도 실렸더라고요. 내가 알렉세이 표도로비치 씨 형님의 '친애하는 친구'였다고. 난 추악한 단어는 쓰고 싶지 않아요. 아실 테죠? 네? 아시겠죠?"

"그럴 리가요! 어디에 그렇게 썼던가요?"

"지금 보여드릴게요. 어제 받아 봤어요. 받아서 바로 읽었어요. 여기, 『슬루키』*지 페테르부르크판에요. 이『슬루키』지는 올해부터 발행되기 시작한 거예요. 난 소문 듣는 걸 아주 좋아하기 때문에 구독 신청했어요. 그런데 나에 대한 그런 헛소문을 접하게 될 줄이야! 소문이란 알고 봤더니 바로 이런 거구나 싶더라고요. 여기요, 바로 여기요. 읽어보세요."

그러면서 그녀는 자기 베개 밑에 있던 신문 한 장을 알렉세이에게 내밀었다.

그녀는 마음이 상했다기보다는, 뭐랄까, 마음이 산산조각이 난 것 같았다. 어쩌면 진짜로 그녀의 머릿속 모든 것이 덩어리로 뭉쳤는지도 모르는 일이었다. 신문에 난 소식은 매우 독특하게 느껴졌으며, 물론 그녀의 신경을 많이 건드렸을 것이 당

---

* '소문'이라는 뜻. - 역자 주

연하고도 남았다. 그러나 그녀는 어쩌면 다행히도 그 순간에 한 가지 사항에 정신을 집중할 수 없는 상태에 있었다. 그러므로 잠시 뒤에는 신문에 대한 것도 다 잊고 전혀 다른 이야기로 옮아갈 수 있었다. 끔찍한 소송 사건의 소문이 러시아 전체에 걸쳐 곳곳에 퍼졌다는 것을 알렉세이는 오래전부터 알고 있었다. 이 두 달 동안 그는 자기 형에 대한, 또한 카라마조프 씨 가문 사람들 전체에 대한, 심지어 자기에 대한 다른 소식들, 헛소문이 아닌 소식들도 읽었지만, 그래도 그 얼마나 기괴한 보도와 기사를 많이 접했는가! 어떤 신문에서는 심지어, 그가 자기 형의 범죄 이후 겁을 먹고 고행 계율을 받아들이고 수도원에서 칩거 생활로 들어갔다고 했다. 다른 신문에서는 그 설이 부인되었고, 그와는 반대로, 그가 자기가 모시던 조시마 장로와 함께 수도원의 벽을 깨고 '수도원으로부터 달아나버렸다'고 했다. 『슬루키』지에 나온 소식을 지금 보니, '스코토프리고니예프스크(계속 숨기고 있다가 지금 말하는데, 사실 우리 읍의 명칭이 이거다)[18] 소식. 카라마조프 씨 소송 사건에 부쳐'라고 제목이 붙어 있었다. 짤막한 보도였고 호흘라코바 부인에 대해서는 전혀 아무것도 언급된 바 없었다. 뿐만 아니라 모든 실명이 감춰져 있었다. 단지, 범인은 퇴역한 육군 대위인데, 건방진 성격의 게으름뱅이에다 농노 해방 반대자로서, 날이면 날마다 방종적인 연애를 일삼았으며, 특히 '독신으로 적적하게 지내는 몇몇 여인들'을 꾀곤 했다는, 곧 그에 대한 떠들썩한 재판이 열릴 것으로 예상된다는 보도였다. '독신으로 적적하게 지내는 여인들' 중, 다 큰 딸이 있음에도 불구하고 젊게 보이려고 노력하는 한 여인이 있는데, 그 여인은 범죄 발생 두 시간 전에까지 그에게 3천 루블을 주겠다고 아양을 떨며, 그 돈으로 자기랑 같이 당장 금광을 찾으러 떠나자고 꾀었다는 것이었다. 그러나 범인은 이 적적하게 지내는 40대 여체의 여인을 끌고 시베리아까지 가느니, 형벌을 면할 수 있도록 잘 행동하기만 한다면 차라리 부친을 살해하고 3천을 훔치는 것이 낫다고 판단했다는 것이었다. 되도록 재미있게 쓰려고 노력한 이 기사의 끝부분에는 예상했던 대로, 부친 살해와 옛 농노제의 부도덕함과 관련된 정의로운 분노가 표현돼 있었다. 호기심을 가지고 이 기사를 끝까지 읽은 알렉세이가 신문지를 말아 호흘라코바 부인에게 돌려주었다.

"이게 내 얘기가 아닐 리 없잖아요" 하면서 그녀가 다시금 조잘거리기 시작했다. "내 얘기 맞아요. 내가 사건 나기 거의 한 시간 전에 그 사람한테 금광을 제의했어요. 아니 그런데 갑자기 '40대 여체'라뇨! 내가 언제 같이 가자 그랬어요? 이건 일부러 그렇게 쓴 거예요! 40대 여체라는 표현에 대한 죄는 영원한 심판관께서 사하여 주시길 빌어요. 그 죄를 내가 사하여 주니까요. 하지만 이게……, 이게 누구 짓인 줄 아세요? 알렉세이 표도로비치 씨의 친구 라키친이에요."

"그럴 수 있겠네요. 비록 내가 무슨 얘길 들은 바는 없지만요" 하고 알렉세이가 말했다.

"그 사람 맞아요, 그 사람. '그럴 수 있겠네요'가 아니라요. 내가 그 사람을 쫓아낸 적이 있거든요. 그 얘기 아세요?"

"부인께서 라키친보고 앞으로는 방문하지 말아달라고 하셨다는 건 알지만, 무슨 일이 있었기에 그러셨는지는 몰라요. 그건 제가…… 적어도 부인한테선 들은 바 없습니다."

"그러니까 그 사람한테선 들으셨단 얘기네요! 그 사람이 뭐라 그래요? 날 욕해요? 욕 많이 해요?"

"네, 욕해요. 하지만 라키친이 욕 안 하는 사람은 없어요. 하지만 무슨 일이 있었기에 부인께서 라키친을 오지 말라고 하셨는지에 대해서는 제가 라키친한테서도 못 들었습니다. 서로 별로 자주 만나지 않기 때문에 그렇기도 하고요. 우린 친구라고 할 수 없습니다."

"그러시다면 내가 다 얘기해드릴게요. 어쩔 수 없네요. 내 잘못을 인정하는 수밖에. 왜냐하면 내가 잘못 행동한 점이 하나 있는 것 같거든요. 물론 작은 잘못에 불과하지만요. 아주 작은 잘못이라서, 어쩌면 없는 거나 마찬가지일지도 몰라요. 자, 무슨 일이 있었나 하면," 하면서 호흘라코바 부인이 갑자기 짓궂은 표정을 지었다. 그녀의 입술에 뜻을 알 수 없는 매혹적인 미소가 아른거렸다. "있잖아요, 내 생각에는 말이죠……, 미안해요, 알료쉬아 씨, 내가 거의 어머니뻘이니까요, 아, 아니에요. 그 반대로, 내가 지금 마치 아버지한테 말씀드리는 것처럼 할래요……. 왜냐하면 내가 어머니 행세 하는 게 오히려 더 이상해요……. 자, 조시마 장로님한테 고해 성사 하는 거나 마찬가지라 생각하고 할게요. 그 방법이 제일 올바르고 제일 알맞은 것 같아요. 그러지 않아도 아까 내가 알렉세이 표도로비치 씨를 고행 계율 받은 수도사라 했으니까요. 자, 어떻게 됐나 하면, 이 불쌍한 청년이, 알렉세이 표도로비치 씨의 친구 라키친(어쩌나? 내가 그 사람한테 화는 못 내겠어요. 화를 내긴 하지만 아주 많이는 아니에요)이, 한마디로 이 경솔한 젊은이가 갑자기 나를 좋아하게 된 거예요. 난 나중에 가서 그 사실을 갑자기 알게 됐어요. 처음에, 그러니까 한 달쯤 전에 그 젊은이가 우리 집에 자주 오기 시작했어요. 거의 매일이요. 물론 그전에도 서로 아는 사이였지만요. 난 별로 신경 안 썼어요. 그러다가 갑자기 확 느낌이 오더라고요. 내가, 놀랍게도, 그 사람이 그렇다는 걸 눈치채기 시작한 거예요. 그런데 있잖아요, 내가 두 달 전에 표트르 일리치 페르호친이라는, 우리 동네에서 근무하는 아주 소박하고 예절 바르고 괜찮은 젊은이를 집에 들이기 시작했거든요. 직접 만나신 적도 많을 거예요. 진짜 예절 바르고 진지한 사람 아니에요? 그 사람이 사흘에 한 번 와요, 매일이 아니라(비록 매일 와도 괜찮지만). 올 때마다 옷을 아주 잘 입고 와요. 난 그러지 않아도 젊은이들을 좋아해요, 알료쉬아 씨 같은 그런 재능 있고 소박한 젊은이들요. 그 젊은이한테는 거의 뛰어난 경륜이 있다고 해야 돼요. 말도 어쩌면 그렇게 사근사근하게 할까! 내가 반드시, 반드시 그 사람 지지해줄 거예요. 그 사람은 미래의 외교관이에요. 그 사람은 그 끔찍했던 밤에 나를 거의 죽음에서 건졌어요. 밤에 우리 집에 와서 말이에요. 아, 그런데, 친구 분 되시는 라키친은 말이에요, 여기 올 때 항상 그런 장화를 신고 와서는 양탄자를 짚어요……. 한마디로, 그 사람이 나한테 무슨 암시 같은 걸 주기 시작했어요. 그러다가 갑자기 한 번은, 우리 집에 있다가 나가면서 내 손을 엄청나게 세게 꽉 쥐었어요. 그 사람이 그렇게 내 손을 쥐자마자 바로 내 다리가 아프기 시작한 거예요. 그 사람은 전에도 우리 집에서 표트르 일리치를 만난 적이 있는데, 아유, 얼마나 야유를 해대는지 몰라요. 꼭 무슨 꼬투리를 하나씩 잡아 가지고 계속 꿍얼대요. 내가 그 둘을 놓고 보면서 이 둘이 서로 맞을까 어림짐작을 해보면 속으로 웃게 돼요. 그런데 한번은 내가 집에 혼자 앉아 있는데, 아니, 그러니까, 앉아 있던 게 아니라 누워 있었네요. 내가 혼자 누워 있는데, 미하일 이바노비치*가 오는 거예요. 그런데 있잖아요, 자기가 지었다며 시를 가지고 왔어요. 아주 짤막한 시요. 그 시

---

* 라키친의 이름과 부칭. - 역자 주

에서 내 아픈 다리를 읊었대요. 그러니까 내 아픈 다리를 시를 통해 묘사한 거예요. 잠깐만요, 그게 어떻게 되더라?

　아아, 고 다리, 아아, 고 다리!
　좀 아프다니, 거 어쩐다니?

　아마 뭐 이 비슷했을 거예요. 난 시를 영 잘 못 외우는 게 탈이에요. 아무튼 여기 어딘가에 써놓은 게 있어요. 다음에 보여드릴게요. 아무튼 아주 잘 지었잖아요. 꼭 다리 얘기만이 아니라, 뭔가 교훈적인 게 더 느껴지잖아요. 시상도 아주 멋지고. 하긴 시상이 뭐라 그랬었는지 난 잊어버렸지만. 한마디로, 길이 보관해둘 시예요. 그래서 난 물론 감사를 표했죠. 그랬더니 그 사람이 아주 으쓱해하는 것 같았어요. 그런데 내가 감사를 표하자마자 표트르 일리치가 들어오는 거예요. 그러자 미하일 이바노비치가 인상이 확 어두워지더라고요. 내가 보니까 자기가 뭘 하려고 했는데 표트르 일리치가 방해가 됐다는, 그런 느낌이었어요. 왜냐하면 미하일 이바노비치는 시를 읊은 뒤에 반드시 무슨 말을 하려고 했던 거예요. 그걸 난 예감했었어요. 그런데 그때 표트르 일리치가 들어온 거예요. 난 얼른 표트르 일리치한테 시를 보여주면서, 누가 지었다고는 얘기 안 했어요. 하지만 난 분명히 알아요. 누구 시인지 그 자리에서 알아챘다는 걸. 비록 지금까지 솔직히 말을 안 하면서, 자기가 못 알아챘다고 하고 있는데, 근데 그건 일부러 그러는 거예요. 표트르 일리치는 곧바로 큰 소리로 웃으면서 비평을 하기 시작했어요. 시시껄렁한 시라고. 웬 고등학생이 쓴 거 같다고. 아유, 말도 마요, 그 말이 너무나도 자신 있고 신랄했다고요! 그러자 친구분께서 같이 껄껄 웃기는커녕 순식간에 완전히 미쳐 날뛰었어요. 어머, 난 둘이 치고받고 싸울 줄 알았다니까요! '그래, 내가 썼어요. 어쩔래요? 시는 원래 딴따라나 광대들이나 쓰는 건데 내가 장난으로 한번 써봤어요. 그래도 난 잘 쓴 거예요. 당신의 잘난 푸시킨이 여성의 다리를 읊었다고 해서 기념비를 세워주려고들 드는데,[19] 내 시는 일정한 경향이 있는 시예요. 당신 스스로가 농노 해방 반대자 아니에요? 당신한텐 인류애란 조금도 없고, 요즘의 계몽된 감정은 전혀 못 느끼고, 당신은 발전하고는 관계도 없고, 당신은 그저 뇌물이나 받는 관리잖아요!' 그때 내가 안 되겠다 싶어 직접 소리 지르며 그 둘한테 애원했어요. 그런데 표트르 일리치가 있잖아요, 전혀 기가 죽지 않고, 갑자기 최고로 고상한 태도를 취하고서 그 사람을 비웃듯 바라보면서, 말을 다 들은 다음에 이렇게 사과를 하는 거예요. '제가 몰랐어요. 만일 제가 알았다면 그렇게 얘기 안 했을 거예요. 칭찬했을 거예요. 시인들이란 그저 다들 그렇게 화를 잘 내는 법이구먼요······.' 한마디로, 최고로 고상한 태도로

덧씌워진 비웃음이었어요. 나중에 나한테 직접 그렇게 얘기해주더라고요. 그게 다 비웃음이었다고. 난 또 그 사람이 진심으로 말하는 줄 알았죠. 그런데 내가 지금 알렉세이 표도로비치 씨 앞에 누워 있는 것처럼 그때 이렇게 누워 있는데, 생각이 나더라고요. '내 집에서 내 손님한테 예의 없이 소리 질렀다며 미하일 이바노비치를 쫓아낸다면, 그게 고상한 행동일까, 아닐까?' 하는 생각이요. 그렇게 말이에요, 누워서 눈을 감고 생각했어요. '고상한 행동일까, 아닐까?' 결정을 내릴 수가 없더라고요. 그래서 고민하고 또 고민했어요. 가슴이 두근거렸어요. '나가라고 소리칠까, 말까?' 내 속의 한 목소리는 '소리쳐' 하고, 다른 목소리는 '안 돼, 소리치지 마!' 하는 거예요. 이 다른 목소리가 나한테 그렇게 말하자마자 난 빽 소리치고는 픽 기절했어요. 그랬더니 물론 야단법석이 났죠. 그러다 내가 갑자기 일어나서 미하일 이바노비치한테 말했어요. '이 말 하기 미안한 건 사실인데, 난 댁이 내 집에 오는 거 더 이상 원치 않아요' 하고요. 그렇게 해서 쫓아내게 된 거예요. 아, 알렉세이 표도로비치 씨, 내가 잘못한 거라는 거 나 스스로가 알아요. 난 다 거짓말이었고, 사실은 전혀 그 사람한테 화난 게 아니었어요. 그런데 나도 모르게 갑자기, 그렇게 하면 멋있을 거 같았어요. 명장면일 거 같았어요……. 어쨌든 말이죠, 그래도 그 장면은 자연스러웠어요. 왜냐하면 내가 심지어 울음까지 터뜨렸고, 그 이후로도 며칠 동안 울었거든요. 그러다가 나중에 점심 먹고서는 갑자기 모든 걸 다 잊어버렸어요. 어쨌든 그렇게 돼서 그 사람이 우리 집에 안 온 지가 벌써 2주 됐어요. 나는, '그렇다고 진짜로 한 번도 안 들를 건가?' 하고 생각했어요. 그게 어제였어요. 그런데 어제 저녁에 딱 이 『슬루키』지가 배달되는 거예요. 읽고 나니 '아!' 하고 한숨이 쉬어지더라고요. 누가 이걸 썼을지 생각을 하니까요. 바로 그 사람이 쓴 거예요. 그때 집에 가자마자 앉아서 쓴 거예요. 그래서 보낸 거예요. 그래서 인쇄돼 나온 거예요. 그게 2주 전 일이었거든요. 근데요, 알료쉬아 씨, 내가 지금 무슨 얘기를 하고 있는 거죠? 내가 지금 하지 말아야 될 이야기를 하고 있는 거 아니에요? 어휴! 이야기가 그냥 저절로 나오네요!"

"오늘 저는 시간 안 늦게 형한테 가봐야 되거든요." 하고 알렉세이가 말을 시작했다.

"아, 맞아요! 맞아요! 그 말씀 한번 잘해주셨어요! 저기 말이에요, 발작적 정신 이상이 뭐예요?"

"발작적 정신 이상이라뇨?" 하고 알렉세이가 놀라 물었다.

"재판에서 말하는 발작적 정신 이상[20]이요. 발작적 정신 이상으로 인해 무슨 일을 저질렀다고 하면 다 용서되는, 그거 말이에요. 무슨 일을 저질렀든지 곧장 다 용서되는 그거요."

"그게 무슨 말씀이세요?"

"무슨 말인가 하면요, 그게 다 카체리나가 하는 얘긴데……, 아, 그 어여쁘고 소중한 존재가 말이에요, 난 진짜 모르겠어요, 누구한테 사랑에 빠진 건지. 며칠 전에 우리 집에 왔었는데요, 내가 아무것도 캐물어 알아내지 못했어요. 게다가 이젠 나랑 이야기할 때 자기가 먼저 수박 겉 핥기 식으로 말을 이어가요. 한마디로, 그저 내 건강 상태나 묻고, 그게 끝이에요. 게다가 말하는 투는 또 왜 그런지……. 난 그래서 이렇게 혼자 생각했죠. '뭐, 맘대로 하시죠. 맘대로 하시라고요.' 아, 그러니까 그 발작적 정신 이상 말이에요, 왜, 그 의사가 왔잖아요. 아시죠, 의사가 온 거? 아, 사실 모르실 리가 없죠. 정신병자 알아보는 의사 말이에요. 알렉세이 표도로비치 씨가 직접 초빙하신 거잖아요. 아, 그러니까 알렉세이 표도로비치 씨가 직접 초빙한 건 아니고, 카체리나가 한 거죠. 네, 다 카체리나가 한 거예요. 자, 그러니까 말이에요, 전혀 미친 사람이 아닌 사람이 있다 이거예요. 그런데 갑자기 충동이 생길 수 있대요. 다 제정신이고, 자기가 무슨 짓을 하고 있는지를 안대요. 그런데도 충동에 싸여서 그럴 수는 있다는 거죠. 드미트리 표도로비치도 아마 그런 충동 때문에 그렇게 된 걸 거예요. 재판 제도가 새롭게 바뀌자마자 이 발작적 정신 이상이란 것을 적용하기 시작했대요. 그게 바로 새로 바뀐 재판 제도의 좋은 점이에요. 그 의사가 여기 왔었거든요. 저한테 묻더라고요, 그날 저녁때와 관련해서요. 금광 얘기도 물었어요. 그때 그 사람이 어땠느냐고 묻더라고요. 물론 충동에 휩싸여 있었죠. 오자마자 소리치는 거예요, '돈, 돈, 3천이요, 3천 내놔요' 하고요. 그러다 가서 갑자기 살인을 저질렀어요. '살인하기 싫어요, 싫어요.' 그러더니만 제꺽 살인했어요. 바로 그 점 덕분에 그 사람이 사면을 받을 수 있을 거예요. 안 하겠다고 해놓고서 살인했으니까요."

"형은 실지로 살인을 안 했어요" 하고 알렉세이가 약간 날카롭게 말을 끊었다. 불안과 초조가 점점 더 그를 짓눌렀다.

"알아요. 살인자는 그리고리 노인이라는 거……."

"그리고리 노인이라뇨?" 하고 알렉세이가 소리쳤다.

"그리고리가 범인이에요. 드미트리 표도로비치한테서 얻어맞고 쓰러져 있다가 일어나 보니 문이 열려 있잖아요. 그래서 가서 표도르 파블로비치를 죽인 거예요."

"아니, 왜요? 무슨 이유 때문에요?"

"충동의 발작으로요. 드미트리 표도로비치가 그 사람 머리를 때렸잖아요. 그 사람이 정신을 잃었다가 깨어났을 때 충동의 발작이 일어나서 가서 죽인 거예요. 그 사람이 자기는 안 죽였다고 얘기하는 건, 자기가 죽인 게 기억이 안 나서 그러는 것일 수도 있어요. 하지만 있잖아요, 차라리 드미트리 표도로비치가 죽였다면 그게 훨씬 나아요. 그리고 그게 사실이에요. 내가 비록 그리고리가 그랬다고 말하고 있지만, 그래도 아마 드미트리 표도로비치일 거고, 그게 훨씬, 훨씬 나아요! 아, 낫다는 게, 아들이 아버지를 죽인 게 더 낫다는 말이 아니에요. 난 그걸 잘했다고 하는 게 아니에요. 그 반대로 자식들은 부모를 공경해야 해요. 그런데 내가 차라리 그 사람이 죽인 게 더 낫다고 하는 거는, 그래야 알렉세이 표도로비치 씨가 울 필요가 없잖아요. 왜냐하면 그 사람이 제정신이 아닌 상태에서 죽인 거니까. 아니, 차라리, 제정신이긴 제정신이었는데, 왜 그런 짓을 저질렀는지 자기도 모르는 상태에서 죽인 거니까. 네. 그 사람 사면을 받아야 돼요. 그래야 인도주의적이고, 새 재판 제도의 좋은 점을 사람들이 깨달을 거예요. 난 또 몰랐죠. 사람들이 그러는데, 그렇게 된 지가 벌써 오래됐대요. 난 어제 그 사실을 알게 되자마자 아주 깜짝 놀라서, 당장 알렉세이 표도로비치 씨를 부르러 사람을 보내려고 했어요. 그다음엔, 그 사람이 사면을 받을 테니까, 법정에서 직접 우리 집으로 점심 드시러 오라고 할 생각이었어요. 내가 아는 사람들도 부르고 말이에요. 그래서 새로운 재판 제도를 위하여 한잔씩 하는 거예요. 난 그 사람이 위험한 사람이라고 생각 안 해요. 게다가 난 손님들을 아주 많이 부를 거거든요. 그러니까 그 사람이 여차하더라도 언제든지 밖으로 내보낼 수 있겠죠. 그다음에 그 사람은 어디 타 지역에 가서 치안 판사나 다른 뭐도 될 수 있을 거예요. 왜냐하면 자기가 직접 불행을 겪어본 사람들이 누구보다도 더 좋은 판결을 내릴 수 있거든요. 그리고 중요한 건, 지금 발작적 정신 이상에 휩싸이지 않은 사람이 어디 있어요? 알렉세이 표도로비치 씨도, 나도, 다들 발작적 정신 이상에 휩싸여 있잖아요. 그 예가 얼마나 많아요? 어떤 사람이 앉아서 고요한 노래를 부르고 있다가도 갑자기 무언가가 마음에 안 들어서 권총을 들고 아무나 닥치는 대로 죽였는데, 나중에 그 사람이 다 용서받았어요. 그런 소식을 내가 얼마 전에 읽었어요. 의사들이 다 확인해줬다는데요. 이제 의사들이 다 확인해줘요. 다요. 아유, 우리 리즈가 지금 발작적 정신 이상에 휩싸여 있어요. 내가 어제 벌써 걔 때문에 울었어요. 그저께도 울었고요. 오늘에야 거기에 생각이 미치더라고요. 걔가 단지 발작적 정신 이상에 휩싸인 것뿐이라고 말이에요. 아, 리즈 때문에 내가 얼마나 마음이 아픈데요! 내 생각엔 걔가 완전히 미친 거 같아요. 알렉세이 표도로비치 씨를 왜 오라고 했대요? 걔가 오라고 한 거예요, 아니면 알아서 직접 오신 거예요?"

"네, 리즈가 오라고 한 거예요. 그래서 지금 가보려고요" 하고 알렉세이가 단호하게 일어났다.

"아, 친애하는 알렉세이 표도로비치 씨, 어쩌면 지금 말씀드릴 게 가장 중요한 걸지도 몰라요," 하면서 호흘라코바 부인이 갑자기 울면서 소리쳤다. "내가 알렉세이 표도로비치 씨한테 리즈를 진심으로 맡긴다는 걸 신께서 보고 계세요. 걔가 자기 엄마한테 숨겨가면서 알렉세이 표도로비치 씨를 불렀다는 건 별거 아니에요. 괜찮아요. 하지만 형님 되시는 이반 표도로비치 씨는 내가 죄송하지만 내 딸을 그렇게 쉽게 신임하고 맡길 수가 없어요. 비록 그분을 가장 기사도 넘치는 젊은이로 계속 여기고 있지만요. 아시나요? 그분이 갑자기 리즈를 찾아왔었어요. 근데 전 그걸 전혀 모르고 있었어요."

"네? 뭐라고요? 언제요?" 하고 알렉세이가 엄청나게 놀랐다. 그는 더 이상 앉지 않고 서서 말을 들을 작정이었다.

"내가 말씀드릴게요. 바로 그것 때문에 오시라고 한 거예요. 왜냐하면 난 진짜 모르겠어요. 알렉세이 표도로비치 씨를 왜 오라고 했는지를요. 어쨌든요, 이반 표도로비치 씨가 모스크바에서 돌아온 뒤로 우리 집에 두 번밖에 안 왔었는데요, 첫 번째는 지인으로서 방문하러 왔던 거였고, 두 번째는, 그건 바로 얼마 전인데, 카체리나가 우리 집에 와 있었는데, 그때 그분이 카체리나가 우리 집에 있다는 걸 아시고 들르셨어요. 난 물론 그분이 자주 들르실 거라고는 생각하지 않았어요. 그러지 않아도 바쁜 일이 많으실 거라고 알고 있었기 때문이에요. Vous comprenez, cette affaire et la mort terrible de votre papa.* 그러다가 갑자기 알게 된 거예요. 그분이 또 오셨었다는 것을

---

* 부친께서 그리 끔찍하게 돌아가셨으니 당연히 그러시겠죠. (프랑스어)

요. 단, 나한테 들르셨던 게 아니라 리즈한테 들르셨다고요. 그게 벌써 엿새쯤 전이에요. 와서 5분 앉아 있다 가셨대요. 난 그걸 그 뒤로 사흘이나 지나서 글라피라한테서 들어서 알게 됐어요. 그래서 난 충격 받았어요. 당장 리즈를 불렀더니, 걔는 막 웃으면서 이렇게 말하는 거예요. '그분이 엄마가 자는 줄 알고, 내 방에 들러서 엄마 건강이 어떠냐고 물어본 거야' 하고요. 물론 그건 사실이었어요. 하지만 리즈 때문에, 리즈 때문에, 맙소사, 내가 마음이 얼마나 아픈데요! 생각해보세요. 어느 날 밤 갑자기, 그게 나흘 전인데, 그러니까 알렉세이 표도로비치 씨가 마지막으로 왔다 가시고 바로, 갑자기 밤에 리즈가 발작을 하고 비명을 지르고 히스테리를 일으키는 거예요! 나한테는 왜 그런 히스테리가 한 번도 일어나지 않는 거죠? 그 이튿날에도 발작, 그 이튿날에도 발작, 그러다 어제, 바로 어제 그 충동적 발작이 있었던 거예요. 걔가 별안간 나한테 이렇게 외치는 거예요. '난 이반 표도로비치가 너무 싫어. 엄마, 그 사람 우리 집에 못 오게 해! 들어오겠다고 하면 거절해!' 난 너무 예상 밖이라서 어안이 벙벙해서 물어봤어요. 그렇게 점잖고 아는 것도 많은 젊은인데, 게다가 그런 불행까지 당한 젊은인데 내가 무슨 이유로 거절을 해야 되냐고요. 맞죠? 이 모든 사건들이 사실 행복이 아니라 불행이라고 할 수 있잖아요. 안 그래요? 그런데 걔가 갑자기 큰 소리로 웃음을 터뜨리며 내 말을 비웃는 거예요. 그냥 그랬다면 당연히 아주 모욕적이었겠죠. 하지만 난 기뻤어요. 나 때문에 걔가 웃게 돼서요. 이제 발작도 더 이상 안 일어나겠지 싶었어요. 사실 그러지 않아도 나도 이반 표도로비치가 내 동의도 없이 리즈를 방문하는 것을 못 하게 하고, 왜 그랬었는지 설명을 요구하려고 했었어요. 그랬는데 갑자기 오늘 아침에 리자가 잠을 깨더니 율리야한테 화를 내면서, 심지어는 말이에요, 율리야 따귀를 때린 거예요. 그건 정말 기가 막히잖아요. 난 내가 데리고 있는 하녀들한테 존댓말까지 써주는데 말이에요. 그랬는데, 한 시간 뒤에 갑자기 걔가 율리야를 끌어안고 발에 입맞추고 하는 거예요. 그런데 걔가 나한테 하녀를 보내서 전하는 말이, 자기가 이제 내 방에 다시는 오지 않을 것이며, 앞으로 절대로 내 방에 다니지 않을 거라는 거였어요. 내가 직접 걔 방에 간신히 갔더니, 나한테 마구 뽀뽀를 퍼붓고 울더라고요. 그런데 뽀뽀를 퍼부으면서 나를 문 밖으로 밀어내는 거였어요. 아무 말도 하지 않고요. 그래서 난 무슨 일인지 전혀 알아내지 못했어요. 자, 이제, 친애하는 알렉세이 표도로비치 씨한테 나의 모든 희망이 걸렸어요. 그리고 물론 나의 모든 삶의 운명이 알렉세이 표도로비치 씨의 손에 달려 있어요. 그냥 리즈한테 가서, 어떻게 해서든 걔한테서 모든 걸 알아내셨으면 좋겠어요. 그래서 나한테 와서 이야기해주세요. 내가 걔 엄마니까요. 안 그러면, 잘 아실 테지만, 내가 죽겠으니까요. 난 그냥 죽을 거예요. 모든 것이 다 이런 식으로 계속된다면요. 아니면 집에서 뛰쳐나갈 거예요. 난 더 이상 참을 수가 없어요. 난 참을성이 있지만 그걸 상실할 수도 있단 말이에요. 그렇게 되면……, 그렇게 되면 끝장이에요. 아, 어머나, 드디어 오셨네요, 표트르 일리치 씨!" 하고 호흘라코바 부인이, 들어오는 표트르 일리치 페르호친을 보고 갑자기 얼굴에서 광채를 발하며 외쳤다. "늦으셨어요, 늦으셨어요! 자, 그럼, 앉으세요. 애타게 기다리고 있으니까, 어서 말씀해보세요. 그래, 변호사는 어떻게 됐어요? 어, 알렉세이 표도로비치 씨는 어딜 가시는 거예요?"

"리즈한테요."

"아, 맞다! 내가 부탁드린 거 잊지 마세요, 네? 여기엔 운명이 달려 있어요, 운명이요!"

"물론이죠. 잊지 않을게요. 가능하기만 하다면……. 하지만 전 지금도 늦었거든요" 하고 중얼거린 다음 알렉세이는 서둘러 모습을 감추었다.

"안 돼요. 꼭, 꼭 들러주세요. '가능하기만 하다면'이 아니라요. 안 그러면 나 죽어요!" 하고 호흘라코바 부인이 알렉세이의 뒤에다 대고 소리쳤다. 하지만 알렉세이는 이미 방에서 나간 뒤였다.

III
작은 악마

리자 방에 들어간 그는 리자가 바퀴 달린 긴 의자에 반쯤 누워 있는 것을 발견했다. 그녀가 아직 걸어 다니지 못할 때 쓰던 의자였다. 그녀는 그를 맞으러 가까이 오지는 않았지만, 그 총명하고 예리한 눈길로 그를 뚫어지게 바라보았다. 눈빛은 조금 열병에 걸린 느낌을 주었으며 얼굴은 약간 노란 기미가 도는 창백한 얼굴이었다. 알렉세이는 놀랐다. 그녀의 모습이 사흘 만에 많이 변했고, 많이 여위었다. 그녀는 그에게 손을 내밀지 않았다. 그녀의 가늘고 긴 손가락들이 움직임 없이 그녀의 원피스 위에 놓여 있었다. 그가 그 손가락들을 만지고 나서 말없이 그녀와 마주 보고 앉았다.

"난 아저씨가 교도소에 빨리 가봐야 되는 거 알고 있어요. 엄마가 아저씨를 두 시간 동안 잡아놓고 나와 율리야에 대해 이야기했어요" 하고 리자가 상냥하지 않은 말투로 말했다.

"어떻게 알았니?" 하고 알렉세이가 물었다.

"엿들었어요. 왜 그렇게 저를 빤히 쳐다보세요? 엿듣고 싶으면 난 엿들어요. 여기에 잘못된 거 하나도 없어요. 잘못했다고 말하지 않을 거예요."

"뭐 기분 나쁜 일이 있니?"

"그 반대로, 아주 기뻐요. 방금 다시 한번 생각해봤어요. 이번이 서른 번째예요. 내가 아저씨를 거절하고 아저씨 아내가 되지 않기로 한 건 정말 잘한 거예요. 아저씬 남편감이 아니에요. 내가 아저씨한테 시집갔다가, 어쩌다 아저씨한테 쪽지를 주면서, 내가 아저씨보다 더 나중에 사랑하게 된 사람에게 갖다주라고 하면, 아저씨는 그걸 받아서 반드시 전해줄 거예요. 게다가 답장까지 가지고 올 거예요. 아저씨가 40이 돼도 아저씬 그런 내 쪽지를 들고 왔다 갔다 할 거예요."

그녀가 갑자기 웃음을 터뜨렸다.

"네 마음속에 뭔가 심술궂으면서도 동시에 순진한 것이 들어 있네" 하고 알렉세이가 미소를 보냈다.

"순진한 것은 내가 아저씨를 안 부끄러워하는 그거예요. 안 부끄러워할뿐더러 부끄러워하기가 싫어요. 아저씨 앞에서는요. 알렉세이 아저씨, 내가 왜 아저씰 존경하지 않는 거죠? 난 아저씰 아주 좋아하는데, 존경하진 않아요. 내가 만약 존경했다면 부끄러워하지 않으면서 말을 하진 않았을 거예요. 그렇지 않나요?"

"그렇지."

"그런데 아저씬 내가 아저씨한테 부끄러워하지 않는다는 걸 믿으세요?"

"아니. 안 믿어."

리자가 또다시 어색하게 웃었다. 말하는 속도는 빨랐다.

"나 아저씨 형님 드미트리 표도로비치한테 교도소로 사탕을 보내드렸어요. 알렉세이 아저씨, 아저씬 정말 착한 사람이에요! 난 내가 아저씨를 사랑하지 않아도 된다고 아저씨가 그렇게 빨리 허락해주신 것 때문에 아저씨를 아주 많이 사랑할 거예요."

"리즈야, 오늘 나 왜 오라고 한 건데?"

"내가 원하는 게 하나 있는데 그걸 아저씨한테 말하고 싶었어요. 난 누가 날 좀 괴롭혀줬으면 좋겠어요. 나하고 결혼한 다음에 날 괴롭혔으면 좋겠어요. 날 속이고 떠나고, 좀 그랬으면 좋겠어요. 난 행복하게 지내기 싫어요!"

"무질서를 좋아하게 된 거니?"

"네, 난 무질서를 원해요. 난 집을 불태우고 싶어요. 난 내가 살금살금 다가가서 몰래 불을 놓는 상상을 해봐요. 반드시 몰래 그렇게 해야 돼요. 사람들은 불을 끄려고 하는데 집은 계속 타는 거예요. 그때 나는 모르는 척하고 있는 거예요. 아유, 이게 웬 바보 같은 생각이람? 시시하고 지루해요!"

그녀가 귀찮다는 듯 손을 내저었다.

"네가 가난한 처지에 안 놓여봐서 그래" 하고 알렉세이가 조용히 말했다.

"가난한 게 낫다는 건가요?"

"낫지."

"고인이 된 그 수도사가 아저씨한테 하던 말을 믿으시는 거죠? 그 말은 틀린 말이에요. 난 부자 할래요. 다른 사람들은 가난뱅이 하라 그래요. 난 캔디 먹고 크림 먹고 할 거예요. 다른 사람들한테는 안 줄 거예요. 아유, 나한테 아무 말도 하지 마세요" 하고 그녀가 알렉세이가 입을 열지도 않았는데 손을 내저으며 그렇게 말했다. "아저씬 전에 벌써 다 이야기하셨잖아요. 내가 다 외워 가지고 있어요. 재미없어요. 내가 만일 가난해지면, 난 누군가를 죽일 거예요. 아니, 만일 부자가 되더라도 어쩌면 누군가를 죽일 거예요. 가만히 앉아 있으면 뭐 해요? 저기 있잖아요, 난 추수를 하고 싶어요. 호밀을 거둬들이고 싶어요. 내가 아저씨한테 시집가고, 아저씬 농부가 되는 거예요. 진짜 촌사람이 되는 거예요. 우리는 망아지를 키우는 거예요. 그럴래요? 아저씨 칼가노프 아세요?"

"알지."

"그 사람 계속 무언가 꿈을 꾸고 있어요. '뭣 하러 그렇게 현실에 살 필요가 있어? 꿈을 꾸며 사는 게 낫지. 꿈은 얼마든지 유쾌한 것을 꿀 수 있잖아. 하지만 삶은 지루하지.' 그래요. 얼마 안 있어 결혼해야 되는데, 나한테도 사랑을 고백한 적 있어요. 아저씨 팽이 칠 줄 아세요?"

"알지."

"그 사람이 바로 팽이 같아요. 휙 돌려놓은 다음 채로 치고, 치고, 치는 거예요. 그 사람한테 시집가서, 평생 칠 거예요. 아저씨 나랑 같이 앉아 있는 거 부끄럽지 않으세요?"

"안 부끄러운데."

"아저씬 내가 거룩한 것에 대해 얘기하지 않으면 기분이 나빠지세요. 난 거룩하게 되고 싶지 않아요. 가장 큰 죄를 지으면 저 세상에서 어떻게 되죠? 아저씬 그걸 확실하게 아실 거 아니에요?"

"신께서 심판하시지" 하고 알렉세이가 그녀를 뚫어지게 쳐다보면서 말했다.

"나도 그랬으면 좋겠어요. 내가 그리로 가면 날 심판했으면 좋겠어요. 그때 난 갑자기 모든 사람들 얼굴을 빤히 바라보면서 깔깔 웃는 거예요. 난 진짜 집을 불태우고 싶어요, 알렉세이 아저씨, 우리 집을요. 아직도 내 말을 안 믿으세요?"

"안 믿긴 왜? 만 열두 살쯤 된 아이들도 뭘 불태우고 싶어 해. 실지로 불태우기도 하고. 그거 하나의 병이야."

"아니에요, 아니에요. 아이들은 그러라고 하세요. 내가 하는 말은 그거랑 달라요."

"넌 악한 것을 선한 것으로 생각하고 있어. 그건 안 좋은 건데, 금방 지나갈 거야. 네가 아팠었기 때문에 그런 거 같아."

"아저씬 어쨌든 날 경멸하신다는 얘기네요! 난 그냥 선한 일을 하고 싶지 않은 거예요. 악한 일을 하고 싶어요. 내가 아팠었기 때문이 아니에요."

"뭐 하러 악한 일을 하는데?"

"어디에도 아무것도 남지 않게 하려고요. 아무것도 남지 않으면 얼마나 좋아요! 알렉세이 아저씨, 있잖아요, 어떤 땐 악하고 나쁜 일을 정말 많이 하고 싶어요. 오랫동안 조금씩 조금씩 할 거예요. 그러다가 모두가 갑자기 알게 되죠. 사람들이 다 나를 둘러싸고 나를 손가락질하겠죠. 그때 난 눈 하나 깜짝 않고 그 사람들을 쳐다볼 거예요. 그건 아주 기분 좋은 일이에요. 그게 왜 그렇게 기분 좋을까요, 알렉세이 아저씨?"

"글쎄. 무언가 좋은 것을 짓눌러버리고 싶은 마음, 아니면 네가 말했듯이 불태워버리고 싶은 마음……. 그런 마음도 생길 때가 있어."

"난 말만 한 게 아니라, 진짜로 그렇게 할 거거든요."

"그러리라고 믿어."

"어머나, 나 아저씨 참 좋아해요. 아저씨가 '그러리라고 믿어' 그러셔서요. 그거 전혀 거짓말 아니시잖아요. 어쩌면 아저씨는 내가 아저씰 놀리려고 지금 다 일부러 이러는 거라고 생각하실지도 모르겠네요."

"아니야. 그렇게 생각 안 해. 글쎄, 어쩌면…… 약간은 그럴 수도 있겠지만."

"약간 있어요. 난 아저씨 앞에서 절대로 거짓말 안 해요" 하고 그녀가 왠지 불꽃이 타오르는 듯한 눈을 하고 말했다.

알렉세이가 가장 놀란 것은 그녀의 진지함이었다. 지금 그녀의 얼굴에는 웃음도, 장난기도 없었다. 전에는 그녀가 가장 '진지한' 태도를 취할 때에도 유쾌함과 장난기가 사라지지 않았는데 말이다.

"사람들이 범죄를 좋아할 때가 있어" 하고 알렉세이가 생각에 잠겨 말했다.

"네! 네! 아저씨가 내 마음속 생각을 말하셨네요. 좋아해요. 그걸 다 좋아해요. 항상 좋아해요. '그럴 때가 있는' 게 아니라요. 있잖아요, 이 점에서 모두가 다 거짓말하기로 언젠가 약속을 하고서, 그 이후로부터 계속 거짓말을 하고 있는 거 같아요. 모두가 다 나쁜 짓을 미워한다고 말하면서 마음속으로는 다들 나쁜 짓을 좋아해요."

"넌 전과 마찬가지로 계속 나쁜 책 같은 거 읽니?"

"읽죠. 엄마가 그런 책 베개 밑에 숨겨놓고 읽거든요. 나는 그걸 몰래 빼서 읽죠."

"자신을 망치는 게 양심에 걸리지도 않아?"

"난 날 망치고 싶어요. 우리 동네 한 아이가 있는데, 기차가 지나갈 때 그 밑 철길에 엎드려 있었대요. 운도 좋죠! 아저씨, 근데 이제 아저씨 형님이 아버지를 살해한 죄로 재판받을 텐데요, 아버지를 살해한 것 때문에 사람들이 다 좋아한대요."

"아버지를 살해했다고 해서 좋아한다고?"

"좋아해요! 다들 좋아해요! 다들 그건 정말 끔찍하다고 말하면서, 속으로는 엄청 좋아해요. 나도 누구보다도 많이 좋아해요."

"다들 그런다고 하는 말 속에 어느 정도는 일리가 있네" 하고 알렉세이가 조용히 말했다.

"어머나, 아저씨 생각하시는 것 좀 봐!" 하고 리자가 환호하며 소리 높이 외쳤다. "수도사가 그런 생각을! 알렉세이 아저씨, 내가 아저씰 얼마나 존경하는지 아마 모르실 거예요. 절대로 거짓말 안 하시는 것 때문에요. 아저씨한테 내가 꾼 우스운 꿈 하나 얘기해드릴게요. 난 악마들이 꿈에 나올 때가 있어요. 밤인데, 내가 촛불을 켜고 방에 있는데, 갑자기 여기저기에 악마들이 있는 거예요. 방구석마다 있고, 상 밑에도 있고, 문을 여니까 악마들이 문 밖에도 수없이 모여 있어요. 악마들이 다들 들어와서 날 잡아가려고 해요. 이미 나한테 다가오고 있어요. 이미 절 잡는 중이에요. 그때 난 갑자기 성호를 그어요. 그러면 다들 겁먹고 물러나요. 하지만 완전히 도망가버리는 건 아니고, 문 근처에 서 있어요. 방구석에도 있고요. 기다리는 거예요. 그때 전 갑자기 신을 욕하고 싶어져요. 그래서 막 욕을 해대면 악마들이 다시 우르르 나한테 몰려들어요. 신이 나서 나를 다시 잡아요. 그럼 난 또 성호를 긋죠. 그럼 다들 물러서요. 이거 너무 재미있어서 정신이 다 아찔할 정도예요."

"나도 그런 똑같은 꿈 꾼 적 있는데" 하고 문득 알렉세이가 말했다.

"그럴 리가?" 하고 리자가 놀라서 소리쳤다. "알렉세이 아저씨, 날 비웃지 마세요. 이건 아주 중요하거든요. 서로 다른 두 사람이 똑같은 꿈을 꿀 수가 있는 거예요?"

"그렇지. 그럴 수 있지."

"알렉세이 아저씨, 이건 아주 중요하다니까요" 하고 리자가 이제 아주 심하게 놀라면서 계속 말했다. "꿈이 중요하다는 게 아니라, 아저씨가 내가 꾼 꿈이랑 똑같은 꿈을 꾸었다는 게 중요하다는 거예요. 아저씬 나한테 절대로 거짓말 안 하시잖아요. 그러니까 지금도 거짓말은 하지 않으셔야 돼요. 아저씨 말한 게 정말이에요? 날 비웃는 거 아니에요?"

"정말이야."

리자가 무언가에 심히 놀란 듯 30초 정도 말을 않고 있었다.

"알렉세이 아저씨, 저한테 계속 와주세요. 좀 더 자주 와주세요" 하고 그녀가 갑자기 애원하는 목소리로 말했다.

"난 언제나, 평생 계속 너한테 올 거야" 하고 알렉세이가 확고한 어조로 말했다.

"난 아저씨 한 사람한테만 말해요" 하고 리자가 다시 말을 시작했다. "난 나 자신한테만 말을 하고요, 그리고 아저씨한테만 해요. 이 세상 다 통틀어서 아저씨 한 사람한테만요. 나 자신한테 말하는 거보다 아저씨한테 말하는 게 더 좋아요. 난 아저씨 앞에서 전혀 부끄러워하지 않아요. 알렉세이 아저씨, 내가 왜 아저씨 앞에서 전혀 안 부끄러워하죠? 알렉세이 아저씨, 유태인들이 부활절이 되면 아이들을 훔쳐서 칼로 베어 죽인다는 게 정말이에요?"

"모르겠는데."

"나한테 책이 하나 있는데요, 거기서 무슨 재판에 대해서 읽었는데요, 유태인이 만 네 살짜리 남자아이를 갖다가 처음엔 손가락을 다 자르고 그다음에 벽에다 대놓고 못을 박았대요. 그다음에 재판 자리에서 말했대요. 아이가 금방 죽었다고요. 네 시간 뒤에 죽었다고요. 그게 금방이래요! 신음했대요. 계속 신음했대요. 못 박은 사람은 그걸 보면서 즐겼고요. 이거 참 좋지 않아요?"

"좋다고?"

"좋죠. 난 어떤 땐 그 못 박은 사람이 바로 나라고 상상을 하기도 해요. 아이가 벽에 걸려 신음하고 있고, 난 맞은편에 앉아서 파인애플 음료를 찔끔찔끔 마시고 있는 거예요. 마음에 드세요?"

알렉세이가 말없이 그녀를 쳐다보았다. 그녀의 노랗게 창백한 얼굴이 갑자기 일그러지면서 눈이 불타올랐다.

"아세요? 난 이 유태인 이야기 읽고서 밤새 벌벌 떨면서 울었어요. 아이가 소리 지르고 신음하는 걸 상상하면(만 네 살이나 됐으니 머리가 그래도 컸을 거 아니에요?) 그 과일 음료에 대한 생각이 계속 떠나지 않는 거예요. 아침에 난 한 사람한테 편지를 썼어요. 반드시 나한테 와달라고. 그 사람이 왔어요. 그런데 난 그 사람한테 갑자기 그 아이와 과일 음료 얘기를 한 거예요. 다 얘기했어요. 다 얘기하고, '그거 좋다'고 말한 거예요. 그 사람이 갑자기 웃음을 터뜨리고는 말했어요. 그거 진짜 좋다고. 그 다음에 일어나서 갔어요. 단 오 분 앉아 있었어요. 그 사람이 날 경멸했을까요? 경멸했을까요? 알렉세이 아저씨, 말씀해주세요. 그 사람이 날 경멸했을까요?" 하면서 그녀가 눈을 번득이며 자리에서 몸을 곧게 폈다.

"근데 네가 직접 그 사람을 오라고 부른 거니?" 하고 알렉세이가 흥분하여 물었다.

"내가 직접이요."

"그 사람한테 편지를 보낸 거야?"

"편지를 보낸 거예요."

"바로 그걸 물어보려고? 그 아이 얘기 말이야."

"아니오. 그걸 물어보려고 한 건 전혀 아니었어요. 근데 그 사람이 들어오자마자 내가 곧바로 그걸 물어보게 됐어요. 그 사람은 대답을 하고, 웃고는 일어나서 갔어요."

"그 사람이 너를 솔직하게 대했구나" 하고 알렉세이가 조용히 말했다.

"근데 날 경멸한 거 맞아요? 비웃은 거 맞아요?"

"아니. 왜냐하면 그 사람도 그 상황에서 파인애플 음료를 마실 수 있다고 생각했기 때문이지. 그 사람도 지금 아주 상태가 안 좋아, 리즈야."

"네. 그 사람도 그렇게 생각한 거예요!" 하고 리자가 번쩍이는 눈을 하고 말했다.

"그 사람은 아무도 경멸 안 해. 그 대신 아무도 믿지 않아. 믿질 않으니까 물론 경멸하지도 않는 거지" 하고 알렉세이가 계속 말했다.

"그러니까 나도 경멸하지 않는 거죠? 그렇죠?"

"너도 경멸하지 않는 거지."

"그거 좋네요" 하면서 리자가 왠지 이를 부드득 갈았다. "그 사람이 나가면서 웃는데, 나는 경멸을 당하는 것도 좋다고 느꼈어요. 손가락이 잘린 아이도 좋고, 내가 경멸당하는 것도 좋고……."

그러면서 그녀가 알렉세이 얼굴을 똑바로 쳐다보면서 어쩐지 이상하게 독이 오른 듯한 웃음을 웃었다.

"알렉세이 아저씨, 있잖아요, 난 사실 말하고 싶었던 게……, 알렉세이 아저씨, 저 좀 살려주세요!" 하고 그녀가 갑자기 자리에서 벌떡 일어나서 그에게 달려들어 양팔로 그를 꼭 껴안았다. "날 좀 살려주세요" 하면서 그녀가 거의 신음하다시피 했다. "내가 아저씨한테 한 말을 이 세상 다른 누구한테 할 수 있을 거 같아요? 난 솔직히, 솔직히, 다 솔직히 말한 거란 말이에요! 나 그냥 죽고 말래요! 이 모든 것이 다 너무 싫어요! 난 살기 싫어요. 이 모든 것이 너무 싫어요! 다 싫어요! 혐오스러워요! 알렉세이 아저씨, 아저씬 왜 나를 전혀, 전혀 사랑하지 않는 거예요?" 하고 그녀가 감정이 격해서 마침내 그렇게 말했다.

"사랑하지 않다니? 사랑해!"

"나 생각하며 우실 거예요?"

"울 거야."

"내가 아저씨 아내가 되기 싫어했다고 해서가 아니라, 그냥 내 생각하며 우실 거예요? 그냥이요?"

"응."

"고마워요. 난 단지 아저씨만 울어주시면 돼요. 다른 사람들은 다 나를 죽이고 발로 밟고 해도 좋아요. 모든 사람들이 다요! 왜냐하면 난 아무도 사랑하지 않으니까요. 아시겠어요? 아무도 안 사랑한다고요! 사랑하긴요? 미워해요! 알렉세이 아저씨, 형님한테 가보셔야 될 시간 아니에요?" 하면서 그녀가 갑자기 그에게서 떨어졌다.

"혼자 남아도 되겠어?" 하고 알렉세이가 거의 겁먹은 태도로 물었다.

"형님한테 가보세요. 안 그러면 교도소 문 닫을라. 가세요. 모자 여기 있어요! 형한테 입맞춰 드리세요. 가세요, 가세요!"

그러면서 그녀가 알렉세이를 거의 힘으로 밀어냈다. 알렉세이는 놀라움과 비애가 섞인 눈으로 쳐다보다가, 갑자기 자기 오른손에 편지가 쥐어진 것을 보았다. 작은 쪽지로서, 잘 접혀 봉해진 것이었다. 그는 들여다보아 곧장 누구에게 보내는 편지인지를 알았다. 이반 표도로비치 카라마조프에게였다. 그는 재빨리 리자를 쳐다보았다. 그녀의 얼굴에 거의 위협하는 표정이 떠올랐다.

"전해주세요. 꼭 전해주세요!"

감정이 격해 온몸을 부들부들 떨면서 그녀가 명령조로 말했다.

"오늘, 당장! 안 그러면 나 독약 먹고 죽을 거예요! 이것 때문에 아저씰 부른 거예요!"

그렇게 말하고 재빨리 문을 쾅 닫아버렸다. 자물쇠가 찰칵 하고 잠겼다. 알렉세이는 편지를 주머니에 집어넣고, 호흘라코바 부인에게 들르지 않고 곧장 계단으로 향했다. 호흘라코바 부인에 대해서는 아주 잊은 채였다. 리자는 알렉세이가 가자마자 자물쇠를 풀고 문을 조금 열었다. 그리고 문틈에 손가락을 집어넣고는 문을 있는 힘껏 당겨 자기 손가락을 끼이게 했다. 약 10초 뒤에 손을 빼고선 자기 의자에 가서 앉아 몸을 쭉 펴고는 새까맣게 된 자기 손가락을 자세히 살펴보기 시작했다. 손톱 밑으로 피가 스며나고 있었다. 그녀가 입술을 바르르 떨면서 아주 빠른 말투로 자기에게 속삭였다.

"나쁜 년, 나쁜 년, 나쁜 년, 나쁜 년!"

IV
송가와 비밀

알렉세이가 교도소 대문에서 종을 울렸을 때에는 이미 상당히 늦은 시간이었다(11월의 해가 길지도 않으니 말이다). 벌써 어두워지기 시작했다. 하지만 알렉세이는 자기가 문제없이 드미트리를 볼 수 있을 걸 알고 있었다. 우리 읍도 다른 모든 곳에서와 마찬가지다. 물론 처음에는 모든 예심 결과에 따라 드미트리와 친족 관계에 놓인 이들 및 몇몇 다른 이들이 드미트리를 만나보려면 어떤 절차를 반드시 거쳐야 했으나, 시간이 지날수록 절차가 덜 엄중해졌을 뿐만 아니라, 어떤 이들에게는, 적어도 드미트리를 찾아오는 어떤 이들에게는 자연스럽게 예외가 적용되곤 했다. 어떤 때는 구금된 자와 지정된 방에서 거의 단둘이 대면할 수 있기도 했다. 한편 그것이 가능한 인물은 아주 제한되어 있었다. 오직 그루셴카, 알렉세이, 라키친뿐이었다. 그루셴카에게는 군 경찰서장 미하일 마카로비치가 편의를 아주 많이 봐주었다. 이 노인의 마음속에는 모크로예에서 자기가 그녀에게 소리 질렀던 기억이 남아 있었다. 그 뒤 모든 진상을 알고 나서 그는 그녀에 대한 자신의 생각을 바꿨다. 참 이상한 일이었다. 그는 드미트리의 범행 사실을 확신하고 있었지만 그가 구금된 때부터 드미트리를 점점 더 온화한 태도로 대하게 되었다. '사람이 마음씨가 괜찮은 사람이었는데 술 취함과 무질서한 생활로 인해 비극적인 종국을 맞았구먼!' 하고 생각하게 됐다. 전에 드미트리를 생각할 때 찾아오던 꺼림칙함이 이제는 하나의 연민으로 대치되었다. 또한 알렉세이에 대해 말하자면 군 경찰서장은 그와 오래전부터 아는 사이였고 그를 매우 좋아했다. 한편 라키친은 좀 나중에 가서 드미트리에게 아주 자주 면회를 오게 됐는데, 그는 자기가 '군 경찰서장님 댁 아가씨들'의 아주 가까운 지인들 중 한 사람이라고 했으며, 매일 그 집에 가서 살다시피 하는 관계였다. 또한 그는 교도관 집에서 가정교사로 일했다. 교도관은 근무자로서 규율이 잡혔지만 마음은 너그러운 노인이었다. 알렉세이 역시 교도관에게 있어 특별한, 아주 오래전부터 아는 사람으로서, 그는 알렉세이와 '지혜'에 대한 전반적인 이야기를 나누는 것을 좋아했다. 예를 들어 이반 표도로비치 같은 사람은 교도관이 존경했다기보다는 무서워했다. 무엇보다도 이반 표도로비치의 사고력 앞에서 주눅이 드는 편이었다. 교도관 자신이 '스스로의 지혜로' 수준 높은 철학자의 경지에 올랐음에도 불구하고 말이다. 하지만 알렉세이에게는 그의 마음이 순조롭게 끌렸다. 마침 최근 1년간 이 노인은 외경 복음서들[21]에 심취하여, 자기가 받은 인상을 알렉세이와 수시로 공유하곤 했다. 전에는 심지어 수도원으로 알렉세이를 찾아가, 그와 더불어, 또한 수도 사제들과 더불어 몇 시간씩 대화를 나누기도 했다. 한마디로 알렉세이는 비록 교도소에 늦은 시간에 왔다고 하더라도 교도관한테만 가면 일이 항상 잘 풀리곤 했다. 게다가 교도소 간수들도 다 한결같이 알렉세이와 익숙한 관계였다. 보초병도 물론 상부의 허락만 있으면 알렉세이를 엄하게 대하지 않았다. 드미트리는 호출이 있으면 항상 자기 방으로부터 내려와 면회 장소로 나오곤 했다. 면회실로 들어가던 알렉세이는 이미 드미트리와 헤어지고 있던 라키친과 마주쳤다. 그 두 사람 다 말소리가 컸다. 드미트리는 라키친을 보내면서 왠지 모르게 아주 크게 웃고 있었고, 라키친은 불평 섞인 소리를 하는 것 같았다. 라키친은 특히 최근 들어 알렉세이와 만나기 싫어했고, 만나도 거의 이야기를 하지 않았고, 심지어 인사를 나눌 때 긴장하기까지 했다. 지금 들어오는 알렉세이를 보고서 라키친은 눈썹을 잔뜩 찌푸리고서, 모피 칼라가 달린 자신의 크고 따뜻

한 외투의 단추를 채우는 데에 온 신경을 쓰는 듯 눈길을 돌려버렸다. 그리곤 곧 자기 우산을 찾기 시작했다.

"괜히 내 물건 깜빡 잊고 안 챙겨 갈라" 하고 그가 말했는데, 그건 단지 아무 말도 안 하기가 멋쩍었기 때문이었다.

"남의 물건도 잊지 말고 챙겨 가라!" 하고 드미트리가 놀리듯이 농담을 하고서 자기의 농담에 스스로 웃음을 터뜨렸다.

"그런 말은 너희 카라마조프 가문 사람들한테나 해라. 농노제를 옹호하는 너희 족속들한테 말이야. 나 라키친은 그런 사람 아니다!" 하고 라키친이 발끈 성이 나서 부들부들 떨면서 고함을 쳤다.

"너 왜 그래? 나 농담한 거야!" 하고 드미트리가 소리쳤다. "저런 망할! 다들 저렇다니까!" 하고 드미트리가 재빨리 떠나는 라키친한테 고개를 까딱하고 나서 알렉세이한테 말했다. "계속 앉아서 즐겁게 웃고 하다가 갑자기 저렇게 화를 내고 그러네! 너한텐 고개도 까딱 안 하네! 뭐야? 너희 완전히 결별한 거야? 왜 이렇게 늦게 왔어? 나 널 기다렸다기보다는 갈망했다. 아침 내내. 뭐, 하지만 괜찮아! 지금 이야기하면 되니까."

"쟤는 형한테 왜 그렇게 자주 온대? 형 쟤랑 친해졌어?" 하고 알렉세이가 라키친이 나간 문을 고갯짓으로 가리키며 물었다.

"미하일이랑 친해졌냐고? 아니, 친해진 건 아니야. 그럴 이유도 없어. 비열한 놈이야! 날 못돼먹은 놈으로 보고 있어. 농담도 이해 못 하고 말이야. 이게 제일 중요해. 농담이 통하는 적이 전혀 없어. 마음속이 바싹 메말랐어. 진부하고 메말랐어. 내가 이 교도소로 오면서 이 평평한 교도소 벽을 쳐다볼 때 받던 바로 그런 느낌이야. 하지만 똑똑한 놈이야. 똑똑해. 자, 알렉세이야, 나 이제 머리 날아갔다!"

그가 긴 의자에 앉고는 자기 옆에 알렉세이를 앉혔다.

"응. 내일이 재판이지? 그래도 형 어떻게, 전혀 희망을 안 갖는 거야?" 하고 알렉세이가 조심스럽게 물었다.

"그게 무슨 얘기야?" 하고 드미트리가 그를 힐끗 쳐다보고 물었다. "아, 너 재판 얘기구나! 이런, 젠장! 그러고 보니 너랑 나랑 여태까지 재판이니 뭐니 하는 잡다한 이야기만 나눴고, 중요한 이야기는 못 나눴네. 응, 내일이 재판이지. 하지만 내가 이제 내 머리 날아갔다고 말한 건 재판 얘기가 아니었어. 사실 머리가 날아간 게 아니고 머릿속에 있던 게 날아갔어. 너 왜 얼굴에 그런 비판적인 표정을 하고 날 바라보는 거냐?"

"형 그 얘기가 무슨 얘기야?"

"생각! 생각이 날아갔다고! 윤리학. 윤리학이 뭔지 알아?"

"윤리학?" 하고 알렉세이가 놀라 물었다.

"응. 그런 학문이 있지 않아?"

"응, 그런 학문이 있지. 근데…… 무슨 학문인지 형한테 설명을 해줄 정도로 잘 알진 못해."

"라키친이 알아. 라키친은 아는 게 많아. 이런 젠장! 그놈은 수도사가 안 될 거야. 페테르부르크로 가겠대. 거기서 비평계로 나가겠대. 하지만 좋은 방향의 비평으로. 윤리학이니 뭐니! 난 끝장이다, 알렉세이야. 너 신의 사람아, 내가 널 누구보다도 좋아한다. 널 보면 내 심장이 떨린다. 알겠니? 칼 베르나르가 어떤 사람이었지?"

"칼 베르나르?" 하고 알렉세이가 또다시 놀라 물었다.

"아니, 잠깐만. 칼이 아니지. 잘못 말했다. 클로드 베르나르. 그 사람 뭐 한 사람이지?[22] 화학잔가?"

"아마 학자였을 거야" 하고 알렉세이가 대답했다. "하지만 그 사람에 대해서도 많이 이야기할 수 있는 게 없어. 그냥 들어봤어, 학자라고. 근데 무슨 학잔지는 모르겠어."

"제기랄, 아무 학자면 어떠냐? 나도 모르겠다" 하고 드미트리가 욕을 했다. "아마 웬 못돼먹은 놈이겠지. 다들 못돼먹었어. 하지만 라키친은 상황을 요리조리 피해갈 수 있을 거야. 라키친은 틈을 찾아낼 거라고. 그놈 역시 베르나르인 거지. 아, 이 망할 놈의 베르나르들! 그런 놈들이 쫙 깔렸겠지?"

"형 왜 그래? 그게 갑자기 무슨 얘기야?" 하고 알렉세이가 계속 물었다.

"그놈이 내 얘기를 소재로 기사를 쓰고 싶어 해. 그것으로 문단에 데뷔하려고. 바로 그래서 날 만나러 다니는 거야. 자기가 스스로 그렇다고 설명해줬어. 무슨 경향을 갖고 쓰려고 한다나? '그는 죽이지 않을 수 없었다. 환경이 그를 그렇게 만든 것이다……' 뭐 이렇게 쓸 거라고 했어. 사회주의적 뉘앙스를 집어넣겠대. 뭐, 맘대로 하라지. 뉘앙스를 집어넣든 말든 난 다 마찬가지니까. 그놈이 이반을 안 좋아해. 미워해. 너도 안 좋아하고. 하지만 나는 그놈이 와도 쫓아내지 않아. 사람은 똑똑한 사람이니까. 물론 잘난 척을 엄청 하지. 나 지금 그놈한테 이렇게 말했어. '카라마조프 씨 가문 사람들은 못된 놈들이 아니라 철학자들이야. 왜냐하면 현재 모든 러시아 사람들이 철학자들이거든. 근데, 인마, 넌 교육을 많이 받긴 했어도 철학자가 아니고 흔해 빠진 놈이네.' 그랬더니 표독스러운 웃음을 짓더군. 그래서 내가 말했지. '데 사상부스 non est disputandum.*23 어때? 기발하냐?' 나 이래봬도 고전풍으로 나가려고 했다" 하면서 드미트리가 갑자기 껄껄 웃었다.

"왜 형이 끝장이라고 하는 건데? 좀 아까 그렇게 말했잖아" 하고 알렉세이가 말을 끊고 물었다.

"왜 끝장이냐고? 음! 본질적으로 보면……, 만약 전체를 다 가지고 본다면, 신이 불쌍하다. 그게 이유다!"

"신이 왜 불쌍해?"

---

* 사상 가지고는 논쟁을 안 하는 법이다. (변형된 라틴어)

"한번 상상해봐. 신경 속에 말이야, 두뇌 신경 속에, 즉 뇌 속에 신경이(젠장, 신경이든 뭐든!) 있잖아……. 아무튼 거기에 꼬리가 달렸다고 생각해봐. 신경에 꼬리가 달렸다고. 그 꼬리들이 흔들리기만 하면……. 아, 그러니까 있잖아, 내가 뭔가를 내 눈으로 이렇게 본다 이거야. 그때 그 꼬리들이 흔들리는 거야. 그리고 그것들이 흔들리면, 형상이 나타나는 거야. 즉시 나타나는 게 아니라, 그 순간이, 1초라면 1초라는 순간이 지나가고 나서 바로 그 순간이 나타나는 거야. 아니, 순간이 아니라, 젠장! 순간은 무슨? 형상이 나타나는 거야. 그러니까 무슨 사물이든 혹은 사건이든……. 맘대로 하라 그래. 아무튼 바로 그래서 나는 일단 관조를 하고, 그다음에 사고를 한단 말이야. 왜냐하면 꼬리들 때문이지. 나한테 마음이 있어서 그런 것도 아니고, 마음속의 형상이랄지 그 비슷한 것이 바로 나이기 때문에 그런 것도 아니라는 말이야. 그건 다 헛소리들이야. 이 말을 미하일이 어제 벌써 나한테 설명해준 거야. 이 말을 듣고 난 마치 불에 덴 듯 깜짝 놀랐어. 아주 보통이 아니었어, 알렉세이야. 이건 학문이야! 전혀 새로운 인간이 나타날 거야. 난 그게 이해가 가……. 그래도 신이 불쌍한 건 사실이야!"

"그나마 다행이네" 하고 알렉세이가 말했다.

"신이 불쌍한 게 다행이라고? 화학이야, 내 동생아, 화학이라고! 어쩔 수 없어, 성직자님아, 약간만 길을 터주라고, 화학이 갈 길을! 라키친은 신을 안 좋아해. 얼마나 안 좋아하는데! 그게 그런 놈들의 약점이지. 하지만 숨기고들 있어. 거짓말들을 하고, 가장해서 드러내고들 있어. '그래, 비평계에서 그런 생각을 발표할 거냐?' 하고 내가 물었더니, '그렇게 하도록 놔두질 않을 게 분명해.' 그러면서 웃더군. '근데 인간은 그 뒤에 어떻게 되는 거냐? 신도 없고 미래의 삶도 없으면 말이야. 네 말대로라면, 그럼 이젠 모든 것이 허용된다는 거 아냐? 모든 것을 해도 괜찮다는 거 아냐?' 하고 내가 물었어. 그랬더니, '넌 그것도 몰랐어?' 그러면서 웃고는, 또 이러는 거야. '똑똑한 사람은 모든 것을 할 수 있어. 똑똑한 사람은 챙겨 먹을 걸 챙겨 먹을 줄 알아. 근데 넌 살인을 해서 감옥에 들어와 썩고 있구나!' 그놈이 나한테 그런 말을 하는 거야! 그런 빌어먹을 비열한 놈이 말이야! 전엔 내가 그런 것들 다 내쫓아버렸는데, 지금은 내가 계속 말을 듣고 앉았어. 그놈이 진지한 얘기도 많이 하니까 그렇지. 글 쓰는 것도 똑똑하게 쓰고. 그놈이 일주일 전에 나한테 기사 하나를 읽어주기 시작했는데, 내가 그때 거기서 세 줄을 발췌해서 적어놓았어. 잠깐만, 아, 여기 있네."

드미트리가 조끼 주머니에서 서둘러 쪽지를 꺼내 읽었다.

"'이 문제를 해결하기 위해서는 무엇보다도 자기의 인성을 자기의 현실과 대치시켜야 한다.' 이해가 가냐?"

"아니, 이해가 안 가" 하고 알렉세이가 말했다.

알렉세이는 호기심을 갖고 드미트리를 바라보면서 그의 말을 들었다.

"나도 이해가 안 가. 불분명하고 불명확해. 하지만 멋지잖아. '요즘은 사람들이 다들 그렇게 글을 써. 왜냐하면 환경이 그렇거든' 하고 그놈이 말하더군. 그러니까 환경에 맞추려 하는 거야. 그놈이 시도 쓴대. 미친놈. 호흘라코바 다리 송가도 지었다네. 하하하!"

"나도 들었어" 하고 알렉세이가 말했다.

"들었어? 시도 들었어?"

"아니."

"나한테 있으니까 내가 읽어줄게. 넌 모르지? 내가 너한테 말 안 해줬어. 여기엔 긴 스토리가 있어. 못된 놈! 삼 주 전에 나한테 와서, '넌 그깟 3천 때문에 병신같이 이리로 굴러 들어왔냐? 나는, 인마, 15만을 거머쥘 거야. 한 과부한테 장가가서 페테르부르크에 석조 건물을 살 거야' 하면서 날 놀리는 거야. 그러면서 나한테, 자기가 호흘라코바를 유혹하고 있다는 거야. 호흘라코바는 젊었을 때도 안 똑똑했고, 사십 줄에 들어서서 똑똑함하고는 완전 거리가 멀어졌어. '그저 감정만 예민해. 아주 많이. 난 바로 그걸 활용해서 그 여자를 잡으려는 거야. 결혼을 해서 페테르부르크로 데리고 가서, 거기서 신문사를 차릴 거야.' 그러더군. 그러면서 그 재수 없는 놈이 욕심에 침을 질질 흘리면서 그 침을 입술에다 발라대는 걸 네가 봤어야 되는데! 호흘라코바를 바라보고 침을 흘리는 게 아니라, 15만을 바라보고 침을 흘리는 거야. 자기는 꼭 성공한대. 그러면서 계속, 매일 날 만나러 오는 거야. 호흘라코바가 걸려들고 있다고 하면서 연신 싱글벙글하더군. 그러다가 별안간 쫓겨난 거야. 페르호친 표트르 일리치한테 밀린 거야. 아, 그거 진짜 멋지지 않냐? 나 그 바보 여자한테 뽀뽀라도 해주고 싶다! 그놈 잘 내쫓았다고 말이야. 아무튼 날 만나러 다니면서 그놈이 그 시를 쓴 거야. '처음엔 다 그저 이 정도는 해야 되는 거야. 시도 쓰고 말이야. 그래서 유혹을 해야 나중에 유익이 되는 거야. 그 여자한테서 돈을 가져다가 나중에 국민에게 유익한 일을 할 수 있는 거야.' 이러더구먼. 보통 그런 놈들은 그 무슨 지저분한 일을 하더라도 국민을 갖다대며 정당화를 하잖아! '내가 너네 푸시킨보다도 더 낫게 썼어. 왜냐하면 장난스러운 시 속에도 국민의 애환을 담았거든.' 푸시킨에 대한 그놈의 말을 난 이해해. 글쎄, 진짜로 재능 있는 사람이었는지는 몰라도, 사실은 다리만 묘사했거든! 그리고 시들을 엄청 자랑했어. 그건 자만이야, 자만! '내가 노리는 이의 아픈 다리가 낫기를 바라며'라는 제목을 붙였더라고, 약삭빠른 놈 같으니라고!

고 다리가 무슨 다리라다냐?[24]

고 다리는 약간 부은 다리야!
의사들이 치료하러 다니네.
붕대 감아 병신처럼 보이네.

내 걱정은 다리 때문 아니야.
푸시킨이 다린 많이 읊었어.
내 걱정은, 그건 바로 머리야.
아무 생각 아니 들어 있어서.

생각 있긴 있었다고 해야지,
다리 병만 나지 않았더라면.
머릿속에 생각이 좀 차려면
다리라도 어서 완쾌돼야지!

비열한 놈, 그 이상 아무것도 아니야. 파렴치해 가지고 시는 또 방정맞게도 썼어요. 그래, '국민의 애환'이 많이도 담겨 있네. 쫓겨나고 나서 그놈 얼마나 화를 내던지! 이를 부득부득 갈더라고!

"걔 벌써 복수했어. 호흘라코바에 대한 기사를 썼어" 하면서 알렉세이는 드미트리에게 『슬루키』지에 나온 기사 얘기를 간단하게 해주었다.

"그거 그놈 맞아, 그놈이 쓴 거야! 그놈의 기사야. 내가 당연히 알지. 그루셴카에 대해선 또 얼마나 많은 안 좋은 말을 썼는지 알아? 또 그 여자에 대해서도. 카체리나 말이야. 음!"

드미트리가 눈살을 찌푸리고 말하고는 방을 따라 한번 쭉 걸었다.

"형, 나 여기 오래 못 앉아 있어" 하고 알렉세이가 조금 침묵하다가 말했다. "내일은 형한테 중요한 날이야. 신의 심판이 형한테 이루어질 거야. 그런데도 형은 그렇게 걸어 다니면서, 그 일 얘기는 없고 다른 얘기만 하고 있으니, 난 놀랄 지경이야."

"뭘 놀라고 그래? 놀라지 마" 하고 드미트리가 격한 어조로 그의 말을 끊었다. "내가 그 악취 나는 개새끼 얘기를 할 필요가 뭐 있어? 살인자 말이야. 그 얘기는 이미 너랑 많이 했으니까, 그 정도면 됐어. 그 악취 나는 놈 얘기, 그 스메르쟈쉬야의 아들 얘긴 더 이상 하고 싶지 않아! 신께서 그놈을 죽이실 거야. 그걸 네가 직접 보게 될 거야. 그러니 그런 소리 마!"

그가 흥분하여 알렉세이에게 다가오더니 갑자기 입을 맞추었다. 그의 눈이 불타고 있었다.

"라키친은 이건 이해 못할 거야" 하고 그가 뭔가가 아주 기쁜 듯 말하기 시작했다. "근데 넌, 넌 다 이해할 거란 말이야. 바로 그래서 널 애타게 기다렸던 거야. 있잖아, 여기, 이 허름한 벽들로 둘러싸인 곳에 내가 있으면서 오래전부터 너한테 할 말이 많았는데, 가장 중요한 말은 안 하고 있었어. 왜냐하면 아직, 뭐랄까, 때가 안 됐다고 생각했기 때문이지. 근데 지금은 내가 너한테 내 속 심정을 다 열어젖힐 수 있는 마지막 순간인 것 같다. 동생아, 이 두 달 동안 나는 내 속에 새로운 사람이 살고 있는 것을 느꼈다. 내 속에서 새로운 사람이 부활한 거야! 내가 앞으로 20년을 광산에서 망치로 광석을 쪼든 무슨 상관이야? 난 그거 하나도 걱정 안 돼. 그런데 지금은 다른 게 무서운 거야. 이 부활한 새사람이 나를 떠날까 봐! 물론 거기서도, 광산에 가서도, 땅속에서도 찾을 수 있겠지. 징역수 속에서도, 살인자 속에서도 인간의 진수를 찾아서 간직하고 교통할 수 있겠지. 거기서도 살 수 있을 테고 사랑할 수 있을 테고 고통을 받을 수 있을 테니까. 그런 징역수 속에서 꽁꽁 얼어붙은 심령을 되살리고 부활시킬 수 있을 거고, 몇 년이고 그 심령을 돌보다가 결국 동굴 속으로부터 빼내어 이미 고행 의식으로 무장한 고상해진 영혼을 세상에 내놓고 천사를 되살려내고 영웅을 부활시킬 수 있을 거야! 그런 천사와 영웅은 사실 아주 많은데, 수백에 달하는데, 우리가 그들을 세상에 내놓지 못하고 있으니, 거기에 우리의 죄가 있는 거야. 그때, 그런 순간에 나한테 '아그'가 왜 꿈에 나타났을까? '아그'가 왜 불쌍해야 되느냐는 의문이 그 순간에 예언처럼 나에게 주어졌어. '아그'를 구하기 위해서 나는 갈 거야. 왜냐하면 모든 사람들이 죄가 있기 때문에. 모든 사람이 모든 사람을 대신해서 죄가 있기 때문에. 모든 '아그'들을 대신해서 죄가 있기 때문에. 작은 애들이 있고 큰 애들이 있지만 다 '아그'들이야. 그 모두를 위하여 나는 갈 거야. 왜냐하면 누군가는 그 모두를 위하여 가야 한단 말이야. 난 아버지를 죽이지 않았어. 하지만 나는 가야 돼. 그 운명을 받아들일 거야! 그런 결심이 이곳에서 나한테 생겼어. 이 허름한 벽들 사이에서 말이야. 그들은 많아. 그들은 수백이야. 땅속에서 손에 망치를 들고 있는 그들 말이야. 아, 그래, 우리는 쇠사슬에 묶여 있을 거야. 자유는 없을 거야. 하지만 그런 상황에서, 그 괴로운 상황에서 우리는 기쁨의 존재로 부활할 거야. 기쁨이 없이는 인류가 살 수가 없거든. 신은 있어야 돼. 왜냐하면 신이 기쁨을 주거든. 그건 신만의 위대한 특권이야……. 아, 사람은 기도 속에서 녹아 사라질지어다! 내가 그 땅 밑에서 신 없이 어떻게 견딜 거야? 라키친의 말은 틀린 말이야. 신을 이 땅 위에서 몰아내면 우린 땅속에서 신을 만날 거야! 징역수는 신 없이 살 수 없어. 징역수 아닌 사람보다 더욱더 살 수 없어! 우리 땅속 사람들은 땅속에서 신에게 비극의 송가를 부를 거야. 기쁨을 주는 신에게! 신과 그분의 기쁨이여, 영원할지어다! 신이여, 사랑하나이다!"

  드미트리가 숨이 거의 목까지 차서 열변을 토했다. 얼굴은 창백했고, 입술은 바들바들 떨렸고, 눈에서는 눈물방울들이 떨어졌다.

"삶은 그렇게 호락호락하지 않아. 삶은 땅 밑에도 있어!" 하고 그가 다시금 말하기 시작했다. "알렉세이야, 넌 상상도 못할 거야, 내가 지금 얼마나 살고 싶은지, 존재하고 싶고 인지하고 싶은 갈망이 내 속에서 발생한 게 바로 이 허름한 벽들 사이에 있으면서야. 라키친은 그걸 이해 못해. 그놈은 그냥 집을 지어서 사람들한테 세놓는 것에만 관심 있어. 하지만 난 널 기다렸어. 고통이란 게 뭐야? 난 그게 안 두려워. 그게 아무리 많더라도 말이야. 지금은 안 두려워, 전엔 두려웠지만. 난 말이야, 어쩌면 재판 때 나 아무 대답도 안 할지도 몰라……. 또, 지금 내 안에 그 힘이 얼마나 많은지, 모든 것을 극복하고, 모든 고통을 극복하고, 오로지 나 자신에게 '나는 존재한다!' 하고 늘 말하고 싶은 거야. 고통이 천 가지일지라도 나는 존재하고, 고문을 받느라 몸이 오그라져도, 그래도 나는 존재하는 거야! 탑 위의 감옥에 갇혀 있더라도 나는 존재하며, 태양을 보며, 태양을 못 보더라도 나는 태양이 있다는 걸 알아. 그리고 태양이 있다는 걸 안다는 것은 바로 살아 있다는 거야. 나의 천사 알렉세이야, 여러 가지 철학이 나를 괴롭게 해. 그런 것들 다 꺼지라 그래! 이반이……."

"이반 형이 뭐?" 하고 알렉세이가 물었으나 드미트리가 그 말을 미처 듣지 못했다.

"내가 말이야, 전엔 이런 의심들을 전혀 안 갖고 있었거든. 그런데 알고 봤더니 이 모든 것이 내 속에 감춰져 있었던 거야. 어쩌면 바로 내 속에서 무언지 모를 생각들이 날뛰고 있었기 때문에 내가 술 취하고 폭력을 쓰고 광란하고 그랬었나 봐. 내 속에서 그 생각들을 해소하기 위해서, 진정시키고 진압하기 위해서 난리를 피웠었나 봐. 이반은 라키친하고 달라. 이반은 생각을 품고 있어. 이반은 수수께끼야. 속을 알 수 없어. 계속 입을 다물고 있고 말이야. 그런데 나는 신의 문제가 괴로워. 그것밖에는 괴로움이 없어. 신이 없으면 어떡하지? 만일 라키친의 말이 맞으면, 만일 신이라는 게 인류 속에 존재하는 꾸며 낸 사상이면 어떡하지? 그렇다면, 만일 신이 없다면, 인간이 이 땅에서 제일 높은 자, 이 세계의 최고위자잖아. 그건 아주 멋진 일이지. 하지만 신 없이 사람이 어떻게 선을 베풀 수 있지? 그게 의문이야. 그게 내가 항상 지녀 왔던 의문이야. 그러면 인간이 누구를 사랑할 수 있지? 누구한테 감사하며, 누구한테 송가를 불러 올리지? 라키친은 비웃으면서, 신이 없어도 인류를 사랑할 수 있다고 말해. 하지만 그런 말은 그 코흘리개 같은 놈이나 그렇게 자신 있게 할 수 있지, 난 그걸 이해할 수 없어. 라키친은 참 쉽게 살아. 오늘 나한테, '인간의 평등권이 확대되도록 잘 배려해야 돼. 아니면 하다못해 그저 쇠고기 가격이라도 오르지 않도록 잘 배려해야 돼. 그렇게 하는 게 철학을 통해서 하는 것보다 인류에 대한 사랑을 좀 더 쉽고 현실적으로 베푸는 거야' 이러더라고. 나는 그놈한테 이렇게 대답했지. '넌 신 없이 너 스스로 쇠고기 가격마저 올려놓을 거야. 그럴 가능성만 생긴다면. 코페이카를 루블로 올려놓을걸.' 화를 내더군. 선이란 뭐야? 알렉세이 네가 나한테 한번 대답해봐. 나의 선이 어떤 것이라면 중국인의 선은 다른 것이야. 선이라는 게 상대적인 것이라는 말이지. 그게 아니니? 상대적인 게 아닌가? 한마디로 대답할 수 없는 질문이지? 내가 이 생각 때문에 이틀 밤을 뜬눈으로 새웠다면 너 안 웃을 거지? 난 지금 저 밖에서 사람들이 살면서 이런 생각은 전혀 하지 않는다는 것이 놀라워. 그거 너무 허무하지 않니? 이반한테는 신이 없어. 이반한텐 사상이 있어. 내가 이해할 만한 사상이 아니야. 그런데 이반은 잠자코 있어. 난 이반이 프리메이슨이 아닌가 해. 내가 물어봤더니 가만있어. 이반의 샘물에서 물을 좀 얻어 마시려 했더니 침묵을 지키고 있어. 단 한 번, 단 한마디만 했어."

"뭐라고 했는데?" 하고 알렉세이가 서둘러 물었다.

"내가 이반한테 '그렇다면 모든 것이 허용된다는 거니?' 하고 물었더니, 인상을 찌푸리면서, '우리 아버지 표도르 파블로비치는 개망나니였지만 생각하는 방식은 옳았어.' 이러더구먼. 대답이 바로 그랬다고. 그게 말한 것의 전부야. 라키친보다야 수준이 높지."

"알았어" 하고 알렉세이가 쓸쓸하게 말했다. "근데 이반 형이 언제 왔었어?"

"그 얘긴 좀 나중에 하자. 지금은 다른 얘길 하자. 난 지금까지 너한테 이반에 대해서 거의 아무 얘기도 안 했었어. 마지막 순간까지 미뤄왔던 거야. 나의 이곳 생활이 마쳐지고 선고가 내려지면, 그때 너한테 뭔가를 얘기해줄게. 다 얘기해줄게. 무서운 일이 하나 있어……. 그 일에서 네가 나를 위해 재판관이 돼 줘. 하지만 지금은 그 얘길 시작하지 마. 지금은 잠자코 있어. 네가 내일 있을 재판에 대해 얘기하는데, 네가 믿든 안 믿든 말한다만, 난 내일 일은 아무것도 몰라."

"형 그 변호사랑 얘기 나눴어?"

"변호사면 뭐 해? 난 그 사람한테 할 얘기 다 했어. 수도 출신의 구렁이 같은 사기꾼이야. 베르나르야, 베르나르! 내 말은 한 옴큼만큼도 안 믿어. 내가 죽였다고 믿고 있어. 상상이 가냐? 내가 척 보면 알아. '그러면 굳이 뭐 하러 날 변호하러 오셨나요?' 하고 묻고 싶어. 나한텐 없는 사람이나 마찬가지야. 의사도 초빙했더라고. 날 미친 사람으로 몰려고. 그게 맘대로 되나 보라지! 카체리나 이바노브나가 '자기의 의무'를 끝까지 이행하려고 하는군. 이제 갈 데까지 갔어!" 하고 드미트리가 쓸쓸하게 웃었다. "암고양이 같으니라고! 독한 여자! 그 여잔 알거든, 내가 그때 모크로예에서 자기에 대해 어떻게 말했다는 걸. 내가 그 여자는 '엄청난 분노의' 여인이라고 했거든. 그게 그 여자 귀에까지 들어간 거지. 그래, 증언이 무척 많아져 바다의 모래와 같이 됐구먼. 그리고리는 자기 주장을 안 꺾고 있고. 그리고리는 정직해. 하지만 바보야. 정직한 사람들은 많아. 바보인 것이 그 이유가 되는 사람들 말이야. 이건 라키친의 생각이야. 그리고리는 나의 적이야. 어떤 사람은 친구로 갖는 것보다 적으로 갖는 게 더 이로워. 이건 카체리나 이바노브나 얘기야. 그 여자가 재판 자리에서 1500을 받고 머리가 땅에 닿을 정도로 절한 얘기를 할까 봐 겁나. 그게 진짜 겁나. 그 여잔 한 푼도 남김이 없이 다 갚을 거야.[25] 난 그 여자가 희생하는 거 싫어! 사람들이 재판 자리에서 날 부끄럽게 만들 거야. 어떻게든 난 참아낼 수 있어. 알렉세이야, 그 여자한테 좀 다녀와 줘. 가서, 재판 자리에서 그 얘기 하지 말라고 좀 부탁해줘. 아닌가? 그러면 안 되나? 에이, 모르겠다! 다 마찬가지다! 참아낼 거야! 그 여자가 불쌍하진 않아. 자기가 원해서 그러는 건데 뭐. 도둑이 괴로움을 당하는 건 마땅해. 내가 말이지, 알렉세이야, 하고 싶은 말을 할게" 하면서 그가 또다시 쓸쓸하게 웃었다. "내가 걱정하는 건…… 오직 그루셴카야. 아, 어쩌면 좋으냐? 그루셴카는 뭘 잘못해서 이제 그런 고통을 받아들여야 하냐고!" 하면서 그가 갑자기 눈물을 머금고서 소리쳤다. "그루셴카 때문에 난 죽겠어. 그루셴카 생각을 하면 난 죽을 거 같아. 죽을 거 같다고. 그루셴카가 아까 날 찾아왔었어."

"나한테 그 얘기 하더라고. 그루셴카가 오늘 형 때문에 아주 마음이 상했어."

"알아. 어휴, 난 성격이 왜 이러냐? 질투가 나서 그랬어! 그루셴카가 갈 때쯤 난 후회가 밀려오더라고. 그루셴카한테 입맞춰줬어. 하지만 용서해달라고는 안 했어."

"왜 안 했어?" 하고 알렉세이가 소리쳐 물었다.

드미트리가 갑자기 거의 유쾌하게 들리는 웃음을 터뜨렸다.

"착하고 순진한 내 동생아, 언제가 됐든 네가 사랑하는 여자한테 네가 잘못한 거 갖고 절대로 용서를 구하고 그러진 마. 특히 네가 사랑하는 여자한테는 말이지. 네가 그 여자 앞에서 아무리 크게 잘못을 했더라도 말이야. 왜냐하면 여자란 알 수 없는 존재거든. 적어도 내가 그 점에 있어선 일가견이 있다! 자, 여자 앞에서 '내가 잘못했어. 용서해줘. 미안해' 하고 자기 잘못을 인정해봐라. 그 자리에서 질책과 잔소리가 우박처럼 떨어진다! 그 자리에서 절대 그냥 용서해주진 않을 거다. 네가 걸레가 될 때까지 깎아내리고, 네가 한 일을 잊어버리기는커녕 하지도 않은 일까지 자기가 알아서 갖다 붙여서 야단을 치고, 그 뒤에야 용서를 할까 말까 할 거야. 그나마 개중 나은 여자가 용서를 할 거라고. 마지막으로 남은 지스러기까지 다 긁어내어 그걸 다 네 머리 위에 쌓아놓을 거야. 내 말을 새겨들어. 여자들한테는 그런 잔인함이 감춰져 있어. 어떤 여자든 하나도 빠짐없이 다 그래. 우리는 여자들을 천사들로 생각하고 여자들 없으면 살 수 없다느니 어쩌니 하는데, 바로 그런 여자들 속이 그렇단 말이야! 알겠니, 동생아? 내가 솔직하고 단순하게 말한다. 점잖은 사람이라면 누구나 다 어떤 여자든 여자의 발밑에 굽실거리고 들어가게 되느니라. 나의 확신이 그렇다. 확신이 아니라 느낌이다. 남자는 너그러워야 돼. 그리고 너그럽다고 해서 남자는 그게 흠이 되는 게 아니야. 당신이 영웅이라고 해도 그게 흠이 안 돼. 당신이 시저라고 해도 흠이 안 돼. 그래도 말이야, 용서는 빌지 마. 무슨 일이 있어도, 어떠한 경우에라도. 이 법칙을 기억해둬. 여자들 때문에 망한 네 형 드미트리가 너한테 가르쳐준 이 법칙을 말이야. 그래, 나는 용서를 구하지 않고도 그루셴카한테 다른 걸 통해서 잘해줄 거야. 내가 그루셴카를 얼마나 존경하는데! 알겠니, 알렉세이야? 근데 그루셴카는 그게 안 보이나 봐. 아무리 사랑을 받아도 그루셴카는 그걸 모자라다고 생각해. 난 그루셴카 때문에 몸살을 앓아. 사랑의 열병을 앓아. 전과 비교할 바가 아니야! 전에는 단지 악마적인 그 굴곡 때문이었지만 지금은 난 그루셴카의 영혼 전체를 나의 영혼으로 받아들였고, 그 영혼을 통해서 내가 사람이 됐어! 우리가 결국 결혼할 수 있을까? 만약 그럴 수 없다면 난 질투 때문에 죽을 거야. 매일 그런 비슷한 무슨 꿈을

꿔……. 그루셴카가 너한테 나에 대해서 무슨 얘길 했는데?"

알렉세이는 아까 들은 그루셴카의 말을 다 재현했다. 드미트리가 자세히 들으며 되묻고는 결국 대답에 만족했다.

"그러니까 내가 질투한다고 해서 화내는 건 아니네" 하고 그가 소리쳤다. "영락없는 여자야! '나도 마음이 독한 사람이야'라고? 하하! 나 그런 사람 딱 맘에 들어. 독한 사람 말이야. 물론 누가 나한테 질투를 하는 건 못 참지만. 응, 그건 못 참겠어! 서로 싸우겠지. 하지만 사랑하는 건, 그루셴카를 사랑하는 건 영원할 거야. 우리가 결혼할 수 있을까? 징역수도 결혼을 시키나? 모르겠다. 난 그루셴카 없이는 살 수 없는데……."

드미트리가 침울하게 방 이쪽 끝에서 저쪽 끝까지 걸었다. 방 안이 거의 어두워졌다. 그가 갑자기 많이 걱정되는 듯 물었다.

"그러니까 비밀이라고 알아들었다 이거지? 내가 나머지 둘이랑 짜고 자기를 따돌린다는 거지? 카체리나도 같이 짰다 이거지? 아니야, 그루셴카 이놈아, 그거 아니다. 여기서 네가 잘못 짚은 거다. 물론 너답긴 하다. 여자들은 바보같이 그럴 때가 있지. 사랑하는 동생 알렉세이야, 에이그, 나도 모르겠다! 그 비밀이라는 게 뭔지 내가 너한테 말해줄게!"

그가 사방을 둘러보고는, 자기 앞에 서 있는 알렉세이에게 냉큼 다가와 거의 꼭 붙다시피 가까운 거리에서 비밀스러운 태도로 속삭이기 시작했다. 비록 실지로 그들의 말을 들을 수 있는 사람은 없었지만 말이다. 늙은 간수는 구석의 긴 의자에 앉아 졸고 있었고, 보초병들한테는 한마디라도 전달될 거리가 아니었다.

"내가 너한테 모든 비밀을 말해줄게!" 하고 드미트리가 서둘러 속삭였다. "나중에라도 어차피 말해줄 생각이었어. 왜냐하면, 너 없이 내가 무슨 결심인들 할 수 있겠냐? 너는 나의 전부야. 내가 비록 이반이 우리들보다 위에 서 있다고 말은 하지만, 넌 나의 천사야. 너의 결정이 있어야 문제가 해결돼. 어쩌면 이반이 아니라 바로 네가 위에 있는 사람이야. 보다시피 지금은 양심과 관련된 문제야. 최고의 양심과 말이야. 이 비밀은 아주 중요한 거라서 내가 혼자서 처리 못 하고 너 올 때까지 미뤄뒀었어. 그래도 물론 지금 결정하는 게 너무 빨리 결정하는 것이긴 해. 왜냐하면 선고가 내려질 때까지 기다려야 원칙이거든. 선고가 내려지면, 그때 네가 운명을 결정해준다는 말이지. 그러니까 지금 완전한 답을 말해줄 건 없어. 내가 너한테 지금 말을 해주면 넌 듣기만 하고 결정은 하지 마. 결정을 금방 내리지 말고 잠자코 있어줘. 내가 지금 비밀을 다 말해줄게. 기본적인 내용만 말해줄게. 자세한 사항 없이. 넌 듣고만 있어. 질문도 하지 말고, 딴청도 피우지 말고. 그래줄래? 하긴 말이지……, 사실 내가 네 눈을 보면 그냥도 알 거 같다. 네가 아무리 말을 안 하고 있어도, 네 눈이 다 말해줄 거 같다는 거지. 그래서 내가 네 눈을 보기가 무섭다. 알렉세이야, 자, 들어봐. 이반이 나한테 탈옥을 제안했어. 자세한 내용은 말하지 않을게. 준비는 다 됐대. 다 할 수 있대. 가만있어. 미리 뭐라고 말하지 마! 그루셴카랑 같이 아메리카로 가래. 난 그루셴카 없이는 살 수 없으니까 말이야. 그루셴카를 나한테 안 들여보내주면 어떡하란 말이야? 징역수가 결혼을 할 수 있는 거야? 이반이 그러는데, 할 수 없대. 그런데 그루셴카 없이 땅 밑에서 망치만 들고 나보고 어쩌라고? 나 그 망치로 내 대가리만 산산조각 내놓고 말겠다! 그건 그렇고, 달리 생각하면, 양심은 또 어쩌라고? 고통을 당하는 상황을 피해 도망간다면 말이야. 지시가 내려졌는데 지시를 거부했지, 정화의 길이 주어졌는데 딴 길로 돌았지……. 이반이 그러는데, 아메리카에 가면 선한 의도만 있으면 더 많은 유익을 가져다줄 수 있대. 땅 밑에서 일하는 것보다 말이야. 하지만 우리의 지하의 송가는 그러면 어쩌란 말이지? 아메리카라는 것도, 그 아메리카도 어차피 허무한 것 아닌가? 또 아메리카에도 사기는 어차피 많을 거라고 생각해. 십자가 고난을 피해서 도망간 꼴이 되지 않겠어? 그래서 알렉세이 너한테 말하는 거야. 오직 너만 이걸 이해할 수 있다고. 그 밖엔 아무도 없어. 내가 너한테 해준 송가에 대한 말 있잖아, 그게 다른 사람들한테는 다 어리석은 말이고 헛소리일 뿐이야. 나보고 미쳤냐고, 아니면 바보 아니냐고 할 거라고. 근데 난 미친 거 아니고, 바보도 아니야. 송가에 대해선 이반도 이해해. 물론 이해하지. 하지만 뭐라고 대답은 안 해줘. 묵묵부답이야. 송가를 믿지 않아. 아무 말도 하지 마, 아무 말도 하지 마. 내가 네 눈을 보니 넌 벌써 어떻게 답해줄지 결정을 했어. 하지만 그렇게 금방 결정하지 마. 내 말을 좀 들어줘. 그루셴카 없이는 난 못 살아. 재판 때까지 기다려줘!"

말을 마친 드미트리가 감정이 심히 격해져 있었다. 양손으로 알렉세이의 어깨를 붙잡은 그는 열이 오른 갈급한 자신의 시선을 알렉세이의 눈동자에 딱 갖다 붙였다.

"징역수도 설마 결혼을 시킬까?" 하고 그가 간절한 음성으로 같은 말을 세 번째 했다.

알렉세이는 크게 놀라서 듣고 있었다. 충격을 받은 듯했다.

"한 가지만 말해줘" 하고 그가 말했다. "이반 형이 집요하게 나와? 누가 맨 처음에 그 말을 시작한 건데?"

"이반이 그 말을 시작했고, 이반이 집요하게 나와. 나를 한 번도 안 찾아오더니 갑자기 일주일 전에 와서, 오자마자 바로 그 말을 시작했어. 아주 집요해. 부탁을 하는 거 같지가 않고 명령을 하는 거 같아. 내가 자기 말대로 하리라는 데에 의심이 없어. 내가 너한테 그랬듯이 이반한테도 내 마음을 다 열어젖혔고 송가 얘기도 했는데도 말이야. 이반은 자기가 다 준비해 주겠다고, 모든 정보를 갖추어놓았다고 해. 하지만 이 얘기는 나중에 하자. 이반은 히스테리를 일으킬 정도로 집요하게 나와. 중요한 건 돈인데, 내가 탈주할 수 있도록 1만 루블을 쓰고, 아메리카에 가도록 2만 루블을 쓰겠대. 1만 루블만 있으면 아주 멋지게 탈옥할 수 있대."

"나한테는 절대 말하지 말라고 했어?" 하고 알렉세이가 확인차 물었다.

"절대 말하지 말래. 아무에게도 말하지 말랬어. 하지만 너한테 말하지 않는 게 제일 중요하대. 너한텐 하늘이 두 쪽이 나도 말하지 말래. 네가 나의 양심 문제를 건드릴까 봐 그러는 게 분명해. 내가 너한테 말해줬다는 걸 이반한테 말하지 마. 진짜로 말하면 안 돼!"

"형 말이 맞아" 하고 알렉세이가 말했다. "법정에서 선고가 내려지기 전까진 결정할 수 없어. 선고가 내려지고 나서 형이 직접 결정해. 그러면 형 속에서 새로운 사람을 발견할 거야. 바로 그 사람이 결정을 할 수 있을 거야."

"새사람이든 베르나르든, 그 사람은 베르나르식으로 결정할 거야! 그러니까 내가 바로 그 망할 베르나르인 거고!" 하고 드미트리가 씁쓸하게 웃었다.

"그럴 리가? 형은 무죄로 인정되는 데에 전혀 희망을 안 거는 거야?"

드미트리가 어깨를 발작적으로 움찔하고는 아니라는 듯 고개를 저었다.

"내 사랑하는 동생 알렉세이야, 너 갈 시간 됐어" 하고 갑자기 그가 서둘렀다. "교도관이 벌써 소리 질렀어. 이제 이리로 올 거야. 지금이 늦은 시간이거든. 규율을 어기는 거야. 자, 어서 나를 안아줘. 입맞춰주고 성호를 그어줘, 내 사랑하는 동생아. 내일 내가 질 십자가를 위해 성호를 그어줘……."

둘은 끌어안고 입을 맞추었다.

"이반이 말이야……," 하고 갑자기 드미트리가 말했다. "탈옥을 제안했어. 내가 죽였다고 믿는가 봐."

슬픈 미소가 그의 입술에 나타났다.

"형이 이반 형한테 물어봤어, 그렇게 믿느냐고?" 하고 알렉세이가 물었다.

"아니, 안 물어봤어. 물어보고 싶었는데, 못 물어보겠더라. 용기가 없었어. 근데 그래도 물어본 거나 다름없어. 내 눈에 다 보이거든. 자, 그럼, 잘 가!"

다시 한번 짧게 입맞추고 나서 알렉세이가 이미 나가려는데 갑자기 드미트리가 다시 그를 불렀다.

"이리 와서 내 앞에 서 봐."

그리고는 그가 다시 한번 양팔로 알렉세이의 어깨를 힘껏 끌어안았다. 그의 얼굴이 갑자기 완전히 창백해져, 거의 어두워졌지만 그의 얼굴은 무서우리만치 눈에 잘 띄었다. 입술이 일

그러졌고 눈길이 알렉세이에게 고정되었다.

"알렉세이야, 나한테 완전히 솔직하게 말해봐. 마치 주님 앞에서 하듯이. 넌 내가 죽였다고 믿니, 아니면 안 믿니? 너 스스로는 그렇게 믿어, 아니면 안 믿어? 진짜로 솔직하게 말해봐. 거짓말하지 말고!" 하고 그가 격한 어조로 소리쳤다.

알렉세이가 쇼크를 먹은 듯했다. 그는 마치 자기 심장을 무언가 뾰족한 것이 뚫고 지나가는 소리를 들은 것 같았다.

"형, 왜 그래? 그만 됐어" 하고 그가 당황해서 말했다.

"다 솔직히 말해, 다! 거짓말하지 말고!" 하고 드미트리가 되풀이했다.

"형이 살인자라고는 단 한 순간도 믿은 적 없어" 하고 갑자기 알렉세이의 가슴으로부터 떨리는 목소리로 그 말이 저절로 튀어나왔다. 그는 오른손을 위로 쳐들어, 마치 자기의 말이 옳은 것에 대한 신의 증언을 바라는 듯한 동작을 취했다. 드미트리의 얼굴 전체에 순간적으로 지극한 행복의 표정이 퍼졌다.

"고맙다!" 하고 그가 마치 정신을 잃었다가 되찾은 후 한숨을 쉬듯이 말소리를 길게 늘여 말했다. "이제 넌 나를 되살렸다. 알지 모르겠지만, 여태까지 너한테 물어보기가 겁났었어. 너인데도 불구하고! 우습지? 자, 이제 가봐! 네 말을 들으니 내일 더욱 용기가 솟을 거야. 너한테 신의 축복이 있기를! 자, 그만 가봐. 이반한테 잘해주고!" 하고 드미트리가 마지막 말을 덧붙였다. 자기도 모르게 튀어나온 것 같았다.

알렉세이는 울음이 복받쳐 밖으로 나왔다. 그는 자기와 관련해서 드미트리가 그 정도로 불안해할 줄은, 그 정도로 자기를 못 믿을 줄은 몰랐었다. 그걸 알고 나자 알렉세이로서는 그의 불행한 형의 마음속에 해결점을 찾을 수 없을 만한 슬픔의 나락과 절망이 자리 잡았다는 사실이 별안간 뼈저리게 느껴졌다. 전에는 그 정도일 줄은 몰랐었다. 그는 문득 순간적으로 깊고 무한한 연민에 사로잡혀 가슴을 앓았다. 무엇이 뚫고 지나간 그의 심장이 참을 수 없을 정도로 아려왔다. 드미트리가 방금 한 '이반한테 잘해주고!'라는 말이 불현듯 기억났다. 그러지 않아도 그는 이반한테 가는 중이었다. 오전 내내 그는 이반을 만나야겠다는 생각에 사로잡혀 있었다. 드미트리도 그를 걱정시켰지만 이반 때문에 드는 걱정도 그에 못지않았다. 특히 드미트리와 만나고 난 지금 그 걱정은 다른 때보다도 심했다.

V
형은 아니야, 형은 아니야!

이반한테 가면서 그는 카체리나 이바노브나가 사는 집 앞을 지나가게 되었다. 창문에 불이 밝혀져 있었다. 그는 문득 멈춰

서, 들어가보겠다고 결심했다. 카체리나 이바노브나를 못 본 지가 벌써 일주일이 넘었다. 그러다 그는 지금 이반이 카체리나 이바노브나 집에 와 있을지도 모르겠다는 생각이 들었다. 그토록 중요한 일이 내일 있을 것이었으니 그럴 가능성이 더욱 높았다. 자기가 왔다는 신호를 하고서 중국식 홍등으로 어렴풋하게 조명이 된 계단을 통해 들어갔다. 그때 그는 위에서 내려오고 있는 사람을 보았는데, 가까이 왔을 때 보니 형이었다. 형이 이미 카체리나 이바노브나를 만나고 나서 가는 중이었나 보다.

"아, 너였구나" 하고 이반 표도로비치가 메마른 어조로 말했다. "자, 그럼 담에 보자. 너 카체리나 이바노브나한테 가는 거니?"

"응."

"안 그러는 게 좋을걸. 카체리나 이바노브나가 지금 마음이 안정이 안 돼 있어서 말이야. 네가 가면 상태가 더 안 좋아질까 봐."

"아니에요, 아니에요!" 하고 위에서 순식간에 문이 열리더니 목소리가 들려왔다. "알렉세이 표도로비치 씨, 그 사람을 만나고 오시는 거예요?"

"네. 형한테 갔었어요."

"나한테 무슨 말을 전해주라고 하던가요? 들어오세요, 알렉세이 씨, 이반 표도로비치 씨도 들어오세요. 가지 말고 돌아오세요. 아셨어요?"

카체리나의 목소리에 거의 명령조가 담겨 있었기 때문에 이반 표도로비치는 일순 머뭇거리다가 그냥 알렉세이와 같이 다시 올라가기로 결정했다.

"남의 얘기를 엿듣고 있었다니!" 하고 그가 화난 듯 혼잣말로 속삭였으나 알렉세이는 그 말을 알아들었다.

"나 겉옷 안 벗을게요" 하고 이반 표도로비치가 큰 방으로 발걸음을 들이며 말했다. "안 앉아도 되죠? 나 1분 이상 안 있을 거예요."

"앉으세요, 알렉세이 표도로비치 씨" 하고 카체리나 이바노브나가 자기는 앉지 않으면서 말했다. 안 보는 동안 그녀는 별로 변한 게 없었으나 그녀의 검은 눈은 표독스러운 빛으로 번득였다. 나중에 알렉세이가 기억해낸 거지만 그가 보기에 바로 그런 순간에 그녀는 아주 예뻐 보였다.

"그 사람이 무슨 말을 전해달라고 했어요?"

"한마디만이요" 하고 알렉세이가 그녀의 얼굴을 똑바로 보면서 말했다. "카체리나 이바노브나 씨께서 너무 무리하시지 마시고, 법정에서 그 얘기를 증언하지 마시라고요……" 하고 말하고 나서 그가 그다음 말을 하기를 조금 망설였다. "저기 그러니까……, 두 분이 거기서 처음으로 아시게 될 때, 두 분

사이에 있었던 일을요."

"그 돈 받고 머리가 땅에 닿도록 엎드려 절한 거 얘기하는 거군요!" 하고 그녀가 알아듣고는 씁쓸하게 웃었다. "그 사람이 자기 걱정하느라고 그런 걸까요, 아니면 나 걱정 해주느라고 그런 걸까요? 그 사람이 나보고 무리하지 말라고 했어요? 그게 진짜 내 걱정 해준 거예요? 아니면 반대로 자기를 좀 봐달라는 뜻이었어요? 말씀해보세요, 알렉세이 표도로비치 씨."

알렉세이가 그녀의 말을 이해해보려고 그녀를 뚫어지게 쳐다보았다.

"카체리나 이바노브나 씨도 생각해서, 또 자기도 생각해서 그 말을 한 겁니다" 하고 그가 조용히 말했다.

"당연히 그렇겠죠" 하고 그녀가 왠지 표독스럽게 똑똑 끊어서 말하고는 갑자기 얼굴을 붉혔다. "알렉세이 표도로비치 씨는 저를 아직 잘 모르세요" 하고 그녀가 위협적인 어조로 말했다. "사실 나 자신도 나를 아직 잘 몰라요. 어쩌면 내일 심문 끝나고 알렉세이 표도로비치 씨가 나를 발로 밟아 뭉개고 싶은 마음이 드실 수도 있어요."

"솔직하게 증언하실 거잖아요" 하고 알렉세이가 말했다. "그러시기만 하면 돼요."

"여자란 솔직하지 않은 적이 많아요" 하고 그녀가 이를 조금씩 부딪치며 말했다. "난 아까 한 시간 전에만 해도 이렇게 생각했어요. 그 못된, 그 비열한 존재한테 몸이 닿는 것만 해도 섬뜩하다고요. 그랬는데……, 그렇지 않네요. 그 사람은 나한테 있어서 아직 인간이네요. 더욱이, 그 사람이 살인을 했어요? 그 사람이 살인한 건가요?" 하고 그녀가 갑자기 이반 표도로비치를 향해 히스테릭하게 외쳤다. 알렉세이는 금방 깨달았다. 자기가 오기 1분 전만 해도 바로 이 질문을 그녀가 이반 표도로비치한테 던지고 있었다는 것을. 그러니까 지금 처음 이 질문을 던지는 게 아니라 한 100번은 던졌다는 것을. 그래서 결국 그 둘이 말싸움을 벌였다는 것을.

"나 스메르쟈코프한테 갔었어요……. 바로 당신이, 당신이 나한테 그랬잖아, 그이가 부친 살해범이라고. 난 단지 당신 말을 믿은 것밖에 없어!" 하고 그녀가 계속 이반 표도로비치를 향해 말했다. 이반 표도로비치는 픽 하고 허망한 웃음을 터뜨렸다. 알렉세이는 '당신'이라는 표현을 듣고 깜짝 놀랐다. 관계가 그렇게 됐을 줄은 상상도 못 했었다.

"그 정도면 됐다고 생각하는데" 하고 이반이 잘라 말했다. "나 갈게. 내일 올게" 하고 즉시 뒤로 돌아 방에서 나가 곧장 계단으로 향했다. 카체리나 이바노브나가 별안간 저항할 수 없는 동작으로 알렉세이의 양손을 잡더니 말했다.

"저 사람을 따라가세요! 따라잡으세요! 잠시도 저 사람 혼자 놔두지 마세요" 하고 그녀가 빠른 말투로 속삭였다. "저 사람

미쳤어요. 저 사람 미친 거 모르세요? 열병에 걸렸어요. 신경 발작이에요! 의사가 나한테 그랬어요. 가세요, 저 사람을 뒤따라가세요."

알렉세이가 벌떡 일어나 이반 표도로비치를 뒤따라 달려갔다. 이반 표도로비치는 50보도 채 못 간 상태였다.

"왜?"

그가 뒤돌아보아 알렉세이가 뒤따라오는 것을 발견하고 물었다. "날 따라잡으라고 하더냐? 내가 미친 사람이라서? 안 들어도 뻔히 안다" 하고 그가 신경질적으로 덧붙였다.

"저분이 물론 잘못 생각하는 거지만, 그래도 형이 아프다는 건 저분 말이 맞아" 하고 알렉세이가 말했다. "내가 지금 저분 집에서 형의 얼굴을 봤더니, 아주 아픈 사람의 얼굴이었어, 이반 형!"

이반이 멈추지 않고 계속 걸었다. 알렉세이도 따라 걸었다.

"너 그거 아니, 알렉세이 표도로비치야, 사람이 어떻게 미치는지?" 하고 이반이 전혀 예상외로 작은 소리로, 이미 전혀 신경질적이지 않은 목소리로 물었다. 그 목소리 속에서는 어느새 매우 순박한 호기심이 느껴졌다.

"아니, 몰라. 미치는 건 여러 종류가 있다고 생각하긴 해."

"사람이 미쳐가는 경우 자기의 상태를 관찰하여 파악할 수 있어?"

"그런 경우라면 자기를 명확하게 파악해내지 못할 거라고 생각해" 하고 알렉세이가 놀라서 대답했다. 이반이 30초 정도 말이 없었다.

"네가 나랑 이야기하기를 원한다면 주제를 다른 것으로 골라라" 하고 그가 문득 말했다.

"이거, 잊어버리기 전에 줘야지, 형 편지야" 하고 알렉세이가 조심스럽게 말하면서 주머니에서 리자의 편지를 꺼내 이반에게 내밀었다. 두 사람이 마침 등불 있는 곳에 가까이 왔었기 때문에 이반이 금방 필적을 알아봤다.

"아, 이거 그 작은 악마가 쓴 거구나!" 하고 그가 표독스럽게 웃고는 봉투를 뜯지도 않고 별안간 편지를 갈기갈기 찢어 바람에 날려 보냈다. 종잇조각들이 산산이 흩어졌다.

"만으로 열여섯도 안 되게 보이는 것이 벌써 가져달래!" 하고 그가 경멸하듯 말하고는 다시금 길을 따라 걷기 시작했다.

"가져달라니?" 하고 알렉세이가 소리쳐 물었다.

"방탕한 여자들이 자기를 가져달라고 하는 거 알잖아."

"그게 무슨 말이야, 이반 형?" 하고 알렉세이가 슬퍼하며 열심히 변호하려 들었다. "걔는 아직 애야. 형 어떻게 애한테 그런 말을 해? 걔는 아파. 아주 아파. 어쩌면 걔도 미쳐가는지도 몰라……. 난 걔가 쓴 편지를 형한테 안 전달해줄 수 없었어. 난 또 형한테서 무슨 얘기를 들을 줄 알았는데……. 걔한테 도움이 될 만한……."

"나한테서 무슨 얘기를 들을 걸 기대하지 마. 걔가 애라면, 난 걔한테 유모가 돼주고 싶지 않아. 아무 말 하지 마, 알렉세이야. 더 이상 말하지 마. 난 그런 생각 할 겨를도 없어."

둘은 1분 정도 말이 없었다.

"이제 그 여잔 밤새 성모한테 기도하겠지. 성모가 그 여자한테 내일 법정에서 어떻게 행동할지를 가르쳐주도록 말이야" 하고 그가 갑자기 다시금 표독스럽게 말을 시작했다.

"형……, 형 지금 카체리나 이바노브나 씨 얘기야?"

"응. 드미트리를 구원하는 자로서 나설 것이냐, 아니면 파멸시키는 자로서 나설 것이냐? 그 문제로 기도할 거라는 거야. 자기 영혼에 깨달음을 달라고. 그러니까 자기도 어떻게 해야 할지 아직 모르는 거지. 아직 준비를 못 한 거지. 그 여자도 내가 유모 노릇을 해주길 원해. 내가 자기를 얼러주기를."

"카체리나 이바노브나 씨가 형을 좋아해" 하고 알렉세이가 슬픈 감정에 휩싸여 말했다.

"그럴지도 모르지. 하지만 난 그 여자한테 신경 쓸 겨를 없어."

"그분이 고민하잖아. 형은 왜 그분한테…… 가끔씩…… 그런 얘기를 해? 그분이 희망을 가지게 하는 얘기?" 하고 알렉세이가 조심스럽게 질책의 말을 했다. "내가 알거든, 형이 그분이 희망을 갖도록 하는 말을 했다는 걸. 미안해, 내가 이런 말해서" 하고 그가 덧붙여 말했다.

"내가 이 상황에서 너무 직선적으로 나갈 수가 없잖아! 그 여자하고 딱 끊자고 말해버릴 수가 없다고!" 하고 이반이 신경질적으로 말했다. "살인자에게 판결이 날 때까지 기다려야 돼. 내가 지금 그 여자하고 관계를 끊어버리면 그 여자는 나에 대한 복수심에 당장 내일 재판에서 자기가 미워하는 그 난봉꾼을 파멸시킬 거야. 그 여자는 자기가 미워하는 줄을 잘 알고 있어. 모든 것이 거짓말투성이야. 거짓말을 바탕으로 한 거짓말이야! 아직 내가 그 여자와 안 끊었으니까 그 여자는 아직 희망을 갖고서 그 못된 자를 파멸시키려 들지 않을 거란 말이야. 내가 그자가 처한 불행에서 그자를 꺼내주고 싶어 하는 걸 알기 때문에. 그 망할 놈의 판결 언제 나나?"

'살인자', '못된 자'라는 단어들이 알렉세이의 마음을 아프게 쑤셨다.

"그분이 뭘 어떻게 해서 드미트리 형을 파멸시킬 수 있는데?" 하고 그가 이반이 쓴 단어들을 곰곰이 생각하며 물었다. "드미트리 형을 곧장 파멸시킬 만한 어떤 증언을 그분이 할 수 있는데?"

"네가 아직 몰라서 그래. 그 여자는 드미트리가 친필로 쓴 서류를 하나 갖고 있어. 드미트리가 표도르 파블로비치를 죽였다는 것을 수학적으로 증명해줄 만한."

"그럴 리는 없어!" 하고 알렉세이가 외쳤다.

"왜 그럴 리가 없어? 내가 직접 읽어봤는데."

"그런 서류가 있을 리가 없어!" 하고 알렉세이가 열렬하게 말을 되풀이했다. "그럴 리가 없어. 왜냐하면 살인자는 드미트리 형이 아니기 때문에. 드미트리 형이 아버지를 죽인 게 아니라고!"

이반 표도로비치가 갑자기 걸음을 멈추었다.

"그럼 당신의 생각으로는 누가 살인잔데?"

왠지 그렇게 차갑게 그가 물었다. 그 질문 속에서는 심지어 교만한 억양이 들렸다.

"형 스스로가 알잖아" 하고 알렉세이가 조용히 침착하게 말했다.

"누군데? 그 미친 바보 간질 환자에 대한 터무니없는 얘기 말하는 거야? 스메르쟈코프 말이야."

알렉세이가 갑자기 자기 몸이 덜덜 떨리는 것을 느꼈다.

"형 스스로가 알잖아" 하는 말이 자기도 모르게 그에게서 힘없이 튀어나왔다. 그는 숨이 차왔다.

"그래, 누구? 누구라는 얘기야?" 하고 이반이 이미 거의 난폭해져 물었다. 여태까지의 절제하던 태도가 싹 사라졌다.

"난 한 가지만 알아" 하고 알렉세이가 계속해서 거의 속삭이는 소리로 말했다. "아버지를 죽인 건 형은 아니야."

"'나'는' 아니라고? 말하고 싶은 게 뭐야?" 하고 이반이 신경을 곤두세웠다.

한 30초간 침묵이 이어졌다.

"그건 나도 알아, 내가 아니라는 거. 너 무슨 실없는 소리야?" 하면서 이반이 창백해진 얼굴을 일그러뜨리며 웃었다. 눈동자를 알렉세이에게 고정시킨 채 떼지 않았다. 둘은 다시금 등불 가까이 서 있었다.

"아니야, 형. 형은 형 스스로에게 몇 번씩 반복해 말했어. 형이 살인자라고."

"내가 언제 그랬어? 난…… 난 모스크바에 가 있었어. 내가 언제 그랬어?"

이반이 완전히 당황해서 주절거렸다.

"형은 이 끔찍했던 두 달 동안 혼자 있으면서 스스로에게 그 말을 많이 했어" 하고 알렉세이가 계속해서 조용히, 또박또박한 말투로 말했다. 하지만 그는 마치 자기 스스로 말하는 거 같지가 않았고, 자기 의지에 따라 말하는 거 같지가 않았다. 어떤 저항할 수 없는 명령에 복종하여 말하는 거 같았다. "형은 살인자는 바로 형이라고 자책하면서 자신의 죄를 인정했어. 하지만 죽인 건 형이 아니야. 그러니까 형 생각은 틀렸어. 형이 살인자인 건 아니라고. 형 내 말 알겠어? 형은 아니라고! 신께서 형한테 이 말을 하라고 나를 보내셨어."

둘 다 말없이 가만히 있었다. 이 침묵이 계속된 1분이 무척이나 길게 느껴졌다. 둘은 우뚝 서서 계속 상대의 눈을 바라보고 있었다. 둘 다 얼굴이 창백했다. 갑자기 이반이 몸을 부르르 떨고는 알렉세이의 팔을 꽉 잡고 말했다.

"너 우리 집에 왔었지?" 하고 그가 이를 조금씩 부딪치며 속삭이는 소리로 말했다. "밤에 너 우리 집에 왔었지? 그자가 왔을 때 말이야. 고백해. 너 그자를 봤지? 응? 봤지?"

"형, 누구 얘기하는 거야? 드미트리 형 얘기야?" 하고 알렉세이가 이해가 안 가서 물었다.

"그 사람 말고! 그 쓰레기 같은 자 얘긴 집어치워!" 하고 이반이 흥분하여 소리 질렀다. "너 그자가 날 찾아오는 거 모른단 말이야? 너 어떻게 알게 됐어? 말해!"

"'그자'가 누구냐고? 난 형이 누구 얘기하는지 모르겠어" 하고 알렉세이가 이미 겁먹은 목소리로 말했다.

"모르긴. 넌 알아……. 안 그러면 네가 어떻게……. 네가 모를 리는 없어. 그…….'"

그가 갑자기 말을 멈추었다. 그는 서서 무슨 생각을 하는 것 같았다. 이상한 미소가 나타나 그의 입술을 일그러뜨렸다.

"형,"

떨리는 음성으로 다시금 알렉세이가 말을 시작했다.

"나 형한테 그 얘길 왜 했나 하면, 형이 내 말을 믿을 거였으니까 했어. 난 그걸 알아. 형 평생 동안 기억하라고 그 얘길 한 거야. '형은 아니야'라고. 알겠어? 평생 동안 기억하라고. 형한테 그 말을 하라고 신께서 내 마음속에 말씀하신 거야. 비록 그 말 때문에 형이 나를 영원히 미워하는 일이 생길지라도 말이야."

하지만 이반 표도로비치는 이미 상황을 어떻게 풀어나갈지 깨달은 모양이었다.

"알렉세이 표도로비치 씨," 하고 그가 냉랭한 미소를 띠고 말했다. "난 예언자하고 간질 환자는 질색이야. 신의 사자를 특히 싫어해. 당신은 그거 너무나 잘 알잖아. 이 순간부터 난 당신이랑 결별이야. 아마 영원히 결별하는 게 될 거야. 부탁인데, 바로 지금, 바로 이 네거리에서 헤어지자. 당신 집까지 가려면 이 골목으로 가면 되잖아. 특히 오늘 우리 집에 오는 일이 없도록 조심해! 알았어?"

그가 몸을 돌려 더 이상 뒤를 돌아보지 않고 성큼성큼 걸어서 곧장 멀어져갔다.

"형!"

알렉세이가 그의 뒤에다 대고 불렀다.

"만일 오늘 형한테 무슨 일이 생기면 맨 먼저 나를 생각해!"

그러나 이반은 대답하지 않았다. 알렉세이는 이반이 어둠에 가려 보이지 않게 될 때까지 네거리의 등불 앞에 서 있었다. 그 뒤 그는 몸을 돌려 골목을 따라 천천히 자기 집으로 갔다. 알렉세이도 이반 표도로비치도 서로 따로 집을 얻어 살고 있었다. 아무도 표도르 파블로비치가 살던 빈 집에 살고 싶어 하지 않았다. 알렉세이는 한 소시민 가정에서 가구가 갖춰진 방을 빌려 썼고, 이반 표도로비치는 거기서 꽤 먼 곳에서 살았다. 한 부유한 관리 미망인 소유의 한 좋은 집의 별채에 있는 널찍하고 꽤 안락한 공간을 빌려 살고 있었다. 별채는 널찍했지만 이반 표도로비치의 가사 일을 돕는 사람은 폭삭 늙은 노파 한 사람뿐이었다. 이는 온몸에 류머티즘이 돋은 귀가 완전히 먹은 노파로서, 저녁 6시에 잠자리에 들어 아침 6시에 일어나곤 했다. 최근 두 달 동안 이반 표도로비치에게서 요구 사항은 이상하리만치 적었고, 그는 항상 혼자 있기를 아주 좋아했다. 자기가 빌려 사는 방마저 그는 스스로 청소했고, 별채의 다른 방들에는 거의 들르지 않았다. 그는 자기가 사는 집 대문에 이르러 이미 종의 손잡이를 잡은 상태에서 문득 동작을 멈추었다. 자기가 아직까지 흥분하여 덜덜 떨고 있는 것을 느꼈다. 그는 종의 손잡이를 휙 놓고 침을 퉤 뱉고는 뒤로 돌아 도시의 다른 쪽 끝을 향하여 빠른 걸음으로 걷기 시작했다. 자기 집에서 약 2베르스타 떨어진 곳에 있는, 기울어져 가는 작은 통나무집으로 향하는 것이었다. 거기에는 전에 표도르 파블로비치의 이웃이던 마리야 콘드라치예브나가 살고 있었다. 표도르 파블로비치 집 주방으로 국을 얻으러 오기도 하던 바로 그 여자였다. 한때 스메르쟈코프가 그녀에게 기타를 치면서 노래를 불러주기도 했었다. 그녀는 자기가 살던 집을 팔고 지금은 모친과 함께 거의 오두막집이라 할 수 있는 집에서 살고 있었다. 병을 앓는 스메르쟈코프, 거의 죽어가는 스메르쟈코프는 표도르 파블로비치가 죽은 때로부터 그들의 집으로 이사한 상태였다. 지금 이반 표도로비치는 바로 그에게로 가는 것이었다. 갑작스럽게 든 생각, 도저히 물리칠 수 없는 한 가지 생각이 이반 표도로비치를 그에게로 이끌고 있었다.

VI
스메르쟈코프와의 첫 대면

이번에 이반 표도로비치가 스메르쟈코프와 이야기를 나누러 가는 것은 모스크바에서 돌아온 후로 세 번째였다. 사건 이후 처음으로 만난 것은 돌아온 바로 그날이었고, 그다음에는 2주 뒤에 그를 방문했다. 그러나 이 두 번째 만남 이후로는 스메르쟈코프와 더 이상 만나지 않았다. 그러므로 지금은 그를 본 지가 이미 한 달이 넘었으며, 그동안 그에 대해 거의 아무 소문도 듣지 못했다. 이반 표도로비치는 부친 사망 닷새째 되는 날에야 모스크바에서 돌아왔다. 그러므로 관도 보지 못

했다. 그가 오기 바로 전날 장사가 치러졌다. 이반 표도로비치가 늦게야 돌아오게 된 것은 알렉세이가 그의 모스크바 주소를 정확하게 몰랐기 때문인데, 알렉세이는 그래서 전보를 보내기 위해 카체리나 이바노브나에게 달려왔다. 그런데 카체리나 이바노브나 역시 그의 주소를 몰랐기 때문에, 자기 언니와 이모에게 전보를 쳤다. 이반 표도로비치가 모스크바에 가자마자 그들 집에 들를 것으로 생각한 것이다. 하지만 그는 나흘째 되던 날에야 그들 집에 들른 것이다. 전보를 읽고 그는 당장 부리나케 우리 읍으로 달려왔다. 와서 맨 처음으로 만난 사람이 알렉세이였으나, 이야기를 나누어보고 알렉세이가 드미트리를 전혀 의심하지 않고 스메르쟈코프를 살인자로 지목한다는 것에 매우 놀랐다. 우리 읍의 다른 사람들이 갖고 있는 의견과는 전혀 딴판인 것이었다. 그 뒤 군 경찰서장과 검사를 만나서 기소와 연행 사실을 자세히 알게 되고 나서 알렉세이가 갖고 있는 의견에 더욱더 놀라게 됐으나, 그것은 단지 알렉세이가 형인 드미트리에게 품는 우애와 연민이 극히 심하여 그렇게 여기는 것이려니 하고 생각해버렸다. 알렉세이가 드미트리를 매우 사랑하는 줄을 이반도 알고 있었으므로 말이다. 한편 이반이 자기 형 드미트리 표도로비치에게 품던 감정이 어떤 것이었는지에 대해서는 한두 마디만 하고 넘어가기로 한다. 그가 드미트리를 좋아하지 않은 건 확실하며, 동정을 느낀 적은 많으나 그것은 혐오의 수준에까지 이르는 강한 경멸과 혼합된 동정이었다. 드미트리는 몸 전체를 통틀어 한 점도 이반의 마음에 드는 점이 없었다. 드미트리를 향한 카체리나 이바노브나의 사랑을 생각하면 이반은 화가 났다. 그럼에도 불구하고 그가 피고인의 입장에서 재판을 기다리는 드미트리와 만난 것은 역시 돌아온 바로 그날이었다. 만나고 나서 이반에게는 드미트리에게 죄가 있다는 점에 대한 확신이 약해지지 않았을뿐더러 오히려 더 강해지기까지 했다. 이반은 그때 드미트리가 불안해하고 병적으로 흥분해 있는 것을 발견했다. 드미트리는 말수가 많았으나 주위가 산만하고 안절부절못했다. 말이 매우 거칠었으며 스메르쟈코프가 범인이라고 하면서 매우 겁먹은 태도를 보였다. 무엇보다도 부친이 자기한테서 훔쳤다고 하는 그 3천에 대해 계속 뇌까렸다. "돈은 내 거야. 돈은 내 거였다고. 만약 그 돈을 내가 훔쳤더라도 나는 정당하게 행동한 거였을 거야" 하고 드미트리는 말했다. 자기에게 불리한 모든 증거들에 대해 그는 거의 반박하지 않았고, 사실을 자기가 이롭도록 해석하긴 했으되 매우 앞뒤가 맞지 않게, 매우 어설프게 말을 이끌고 나갔다. 이반이나 다른 누군가의 앞에서 자신을 정당화하기를 전혀 원치 않는 것처럼 보이기까지 했으며, 오히려 그가 범인이라는 주장들을 거만하게 무시하면서 욕을 해대고 흥분하기만 했다. 열려 있던 문에 대한 그리고리의 증언에 대해서는 다만 경멸을 표하며 비웃으면서, '악마가 문을 연 거'라고 우기기만 했지, 그 사실에 대하여 조리 있는 설명은 전혀 내놓지 못했다. 게다가 그는 이 첫 만남에서, '모든 것이 허용된다'고 스스로 주장하는 사람들은 자기를 의심하고 자기에 대해 심문을 행할 권리가 없다고 잘라 말하여 이반 표도로비치에게 모욕을 주기까지 했다. 그것 말고도 이번에 이반 표도로비치와 만났을 때 그는 매우 불친절하게 굴었다. 드미트리와의 그 만남 직후 이반 표도로비치는 스메르쟈코프를 만나러 갔다.

모스크바에서 돌아오는 기차 안에서부터 이미 그는 온통 스메르쟈코프에 대한 생각, 모스크바로 떠나기 전날 저녁 그와 나눈 마지막 대화에 대한 생각에 잠겨 있었다. 많은 것이 걱정되었고 많은 것이 미심쩍었다. 그러나 이반 표도로비치는 예심판사에게 증언을 할 때 자기가 스메르쟈코프와 나눈 그 대화는 일단 거론하지 않았다. 스메르쟈코프를 만날 때까지 모든 것을 미루기로 했다. 그때 스메르쟈코프는 읍내 병원에 있었다. 게르첸슈투베 의사, 그리고 이반 표도로비치가 병원에서 만난 바르빈스키 의사는 이반 표도로비치가 집요하게 던지는 질문에 대하여, 스메르쟈코프의 간질은 의심할 여지가 없다고 확고하게 대답했으며, '사건이 나던 날 그가 꾀병을 앓던 것이 아니냐'는 질문에 놀라기까지 했다. 그들은 이 발작이 심지어 평범한 것이 아니어서 며칠 동안 계속되었고 되풀이되었다는 점, 그러므로 환자의 생명이 기로에 놓여 있었다는 점, 조치를 취하고 난 지금에야 환자의 생명에 지장이 없다는 점, 하지만 환자의 사리 분별 능력이 부분적으로 마비된 상태로 남을 가능성이 매우 크다는 점(이는 게르첸슈투베 의사가 덧붙인 말이다), 그것이 평생 가지 않는다 해도 꽤 긴 시간 동안 그럴 것이라는 점을 그에게 알렸다. 이반 표도로비치가 불안해하며 '그럼 이제 그가 미친 사람인 거냐'고 묻자 그에 대하여 '아직은 완전히 미쳤다고 할 수 없지만 비정상적인 측면들이 눈에 띄는 건 사실'이라는 대답이 나왔다. 이반 표도로비치는 그 비정상적인 측면이 과연 어떤 것인지는 스스로 알아내게 되지 않겠나 싶었다. 병원에서 그는 곧 면회에 들여보내졌다. 스메르쟈코프는 독립 공간에 침상에 누워 있었다. 그의 침상 옆에 있는 또 하나의 침상은 온몸이 축 늘어지고 수종으로 퉁퉁 부어 내일 혹은 모레 죽을 것으로 보이는 도시 소시민 계층 사람이 점하고 있었다. 그 사람은 대화를 방해할 리가 없었다. 스메르쟈코프는 이반 표도로비치를 보더니 뭔가 켕기는 게 있는 표정으로 이를 드러내며 멋쩍게 웃었는데, 처음에는 심지어 겁을 먹은 것 같기도 했다. 적어도 이반 표도로비치가 언뜻 느끼기에는 그랬다. 그러나 그것은 한 순간뿐이었고, 나머지 시간에는 스메르쟈코프의 그 침착한 태도에 이반 표도로비치가 거의 놀랄 지경이었다. 그를 딱 보자마자 이반 표도로비치는 그가 매우 심한 병적 상태에 처해 있다는 것을 확신하게 되었다. 그는 힘이 없었으며, 힘겹게 혀를 놀리느라고 그러는 듯 말을 느릿느릿하게 했다. 몸이 아주 여위었고 누렜다. 20분쯤에 이르는 면회 시간 내내 머리가 아프고 사지가 욱신욱신 쑤신다며 앓는 소리를 해댔다. 거세파 교도의 얼굴을 연상케 하는 메마른 그의 얼굴은 아주 작아진 것으로 보였으며, 양쪽 관자놀이의 머리털이 흐트러졌고, 위로 풍성히 서 있던 머리 다발은 온데간데없고 그 대신 머리카락 단지 몇 올로 된 가느다란 줄기만 위로 솟아 나풀거렸다. 그러나 마치 무엇을 암시하기라도 하듯 가늘게 뜬 왼쪽 눈은 그가 이전의 바로 그 스메르쟈코프임을 말해주고 있었다. '똑똑한 사람과는 이야기하는 것도 재미있다'라는 말이 이반 표도로비치에게 금방 떠올랐다. 그는 스메르쟈코프의 발 근처에 놓여 있는 등받이 없는 의자에 앉았다. 스메르쟈코프는 침상 위에서 온몸을 괴롭게 꿈지럭거렸지만 먼저 말을 꺼내진 않았다. 말없이 바라보기만 했는데 그나마 바라보는 눈길에서도 그다지 호기심은 느껴지지 않았다.

"나랑 이야기할 수 있어?" 하고 이반 표도로비치가 물었다. "많이는 피곤하게 안 할 테니."

"충분히 이야기할 수 있습니다" 하고 스메르쟈코프가 기력 없는 목소리로 웅얼거리며 말했다. "오신 지 오래되셨어요?"

하고 그가 마치 어찌할 바 모르는 이반 표도로비치의 사정을 봐주는 듯 친절하게 물었다.

"바로 오늘. 이 동네 사건 때문에."

스메르쟈코프가 한숨을 내쉬었다.

"뭘 한숨을 쉬고 그래? 넌 다 알고 있었으면서" 하고 이반 표도로비치가 단도직입적으로 나왔다.

그 말을 들은 스메르쟈코프가 의젓하게 침묵을 지키다 말했다.

"모를 리가 있었겠어요? 미리부터 다 명백했는데요. 하지만 또 어떻게 알 리가 있었겠어요? 일이 그렇게 돌아갈지."

"'일이 돌아갈지'라고? 너 둘러대지 마! 지하실로 내려가는 초입에서 간질 발작이 일어날 거라고 바로 네가 미리 말했잖아. 지하실이라고 네가 분명히 밝혔어."

"심문받으시면서 그렇게 증언하셨어요?" 하고 스메르쟈코프가 침착하게 물었다.

이반 표도로비치가 별안간 화를 냈다.

"아니, 아직 증언 안 했어. 하지만 꼭 증언할 거야. 너, 인마, 나한테 지금 설명해줄 게 많아. 내가 너랑 장난치러 온 거 아니라는 거 알아뒀으면 좋겠어!"

"제가 왜 장난을 치겠습니까? 제가 유일하게 신처럼 의지하는 이반 표도로비치 님 앞에서요" 하고 스메르쟈코프가 계속 나무랄 데 없는 침착함을 유지하면서 말했다. 그저 1분 정도만 눈을 감았던 것밖에 없다.

"첫째," 하고 이반 표도로비치가 말을 시작했다. "내가 알기론 간질 발작은 미리 예견할 수 없다. 내가 다 알아봤어. 그러니까 너 엉터리로 둘러대지 마. 그날과 그때는 예견할 수 없어. 너 그때 나한테 어떻게 그날과 그때를 예견했어? 게다가 지하실이라는 장소까지? 발작을 일으켜 그 지하실로 굴러 떨어질 것이라는 걸 어떻게 미리 알 수 있었어? 네가 일부러 발작을 일으킨 게 아니라면?"

"그러지 않아도 지하실엔 갔어야 했습니다. 하루에도 몇 번씩 갑니다" 하고 스메르쟈코프가 서두르지 않고 천천히 말했다. "1년 전에도 다락에 올라갔다가 그렇게 똑같이 떨어졌습니다. 발작 날짜와 발작 시간을 미리 알 수 없다는 건 분명히 맞습니다. 하지만 언제나 예감은 있곤 합니다."

"하지만 넌 날짜와 시간을 미리 말했잖아!"

"간질이라는 제 병에 대해서는 누구보다도 이곳 의사들한테 알아보는 게 제일 낫습니다. 제 발작이 진짜였는지, 아니면 가짜였는지를요. 거기에 대해 전 말씀을 다 드렸으므로 더 이상은 드릴 말씀이 없습니다."

"지하실은? 지하실이라고는 어떻게 미리 알았어?"

"지하실이 왜 그렇게 마음에 걸리시는데요? 제가 그 지하실로 들어갈 때 저는 무섭고 불안했습니다. 이반 표도로비치 님이 떠나셨으므로 이 세상 전부를 통틀어 의지할 사람이 한 명도 없다는 것 때문에 더 무서웠습니다. 제가 그때 그 지하실로 들어가면서 이런 생각을 했습니다. '지금 만약 증세가 오면, 지금 만약 발작이 일어나면, 그러면 저 밑으로 굴러 떨어지지 않을까?' 그런데 아니나 다를까 바로 그 불안한 마음 때문에, 그 피할 수 없는 경련이 제 목구멍으로 갑자기 올라왔습니다. 그래서 밑으로 떨어지게 된 겁니다. 우리가 바로 전에, 그러니까 그 전날 저녁 대문 앞에서 대화를 나눌 때, 지하실에 대해 제가 겪는 무서움을 말씀드렸었는데, 이 모든 것을 저는 게르첸슈투베 의사 선생님과 니콜라이 파르표노비치 예심판사님께 자세히 말씀드렸습니다. 그분들이 그걸 다 조서에다 기록했습니다. 또 여기 의사이신 바르빈스키 선생님이 모든 분들 앞에서 특히 확실하게 설명하셨습니다. 바로 마음속의 그런 불안 때문에, 즉 '지금 발작이 일어나면 어떡하나?' 하는 저의 불안 때문에 실제로 발작이 일어났다고 말입니다. 그래서 그렇게 기록했습니다. 바로 저의 공포 때문에 실제로 그런 일이 일어날 수밖에 없었다고 말입니다."

그렇게 말을 마치고 나서 스메르쟈코프는 피곤한 듯 깊이 숨을 내쉬었다.

"그러니까 넌 벌써 그렇게 증언을 했다는 말이야?" 하고 이반 표도로비치가 어느 정도 어리둥절해져서 물었다. 그는 바로 그때 나눈 대화 갖고서 스메르쟈코프를 위협할 생각이었는데, 알고 보니 스메르쟈코프가 벌써 스스로 그 얘기를 다 했다는 게 아닌가.

"그 얘길 꺼리고 못할 건 없지 않습니까? 모든 진실 그대로를 기록하도록 해야죠" 하고 스메르쟈코프가 확고한 말투로 말했다.

"그래서 너랑 나랑 대문 앞에서 나눈 대화를 다 속속들이 얘기해줬단 말이야?"

"아뇨, '속속들이'라고까지는 못 하겠고요."

"그때 네가 내 앞에서 자랑삼아 말했었잖아. 발작을 가장할 수도 있다고. 그것도 다 말해줬어?"

"아뇨, 그건 말 안 했습니다."

"그럼 지금 나한테 말해봐. 그때 네가 나보고 체르마쉬냐에 가라고 했던 건 왜지?"

"모스크바에 가실까 봐요. 체르마쉬냐가 더 가까운데 말입니다."

"거짓말! 네가 나한테 그랬잖아. 괜히 여기 있으면 불똥 튈지 모르니까 가라고."

"그때 전 이반 표도로비치 님을 진심으로 위하는 마음에서 그랬습니다. 집에서 무슨 큰일이 일어날 걸 예감해서 말입니다. 보호해드리고 싶었습니다. 하지만 솔직히 말씀드리자면 저는 사실 제 걱정을 더 많이 했습니다. 그래서 암시적으로만 그렇게 말씀해드린 겁니다. 집에서 안 좋은 일이 일어날 걸 이반 표도로비치 님께서 눈치채시고 아버님을 보호하기 위해 알아서 남으시겠거니 내다보고 말입니다."

"그렇게 직선적으로 말했으면 좋았잖아, 이 바보야!" 하고 이반 표도로비치가 갑자기 발끈했다.

"그때 제가 어떻게 직선적으로 말씀드릴 수 있었겠습니까? 저는 그때 너무 무서웠습니다. 게다가 이반 표도로비치 님께서 화를 내실지도 몰랐고요. 저는 물론 드미트리 표도로비치 님이 떠들썩하게 행패를 부리고 그 돈을 갖고 갈까 봐 걱정이 됐었습니다. 그 돈을 그러지 않아도 자기 돈이라고 생각했으니까요. 하지만 이 일이 살인으로 이어질 줄이야 누가 알았겠습니까? 전 그분이 표도르 파블로비치 님의 쿠션 밑에 봉투에 넣어져 있는 그 3천을 그냥 빼앗아갈 거라고만 생각했었습니다. 그런데 그만 살인을 저지르고 말았습니다. 그렇게 될 거라고는 이반 표도로비치 님께서도 예상 못 하셨지 않습니까?"

"너도 지금 그걸 예상하는 게 불가능했다고 말하고 있잖아? 그러니 더욱이 나로선 그걸 어떻게 예상했겠어? 왜 사람을 헷갈리게 해?" 하고 이반 표도로비치가 생각에 잠겨서 말했다.

"제가 모스크바 대신 체르마쉬냐에 가시라고 한 걸 가지고 짐작하실 수 있었지 않습니까?"

"그걸 가지고 어떻게 짐작해?"

스메르쟈코프가 아주 피곤해 보였다. 다시금 1분 정도 침묵한 뒤에 말했다.

"제가 모스크바 말고 체르마쉬냐에 가시라고 했다면 그게 바로 이반 표도로비치 님께서 여기에서 좀 더 가까운 곳에 계실 것을 제가 원하는 거라고 짐작하실 수 있었지 않습니까? 왜냐하면 모스크바는 더 머니까요. 그렇다면 드미트리 표도로비치 님은 이반 표도로비치 님께서 그리 멀리 계시지 않다는 걸 알고서 그리 용기를 내지 못하셨을 거 아닙니까? 게다가 무슨 일이 일어나면 좀 더 일찍 달려오셔서 저도 보호해주실 수 있었을 테고요. 왜냐하면 제가 그때 그리고리 바실리예비치도 아프시다고 말씀드렸으니까요. 게다가 제가 간질 발작이 일어날까 봐 무섭다고도 말씀드렸고요. 그리고 제가 돌아가신 부친의 방에 들어갈 수 있었던 그 노크를 드미트리 표도로비치 역시 저를 통해서 알고 있었다고 제가 이반 표도로비치 님께 설명해드렸을 때 저는 드미트리 표도로비치 님이 무슨 일을 저지를 줄을 이반 표도로비치 님께서 스스로 짐작하시고 체르마쉬냐에 안 가시고 남으실 거라고 생각했습니다."

'이놈이 아주 조리 있게 말을 하네' 하고 이반 표도로비치가 생각했다. '말이 느리긴 해도 말이야. 게르첸슈투베가 말한 분별력 장애는 무슨 소리였던 거야?'

"이런, 제기랄! 너 날 속이려고 교묘한 수작 부리는 거지?" 하고 그가 화를 내면서 소리쳤다.

"전 솔직히 말씀드리면 그때 이반 표도로비치 님께서 완전히 맞게 짐작하신 것으로 생각했었는데요" 하고 스메르쟈코프가 더없이 순진한 표정을 하고 되받아쳤다.

"짐작했다면 안 가고 남았겠지!" 하고 이반 표도로비치가 다시금 발끈하면서 소리쳤다.

"그러게 말입니다. 저는 또 이반 표도로비치 님께서 다 짐작하시고서, 큰일이 일어날까 봐 무서우셔서 다만 어디 멀리 가계실 목적으로 떠나시는 줄 알았습니다."

"넌 사람들이 다 너처럼 그렇게 겁쟁이일 거라고 생각하냐?"

"죄송합니다. 전 또 이반 표도로비치 님도 저랑 비슷하실 거라고 생각했습니다."

"물론 짐작을 했어야 했지" 하고 이반이 흥분해서 말했다. "내가 짐작했던 건 맞아. 네가 무슨 혐오스러운 일을 벌일 거라고······. 그런데 넌 또 거짓말을 하고 있어" 하면서 그가 갑자기 뭔가를 기억해내고 소리쳤다. "너 기억 안 나? 네가 마차로 다가와서 그때 나한테 말했잖아. '똑똑한 사람하고는 이야기하는 것도 재미있다'고. 그러니까 넌 내가 떠나는 게 잘하는 거라고 칭찬한 거였잖아."

스메르쟈코프가 다시 또 한숨을 쉬었다. 그의 얼굴에 마치 홍조가 떠오른 듯했다.

"만약 잘하시는 거라고 제가 생각했다면," 하고 그가 약간씩 숨을 헐떡이며 말했다. "그건 단지 모스크바가 아니라 체르마쉬냐에 가기로 하신 걸 가지고 잘하셨다고 생각한 겁니다. 왜냐하면 조금이나마 더 가까우니까요. 게다가 제가 그때 그 말씀드린 건 칭찬하느라고 드린 게 아니라 질책하느라고 드린 겁니다. 그걸 모르셨네요."

"질책이라니?"

"큰일이 일어날 걸 예감하시면서 부친을 그냥 두고 가시는 거였고, 저희도 보호해주려 안 하셨으니까요. 왜냐하면 그 3천이 없어지면 언제든지 제가 뒤집어쓸 수 있었거든요. 마치 제가 훔친 것처럼요."

"이런 젠장맞을!" 하고 이반이 다시금 욕을 했다. "잠깐만! 너 그 신호 얘기, 그 노크 얘기 예심판사하고 검사한테 했어?"

"있는 그대로 다 얘기했습니다."

이반 표도로비치가 또 한 번 속으로 놀랐다.

"만약 내가 그때 한 생각이 있다면," 하면서 그가 다시 이야기를 시작했다. "그건 바로 오로지 네가 못된 짓을 할 수 있을 거라는 생각이었어. 드미트리는 죽일 수는 있을지 몰라도 돈을 안 훔쳐. 난 드미트리가 돈을 훔칠 거라곤 그때 믿지 않았어. 하지만 너는 어떤 못된 짓도 할 수 있을 거라고 생각했어.

네가 스스로 나한테 그랬잖아, 간질 발작을 가장할 수 있다고. 그 말은 도대체 왜 한 거야?"

"제가 너무 순진해서 그랬습니다. 전 살아오면서 한 번도 간질 발작을 일부러 연출한 적 없습니다. 다만 이반 표도로비치 님 앞에서 자랑하고 싶은 마음이 생겨서 그렇게 얘기한 것뿐입니다. 제가 어리석었죠. 제가 그때 이반 표도로비치 님하고 이야기하는 게 아주 마음에 들어서 그냥 제 순진한 속을 다 내보인 겁니다."

"형은, 살인자는 너고 훔친 자도 너라고 노골적으로 말하고 있어."

"그분으로선 다른 방법이 없지 않습니까?" 하고 스메르쟈코프가 씁쓸하게 이를 내보이며 웃었다. "하지만 그 많은 증거가 다 있는데 누가 그분 말을 믿겠습니까? 문이 열려 있는 것을 그리고리 바실리예비치 님이 보셨는데, 그러면 뭐, 할 말 다 한 거 아닙니까? 하지만 그분으로서 그렇게 나오는 게 이해는 가지요. 어떻게 하면 혐의를 벗을까 하고 벌벌 떨고 계시는 거죠."

그가 조용히 침묵을 지키다가 갑자기 생각난 듯 이렇게 덧붙였다.

"그러니까 이건 그겁니다. 저한테 죄를 뒤집어씌우려고 하시는 겁니다. 제가 한 짓이라고 하면서요. 저도 그러신다는 거 들었습니다. 그리고 제가 간질 발작을 가장하는 데에 귀신이라고 그때 이반 표도로비치 님께 말씀드린 거 있지 않습니까? 만약 제가 진짜로 그때 이반 표도로비치 님의 부친을 죽일 생각이 있었다면, 제가 과연 간질 발작을 가장할 줄 안다고 미리 말씀을 드렸을까요? 그런 살인을 마음속에 작정하고서, 자기한테 불리한 증거가 될 그런 말을, 그것도 친아드님한테 미리 하는 바보가 과연 어디 있을까요? 정말 그럴 수 있었을 것 같습니까? 만약 제가 정말 그럴 생각이었다면 절대로 그렇게 행동하진 않았을 겁니다. 지금 우리끼리 나누는 이 대화는 아무도 듣지 않습니다. 신 외에는 아무도 듣지 않습니다. 하지만 이반 표도로비치 님께서 검사님하고 니콜라이 파르표노비치 님께 이 얘길 하셨더라면 결국 저를 옹호하신 게 될 뻔했는데 말씀입니다. 나쁜 짓을 하려는 사람이 미리부터 그렇게 순진하게 나왔을 리는 없다고 말이에요. 그분들도 다 생각이 있으신 분들이니까 그걸 아실 테지요."

"내 말을 좀 들어봐."

스메르쟈코프의 마지막 논지에 놀란 이반 표도로비치가 대화를 끊으며 자리에서 일어났다.

"난 널 의심한다는 게 아니야. 네가 한 짓이라고 생각하는 게 우습기까지 하지……. 난 널 의심하기는커녕, 날 안심시켜줘서 고맙다고 하고 싶어. 나 지금 갔다 나중에 또 올게. 자, 건강 빨리 회복하길 바라고, 잘 있어. 뭐 필요한 거 없어?"

"그냥 다 감사할 뿐입니다. 제가 뭔가가 필요하면 마르파 이그나치예브나 님이 절 잊지 않고 전처럼 친절하게 여러 가지로 도와주십니다. 착하신 분들이 매일 방문해주십니다."

"잘 있어. 저기 있잖아, 그래도 난 네가 가장할 줄 안다는 거 말 안 할래……. 너도 그런 증언은 안 하는 게 좋을 거 같은데."

이반이 왠지 모르게 갑자기 그렇게 말했다.

"충분히 이해가 갑니다. 이반 표도로비치 님께서 그 증언을 안 하시겠다니, 그럼 저도 그때 대문 앞에서 나눴던 대화를 다는 말하지 않는 것으로 하겠습니다."

이반 표도로비치가 나올 때는 별 생각 없이 나왔는데, 나와서 복도를 따라 열 걸음쯤 걷다 보니 갑자기 느껴지는 게 있었다. 스메르쟈코프의 마지막 말 속에 모욕적인 의미가 들어 있는 것 같았다. 그래서 그는 돌아갈 생각을 했지만, 잠시 뒤 '바보짓이지!' 하고 생각하고 발걸음을 재촉해 병원을 나섰다. 그가 느끼기에 중요한 것은 자기가 진짜로 안심을 하게 됐다는 것이었다. 스메르쟈코프가 아니라 형 드미트리가 범인이라는 점으로 인해 안심을 하게 된 것이다. 비록 그 반대가 돼야 맞다고 생각했었는데 말이다. 어떻게 하다가 이렇게 됐는지를 그때 그는 따지기가 싫었다. 심지어 자신의 느낌을 분석하는 일이 진저리마저 쳐졌다. 그는 가능하면 빨리 무언가를 잊어버리고 싶었다. 그 뒤 며칠간 그는 드미트리를 불리하게 하는 모든 증거들을 좀 더 상세하게 알아본 다음, 드미트리가 범인이라고 완전히 확신하게 되었다. 보잘것없는 사람들의 증언들 중에서도 거의 결정적인 역할을 하는 증언들이 있었다. 예를 들어 페냐와 그 모친의 증언들이었다. 페르호친, 술집, 플로트니코프 씨네 상점, 모크로예의 증인들과 관련해서는 말할 것도 없었다. 중요한 것은 세세한 사항들이 드미트리를 범인으로 모는 것들이었다는 것이다. 비밀스러운 '노크'에 대하여 알게 되고 나서 예심판사와 검사는 열려 있던 문에 대한 그리고리의 증언을 들었을 때만큼이나 놀랐다. 그리고리의 아내 마르파 이그나치예브나는 이반 표도로비치의 질문에 답하면서, 스메르쟈코프가 밤새 자기네들 방 칸막이 뒤에 누워 있었다고, 자기네들 침상에서 세 발짝도 안 떨어진 곳에 누워 있었다고 확실하게 말했다. 그리고 비록 자기가 깊이 잠들었었지만 그의 신음 소리를 듣고 여러 번 잠을 깼었다고 말했다. "계속 신음을 했어요. 끊임없이 신음을 해댔어요" 하고 그녀는 말했다. 이반 표도로비치가 게르첸슈투베와 이야기를 나누면서, 자기한테는 스메르쟈코프가 전혀 미친 것 같아 보이지 않는다고, 다만 힘이 빠져 보이기만 한다고 말하자, 이 게르첸슈투베 노인은 단지 여트막하게 웃었다. "스메르쟈코프가 지금 특히 뭘 하고 지내는지 아세요?" 하고 그가 이반 표도로비치에게 말했다. "프랑스어 단어장 암기하고 있어요. 베개 밑에 노트가 하나 있는데, 누가 거기다 프랑스어 단어들을 러시아 글자로 적어 놨어요. 헤헤헤!" 이반 표도로비치는 끝내 모든 의심을 접었다. 형 드미트리에 대해서는 이미 혐오감 없이는 생각할 수가 없었다. 그래도 한 가지 이상한 것은 있었다. 알렉세이가 드미트리가 살인범이 아니라고, 살인범은 '거의 확실히' 스메르쟈코프라고 계속 확고하게 주장하는 것이었다. 이반은 알렉세이의 견해를 항상 높이 평가해왔는데, 지금 알렉세이가 계속 다른 주장을 하므로 이해가 가지 않았다. 또한 알렉세이가 드미트리에 대해서 그와 대화하려고 하지 않고, 한 번도 그런 대화를 먼저 시작한 적이 없으며, 그가 물어보면 그제야 대답을 하는 것 또한 이상했다. 그 점을 이반 표도로비치는 특히 염두에 두고 있었다. 한편 당시 그는 그 사건과 전혀 상관없는 다른 상황에 크게 관심을 갖고 있었다. 모스크바에서 돌아오고 나서 그는 처음 며칠간을 카체리나 이바노브나를 향한 격한 열정에 완전히 빠져 헤어나지를 못했다. 이반 표도로비치에게 있어 새로이 불타오른 카체리나 이바노브나를 향한 열정은 그 뒤의 그의 삶 전체에 흔적을 남기게 되지만, 지금은 그의 이 새로운 열정에 대해 이야기를 시작하기에 적당한 시점이 못 된다. 그것은 새로운 이야기, 즉 다른 소설을 위한 캔버스가 될 수는 있다. 하지만 그 다른 소설을 내가 나중에 언젠가 쓰게 될지 아닐지는 모르겠다. 어쨌든 이반 표도로비치가 내가 이미 묘사한 대로 밤에 알렉세이와 함께 카체리나 이바노브나 집에서 나와서 가던 중 "나는 그 여자한테 신경 쓸 겨를 없다"고 한 데에 대해선 그냥 넘어갈 수가 없는 게 사실이다. 그때 그는 엄청난 거짓말을 한 거였다. 그는 그녀를 미친 듯이 사랑하고 있었다. 물론 간간이 그녀를 심지어 죽이고 싶을 정도로 미워한 것도 사실이지만 말이다. 그렇게 된 데에는 많은 이유가 있다. 그녀는 드미트리와 관련된 사건에 경악하여, 모스크바에서 돌아온 이반 표도로비치에게 달려갔다. 마치 그가 무슨 구세주라도 되는 양 말이다. 그녀는 자기가 가졌던 감정과 관련하여 무시와 모욕과 창피를 당한 상태였는데 바로 그때 전에 그녀를 그리도 사랑했던 사람이 다시 나타났으니 말이다. 그녀는 그가 자기를 사랑했다는 것을 너무나도 잘 알고 있었다. 게다가 그 사람의 지성과 감성을 그녀는 언제나 자기의 그것보다 훨씬 위에 놓았다. 하지만 이 근엄한 여인은 그에게 자신을 완전히 희생 제물로 바치지는 않았다. 그가 카라마조프 가문 사람답게 걷잡을 수 없는 열정을 보였고 그녀에게 무척 반해 있었는데도 말이다. 동시에 그녀는 자기가 드미트리를 배반했다면서 끊임없이 후회하고 괴로워했으며, 이반과 말싸움이 벌어지는 순간들에는(말싸움은 자주 있었다) 그에게 직접 그 사실을 말하곤 했다. 바로 그와 관련해서 이반은 알렉세이와 얘기하던 중 '거짓말을 바탕으로 한 거짓말'이라는 표현을 쓴 것이다. 여기에는 물론 진짜로 많은 거짓이 있었으며, 바로 그것이 가장 이반 표도로비치를 화나게 하는 것이었다. 그러나 이 모든 것은 나중에 이야기하기로 하겠다. 한마디로 그는 한동안 스메르쟈코프에 대해서 거의 잊었다. 그랬었는데 그를 처음으로 방문한 지 2주 뒤에 그를 전에도 괴롭히던 바로 그 이상한 생각들이 다시금 그를 괴롭히기 시작한 것이다. 그가 끊임없이 이런 질문들을 자신에게 했다는 것만 보아도 그걸 알 수 있다. 떠나기 전 마지막 날 밤 표도르 파블로비치 집에 있으면서 그가 왜 마치 도둑처럼 살금살금 계단으로 내려와서 아버지가 밑에서 뭘 하나 엿들었단 말인가? 왜 나중에 그 기억을 떠올리며 그렇게 기분 나빠했으며, 왜 이튿날 아침 길을 가면서 그리도 갑자기 우울해졌으며, 모스크바로 들어가는 길에서 왜 자신에게 "나는 야비한 인간이다!" 하고 말했던가? 지금 그에게 갑자기 생각난 것은, 이 모든 괴로운 생각들 때문에 아마도 심지어 카체리나 이바노브나마저 잊을 수 있을 것 같다는 것이었다. 그 정도로 강하게 그 생각들이 그를 다시금 사로잡았다. 그 생각을 했었는데 마침 그는 거리에서 알렉세이를 만났다. 그는 곧바로 알렉세이를 멈춰 세운 다음 갑자기 이런 질문을 던졌다.

"너 기억나니? 점심 뒤에 드미트리가 집으로 뛰어 들어와 아버지를 때렸을 때, 그다음에 내가 정원에서 너한테 그랬잖아.

'원할 권리'는 나 스스로에게 있다고. 말해봐. 너 그때 내가 아버지가 죽기를 원한다고 생각했어, 안 했어?"

"생각했어" 하고 알렉세이가 조용히 대답했다.

"그건 사실이었어. 그랬을까 안 그랬을까 망설이며 생각할 필요도 없어. 그런데 그때 너 이런 생각도 했니? '흉물 하나가 다른 흉물을 잡아먹는 것'을 내가 원한다고, 즉 바로 드미트리가 아버지를 죽이길 원한다고 말이야. 그것도 되도록 빨리 죽이길 원한다고……. 심지어 그렇게 되게 하기 위해 내가 도움을 줄 수 있다면 기꺼이 주겠노라고."

알렉세이가 약간 창백한 빛을 띠며 말없이 이반의 눈을 바라보았다.

"말해봐!" 하고 이반이 소리쳤다. "그때 네가 무슨 생각을 했는지 내가 정말 알고 싶어서 그래. 나한테 필요한 건 진실이야, 진실!" 하며 그가 미리 표독스러운 눈길을 알렉세이에게 보내며 힘겹게 숨을 골랐다.

"미안하지만 그 생각도 그때 했었어" 하고 알렉세이가 속삭이고는, 싸늘해진 분위기를 무마하기 위한 어떤 말도 덧붙이지 않은 채 입을 다물어버렸다.

"고마워!" 하고 이반이 말했다. 그리고는 알렉세이를 버려둔 채 자신의 길을 재촉했다. 그때로부터 알렉세이는 형 이반이 자기한테서 특히 급속도로 멀어지기 시작했으며 심지어 자기를 싫어하기 시작한 것을 눈치챘다. 그래서 알렉세이도 이반을 그만 찾아가게 된 것이었다. 그러나 그 뒤에 둘은 만나게 됐고, 그 만남 이후 지금 이반 표도로비치는 집에 들어가지 않고 갑자기 다시금 스메르쟈코프에게로 향한 것이다.

VII
두 번째 스메르쟈코프 방문

그때쯤 스메르쟈코프는 이미 병원에서 퇴원한 상태였다. 이반 표도로비치는 그의 새 집을 알고 있었다. 바로 그 기울어진 작은 통나무집이었다. 그 집은 현관을 중심으로 공간이 두 개로 나뉘어 있었다. 한쪽에선 마리야 콘드라치예브나가 모친과 함께 살았고, 다른 쪽에선 스메르쟈코프가 혼자 살았다. 어떻게 하다가 그가 거기서 살게 되었는지는 신만이 안다. 공짜로 살았는지, 아니면 돈을 내고 살았는지도 역시 마찬가지다. 나중에 가서 사람들이 넘겨짚어 생각한 바에 따르면 그가 마리야 콘드라치예브나의 약혼자 자격으로 그 집에 들어가 사는 것이었고 일단은 공짜로 사는 것이었다. 모친도 딸도 그를 아주 존경했고 그를 자기들보다 수준이 높은 사람으로 취급했다. 이반 표도로비치는 노크를 하고 현관으로 들어가 마리야 콘드라치예브나가 가르쳐준 대로 곧장 왼쪽으로, 스메르쟈코프의 방으로 갔다. 그 방에는 굴뚝이랑 연결된 자기 타일 재질의 난로가 설치되어 난방 효과가 좋았다. 벽에는 하늘색 벽지가 붙어 있었는데 뜯겨 나간 곳이 아주 많았고 그 밑의 틈새들에는 바퀴벌레들이 무지하게 많이 득실거렸으므로 사각사각하는 소리가 끊이지 않고 들렸다. 가구는 보잘것없었다. 총 두 개의 긴 의자가 하나씩 양쪽 벽에 붙어 있었고, 상 옆에 의자가 두 개 놓여 있었다. 상은 비록 그냥 나무로 된 것이었지만 분홍색 덩굴무늬 상보가 덮여 있었다. 두 개의 조그만 창에는 제라늄이 심긴 화분이 하나에 한 개씩 놓여 있었다. 구석에는 성상이 든 성상갑이 있었다. 상에는 구겨진 데가 많은 구리 사모바르 자그마한 것과 찻잔 두 개가 담긴 쟁반이 놓여 있었다. 그러나 스메르쟈코프는 차를 이미 마셨으므로 사모바르는 꺼져 있었다. 그는 상 앞에, 긴 의자에 앉아서 노트를 보면서 펜으로 뭔가 줄을 긋고 있었다. 옆에 잉크병과 주철 재료의 나지막한 촛대가 있었고 촛대에는 스테아린 양초가 꽂혀 있었다. 이반 표도로비치는 스메르쟈코프의 얼굴을 보자마자 그가 병이 다 나았다고 결론을 내렸다. 그의 얼굴은 말쑥했고 전보다 통통했으며, 긴 윗머리가 보풀보풀했고 관자놀이에는 포마드가 발려 있었다. 그는 솜이 들어간 얼룩덜룩한 가운을 입고 있었는데, 오래 입은 가운이라 누덕누덕했다. 그의 콧잔등 위에는 안경이 올려져 있었다. 이반 표도로비치는 전에는 한 번도 그가 안경을 쓴 것을 본 적이 없었다. 그것처럼 별것 아닌 것에 이반 표도로비치는 갑자기 '저런 변변치 못한 놈이 안경을 다 써!' 하고 생각하며 거의 두 배로 화가 났다. 스메르쟈코프는 천천히 고개를 들고서, 방에 들어온 사람이 누군지 안경을 통해 자세히 쳐다보았다. 그 뒤 조용히 안경을 벗고 긴 의자 위로 약간 몸을 일으켰으나, 그리 존경을 표하는 것 같지는 않았고, 심지어 귀찮은 듯, 하지만 지키지 않으면 안 되는 최소한의 예절만을 지키기 위해서 겨우 몸을 일으키는 듯했다. 이반은 이 모든 것을 단번에 알아챘다. 중요한 것은 스메르쟈코프의 눈빛이었다. 그 눈빛은 누가 봐도 미움으로 찼다고 할, 불친절하고 심지어 거만하기까지 한 눈빛이었다. '뭘 그렇게 왔다 갔다 할 일이 많아? 얘기는 그때 다 됐잖아? 왜 또 왔어?' 하는 것 같았다. 이반 표도로비치가 화를 겨우 자제했다.

"여기 좀 덥군 그래" 하고 그가 아직 선 채로 말하고는 외투의 단추를 끌렀다.

"벗으시죠" 하고 스메르쟈코프가 말했다.

이반 표도로비치가 외투를 벗어 긴 의자에 던져놓고는 떨리는 손으로 의자를 집어 상 앞에다 휙 갖다 세워놓고 그 위에 앉았다. 그가 채 앉기 전에 스메르쟈코프는 이미 자기가 앉아 있던 긴 의자에 도로 앉았다.

"일단 물어보고 싶은데, 여기 우리 둘 외에 우리 얘기를 들을 만한 사람 없냐? 우리 얘기가 저쪽까지 안 새 나가냐?" 하고 이반 표도로비치가 근엄한 태도로 다그치듯 물었다.

"아무도 엿듣지 못할 겁니다. 보셨을 테지만 현관이 중간을 가로막고 있어서요."

"야, 너 그때 내가 병원에서 나갈 때 나한테 한 얘기가 무슨 뜻이야? 네가 간질 발작을 가장하는 데에 귀신이라는 걸 내가 말 안 한다면 너도 우리가 대문 앞에서 나눴던 얘기를 예심판사한테 다는 말하지 않겠다는 말 말이야. '다는'이라니? 그때 무슨 의미로 그렇게 말한 거야? 나한테 협박이라도 한 거야, 뭐야? 내가 너랑 같이 뭔가를 서로 짰다고 생각해? 그래서 내가 너한테 켕기는 게 있다고 생각하는 거야, 뭐야?"

이반 표도로비치는 격분하여 이 말을 했다. 자기는 애매하게 빈정대며 말하는 것과 사람을 교묘하게 다루는 건 무조건 싫어하며 솔직하고 단도직입적인 것을 좋아하는 사람이라는 걸 보여주기 위해 일부러 그러는 것 같았다. 스메르쟈코프의 눈에서 문득 독한 빛이 번득였고 왼쪽 눈이 경련을 일으키기 시작했으나, 그는 전까지 늘 절제해왔고 분수를 지켜왔으므로, 하다못해 그 이유에서나마 지금도 마찬가지의 태도를 유지하며, '그래, 한번 솔직히 나와보라 이거지? 못 나올 거 없지' 하고 마음먹은 듯 다음과 같이 대답했다.

"그때 제가 무슨 뜻으로 그렇게 말씀드렸나 하면, 이반 표도로비치 님께서 친아버지가 피살당하실 거라는 걸 미리 아시고도 그냥 두고 떠나셨다는 데에 대해 사람들이 이반 표도로비치 님의 의도나 또 무슨 다른 것에서 비정상적인 것을 발견하지 못하도록 하기 위해 그때 제가 수사 당국에다 말하지 않겠다고 약속드린 겁니다."

스메르쟈코프는 서두르지 않고 침착하게 말하는 듯했으나, 그의 음성에서는 의연함과 집요함, 불손함과 적개심, 도전적인 태도가 감지되었다. 그는 이반 표도로비치를 거리낌 없이 똑바로 쳐다보았다. 그걸 본 이반 표도로비치는 처음에 눈이 아물거리기까지 했다.

"뭐야? 지금 뭐 하는 거야? 너 제정신이야, 아니야?"

"완전히 제정신입니다."

"내가 그때 살인이 일어날 줄 미리 알았다니, 그게 무슨 말도 안 되는 소리야?" 하고 이반 표도로비치가 참다못해 버럭 소리 지르면서 주먹으로 상을 쾅 내리쳤다. "'또 무슨 다른 것'이란 뭐야? 말해, 이 나쁜 놈아!"

스메르쟈코프가 말없이, 전과 마찬가지의 뻔뻔스러운 눈빛으로 이반 표도로비치를 계속 살펴보았다.

"말해, 이 역한 냄새 나는 망할 놈아, 무슨 '또 무슨 다른 것' 얘기였어?" 하고 이반 표도로비치가 울부짖었다.

"그 '또 무슨 다른 것'에 대해 지금 생각해보았더니, 이반 표도로비치 님 스스로가 그때 부친의 죽음을 아주 원하셨던 것 같습니다."

이반 표도로비치가 튀어 일어나 온 힘을 실어 주먹으로 그의 어깨를 갈겼다. 그의 상체가 벽을 향해 휙 밀려났다. 일순간에 그의 얼굴이 눈물범벅이 됐다. "연약한 자를 때리시다니 부끄럽지도 않으십니까?" 하고 말하고는 콧물을 흠뻑 먹은 파란 체크 무늬 휴지로 눈을 가리고 조용히 훌쩍거렸다. 일 분 정도가 지났다.

"됐어! 그만 해!" 하고 결국 이반 표도로비치가 명령조로 말하면서 의자에 도로 앉았다. "내가 참을성의 한계를 넘게 하지 마."

스메르쟈코프가 눈에서 휴지를 뗐다. 그의 주름 진 얼굴의 선 하나하나가 방금 전에 겪은 모욕을 표현하고 있었다.

"그러니까 뭐야, 이 나쁜 놈아, 그때 내가 드미트리랑 합세해서 아버지를 죽이려 한다고 생각한 거야?"

"그때 가지셨던 생각을 저는 알 수 없었습니다" 하고 스메르쟈코프가 마음 상한 목소리로 말했다. "그래서 제가 그때, 대문으로 들어가시려는 이반 표도로비치 님을 불러 세운 겁니다. 바로 그 시점에서 알아보기 위해서 말입니다."

"알아보다니? 뭘?"

"바로 아까 말이 나온 그 점 말입니다. 부친이 빨리 살해당하기를 이반 표도로비치 님께서 원하시는지 안 원하시는지요."

이반 표도로비치로서 가장 화가 나는 것은 스메르쟈코프가 집요하게 계속 유지하고 있는 그 지지 않으려 하는 건방진 말투였다.

"네가 죽였지?" 하고 그가 갑자기 소리쳤다.

스메르쟈코프가 기가 막힌 듯 픽 웃더니 말했다.

"제가 죽인 게 아니라고 확실히 아시지 않습니까? 전 또 똑똑한 사람한테는 그 이야긴 더 이상 할 필요도 없다고 생각했는데요."

"그런데 왜, 왜 너한테 그때 나에 대한 그런 의혹이 든 거야?"

"잘 아시다시피, 두려움 하나 때문이었습니다. 그땐 두려움에 떨면서 모든 사람을 의심하는 입장이었습니다. 그래서 이반 표도로비치 님은 어떠신가 하고 알아보고 싶었던 겁니다. 만약 이반 표도로비치 님도 형님과 마찬가지의 것을 원하신다면, 그럼 이 모든 일이 끝장이고 저도 덩달아 파리 목숨이 될 거라고 생각했기 때문입니다."

"야, 인마, 2주 전에는 너 딴소리 했었어."

"병원에서 이반 표도로비치 님과 대화 나눌 때도 제가 하고 싶었던 말은 지금과 같았었는데, 굳이 말씀드리지 않아도 가장 똑똑하신 분으로서 이미 알고 계실 거라고, 그런 얘기 굳이 하는 거 원하지 않으실 거라고 생각했습니다."

"이것이 꼴같잖은 소리 하고 있네! 말 돌리지 말고 대답해! 내가 꼭 알아야겠어. 나에 대한 그런 모욕적이고 기분 나쁜 의심이 너의 저속한 마음속에서 불러일으켜진 것이 무엇 때문이야? 어디서 비롯된 거야?"

"직접 죽이는 건 이반 표도로비치 님께서 절대로 못 하셨을 겁니다. 그렇게 하려고도 하지 않으셨고요. 이반 표도로비치 님께선 누구 다른 사람이 죽여주길 원하신 겁니다."

"얼씨구, 이놈 말하는 것 좀 보게! 어떻게 그렇게 얼굴 색 하나도 안 변하고 말을 하냐? 뭘 믿고 넌 내가 그걸 원했다고 말하는 거야? 내가 그걸 왜 원해야 되는데?"

"왜냐고요? 유산은 어쩔 생각이셨어요?" 하고 스메르쟈코프가 독살스럽게, 어쩐지 복수심에 찬 듯이 말을 받았다. "부친이 돌아가시면 삼형제 중 각 사람이 사만씩은 받으시게 됩니다. 어쩌면 더 많이 받으실 수도 있고요. 하지만 표도르 파블로비치 님께서 그 여자분이랑, 그루셴카 님이랑 결혼을 해버리시면 그루셴카 님이 식을 올리자마자 당장 재산을 전부 자기 이름으로 돌려놓을 상황이었잖습니까? 머리가 아주 잘 돌아가시는 분이니까요. 그러면 삼형제 분 모두 다 부친 사망 후 2루블도 못 받으셨을 거예요. 근데 결혼까지 많이 남았었는 줄 아세요? 여차하면 결혼할 태세였어요. 그 여자분이 그저 새끼손가락 하나만 까딱하면 당장 결혼하러 교회로 총알같이 달려가셨을걸요."

이반 표도로비치가 억지로 꾹꾹 참고 있었다.

"그래, 좋다" 하고 그가 결국 말했다. "자, 봐. 지금은 내가 또 벌떡 일어나 너를 때리지 않았지? 널 죽이거나 하지 않았지? 자, 계속 말해봐. 그러니까 뭐야? 네 생각으론 내가 형 드미트리를 그 일을 직접 행하는 자로 정해놓았다는 거야? 드미트리가 그 일을 해줄 것으로 믿고 있었다는 거야?"

"그러실 수밖에 없었잖습니까? 드미트리 표도로비치 님이 살인을 저지르면 귀족의 모든 권리니 지위니 재산을 다 박탈당하고 유형에 처해질 것 아닙니까? 그러면 부친 사망 후 그분의 몫마저 이반 표도로비치 님하고 동생분 알렉세이 표도로비치 님한테 돌아가게 되는 겁니다. 똑같이요. 그러니까 각자가 사만씩이 아니라 육만씩 갖게 되시는 거지요. 그러니 그때 당연히 드미트리 표도로비치 님한테 그 일을 맡기고 싶으셨을 겁니다."

"그래, 내가 그 말까지 참고 듣겠다. 야, 인마, 이 몹쓸 놈아, 내가 그때 누군가가 그 일을 해주길 원했다면, 그건 바로 너였어, 드미트리가 아니라. 맹세코 말하는데, 네가 무슨 해괴한 일을 저지를 거라고 예감마저 했었어, 그때……. 나한테 들었던 느낌을 기억하고 있어."

"저도 역시 그때 잠시 그렇게 생각했었습니다. 제가 그 일을 해드리길 원하신다고요" 하면서 스메르쟈코프가 비웃는 태도로 이를 드러냈다. "그래 가지고 제 앞에서 본모습을 많이 드러내셨어요. 제가 그 일을 해드릴 거라고 예감하고 떠나시는 거였다면, 그러면 마치 저한테 그렇게 암시하신 거나 다름없잖습니까? '네가 아버지를 죽여도 된다. 난 방해 안 할 테니까' 라고요."

"이놈이! 너 그렇게 이해했단 말이야?"

"그게 다 그 체르마쉬냐 때문이었어요. 생각해보십시오. 모스크바에 가신다고 하면서 체르마쉬냐에 갔다 와달라고 부친이 아무리 부탁해도 거절하셨어요. 그러다가 제가 드린 그 어수룩한 말에는 곧장 동의하셨어요. 그때 왜 체르마쉬냐에 가시겠다고 동의하신 겁니까? 모스크바가 아니라 아무 이유도 없이, 다만 저의 말만 듣고 체르마쉬냐로 가셨다면, 그건 저한테서 무언가를 기대하셨다는 얘기 아니겠습니까?"

"아니야, 맹세코 아니야!" 하고 이반이 이를 갈면서 소리쳤다.

"그게 왜 아닙니까? 제가 그때 드렸던 그런 말을 들으셨다면 친아들 된 입장에서 일단 저를 경찰서에 끌고 가든지……, 아니면 적어도 그 자리에서 따귀라도 날렸어야 되는 거 아닙니까? 그런데 이반 표도로비치 님께선 그와는 반대로, 화도 안 내시고 제 어수룩한 얘기를 친절하게 즉시 이행하시느라 가셨단 말입니다. 그건 정말 경우가 아니었습니다. 여기 남아 계셨어야 했습니다. 아버님의 생명을 보호하기 위해서 말입니다……. 어떻게 저로서 그런 생각을 안 할 수 있었겠습니까?"

이반이 부들부들 떨리는 양손 주먹을 무릎에 갖다대고 얼굴을 찌푸리고 앉아 있었다.

"그래, 아쉽다. 네 따귀를 안 날린 게" 하고 그가 씁쓸하게 웃으며 말했다. "그때 경찰서로 널 끌고 가는 건 불가능했어. 누가 과연 내 말을 믿었을 거야? 내가 뭘 증거로 댔을 거야? 하지만 따귀 날리는 거라면 가능했지……. 아쉽다, 내가 그때 진작 그 생각을 못 한 게. 따귀 때리는 게 금지돼 있긴 해도, 내가 네 얼굴을 떡을 만들 수 있었는데……."

스메르쟈코프가 거의 즐기다시피 그를 쳐다보았다.

"살아가면서 보통의 경우에는……" 하면서 그가 자신에게 만족하는 이론가의 말투로 말하기 시작했다. 그 언젠가 표도르 파블로비치의 상 앞에 서서 믿음에 관하여 그리고리 바실리예비치와 논쟁하며 그를 놀릴 때의 바로 그 말투였다. "살아가면서 보통의 경우에는 따귀 때리는 것이 실지로 법으로 금지되어 있기 때문에 다들 더 이상 때리지 않게 됐지만, 살아가면서 특별한 경우에는, 즉 반드시 우리의 경우가 아니더라도 전 세계에 걸쳐서, 예를 들어 아무리 나무랄 데 없는 프랑스 공화국이라 해도, 그런 경우에는 다들 계속 때립니다. 아담과 하와 때에도 그랬고요. 그건 아무리 시간이 지나도 중단되지 않을 겁니다. 그런데 이반 표도로비치 님께서는 그때가 특별한 경우였는데도 용기를 못 내셨습니다."

"너 이거 뭐 하러 프랑스어 단어장은 외우고 그러는데?" 하고 이반이 고갯짓으로 상 위에 놓여 있는 노트를 가리키며 물었다.

"이걸 외워서 제 교육 수준도 더 높아지고 좋지 않습니까? 또 어쩌면 언젠가 제가 그 유럽의 행복한 곳들에 가게 될지도 모른다는 생각으로요."

"야, 이 쓰레기 같은 인간아," 하고 이반이 눈을 부라리며 치를 떨었다. "네가 뭐라고 한들 내가 무서워할 줄 아냐? 나에 대해 증언 하려면 해! 그리고 지금 내가 너를 때려죽이지 않은 것은 네가 이 범죄의 주역이라고 의심하기 때문에 너를 법정으로 끌고 가기 위해서다. 두고 봐라, 내가 밝혀낸다!"

"제 생각으로는 오히려 가만히 계시는 게 나을 것 같은데요. 제가 완전히 결백한데 저에 대해 무슨 증언을 하실 수 있겠어요? 또 과연 누가 믿어줄까요? 그래도 굳이 시작을 하시겠다면 제가 다 붑니다. 저도 제 자신을 변호해야 될 것 아닙니까?"

"네 생각으론 지금 내가 널 무서워하냐?"

"제가 지금 드린 모든 말들을 법정에서 안 믿어준다고 치죠. 하지만 일반 대중은 믿을 겁니다. 그러면 안 부끄러우시겠습니까?"

"그러니까 곧 뭐라는 얘기야? '똑똑한 사람하고는 이야기하는 것도 재미있다'는 거야? 응?" 하고 이반이 이를 갈며 말했다.

"정곡을 찌르셨습니다. 누가 똑똑하신 분 아니랄까 봐."

이반 표도로비치가 분노에 온몸을 떨면서 일어나 외투를 입고 더 이상 스메르쟈코프에게 아무 대답도 하지 않고, 심지어 그를 쳐다보지도 않고 서둘러 오두막집을 나왔다. 신선한 저녁 공기를 마시니 좀 시원했다. 하늘에는 달이 휘영청 밝았다. 그의 마음속에서 여러 가지 생각과 여러 가지 느낌이 무서운 악몽이 되어 부글부글 끓었다. '지금 가서 스메르쟈코프를 신고할까? 하지만 뭐라고 신고하지? 신고할 만한 게 없잖아. 오히려 그놈이 나의 죄를 찾아낼걸. 사실 말이지, 그때 내가 왜 체르마쉬냐에 간다고 떠났지? 왜? 뭐 하러? 그래, 물론 난 무언가를 기대했었지. 그놈 말이 맞아……'

그에게는 떠나기 전 마지막 날 밤에 자기가 계단에 나와 서서 아버지가 뭐 하는지 엿듣던 기억이 또 떠올랐다. 그 기억이 떠오른 게 벌써 한 백번째는 될 것이었다. 하지만 이번에는 그 기억이 떠오르는 게 너무나 고통스러워서, 그는 그만 그 자리에 우뚝 서고 말았다. '그래, 난 그때 그걸 기대했어. 그건 사실이야. 난 원했어. 난 분명히 살인을 원했던 거야! 내가 정말 살인을 원했나? 원했나? 스메르쟈코프를 죽여야 해! 내가 지금 스메르쟈코프를 죽이지 못한다면, 그러면 나는 살 가치도 없어!"

이반 표도로비치가 집에 들어가지 않고 그 길로 곧장 카체리나 이바노브나 집으로 갔을 때 그녀는 그를 보고 깜짝 놀랐다. 그가 마치 미친 사람 같았던 것이다. 그는 스메르쟈코프와 나눴던 이야기 전부를 토씨 하나 빠뜨리지 않고 그녀에게 전했다. 그녀가 아무리 설득해도 그는 진정을 못 하고 계속 방 안을 왔다 갔다 하면서 이야기를 했다. 이야기가 중간에 끊어졌다 이어졌다 아주 이상하게 되어 나왔다. 그러다 결국은 앉아서 상에 양팔 팔꿈치를 올려놓고 머리를 괴고는 이상한 말을 한 마디했다.

"드미트리가 아니라 스메르쟈코프가 살인범이라면, 그럼 물론 내가 공범이 되는 거야. 왜냐하면 내가 그놈을 부추겼으니까. 글쎄, 부추겼는지 안 부추겼는지 아직은 모르겠어. 다만 드미트리가 아니라 그놈이 죽인 거라면, 그럼 물론 나도 살인자야."

그 말을 듣고 카체리나 이바노브나는 말없이 자리에서 일어나 자기 책상으로 다가가 그 위에 놓인 함을 열고 무슨 쪽지를 하나 꺼내 이반 앞에다 놓았다. 이 쪽지는 나중에 이반 표도로비치가, 아버지를 죽인 건 형 드미트리라는 '수학적 증거'라고 알렉세이에게 표현한 바로 그 쪽지였다. 그것은 카체리나 이바노브나 집에서 그루셴카가 그녀에게 모욕을 준 사건 이후 수도원으로 가고 있던 알렉세이를 드미트리가 들에서 만난 그날 드미트리가 술에 취해 가지고 카체리나 이바노브나에게 쓴 편지였다. 그때 알렉세이와 헤어지고 드미트리는 그루셴카의 집으로 달려갔다. 그녀를 만났는지 아닌지는 알려진 바 없으나 밤에 그는 '스톨리치늬 고로드' 주점에 가서 거나하게 취하도록 술을 마셨다. 술에 취한 그는 펜과 종이를 달라고 하여 이 편지를 씀으로써 나중에 자기에게 불리하게 작용할 서류를 작성한 셈이다. 이는 격한 문투로 조리 없이 장황하게만 쓴 편지로서, 한마디로 '술 취한 자의 편지'였다. 술 취한 사람이 집에 돌아와서 아내나 혹 다른 식솔 누군가에게 마구 열을 내면서 자기가 오늘 누구한테 모욕을 당했다느니, 어떤 나쁜 놈이 자기를 모욕했다느니, 그 반면 자기는 얼마나 훌륭한 사람이냐느니, 자기가 그 나쁜 놈에게 어떻게 본때를 보여주겠다느니 하며 늘어놓는 이야기와 유사했다. 그런 이야기처럼 그 편지에는 말이 많고 조리가 없고 문투가 흥분되어 있었다. 주먹으로 상을 치면서, 술 취해 눈물을 떨어뜨리면서 쓴 편지였다. 술집에서 그에게 쓰라고 준 종이는 질이 안 좋은 일반 편지지의 좀 지저분한 조각으로서, 뒷면에는 무슨 계산을 한 내용이 적혀 있었다. 취해서 이 말 저 말 다 쓰기에는 자리가 비좁았던 것이 분명하다. 그래서 드미트리는 여백도 남기지 않고 빽빽이 적었으며, 게다가 마지막 줄은 이미 글을 쓴 그 위에다가 방향을 90도로 꺾어서 겹쳐 쓴 것이었다. 편지의 내용은 이러했다.

'카체리나, 나의 치명적 여인아, 내일 돈을 구해서 당신의 3천을 돌려줄게. 그리고 헤어지는 거다. 거센 분노의 여인아, 헤어지지만 당신은 나의 사랑이기도 해! 끝내자! 내일 모든 사람들에게서 돈을 구해보고, 만약 사람들에게서 돈을 구하지 못하면, 나 이거 진짜로 하는 말인데, 아버지한테 가서 머리통을 부수고 베개 밑에서 돈을 빼 오겠어, 이반만 떠나준다면 말이야. 강제 노동에 끌려가는 한이 있어도 3천은 돌려줄게. 그리고 당신과 헤어지는 거야. 머리를 땅에 대고 절할게, 왜냐하면 당신 앞에서 나는 몹쓸 놈이니까. 나를 용서해줘. 아냐, 차라리 용서하지 마. 그러는 게 나로서도 당신으로서도 더 편하겠어. 당신의 사랑을 받느니 강제 노동에 끌려가겠어. 왜냐하면 다른 여자를 사랑하거든. 그 여자를 당신이 오늘 너무나 잘 알게 됐지? 그런데 어떻게 용서가 가능하겠어? 내 속의 도둑을 없애버릴 거야! 모두와 이별하고 동쪽으로 떠날 거야. 아무와도 상관없는 삶을 향하여. 그 여자도 역시. 당신만 고민하는 게 아니라 그 여자도 고민하고 있어. 그럼 안녕!

P.S. 이런 저주의 글을 쓰면서도 당신을 사랑해! 내 가슴속의 소리를 나는 들어. 현이 하나 남아서 소리를 울리고 있어. 차라리 가슴이 둘로 갈라졌으면 좋겠어! 내 자신을 죽일 거지만 먼저 수캐를 죽일 거야. 그 수캐한테서 3천을 빼앗아 당신한테 던질 거야. 당신 앞에서 몹쓸 놈이긴 해도 난 도둑은 아니거든. 3천을 곧 받게 될 거야. 수캐의 쿠션 밑에 분홍색 리본으로 매여 있어. 난 도둑이 아니야. 난

내 속의 도둑을 죽일 거야. 카체리나, 나를 경멸하는 눈으로 보지 말아줘. 드미트리는 도둑이 아니야, 다만 살인자일 뿐이야! 아버지를 죽이고 자기 자신을 망친 자. 똑바로 서서 당신의 도도함의 노예가 되지 않기 위해. 그리고 당신을 사랑하지 않기 위해.

P.P.S. 당신의 발에 입맞출게. 안녕!

P.P.SS. 카체리나, 사람들이 나한테 돈을 주도록 신께 기도해줘. 그러면 피를 흘리지 않아도 되니까. 만약 돈을 안 주면 피를 봐야 돼! 날 죽이든지 맘대로 해!

당신의 종, 당신의 적
D. 카라마조프'

이 '서류'를 읽고서 이반은 확신에 차서 일어났다. 그렇다면 살인자는 형이지, 스메르쟈코프가 아니란 얘기다. 스메르쟈코프가 아닌 이상 이반 자신도 살인자가 아니라는 얘기다. 이 편지가 그의 관점에서 갑자기 수학적 의미를 얻게 되었다. 그로서는 드미트리가 범인이라는 데에 더 이상 조금의 의심도 있을 수 없었다. 한편 드미트리가 스메르쟈코프와 힘을 합쳐 살인을 한 게 아닐까 하는 생각은 이반이 한 번도 해본 적 없다. 또 사실과 잘 결부되지도 않는 얘기였다. 이반은 이제 충분히 마음이 가라앉았다. 이튿날 아침 그는 스메르쟈코프와 그의 조소를 떠올리며 치를 떤 게 전부다. 며칠 뒤 그는 스메르쟈코프가 자기를 의심했다는 것에 대해 자기가 굳이 왜 그렇게 화를 냈었던가 하고 놀라기까지 했다. 그는 그냥 스메르쟈코프를 멸시하면서 잊어버리기로 했다. 그렇게 한 달이 흘렀다. 스메르쟈코프에 대해서 그는 더 이상 아무에게도 물어보지 않았지만, 두 번쯤 들은 적이 있다. 스메르쟈코프가 병이 아주 심하며 분별력을 상실했다고 들었다. "실성해서 죽을 거야" 하고 젊은 바르빈스키 의사가 그에 대해 말한 것을 이반은 기억해두었다. 최근 한 주간 이반은 자기도 몸이 아주 안 좋은 것을 느꼈다. 재판이 열리기 직전에 카체리나 이바노브나의 초빙으로 모스크바에서 온 의사를 찾아다니며 조언을 얻기도 했다. 그리고 바로 그 무렵 그와 카체리나 이바노브나의 관계가 극도로 첨예해졌다. 이는 마치 서로 사랑에 빠진 원수 사이의 관계와 흡사했다. 카체리나 이바노브나가 자꾸만 드미트리에게 돌아가겠다고 들먹이는 일은 금방 끝나곤 했지만 그 강도가 이반을 완전히 격노케 하기에 충분했다. 카체리나 이바노브나 집에서 우리가 보았던 마지막 말싸움이 있기 전, 즉 드미트리에게 갔었던 알렉세이가 그녀에게 오기 전까지, 이반은 드미트리가 범인이라는 점을 의심하는 말을 그녀에게서 한 달 내내 한 번도 듣지 못했었다. 그럼에도 불구하고 그녀는 드미트리에게로 돌아가리라고 계속 말하곤 하여 이반의 기분을 그리도 상하게 했지만 말이다. 또한 짚고 넘어가야 할 것인데,

이반이 자기가 날이 가면 갈수록 점점 더 드미트리를 미워하게 되는 것을 느끼면서 그와 동시에 알고 있던 것은, 카체리나가 자꾸만 그에게로 돌아가겠다고 해서 그가 그렇게 미워지는 게 아니라는 거였다. 그가 아버지를 죽였다는 것 때문이었다. 그는 스스로 그것을 충분히 느끼고 인식하고 있었다. 그럼에도 불구하고 재판이 열리기 열흘쯤 전에 그는 드미트리를 찾아가 그에게 탈주 계획을 제의했다. 그 계획은 훨씬 전에 이미 짜둔 것임이 분명했다. 그가 그런 시도를 하도록 그를 부추긴 주된 원인 외의 다른 원인은 그의 가슴속에서 아물지 않고 있던 할퀸 상처로서, 바로 스메르쟈코프가 입힌 상처였다. 이반으로서는 형이 범인인 게 이득이 된다는 말, 왜냐하면 그가 알렉세이와 더불어 아버지에게서 유산으로 얻는 금액이 사만에서 육만으로 뛰기 때문이라는 말이 바로 원인이었다. 그는 자기가 받을 돈에서 삼만을 희생하여 드미트리의 탈주를 계획하기로 했다. 그때 드미트리를 만나고 돌아오면서 그는 무척 슬펐고 무척 당황해 있었다. 왜냐하면 자기가 삼만을 희생해서 할퀸 상처를 아물도록 하기 위해서만 탈주를 계획하는 게 아니라 무언가 다른 것을 위해서 탈주를 계획하고 있다고 갑자기 느껴지기 시작했기 때문이다. '마음속으로는 내가 그와 마찬가지의 살인자이기 때문이 아닐까?' 하고 그는 자신에게 물어보았다. 무언가 멀리 떨어진 것이지만 강하고 아린 것이 그의 마음을 괴롭혔다. 중요한 것은 이 한 달 동안 그의 자존심이 크게 해를 입은 것이다. 하지만 거기에 대해서는 나중에 말하기로 하겠다. 알렉세이와 헤어지고 나서 자기가 사는 집의 종을 울리려고 하다가 갑자기 스메르쟈코프를 만나러 가기로 결심하고 나서 이반 표도로비치는 한 가지 특별한, 그의 가슴속에서 갑작스럽게 끓어오른 분노에 사로잡혔다. 그는 방금 카체리나 이바노브나가 알렉세이가 있는 자리에서, "그 사람(즉 드미트리)이 살인자라고 나한테 계속 주장한 사람은 당신뿐이라고!"라고 소리친 것을 갑자기 기억해낸 것이다. 그걸 기억해내고 이반은 그 자리에 얼어붙을 정도로 놀랐다. 그는 그녀에게 한 번도 드미트리가 살인자라고 말한 적은 없는 것이다. 그와는 반대로 스메르쟈코프한테 갔다가 돌아왔을 때 그녀 앞에서 자기가 범죄에 연루되지 않았는지를 말했을 뿐이다. 반대로 그녀가, 그녀가 그에게 그때 '서류'를 내밀면서 형이 범인이라고 증명하지 않았는가! 그런데 그녀가 그렇게 말했던 것이다. "내가 직접 스메르쟈코프한테 갔었어요"라고. 언제 갔었는가? 이반은 그 얘기는 처음 듣는 것이었다. 그러니까 그녀는 드미트리가 범인이라는 점을 완전히 확신하지 못한다는 얘기다. 그녀에게 스메르쟈코프가 뭐라고 한 것일까? 그녀에게 무슨 말을 한 것일까? 이반의 가슴속에 이상한 분노가 치밀었다. 그는 자기가 30분 전에 그녀가 하는 말을 그냥 흘려버리고 만

점, 즉시 되묻지 않은 점이 이해가 안 갔다. 그는 초인종을 그냥 놔두고 스메르쟈코프에게로 내달렸다. '나 어쩌면 그놈을 이번에 죽일지도 몰라' 하고 그는 가는 길에 생각했다.

VIII
스메르쟈코프와의 세 번째, 곧 마지막 대면

가야 할 길의 반 정도밖에 안 지났는데 매섭고 메마른 바람이 일었다. 그날 아침에 일던 것과 마찬가지의 바람이었다. 또 한 송이가 작고 꽁꽁 뭉친 마른 눈이 뿌렸다. 땅에 내려온 눈은 땅에 붙지 않고 바람에 휘돌다가 곧 완연한 눈보라로 일어났다. 우리 읍 지역들 중 스메르쟈코프가 살던 동네에는 등불도 거의 없었다. 이반 표도로비치는 어둠 속을 걷느라 눈보라도 알아채지 못하며 본능적으로 길을 찾았다. 그는 머리가 아팠고 양쪽 관자놀이가 지끈거렸고 손에 경련이 오는 것을 느꼈다. 마리야 콘드라치예브나 집에 어느 정도 못 미쳐서 이반 표도로비치는 갑자기 웬 술 취한 키 작은 남자를 발견했다. 헝겊을 대어 기운 거친 나사 재질의 농민용 겉옷을 입고 지그재그로 걸으며 뭐라고 중얼거리며 욕을 하다가 갑자기 욕을 멈추고 술 취한 쉰 목소리로 노래를 하기 시작했다.

이반 그놈, 아, 페테르부르크 가버렸네.

나는 기다려주지 않을 거야!*

 하지만 그는 이 두 번째 소절에서 꼭 멈추고는 다시금 누군가를 욕하기 시작했다. 그 뒤 또 똑같은 노래를 반복하곤 했다. 이반 표도로비치는 아까부터 그에 대해 전혀 별 생각 없이 그냥 무조건적인 미움을 품고 있었는데, 갑자기 자기도 모르게 그를 눈여겨보기 시작했다. 그러자 이 남자의 머리를 위에서 주먹으로 내리쳐버리고 싶은 마음이 확 불타올랐다. 마침 그 순간 두 사람은 서로를 스쳐 지나갈 참이었다. 그때 남자가 크게 휘청거리다 이반의 몸에 세게 부딪쳤다. 이반은 미친 듯이 그를 밀어냈다. 남자가 튕겨 나가 언 땅 위에 통나무처럼 쿵 쓰러졌다. 한 번만 '아!' 하고 아프게 신음했을 뿐 더 이상 소리를 내지 않았다. 이반이 다가가 보았더니 그가 의식을 잃고 벌렁 자빠져 움직이지 않았다. '얼어 죽겠군!' 하고 생각하고 이반은 다시금 스메르쟈코프에게로 걸음을 재촉했다.

 마리야 콘드라치예브나가 손에 촛불을 들고 문을 열어 달려와 그를 보자마자, 파벨 표도로비치(즉 스메르쟈코프)가 아주 아

---

* 이 소설의 배경이 되는 시대에만 해도 '이반'이라는 이름은 러시아 남자 이름들 중 가장 흔한 이름으로 여겨졌다. 그러므로 이 노래에 나오는 '이반'이라는 이름이 이반 표도로비치의 이름과 우연히 맞아떨어진 것은 신기한 일이 아니다. - 역자 주

픈데, 그렇다고 해서 누워 있는 건 아니고, 거의 정신이 나간 것 같다고, 차도 마시지 않겠으니 치우라고 했다고 속삭이는 소리로 말해주었다.

"그럼 난폭하게 소란 피우고 그래요?" 하고 이반 표도로비치가 거칠게 물었다.

"웬걸요? 그 반대로 아주 조용해요. 그래도 너무 오래 대화하지는 마세요" 하고 마리야 콘드라치예브나가 부탁했다.

이반 표도로비치가 문을 열고 방 안으로 들어갔다.

전에 왔을 때처럼 난방이 잘돼 있었지만 방 안에서는 변화가 눈에 띄었다. 벽에 붙어 있던 긴 의자 하나를 내갔고, 그 자리에 마호가니 색깔로 채색된 오래된 큰 가죽 소파가 놓였다. 그 위에는 이부자리가 깔렸고 꽤 깨끗한 흰 베개들이 놓였다. 스메르쟈코프가 전과 같은 가운을 입고 이부자리에 앉아 있었다. 상이 소파 앞으로 옮겨졌으므로 방이 매우 좁아졌다. 상 위에는 노란 표지의 무슨 두꺼운 책이 놓여 있었지만 스메르쟈코프는 그걸 읽지 않았고, 그냥 앉아서 아무것도 안 하고 있는 것 같았다. 그는 먼 산을 바라보는 듯한 고요한 눈길로 이반 표도로비치를 바라보았다. 이반 표도로비치가 온 것에 전혀 놀라지 않는 것으로 보였다. 그는 얼굴이 매우 변했다. 수척해졌고 누레졌다. 눈은 쑥 들어가고 눈 밑이 푸르죽죽했다.

"너 진짜 그렇게 아픈 거냐?" 하고 이반 표도로비치가 우뚝 서서 물었다. "나 오래 안 있을게. 외투도 안 벗겠어. 여기 어디 앉을 자리 있냐?"

그는 상을 돌아가 의자를 상 가까이 가져다놓고 앉았다.

"왜 그렇게 멀거니 보고만 있어? 난 물어볼 게 한 가지 있어. 그리고 맹세코 대답은 꼭 들어야겠어. 카체리나 이바노브나가 널 만나러 왔었어?"

스메르쟈코프가 오랫동안 말없이 앉아 계속 가만히 이반을 보기만 했다. 그러다가 갑자기 손을 한 번 내젓더니 그에게서 얼굴을 돌렸다.

"너 왜 그래?"

이반이 물었다.

"아무것도 아니에요."

"뭐가 아무것도 아니야?"

"네, 왔었어요. 근데 그게 뭐 어떻다고요? 귀찮게 하지 마세요."

"미안하지만 귀찮게 좀 해야겠다. 언제 왔었어?"

"전 그분 왔었다는 거 당최 기억도 안 하고 있었어요" 하고 스메르쟈코프가 깔보듯 피식 웃고는 다시 갑자기 얼굴을 이반 쪽으로 돌려 어쩐지 증오로 가득한 시선을 선사했다. 한 달 전에 대면했을 때 그를 쳐다보던 바로 그런 시선이었다.

"남 얘기 아닌 거 같은데요. 무슨 병 있으신 거 아니에요? 얼굴 비쩍 마르신 것 좀 보세요" 하고 그가 이반에게 말했다.

"내 건강은 신경 안 써도 돼. 내 질문에 대답이나 해."

"눈은 왜 또 그렇게 누레요? 흰자위가 누렇네요. 많이 아프신가 봐요, 그렇죠?"

그가 거만하게 피식 웃다가 종국에는 큰 소리로 웃음을 터뜨렸다.

"야, 내가 답을 듣기 전엔 안 간다고 했잖아!" 하고 이반이 잔뜩 화가 나서 소리쳤다.

"날 좀 가만 놔두세요! 왜 그렇게 날 귀찮게 하세요?" 하고 스메르쟈코프가 힘겨워하며 말했다.

"야, 누군 그러고 싶어서 그러는 줄 아냐? 질문에 대답만 해. 그러면 갈 테니까."

"대답할 것도 없어요!" 하면서 스메르쟈코프가 다시금 고개를 숙였다.

"어디 대답 안 하고 배기나 보자!"

"뭐가 그렇게 계속 불안하세요?" 하면서 스메르쟈코프가 갑자기 그를 쳐다보았다. 이번에는 경멸의 눈길이라기보다는 무슨 흉물을 보는 듯한 눈길이었다. "내일이 재판이라서 그러세요? 아무 피해도 안 당하실 건데 뭘 그러세요? 걱정하실 필요 없다니까요! 집에 가서 아무것도 걱정하지 말고 맘 편히 주무세요."

"그게 지금 무슨 소린지 이해가 안 가네. 내일 내가 무서워할

게 뭐 있다고 그래?" 하고 이반이 놀라서 물었는데, 그러다 보니 정말로 무서운 찬 기운이 갑자기 그의 마음에 끼쳐졌다. 스메르쟈코프가 그를 머리끝에서 발끝까지 훑어보았다.

"이해가 안 가신다고요?" 하고 그가 비난이 든 어조로 길게 늘여 말했다. "똑똑하신 분이 정말 그러고 싶으실까요?"

이반이 말없이 그를 바라보았다. 예상치 못한 이 어조, 전에는 전혀 못 들어보던 이 거만한 톤 하나만 보더라도, 전에 하인이었던 이자가 그를 대하는 태도가 심상치 않은 걸 알 수 있었다. 지난번에만 해도 이런 톤은 나오지 않았었다.

"무서워하실 거 없다고요. 내가 어떤 불리한 증언도 안 한다니까요. 증거도 없고요. 아, 거 손은 왜 떨고 그러세요? 왜 손가락이 가만히 있질 못하는 거예요? 집에 가세요. 직접 죽이신 것도 아니면서 왜 그러세요?"

이반이 몸을 후드득 떨었다. 알렉세이의 말이 생각났다.

"내가 직접 죽인 거 아니라는 거 나도 알아……" 하고 그가 주절거렸다.

"아신다고요?"

다시금 스메르쟈코프가 말을 받았다.

이반이 벌떡 일어나 그의 어깨를 움켜쥐었다.

"다 말해, 이 잡것아! 다 말하라고!"

스메르쟈코프가 꿈쩍도 안 했다. 증오로 끓는 시선을 갖다 박았을 뿐이다.

"뭐, 정 원하신다면 직접 죽이셨다고 해드릴까요?" 하고 그가 분에 차서 속삭였다.

이반이 마치 무슨 결정을 한 듯 의자에 털썩 앉았다. 그리고 기분 나쁜 미소를 지었다.

"너 계속 그때 얘기하는 거냐? 지난번에 나 왔을 때 얘기하던 거?"

"지난번에도 제 앞에 서 계시면서 다 이해하셨잖아요. 지금도 이해하시고요."

"내가 이해하는 건 네가 미쳤다는 것뿐이야."

"정말 이러고 싶으세요? 얼굴 마주 보고 얘기하면서도 계속 그렇게 솔직하게 안 나오고 코미디만 연출하실 거예요? 아니면 아직도 나한테 눈 하나 깜짝 안 하고 죄를 다 뒤집어씌우실 생각이세요? 본인이 살인자이시면서 왜 그러세요? 본인이 살인을 한 주범이시잖아요. 난 그저 앞잡이요 충복이었을 뿐이고요. 전 그저 말씀하신 대로 그 일을 행했을 뿐이에요."

"행했다고? 그러니까 네가 죽인 거야?"

이반이 간담이 서늘해졌다. 머리에 강한 충격을 받은 듯 그가 몸 전체를 바들바들 떨기 시작했다. 그 모습을 본 스메르쟈코프가 도리어 놀랄 정도였다. 이반이 겪는 경악이 너무 생생하여 안 놀랄 수가 없는 모양이었다.

"아니, 정말로 아무것도 모르셨던 거예요?" 하고 그가 믿지 못하겠다는 듯 그의 얼굴에 대고 비웃음을 비치며 말했다.

이반이 다만 그를 쳐다보고만 있었다. 마치 언어를 상실한 듯했다.

이반 그놈, 아, 페테르부르크 가버렸네.
나는 기다려주지 않을 거야!

노랫소리가 문득 그의 머릿속에 퍼졌다.

"가만있어봐. 너 이거 지금 내 꿈에 나타난 거지? 내가 지금 헛것을 보고 있는 거지?" 하고 그가 웅얼거렸다.

"헛것이 여기 어디 있다고 그래요? 우리 둘 말고 어디 있다고 그래요? 하긴 누군가 또 하나가 있긴 있네요. 우리 말고 또 하나가 여기 있는 게 맞을 거예요. 우리 둘 사이에요."

"그게 누군데? 누가 있다 그래? 또 하나가 누구야?"

이반 표도로비치가 겁을 집어먹고 주위로 눈을 돌려 재빨리 구석구석을 눈으로 훑어 누군가를 찾으며 물었다.

"또 하나는 영이에요. 유령이라고 해도 되고요. 유령이 지금 우리 곁에 있어요. 하지만 찾지는 마세요. 어차피 안 보이실 테니."

"너 거짓말이지? 네가 죽였다고 한 거!" 하고 이반이 미친 듯 악을 썼다. "넌 미친 거 아니면 날 놀리는 거야! 지난번처럼!"

스메르쟈코프가 아까와 마찬가지로 전혀 놀라지 않으면서 탐구하는 눈길로 그를 살펴보았다. 그는 계속 긴가민가할 수밖에 없었다. 그로서는 아직도 이반이 다 알고 있다고 여겨졌기 때문이다. 하지만 '자기한테 눈 하나 깜짝 안 하고 죄를 다 뒤집어씌우기 위해서' 마치 모르는 것처럼 행동하는 것뿐이라고 말이다.

"잠깐만요" 하고 그가 결국 나약한 목소리로 말하고는 상 밑에서 자기 왼쪽 다리를 내놓고 바짓부리를 위로 걷어 올리기 시작했다. 발에는 긴 흰색 양말과 구두가 신겨 있었다. 스메르쟈코프는 서두르지 않고 대님을 벗겨내고 양말 안으로 깊숙이 손가락을 집어넣었다. 이반 표도로비치가 그를 지켜보다가 갑자기 화들짝 놀랐다.

"미친 놈!" 하고 그가 자리에서 벌떡 일어나며 뒤쪽으로 물러나다 벽에 등을 부딪쳐 마치 벽에 붙은 듯 꼿꼿이 섰다. 그는 아연실색하여 스메르쟈코프를 바라보고 있었다. 스메르쟈코프는 그가 놀란 것에 조금도 당황하지 않으면서 계속 긴 양말 속을 헤집으며, 손가락으로 그 속에서 뭔가를 잡아서 끄집어내려고 하는 것 같았다. 결국 그는 잡아서 끄집어냈다. 이반 표도로비치가 보니 그것은 무슨 종잇장 혹은 종이 뭉치였다. 스메르쟈코프가 꺼낸 것을 상에 놓았다.

"자요!" 하고 그가 조용히 말했다.

"뭐?" 하고 이반이 떨면서 물었다.

"한번 보세요" 하고 스메르쟈코프가 계속 작은 소리로 말했다.

이반이 상으로 다가가 종이 뭉치를 집어 들고 펼치기 시작했다. 그러다가 갑자기 그 무슨 혐오스럽고 무서운 파충류를 만지기라도 한 듯 급히 손을 뗐다.

"손가락이 떨려서 그렇죠? 경련이 일어서요" 하고 스메르쟈코프가 말하고 자기가 스스로 천천히 종이를 펼치기 시작했다. 포장 안에 있는 것은 100루블짜리 지폐 뭉치 세 개였다.

"다 여기 있습니다. 3천이 그대로 있습니다. 세보실 필요도 없습니다. 가져가십시오" 하고 그가 고갯짓으로 돈을 가리키며 이반에게 말했다. 이반이 의자에 앉았다. 그의 얼굴이 백짓장처럼 하얬다.

"난 또 깜짝 놀랐잖아……. 긴 양말로 네가 뭘 하려나 생각하고……" 하고 그가 왠지 이상하게 배시시 웃으며 말했다.

"정말, 정말 지금까지 모르셨던 거예요?" 하고 스메르쟈코프가 다시 물었다.

"몰랐어. 난 지금까지 계속 드미트리가 그런 줄 알았어. 형! 형! 아이고!" 그가 갑자기 양손으로 자기 머리를 움켜쥐었다. "야, 네가 혼자 죽인 거야? 형이랑 같이한 게 아니고?"

"이반 표도로비치 님이랑만 같이 한 겁니다. 이반 표도로비치 님이랑 같이 죽인 거라고요. 드미트리 표도로비치 님은 죄가 없어요."

"알았다, 알았어……. 나에 대한 얘기는 다음에 하자. 나 왜 이렇게 부들부들 떨지? 말을 제대로 할 수가 없네."

"그때는 용감하셨잖아요. '모든 것이 허용된다'고 하시면서요. 근데 지금은 이렇게 겁을 먹으시다니요!" 하고 스메르쟈코프가 놀라서 말했다. "음료수라도 좀 안 드시겠습니까? 가져오라고 할게요. 아주 시원해지실 겁니다. 하지만 그전에 이걸 감춰야 됩니다."

그러면서 그는 다시금 돈 뭉치를 고갯짓으로 가리켰다. 그는 문 쪽을 향해 마리야 콘드라치예브나를 부르기 위해 일어섰다. 음료수 좀 따라서 갖고 오라고 말하기 위해서였다. 하지만 마리야 콘드라치예브나가 돈을 못 보도록 돈을 무엇으로 감출까 하고 찾다가 일단 냅킨을 꺼냈는데, 냅킨이 또 완전히 콧물을 머금은 거였으므로, 차라리 상에 놓여 있는 유일한 것이었던 두꺼운 노란 책, 들어오면서 이반이 보았던 그 책을 들어 그것으로 돈을 눌러 놓았다. 이반 표도로비치의 눈에 띈 바에 따르면 책의 제목은 '우리의 거룩한 이삭 시린 신부님의 말씀'이었다.

"음료수 마시고 싶지 않아" 하고 이반이 말했다. "내 얘기는 나중에 하자. 앉아서 말해봐. 어떻게 그 일을 했는지. 빠짐없이 다 말해."

"외투라도 벗으시지 그래요. 땀으로 흠뻑 젖으실라."

이반 표도로비치가 마치 지금에야 겨우 그 생각이 난 듯 외투를 벗어서, 의자에서 일어나지 않고 벽에 붙어 있는 긴 의자에 그냥 던졌다.

"말해봐. 부탁이니까 말해!"

그리고 그는 조용해졌다. 스메르쟈코프가 이제 다 말하리라고 확신하며 기다리고 있었다.

"어떻게 했냐고요?" 하면서 스메르쟈코프가 한숨을 내쉬었다. "이반 표도로비치님의 말씀에 따라 저의 자연스러운 방법으로 한 것이죠."

"내 말에 대해서는 나중에 말하고," 하고 다시금 이반이 그의 말을 끊었다. 그러나 이미 전처럼 소리를 지르는 건 아니었고, 이제 자기 조절 능력을 되찾은 듯 한마디 한마디를 확고하게 발음해가며 말했다. "어떻게 했는지 자세하게 이야기해봐. 다 조목조목. 아무것도 빠뜨리지 말고. 자세하게 말하라고. 그게 중요해. 자!"

"떠나시고 나서 전 지하실로 굴러 떨어졌어요."

"간질 발작으로? 아니면 그걸 가장한 거였어?"

"가장한 거라는 거 아시잖아요? 다 가장했어요. 계단에서 여유 있게 내려가서, 제일 밑까지 내려가서, 거기서 여유 있게 누웠어요. 눕자마자 울부짖었어요. 그리고 내갈 때까지 사지를 부들부들 떨었어요."

"잠깐! 계속 내내? 그다음에도 내내? 병원에 가서도 계속 그렇게 가장을 한 거야?"

"그렇진 않아요. 이튿날 아침에, 아직 병원 가기 전에, 진짜 발작이 왔거든요. 그것도 엄청나게 강한 것이었어요. 벌써 몇 년간 그 정도 것은 없었어요. 이틀 동안 의식을 완전히 잃은 상태였어요."

"알았어, 알았어. 계속해봐."

"사람들이 나를 침대에 눕혔어요. 난 이미 알았어요. 칸막이 뒤에 눕히리라는 걸. 내가 아플 때마다 마르파 이그나치예브나가 언제나 나를 자기 방 그 칸막이 뒤에 눕혀 놓고 잤거든요. 내가 태어날 때부터 그분은 항상 나한테 잘해주셨어요. 밤에 난 신음을 했어요. 크게는 하지 않았어요. 드미트리 표도로비치 님이 올 때를 기다리고 있었어요."

"기다리다니? 너한테 오기로 했었어?"

"나한테는 또 왜요? 집으로 들어오기를 기다렸다는 거죠. 바로 그날 밤에 올 거라는 데에는 의심의 여지가 없었어요. 내가 몸져누웠으니 정보를 얻을 수가 없다 보니 반드시 직접 와서, 담을 넘을 줄 아니까 담을 넘어 들어와서 뭔가를 해도 할 거였던 거죠."

"만약 안 왔다면?"

"그러면 아무 일도 없었겠죠. 그분 없이 나 혼자는 안 했을 겁니다."

"알았어, 알았어……. 말을 좀 더 알아듣기 쉽게 해봐. 서두르지 말고. 중요한 건, 아무것도 빠뜨리지 말라는 거야."

"난 드미트리 표도로비치 님이 표도르 파블로비치 님을 죽이기를 기다렸어요. 그게 가능했거든요. 내가 그럴 조건을 만들어줬거든요. 그 며칠 전부터요. 중요한 건 그 신호를 이미 알고 계셨다는 거예요. 그분이 가지신 그 참지 못하는 성질, 격분하는 태도가 그동안 계속 다져져왔으니까, 반드시 신호를 해서 집 안으로 들어가실 거였어요. 그건 반드시 그렇게 될 것이었어요. 난 바로 그걸 기다렸던 거고요."

"잠깐!" 하고 이반이 말을 끊었다. "만약 형이 죽였더라면, 그럼 돈도 가져갔을 거 아냐? 너도 바로 그렇게 예상했던 거지? 그러면 너한테 남는 게 뭐 있어? 응?"

"드미트리 표도로비치 님이 돈은 절대 못 찾으셨을 거예요. 돈이 쿠션 밑에 있다는 건 내가 일부러 그렇게 말씀드린 거였어요. 근데 그건 사실이 아니었거든요. 처음엔 함 안에 들어 있었어요, 네. 그다음에 제가 표도르 파블로비치 님한테, 그 돈 봉투를 성상 뒤의 구석으로 옮겨놓으라고 말씀드렸어요. 왜냐하면 거기 있을 거라고는 아무도 예상을 못 할 거였기 때문이에요. 더욱이 서둘렀다면요. 표도르 파블로비치 님은 모든 사람들 중 오로지 저만을 신임했기 때문에, 제 말을 들었어요. 그러니까 그 봉투는 성상 뒤의 구석에 있었던 거예요. 쿠션 밑에 두는 건 우스웠을 거예요. 함에 두게 되면 적어도 열쇠로 잠가서 뒀을 거고요. 어쨌든 지금은 여기 사람들 모두가, 쿠션 밑에 있었다고 믿게 됐어요. 참 어리석기도 하죠. 자, 그러니까 드미트리 표도로비치 님이 살인을 저지르셨다면, 아무것도 찾지 못하고, 살인자들이 다들 그러듯이, 뒤지다가 소리 날까 봐 뒤지지도 못하고 얼른 달아나셨을 거예요. 아니면 체포되시든지요. 그러니까 저한텐 시간이 충분했던 거죠. 이튿날 들를 수도 있었고, 아니면 바로 그날 밤에 성상 뒤로 손을 넣어 그 돈을 가져갈 수도 있었어요. 그래도 다 드미트리 표도로비치 님이 뒤집어썼을 걸요. 그러니 나는 염려 없는 거였죠."

"근데, 형이 죽이진 않고 그냥 때리기만 했다면?"

"만약 채 못 죽이셨더라면 물론 내가 돈을 빼내진 못했겠죠. 그냥 거기 남아 있었겠죠. 하지만 때려서 정신을 잃게 할 가능성은 내다봤어요. 그러면 내가 그때 가져갈 수 있었을 거예요. 그다음에 표도르 파블로비치 님한테 그렇게 말하면 되죠. 드미트리 표도로비치 님이 구타 뒤에 돈을 훔쳐 갔다고요."

"잠깐……. 나 지금 헷갈려. 그러니까 무슨 얘기야? 드미트리가 죽였다는 거야? 너는 그냥 돈만 빼냈고?"

"아니요. 드미트리 표도로비치 님이 죽이지 않았어요. 자, 보세요, 지금 제가 이반 표도로비치 님한테, 살인자는 드미트리 표도로비치 님이라고 말할 수도 있었어요. 그래도 난 지금 거짓말하고 싶지 않아요. 왜냐하면……, 왜냐하면, 이반 표도로비치 님이, 지금 제가 보는 바와 같이, 여태까지 진짜로 아무것도 모르고 계신 거라면, 자기 죄를 눈 하나 깜짝 않고 나한테 뒤집어씌우기 위해 그냥 내 앞에서 그런 척을 하신 게 아니라면, 그럼 어차피 이반 표도로비치 님이 죄가 있는 거죠. 왜냐하면 살인이 일어날 거라는 걸 아셨고 저한테 살인을 청부하셨잖아요. 본인은 다 알면서 다른 데로 떠났고요. 그래서 나는 이 저녁에 다 숨김없이 증명해드리고 싶은 거예요. 이 모든 사건에서 주된 살인자는 오로지 이반 표도로비치 님이라는 걸요. 저는 비록 죽였지만 주된 살인자와는 거리가 아주 멀죠. 법적으로 가장 주된 살인자는 바로 이반 표도로비치 님이십니다!"

"왜, 왜 내가 살인자야? 왜?" 이반이 자기 얘기는 대화의 나중 부분으로 미룬 것을 잊고 마침내 참지 못하고 터뜨렸다. "또 체르마쉬냐 들먹이려고 그러지? 잠깐만. 내가 체르마쉬냐 간 걸 네가 나의 동의로 받아들였다면, 너한테 내 동의가 필요했던 이유는 뭐야? 너 이제 그 부분을 어떻게 설명할 거야?"

"이반 표도로비치 님한테서 동의를 얻음으로써 저는 확신할 수 있었죠. 만약 어떤 이유로 당국이 드미트리 표도로비치 님이 아니라 저를 의심하게 되면, 혹은 드미트리 표도로비치 님과 저를 공범으로 몰게 되면, 그럼 제가 그 3천을 손에 못 넣게 되니까, 그런 경우에라도 나중에 이반 표도로비치 님께서 돌아오셔서 그 3천 때문에 울부짖지 않으리라는 걸 말입니다. 그 반대로 저를 다른 사람들에게서 옹호해주셨을 거라는 걸 말입니다. 그리고 유산을 받으시고 나서 나중에 기회가 생기면 저한테 포상을 하실 수 있다는 것을 말입니다. 왜냐하면 어차피 제 덕분에 유산을 받으실 수 있게 된 거니까요. 그렇지 않고 표도르 파블로비치 님이 그루셴카 님과 결혼하셨더라면 이반 표도로비치 님한테는 한 푼도 안 떨어졌을 거예요."

"야, 그러니까 넌 평생 동안 날 손아귀에 넣고 주무르려는 의도였구나!" 하고 이반이 이를 갈며 말했다. "그럼, 만약 그때 내가 떠나지 않고 널 신고했더라면 어떻게 했을 거야?"

"뭘 갖고 신고를 하셨겠어요? 제가 체르마쉬냐 가시라는 충고한 걸 가지고요? 그건 말도 안 되잖아요. 게다가 우리가 나눈 대화 이후로 이반 표도로비치 님은 떠나시든지 남으시든지 둘 중의 하나였어요. 만약 남으셨더라면, 그럼 아무 일도 일어나지 않았겠죠. 그런 일을 벌이기를 이반 표도로비치 님이 원하시지 않는다고 제가 이해했을 테니까, 제가 아무 시도도 하지 않았겠죠. 하지만 떠나셨으니까, 그건 곧 이반 표도로비치 님께서 저를 법정에 고발하지 않으실 거고 3천 훔친 거 갖고도 뭐라고 하지 않으실 거라고 저한테 확신을 주신 거예요. 게다가 그 뒤에 저를 못 살게 굴 수도 전혀 없으셨을 거예요. 왜냐하면 그런 경우라면 제가 법정에서 다 얘기했을 테니까요. 내가 훔쳤다거나 죽였다는 걸 얘기한다는 게 아니에요. 난 그런 얘긴 안 했을 거예요. 다만 이반 표도로비치 님께서 직접 저로 하여금 도둑질과 살인을 행하도록 부추기셨다는 얘기 말이에요. 하지만 전 동의하지 않았다고 말이에요. 바로 그래서 그때 저한테 이반 표도로비치 님의 동의가 필요했던 거예요. 이반 표도로비치 님이 날 무엇으로도 궁지에 몰 수 없게 하려고요. 증거가 없으니 어떻게 날 궁지에 모시겠어요? 반면 나는 언제든지 이반 표도로비치 님을 궁지에 몰 수가 있는 거였죠. 이반 표도로비치 님께서 부친이 죽기를 얼마나 갈망하셨는지를 밝히면 말이에요. 그 말 한마디만 떨어지면 사람들은 다 그 말을 믿었을 테니까 이반 표도로비치 님은 평생을 수치 속에 사셨을 테죠."

"근데 내가 그걸 갈망했던 거야? 그런 갈망이 나한테 있었다고?" 하면서 다시금 이반이 이를 갈았다.

"의심할 바 없이 있었죠. 그래서 동의를 하시면서 그때 저한테 말없이 그 일을 허락하신 거죠" 하고 스메르쟈코프가 확신 있게 말하면서 이반을 쳐다보았다. 스메르쟈코프는 아주 힘이 없었고 조용히, 피곤한 듯이 말을 했지만, 내적이고 은밀한 무언가가 그를 불태우고 있었다. 그에게는 의도가 있는 게 분명했다. 이반은 그걸 예감했다.

"그다음 계속해" 하고 이반이 그에게 말했다. "그날 밤 얘기를 계속해."

"그다음이요? 제가 누워서 듣자니까, 표도르 파블로비치 님이 소리를 지르시더라고요. 그리고리 바실리예비치는 그전에 벌써 갑자기 일어나서 나갔다가 또 갑자기 소리를 지르더라고요. 그다음에 다 잠잠해졌어요. 적막이었어요. 내가 누워서 계속 귀를 기울이고 있었죠. 심장이 쿵쾅쿵쾅 뛰었어요. 더 이상 참을 수가 없어서 결국 일어나서 갔어요. 보니까 표도르 파블로비치 님 방 왼쪽에 정원으로 난 창문이 열려 있는 거예요. 내가 표도르 파블로비치 님이 방 안에 잘 계시나 엿들으려고 왼쪽으로 걸어갔어요. 들어보니 표도르 파블로비치 님이 이리저리 뛰어다니며 '아이고! 아이고!' 그러는 거예요. 그러니까 살아 있단 얘기죠. '그래, 좋다!' 하고 마음먹고 창문께로 가서 표도르 파블로비치 님을 불렀어요. '저예요' 하면서요. 그러니까 표도르 파블로비치 님이 나한테, '왔었어. 왔다가 달아났어!' 그러는 거예요. 그러니까 드미트리 표도로비치 님이 왔었다는 얘기였죠. '그리고리를 죽였어!' 그러는 거예요. '어디서요?' 하고 내가 속삭이는 소리로 물었죠. '저기, 구석에 있어' 하고 역시 속삭이는 소리로 말하면서 가리키더군요. '잠깐만요.' 그러면서 내가 구석으로 찾으러 가서, 벽 앞에 쓰러져 있는 그리고리 바실리예비치를 발견했어요. 피투성이였고 의식이 없었어요. 그러니까 진짜로 드미트리 표도로비치 님이 죽인 게 맞는 거죠. 그때 제 머리에 아이디어가 떠올라서 내친 김에 곧장 일을 해결해버리기로 했어요. 만약 그리고리 바실리예비치가 설사 아직 살아 있더라도 의식을 잃고 쓰러져 있었으므로 볼 수는 없었으니까요. 단 한 가지 위험은 있었어요. 마르파 이그나치예브나가 갑자기 잠을 깰 가능성이었어요. 제가 그 생각을 못 한 건 아닌데, 그래도 일을 해내고 싶은 갈망이 저를 휘어잡았어요. 마음이 완전 그 갈망에 사로잡혔어요. 다시금 창문 밑으로 가서 표도르 파블로비치 님한테 이렇게 말했어요. '그분이 오셨어요. 그루셴카 님이 오셨어요. 들여보내달래요.' 그러니까 어린애처럼 화들짝 놀라시더라고요. '어디 있어? 어디?' 그러는 거예요. 안절부절못하면서 아직 믿지는 못하겠는 모양이더라고요. 내가 '저기 서 있어요. 문을 여세요!' 그랬죠. 창문으로 나를 내다보면서, 믿을 듯 말 듯 하면서 문 열기를 주저하시는 거예요. '아, 나를 무서워하는구나' 하고 생각했죠. 우스운 게 뭔지 알아요? 그때 내가 문득, 그루셴카가 왔다는 뜻의 신호로 창문틀을 두드렸어요. 표도르 파블로비치 님이 보는 앞에서요. 내가 말로 할 때는 안 믿더니, 내가 두드리는 신호를 하니까 그 즉시 문을 열러 달려오더라고요. 그래서 문을 열었어요. 내가 들어가려고 하니까 표도르 파블로비치 님이 버티고 서서 몸으로 날 못 들어가게 막으면서, '그루셴카 어디 있어? 어디 있어?' 하면서 날 보면서 부들부들 떠는 거예요. 전 생각했죠. '날 이리도 무서워하다니, 참 안 좋군요!' 하고요. 그런데 그때, 표도르 파블로비치 님이 날 방으로 안 들여보낸다면, 아니면 소리를 지른다면, 아니면 마르파 이그나치예브나가 달려온다면, 아니면 또 무슨 생각이었는지 기억은 안 나지만 아무튼 그런 생각들이 나서, 나 스스로가 겁을 먹었어요. 다리가 다 후들거리더라고요. 그렇게 표도르 파블로비치 님 앞에 창백해진 얼굴로 서 있었어요. 그러다가 이렇게 속삭였어요. '저기요, 저기. 창문 밑에요. 아니, 못 보셨어요?' 그랬더니, '네가 데려와. 네가 데려와!' 그러는 거예요. 그래서 내가, '무서워서 못 온대요. 고함 소리에 겁을 먹었어요. 그래서 수풀 속에 숨었어요. 방에 가서 직접 소리쳐 부르세요.' 그랬어요. 표도르 파블로비치 님이 달려가서 창문께로 가, 촛불을 창에 세워놓고, '그루셴카야, 그루셴카야, 여기 있니?' 하고 소리쳤어요. 소리는 치는데 창문 밖으로 몸을 내밀지는 못해요. 나한테 등을 안 보이려고 하는 거였어요. 겁이 나서요. 나를 아주 무서워했어요. 그래서 나한테서 눈을 떼지 않고 있었어요. 내가, '저기 있잖아요(내가 직접 창문으로 다가가 몸을 확 밖으로 내밀었어요). 저기 수풀 속에 있잖아요. 지금 웃고 있잖아요. 보이세요?' 그랬더니 갑자기 표도르 파블로비치 님이 그 말을 믿고 몸을 부들부들 떠는 거예요. 그루셴카한테 아주 심하게 반해 있던 거예요. 그래서 몸을 창문 밖으로 확 내밀더라고요. 그때 내가 주철로 된 그 문진을 집었어요. 상에 놓여 있던 것 있잖아요. 기억나시죠? 무게가 3푼트는 될걸요. 뒤에서 그걸 휘둘러서 뾰족한 곳으로 정수리를 갈겼어요. 소리도 못 지르더라고요. 그냥 밑으로 푹 주저앉아버렸어요. 저는 다시 한번, 또다시 한번 갈겼어요. 세 번째로 가격할 때 감이 오더라고요. 머리통을 박살냈다는 감이요. 표도르 파블로비치 님이 얼굴을 위로 하고 벌렁 자빠졌어요. 피투성이로요. 내가 보니까 나한테 피는 안 튀었어요. 문진은 잘 닦아서 놓아두었어요. 그리고 성상 뒤로 손을 넣어 봉투에서 돈을 빼고 봉투는 바닥에 던지고 그 분홍색 리본도 옆에 던졌어요. 정원으로 내려오니 몸이 부들부들 떨리더라고요. 곧장 그 구멍 뚫린 사과나무로 다가갔어요. 아시잖아요, 그 구멍 뚫린 거. 전 이미 오래전에 그 구멍을 봐뒀어요. 그 안에 헝겊하고 종이를 놔뒀어요. 오래전에 준비해둔 거예요. 돈을 종이에 감싸고 또 헝겊에 감싸서 깊숙이 넣어두었어요. 그래서 그 안에 그 뭉치가 2주 이상 있었어요. 그 돈이 말이에요. 그랬다가 병원에서 퇴원한 이후에 거기서 꺼낸 거예요. 어쨌든 사건 후 침대로 돌아가 누운 나는 떨면서 이렇게 생각했어요. '그리고리 바실리예비치가 살해당했다면 일이 아주 안 좋게 될 테고, 만약 완전히 죽은 게 아니라서 정신이 든다면,

그럼 일이 아주 잘될 거다. 왜냐하면 드미트리 표도로비치가 왔었다는 걸 증명할 증인 역할을 할 테니까. 그렇게 되면 바로 드미트리 표도로비치가 살인을 하고 돈을 가져갔다는 게 되니까.' 그때 제가 마음이 뒤숭숭하고 불안했기 때문에 신음을 하기 시작했어요. 또 그래야 마르파 이그나치예브나가 빨리 잠을 깨죠. 드디어 잠을 깨더라고요. 나한테 달려와 보려다가 갑자기 그리고리 바실리예비치가 없는 것을 알고 달려 나가더라고요. 그리고 정원에서 비명 소리가 나더라고요. 뭐, 그다음엔 밤새 난리였죠. 전 아무튼 그때 한시름 놓았고요."

죽 이야기를 하던 스메르쟈코프가 잠시 멈추었다. 이반은 입을 다물고 꼼짝없이 앉아 그에게서 눈길을 거두지 않고 계속 들으려는 자세였다. 그 반면 스메르쟈코프는 간간이 이반을 쳐다보았을 뿐, 대부분은 눈길을 옆으로 돌린 상태에서 이야기를 늘어놓았다. 이야기를 멈추고 그는 자기도 흥분이 되는지 힘겹게 숨을 돌렸다. 그의 얼굴에 땀이 돋아 있었다. 하지만 그가 자기가 한 행동을 후회한다든지 하는 기색은 찾을 수 없었다.

"잠깐만" 하고 이반이 무슨 생각이 떠오른 듯 말을 받았다. "그런데 문은? 네가 열어달라고 했을 때 비로소 아버지가 문을 열어준 거라면, 그전에 그리고리가 문이 열려 있는 걸 보았다는 건 뭐야? 네가 나타나기 전에 그리고리가 그걸 보았다고 하거든."

 이반이 매우 침착한 목소리로 그렇게 물었다. 여태까지의 것과 완전히 다른 톤이었다. 전혀 화난 것 같지 않은 톤이었다. 그러므로 누군가가 지금 그들이 앉아 있는 곳의 문을 열고 문턱에서 그들을 바라보았다면, 그들이 화목한 분위기에서 이야기를 나누고 있다고, 그리고 이야기의 주제가 흥미로운 것일지라도 일상적인 것에서 그리 많이 벗어나지 않는 것이라 생각했을 것이다.

 "그 문에 대해 말하자면, 그리고리 바실리예비치가 문이 열려 있는 걸 보았다고 했는데, 그건 어쩌다 그 사람한테 그렇게 보인 것뿐이에요" 하고 스메르쟈코프가 입술을 일그러뜨리며 웃었다. "그 사람은 사람이 아니라 고집 센 황소예요. 본 것도 아니에요. 그저 본 것처럼 생각된 것뿐이에요. 그런데 한 번 봤다고 말했으면 더 이상 어떻게 못해요. 우리로선 아주 다행한 일이죠. 그 사람이 자기가 봤다고 생각한 게 말이에요. 왜냐하면 그 사람이 그렇게 나오는데야 드미트리 표도로비치 님을 범인으로 안 몰 수가 없거든요."

 "저기 말이야……," 하고 이반 표도로비치가 마치 다시금 무언가가 헷갈리는 듯, 무언가에 집중적으로 생각이 쏠리는 듯 말했다. "저기 말이야, 내가 꼭 너한테 물어보고 싶은 게 있었는데 잊어먹었어……. 나 계속 잊어버리고 헷갈리고 그래……. 아,

그렇지! 이거라도 좀 말해줘. 너 왜 봉투를 뜯어서 거기 바닥에다 놔뒀어? 왜 봉투째 그냥 가져가지 않았어? 아까 네가 이야기할 때 나한테 어떻게 들렸나 하면, 봉투는 당연히 그렇게 했어야 됐다고 네가 말하는 것으로 들렸거든. 그런데 왜 그렇게 했어야 됐는지는 잘 모르겠어."

"그렇게 한 데에는 이유가 있어요. 그 돈을 전에 미리 본 적이 있는, 그 돈에 대해서 잘 아는 사람이라면 말이에요, 예를 들어 나 같은 사람이요, 또 어쩌면 그 돈을 직접 그 봉투에 싸기까지 한 사람, 그 봉투를 봉하고 그 위에다 글을 쓰는 것을 자기 눈으로 직접 본 사람이라면 말이에요, 그런 사람이 만약 살인을 했다면, 살인을 하고 난 그 황급한 상황에서, 돈이 그 봉투 안에 분명히 있다는 걸 그러지 않아도 잘 아는데 굳이 그 봉투를 뜯으려 했겠어요? 돈을 훔쳐 가는 사람이라면, 예를 들어 나 같은 사람이었다면, 반대로 그 사람은 봉투를 전혀 뜯을 생각 없이 그냥 주머니에 넣고 가능하면 빨리 뛰었겠죠? 드미트리 표도로비치 님은 그렇지 않았어요. 그분은 봉투에 대해서 알고 있던 게 들어서 알고 있던 것밖에 없어요. 직접 본 적은 없어요. 그랬는데 그걸 말하자면 쿠션 밑에서 발견했다 이거예요. 그러면 그 자리에서 무조건 뜯었겠죠. 그 안에 진짜 그 돈이 들어 있는지 확인해야 될 거 아니에요? 그다음에 봉투는 그냥 거기다 버렸겠죠. 봉투가 자기에게 불리한 증거로 남을 것이란 판단을 미처 못 하고 말이에요. 왜냐하면 노련한 도둑이 아니니까요. 전엔 아무것도 훔친 적이 없거든요. 태생이 귀족 태생이라서요. 그런데 이제 와서 훔칠 생각을 했으니, 아니, 훔친다고도 할 수 없고, 전부터 읍 전체에 걸쳐 이야기하고 다니면서 심지어 표도르 파블로비치 님한테 가서 자신의 소유를 챙겨 가겠다고 모든 사람들 앞에서 장담을 해왔듯이, 원래 자기 소유로 돼 있는 것을 되찾으러 왔으니 말이에요. 전 심문 받을 때 이런 생각을 검사한테 명백하게 말한 게 아니라 다만 암시를 통해 검사가 스스로 그걸 알아챌 수 있도록 했어요. 나 스스로는 잘 이해 못 하는 척하면서요. 마치 제가 힌트를 준 게 아니라 그 사람들이 스스로 그런 생각에 도달했다고 여기도록 말이에요. 내가 넌지시 던진 그 암시를 듣고서 검사님께서는 옳다구나 싶으신 거 같더라고요. 완전히 제대로 먹혀들더라고요……."

"그런데 설마 네가 그 모든 것을 현장에서 바로 다 생각해냈단 말이야?" 하고 이반 표도로비치가 놀라 어안이 벙벙하여 소리쳤다. 그는 다시금 눈을 휘둥그렇게 뜨고 스메르쟈코프를 쳐다보았다.

"웬걸요. 그 경황없는 중에 어떻게 그 모든 걸 생각해낼 수 있었겠습니까? 다 미리 생각해놨던 겁니다."

"그럼 그건…… 악마가 널 도와준 거네!" 하고 이반 표도로비치가 또다시 소리 높이 외쳤다. "넌 알고 보니 전혀 어리석지가 않네. 넌 내가 생각했던 것보다 훨씬 똑똑하네……."

그는 방 안을 한번 왔다 갔다 할 작정으로 일어났다. 머릿속이 완전히 뒤죽박죽이었다. 하지만 상이 중앙에 놓여 있고 상과 벽 사이는 간신히 통과할 수 있을 정도였으므로 그는 그냥 그 자리에서 한 바퀴 돌고는 다시 자리에 앉았다. 방 안을 한번 왔다 갔다 하지 못한 것 때문에 화가 났는지, 그는 거의 전과 같은 격한 감정으로 갑자기 소리 질렀다.

"야, 이것 봐, 이 꼴같잖은 쓸모없는 녀석아! 내가 너 같은 놈을 아직까지 죽이지 않은 건 단지 내일 재판에서 질문에 대답을 하도록 할 필요가 있기 때문이라는 걸 몰라?" 하면서 이반이 팔을 위로 쳐들었다. "그래, 어쩌면 나한테 죄가 있는지도 모른다. 어쩌면 진짜로 내가……, 아버지가 죽었으면 좋겠다고 몰래 원했었는지도 모른다. 하지만 맹세코 네가 생각하는 것만큼 내가 그렇게 죄가 크지는 않다. 그리고 내가 너를 부추긴 적이 전혀 없을 수도 있다. 그래, 난 안 부추겼어! 하지만 어쨌든 내일 재판에서 난 내 얘기를 그대로 다 하기로 결정했어. 나 다 이야기할 거야, 다! 너랑 같이 출두할 거야. 그리고 네가 재판에서 나에 대해 어떤 얘기를 할지라도, 어떤 증언을 할지라도 난 다 받아들이고, 널 무서워하지 않는다. 나 스스로 다 그건 그렇다고 인정할 거다! 하지만 너도 재판 자리에서 고백을 해야 될 거야! 암, 그렇고 말고! 나 너랑 같이 갈 거야! 그렇게 한번 나가보는 거야!"

이반이 승리감에 도취한 듯 열정적으로 이 말을 했다. 그의 번득이는 눈빛만을 봐도 알 수 있었다. 그가 자기가 말한 대로 할 것이라는 것을.

"어디가 아프신 거로구먼요. 완전 환자세요. 눈이 완전히 누레졌어요" 하고 스메르쟈코프가 말했다. 하지만 전혀 비웃는 것 같지는 않았다. 동정의 말인 것 같았다.

"같이 갈 거라고!" 하고 이반이 되풀이하여 말했다. "네가 안 간다 해도 나 혼자 다 고백할 거야."

스메르쟈코프가 생각에 잠긴 듯 침묵을 지켰다.

"그렇게는 안 될 겁니다. 가시지 못할 겁니다" 하고 그가 마침내 그렇게 못을 박듯이 말했다.

"너 내 말을 못 알아듣는구나!" 하고 이반이 질책하듯 말했다.

"그렇게 하시기엔 너무 수치스러우실 겁니다. 그 모든 자기 죄를 다 고백하시기에는요. 더욱이 그렇게 하더라도 전혀 소용이 없을 겁니다. 왜냐하면 제가 분명히 말할 거니까요. 난 이반 표도로비치 님한테 그런 말 한 적이 전혀 없다고요. 다만 이반 표도로비치 님이 무슨 아프신 데가 있어서(그건 진짜 그럴 수 있습니다), 아니면 자기 형님을 너무 불쌍히 여겨서 차라리 자기가 희생하느라고 그러시는 거라고요. 그래서 나한테 죄를 뒤집어씌우시는 거라고요. 나를 불쌍히 여길 이유는 없으니까요. 왜냐하면 이반 표도로비치 님은 나를 사람 취급을 안 하고 항상 파리 정도로만 생각해왔으니까요. 과연 누가 이반 표도로비치의 말을 믿겠습니까? 게다가 증거로 갖고 계신 게 뭐 하나라도 있습니까?"

"이봐, 이 돈을 네가 지금 나한테 보여준 건 물론 나를 확신시키기 위해서지?"

스메르쟈코프가 돈 뭉치에서 이삭 시린의 책을 옆으로 치웠다.

"이 돈 갖고 가세요" 하고 스메르쟈코프가 한숨을 쉬며 말했다.

"물론 갖고 가지! 하지만 왜 나한테 주는 건데? 네가 돈 때문에 죽였다면?" 하고 이반이 크게 놀라 그를 보며 물었다.

"난 이 돈 조금도 필요 없어요" 하고 스메르쟈코프가 손을 내저으며 떨리는 목소리로 말했다. "전엔 무슨 계획이 있었어요. 이만한 돈으로 모스크바나 아니면 차라리 외국으로 가서 새 삶을 시작할 수 있겠다는, 그런 꿈이 있었어요. 그게 다 '모든 것이 허용되기' 때문이었죠. 그건 이반 표도로비치 님께서 저한테 가르쳐준 것이죠. 그때 이 말씀을 많이 하셨잖아요. 영원한 신이 존재하지 않는다면 어떤 선도 있을 수 없으며 선이 전혀 필요하지도 않다고요. 진짜로 그렇게 말씀하셨잖아요. 그래서 저도 그렇게 판단한 거예요."

"그 말을 네 마음에 받아들인 거야?" 하고 이반이 일그러진 미소를 띠었다.

"이반 표도로비치 님의 지도에 따라서요."

"그런데 뭐야? 지금은 신을 믿게 됐다는 거야? 돈을 내주는 걸 보니."

"아뇨, 믿게 된 거 아니에요." 하고 스메르쟈코프가 속삭이는 소리로 말했다.

"그럼 왜 내주는데?"

"됐어요……. 따지실 거 없어요!" 하고 스메르쟈코프가 손을 내저었다. "그때 직접 말씀하셨잖아요, 모든 것이 허용된다고. 그런데 지금은 뭐가 그렇게 불안하세요? 가서 자기한테 불리한 증언을 하겠다고 하시고 말이에요……. 하지만 그렇게는 안 될 거예요! 증언하러 못 가실 거예요!" 하고 스메르쟈코프가 다시금 확고하게 못을 박았다.

"네 눈으로 직접 보게 될 거다!" 하고 이반이 말했다.

"그럴 리가 없어요. 이반 표도로비치 님은 아주 똑똑하세요. 돈도 좋아하시고요. 그건 제가 알아요. 명예도 중시하시고요. 왜냐하면 자존심이 강하시거든요. 여성의 매력에 아주 깊이 탐닉하시곤 해요. 아무한테도 절하지 않으며 편안하게 사는 걸 제일 많이 원하시고요. 법정에서 수치를 당해 평생을 망치고 싶지는 않으실 거예요. 표도르 파블로비치하고 굉장히 비슷하세요. 그분 자식들 중에서 그분하고 가장 비슷하세요. 내면에서 말이에요."

"바보는 아니군" 하고 이반이 놀란 투로 말했다. 흥분하여 얼굴이 시뻘게졌다. "내가 전엔 네가 바본 줄 알았어. 알고 보니 너 아주 진지하구나!" 하고 그가 갑자기 스메르쟈코프를 새로 바라보면서 말했다.

"자만심에 차 계셨기 때문에 저를 바보로 아신 거예요. 자, 돈을 가져가세요."

이반이 지폐 세 뭉치를 아무것으로도 싸지 않은 채 다 주머니에 집어넣었다.

"내일 법정에서 보여줄 거야" 하고 그가 말했다.

"아무도 안 믿을걸요. 이젠 이반 표도로비치 님도 돈이 충분히 있으니까, 함에서 꺼내서 갖고 왔다고들 생각하겠죠."

이반이 자리에서 일어났다.

"다시 한번 말한다. 내가 널 안 죽인 것은 단지 네가 내일 나한테 필요하기 때문이다. 그걸 알아야 돼. 그걸 잊지 마!"

"뭘 그러세요? 죽이시면 될걸. 지금 죽이세요" 하고 스메르쟈코프가 갑자기 이반을 이상한 눈으로 보면서 이상하게 말했다. "그러지도 못하실 거면서……" 하고 그가 쓴웃음을 지으며 덧붙였다. "어떤 일도 감히 못 하실 걸요. 전엔 그렇게 용감한 양반이시더니……."

"내일 보자!" 하고 이반이 소리치고 가려고 했다.

"잠깐만요. 그 돈을 한 번만 다시 봅시다."

이반이 지폐를 꺼내서 보여주었다. 스메르쟈코프가 한 10초 동안 돈을 살펴보았다.

"네, 가시면 됩니다" 하고 그가 손을 내저으며 말했다. 그러다가 가는 이반의 등에다 대고 "이반 표도로비치 님!" 하고 다시 불렀다.

"또 뭐?" 하고 이반이 걸음을 멈추지 않고 물었다.

"작별을 고합니다!"

"내일 봐!" 하고 이반이 다시 소리치고는 오두막에서 나왔다.

아직도 눈보라가 계속되었다. 그는 처음에는 힘 있게 걸었지만, 갑자기 왠지 비틀거리기 시작했다. '몸이 어디가 안 좋아서 그런가 봐' 하고 그가 별것 아닌 듯 픽 웃으며 생각했다. 마치 기쁨에나 견줄 만한 것이 그의 마음에 들어와 있었다. 그는 마음속에서 무언가 든든한 것을 느꼈다. 망설임의 끝이라고나 할까? 최근 그를 그리도 괴롭히던 불확실성이 막을 내리는 것 같은 느낌이었다. 결심은 했다. '이 결심은 이미 변하지 않을 거야' 하고 마음속에서 행복을 느끼며 그가 생각했다. 이 순간 그는 무언가에 걸려 넘어질 뻔했다. 멈춰 선 그가 발밑에서 발견한 것은 자기 때문에 다친 남자였다. 계속 같은 장소에 의식 없이 움직이지 않고 쓰러져 있었다. 눈보라가 그의 얼굴을 거의 다 덮었다. 이반은 별안간 자기도 모르게 그 남자를 일으켜 끌고 가기 시작했다. 오른쪽 집에 불이 켜져 있는 것을 보고 그리로 가서 창문을 두드려, 집주인인 소시민이 대답을 하자, 경찰서까지 이 사람을 끌고 가도록 도와달라고, 그러면 3루블을 주겠노라고 했다. 소시민이 채비를 하여 나왔다. 그때 이반 표도로비치가 어떻게 목적지인 경찰서까지 이 남자를 끌고 가서 의사가 그를 진찰하도록 하고 그 비용을 후하게 계산했는지에 대해서는 자세하게 묘사하지 않기로 하겠다. 다만 이 일에 거의 한 시간이 들었다고만 말해두겠다. 그러나 이반 표도로비치는 아주 만족했다. 여러 가지 생각들이 그를 찾아왔다. '만약 내가 내일 어떻게 행동해야겠다고 그렇게 확실히 결심하지 않았더라면, 그 남자를 데려다주는 데에 한 시간을 소비하는 그런 행동은 안 했겠지. 그냥 그 옆을 지나쳐 갔을 테고, 그 남자가 얼어 죽든 말든 될 대로 되라고 했겠지……' 하는 생각이 문득 났다. 그런 생각에 잠기면서 그는 행복했다. '알고 봤더니 내가 내 행동을 컨트롤할 줄 아네. 사람들은 내가 미쳐간다고 생각하지만 말이야' 하는 생각이 뒤따라 찾아왔다. 그 생각에 그는 더욱 행복해졌다. 그가 자기 집에 도착했을 때 이런 질문이 갑자기 그에게 떠올랐다. '지금 당장 검사한테 가서 다 얘기해야 되지 않을까?' 그는 다시금 집으로 방향을 틀면서 그 질문에 스스로 답을 했다. '내일 다 한꺼번에 하자!' 하고 속으로 속삭였다. 그런데 이상한 일이었다. 모든 기쁨이, 그가 자신에 대해 느꼈던 모든 만족이 한꺼번에 사라졌다. 그가 자기 방으로 들어갔을 때 무언가 얼음과 같은 것이 문득 그의 가슴을 스쳤다. 이 방에 지금 깃들어 있는, 뿐만 아니라 전에도 깃들어 있던 기억이 되살아났다고 할까, 아니, 차라리 그 무슨 괴롭고 혐오스러운 것이 상기됐다고 해야겠다. 그는 자기 소파에 힘없이 털썩 주저앉았다. 노파가 그에게 사모바르를 가지고 왔다. 그는 차를 끓였으나, 그 뒤에 거기 손도 대지 않았다. 노파에게는 내일 오라고 했다. 소파에 앉아 있던 그는 머리가 어지러운 것을 느꼈다. 몸이 아프고 힘이 빠졌음을 느꼈다. 잠이 드려는 듯했으나 불안한 마음에 일어서, 잠을 쫓고자 방 안을 한 번 쭉 걸었다. 마치 자기가 꿈을 꾸고 있는 게 아닌가 하는 느낌이 몇 분 동안 들었다. 병세가 점점 더 그를 장악해갔다. 그는 다시 앉아 마치 무엇을 내다보기라도 하는 듯 가끔씩 주위를 돌아보았다. 그렇게 몇 번씩 반복했다. 그러다 결국 그의 시선이 한 점에 집중되었다. 그가 비록 픽 웃긴 했으나 그의 얼굴은 분노의 홍조로 덮였다. 그는 자리에 오래 앉아서 양손으로 머리를 굳게 받쳤다. 하지만 그의 눈은 계속 아까의 그 지점으로 향했다. 그것은 반대편 벽에 가까이 놓인 소파였다. 그곳의 무언가가 그를 신경 쓰이게, 괴롭게, 불안케 하는 모양이었다.

IX
이반 표도로비치의 악몽의 주인공

내가 비록 의사는 아니지만, 이반 표도로비치가 앓던 병이 어떤 것이었는지를 조금이나마 독자에게 설명하는 것이 필요한 때가 왔다고 느낀다. 미리 한 가지만 말하겠다. 그로서는 그날 저녁이 바로, 오래전부터 정상은 아니었어도 병에 집요하게 저항하던 그의 육신을 마침내 완전히 장악한, 환각 증세를 동반하는 정신병이 나타나기 바로 전날 저녁이었던 것이다. 의술에 대해 아무것도 알지 못하지만 한번 나의 가정을 말해보겠는데, 어쩌면 그는 실로 자기 의지의 힘을 엄청나게 들여서 발병을 어느 정도 지연시킨 것일 수도 있다. 의지의 힘을 들일 때는 물론 자기가 병을 완전히 극복할 거라는 희망을 가졌었다. 바야흐로 사실을 과감하고 단호하게 인정하고 스스로 '자기 앞에 자기를 정당하게 내보이는 것'이 필요했던 운명적 순간이었다. 그의 삶 속에 찾아오고 있던 그 순간에 그는 자기가 병이 있다는 걸 알았으나, 당시 그는 자기가 환자가 된다는 사실을 인정하는 것이 혐오감이 들 정도로 싫었다. 사실 그는 모스크바에서 새로 온 의사에게 한번 찾아갔었다. 내가 위에서 이미 말한 적이 있는, 카체리나 이바노브나가 자신의 하나의 망상에 따라 초빙한 의사 말이다. 의사는 이반 표도로비치의 말을 끝까지 듣고 그를 진찰해본 후 그의 뇌에 이상이 있다는 결론을 내렸으나, 그가 혐오스러움을 무릎쓰고 의사에게 행한 고백과 관련해서는 조금도 놀라지 않았다. "댁이 처하신 상태에서 환각 증세가 나타날 가능성은 다분히 큽니다. 물론 진위 여부를 조사해봐야겠지만……. 정식 치료를 한시라도 빨리 시작해야 되는 건 맞아요. 안 그러면 심각해질 겁니다" 하고 의사는 말했다. 그러나 이반 표도로비치는 의사를 방문하고 나서 그의 사려 깊은 충고를 무시하고 입원을 하지 않았다. 그는, '아직 걸어 다닐 힘은 있잖아. 쓰러진다면 다른 얘기겠지만. 그때 가서 날 치료하고 싶은 사람은 치료하라 그러지 뭐' 하고 체념하는 식으로 생각해버렸다. 그 결과 그는 지금 자기가 몽환 속에 있는 걸 거의 스스로 인정하면서 앉아 있었다. 그리고 내가 이미 말했듯이 맞은편 벽 앞의 소파에 있는 그 무언가를 뚫어져라 바라보았다. 그곳에 어느새 누군가가 앉아 있었다. 이반 표도로비치가 스메르쟈코프를 만나고 돌아와 방으로 들어올 때만 해도 없었는데, 그가 어떻게 들어온 것인지 알 수 없었다. 이는 한 신사였다고나 할까, 사람들의 눈에 익은 타입의 러시아 신사였다고 하는 게 낫겠다. 젊지 않게, 'qui frisait la cinquantaine'*이라는 프랑스인들의 표현에 걸맞게 보였다.

---

* 만 50에 가까운. (프랑스어)

꽤 길고 아직 숱이 많은 검은 머리와 뾰족하게 다듬은 턱수염 가운데 섞여 있는 백발과 흰 수염의 비율이 그리 크진 않았다. 그는 웬 밤색 양복 상의를 입었는데, 최고의 양복장이가 만든 것임이 틀림없으나 이미 재작년쯤 만들었는지 좀 낡고 유행에 뒤떨어진 것이라서, 상류 사회의 재력 있는 사람들 중에서는 그런 양복 상의를 입는 사람이 없게 된 지 이미 2년은 됐다. 양복 상의 속에 입은 옷과 목도리 형태의 긴 넥타이 등 모든 것이, 옷치장에 신경 쓰는 신사들에게서 볼 수 있는 것과 같았으나, 속에 입은 옷을 자세히 들여다보면 좀 더럽다는 것을 알 수 있고, 폭이 넓은 목도리는 많이 해진 것이었다. 그가 입은 체크 무늬 바지는 그에게 딱 맞았으나 어쩐지 너무 밝은 빛깔이었고, 지금은 사실 사람들이 그렇게 좁은 바지를 입지 않았다. 그가 쓴 깃털 재질의 부드러운 흰 중절모도 마찬가지였다. 어쩐지 계절에 너무 안 맞는 것을 쓰고 왔다. 한마디로 그는 쌈짓돈을 최대한 아껴 어떻게나마 외양에 신경을 쓰려고 쓴 것 같았다. 이 신사가 아직 농노제가 시행되던 지난날 놀고먹으면서도 융성할 수 있었던 지주들 부류에 속한다고 하면 맞을 것 같았다. 상류 사회를 많이 경험했고 왕년에 연줄을 지니고 있었고 어쩌면 지금까지 그럴지도 모르는, 유쾌했던 젊은 삶이 지나가고 얼마 전 농노제가 폐지된 이후 조금씩 가난해져, 마음 착한 옛 지인들의 집을 전전하는 품위 있는 식객으로 전락

한 사람임이 명백했다. 마음 착한 옛 지인들은 그의 붙임성 있고 원만한 성격을 높이 사서, 또한 그가 누구와도 같이 식탁에 초대받을 수 있는 점잖은 사람인 고로 그를 받아들이곤 했다. 비록 그를 식탁에 앉힐 때 그 자리가 물론 상석은 아니었지만 말이다. 이야기를 재미있게 풀어나갈 줄 알고 카드놀이를 할 줄 아는, 그리고 누군가가 무슨 일을 시키면 절대 하고 싶지 않아하는 그런 식객들, 원만한 성격의 신사들은 본래 홀몸이거나 홀아비가 된 사람인 경우가 일반적이었고, 어쩌다 자식들이 있기도 했지만 자식들은 그 어느 먼 곳에서, 무슨 고모네나 이모네에서 양육을 받고 있기 십상이었으며, 그런 신사들은 그런 고모나 이모가 좀 창피한 양, 점잖은 모임에서 거의 절대로 언급하지 않으려 했다. 그리고 자식들 생각을 점점 안 하게 됐고, 자신의 명명일이나 성탄절에 자식들에게서 축하가 담긴 편지를 받을 때가 있고 혹 답장을 쓸 때도 있는 것이 고작이었다. 이 불청객 신사의 얼굴은 그리 너그러워 보인다고는 할 수 없었지만 원만해 보였으며, 상황에 따라 어떤 친절한 말 표현도 할 준비가 되어 있는 것으로 보였다. 그는 시계를 차고 있지 않았지만 거북 등껍질 재질의 손잡이와 까만 리본이 달린 안경을 갖고 있었다. 오른손 가운뎃손가락에는 그리 비싸지 않은 오팔이 들어간 커다란 금반지가 끼워져 있었다. 이반 표도로비치는 화가 난 태도로 침묵을 지키며, 말을 시작하려 하질 않았다. 불청객은 가만히 기다리면서, 실로 식객인 양 앉아 있었다. 마치 자기에게 쓰라고 주어진 위쪽 방에서 방금 내려와, 차를 마실 때 주인의 대화 상대를 해줄 작정인, 하지만 주인이 심각한 표정으로 무언가 생각에 잠겨 있기 때문에 입도 뻥끗 못 하고 얌전히 있는 식객 같았다. 하지만 주인이 대화를 시작하기만 하면 언제든지 무슨 내용이든지 대화에 친절하게 응해 줄 자세인 듯했다. 문득 그의 얼굴에 갑작스런 우려의 표정이 나타났다.

"이봐," 하면서 그가 이반 표도로비치에게 말을 걸었다. "미안한데, 난 그저 네가 잊어버렸을까 봐 그래. 네가 스메르쟈코프를 찾아간 건 카체리나 이바노브나에 대해 알아보기 위한 거였는데, 결국 그 여자에 대해 알아낸 게 하나도 없이 그냥 왔네. 잊어버렸어?"

"아, 참!" 하고 이반이 자기도 모르게 소리쳤다. 그의 얼굴에 염려의 기색이 떠올랐다. "그러네. 잊어버렸네. 근데 뭐, 이젠 이러나저러나 다 마찬가지야. 내일 되면 알아" 하고 그가 혼잣말로 중얼거렸다. "근데 넌 말이야," 하면서 그가 불청객에게 말했다. "내가 지금 그것 때문에 마음이 찜찜해서 그러지 않아도 나 스스로 그 생각을 해내려는 참이었거든. 근데 왜 끼어들고 난리야? 내가 직접 그 생각을 해낸 게 아니라 네가 나한테 귀띔해줬다고 하면 내가 믿을 거 같아?"

"굳이 안 믿으려면 안 믿어도 돼" 하고 불청객 신사가 상냥하게 웃으며 말했다. "믿으라고 강압해서 믿는 게 그게 어디 믿음이냐? 게다가 믿음이란 건 증거가 있다고 해서 생기는 게 아니거든. 특히 물적 증거는 아무 도움이 되지 않지. 도마[26]는 부활한 그리스도를 봤으므로 믿은 게 아니라, 이미 그전부터 믿기를 원했었으니까 믿은 거야. 예를 들어 심령술사들이 있다 이거야.[27] 난 심령술사들을 아주 좋아하지……. 한번 상상을 해봐. 심령술사들은 자기들이 믿음에 도움이 된다고 생각한단 말이야. 왜냐하면 악마들이 저 세상으로부터 심령술사들에게 자기의 뿔을 보여주거든. '이건 이미 말하자면 저 세상이 존재한다는 증거요, 게다가 물적 증거다'라는 거지. 저 세상하고 물적 증거하고 매치가 되냐? 거 참! 만약 악마가 있다고 증명이 됐다고 해서 신이 있다고 증명이 된 건 아직 아니지. 난 관념론 협회에 등록하려고 해. 거기서 반대 세력을 형성하려고. '난 사실주의자지 물질주의자가 아니오' 하고 나오려는 거지, 헤헤!"

"이봐,"

상을 앞에 두고 앉아 있던 이반 표도로비치가 갑자기 일어나며 말했다.

"내가 지금 몽환 상태에 있는 것 같은데, 음, 물론 몽환 상태 맞지. 그러니까 하고 싶은 말은 아무거나 다 해도 돼. 난 다 마찬가지니까. 네가 뭐라고 하든 난 흥분하진 않을 거야. 지난번에도 그랬듯이. 다만 난 뭔가가 창피한 거는 있네……. 나 방을 좀 돌아다닐래. 난 네가 전혀 보이지 않고 네 목소리가 전혀 들리지 않아. 지난번에도 그랬듯이. 하지만 네가 뭐라고 지껄일지 언제나 다 짐작해. 왜냐하면 나이기 때문에. 이건 내가 말하는 것이기 때문에. 네가 아니라! 단지 내가 모르겠는 건 지난번에 내가 잠을 자는 중이었는지, 아니면 생시에 널 본 건지야. 나 지금 수건을 찬 물로 적셔 가지고 머리에 댈 거야. 그럼 네가 아마 사라지겠지."

이반 표도로비치가 구석으로 가서 수건을 집어, 자기가 말한 대로 했다. 머리에 젖은 수건을 얹고 방 안을 왔다 갔다 했다.

"난 너랑 나랑 첨부터 말을 튼 게 맘에 들어" 하고 불청객이 말했다.

"이 바보야," 하면서 이반이 웃었다. "넌 내가 너한테 존댓말 쓸 줄 알았냐? 난 이제 기분이 나아졌어. 관자놀이가 좀 아프긴 하지만……. 정수리도……. 너 제발 철학자 흉내 좀 내지 마라. 지난번처럼 말이야. 사라지지 못하겠다면 말을 하되, 좀 즐거운 내용으로 해라. 여러 가지 내용으로 수다도 떨고 그래. 넌 식객이잖아. 그러니까 수다도 떨고 그러라고. 안 그러면 그게 얼마나 악몽인지 아냐? 그래도 난 너 안 무서워. 나 널 짓눌러 버릴 거야. 내가 정신병원 가는 일은 없을 거라고!"

"C'est charmant,* 식객 양반. 나 지금 내 얘기를 하는 거야. 내가 이 땅에서 식객이 아니면 누구이려고? 나 그러고 보니 네 말을 들으면서 좀 놀라는 게 있네. 네가 마치 나를 조금씩 그 무언가로 받아들이기 시작하는구먼. 너 자신의 환상으로만 받아들이지 않고 말이야. 지난번엔 네가 나를 너 자신의 환상으로만 계속 받아들이려고 하더니만."

"난 너를 실제 사실로 조금도 받아들이지 않아" 하고 이반이 격분한 듯 외쳤다. "넌 허상이야. 넌 나의 병이야, 넌 유령이야. 단, 나는 모르겠어, 널 어떻게 없앨지. 어느 정도는 계속 겪어야 될 거 같아. 넌 나의 환각이야. 넌 나 자신의 한 모습이야. 나의 전체가 아니라 나의 한 면에 불과해. 나의 생각들과 느낌들 말이야. 그중에서도 가장 추악하고 멍청한 것들……. 거기에 관심을 가지고 보면 넌 사실 나한테 호기심의 대상이기도 해. 물론 나한테 너를 상대할 시간이 있어야 하겠지만……."

"내가 네 얘기를 한번 해볼까? 아까 등불 밑에서, 네가 알렉세이한테 화를 내면서, '너 그자한테서 알게 된 거지? 너 그자가 날 찾아오는 걸 네가 왜 아는 거야?' 하고 소리친 거, 그거 너 날 두고 한 말이었지? 그러니까 짧은 한순간이나마 넌 나의 존재를 믿었던 거네. 내가 실지로 존재한다는 걸 말이야" 하고

---

* 그거 아주 근사하네. (프랑스어)

불청객 신사가 부드럽게 웃었다.

"그래. 그건 마음 약한 게 드러난 거였어. 하지만 내가 너의 존재를 믿었을 리는 없어. 내가 지난번에 잠을 잤는지, 아니면 걸어 다녔는지 모르겠어. 어쩌면 그때 내가 너를 본 게 꿈속이었나 봐. 생시에서 본 게 아니라."

"그럼 너 아까 걔한테 왜 그렇게 혹독하게 했어? 알렉세이한테 말이야. 착한 앤데. 난 조시마 장로 일로 걔한테 미안한 점이 있어."

"알렉세이 얘긴 됐어! 네가 뭔데 이렇다 저렇다 해? 하인 주제에!" 그러면서 이반이 또 웃었다.

"상대를 깎아내리면서 자긴 웃어? 음, 그래, 좋은 일이지. 그래도 너 오늘 지난번과 비교해서 날 대하는 태도가 좀 나아졌네. 왜 그런지 난 알아. 그 위대한 결심 때문이지."

"결심 얘긴 됐어!" 하고 이반이 사납게 소리쳤다.

"그래, 그래, 이해한다, 이해해. C'est noble, c'est charmant.* 너 내일 형을 변호하고 자기를 희생하러 가니까 말이야. C'est chevaleresque.**"

"입 닥쳐! 발로 몇 대 차여야 정신을 차리겠어?"

---

* 그건 고상한 거고, 그건 멋진 거니까. (프랑스어)

** 그거 참 기사답다. (프랑스어)

"그거 괜찮을 거 같은데! 그러면 나의 목적이 달성된 거니까. 나를 발로 차려고 한다는 건 내가 실지로 존재한다는 걸 믿는다는 거잖아. 유령은 보통 발로 차질 않거든. 자, 농담은 집어치우자. 난 사실 무슨 말을 들어도 다 마찬가지야. 나한테 욕을 하려면 하라고. 하지만 그래도 아주 조금만이라도 친절하게 대하는 게 나을 걸. 상대가 비록 나일지라도 말이야. 이거야 원, 바보라고 하질 않나, 하인이라고 하질 않나……. 말들이 왜 다 그래?"

"내가 널 욕하는 건 바로 날 욕하는 거다!" 하면서 이반이 다시금 웃었다. "넌 바로 나니까. 비록 다른 상판을 했지만 말이야. 네가 하는 말을 들어보면 내가 먹은 생각 바로 그거네. 나한테 좀 다른 말을 해주는 건 역부족인가 보지?"

"내 생각과 네 생각이 서로 맞다면 나로선 그저 영광일 뿐이지" 하고 불청객 신사가 나름대로 센스 있게 말을 했다.

"그런데 내 생각이랑 맞춰도 꼭 추접한 거하고 맞춰야겠냐? 한술 더 떠서 멍청한 거하고 맞춘단 말이야! 넌 멍청하고 저속해. 넌 보통 멍청한 게 아니야. 난 널 도저히 못 견디겠어! 내가 어떻게 해야 되냐? 응? 어떻게 해야 돼?" 하고 이반이 이를 갈며 말했다.

"이봐, 친구야, 난 가능하면 신사처럼 행동하려고 하고, 나를 신사로 받아들여줬으면 좋겠어" 하고 불청객이, 뭐랄까, 순전히 식객이 가질 수 있는 너그러움과 미리 양보할 태세를 갖춘 자존심으로 충일하여 말했다. "난 가난해. 하지만……, 마음이 아주 바르고 곧다고는 못 하겠어. 다만…… 사회에선 보통 내가 타락한 천사라는 것이 공리로서 받아들여지고 있지. 내가 어떻게 한때 천사일 수 있었는지 난 정말이지 상상할 수가 없어. 만약 내가 천사였던 게 맞다면 그건 너무 오래전이라서 잊어버린다고 해도 용서받을 수 있을 만큼일 거야. 지금 난 도리를 지키는 사람이라는 평판만을 중시하면서, 그저 주어지는 만큼의 조건에서 살고 있지. 좋은 인상을 주려고 노력하면서 말이야. 난 사람들을 진심으로 좋아해. 근데 나는 많은 점에 있어서 중상모략을 당해왔어! 내가 가끔씩 사람들한테 와서 눌러 사는 이곳에서 내 삶은 이를테면 실지로 흘러가듯이 흘러가. 그리고 그게 아주 내 맘에 들어. 사실 나도 너처럼 환상적인 것 때문에 고통을 겪어. 바로 그래서 지상의 실재론을 좋아하는 거야. 이곳 너희들 세상에는 모든 것의 윤곽이 정해져 있고, 공식과 도형이 갖춰져 있어. 반면 우리 세상엔 온통 부정방정식이야! 난 이곳에서 다니면서 꿈의 날개를 펴. 난 꿈꾸는 것을 좋아하거든. 뿐만 아니라 지상에 오면 내가 미신을 믿게 되어가. 내 말에 웃지 마. 난 바로 그게 마음에 든단 말이야. 내가 미신을 믿게 돼가는 것이. 난 이곳에서 너희들의 모든 습관들을 그대로 받아들여. 나 공중목욕탕 다니는 것도 좋아하게 됐어. 상상이 가냐? 난 상인들이랑 사제들이랑 같이 한증탕을 이용하는 걸 좋아해. 나의 꿈은 육신을 입는 건데, 그것도 완전히 입는 거야. 복귀가 불가능하도록 말이야. 예를 들면 뚱뚱한 상인 여자, 몸무게가 100킬로그램이 넘는 그런 여자의 몸을 입는 거야. 그리고 그 여자가 믿는 모든 것을 나도 믿게 되는 거야. 내가 진정 원하는 것은 교회에 들어가 정성을 담아 촛불을 밝혀놓는 거야. 진짜야. 그러면 나의 고통이 끝이 날 거야. 또 이 세상에서 치료를 받는 것도 내 맘에 들게 됐어. 봄에 천연두가 돌았어. 난 고아원에 가서 우두 접종을 했어. 내가 그날 얼마나 기분이 좋았는지 너도 알면 참 좋겠다. 슬라브족 형제들에게 10루블을 기부했어! 근데 너 내 얘기를 안 듣는구나. 너 있잖아, 오늘 왠지 좀 상태가 안 좋은 거 같다" 하고 불청객 신사가 약간 말을 멈추고 있다가 말했다. "너 오늘 그 의사한테 다녀갔다는 거 안다. 그래, 건강이 좀 어때? 의사가 너한테 뭐랬어?"

"이 바보야!" 하고 이반이 잘라 말했다.

"대신 네가 똑똑하면 됐지 뭐. 그래, 또 욕을 해대는 거니? 난 꼭 동정을 해서 물었다기보다는 그냥 물은 건데. 뭐, 대답하기 싫으면 안 해도 돼. 이제 또 류머티즘이 돌기 시작하는데……."

"바보!" 하고 이반이 되풀이해 말했다.

"또 그러는군. 난 말이지, 작년에 류머티즘에 걸렸는데, 아직까지 기억한다."

"악마도 류머티즘에 걸리냐?"

"못 걸릴 건 또 뭐야? 내가 가끔씩 몸을 입거든. 몸을 입으면 그런 결과가 날 때가 있어. 사탄 sum et nihil humanum a me alienum puto.*²⁸"

"뭐라고? 뭐라고? '사탄 sum et nihil humanum······.' 이건 악마가 하기엔 너무 똑똑한 말인데!"

"이번에야말로 네 맘에 든 것 같아 기쁘네."

"너 그 말은 나한테서 얻어낸 거 아니지?" 하면서 이반이 마치 충격을 받은 듯 걸음을 멈추었다. "그런 생각은 내 머릿속에 든 적이 전혀 없는데. 그거 이상한데······."

"C'est du nouveau n'est ce pas?** 이번엔 내가 솔직하게 너한테 설명해줄게, 들어봐. 사람은 자면서, 특히 위에 탈이 났다거나 아니면 또 무슨 계기로 해서 악몽을 꾸면서, 아주 예술적인 장면과 스토리를 꿈에서 접할 때가 있어. 아주 복잡하고 진짜 같은 현실을 말이야. 사건들이 말이지, 예상치 못했던 세세한 사항들이 동반되는 아주 체계적인 줄거리로 엮이는데, 그 세세한 사항들이란 너희들의 고상한 면에서 시작하여 셔츠 가슴 부분의 마지막 단추에 이르기까지의 것으로서, 분명히 말

---

* 나는 사탄이고, 인간이 갖는 그 어느 것도 나한테 낯설지 않다. (라틴어)

** 뭔가 새롭지? 안 그래?(프랑스어)

하는데 레프 톨스토이마저 지어내지 못할 만한 것이야. 그런 꿈을 꾸는 사람들이 꼭 작가들이라는 것도 아니야. 아주 평범한 사람들, 관리들, 칼럼니스트들, 사제들 등이야. 이 점과 관련해서 해결해야 할 엄청난 과제가 있어. 장관 한 사람이 나한테 고백한 적도 있어. 자기한테 찾아오는 좋은 아이디어들은 자기가 잘 때 찾아온다고. 지금도 바로 그거야. 내가 비록 네 환각이긴 해도, 악몽에서 그렇듯 난 기발한 것들을 얘기하잖아. 아직까지 네 머리로 네가 생각한 적이 없는 것들을 말이야. 그러니까 난 더 이상 너의 생각들을 그대로 말로 옮기는 데에 불과한 게 아닌 거야. 어쨌든 난 너의 악몽일 뿐이지, 더 이상은 아무것도 아니야."

"거짓말. 너의 목적은 바로 너는 너 자신이지 나의 악몽이 아니라는 것을 내가 믿게끔 하는 것이잖아. 그런데 지금 넌 왜 네가 꿈이라고 하는 거야?"

"이봐, 친구야, 오늘 나는 특별한 방법을 택한 거야. 내가 나중에 너한테 설명해줄게. 잠깐만! 내가 어디까지 말했었지? 아, 나 그때 감기 걸렸었어. 물론 이 세상에서 걸렸다는 건 아니고, 아직 이리로 오기 전에 거기서."

"거기가 어딘데? 야, 그건 그렇고 너 우리 집에 오래 있을 거냐? 좀 가면 안 돼?" 하고 이반이 거의 절망적으로 외쳤다. 그는 걸음을 멈추고 소파에 앉아 다시금 상 위에 팔꿈치를 괴고,

그 위에 올려놓은 머리를 양손으로 꽉 쥐고 있었다. 젖은 수건을 거두어 유감스러운 듯 집어던졌다. 도움이 안 됐음이 분명했다.

"넌 신경이 안정이 안 돼 있어" 하고 불청객 신사가 격식 없이 대충 말했다. 하지만 아주 친절한 태도이기도 했다. "너는 심지어 내가 감기에 걸렸다는 것 가지고도 나한테 화를 내는데, 내가 감기에 걸린 건 아주 자연스럽게 그렇게 된 거야. 내가 그때 한 저녁 외교 모임에 입석한 한 페테르부르크 상류 사회의 부인한테 서둘러 가는 중이었거든. 이 부인은 장관 자리를 노리고 있었어. 난 연미복이다 흰 넥타이다 장갑이다 하며 차려입었지. 근데 나는 아직 거기 도착하려면 터무니없이 멀었거든. 지상에 도착하기 위해서는 아직 넘어야 할 공간이 있었어. 뭐, 사실 눈 깜짝할 새에 넘을 수 있었지만, 그래도, 말이야 바른 말이지, 태양의 빛이 도착하는 데에도 8분이나 걸린다고. 근데 난 연미복에 깃 열린 조끼 차림이었으니……. 영은 얼어 죽지 않아. 하지만 육신을 입었을 때는……, 한마디로, 내가 방심했지. 출발을 했는데, 그 공간들에는 말이지, 그 에테르 속, 그 물 속엔 말이야, 궁창 위의 물[29] 말이야, 거기 얼마나 추운데! 그러니까 춥다기보다는……, 그건 춥다고 하기에 말이 부족하지. 상상을 해봐. 영하 150도! 시골 처녀들이 이런 장난친다고 하잖아. 영하 30도의 날씨에 풋내기한테 도끼를 핥아

보라고 하는 거야. 혀가 순식간에 도끼에 달라붙지. 바보는 그걸 억지로 떼다가 살점이 떼어져 나가고 피가 나지. 근데 그게 영하 30도밖에 안 될 때 그렇다는 거야. 영하 150도에서는 내 생각에 손가락을 도끼에 갖다 대도 당장 온데간데없을 거야. 하긴 그러려면 거기 일단 도끼가 있어야겠지만……."

"그래, 거기 도끼가 있을 수가 있단 말이야?" 하고 이반 표도로비치가 어수선하고 찜찜한 기분 상태로 갑자기 툭 던졌다. 자신의 몽환 속 상태를 그대로 믿어 이성을 완전히 상실하는 일이 없도록 하기 위해 온 힘을 기울여 저항하는 중이었다.

"도끼?" 하고 불청객이 놀라 되물었다.

"응. 도끼가 어떻게 될 거냐고" 하고 이반 표도로비치가 사납고 강경한 태도로 갑자기 외쳤다.

"공간 내에서 도끼가 어떻게 될 거냐고? Quelle idée!* 만약 어디론가 멀리 날아간다면, 내 생각인데, 위성처럼 지구 주위를 돌게 되겠지. 왜 그래야 되는지는 자기도 모르면서 말이야. 그러면 도끼가 뜨고 지는 것을 천문학자들이 발견해낼 거고, 가트추크가 달력에 기입할 거고,[30] 그게 다겠지.

"넌 멍청해. 넌 엄청 멍청해!" 하고 이반이 고집을 꺾지 않았다. "헛소리를 해도 좀 그럴듯하게 해라, 응? 듣기 싫어 죽겠

---

* 그건 또 무슨 생각이야? (프랑스어)

다. 넌 네가 실재한다는 걸 나로 하여금 믿게 만들려 드는데, 난 네가 실재한다는 거 믿기 싫단 말이다! 안 믿을 거야!"

"내 말이 왜 헛소리야? 다 진실이야. 유감스럽지만 진실은 기발하게 들리는 적이 거의 없지. 내가 보니 너는 내 입에서 무슨 어마어마한 말, 어쩌면 아주 멋진 말이 나오길 기대하는 거 같은데, 매우 유감이야. 왜냐하면 나는 내 힘이 미치는 데까지만 할 수 있으니까."

"멍청이 주제에 네가 무슨 철학자라고 그런 소리냐?"

"철학이 웬 말이야? 오른쪽이 다 마비가 와서 소 울음소리 같은 신음소리만 내고 있는 판에. 병원은 안 가본 데가 없어. 진단은 아주 잘들 하더군. 모든 병을 손바닥 보듯 환하게 봐. 그런데 고치지는 못해. 한 대학생을 만났는데, 신이 나서 말하더구먼. '댁이 만약 돌아가시더라도, 그 대신 어떤 병으로 돌아가셨는지는 환히 아실 거 아니에요?'라고. 또 그 치들은 전문가들한테 보내는 거 참 잘해. '우린 진단만 하고요, 어느 어느 전문가한테 가시면, 그 사람이 고쳐드릴 거예요' 하면서 말이야. 모든 병을 다 고치던 예전의 의사는 완전히 사라졌대도. 이젠 그저 전문가들뿐이야. 신문에 광고나 하고 말이야. 콧병이 나면 파리로 가라 그래. 거기 가면 유럽의 전문가가 콧병을 고친다면서. 그래서 파리에 가잖아? 그 사람이 코를 진찰해보고 하는 말. '전 오른쪽 콧구멍만 고칠 수 있습니다. 왼쪽 콧구멍은 제

전공이 아니기 때문에 치료를 안 합니다. 저한테서 치료 받으신 후 빈으로 가십시오. 거기 있는 특별 전문가가 왼쪽 콧구멍을 마저 고쳐줄 겁니다.' 이러는 거야. 그러니 어쩔 거야? 민간요법을 쓰기로 했지. 독일 의사 하나가, 한증탕에 앉아서 소금을 푼 꿀을 몸에 바르라 그랬어. 난 그냥 한증탕 한 번 더 가보는 게 뭐가 어렵나 싶어서 갔지. 온몸에 덕지덕지 발랐는데, 아무 효과도 없어. 절망에 겨워 마테이 백작한테 밀라노로 편지를 썼지. 그랬더니 책이랑 방울약을 보내주더구먼. '그러라지' 했지. 그런데 있잖아, 호프의 맥아 추출물이 도움이 됐어! 우연히 사서 물병으로 한 병 반을 마셨더니 춤을 춰도 될 정도로 깨끗이 나았어. 그래서 그 사람에게 전하는 '감사합니다'라는 말을 신문에 반드시 실어달라고 했어. 감사하는 마음을 전달하고 싶더라고. 그런데 어떻게 됐는지 알아? 이건 이미 좀 다른 얘기가 되겠는데, 어떤 편집부에서도 안 받아주더라고! '너무 복고풍이 될까 봐서요. 아무도 그 말을 안 믿을걸요. Le diable n'existe point.* 차라리 익명으로 실으실래요?' 그러더라고. 야, 그런데 익명으로 실으면서 '감사합니다'라고 쓰면 그게 무슨 소용이 있냐? 사무원들이랑 같이 껄껄 웃으면서 내가 말했지. '이 시대에 신을 믿는 거는 정말 복고풍일지 몰라도, 악마

---

* 악마는 더 이상 존재하지 않아요. (프랑스어)

인 나를 믿는 건 괜찮다고요.' 그랬더니, '이해가 갑니다. 악마는 다 믿죠. 그런데 그래도 안 돼요. 우리 신문의 경향에 해가 끼쳐질 거예요. 글쎄, 하나의 농담으로 싣는다면 모를까.' 이러는 거야. 내가 생각해봤더니 그걸 농담으로 실어봤자 우습지도 않을 거 같아. 그래서 결국 못 실었어. 어쨌든, 네가 믿을지 모르겠지만, 난 그 일이 계속 마음속에 남아 있어. 고마움과 같은 그런 좋은 감정은 사실 나로 하여금 갖지 못하도록 돼 있지. 내가 점하는 사회적 지위 때문에 말이야."

"또 철학적으로 나오기 시작했네!" 하고 이반이 증오에 이를 갈며 말했다.

"그렇게 되지 않도록 신께서 날 보호해주시길 바라지만, 그래도 어떨 때는 푸념이 나올 수밖에 없는 때가 있잖아. 나는 비방을 많이 받은 사람이야. 너도 1분에 한 번씩 나보고 멍청하다고 그러잖아. 네가 경험이 없어서 그런 게 분명해. 이봐, 친구야, 똑똑한 게 전부는 아니란다. 난 원래 마음이 착하고 긍정적이야. '나 역시 여러 보드빌을 섭렵하거든.'[31] 너는 나를 나이 든 흘레스타코브로 받아들이기로 작정한 것 같은데, 사실은 내 운명은 그보다 훨씬 복잡해. 태고에 나한테 어떤 직분이 주어진 모양인데, 사실 난 그 직분의 정체를 아무리 이해하려 해도 이해가 안 되는데, 아무튼 그 직분 때문에 나는 부정적 이미지를 표출하게 돼 있어. 하지만 나한텐 착한 진심이 있고, 부정적인 것에 난 소질이 없어. 아, 하지만 너는 부정하려 들어도 괜찮아. 부정하는 태도가 있어야 비평이 가능하지. 그리고 '비평란'이 없으면 그게 무슨 잡진가? 비평이 없으면 그저 '호산나'밖에 없는 거지. 하지만 삶에는 '호산나' 하나만 필요한 게 아니거든. 이 '호산나'가 의심의 풀무 불 속을 거쳐 지나가고 어쩌고, 아무튼 그 비슷하게 돼야 되는 거야. 하지만 나는 이 모든 것을 두고 이래라 저래라 하는 입장은 아니야. 내가 창조한 게 아니니까 나한테 책임이 있는 게 아니지. 어쨌든 아사셀*이 선택되어 비평란에 글을 쓰라고 강요되었지. 그래서 나타난 게 바로 삶이야. 우리는 이 희극을 이해해. 나는, 예를 들어, 내가 없어져야 한다고 직접 대고 요구하지. 그런데도 '아니야. 너도 살아. 왜냐하면 너 없이는 아무것도 안 되거든. 만약 이 땅에 모든 것이 사리에 따라 이루어진다면 아무 일도 일어나지 않았을 거야. 너 없이는 차후에 사건도 있을 수 없어. 하지만 사건이 있어야 되거든' 하고들 나오는 거야. 그래서 나는 사건들이 있게끔 하기 위해 마지못해 근무하며, 명령에 따라 얼토당토않은 일들을 발생시키고 있는 거야. 이게 다 희극인데 사람들은 이걸 다 뭔가 진지한 것으로 받아들이는 적이 많아. 나무랄 데 없는 지성을 가진 경우에도 마찬가지로 말이야.

---

* 죄와 허물을 짊어지고 광야로 가는 염소(참고: 구약성경 레위기 16장 8, 10절) - 역자 주

바로 그 점에 그들의 비극이 있는 거야. 그래서 물론 괴로움을 겪곤 하지. 하지만…… 아무튼 그 덕분에 살잖아. 환상 속에서가 아니라 실제 속에서 사는 거지. 왜냐하면 그 괴로움이란 게 바로 삶이거든. 괴로움이 없다면 삶 속에 만족이 어디 있겠어? 그냥 모든 것이 하나의 끝없는 기도로 변했겠지. 그러면 거룩하긴 하겠지만, 좀 지루할 테지. 한편 나는 어떤지 알아? 나는 괴로움을 겪되, 살지는 않아. 나는 부정방정식 내의 엑스야. 나는 삶의 유령으로서, 모든 끝과 시작을 상실한 유령이야. 그래서 결국 나 자신을 어떻게 칭해야 하는지도 잊어버렸어. 넌 웃겠지……. 아니군. 넌 웃는 게 아니라 또 화를 내고 있군. 넌 계속 화만 내니? 넌 지성만을 계속 주장하겠지만, 내가 다시 한번 말하는데, 나는 100킬로그램이 넘는 상인 여자로 화신하여 신께 촛불 하나를 세워드릴 수만 있다면 이 전 우주에 걸친 나의 삶을 다 바치고 모든 관등과 명예를 다 바칠 수 있어."

"너는 적어도 신은 안 믿겠지?" 하고 이반이 혐오에 찬 비소를 내비쳤다.

"글쎄, 이걸 너한테 어떻게 설명해주면 좋을까? 물론 네가 농담으로 물어본 게 아니라면……."

"신이 있어, 없어?" 하고 이반이 또다시 매섭게 소리쳤다.

"아, 그러니까 너 진지하게 물어본 거였구나. 야, 내가 진짜로 말하는데, 난 모르겠다. 내 말은 정말이다."

"모른다고? 신을 봤다면서? 넌 아무래도 너 자신이 아니야. 넌 나야. 넌 나일 뿐이야. 더 이상은 아무것도 아니야! 넌 쓰레기야! 넌 나의 환각일 뿐이야."

"그러니까 뭐, 네가 원한다면, 난 너랑 같은 철학을 가질게. 그러면 맞겠지? Je pense donc je suis.*32 이건 내가 확실하게 알아. 나머지 나를 둘러싸고 있는 모든 것, 이 모든 세상들, 신, 심지어 사탄까지 이 모든 것은 나에게 있어 증명된 게 아니야. 그것들이 실제로 존재하는지, 아니면 그것들이 단지 나의 발현에 불과한지, 즉 태고로부터 홀로 있어온 내 속의 자아가 순차적으로 발전해간 결과인지가 말이야……. 그렇다고 치고, 나 금방 말 그칠게. 왜냐하면 네가 지금 날 때리려 달려들 거 같거든."

"차라리 무슨 우스운 얘기나 해보지 그래!" 하고 이반이 아픈 기색을 띠고 말했다.

"우스운 얘기가 있지. 바로 우리랑 연관된 주제로 말이야. 굳이 말하자면 우스운 얘기라기보다는 전설이라고나 할까. 네가 나한테 믿음이 없다고 뭐라고 하잖아? '보면서도 믿지 않는다'고 말이야. 하지만 있잖아, 나만 그런 게 아니거든. 내가 있는 그곳엔 지금 모두가 다 정신들이 몽롱해져 있어. 그게 다 너

---

* 나는 생각한다. 고로 나는 존재한다. (프랑스어)

희들의 잘난 학문 때문이야. 그저 원자니 오감이니 4대 원소니 하는 것만 있었을 때에는 그래도 모든 것이 그나마 좀 순조롭게 돌아갔어. 원자는 고대에도 있었거든. 그랬는데 너희 세계에서 '화학 분자'니 '원형질'이니 또 뭐니 하는 것을 발견했다는 것이 우리 세계에 알려지자마자, 우리 세계에선 다들 꼬리를 내리기 시작했어. 그냥 혼란이 시작된 거야. 미신과 유언비어가 나돌기 시작했어. 유언비어는 우리 세계에도, 너희 세계에 있는 만큼 충분히 있어. 심지어 조금 더 많기까지 해. 게다가 밀고마저 판을 치기 시작했어. 우리 세계에도 일정한 '정보'를 받아들이는 부서[33]가 하나 있거든. 그러니까 이건 기괴한 전설로서, 우리 세계의 중세 때 전설인데, 그러니까 너희 세계 중세가 아니라 우리 세계 중세라는 거지. 게다가 우리 세계에서도 100킬로그램이 넘는 상인 여자들 외에는 아무도 믿지 않는 그런 전설이야. 아, 그러니까, 여기서도 너희 세계의 상인 여자들 말고 우리 세계의 상인 여자들 말하는 거지, 너희 세계에 있는 모든 것이 우리 세계에도 있어. 이건 내가 널 특별히 위해주느라고 우리 세계의 비밀 한 개를 말해준 거야. 금지돼 있음에도 불구하고. 그 전설은 천국에 대한 전설이야. 자, 그러니까 이곳, 너희들 세계인 이 땅에 한 사상가요 철학자가 있었어. 그 사람은 모든 것을 부정했어. 법도 부정하고 양심도 부정하고 믿음도 부정했어.[34] 더 중요한 것은 미래의 삶을 부정했다는 거야. 그 사람이 죽었어. 죽으면 곧바로 암흑과 사망으로 떨어져버리는 거라고 생각했거든. 그랬는데 이게 웬일! 눈앞에 미래의 삶이 열리는 거야. 놀라고 분개하여 이렇게 말했지. '이건 내가 확신하던 바와 모순되는 거야.' 그 사람이 그렇게 말한 대가로 그 사람을 형에 처했어. 그러니까 말이야……, 너한테 뭔가가 마음에 안 들더라도 날 용서해라. 난 그저 내가 들은 바를 전달하는 것뿐이니까. 이건 단지 전설이라고. 자, 그 사람을 형에 처했어. 어떤 형이었나 하면, 그 사람이 암흑 속에서 1천조* 킬로미터를 이동하도록 하는 거였어(우리 세계에선 지금 킬로미터 단위가 쓰이거든). 그리고 이 1천조 킬로미터가 끝나야 그때 그 사람을 용서해주고 그 사람한테 천국의 문을 열어준댔어."

"너희 세계, 그러니까 저 세상에는 1천조 킬로미터 외에 또 어떤 고통이 존재하는데?" 하고 이반이 왠지 약간 생기를 얻어 그의 말을 끊고 물었다.

"어떤 고통이냐고? 어휴, 묻지도 마라. 전에는 그나마 좀 이해가 가는 거였는데 요즘은 도덕적인 것들이 점점 더 많아져. '양심의 가책'이니 뭐니 하는 황당무계한 것들 말이야. 그것도 다 너희 세계에서 들여온 거야. '너희들의 기질이 약해져서'[35] 그런 거지. 그렇게 되면 누가 이익이야? 양심 없는 자들이 이

---

* 1천조(千兆): 10^{15} - 역자 주

익이지. 왜냐하면 양심 없는 자에게 있어 양심의 가책이란 존재할 수가 없잖아. 그 대신 도리를 지키려 하는 사람들이 피해를 입지. 아직 양심과 체면을 지니고 있던 사람들 말이야. 아직 준비가 안 된 토양으로의 개혁이라는 거, 그것도 남의 제도들로부터 베낀 개혁이라는 건 단지 폐해를 가져올 뿐이야! 고대에 발견한 불 정도였으면 그저 괜찮았을 텐데. 자, 아무튼 그래가지고, 1천조 킬로미터에 해당하는 형을 선고받은 이 사람은 말이지, 생각을 해보더니 길 위에 가로 누웠네 그래. '가기 싫어. 내가 가진 주의에 의거하여 나는 가지 않겠어!' 하면서 말이야. 러시아의 계몽된 무신론자의 마음을 가져다가, 고래 배 속에서 사흘 밤낮을 화냈던 요나 선지자의 마음과 합성해봐.[36] 그러면 바로 이 길 위에 드러누운 사상가의 성격이 나올 거야."

"그 사람 뭘 깔고 드러누웠는데?"

"아, 거기 깔 만한 뭔가가 있었어. 너 지금 비웃는 건 아니고?"

"아, 잘했어!" 하고 이반이 아까의 그 이상한 생기를 계속 띠고 외쳤다. 이젠 그가 어쩐지 호기심에 차서 이야기를 듣고 있었다. "그래서 어떻게 됐어? 지금까지 누워 있는 거야?"

"그렇지 않다는 거지. 그 사람은 거의 1천 년을 그러고 누워 있다가 결국 일어나서 길을 갔어."

"야, 그거 바보 아냐?" 하고 이반이 부자연스럽게 껄껄대고 나서 소리쳤다. 그러면서 계속 열심히 무슨 생각을 하고 있었다. "아니, 영원히 누워 있는 거랑 1천조 베르스타를 가는 거랑 그게 그거 아니야? 1천조 베르스타를 걸어가려면 10억 년은 걸릴 거 아냐?"

"그것보다 훨씬 더 많이 걸려. 아유, 연필이랑 종이가 없네. 있으면 계산이 가능할 텐데. 그런데 그 사람은 이미 오래전에 도착을 했어. 바로 이 시점에서 우스운 이야기가 시작되는 거야."

"도착을 했다니? 어떻게? 10억 년이 벌써 지나갔어?"

"넌 지금 우리가 있는 이 땅의 잣대로 재려고 하는 거지? 지금의 이 땅 자체가 어쩌면 이미 10억 번이나 반복됐는지도 몰라. 그러니까 내 말은, 연수가 다 돼서 멸망하고 얼어붙고 금이 가고 부서지고 구성 요소별로 분해되어 다시금 궁창 위의 물이 생기고 그다음엔 다시 혜성, 다시 태양, 또 태양에서 다시 지구……. 이런 발전 과정이 어쩌면 이미 수없이 많은 횟수에 걸쳐 반복되고 있을 수도 있잖아. 그것도 매번 조금도 틀리지 않은 똑같은 양상으로 말이야. 아, 그거 너무 심할 정도로 지루하지 않니?"

"야, 야, 그래서 도착을 해서 어떻게 됐어?"

"그 사람한테 천국의 문을 열어주자마자 그 사람은 들어갔는데, 2초도 안 돼서 말이지, 여기서 말하는 2초란 시계로 잰 시간이야(비록 내 생각에 그 사람 시계는 오래전에 구성 요소들로 분해됐어야 되지만 말이야. 그 사람이 길을 걷는 동안 호주머니 속에서). 아무튼 2초도 안 돼서 그 사람은 이 2초 동안 1천조 킬로미터가 아니라 1천조 킬로미터에 1천조를 곱한 만큼의 거리도 갈 수 있다고 외쳤어. 그것도 부족해서, 그 수의 지수를 1천조로 해도 된다고 했어. 한마디로 '호산나'를 부른 거지. 뿐만 아니라 좀 과장한 거야. 거기서 좀 더 점잖은 사고방식을 가진 사람들이 처음엔 그 사람한테, 너무 격하게 보수주의자가 돼버렸다고 하면서, 손도 안 내밀려고 했어. 러시아적인 성격이지. 다시 한번 말하는데, 이건 전설이야. 난 그저 전해들은 그대로 이야기하는 것뿐이야. 그 밖에도 우리 세계엔 그런 모든 것들에 대한 다른 여러 개념들이 횡행하고 있어."

"넌 나한테 딱 걸렸어!" 하고 이반이 거의 어린아이처럼 신나게 외쳤다. 무언가를 확실히 기억해낸 듯했다. "천조 년에 대한 이 이야기는 내가 직접 지은 이야기야! 그때 나 만 열일곱이었어. 고등학교에 다녔을 때야. 그때 이 이야기를 지어서 한 친구한테 이야기해준 적 있어. 그 친구 성이 코로프킨이었어. 모스크바에서 있었던 일이야. 이 이야기는 아주 특이하기 때문에, 내가 어디서 발췌해낸 것일 리가 없어. 내가 거의 잊었었는데……, 지금 무의식적으로 기억이 났네. 기억이 난 건 네가 얘기해줘서가 아니라 나 스스로 기억을 떠올린 거야. 이처럼 무의식적으로 기억이 떠오르는 것들이 수없이 많아. 형장으로 끌려갈 때조차 갑자기 기억이 떠오르기도 해. 꿈에서 기억이 떠오른 거야. 그러니까 넌 바로 그 꿈인 거야! 넌 꿈이야. 실제로 존재하지 않아!"

"네가 그렇게 열심히 나를 부정하려는 걸 보면," 하고 불청객 신사가 웃으며 말했다. "아무래도 넌 나의 존재를 믿는 게 분명해."

"전혀 그렇지 않아! 1퍼센트도 안 믿어!"

"하지만 0.1퍼센트는 믿잖아. 극소량이라는 건 사실 면역을 일으킬 만큼 강할 때가 있지. 믿는다고 고백해. 0.01퍼센트라도 괜찮으니까."

"믿은 적은 단 1분도 없어!" 하고 이반이 격노하여 소리쳤다. "반대로, 한번 널 믿어봤으면 좋겠어" 하고 그가 갑자기 그렇게 이상하게 덧붙였다.

"어렵쇼? 그것도 하나의 고백이네! 그래, 내가 착하니까 널 도와주기로 하겠어. 야, 이것 봐, 내가 너한테 딱 걸린 게 아니라 네가 나한테 딱 걸린 거거든. 내가 일부러 네가 지은 그 이야기를 너한테 해준 거야. 네가 이미 잊어버렸던 이야기를 말이야. 네가 나를 믿지 않게 하기 위해서."

"거짓말! 네가 나타난 목적은 네가 존재한다는 걸 나로 하여금 믿게 하는 것이야."

"그래, 바로 그거야. 하지만 망설임, 불안, 믿음과 불신 간의 싸움……, 이런 것들이 때때로 너같이 양심적인 사람에게 있어 큰 괴로움이 되지. 목을 매 자살하는 게 차라리 나을 정도로. 나는 네가 나의 존재를 조금이나마 믿는다는 걸 알기 때문에 이 이야기를 해줘서 너한테 결정적으로 불신을 심어준 거야. 내가 너를 믿음과 불신 사이를 이리저리 왔다 갔다 하게 하고 있는 거야. 그리고 내가 그렇게 하는 데에는 목적이 있어. 새로운 방법인 거야. 네가 나의 존재를 완전히 불신하게 되는 날에는, 당장 나와 얼굴을 맞대고서, 내가 꿈이 아니라는 것을, 내가 실재한다는 것을 나로 하여금 믿게 하려고 할 거란 말이야. 넌 그런 사람이란 걸 난 알고 있단 말이야. 그렇게 되면 난 나의 목적을 달성하는 거지. 나의 목적은 고결한 것이야. 내가 너한테 아주 작은 믿음의 씨앗 하나만 던져 넣으면 그 씨앗으로부터 참나무가 자랄 거야. 그것도 네가 그 참나무 위에 걸터앉아 '은둔하는 신부들과 흠 없는 여자들'*37 무리에 참여할 생각을 할 정도로 큰 참나무가 말이야. 넌 사실 그걸 남몰래 아주 강하게 원하고 있어. 그리고 넌 메뚜기를 먹으며 구도의 길을 걸으러 광야로 갈 거야!"

"이건 뭐야? 그러니까, 이 잡놈아, 너 내 영혼의 구원을 위해 애쓴다 이거냐?"

---

* 이것은 A. S. 푸시킨이 지은 시의 첫 구절로, 은둔 생활을 하는 수도사들을 가리킨다. - 역자 주

"착한 일을 좀 하고 그래야 될 거 아니냐? 내가 보니 너 화난 것 같네."

"어릿광대 같은 놈! 야, 너 혹시 또 그런 사람들 유혹한 적 있는 거 아니야? 메뚜기 먹으며 허허벌판에서 17년씩 기도하면서 인간 사회와 담 쌓은 사람들 말이야."

"야, 내가 쭉 해온 일이 바로 그거야. 사람이 온 세상을 죄다 잊었다가도 뭐 한 가지에 딱 사로잡히게 된단 말이야. 왜냐하면 다이아몬드는 아주 고가거든. 그런 영혼 하나의 가격이 성좌 하나의 가격하고 맞먹을 때도 있어. 우리 세계엔 나름대로의 산술 방법이 있단다. 그건 정말 엄청난 노획물인 거지! 근데 어떤 영혼들은 진짜로 그 발전 정도에 있어 너한테 안 뒤져. 네가 안 믿을지 모르겠지만. 믿음과 불신의 심연들을 한순간에 통찰할 수 있을 정도야. 비록 어떤 때는, 약간만 더 그렇게 나가다간 사람이 거꾸로 곤두박질칠 것 같긴 하지만 말이야. 배우 고르부노프가 말한 것처럼.³⁸"

"그렇다고 치고. 코를 가지고 물러선 적도 있어?*"

"이봐, 친구야," 하고 불청객이 가르치는 어조로 말했다. "코 없이 물러서는 거보다야 코를 갖고 물러서는 게 낫지 않니? 그

---

* 이후에 이어질 말장난을 독자가 이해하게끔 하기 위하여 의도적으로 직역을 했다. '코를 가지고 물러서다'로 직역되는 러시아어 숙어가 갖는 속뜻은 '거둔 것이 없이 물러서다', '실패하고 물러서다'이다. - 역자 주

리 오래전 이야기가 아닌데, 병든 후작 한 사람이(아마 전문가한테서 치료를 받았을걸.) 자기가 고해 성사를 행하는 대상인 예수회 신부한테 이렇게 말했어. 그때 내가 옆에 있었거든. 그 대화는 정말 걸작이었어. '내 코를 돌려주세요!' 하면서 자기 가슴을 치는 거야. 그러자 신부가 둘러대며 이렇게 말하는 거야. '내 아들아, 모든 것은 우리로서 어쩔 수 없는 운명적 섭리에 따라 채워지며, 눈에 보이는 불행이 때로는 눈에 보이지 않는 엄청난 이득을 불러오기도 하느니라. 냉엄한 운명이 너에게서 코를 빼앗아 갔다면, 이로써 네가 얻은 이득은, 네 평생 동안 아무도 너에게, 네가 코를 갖고 있다*라고 말할 수 없는 그것이니라.' 그러자 절망에 싸인 그 후작이 이렇게 외치는 거야. '신부님, 그 말은 위로가 안 됩니다! 전 그 반대로 평생 동안 매일매일 코가 있는 상태였으면 합니다. 단, 코는 응당 있을 자리에 있어야 되겠죠.' 그러자 신부가 한숨을 쉬며 이렇게 말하는 거야. '나의 아들아, 모든 복을 한꺼번에 얻으려 하면 안 된다. 그리고 섭리에 대해 불평을 해서도 안 돼. 섭리는 너를 잊어버리지 않았잖느냐. 네가 지금 한 것처럼, 평생 동안 코가 있는 상태이고 싶다고 울부짖으면, 그건 바로 너의 소망이 간접적으로 이루어진 것이다. 왜냐하면 코를 잃음으로써 너는 사실 코

---

* 이 말에 역시, '아무것도 거두지 못했다'라는 속뜻이 있다. - 역자 주

가 있는 상태에 처하는 것*이지 않느냐…….'³⁹"

"에이그, 정말 썰렁해서 못 들어주겠네!" 하고 이반이 소리 질렀다.

"이봐, 친구야, 난 그냥 널 한번 웃겨볼까 한 거야. 어쨌든 이게 진짜 예수회식 궤변인 건 사실이야. 또 이 대화가 내가 너한테 서술해준 대로 토씨 하나 안 틀리고 바로 그렇게 진행된 것도 사실이야. 이 일은 일어난 지 그리 오래된 게 아닌데, 이 일 때문에 나는 분주히 뛰어야 했어. 불행한 그 후작 젊은이는 집으로 돌아와서 그날 밤 즉시 권총 자살을 했어. 내가 마지막 순간까지 그 젊은이랑 떨어지지 않고 같이 있었어. 그 고해 성사를 듣는 예수회 교회의 고해실로 말할 것 같으면, 그건 내가 삶의 슬픈 순간들을 잊기 위해 위로를 얻는, 진실로 내가 가장 아끼는 공간이지. 바로 며칠 전에 있었던 다른 경우를 하나 더 이야기해줄게. 나이가 스무 살 정도 된 금발의 노르만인 아가씨가 늙은 신부를 찾아왔어. 아리땁지, 풍만하지, 잘 빠졌지……. 침이 꼴깍 넘어가지. 허리를 구부리고 구멍으로 신부한테 자기 죄를 속삭이는 거야. 신부가, '아니, 그러니까, 내 딸아, 또 타락했단 말이냐? O Sancta Maria**, 이게 무슨 말

---

* 이 말의 속뜻이 '아무것도 거두지 못했다'임을 독자에게 다시 한번 알려드린다. - 역자 주

** 오, 성모 마리아여. (라틴어)

이냐? 벌써 또 다른 남자랑? 언제까지 그렇게 계속될 거냐? 부끄럽지도 않느냐?' 하고 외쳤어. 그랬더니 그 아가씨가 회개의 눈물을 그렁그렁 머금고, 'Ah mon père*, ça lui fait tant de plaisir et à moi si peu de peine!**'⁴⁰ 하고 말한 거야. 너도 한 번 그런 대답을 직접 들었다고 상상해봐. 거기서 난 한 발짝 뒤로 물러설 수밖에 없더라고. 그건 바로 자연 그대로의 외침이었어. 어쩌면 그건 순결 자체보다 더 나은 걸 수도 있어! 난 그 자리에서 당장 그 아가씨의 죄를 용서해주고 돌아서 가려고 했어. 그런데 곧장 다시 뒤돌아야만 했어. 듣자 하니 신부가 구멍을 통해 그 아가씨한테 저녁때 데이트를 신청하는 거야. 노인 신부는 꿈쩍 안 하는 요새와도 같았는데, 보니까 순식간에 무너지더라고! 자연스러운 것이, 진짜로 자연스러운 것이 승리하는 대목이었어! 왜? 또 뭐가 마음에 안 드냐? 또 화내는 거야? 정말 꼭 그래야겠니? 어떻게 해주면 네가 화를 안 낼까?"

"날 가만히 내버려둬. 넌 마치 거머리 같은 악몽처럼 내 골머리를 두드리는구나!" 하고 이반이 자신의 환영 앞에서 기력을 잃고서 병자의 목소리로 신음했다. "너랑 있으면 지루하고, 참을 수 없이 괴로워! 내가 널 쫓아낼 수만 있다면 내가 가진 많

---

* 아, 나의 신부님. (프랑스어)

** 그이가 얼마나 좋아하는데요! 난 그렇게 하는 게 힘도 별로 안 들고요. (프랑스어)

은 것을 기꺼이 희생하겠어!"

"다시 한번 말하는데, 요구 사항을 좀 줄여. 나한테서 너무 큰 것을 요구하지 마. 그러면 너랑 나랑 친밀하게 같이 지낼 수 있다는 걸 알게 될 거야" 하고 불청객 신사가 위엄 있게 말했다. "네가 진짜로 나한테 화를 내는 것은 내가 너한테 나타난 게 차후에 붉은 광채를 몰고 나타난 게 아니고 우르릉 소리를 낸다거나 번쩍번쩍 빛나면서 나타난 것도 아니고 그을린 날개를 달고 나타난 것도 아니고, 이렇게 소소한 모습으로 나타났기 때문이야. 넌, 첫째, 네가 기대했던 미학적 수준에 내가 못 미치니까 마치 네가 무시라도 당한 것 같은 느낌이고, 둘째, 자존심이 상한 거야. '나 같은 위대한 사람의 집에 이런 평범한 악마가 들어오다니!'라는 거지. 아무리 생각해도 너한테는 그런 약간 낭만적인 측면이 있어. 벨린스키가 그리도 비웃은 그런 측면 말이야. 어쩌겠어, 젊은 친구? 나는 아까 너한테 올 마음을 먹으면서 생각하기를, 그렇게 하면 진짜 우습겠다 싶어서, 코카서스에서 근무하던 퇴역한 4등 문관의 모습으로, 연미복에 사자와 태양이 들어간 별[41]을 달고 나타날까 했었는데, 결정적으로 그렇게 못하고 멈칫한 것이, 내가 적어도 북극성이나 시리우스를 달지 않고 겨우 사자와 태양을 연미복에 다는 어처구니없는 행동을 했다고 하면서 네가 날 구타할 것 같았기 때문이야. 넌 계속 내가 바보 같다고 하는데, 내가 솔직히 너랑 같은 지성의 수준에 놓이는 걸 넘보지는 않아. 메피스토펠레스가 파우스트에게 와서 자기 얘기를 하기를, 자기는 악을 원하지만 행하는 건 선밖에 없다고 했어.[42] 그건 메피스토펠레스 얘기고, 나는 그와 정반대야. 어쩌면 내가 진실을 사랑하고 선을 진심으로 원하는 사람으로서 전 자연계에 걸쳐 유일한 사람일지도 몰라. 나는 십자가에서 죽은 말씀이 우편에 못 박힌 강도의 영혼을 자신의 품에 품고서 하늘로 올라가던 때,[43] 그 자리에 있었어. 나는 노래하며 '호산나'를 외치는 그룹*들의 날카로운 소리들과 스랍**들의 뇌성 같은 환호 소리를 들었어. 그 소리에 하늘과 온 세계가 진동했어. 그런데, 바로 이게 거룩한 거라고 난 확신하는데, 내가 노랫소리에 합세하여 모두와 더불어 '호산나!' 하고 외치려 했어. 벌써 가슴속에서 그 소리가 터져 나오기 직전이었는데……, 너도 알다시피 내가 아주 예민하고 예술적 감수성이 풍부하잖아. 그래서 그렇게 함께 외치려고 했었는데……, 그놈의 상식이라는 게! 아, 그건 정말 내가 가진 천성 중 가장 재수 없는 천성이야! 그놈의 상식이라는 게 날 정해진 선 안에 가두더라고. 그러다 보니 난 기회를 놓쳐 버렸어! 그때 난 즉시 이렇게 생각했지. '만약 내가 호산

---

* 그룹: '지천사'라고도 하는, 구약성경에 나오는 천사. - 역자 주

** 스랍: '치천사'라고도 하는, 구약성경에 나오는 천사. - 역자 주

나를 외쳤더라면 어떻게 됐을까? 그 즉시 이 세상의 모든 것이 시들어버렸을 테고 아무 사건도 일어나지 않게 돼버렸을 테지' 하고. 그래서 오로지 나의 직분과 나의 사회적 지위를 지켜야 한다는 것 때문에 나는 그 좋은 기회를 내 속에서 묵살해버리고 더럽고 해로운 것들 속에 계속 남았어야 했던 거야. 선의 영예는 누군가가 다 가져버리고, 나한테는 더럽고 해로운 것만 할당되는 거야. 하지만 나는 남의 돈으로 먹고 사는 영예를 안 부러워해. 난 영예에 대한 욕심이 없어. 이 세상 만물 중 왜 오로지 나만 모든 도리를 지키는 사람들에게서 저주를 받고 심지어 구둣발에 차일 운명에 놓인 거지? 내가 육신을 입으면 때로 그런 결과를 감수해야 된단 말이야. 여기에는 비밀이 있다고 나는 알아. 하지만 그 비밀을 절대로 나한테 공개하지 않으려 해. 왜냐하면 아마, 내가 어디에 비밀이 있는지를 짐작해내게 되면 '호산나'를 소리 질러 외칠까 봐 그러는 걸 거야. 그렇게 되면 필요악이 사라져버리고 전 세계에 선이 가득 찰 테니까, 그럼으로써 모든 것은 막을 내리게 될 테지. 신문도 필요 없어지고 잡지도 필요 없어질 테지. 왜냐하면, 그런 상황에서 과연 누가 신문이나 잡지를 구독하려 들까? 나는 물론 결국에 가서는 내가 승복을 하고 나에게 주어진 1천조 킬로미터를 끝까지 걸어 비밀을 알아내게 될 것을 알아. 하지만 그렇게 되기 전까지 나는 반항을 하면서 마지못해 나의 사명을 이행하는 거야. 한 사람이 구원받게 하기 위해 수천 명을 몰락시키는 거 말이야. 예를 들어, 의인 욥 단 한 사람을 얻기 위해 몇 명을 죽여야 했어? 몇 사람의 명예에 먹칠을 해야 했어? 나 왕년에 그 사람 때문에 완전 떡 됐잖아! 비밀이 밝혀지기 전까지는 어쩔 수 없이 나에게는 두 개의 진리가 존재하는 거야. 하나는 나한테 아직 전혀 알려지지 않은 그곳의, 그네들의 진리, 또 하나는 나의 진리야. 그리고 그중 어떤 것이 더 순수한 진리인지는 아직 몰라. 너 자는 거야?"

"어디 한번 그래볼까?" 하고 이반이 화난 투로 웅얼거렸다. "내 천성 속에 있는 모든 어리석은 것, 이미 내가 다 겪어서 아는 것, 내 머릿속에서 새김질을 다 마친 것, 죽은 짐승 갖다 버리듯 갖다 버린 것을 갖다가 너는 다른 사람도 아니고 바로 나한테 마치 차후에 새 소식인 것처럼 보고하고 앉았네!"

"이번에도 내 말이 마음에 안 들었어? 난 또 일부러 문학적 서술 기법까지 써가면서 너한테 맞춰주려고 했는데. 하늘에서의 그 '호산나' 얘기는 좀 괜찮게 나오지 않았어? 그다음에 지금 à la 하이네*의 이 풍자적 억양하고 말이야. 안 그래?"

"안 그래. 난 너 같은 하인이었던 적 한 번도 없어! 나의 마음속에서 어쩌다가 너 같은 하인이 태어난 거지?"

---

* à la 하이네: 하이네(Heine)풍. - 역자 주

"이봐, 친구야, 내가 아주 멋지신 러시아 지주 귀족 한 분을 알고 있거든. 젊은 사상가시고 문학과 섬세한 예술을 아주 좋아하시고 서사시를 직접 쓰시는 분이셔. 그 유망한 서사시는 '대심문관'이라는 제목이야. 난 그분을 염두에 두고 얘기한 거였어."

"'대심문관' 얘기는 하지 마" 하고 이반이 부끄러워 얼굴이 빨개져서 소리쳤다.

"그럼 '지질 대변동'은? 기억나지? 그거 참 괜찮은 서사신데!"

"입 못 닥쳐? 너 그러다 나한테 죽는다!"

"아유, 날 죽이시겠다고? 정말 미안한데, 내가 이건 꼭 말해 줘야겠다. 내가 온 건 바로 이 만족을 얻으려고 온 거야. 야, 열정적이고 젊은, 삶에 대한 갈망으로 설레는 나의 친구들의 꿈을 내가 얼마나 좋아하는데! 지난봄에 이곳으로 오려고 할 때 네가 가졌던 생각에 대해서 말해줄까? '거기 새로운 사람들이 나타났다. 그 사람들은 모든 것을 파괴하고, 인육을 먹는 행위부터 시작하려고 하고 있다. 바보들! 나한테 물어보지도 않고! 내 생각으로는 아무것도 파괴할 필요가 없어. 다만 인류 안에서 신에 대한 사상만을 파괴하면 돼. 바로 그것부터 손대면 되는 거야. 바로 그것부터, 바로 그것에서 시작해야 된다고. 어휴, 꽉 막혀서 아무것도 이해 못 하는 것들! 인류의 각 개체가 전부 신을 부인하기만 한다면(나는 그 시대가 지질 시대와 병행하여 종료할 것이라고 믿어), 굳이 인육을 먹지 않아도 전의 세계관 전체가 저절로 몰락하고, 중요한 것은 전의 도덕 전체가 무너진다는 것이고, 그리하여 모든 새로운 것이 시작되는 거지. 사람들은 삶으로부터 건질 수 있는 모든 것을 건지기 위하여 서로 교접할 것이지만, 오직 이 세상에서만의 행복과 기쁨을 위해서만 그렇게 할 것이야. 인간은 신적이고 거인적인 자존의 영으로써 지위 상승을 이루어 신적인 인간이 탄생할 것이야. 자신의 의지와 학문으로 매시간 끝없이 자연을 극복해감으로써 인간은 매시간 높은 수준의 만족을 느끼게 되어, 이전에 해왔던 천상의 만족을 향한 모든 추구가 필요 없게 될 것이다. 각 사람이 자기가 죽을 운명이라는 것, 부활은 없다는 것을 알 것이며, 당당하고 침착하게 죽음을 받아들일 것이다. 신처럼 말이야. 그는 삶이 한순간이라는 것은 불평할 대상이 아니라는 점을 자존심으로 인해 이해할 것이며, 아무런 보상도 바라지 않고 자신의 형제를 사랑할 것이야. 사랑은 삶이라는 순간에만 해당하는 것일 테지만 사랑이 순간적인 것임을 의식함으로써 사랑의 불길을 키울 수 있을 것이며, 그리하여 그 불길은 전에 저 세상에서의 사랑과 영원한 사랑을 향한 추구 속에서 타올랐던 불길만큼 강할 것이다.' 뭐 이런 식의, 기타 등등의 생각이었지. 아주 멋진 생각이야!"

이반이 양손으로 자기 귀를 막고 앉아 바닥을 보고 있다가,

온몸을 떨기 시작했다. 그러는 중에도 목소리는 계속되었다.

"내가 아는 그 젊은 사상가는, 이제 문제가 어디에 있다고 생각했나 하면, 그런 시대가 언젠가 시작되는 것이 가능한지 가능하지 않은지에 있다고 생각했어. 만약 시작되면 모든 것은 해결된 것이고 인류는 최종적으로 안정을 찾을 거야. 하지만 인간의 고질적인 어리석음으로 인해 아마도 그것이 천 년 이내로는 안 이루어질 것 같으니까, 현재 이미 진리를 의식하는 자에게는 누구나 자기가 하고 싶은 대로 거리낌 없이, 새로운 원리에 따라서 삶을 영위하는 것이 허락돼. 그런 의미에서 그에게 '모든 것이 허용된다'는 거야. 뿐만 아니라, 그 시대가 만일 아무리 기다려도 오지 않는다면, 그래도 신이 없고 영생이 없는 건 마찬가지니까, 새사람에게는 신적인 인간이 되는 것이 허용돼. 설사 그런 사람이 세계를 통틀어 한 사람일지라도 말이야. 그리고 물론 그 사람은 새로운 지위를 갖고 가벼운 마음으로, 지난날의 노예적인 인간이 가졌던 지난날의 모든 도덕적 제한을 넘어 뛰는 것이 허용돼. 필요하다면 말이야. 신에게는 지켜야 할 법이 필요 없으니까 말이야. 신이 자리를 잡는 곳은 자동적으로 신의 자리가 되는 거야. 내가 자리를 잡는 곳이 바로 제일가는 처소가 되는 거지. '모든 것이 허용된다.' 그이상 필요 없어. 이 모든 것은 참 좋은데, 근데 만약 사기를 치려고 마음먹었다면, 진리의 제재가 왜 필요하겠냐 싶겠지? 하지만 우리 러시아의 현대인이 그런 걸 어떡해? 제재가 가해지지 않으면 사기를 칠 생각도 못해. 그 정도로 진리를 사랑한단 말이야."

불청객은 자신의 연설에 스스로 도취된 듯했다. 점점 더 목소리를 높여가며 비웃음이 담긴 얼굴로 집주인을 간간이 쳐다보았다. 하지만 말을 끝까지 하진 못했다. 이반이 갑자기 상에서 컵을 들어 팔을 휘둘러 불청객에게 던졌기 때문이다.

"Ah, mais c'est bête enfin!*" 하고 그가 소파에서 튀어 일어나 자기 몸에 튄 차 방울들을 털어내며 소리쳤다. "루서의 잉크병이 생각 나네!⁴⁴ 너 스스로 나를 꿈이라고 여기면서, 그래, 꿈한테 컵을 던지냐? 보통 여자들이 그렇게 행동하는데. 그리고 내 생각이 맞았구먼. 네가 귀를 막고 있는 척하면서 들을 건 다 들었어."

갑자기 마당 쪽에서 창틀을 쿵쿵 하고 세게 두드리는 소리가 났다. 이반 표도로비치가 소파에서 벌떡 일어났다.

"야, 열어주는 게 나을걸" 하고 불청객이 소리쳤다. "네 동생 알렉세이가 전혀 예상 못 했던 흥미로운 소식을 가지고 왔어. 내 말은 틀림없어."

"닥쳐, 이 거짓말쟁이야, 저게 알렉세이라는 건 내가 너보다

---

* 야, 이건 솔직히 너무했다! (프랑스어)

먼저 알았어. 나한테 그런 예감이 든 거야. 또 걔가 그냥 왔을 리가 없지. 물론 '소식'을 갖고 왔겠지!" 하고 이반이 격노하여 소리쳤다.

"문 열어줘, 들어오게. 마당에 눈보라가 치는데 네 동생이 거기 서 있잖아. Monsieur, sait-il le temps qu'il fait? C'est à ne pas mettre un chien dehors…….*"

두드리는 소리가 계속되었다. 이반은 창문으로 달려가려 했으나 무언가가 갑자기 그의 양다리와 양팔을 묶어놓은 것 같았다. 그는 자기를 묶은 것을 온 힘을 다하여 끊어내려 했으나 헛수고였다. 창문 두드리는 소리는 점점 더 커져갔다. 결국 자기를 묶고 있는 걸 끊어내고 이반 표도로비치는 소파에서 일어났다. 그는 허겁지겁 주위를 둘러보았다. 촛불 두 개가 거의 다 탔다. 그가 방금 전에 불청객을 향해 던졌던 컵이 상 위에 놓여 있었고, 맞은편 소파 위에는 아무도 없었다. 창틀을 두드리는 소리는 집요하게 계속됐지만, 방금 꿈에서 그가 들었던 것만큼 크지는 않았다. 그 반대로 다분히 절제된 소리였다.

"이건 꿈이 아니었어! 맹세코 이건 꿈이 아니었어. 이건 실지로 지금 있었던 일이야!" 하고 이반 표도로비치가 소리치고는 창 쪽으로 달려가 쪽창문을 열었다.

---

* 지금 날씨가 어떤지 아세요? 이런 날씨에는 개도 마당으로 안 쫓아내요……. (프랑스어)

"알렉세이야, 내가 오지 말라고 했잖아!" 하고 그가 동생에게 사납게 소리쳤다. "간단하게만 말해, 무슨 일인지. 간단하게. 알았어?"

"한 시간 전에 스메르쟈코프가 목을 맸어" 하고 알렉세이가 말했다.

"현관으로 와. 문 열어줄게" 하고 이반이 말하고 알렉세이에게 문을 열어주러 갔다.

X
"그건 그자가 한 말이야!"

들어와서 알렉세이는 이반 표도로비치에게, 한 시간 약간 더 전에 마리야 콘드라치예브나가 자기한테 달려와, 스메르쟈코프가 자살했다며, "사모바르에 물을 채워주러 그분 방으로 들어갔는데, 그분이 벽 못에 목을 매단 채 걸려 있었어요" 하고 소식을 전해주었다고 말했다. 신고했냐는 알렉세이의 질문에 그녀는, 아무에게도 신고하지 않았다고, "곧장 알렉세이 표도로비치 씨께 먼저 부리나케 달려왔어요" 하고 대답했다. 알렉세이가 전한 바에 따르면 그녀는 마치 미친 사람 같았고, 온몸을 사시나무 떨듯 바들바들 떨었다. 알렉세이가 그녀와 함께 그녀의 오두막집에 달려와서 보니 스메르쟈코프가 아직도 매달려 있었다. 상에는 '나 스스로의 의지로, 나 스스로가 원해서, 아무에게도 죄를 전가하지 않기 위해 스스로의 목숨을 끊는다'라고 쓰인 쪽지가 놓여 있었다. 알렉세이는 그 쪽지를 그냥 상에 놓아두고 당장 군 경찰서장에게 가서 모든 내용을 신고한 뒤 곧장 이반에게 오는 길이라고 했다. 그는 이반의 얼굴을 뚫어져라 쳐다보면서 그렇게 말을 마쳤다. 이야기하는 동안 그는 이반의 얼굴 표정에서 무언가 매우 놀랄 만한 것을 발견한 듯, 한 번도 시선을 거두지 않았다.

"형," 하고 그가 갑자기 외쳤다. "형 진짜 많이 아픈 거 맞지? 날 쳐다보고 있으면서도 내 말을 이해 못 하는 거 같아."

"네가 잘 와줬다" 하고 이반이 생각에 잠긴 듯, 알렉세이가 외친 말을 전혀 듣지 못한 것처럼 말했다. "근데 나 그놈이 목을 맸다는 거 알고 있었어."

"누구한테서 들었어?"

"누구한테서 들었는지는 모르겠어. 하지만 난 알고 있었어. 내가 알고 있었다고? 아, 그자가 나한테 말해줬어. 그자가 지금껏 나한테 말을 하고 있었어."

이반이 방 한가운데에 서서 계속 생각에 잠긴 듯 바닥을 보면서 말했다.

"그자가 누군데?" 하고 알렉세이가 자기도 모르게 주위를 둘러보며 물었다.

"내뺐어."

이반이 고개를 들고 조용히 미소 지었다.

"네가 무서웠던 거지. 네가 '성결한 천사'[45]니까 말이야. 드미트리가 널 천사라고 부르지? 천사……. 스랍들의 뇌성 같은 환호 소리! 스랍이 뭐야? 어쩌면 그들의 무리가 하나의 성좌만큼 클 수도 있지. 또 어쩌면 성좌라고 해봤자 어떤 화학 분자일 수도 있지. 사자와 태양이라는 성좌가 있나? 너 혹시 모르니?"

"형, 앉아봐!" 하고 알렉세이가 놀라서 말했다. "제발 좀 앉아 봐, 소파에. 형 지금 잠꼬대하고 있어. 베개를 베고 좀 누워. 이렇게. 젖은 수건 머리에 댈래? 그러면 좀 나을 수도 있잖아."

"수건 갖다 줘. 저기 의자에 있어. 내가 아까 거기다 던져놓았어."

"없는데. 걱정 마. 내가 알아, 어디 있는지. 여기 있네."

알렉세이가 방의 다른 쪽 구석에 놓인 이반의 탁자 옆에서, 사용하지 않은 채로 접혀 있는 깨끗한 수건을 찾아냈다. 이반이 이상하다는 눈길로 수건을 바라보았다. 기억이 순식간에 그에게로 돌아왔다.

"잠깐만" 하면서 그가 소파에서 몸을 일으켰다. "내가 아까, 한 시간 전에, 바로 이 수건을 저기서 가져다가 물로 적셨는데. 그리고 머리에 댔다가 여기에다 던졌는데. 어떻게 된 거지? 말라 있네. 다른 수건은 없는데."

"형이 이 수건을 머리에 댔었다고?" 하고 알렉세이가 물었다.

"응. 머리에 댄 채로 방을 돌아다녔어. 한 시간 전에. 왜 초들이 다 탔지? 지금 몇 시야?"

"곧 12시야."

"아니야, 아니야, 아니야!" 하고 이반이 갑자기 소리 질렀다. "그건 꿈이 아니었어![46] 그자가 왔었어. 여기 앉아 있었어. 저 소파에. 네가 창문을 두드릴 때쯤에 내가 그자한테 컵을 던졌어. 이 컵을. 가만있어봐. 나 전에도 잤었는데, 그 꿈은 꿈이 아니야. 전에도 그랬어. 알렉세이야, 나 요즘 꿈들이 말이야……, 근데 그게 꿈은 아니야. 생시야. 내가 걸어 다니고, 말을 하고, 내 눈에 보여. 그런데 잠을 자는 거야. 그자가 여기 앉아 있었어. 여기 있었어. 저 소파에. 그자는 아주 바보 같아, 알렉세이야. 아주 바보 같아" 하고 이반이 갑자기 웃음을 터뜨리고 방 안을 돌아다니기 시작했다.

"누가 바보 같다고? 형 지금 누구 얘기하는 거야?" 하고 알렉세이가 다시금 침울한 어조로 물었다.

"악마! 그자가 날 찾아오기 시작했어. 두 번 왔었어. 어쩌면 세 번이라고도 할 수 있어. 그자가 그을린 날개를 지니고 뇌성과 번쩍임을 동반하는 사탄이 아니라 한낱 악마일 뿐이라는 걸 가지고 내가 화를 낸다고 하면서 날 놀렸어. 하지만 그자가 사탄은 아니야. 그건 그자가 거짓말을 하는 거야. 그자는 가짜야. 그자는 그저 악마일 뿐이야. 시시하고 졸렬한 악마일 뿐이야. 그자는 공중목욕탕에 다녀. 그자의 옷을 벗겨보면 아마 꼬리가 달렸을 거야. 덴마크 종 개한테 있는 것 같은 기다랗고 징그러운, 길이가 1아르신은 되는 적갈색 꼬리가……[47] 알렉세이야, 너 몸이 꽁꽁 얼었지? 눈 맞았지? 차 마실래? 뭐? 차가 운 차? 차 끓이라고 할까? C'est à ne pas mettre un chien dehors."

알렉세이가 재빨리 물통으로 달려가 수건을 적셔서 이반을 다시 앉도록 설득하여, 젖은 수건을 그의 머리에 둘렀다. 그리고 그 옆에 앉았다.

"아까 네가 나한테 리자 얘기를 하면서 뭐라고 했지?" 하고 다시금 이반이 말을 시작했다(그는 말이 아주 많아졌다). "난 리자가 마음에 들어. 내가 너한테 리자에 대해서 무슨 안 좋은 얘기 했지? 그건 내가 거짓말 한 거야. 난 리자가 마음에 들어. 나 내일 카체리나한테 가는 게 내키지가 않아. 제일 내키지가 않아. 앞으로 있을 일 때문에. 내일 카체리나가 나를 차버리고 발로 밟아 뭉갤 거야. 카체리나는 내가 자기 때문에 질투를 하느라고 드미트리를 파멸시키려 한다고 생각해. 맞아, 그 여자는 그렇게 생각하고 있어. 그런데 그거 아니거든. 내일은 십자가일지언정 교수대는 아니야. 난 목매달아 죽지 않을 거야. 네가 알지 모르겠지만 난 절대로 자살할 수 없어, 알렉세이야. 그건 너무 비열해. 내가 겁쟁이라서가 아니라. 사는 걸 갈망해서 그래! 스메르쟈코프가 목매달아 죽은 걸 내가 어떻게 알았지? 아, 그자가 나한테 말해줬지……."

"여기 누군가가 앉아 있었다고 형 확신해?" 하고 알렉세이가 물었다.

"저 소파 위에. 구석에. 네가 있었으면 그자를 쫓아냈을 텐데. 아, 그러고 보니까 네가 쫓아낸 거네. 네가 나타나자마자 그자가 사라졌어. 난 네 얼굴이 마음에 들어, 알렉세이야. 내가 네 얼굴을 마음에 들어 한다는 거 너 알고 있었니? 근데 그자는 바로 나야, 알렉세이야. 내 자신이야. 나에게 있는 모든 저속하고 야비하고 경멸스러운 것이야. 그래, 난 낭만주의자야. 그자가 그랬어. 비록 그 말이 날 헐뜯는 터무니없는 말이긴 해도. 그자는 아주 바보 같아. 그런데 그자는 바로 그걸 이용해. 그자는 교활해. 여우처럼 교활해. 나를 어떻게 하면 이성을 잃게 할 수 있는지 알고 있었어. 그자는 계속 나를 놀렸어. 내가 자기를 믿는다고 말이야. 그런 말을 해가지고 나로 하여금 자기 말을 들을 수밖에 없게 했어. 어린아이를 속이듯 나를 속였어. 하긴 그자가 나에 대해서 옳은 소리를 많이 했어. 나 같으면 스스로에게 그런 소리는 못 했을 거야. 알겠니, 알렉세이야?" 하고 이반이 아주 심각하게, 마치 극비 사항인 양 그렇게 덧붙였다.

"나는 그자가 실제로 그자였으면 좋겠어. 내가 아니라."

"그자가 형을 정신적으로 지치게 만들었나 봐" 하고 알렉세이가 연민의 표정으로 형을 쳐다보며 말했다.

"날 놀려댔어! 그것도 아주 교묘하게. '양심이라고? 그래, 양심이 뭐란 말이야? 내가 스스로 그걸 만든다. 내가 왜 괴로워하느냐고? 습관적으로 그래. 전 세계 인류가 갖는 7천 년 동안 익은 습관에 따라. 그 습관을 버리고 신이 되자고.' 그랬어. 그건 그자가 한 말이야!"

"형이 한 말이 아니고? 응?" 하고 알렉세이가 맑은 눈을 똑바로 떠서 형을 바라보면서 참지 못하고 소리쳤다. "뭐, 그자가 한 말이면 그자가 한 말인 거고. 그자 생각 떨쳐버리고 그자에 대해서 잊어버려! 형이 저주하는 모든 것을 가지고 가버리라 그래. 다시는 오지 말라고!"

"응. 그런데 그자는 악독해. 나를 비웃어. 그자는 뻔뻔스러웠어, 알렉세이야" 하고 이반이 화가 나서 몸서리를 치면서 말했다. "그자는 나를 터무니없이 헐뜯었어. 많은 점에 있어서. 나와 얼굴을 맞대고 나에 대한 거짓말을 나한테 했어. '아, 넌 선한 위업을 행하러 가는구나. 아버질 죽였다고 발표할 거지? 하인이 너의 지시대로 아버지를 죽였다고……' 그랬어."

"형," 하고 알렉세이가 그의 말을 끊었다. "흥분하지 마. 형이 죽인 거 아니야. 형이 죽였다는 건 사실이 아니야!"

"그건 그자가 한 말이야, 그자가. 그자는 그걸 알아. '너 선한 위업을 행하러 가는구나. 그런데 너 선을 믿지는 않는구나. 바로 그것 때문에 스스로 화가 나고 괴로운 거지? 바로 그것 때문에 네가 그토록 복수심에 불타는 거지?' 그랬어. 그자가 그렇게 나에 대해 말한 거야. 그자는 아무 말이나 하지 않아."

"그건 형의 말이야, 그자의 말이 아니라!" 하고 알렉세이가 고뇌에 차서 소리쳤다. "형은 병중에 잠꼬대를 하는 거야. 자기를 괴롭히면서 말이야!"

"아니야, 그자는 아무 말이나 하지 않아. '너는 자존심 때문에 가는 거야. 넌 일어서서 말할 거야. '내가 죽였습니다. 뭐가 그렇게 무서워서 인상을 찌푸리고 그러세요? 당신들은 거짓말을 하고 있어요! 당신들의 의견을 경멸합니다. 당신들이 무서워하는 것을 경멸합니다'라고 말이야.' 이 말은 그자가 나에 대해서 하는 말이야. 그러다가 또 갑자기 이래. '넌 또 사람들이 널 칭찬하길 원하는 거야. 범죄자니 살인자니 하면서. 그래도 자기 형을 구하려고 고백을 했으니 얼마나 아량이 있냐느니 하면서 말이야.' 그 말이야말로 틀린 말이야, 알렉세이야!" 하고 이반이 갑자기 눈을 번득이며 소리 질렀다. "나는 평민들이 나를 칭찬하는 거 원치 않아! 그자가 잘못 말한 거야, 알렉세이야. 잘못 말한 거야. 맹세할 수 있어! 내가 그 말 때문에 그자한테 컵을 던진 거야. 컵은 그자의 상판대기에 맞았어."

"형, 진정해. 그만 말해!" 하고 알렉세이가 애원했다.

"그자는 보통이 아니야. 괴롭힐 줄을 알아. 잔인하게" 하고 이반이 알렉세이의 말을 듣지 않고 계속했다. "나는 그자가 왜 찾아오는지 항상 짐작을 해왔어. 그자가, '네가 자존심 때문에 가려고 했다고 쳐. 하지만 스메르쟈코프의 죄를 물어 스메르쟈코프를 강제 노동에 처하고 드미트리를 무죄로 인정할 희망도 있던 게 사실이잖아. 너는 다만 도덕적으로만 비판을 받게 되고 말이야(이 말을 하면서 그자가 웃었단 말이야!). 하지만 칭찬을 하는 사람들도 있을 거라고. 하지만 이제 스메르쟈코프가 목매달아 죽었으니, 자, 누가 과연 법정에서 너 혼자 하는 말을 믿어줄까? 그래도 너 갈 거지? 가기로 했으니까 어차피 갈 거지? 그런데 가서 뭘 하겠다는 거야?' 이러는 거야. 이건 끔찍해, 알렉세이야, 난 그런 질문을 견딜 수가 없어. 누구라서 감히 나에게 그런 질문을 하는 거야?"

"형,"

알렉세이가 무서움에 숨을 죽이며, 하지만 그래도 이반이 정신을 차리도록 할 수 있을지 모른다는 희망을 걸고 그의 말을 끊었다.

"그자가 내가 오기 전에 어떻게 스메르쟈코프의 죽음에 대해서 말할 수 있었어? 아무도 그 사실을 몰랐는데. 게다가 시간상으로도 아무도 몰랐던 시간인데."

"그자가 말했어" 하고 이반이 의심의 여지를 주지 않으며 확고하게 말했다. "그자가 바로 그 얘기만을 했다고도 할 수 있어. '네가 선을 믿었다는 얘기네. 그건 좋아. 그러니까, 아무도 네 말을 안 믿을 수도 있지만 네가 가진 주의에 입각하여 갈 거라 이거지? 하지만 잘 생각해봐. 넌 저속한 인간이야. 표도르 파블로비치랑 똑같아. 그런데 너한테 선이 무슨 필요가 있어? 뭐 하러 거길 간다는 거야? 네가 아무리 희생을 해봤자 아무 도움도 안 될 텐데. 너도 가긴 가되 왜 가는지 모르는 거지? 네가 왜 가는지를 스스로 알 수만 있다면 많은 값을 내고라도 알려고 했을 테지? 그러니까 뭐야, 결심을 했다 이거야? 결심은 무슨 결심? 넌 아직 결심 안 했어. 넌 밤새 앉아서 갈지 말지 고민할 거야. 하지만 가긴 갈 테지. 네가 갈 거라는 걸 너 스스로 알아. 네가 어떻게 결심을 하려 하든 간에 어떤 결정이 나올지는 너한테 달려 있는 게 아니라는 걸 너 스스로 알고 있어. 넌 감히 안 갈 수 없으니까 갈 거야. 왜 감히 안 갈 수 없냐고? 그 정도는 네가 알아서 알아맞혀봐라. 자, 수수께끼가 주어졌다!' 하고 말했어. 그리고 일어나서 갔어. 네가 오자 그자가 갔어. 그자가 나를 겁쟁이라고 불렀어, 알렉세이야! Le mot de l'enigme.* 내가 겁쟁이라고. '저 따위 독수리들에겐 지상 위의 창공을 날라고 할 수

---

* 수수께끼의 답은 바로 그거야. (프랑스어)

없지!' 이 말은 그자가 덧붙인 말이야. 그렇게 덧붙였다고! 그리고 스메르쟈코프도 같은 말을 했어. 그자를 죽여야 돼! 카체리나는 나를 경멸해. 벌써 한 달 전부터 그게 눈에 보여. 게다가 리자도 경멸을 시작하는 중이야. '사람들이 널 칭찬할 거 같아서 가는 거지?' 이 말은 말도 안 되는 말이야! 알렉세이 너도 나를 경멸해. 이제 난 너를 다시 미워할 거야. 그 몹쓸 놈도 미워할 거야, 그 몹쓸 놈도! 몹쓸 놈을 구하려고 하지 않겠어. 강제 노동 가서 썩으라고 해! 송가나 부르라 그래! 아, 나 내일 가서, 그 사람들 앞에 서서 모두의 얼굴에다 침을 뱉을 거야!"

그는 극히 흥분하여 벌떡 일어나 머리에서 수건을 벗어 던지고 다시금 방 안을 왔다 갔다 하기 시작했다. 알렉세이는 아까 그가 했던, '마치 내가 생시에 잠을 자는 것 같다. 걸어 다니고 말을 하고, 눈에 보이는데, 사실은 자는 거다'라는 말을 기억해 냈다. 지금도 바로 그렇게 되고 있는 것 같았다. 알렉세이는 그에게서 떨어지려 하지 않았다. 의사에게로 달려가 의사를 데리고 올까 하는 생각도 났으나, 형을 혼자 놔두는 게 무서웠다. 형을 돌보도록 맡겨둘 만한 사람은 없었다. 결국 이반이 서서히 의식을 잃어가기 시작했다. 그는 말을 그치지 않고 계속했다. 하지만 이미 사리에 맞지 않는 말이었다. 단어들을 잘 발음하지 못하기도 했다. 그러다가 갑자기 비틀거리며 쓰러지려 했다. 그러나 알렉세이가 그를 부축했다. 그는 이반을 침상까지 데려가 힘들게 옷을 벗겨 자리에 눕히고서 두 시간을 그 옆에 앉아서 지켜보았다. 환자인 이반이 깊이 잠들어, 움직이지 않고 조용하고 고르게 숨을 쉬었다. 알렉세이는 베개를 가져다가 옷을 벗지 않은 채로 소파에 누웠다. 잠이 들면서 그는 드미트리와 이반을 위해 기도했다. 그는 이반의 병을 이해할 수 있을 것 같았다. '자존심에서 비롯된 결심에 동반되는 고통이고, 깊은 양심의 가책이야!' 하고 그는 생각했다. 이반이 믿지 않는 신과 그 진리가 그의 마음을 좌우하되 그는 아직도 복종하기를 싫어하는 것이었다. '그래, 스메르쟈코프가 죽은 이상, 이반 형의 증언을 믿을 사람은 아무도 없을 거야. 그런데 그래도 이반 형은 가서 증언할 거야' 하는 생각이 알렉세이가 베개를 베고 누웠을 때 그의 머릿속을 찾아 들었다. 그는 조용히 미소를 지었다. '신께서 승리하실 거야!' 하고 그는 생각했다. '이반 형이 진리의 세계에서 되살아나든지, 그게 아니라면……, 자신의 불신에 따라 행동한 대가로 자신과 모든 사람들에게 복수하면서 증오 속에서 파멸에 이를 거야' 하고 알렉세이가 비애에 찬 상상을 마치고 다시 이반을 위해 기도하기 시작했다.

제12편
오심

I
운명의 날

내가 묘사한 일이 있고 나서 이튿날 오전 10시에 우리 관구 법정에서 드미트리 카라마조프에 대한 재판이 열렸다.

미리 분명히 말하겠는데, 내가 법정에서 일어난 모든 일을 다 전달할 수 있다고는 전혀 생각하지 않는다. 충분히 풍부하게 묘사할 수 없을뿐더러 올바른 순서에 따라 진술하는 것도 어렵다. 아무리 생각해도, 모든 것을 잘 기억해내어 있는 그대로 설명하기 위해서는 책 한 권, 그것도 거대한 책 한 권 분량이 필요할 것 같다. 그러므로 나 스스로 놀라움을 금치 못하여 특별히 기억 속에 담게 된 것만을 전달할 수밖에 없음에, 나에 대해 불평이 없길 바란다. 내가 그다지 중요하지 않은 것을 가장 중요한 것으로 인식했을 가능성도 있다. 또한 가장 절실하게 필요한 점들을 완전히 간과했을 수도 있다. 그렇지만 다른 한편으로 볼 때, 변명을 하지 않는 것이 나을 것 같다. 내가 할 수 있는 한도 내에서 할 수 있는 것을 하겠다. 독자들은 내가 할 수 있는 만큼만 했다는 것을 스스로 깨달을 것이다.

그리고 우리가 법정에 입장하기 전에 첫째로 나는 내가 그날 특히 무엇에 놀랐는지를 언급하련다. 사실 나만 놀란 건 아니었다. 나중에 알게 된 사실이지만, 모두들 놀랐다. 이 사건에 관심을 갖는 사람들이 아주 많았으므로, 언제 재판이 시작되나 하고 모두가 눈이 빠지게 기다리고 있었다. 우리 마을의 많은 이들이 재판과 관련하여 수군거리며 이런저런 추측을 하거나 큰 소리로 외쳐가며 별의별 상상을 다 하게 된 것이 벌써 두 달이 넘었다는 사실은 모두가 알고 있는 바였다. 또한 이 사건이 러시아 전국에 두루 알려지게 되었다는 사실도 모두가 알고 있었으나, 그래도 이 사건이 우리 읍 사람들뿐만 아니라 거의 모든 지역의 많은 사람들에게 그토록 첨예한 관심의 대상이 되고 그토록 신경을 곤두서게 할 줄은 미리 상상할 수 없었음이 사실이다. 그것은 다만 그날 법정에 직접 와서 보니 알게 된 바였다. 그날을 앞두고 우리 읍에는 타지 손님들이 모여들었다. 그중에는 우리 주청 소재지 도시에서 온 손님들뿐만 아니라 모스크바와 페테르부르크를 포함한 러시아의 몇몇 타도시들에서 온 손님들도 있었다. 법률가들도 왔고, 몇몇 귀현들과 그 부인들도 왔다. 입장권이 바닥이 났다. 특히 귀한 남자 손님들을 위해 재판 당국이 위치한 탁자 뒤쪽으로 특별석이 마련되기도 했다. 거기에 여러 귀인들이 앉을 의자들이 죽 늘어서 있었다. 우리 읍에서 전에 그런 적은 한 번도 없었다. 특히 여성들이 많았다. 우리 읍 여성들도, 타지 여성들도 많이 왔다. 내 생각에는 모인 사람들의 반 이상이 여성들이었던 것 같다. 방방곡곡에서 법률가들이 너무 많이 모여들었기 때문에 그들을 어떻게 다 수용할지 알 수 없는 지경이었다. 입장권이 이미 오래전에 사람들의 간절한 청에 따라 다 배포되었기 때문이다. 내가 보니, 법정 홀 한쪽 끝 연단 뒤쪽에 어느새 특별 임시 칸막이가 설치되어, 모여든 이 법률가들을 그리로 들여보냈는데, 공간 확보를 위해 그곳으로부터 의자들을 다 내간 상태였으므로 그들은 서 있어야만 했다. 그래도 그들로선 감지덕지였다. 그들은 서로 비좁게 다닥다닥 어깨를 맞대고 한 무더기로 뭉쳐 재판이 진행되는 시간 내내 서 있었다. 몇몇 여성들은, 특히 타지에서 온 여성들은 휘황찬란한 복장을 입고 홀 위쪽의 합창단석에 나타났지만, 대부분의 여성들은 옷차림에 대해서 심지어 망각한 상태였다. 그들의 얼굴에는 호기심이 어려 있었는데, 그것은 히스테릭하고 갈급하고 병적이기까지 한 호기심이었다. 홀에 모여든 이 무리 전체가 지니던 아주 눈에 띄는 특징들 중 하나로서 반드시 언급하고 넘어가야 할 것은, 나중에 수많은 관찰의 결과 증명된 바, 거의 모든 여자들, 혹 그게 아니라면 적어도 압도적인 대다수의 여자들이 드미트리를 옹호하는 입장이었으며 드미트리가 무죄로 판명되기를 바라는 입장이었다는 것이다. 드미트리가 여성의 마음을 사로잡는 자의 이미지를 불러일으키는 것이 어쩌면 그 주된 이유였을 수도 있다. 경쟁 관계에 놓인 두 여자가 출두할 것이 알려져 있었다. 그중 한 여자인 카체리나 이바노브나가 특히 모든 사람의 관심을 끌었다. 그녀에 대해서 많은 범상치 않은 이야기가 오갔다. 드미트리의 범죄에도 불구하고 그를 향해 그녀가 지니는 열정에 대하여 놀랄 만한 이야기들이 오고 갔다. 그녀의 도도함(그녀는 우리 읍에서 거의 아무도 방문하는 일이 없었다)과 '귀족 사회 내의 그녀의 연줄'이 특히 많이 언급되었다. 드미트리가 강제 노동을 치르러 가는 곳까지 그녀가 따라가서 지하 광갱 내 어디에서 그와 약혼을 하도록 허가해달라는 요청을 그녀가 정부에 제출하려 한다고 사람들은 수군거렸다. 그루셴카의 법정 출두 역시, 경쟁자인 카체리나 이바노브나의 출두에 못지않은 흥분과 기대를 불러일으켰다. 두 경쟁자가 법정에서 맞닥뜨리게 될 것을 사람들은 가슴을 졸이는 호기심을 가지고 기다렸다. 도도한 귀족 처녀와 '헤타이라'[48]

의 만남이었다. 한편 그루셴카는 카체리나 이바노브나보다 우리 읍 여자들에게 더 잘 알려져 있었다. '표도르 파블로비치와 그의 불운한 아들을 망친 여성'이라는 소문의 주인공인 그녀를 우리 읍 여자들은 전에도 보았는데, 거의 모든 여자들이, 저런 '평범하기 그지없는, 전혀 안 아름답기까지 한 러시아 소시민 여자'한테 어떻게 부자가 그 정도까지 사랑에 빠질 수 있었는지 이해가 안 간다며 놀라움을 표현했다. 한마디로, 수군거림이 끊이지 않았다. 우리 읍의 몇몇 가족들 내부에서 드미트리 때문에 불화가 일어나기도 했다는 사실을 나는 알고 있다. 많은 부인들이 이 끔찍한 사건에 대한 관점 차이로 자기 남편들과 열렬한 논쟁을 벌인 것이다. 그랬으니 그 뒤에 그 남편들이 온통 피고인에 대한 부정적 시각뿐 아니라 적대감마저 품고서 법정에 나타난 것은 당연하다. 그걸 떠나서라도 분명히 말할 수 있는 바, 모든 남자들의 입장은 부인들의 입장과 상반되는 것으로서, 피고인을 비난하는 입장이었다. 냉엄하게 찌푸린 얼굴들, 심지어 분노로 가득 차기까지 한 얼굴들이 눈에 띄었다. 그런 얼굴들이 대부분을 이루었다. 하긴 드미트리가 우리 읍에 사는 동안 그와 더불어 안 좋은 일을 겪은 적이 있는 남자들이 그중에 있었기 때문에 그랬던 것도 사실이다. 물론 법정 방문객들 중 어떤 이들은 유쾌한 마음가짐이었으며 드미트리의 운명이 어떻게 되든 별 상관을 하지 않았다. 하지만 심리에 놓인 사건에 대해서는 그래도 관심이 있었다. 이 재판이 어떻게 종결지어질 것인지의 문제는 모두의 관심을 사로잡았으며, 대부분의 남자들은 범죄자에게 징벌이 내려질 것을 단호하게 바라는 입장이었다. 물론 법률가들은 그렇지 않았다. 그들로서는 이 사건의 도덕적 측면보다는, 말하자면 목전에 놓인 법적인 측면만이 중요했다. 유명한 페츄코비치가 왔다는 점이 모든 이들의 관심을 끌었다. 그의 재능은 도처에 알려져 있었고, 떠들썩한 형사 사건에서 변호를 맡기 위해 그가 지방에 온 것은 이번이 첫 번째가 아니었다. 그가 변호를 맡은 형사 사건들은 언제나 러시아 전체에 걸쳐 알려져 오랫동안 기억 속에 남곤 했다. 우리 읍 검사와 재판장에 대해서는 몇 가지 풍문이 돌았다. 우리 읍 검사가 페츄코비치와의 대결을 앞에 두고 불안해한다는 것이었다. 이 둘은 직업 전선에 뛰어든 지 얼마 안 됐던 페테르부르크 시절부터 이미 오랜 숙적이어 왔으며, 페테르부르크 때부터 자신의 재능이 올바로 평가되지 못하는 것 때문에 언제나 누구에게서 모욕을 당한 것 같은 감정을 갖고 있던 자존심 센 우리의 이폴리트 키릴로비치는 카라마조프 씨 사건을 맡으면서 자신감을 얻어, 이 사건을 기화로 자신의 시들시들한 활동 무대를 갱생시킬 꿈에마저 부풀어 있었으나, 단지 페츄코비치가 걱정이 되는 것이라 했다. 하지만 페츄코비치 앞에서 그가 떨고 있다는 판단은 완전히 옳은 것은 아니었다. 우리 읍 검사는 위험 앞에서 자신을 잃는 성격의 소유자들과는 달랐다. 그 반대로, 위험이 커지면 커질수록 자존감이 세지며 날개를 다는 사람들 중 하나였다. 일반적으로 말해 우리 읍 검사는 성격이 너무 다혈질적이고 감수성이 병적일 정도로 예민했다고 해야겠다. 때때로 그는 재판을 맡으면서 자신의 온 정신을 거기다 쏟아부어, 마치 그 재판의 판결에 자신의 운명 전체와 자신이 가진 것 전부가 달려 있기나 한 듯 재판을 진행하곤 했다. 법조계에서는 그것이 어느 정도 비웃음의 대상이 되었다. 우리 읍 검사는 바로 그런 자신의 성격으로 인해 어느 정도 유명해지기까지 했다. 물론 도처에 이름을 날렸다는 건 아니지만 그가 우리 법조계에서 점하던 미약한 자리와 비교해서 그 정도면 큰 유명세를 탄 것이었다. 심리 연구에 대한 그의 열정이 특히 비웃음의 대상이 되었다. 내가 생각하기로는 사람들이 다 잘못 생각하고 있는 거였다. 내가 보기에 우리 읍 검사는 인간됨으로 보나 성격으로 보나, 많은 사람들이 생각하는 것보다 훨씬 진지한 사람이었다. 하지만 건강마저 안 좋았던 이 사람은 자신의 직업 전선 시작 시점에 첫 발짝을 내딛을 때부터 이미 자신의 진면목을 제대로 드러내지 못했으며, 그것은 그 뒤에도 평생 동안 그를 따라다녔다.

우리 읍 재판장에 관해서 말하자면, 이는 교육 수준이 높고 인자한 성격을 가진 사람으로서 사건의 실제적인 면을 잘 파악하며 최근의 사상 흐름을 알고 있는 사람이었다는 것 정도만 말할 수 있다. 그는 자존심이 꽤 강했지만 자기의 출세 가도에 대해 그리 신경을 쓰진 않았다. 그가 삶에서 지니는 주요 목표는 선구적인 인간형이 되는 데에 있었다. 게다가 그는 연줄과 재산도 갖고 있었다. 나중에 밝혀진 바에 따르면 그는 카라마조프 씨 사건을 다분히 큰 관심을 가지고 대했으나, 전반적 의미에서 그랬다는 거다. 하나의 현상으로서 관심을 둔 것이다. 그는 현상을 분류하는 일, 그리고 우리 사회 원리의 산물이자 러시아적인 것의 특징을 대변하는 것으로의 현상에 대한 시각 등에 관심이 있었다. 본 사건이 하나의 개별적 사건으로 지니는 특징 및 그 비극적 측면에 대해서는 피고인을 비롯한 그 관련 인물들의 개인적 특성에 대해서와 마찬가지로 다분히 무관심하고 비실제적인 태도를 가졌다. 어쩌면 그게 당연한 것이었나 보다.

재판관들이 등장하기 한참 전부터 법정은 꽉 찼다. 우리 읍 법정 공간은 읍내 최고 시설이었다. 널찍하고 천장이 높고 공명이 잘됐다. 재판관들은 어느 정도 높이 설치된 단 위에 위치하게 돼 있었고, 재판관들의 자리 오른쪽에 배심원들을 위한 탁자와 두 열의 의자들이 놓여 있었다. 왼쪽으로는 피고인과 변호인의 자리가 있었고, 홀의 중간, 재판관들이 앉는 자리 가까이에 '물적 증거들'이 놓인 상이 있었다. 그 위에는 표도르 파블로비치의 피 묻은 흰 견직 가운, 살인의 도구로 추측되는 비운의 구리 절굿공이, 소매가 피로 물든 드미트리의 셔츠, 당시에 드미트리가 잔뜩 피에 젖은 손수건을 집어넣었던 호주머니 쪽, 즉 뒤쪽이 온통 핏자국투성이인 그의 프록코트, 피가 말라붙어 딱딱해진, 지금은 완전히 누레진 손수건, 자살하기 위해 드미트리가 페르호친의 집에서 장전했으나 모크로예에서 트리폰 보이스이치에 의해 몰래 치워졌던 권총, 그루셴카를 위해 준비된 3천이 들어 있던, 겉에 글이 쓰인 봉투, 봉투에 둘러졌던 가느다란 분홍색 리본이 있었고, 그 외에 내가 다 기억 못 하는 여러 물건들이 있었다. 청중석은 어느 정도 거리를 두고 홀 한가운데쯤에서부터 시작되었는데, 청중석이 시작되기 전 난간 앞에, 증언을 마친 증인들이 계속 홀 안에 재석하도록 하기 위해 의자들 몇 개가 놓여 있었다. 10시가 되자 재판장, 재판관 1인, 명예 치안판사 1인으로 구성되는 법관단이 등장했다. 물론 검사 역시 즉시 등장했다. 나이가 쉰 정도로 보이는 재판장은 키가 중키에 못 미쳤으며 몸집이 탄탄하고 다부졌고 얼굴은 치질 환자의 얼굴 같았고, 짧게 친 검은 머리에 센머리가 섞여 있었다. 그리고 가슴에는 빨간 리본으로 훈장이 달려 있었는데, 무슨 훈장이었는지는 기억이 안 난다. 그리고 검사는, 내가 보기에, 아니, 모두가 보기에 왠지 아주 창백해 보이는, 하도 창백해서 녹색으로까지 보이는 얼굴을 하고 있었다.

그리고 왠지 갑자기 하룻밤 만에 비쩍 마른 것 같았다. 내가 바로 그저께 그를 보았을 때는 전혀 다른 모습이었는데 말이다. 재판장은 일단 배심원들이 모두 왔냐고 집행관에게 물었다. 그런데 지금 내가 생각해보니 이런 식으로 계속할 수 없을 것 같다. 거기서 오가던 말들 중 많은 부분을 내가 듣지 못했고, 어떤 것은 이해하지 못하고 넘겼고, 또 어떤 것은 기억해두는 것을 잊었기 때문이다. 그것보다 더 중요한 이유는, 내가 위에서 말했듯이, 언급되고 발생한 모든 것을 다 기억해낸다면 나로서 시간도, 공간도 부족하게 될 것이라는 것이다. 다만 내가 아는 것은 이편과 저편에 의해, 즉 변호사와 검사에 의해 선출된 배심원들이 그리 많지 않았다는 것이다. 열두 명의 배심원들이 어떻게 구성되었는지는 내가 기억한다. 우리 읍 관리 네 명, 상인 계급을 대표하는 두 명, 우리 읍 농민 및 소시민 계급을 대표하는 여섯 명이었다. 내가 기억하기로, 재판이 열리기 훨씬 전부터 우리 사회에서 사람들이 왠지 놀란 어조로, 특히 여자들을 대상으로 질문을 하곤 했다. '예민하고 복잡하고 심리적 문제와 결부된 일인 이 재판에서 내려질 운명적인 결정이 관리들에게, 나아가 평민들에게 맡겨진단 말입니까? 그 어떤 관리가, 더욱이 평민이 과연 뭘 이해하겠습니까?' 하는 질문이었다. 실로 배심원단에 속하게 된 이 네 명의 관리들은 변변치 않은, 관등이 낮은 사람들이었다. 거의 다 백발이 성성했는데 그중 한 명만 좀 젊은 편이었다. 그들은 우리 사회에서 별로 안 알려진, 적은 급료를 받으며 별 하는 일 없이 지내는, 어디에도 내보이지 못할 늙은 부인들을 둔 것으로 보이는, 그리고 아이들은 무더기로 두었을 것 같은, 어쩌면 맨발로 뛰어다닐 나이의 아이들도 있을지 모르는, 기껏해야 어디서 카드놀이로 소일하는, 그리고 책은 한 권이라도 읽은 적이 한 번도 없을 것이 너무나도 당연한, 그런 사람들이었다. 상인 계급 대표 두 명은 비록 단정한 모습을 했지만 왠지 이상할 정도로 말이 없고 동작이 굼떴다. 그들 중 한 명은 턱수염을 밀고 독일풍으로 옷을 입었고, 다른 한 명은 턱수염이 허옇게 세었고, 목에는 빨간 리본에 무슨 휘장을 달았다. 소시민 계급과 농민 계급 사람들에 대해선 말할 게 없다. 우리 스코토프리고니예프스크 소시민들은 거의 농민들이나 다름없고, 실지로 밭을 갈기도 한다. 그들 중 둘은 역시 독일 옷을 입었는데, 어쩌면 그것 때문에 나머지 네 명보다 더 지저분하고 볼품이 없어 보였다. 그러므로 예를 들어 내가 그들을 살펴보자마자 '저런 사람들이 이런 재판에서 무엇을 이해할 수 있을까?' 하는 생각이 들었듯이, 다른 사람들한테도 진짜로 그런 생각이 들었을 수가 있다. 그럼에도 불구하고 그들의 얼굴은 왠지 이상하게 강한 인상을, 심지어는 위압적인 인상을 끼쳤으며, 엄격하고 음침해 보였다.

마침내 재판장이 퇴역한 9등 문관 표도르 파블로비치 카라마조프 씨 피살 사건의 심리가 시작됨을 공표했다. 그가 어떻게 표현했는지 내가 정확하게는 기억을 못 한다. 집행관에게 피고인을 입장시키라는 명령이 내려져, 드디어 드미트리가 모습을 드러냈다. 홀 안의 모든 것이 소리를 죽여, 파리 날아다니는 소리도 들릴 정도였다. 다른 사람들에게는 어땠는지 모르지만 나에게는 드미트리의 모습이 매우 꺼림칙한 인상을 불러일으켰다. 그가 아주 꼴불견이게 멋을 부리느라고 갓 지은 새 프록코트를 빼입고 등장한 것이다. 내가 나중에 알게 됐는데, 그는 일부러 이날에 맞춰 모스크바에서 프록코트를 주문했다. 전에 옷을 맞춘 적이 있어 그의 치수를 기록하여 갖고 있던 양복장이에게 주문한 것이었다. 또한 그는 부드러운 새끼 양 가죽으로 만든 새 검은 장갑을 꼈고, 세련되어 보이는 셔츠를 입었다. 그는 눈길을 정면에 고정시킨 채 보폭이 1아르신은 되는 자신의 걸음을 걸어 대담하기 그지없는 모습으로 자기에게 배당된 자리에 와 앉았다. 그 즉시 변호사가 나타났다. 유명한 페츄코비치의 등장에 홀에서는 약간의 웅성거림이 일었다. 이는 훤칠한 키에 빼빼 마르고 다리가 가늘고 긴 사람이었다. 손가락이 엄청나게 가느다랗고 기다랗고 새하얬으며, 수염은 밀었고, 머리카락은 짧은 편인데 단정하게 빗었고, 가느다란 입술이 때때로 구부러지며 비소일 수도 있고 미소일 수도 있는 것을 연출했다. 겉으로 보기에 나이는 사십쯤 된 것 같았다. 눈은 그리 크지도 않았고 그리 의미심장해 보이지도 않았으되, 드문 경우다 싶을 정도로 서로 가까이 붙어 있었다. 그나마 두 눈이 간신히 분리되는 것은 오로지 가늘고 긴 코뼈 덕택이었다. 한마디로 그의 얼굴에는 뭐랄까 새의 것을 확연히 연상시키는 무언가가 누구나 이에 대해 입을 모을 만큼 있었다. 그는 연미복과 흰 넥타이 차림이었다. 재판장이 드미트리에게 한 첫 질문, 즉 이름, 직위 등에 대한 질문을 기억한다. 드미트리가 워낙 단호하고 큰 음성으로 대답했으므로 재판장은 머리를 부르르 떨고 놀란 눈으로 그를 쳐다보기까지 했다. 그 뒤 법정 심문에의 출두가 요청된 사람들의 명단이 낭독되었다. 이는 곧 증인들과 전문가들이었다. 명단에는 많은 사람들의 이름이 들어 있었는데, 그중 네 명은 출두하지 않았다. 그중 한 명이 현재 이미 파리에 가 있던 미우소브였는데, 그 반면 예심에서는 그의 증언이 다루어졌다. 또한 호흘라코바 부인과 막시모프 지주는 병으로 인해 오지 못했고, 스메르쟈코프는 갑작스런 죽음으로 인해 오지 못했으나, 경찰 측의 증거는 제출되었다. 스메르쟈코프에 대한 소식은 홀 안에서 강한 술렁임과 수군거림을 불러일으켰다. 물론 아직 이 갑작스런 자살 사건에 대해 전혀 모르던 사람이 많았기 때문이다. 그러나 그보다 더 놀라웠던 것은 드미트리의 갑작스러운 언행이었다. 스메르쟈코프에 대한 소식을 접하자마자 그는 자리에서 벌떡 일어나 온 홀이

메아리치도록 외쳤다.

"개에게는 개죽음이 마땅해!"

그러자 그의 변호인이 그에게 화급히 주의를 주었고, 재판장도 그에게, 그런 언행이 다시 한번 되풀이되는 경우 엄중한 조치를 취하겠다고 했다. 드미트리는 고개를 끄덕이면서, "안 그럴게요, 안 그럴게요! 나도 모르게 튀어나왔어요. 앞으론 안 그럴게요!" 하고 뚝뚝 끊어지는 말투로 몇 번을 반복했다. 하지만 그에게서 뉘우치는 기색은 전혀 눈에 띄지 않았다.

여하튼 이 짤막한 돌발적 사건이 배심원들과 청중 전체에 그에 대한 안 좋은 인상을 심어주는 데에 한몫을 한 건 사실이었다. 그의 성격이 알아서 자기를 드러내 보인 거였다. 바로 그런 인상이 끼쳐진 가운데 그에 대한 기소장이 법원 서기에 의해 낭독되었다.

기소장은 꽤 짧은 편이었지만 신중하고 정확했다. 왜 피고인이 재판에 회부되어야 하는지, 그 이유들 중 아주 중요한 것들만 진술되었는데도 기소장은 나에게 강한 인상을 불러일으켰다. 서기는 분명하고 또렷한 발음으로 낭랑하게 낭독했다. 일어난 비극적 사건 전체가 가차 없는 운명의 빛으로 집중 조명되어 다시금 모든 이들의 눈앞에 도드라져 보였다. 낭독이 마쳐지자마자 재판장이 즉시 크고 위엄 있는 소리로 드미트리에게 이렇게 물었다는 것을 나는 기억한다.

"피고인은 자신의 죄를 인정하십니까?"

드미트리가 자리에서 벌떡 일어났다.

"술 처먹고 허랑방탕했던 저의 죄를 인정합니다" 하고 그가 또다시 깜짝 놀랄 정도로 큰 소리로 외쳤다. "나태하고 난폭했던 죄도 인정합니다. 운명이 나를 덮친 바로 그 순간에야 비로소 나는 개과천선하고 싶어졌습니다. 하지만 나의 적이자 부친인 그 노인네의 죽음에 있어서는 나는 결백합니다! 노인네의 돈이 도난당한 것에 있어서도 나는 결백합니다. 그 점에서 내가 유죄일 리가 없습니다. 드미트리 카라마조프는 몹쓸 놈일지언정 도둑은 아니란 말입니다!"

그렇게 외치고서 그는 자리에 앉았다. 그 순간 아마 그는 부들부들 떨었을 것이다. 재판장이 그에게 묻는 말에만 대답하고 필요 없는 열변을 토하지 말라고 훈계조로 짤막하게 말했다. 그 뒤 법정 심문에 들어가라고 지시했다. 모든 증인들을 불러들여 선서를 시켰다. 그때 나는 증인들을 한꺼번에 다 볼 수 있었다. 하지만 피고인의 동생들은 선서 없이 증언할 수 있도록 해주었다. 성직자와 재판장의 충고가 마쳐지자 증인들은 자리에 앉혀졌는데, 될 수 있는 대로 그들을 서로 멀리 떨어뜨려 앉혔다. 그 뒤 그들을 한 명씩 불러내기 시작했다.

II
위험한 증인들

 검사 측 및 변호인 측 증인들이 재판장에 의해 어떻게든 개별 그룹들로 분리되었는지 아닌지, 또 그들을 어떤 순서에 따라 호출하도록 제안되었는지 나는 모르겠다. 아마도 그런 절차들이 다 있었을 것이다. 내가 아는 것은 단지, 검사 측 증인들이 먼저 호출됐다는 것이다. 거듭 말하건대 나는 심문 과정을 하나하나 다 묘사하려 들지는 않겠다. 설사 그렇게 묘사를 하려 한들 나의 묘사는 부분적으로 사족이 되었을 것이다. 왜냐하면 검사와 변호사가 변론을 시작하자 그들의 말 속에서 모든 자료들 및 청문된 증언의 모든 진행 과정과 그 의미에 명료하고 특별한 조명이 이루어짐으로써 그것들이 말하자면 한 가지의 논점으로 귀결되었기 때문이다. 그 두 사람의 훌륭한 변론을 적어도 부분적으로는 내가 충분히 자세하게 적어놓았으므로, 나중에 언제 전해드리기로 하겠다. 법정 변론이 시작되기 전에 별안간 발생한, 전혀 예상 못 했던 하나의 돌발적 사건 역시 나중에 전해드리기로 하겠다. 법정 변론이 위협적이고 파멸적인 종국으로 치닫는 데에 그 돌발적 사건이 영향을 끼쳤음에는 의심의 여지가 없다. 지금은 일단, 심리에 놓인 이 사건의 특수성이 재판의 시작 시점에 이미 모두가 눈치채도록 드러났다는 점만 말하련다. 그것은 무엇이었나 하면, 변호인 측이 가졌던 자료들과 비교할 때 검사 측이 훨씬 우세했다는 것이다. 위엄이 가득한 이 홀 내에서 사실들이 집중적으로 분별되기 시작하고 그 끔찍한 일의 진상이 점점 고스란히 드러나기 시작하고 그 유혈 사건이 속속들이 해부되기 시작하던 맨 첫 시점부터 모든 사람들이 이미 그 점을 파악했다. 이 사건은 왈가왈부할 필요도 없으며 의심의 여지가 없으므로 본질적으로 아무런 변론도 필요가 없고 변론은 단지 형식에 불과할 것이라고, 피고인이 유죄인 것은 명백하며 변론의 여지가 없다는 것을 맨 첫 순간부터 이미 모두가 이해하는 바였다고 할 수 있다. 심지어 나는, 이 피고인에게 관심을 갖고 그가 무죄로 인정되기를 간절히 열망하던 모든 여자들마저도, 그가 의심할 바 없이 유죄라는 점에 그때 한 사람도 빠짐없이 완전히 확신을 했다는 생각이다. 뿐만 아니라 그들은 심지어 그가 유죄임이 그토록 확실하게 인정되지 않았더라면 실망하기까지 했을 거라고 나는 생각한다. 왜냐하면 그런 경우라면 피고인이 무죄로 인정받는 결말이 나게 되어 그토록 팽팽한 긴장감이 없었을 것이기 때문이다. 하지만 이상한 일일진대, 그럼에도 불구하고 모든 여자들은 그래도 그가 무죄로 인정받을 거라는 확신을 맨 마지막 순간까지 버리지 않고 있었다. '비록 죄는 있더라도 인도주의적 입장에서, 요즘 유행하기 시작한 새로운 사상과 새로운 감정의 영향 등으로 말미암아' 무죄로 인정해 줄 것이라고 말이다. 바로 그런 것을 내다보고 그들은 이곳으로 그토록 가슴을 졸이며 모여든 것이다. 그 반면 남자들은 검사와 영예를 떨친 변호사가 어떻게 논쟁을 하는지가 가장 관심의 대상이었다. 이미 패소한 것이나 다름없는, 이미 희망을 걸 여지가 없는 이런 사건으로부터 페츄코비치 같은 재간꾼이 무엇을 건질 것인지에 대해 모두가 의아해했다. 바로 그랬으므로 그들은 바짝 긴장하여 그의 활약을 하나하나 지켜보려 했다. 그러나 페츄코비치는 맨 마지막 순간까지, 자신의 변론을 시작하기 전까지 모든 사람들에게 있어 베일에 싸인 존재로 남아, 자기의 활약을 보여주지 않았다. 경험 있는 사람들은 페츄코비치에게 체계가 존재한다고, 이미 무언가 계획이 세워져 있다고, 그가 앞으로 추구하는 목표가 있다고 예감했으나, 그 목표가 무엇인지를 추측하는 것은 거의 불가능했다. 어쨌든 누가 보나 그의 자신감이 금방 눈에 띄는 건 사실이었다. 그 밖에도 모든 사람들은 그가 우리 읍에 기껏해야 사흘이나 될까 말까 한 그런 짧은 기간 동안 있었음에도 불구하고 이 사건을 놀랄 정도로 잘 조사했고 세부에 이르기까지 연구하여 파악했다며 기꺼이 입을 모았다. 나중에 가서 사람들은 혀를 내두르며 이야기하기를, 예를 들어, 그가 검사 측 증인들 모두를 삽시간에 난처하게 만들었으며 어떤 이들은 말이 엉기도록 해놓았다고, 그리고 중요한 것은 그들의 도덕적 평판에 금이 가게 해놓음으로써 그들의 증언조차 당연히 효과를 잃도록 해놓은 것이라고 했다.[49] 한편, 그래봤자 그가 그렇게 하는 것은 재미로 하는 거라고, 말하자면 법조계가 빛나도록, 변호사가 사용하는 수단들 중 아무것도 망각되지 않도록 하기 위해서 하는 거라고 생각하기도 했다. 왜냐하면 그가 그렇게 상대편의 입장을 난처하게 하는 수단으로 커다란 결정적인 이득은 얻을 수 없으며, 그 점을 그 스스로가 누구보다도 더 잘 이해할 것이라고 다들 확신했기 때문이다. 그 대신 그에게는 감춰진, 아직 내보여지지 않은 특유의 아이디어가, 즉 변호를 위한 무기가 갖춰져 있다고 모두들 확신했다. 때가 이르면 그 무기를 비로소 꺼낼 것이라고 말이다. 아직까지는 그가 잠재돼 있는 자신의 실력을 속으로 즐기며 마치 게임을 하듯, 장난을 치듯 행동하고 있다는 것이었다. 예를 들어 '정원으로 통하는 출구가 열려 있었다'는 가장 중요한 증언을 한 표도르 파블로비치의 전 하인 그리고리 바실리예프를 심문할 적에 변호인은 자기가 질문을 할 차례가 되자 그를 말 그대로 물고 늘어졌다. 그리고리 바실리예프가 법정의 위엄찬 분위기에도 주눅이 들지 않고 자기 말을 듣는 거대 규모의 청중 앞에서도 움찔하지 않으며 침착한 모습으로 거의 당당하게 홀에 등장했다는 점을 지적해야겠다. 법정에서 진술을 행하는 그의 태도가 너무 확신에 차

있어, 그가 자기 아내 마르파 이그나치예브나를 앞에 놓고 말할 때의 태도와 비슷할 정도였다. 그것과 다른 점이 있다면 다만 좀 더 정중했다는 것이다. 그의 주장을 뒤엎는 것은 불가능해 보였다. 먼저 검사가 오랜 시간에 걸쳐 카라마조프 씨 가족의 모든 상세한 정보를 그에게서 캐냈다. 그 가족이 어떤 가족인지의 그림이 확연히 그려졌다. 듣고 보아 알 수 있던 바, 그리고리 바실리예프는 순박하고 사욕이 없는 사람이었다. 그는 자기가 모셨던 상전에 대해 깊은 존경을 표명한 것이 사실이나, 자기 상전이 드미트리에 대해서 옳지 않게 행동했으며, '자식들을 올바로 양육하지 않았다'고 했다. 그리고 드미트리의 어린 시절에 대해 서술하면서, 자기가 아니었다면 어린 드미트리는 이에 물려 죽었을 거라고 덧붙였다. 그리고 아들 모친의 가족 영지와 관련하여 역시 아버지가 아들에게 잘못한 거라고 했다. 표도르 파블로비치가 아들에게 해주어야 할 돈 계산을 안 해주었다고 어떤 근거로 주장하느냐는 검사의 질문을 받고서 그리고리 바실리예비치는 근거 자료를 아무것도 제시하지 않으면서 단지 자신의 주장만 계속하여 모두를 놀라게 했다. 그는 단지 '아들에 대한 돈 계산이 잘못되었으며, 아들에게 몇 천은 더 지불했어야만 했다'고만 되풀이했다. 지적하고 넘어가야 될 성싶은데, 표도르 파블로비치가 드미트리에게 주어야 할 돈을 정말로 덜 준 것인지의 문제를 그 이후로도 검사는 거론할 수 있는 모든 다른 증인들을 대상으로 특별히 집요하게 거론했다. 여기서 알렉세이와 이반 표도로비치도 예외가 아니었다. 그러나 어느 증인한테서도 어떤 정확한 정보도 얻어내지 못했다. 모두가 사실을 긍정하기만 했지, 명백한 증거를 조금이나마 제시한 사람은 아무도 없었다. 가족이 상을 둘러싸고 앉아 있을 때 드미트리 표도로비치가 집에 침입하여 부친을 구타하고 다시 와서 부친을 죽이겠다고 위협하던 장면을 그리고리가 묘사하자 홀 내에 음울한 인상이 확 끼쳐졌다. 이 늙은 하인이 침착하게, 필요 없는 말을 덧붙이지 않고, 독특한 자기만의 말투로 말을 했는데, 결과적으로 아주 그럴듯한 묘사가 이루어진 것이다. 그는 그때 드미트리가 부친의 얼굴을 때리고 넘어뜨리면서 자기에게도 손을 댔으나 자기는 그걸 가지고 화를 내지 않으며, 용서한 지 이미 오래라고 말했다. 고인이 된 스메르쟈코프에 대해서 말할 때 그는 성호를 그으면서, 그가 재능이 있었다고, 하지만 어리석었으며 병으로 고생을 심하게 했다고, 그리고 무엇보다도 그는 불신자였는데, 그것은 표도르 파블로비치와 그의 큰아들이 가르친 결과라고 했다.[50] 하지만 스메르쟈코프의 정직성을 주장할 때는 거의 열을 내다시피 했으며, 스메르쟈코프가 한번은 주인이 흘린 돈을 발견하고 그걸 착복하지 아니하고 주인에게 갖고 왔기 때문에 주인이 그 대가로 그에게 포상을 하고 그 뒤로부터 모든 일에서 그를 신뢰하기 시작한 일을 이야기해주었다. 정원으로 통하는 문이 열려 있었다는 점을 그는 부동의 완고함으로 주장했다. 사실 그 점에 대해서 그에게 무수한 횟수의 질문이 들어왔기 때문에 나는 다 기억해낼 수도 없을 정도다. 결국 변호인이 질문할 차례가 오자 변호인은 먼저, 표도르 파블로비치가 '우리가 알고 있는 한 인물'에게 주기 위해 3천 루블을 담아두었다는 그 봉투에 대해 물어보기 시작했다. "증인은 그리도 오랫동안 자신의 주인을 가까이 모셨던 사람으로서, 그 봉투를 직접 본 적이 있습니까?" 하고 물었다. 그리고리는 보지 못했다고, 더욱이 '지금 와서 모두가 그 돈에 대해서 이야기하기 시작했지만 그전까지는' 자기가 그런 돈에 대해서 누구한테서도 들은 바 없다고 했다. 페츄코비치 역시 봉투에 대한 그 질문을, 검사가 재산 분배에 대한 질문을 할 때 가졌던 것과 마찬가지의 집요함을 가지고서, 가능한 한 모든 증인들을 대상으로 되풀이했다. 그 결과 모든 사람들에게서 얻은 결론은 단지 한 가지였다. 아주 많은 이들이 봉투에 대해서 듣긴 했어도 그걸 직접 본 사람은 아무도 없다는 것이었다. 변호인이 이 질문을 특히 집요하게 다루는 것을 다들 맨 처음부터 눈치챘다.

 "그럼 이제 증인이 허락하신다면 이런 질문을 드리고 싶습니다" 하고 페츄코비치가 갑자기 아무도 예상 못 한 말을 시작했다. "사전 심리를 통해 알려진 바, 그날 저녁 증인은 허리가 아프셔서 치료를 하려고, 주무시기 전에 허리에 발삼주, 혹 이른바 즙으로 담근 술을 바르셨다는데, 그 재료가 무엇입니까?"

그리고리가 질문을 던지는 변호사를 멍한 눈으로 쳐다보고는 어느 정도 침묵하다가 이렇게 웅얼거려 대답했다.

"살비아가 들어갔습니다."

"살비아만이요? 또 다른 거 뭐가 들어갔는지는 기억 못 하십니까?"

"질경이도 들어갔어요."

"아마 고추도 들어갔겠죠?" 하고 페츄코비치가 물었다.

"고추도 들어갔습니다."

"뭐, 기타 등등 들어갔겠죠. 그걸 다 보드카에 담근 겁니까?"

"알코올에요."

홀 안에서 웃음소리가 조금 들렸다.

"그러네요. 그냥 보드카도 아니고 순수 알코올이란 말씀이죠? 허리에 그걸 바르시고, 병에 남은 것은, 증인의 부인만 알고 계시는 경건한 기도문을 읊고서, 다 마시신 거죠? 그렇습니까?"

"마셨습니다."

"많이 마시신 겁니까? 대충 어느 정돕니까? 작은 잔으로 한 잔이요, 아니면 두 잔이요?"

"유리컵으로 한 컵쯤 될 겁니다."

"유리컵으로 한 컵쯤이요? 혹시 한 컵 반은 아니고요?"

그리고리가 말을 멈추었다. 무언가 와닿는 게 있는 것 같았다.

"순수 알코올 한 컵 반쯤이라면, 그거 아주 괜찮았겠는데요. 어떻게 생각하세요? '천국의 문이 열린 것'마저 보실 수 있었겠는데요.[51] 정원으로 통하는 문뿐만 아니라."

그리고리가 계속 말이 없었다. 홀 내에서 다시 웃음소리가 들렸다. 재판장이 몸을 약간 움직였다.

"증인은 확실히 아십니까?" 하고 페츄코비치가 점점 더 옥죄어왔다. "정원으로 통하는 문이 열려 있는 것을 보신 순간 주무시고 계셨는지 아닌지를요."

"일어나 있었습니다."

"그건 주무시지 않았다는 증거가 못 됩니다(홀 내에서 또다시 웃음소리가 들렸다). 그 순간에 예를 들어 만약 누가 뭘 물어봤다면 대답을 하실 수 있으셨습니까? 예를 들어 올해가 몇 년이냐고 물었다면 말입니다."

"그건 잘 모르겠습니다."

"올해가 기원 후 몇 년인지 아십니까? 그리스도 탄생 후 몇 년인지요."

그리고리는 멍하니 서서, 이상한 질문을 하는 변호사를 똑바로 쳐다보았다. 이상한 일이겠지만, 보아하니 그가 올해가 몇 년인지 진짜로 모르는 것 같았다.

"그건 그렇다고 치고, 한쪽 손에 손가락이 몇 개인지는 아십니까?"

"저는 하인 신분입니다" 하고 갑자기 그리고리가 큰 소리로 딱딱 끊어서 이야기했다. "높으신 분들께서 저를 비웃고 싶으시더라도 저는 참아야 합니다."

페츄코비치가 조금은 태도를 바꾼 듯했으나, 재판장이 끼어들어 변호인에게, 좀 더 알맞은 질문을 해야 한다고 훈계조로 말했다. 페츄코비치는 그 말을 경청한 뒤 정중하게 절을 하고는, 심문을 마쳤다고 말했다. 언급된 일정한 방법으로 치료를 받던 상태에서 '천국의 문을 보았을 수도 있던' 이 사람이, 뿐만 아니라 지금이 그리스도 탄생 이후 몇 년인지도 모르는 이 사람이 증언한 바의 진위 여부와 관련하여 청중 및 배심원들에게 있어 조그마한 것이나마 의심의 여지가 생겼을 가능성은 물론 있었다. 그러므로 변호인은 어차피 자신의 목적을 달성한 것이었다. 하지만 그리고리가 들어가 앉기 전 또 하나의 돌발 사건이 생겼다. 재판장이 피고인을 향하여, 본 증언과 관련하여 할 말이 없냐고 물었을 때였다.

"문 얘기 말고는 모든 얘기가 다 맞습니다" 하고 드미트리가 큰 소리로 외쳤다. "내 몸에서 이를 긁어내주셔서 감사하고, 때린 것 용서해주셔서 감사합니다. 노인장께선 평생 정직했으며 제 부친 앞에서 푸들 칠백 마리처럼 충성스러웠습니다."

"피고인은 말 좀 가려서 하시기 바랍니다" 하고 재판장이 엄하게 한마디 했다.

"저는 푸들이 아닙니다" 하고 그리고리도 한마디 했다.

"그럼 내가 푸들 할게요, 내가요!" 하고 드미트리가 소리쳤다. "그 말이 그렇게 거리끼신다면 내가 그거 하기로 하죠. 죄송합니다. 사나운 짐승 같으셨고 잔혹하게 구셨다고 해드릴게요. 어릿광대한테도 잔혹하게 구셨어요."

"어릿광대가 누구요?" 하고 재판장이 또다시 엄하게 물었다.

"그 피에로 있잖아요……. 아버지요. 표도르 파블로비치 씨."

재판장이 좀 더 조심스럽게 말 표현을 고르라고 다시 한번 드미트리에게 아주 엄하게 주의를 주었다.

"자꾸 그러시면 우리 재판관들한테 안 좋은 인상만 끼치시게 됩니다."

변호인은 증인 라키친에 대한 심문도 마찬가지로 아주 교묘하게 처리했다. 라키친은 매우 중요한 증인들 중 한 사람이었으므로 재판장은 당연히 그의 증언을 소중히 여겼다. 라키친은 아는 것이 대단히 많은 것으로 밝혀졌다. 모든 사람들의 집에 가보았고 모든 것을 보았으며 모든 사람들과 이야기를 나누었고 표도르 파블로비치를 비롯한 카라마조프 씨 가문 사람들을 아주 자세히 알고 있었다. 비록 3천이 든 봉투에 대해선 단지 드미트리한테서 들은 것밖에는 없었지만 말이다. 그 대신 주점 수도에서 드미트리가 한 행동, 수치스러운 말과 몸짓을 자세하게 묘사했고, 스네기료프 대위의 '때밀이 수건'에 대한 이야기도 전해주었다. 특히 중요한 문제, 즉 표도르 파블로비치가 영지와 관련한 돈 계산에 있어 드미트리에게 더 줄 것이 남아 있었는지의 문제에 대해서는 아무리 라키친이었다고 해도 아무 말도 할 수 없었고, 단지, '아무도 자신의 본질조차 파악하지 못하는 카라마조프 씨 가문의 그런 복잡한 상황에서 그들 중 누구에게 잘못이 있으며 누가 누구에게 빚을 졌는지를 누가 알 수 있겠느냐'는, 멸시가 담긴 뭉뚱그리는 말로 그쳤을 뿐이다. 재판에 회부된 본 범죄 사건에 지녀진 모든 비극을 묘사함에 있어 그는, 이는 케케묵은 농노제 풍습의 산물이며 대책이 될 만한 제도의 부재로 인해 무질서 속에서 허우적거리는 러시아의 현실이 가져온 결과라고 했다. 그는 자기가 말할 기회를 부여받은 것을 잘 활용했다. 이 심리 과정을 통해 라키친은 최초로 자신의 존재를 어필하여 사람들에게서 관심의 눈길을 받았다. 검사는 이 증인이 본 범죄에 대한 기사를 잡지에 낼 준비를 한다는 걸 알았고, 뒤에 자기의 말에서도(이를 우리가 나중에 접해볼 수 있을 것이다) 그 기사로부터 몇몇 아이디어를 인용했다. 곧 그가 이미 그 기사를 읽었다는 얘기였다. 이 증인의 묘사로 청중의 눈앞에 그려지게 된 장면은 음울하고 파멸적인 분위기를 자아내는 것이었으므로 피고인의 유죄를 강하게 뒷받침하게 되었다. 전반적으로 볼 때도 라키친의 진술은 독자적인 사고, 비범하고 상큼한 사고의 비상으로 청중을 사로잡는 것이었다. 심지어 갑자기 박수가 터진 적도 두세 번 있었다. 그것은 바로 농노제와 무질서 속에서 허덕이는 러시아에 관한 대목에서였다. 하지만 라키친은 어차피 젊은 사람이었기 때문에 그랬는지 조그만 실수를 범하여, 이를 변호인이 더할 나위 없이 잘 활용하도록 빌미를 제공했다. 자기가 좋은 호응의 물결을 탄 것을 파악하고 자기가 비상을 펼친 비상함의 높이에 너무 탐닉하다 보니 그는 그루셴카에 관한 어떤 질문에 대답하면서 그루셴카에 대해 어느 정도 경멸이 섞인 표현을 쓰기에 이르렀다. 예를 들어 '사업가 삼소노프의 첩'이라는 표현이었다. 나중에 그는 자신의 그 말을 도로 입속으로 집어넣을 수만 있다면 많은 값을 치를 용의가 있었다. 왜냐하면 바로 그 말 때문에 페츄코비치에게 즉시 덜미를 잡혔기 때문이다. 다 페츄코비치가 그토록 짧은 시간 내에 사건을 그토록 속속들이 파악했음을 라키친이 미처 내다보지 못해서 그렇게 된 것이었다.

"제가 올바로 알고 있는지 궁금합니다."

변호인이 자기가 질문을 할 차례가 되자 대단히 친절하고 심지어 존경마저 담긴 듯한 미소를 띠고 그렇게 말을 시작했다.

"증인께서 바로, 종교 감독 관구 당국에서 발행한 책자『타계한 장로 조시마 신부의 생애』의 저자이신 그 라키친 씨 맞으십니까? 제가 얼마 전에 그 책자를 읽으면서 큰 감동을 받았습니다. 거기엔 심오한 종교적 사상들이 가득하고, 신부님을 향한 훌륭하고 경건한 헌사가 담겨 있습니다."

"저는 인쇄되어 나올 거라고 생각을 안 하고 쓴 거였는데…… 나중에 인쇄되어 나왔습니다."

라키친이 예상외의 질문에 갑자기 어리둥절해진 것 같았다. 그가 마치 부끄럽기라도 한 듯이 웅얼거리며 그렇게 대답했다.

"아, 정말 잘됐습니다! 증인 같으신 사상가라면 모든 사회 현상들을 매우 넓은 시각으로 바라볼 수 있으며, 그렇게 바라볼 것임이 분명합니다. 신부님의 고명하심 덕분에 증인께서 쓰신 훌륭한 책자가 널리 퍼져 마땅한 효과를 거두었습니다. 그건 그렇고 제가 증인께 중점적으로 여쭤보고 싶은 것은 다음과 같습니다. 증인께서 방금, 스베틀로바 씨와 아주 잘 아는 사이였다고 말씀하셨습니까(Nota bene.* 알고 봤더니 그루셴카의 성이 '스베틀로바'였다. 나는 그걸 그날 심리가 진행될 때 처음 알았다)?"

"제가 누구를 안다고 해서 거기에 제 책임은 없습니다. 저는 젊은 사람입니다. 게다가 만나는 모든 사람들에 대해 과연 어느 누가 책임을 질 수 있겠습니까?" 하고 라키친이 갑자기 열을 냈다.

---

* 특히 주의를 돌릴 것. (라틴어)

"알겠습니다. 아주 잘 알겠습니다" 하고 페츄코비치가 당황한 듯, 서둘러 사과를 하는 듯했다. "증인께서도 다른 어느 누구와 마찬가지로, 이곳의 싱싱한 젊은이들을 기꺼이 집으로 받아들이는 젊고 예쁜 여자와 알고 지내는 것이 싫지 않으셨을 겁니다. 그건 그렇다고 치고 제가 알고 싶은 건 이겁니다. 우리에게 알려진 바, 스베틀로바 씨는 두 달쯤 전에 카라마조프 씨 가문 막내아들 알렉세이 표도로비치 씨를 소개받기를 간절히 원했습니다. 그리고 증인께서 알렉세이 표도로비치 씨를 스베틀로바 씨한테 데려오기만 하면, 그것도 알렉세이 표도로비치 씨의 당시 복장 그대로, 즉 수도원 복장 그대로 데려오면 스베틀로바 씨가 증인께 25루블을 내주겠다고 약속했습니다. 알려진 바, 그 일이 성사된 것은 바로 그날이었습니다. 바로 그날 저녁에 비극적 사건이 터져, 결국 본 재판이 열리기에 이른 것입니다. 증인께서는 알렉세이 카라마조프 씨를 스베틀로바 씨한테 데려오셔서 그때 스베틀로바 씨한테서 상금으로 25루블을 받으셨습니까? 전 바로 그 얘기를 듣고 싶은 겁니다."

"그건 장난이었습니다. 전 왜 거기에 관심을 가지시는지 모르겠습니다. 전 장난 식으로 그 돈을 받은 겁니다. 나중에 돌려줄 생각이었습니다."

"그러니까 받으셨다는 말씀이네요. 하지만 아직까지 안 돌려주시지 않았습니까? 아니면 돌려주셨습니까?"

"그건 하찮은 일인데요……" 하고 라키친이 웅얼거렸다. "전 그런 질문에 대답할 수 없습니다……. 전 물론 돌려줄 겁니다."

재판장이 개입했다. 그러나 변호인은 자기가 '라키친 씨'에 대한 질문을 마쳤다고 말했다. '라키친 씨'가 자존심이 어느 정도 꺾인 모습으로 연단에서 물러났다. 그의 말이 가져다준 최고의 고상한 느낌에 흠집이 난 게 사실이었다. 들어가는 그를 시선으로 좇으며 페츄코비치는 마치 청중을 향하여 '피고인의 유죄를 주장하는 저 고상한 분의 모습을 보십시오!' 하고 말하는 것 같았다. 이때 드미트리도 가만히 있지 않은 걸 기억한다. 라키친이 그루셴카에 대해 말을 하던 그 어조가 기분 나빴던 그는 앉은 자리에서 갑자기 '베르나르!' 하고 외쳤다. 라키친에 대한 심문이 모두 마쳐지고 재판장이 피고인에게 무슨 하고 싶은 말이 없냐고 물었을 때 드미트리는 쩌렁쩌렁한 목소리로 이렇게 소리쳐 말했다.

"저놈은 구금돼 있는 저한테 와서 돈을 빌리려 했습니다! 저질스러운 베르나르요 출세지향주의자입니다. 그리고 신도 안 믿어요. 신부님을 기만했어요!"

이에 드미트리의 절제 없는 표현을 가지고 그에게 다시금 훈계가 들어온 것은 당연하다. 하지만 '라키친 씨'가 이미지를 버린 건 어쩔 수 없는 사실이었다. 스네기료프 대위의 증언도 걸

림돌에 부딪혔지만 그것은 완전히 다른 이유에서였다. 그는 더러운 옷에 더러운 장화를 착용하고 온통 누더기 같은 모습으로 나왔다. 그리고 모든 경계 대책 및 사전 '감정'에도 불구하고 그는 어떻게 해서인지 완전히 술에 취한 상태였다. 드미트리가 그에게 가한 모욕에 대한 질문에 갑자기 대답을 거부하면서 이렇게 말했다.

"마음대로 하라지요. 일류샤가 저보고 대답하지 말랬어요. 저 세상 갔을 때 신께서 저한테 갚아주시겠죠."

"누가 대답하지 말라고 했다고요? 지금 누구 얘기하시는 겁니까?"

"일류샤요. 내 아들이요 '아빠, 아빠, 그 사람이 아빠한테 어떻게 그렇게……!' 그랬어요. 바위 앞에서 그랬다고요. 지금은 살날이 얼마 안 남았어요."

대위가 별안간 통곡을 하면서 재판장 발 앞에 털썩 주저앉았다. 사람들이 신속히 그를 데리고 나갔고, 청중 가운데서 웃음소리가 들렸다. 검사가 노리던 효과가 다 허사가 됐다.

변호인은 계속해서 모든 자료를 이용하려고 했고, 아주 세세한 부분에 이르기까지 사건을 파악하고 있어서 점점 더 보는 사람들을 놀라게 했다. 예를 들어 다음과 같다. 트리폰 보이스이치의 증언이 다분히 강한 인상을 불러일으켰으며, 그것은 드미트리로서는 물론 매우 불리한 증언이었다. 트리폰 보이스이치는 드미트리가 비극적 사건이 발생하기 거의 한 달 전에 모크로예에 처음으로 왔을 때 어디에 얼마만큼의 돈을 썼는지를 거의 손가락을 꼽아 가며 계산을 하고서, 3천보다 적은 액수를 썼을 리는 없다고, 혹 '3천에 못 미쳤더라도 아주 조금만 못 미쳤을 거'라고 했다. "집시 여자들한테 뿌린 돈만 해도 얼만데요! 또 몸에 이가 득실거리는 우리 촌 남자들 가지라고 길에다 50코페이카짜리를 던져줬다면 말을 안 해요. 25루블짜리 지폐를 날렸다고요! 제일 작은 돈이 그거였어요. 그 이하로는 주지를 않았다고요! 게다가 훔쳐 간 돈은 또 얼만데요! 훔쳐 간 놈들은 당연히 필적을 안 남겼죠. 그러니 어디서 찾아요? 도둑을 말이에요. 돈을 펑펑 쓰질 말았어야죠. 우리 평민들은 다 강도나 마찬가지예요. 영혼 같은 거 돌보지 않아요. 또 아가씨들한테는요? 우리 촌 아가씨들한테 얼마가 나갔을 거 같아요? 그때 우리 촌 아가씨들 다 부자 됐어요. 아시겠어요? 전엔 가난뱅이였단 말이에요" 했다. 한마디로 그는 어디에 돈이 들었는지를 다 기억해두었다가 정확하게 주판으로 계산을 했다. 그 결과, 쓴 돈이 1500밖에 안 되고 나머지 돈은 방충제 주머니에 넣어두었다는 가정은 생각조차 할 수 없는 것이 되어갔다. "내가 직접 봤어요. 손에 3천 들고 계시는 거 한눈에 알아봤어요. 돈 액수 세는 눈썰미가 우리한테 아니면 또 누구한테 있겠어요?" 하고 트리폰 보이스이치가 재판 당국에 잘 보이려고 기를 쓰며 소리 높여 말했다. 하지만 변호인 심문 순서가 되자 변호인은 증언 내용을 뒤엎으려는 시도는 거의 하지 않은 채, 모크로예에서 첫 번째로 술 파티가 벌어졌을 때, 그러니까 체포가 이루어지기 한 달 전에, 드미트리가 술 취해 흘린 100루블을 마부 치모페이와 아낌이라는 다른 남자가 현관 바닥에서 주워 트리폰 보이스이치에게 갖다주었고 트리폰 보이스이치는 그 대가로 그들에게 1루블씩을 주었다는 이야기를 갑자기 꺼내고는, "그래서 결국 그때 그 100루블을 카라마조프 씨한테 돌려주셨어요, 안 돌려주셨어요?" 하고 물었다. 트리폰 보이스이치가 아무리 그 사실을 부인하려고 했어도, 촌 남자들을 대상으로 심문이 이루어져 그들이 100루블을 주운 것이 사실로 밝혀지자, 이를 인정했다. 그러면서 단지 덧붙이기를, 그때 바로 드미트리 표도로비치한테 '정직하게' 다 돌려주었지만, '드미트리 표도로비치가 그때 술이 많이 취해 있었기 때문에 그 사실을 아마 기억을 못 할 것'이라고 했다. 하지만 촌 남자들을 증인 심문에 부르기 전까지는 그가 100루블을 발견했다는 사실을 부인했었으므로, 술 취한 드미트리에게 그 돈을 돌려주었다는 증언은 당연히 큰 의심을 사게 되었다. 그렇게 하여, 검사가 내세운 아주 위험한 증인들 중 한 사람인 그 역시 의심을 사게 된 상태로, 자신의 평판에 심하게 먹칠을 한 상태로 물러나게 되었다. 폴란드인들 역시 마찬가지의 운명에 처해졌다.

그들은 거만하고 도도하게 등장했다. 그들은, 첫째, 자기들이 둘 다 '국가를 섬겼으며', '드미트리 씨'가 자기들의 명예를 사기 위해 자기들한테 3천을 주겠다고 했으며, 자기들이 그가 손에 들고 있는 큰돈을 직접 보았다고 증언했다. 무샬로비치는 말을 할 때 폴란드어 단어를 셀 수 없이 많이 집어넣었는데, 그렇게 하니까 왠지 재판장과 검사가 자기를 우러러보는 것 같이 그에게 느껴졌으므로, 결국 완전히 자신을 얻고 이제 완전히 폴란드어로 이야기하기 시작했다. 하지만 페츄코비치는 폴란드인들을 그들이 쳐놓은 그물에 걸려들게 했다. 다시 불러내진 트리폰 보이스이치가 아무리 둘러대려 했지만 결국 그의 카드 한 벌을 브루블레프스키가 자기의 카드 한 벌로 몰래 바꿨고 무샬로비치가 물주가 됐을 때 카드를 바꿔치기했다는 것을 긍정하지 않을 수 없었다. 그것은 칼가노프가 자기 순서가 되어 증언을 할 때 이미 말한 거였다. 결국 폴란드인 둘 다 어느 정도 치욕을 느끼면서 들어갔다. 심지어 청중 가운데서 웃음소리가 나기도 했다. 그 뒤에도, 위험한 증인들로 여겨졌던 웬만한 사람들과 더불어 똑같은 스토리가 반복되었다. 페츄코비치는 그들 중 각 사람을 도덕적인 면에서 수치를 주어, 그들이 어느 정도씩 바보 취급을 당한 상태로 들어가게 만들었다. 재판 과정 지켜보는 것에 관심이 있는 사람들과 법률가들은 이를 흥미롭게 감상할 뿐이었고, 다만 이해를 못 한 것이 있었다면, '변호인이 그렇게 해봤자 그 어떤 큰 결과를 낼 수 있을지?' 하는 것이었다. 되풀이해 말하지만, 검사 측 주장을 논박하기가 어려운 상황임을 모두가 느끼고 있었기 때문이다. 하지만 '위대한 마술사'의 자신 있는 모습과 침착한 태도를 보고서, '저런 사람'이 페테르부르크에서 온 게 괜히 온 게 아닐 거라며 기대들을 하고 있었다. '저 사람은 아무것도 얻은 것 없이 그냥 돌아갈 사람이 아니다'라고 말이다.

III
의료 감정과 견과 1푼트

의료 감정 역시 피고인에게 별 도움이 되지 않았다. 게다가 페츄코비치도 의료 감정에 별 희망을 걸지 않은 것 같았다. 차후에 그것이 사실인 것으로 드러났다. 의료 감정이 이루어진 유일한 근거는 모스크바에서 저명한 의사를 일부러 초빙한 카체리나 이바노브나의 강청이었다. 변호인 측으로서는 의료 감정을 한다고 해서 손해 보는 것은 전혀 없었으며, 잘만 되는 경우 유리한 입장을 취하게 될 수도 있었다. 그러나 부분적으로 무언가 코믹한 결과가 나왔는데, 의사들의 의견 불일치 때문이었다. 감정인의 역할을 한 사람들은 초빙되어 온 저명한 의사, 우리 읍 의사 게르첸슈투베, 그리고 젊은 의사 바르빈스키였다. 이 중 나중에 열거된 두 사람은 단순히 증인의 역할을 수행하기도 했다. 검사 측에서 내세운 증인으로서였다. 먼저 게르첸슈투베 의사가 감정인 자격으로 심문에 응했다. 그는 머리가 센 데다 정수리 부분에는 머리가 빠진, 일흔 살 먹은 노인이었다. 중키였고, 몸집이 좋았다. 성실한 의사이자 점잖고 경건한 사람인 그를 우리 읍에서 다들 아주 높이 평가했고 존경했다. 그가 모라비안*이라고 한 것 같은데 정확하게는 모르겠다. 우리 읍에 살게 된 지 이미 아주 오래된 그는 태도가 아주 정중하고 착하고 박애정신이 투철했으며, 가난한 환자들과 농부들을 무료로 고쳐주었고, 그들의 좁고 더러운 오두막집을 직접 왕진 다녔는가 하면 그들에게 약 값을 남겨주곤 했다. 그런데 고집스러운 성격은 노새에 비할 정도였다. 그의 머릿속에 무슨 생각이 한번 틀어박히면 그가 그 생각을 부인하게 하는 것은 불가능했다. 한편, 초빙되어 온 저명한 의사가 우리 읍에 오고 나서 며칠 동안 몇 번에 걸쳐 게르첸슈투베 의사의 실력에 관하여 매우 모욕적인 비평을 했다는 것을 읍내 사람들 거의 모두가 알고 있었다. 어떻게 하다 그렇게 됐는지를 말하자면 다음과 같다. 모스크바에서 온 이 의사가 왕진료로 25루

---

* 18세기 보헤미아에서 등장한 복음주의자들 집단의 일원. - 역자 주

블 이상을 받았음에도 불구하고 우리 읍의 몇몇 사람들은 기회를 살려 돈을 아끼지 않고 그에게 기꺼이 상담을 신청했다. 이 의사가 오기 전에 그 환자들을 치료하던 사람은 물론 게르첸슈투베 의사였는데, 이 저명한 의사가 도처에서 게르첸슈투베 의사의 치료를 아주 신랄하게 비판한 것이다. 심지어는 환자를 방문하여, "누가 여길 이렇게 해놨어요? 게르첸슈투베죠? 하하하!" 하고 직접 말하는 적도 있게 되었다. 게르첸슈투베 의사는 물론 이 모든 것을 알게 되었다. 그런 상황을 배경에 깔고 이제 세 명의 의사가 모두 심문을 받는 자리에 나타나게 된 것이다. 게르첸슈투베 의사는, "피고인의 정신 상태가 비정상적이라는 사실은 자연스럽게 밝혀진다" 하고 단도직입적으로 말했다. 그리고서 자신의 생각을 풀어 말했는데 그 내용은 내가 여기서 생략하기로 한다. 그 뒤 그가 덧붙이기를, '그의 정신 상태가 비정상적이라는 사실은 피고인이 전에 행한 많은 행동들에서뿐만 아니라, 그것보다 더 중요한 것일진대, 지금 이 시간에도 역시 드러난다'고 했다. 지금 이 시간에 어떤 점에서 드러나는지 설명해달라는 요청이 들어오자 이 노의사는 자신의 순박하고 직선적인 성격에 기인하여 자신의 독특한 말투로 지적하기를, 피고인이 홀에 들어오면서 '상황과 걸맞지 않는 특이한 모습을 하고서 군인처럼 전진하면서 시선을 앞에다 고정시켰다'고, '여성들이 청중석 왼쪽에 앉아 있으므로 여성에 큰 관심을 갖는 그로서는 이제 자기에 대해서 여성들이 무슨 말을 할지 아주 많은 생각을 했을 테니까 왼쪽을 보는 것이 더 옳았을 텐데도 그렇게 행동했다'고 했다. 그가 스스로 원해서 러시아말로 많은 말을 했지만 왠지 그가 쓰는 각 문장들이 독일어풍으로 나왔다는 점을 덧붙여 지적해야겠다. 하지만 그는 자신의 그런 말투를 한 번도 부끄럽게 생각한 적이 없다. 그는 평생 동안 자신의 러시아어를 모범적인, '심지어 러시아인들이 하는 러시아어보다 더 나은' 러시아어라고 고질적으로 생각해왔다. 말할 때 러시아 속담도 아주 즐겨 사용했다. 그럴 때마다, 러시아 속담은 전 세계의 속담들 중 가장 좋은 것이며 표현력에서 가장 우세한 것이라 주장하곤 했다. 정신의 산만함 때문에 그런지는 몰라도 이야기를 하는 중 그가 무척 평범한 단어들을 잊어버리는 적이 많았다는 점도 지적하련다. 너무나도 잘 알고 있는 단어들이지만 무슨 이유에선지 갑자기 생각이 안 나는 것이었다. 한편 그가 독일어로 이야기할 때에도 마찬가지로 그러는 적이 종종 있었다. 그럴 때마다 그는 자기 얼굴 앞에서 손을 휘저으면서 마치 잃어버린 단어를 잡으려는 듯한 시늉을 했다. 그리고 도망가버린 단어를 그가 결국 생각해내기 전까지는 그 어느 누구도 그로 하여금 말을 계속 하게끔 할 수 없었다. 피고인이 입장하면서 여성들을 쳐다봤어야 했다는 그의 지적 때문에 청중 가운데서 장난기 어린 속닥

거림이 일었다. 우리 읍의 모든 여성들이 이 노의사를 아주 좋아했고, 그가 평생을 혼자 살면서 경건하고 청렴한 생활을 하고 여성들을 지고의 이상적인 존재로 바라본다는 것을 알고 있었다. 바로 그랬기 때문에 그가 그런 지적을 했다는 것이 모든 이들에게 있어서 예상외였고 매우 이상하게 들린 것이었다.

모스크바에서 온 의사는 자기 순서가 되어 심문을 받을 때, 피고인의 정신 상태를 비정상적이라 간주한다고, '심지어 극도로 비정상적이라' 간주한다고 단호하고 집요하게 주장했다. 그는 '발작적 정신 이상'이니 '조병'에 대해 어려운 이야기를 많이 하고 나서, 수집된 모든 자료에 따르면 피고인은 체포되기 전 며칠 동안 의심할 바 없는 병적인 발작적 정신 이상 상태에 놓여 있었으므로 범죄를 저질렀다면 비록 자기가 범죄를 저지른다는 것을 의식하면서도 거의 의지와는 상관없이, 자기를 장악한 병적인 정신적 유혹을 물리칠 능력이 안 되는 가운데 저지른 것이라는 결론을 냈다. 한편 의사가 발작적 정신 이상 외에 진단해낸 조병은 의사의 말로는 이미 완전한 정신 착란으로의 직행을 의미하는 것이었다(Nota bene. 이건 내가 알아서 내 말로 전달하는 것에 불과하고, 의사는 매우 학술적인 전문 용어를 써서 설명했다). "그의 모든 행동은 상식과 논리에 어긋납니다" 하고 그는 말을 계속했다. "내가 직접 보지 못한 것, 즉 범죄 자체와 그 모든 비극에 관한 것은 이야기하지 않겠지만, 그저께 저랑 이야기할 때만 해도 피고인의 시선은 설명하기 어려운 고정된 시선이었습니다. 또한 웃음이 전혀 필요 없을 때 갑자기 웃음이 터지는 것, 이해할 수 없는 계속적인 신경의 불안정, '베르나르, 윤리학' 등의 필요 없는 이상한 말들의 사용을 꼽을 수 있습니다." 그러나 의사가 특히 이 조병을 발견해낸 것은 어떤 점에서였나 하면, 피고인이 자기가 그와 관련하여 기만을 당했다고 여기는 그 3천 루블에 대해서 말을 할 때 비정상적인 분노 없이는 말을 못 하는 점이었다. 자신이 겪은 모든 다른 실패 및 모욕에 대해서는 다분히 가뿐하게 말을 하고 가뿐하게 기억을 떠올리곤 하면서 말이다. 결국 조사를 해본 결과 그는 그전에도 그 3천에 대한 얘기가 나오기만 하면 초조와 흥분에 휩싸이곤 했다는 것이 밝혀졌는데, 반면 사람들의 증언에 따르면 그는 사심이 없고 청렴한 사람이었다. "나의 학계 동료의 의견은" 하고 모스크바에서 온 의사가 말을 마치면서 비꼬듯 덧붙였다. "피고인이 홀에 입장하면서 정면이 아니라 여성들을 봤어야 된다는 것인데, 그 의견에 대해서 말한다면, 그런 의견은 장난스러운 것일뿐더러 근본적인 오류를 담고 있습니다. 비록 피고인이 자신의 운명이 결정되는 재판이 진행될 홀로 입장하면서 그렇게 시선을 고정시키고 정면을 바라보지 말았어야 했다는 점, 그리고 그런 피고인의 행동을 정말로 그가 그때 비정상적인 정신 상태였다는 징조로 간주할 수 있다는 점에 대해서는 본인이 충분히 동의를 하지만, 그와 동시에 본인이 주장하는 것은, 피고인이 왼쪽에 앉아 있는 여성들을 볼 것이 아니라 반대로, 자신을 변호해줄 사람을 눈으로 찾느라 오른쪽을 봤어야 했다는 것입니다. 변호인의 도움에 그가 모든 희망을 걸었으며 변호인의 변호에 이제 그의 운명 전체가 달려 있었으므로 말입니다." 의사는 자기의 이 의견을 단호하고 완강하게 표현했다. 하지만 이 두 박식한 전문가의 의견 불일치가 특히 우스운 뉘앙스를 띠게 된 것은 맨 마지막으로 심문 대상이 된 바르빈스키 의사가 낸 예상외의 결론 때문이었다. 그의 의견에 따르면 피고인의 상태는 전에도, 지금도 더할 나위 없는 정상이었다. 비록 체포되기 전 그가 정말로 신경이 불안정하고 심히 흥분된 상태에 있었다 해도, 그것은 질투, 분노, 계속적인 취한 상태 등 매우 자명한 많은 이유에서일 수 있다는 것이었다. 신경이 불안정한 그런 상태는 지금 언급된 특별한 '발작적 정신 이상'을 포함했을 리가 없다는 것이었다. 피고인이 입장하면서 왼쪽, 혹은 오른쪽을 보았어야 했는지의 문제와 관련해서 그 의사가 자기의 소박한 의견을 말하겠다고 하면서 말한 것은, 피고인은 입장하면서 다름 아니라 바로 정면을 보는 게 옳았다는 것이었다. 피고인은 실지로 그렇게 했으며, 그것은 바로 정면에 재판장과 다른 재판관들이 앉아 있었는데 바로 그분들한테 피고인의 모든 운명이 달려 있었기 때문이라고 했다. "그러므로 정면을 바라보면서 피고인은 그때 자기의 정신 상태가 완전히 정상이었다는 것을 증명한 셈입니다" 하고 이 젊은 의사가 어느 정도 열을 내며 자신의 '소박한' 증언을 마쳤다.

"멋집니다, 의술사님!" 하고 드미트리가 자기 자리에 앉아 외쳤다. "바로 정답입니다!"

드미트리에게 주의가 들어온 것은 물론 사실이나, 재판관들 및 청중에게 가장 결정적으로 작용한 것은 이 젊은 의사의 의견이었다. 나중에 드러난 사실이지만, 그때 모두가 이 젊은 의사의 의견에 동의하는 입장이었다. 한편, 전혀 예상 못 한 바였지만, 게르첸슈투베 의사가 단순한 증인으로 심문에 응하면서 드미트리에게 유리한 증언을 했다. 이 읍에 오래 살면서 카라마조프 씨 가족을 오래전부터 알고 있던 사람으로서 그는 검사 측의 다분히 큰 흥미를 불러일으킨 몇몇 증언들을 하다가, 갑자기 생각난 듯 이렇게 덧붙였다.

"하지만 이 불쌍한 젊은이는 비교할 수 없을 정도로 훨씬 더 나은 운명에 처할 수도 있었습니다. 왜냐하면 어린 시절에도, 그 이후에도 착한 마음씨를 갖고 있었으니까요. 그건 제가 압니다. 하지만 이런 러시아 속담이 있습니다. '누군가 하나의 지혜를 갖고 있다면, 그건 좋다. 그런데 더 지혜로운 사람이 찾아온다면, 더 좋다. 왜냐하면, 그러면 지혜가 하나가 아니라 둘이 될 것이기 때문이다······.'"

"두 사람이 모이면 더 훌륭한 지혜가 생긴다" 하고 검사가 참다못해 거들었다. 검사는 느릿느릿 질질 끌어 이야기하는 이 노인의 습관을 이미 오래전부터 알고 있었다. 이 노인은 그러면서도 자기가 남들에게 끼칠 인상에 대해, 자기가 말할 동안 남들로 하여금 기다리게끔 하는 점에 대해 아무렇지도 않게 생각했을뿐더러, 오히려 자신의 둔하고 퍽퍽한 재치를 다분히 높이 평가했으며, 언제나 기쁨에 넘치는 듯하고 자기만족에 가득 찬 독일식 기지와 해학을 스스로 즐겼다.

"아, 네. 제 말이 바로 그 말이에요" 하고 그가 안 지고 버텼다. "하나의 지혜는 좋지만 지혜가 둘이면 훨씬 더 좋다는 거죠. 그러나 지혜를 가졌던 이 젊은이한테 지혜를 가진 다른 사람이 오질 않았기 때문에 이 젊은이가 자기 지혜를 써버렸어요. 그걸 뭐라고 하죠? 지혜를 뭐에 써버렸는지, 그걸 뭐라고 하죠? 내가 잊어버렸어요" 하고 그가 자기 눈앞에서 손을 이리저리 돌리며 계속 말했다. "아, 네. 슈파치렌."

"나가 노는 거?"

"뭐, 그렇죠. 나가 노는 거. 제 말이 바로 그 말이에요. 그래서 이 젊은이의 지혜가 나가 놀다가 음침한 곳으로 들어가 길을 잃어버렸어요. 그런데 이 젊은이는 장래가 촉망되는 다감한 청년이었어요. 아, 난 이 젊은이가 요만한 어린애였을 때를 너무나 잘 기억해요. 아버지한테서 버림받아 뒤뜰에서 살게 된 그 어린애를요. 아직 신도 안 신고 단추 하나 달린 판탈롱 입고 맨흙 위를 뛰어다니던 그때에 말이에요."

이 정직한 노인의 목소리에서 갑자기 감동 어린 어조가 흘러나왔다. 페츄코비치가 마치 무엇을 예감하는 듯 후드득 몸을 떨고는 곧 노인의 말에 빠져들었다.

"네. 그때 저는 젊었었죠. 저는……, 그렇죠, 저는 그때 마흔 다섯이었어요. 제가 이곳으로 오자마자였죠. 그때 저는 그 어린아이가 불쌍하게 생각됐어요. 마음속으로 질문을 한번 던져 봤죠. 내가 그거 1푼트라도 사주면 어떨까? 아, 네, 뭐 1푼트였지? 잊어버렸네요, 그걸 뭐라고 하는지……. 왜, 그거 있잖아요, 아이들이 아주 좋아하는 거, 그거 1푼트 사줄 생각이었단 말이에요. 그걸 뭐라 그러죠? 아, 그걸 뭐라고 하더라?" 하고 의사가 다시금 손을 휘젓기 시작했다. "그거 나무에서 열리는 건데……. 거둬들여서 사람들한테 나눠주는 거……."

"사과요?"

"아유, 사과 아니에요! 그거 1푼트, 그거 1푼트……. 사과는 푼트로 안 팔고 열 개씩 팔아요. 아, 그거 자잘하고 많은 거 있잖아요. 입에 넣고 아작!"

"견과요?"

"네, 그렇죠, 견과요. 제 말이 그 말이에요" 하고 의사가 아주 태연하게, 마치 그전까지 자기가 그 단어가 생각 안 나서 머리를 쥐어짜지 않은 것처럼 말했다. "내가 견과 1푼트를 아이한테 갖다줬어요. 아직까지 그 아이에게 견과 1푼트를 갖다준 사람은 아무도 없었어요. 제가 손가락을 들고 아이한테 말했어요. '얘, Gott der Vater*.' 아이가 웃으면서 말했어요. 'Gott der Vater, Gott der Sohn**.' 아이는 또 웃으면서 말했어요. 'Gott der Sohn, Gott der heilige Geist***.' 그때 아이는 또 웃으면서, 말할 수 있는 만큼 계속 'Gott der heilige Geist'라고 말했어요. 저는 갔어요. 이튿날 길을 가고 있는데 그 아이가 먼저 저한테, '아저씨, Gott der Vater, Gott der Sohn.' 그랬어요. 'Gott der heilige Geist'만 빼먹은 거죠. 하지만 제가 다시 가르쳐줬어요. 다시 한번 아이가 불쌍하다고 생각됐어요. 아무튼 그때 그 아이가 다른 데로 데려가졌기 때문에 전 더 이상 그 아일 보지 못했어요. 그 뒤 23년이 흐른 어느 날 아침, 벌써 머리가 하얘진 제가 제 사무실에 앉아 있는데, 갑자기 어떤 생기발랄한 젊은이가 들어오는 거예요. 누군지 도저히 기억을 못 해냈어요. 그런데 그 젊은이가 손가락을 쳐들고 웃으면서 이러는

---

* 성부. (독일어)

** 성부, 성자. (독일어)

*** 성자, 성령. (독일어)

거예요. 'Gott der Vater, Gott der Sohn und Gott der heilige Geist! 저 지금 이리로 와서, 선생님께서 제게 견과 1푼트 사주신 것 감사드리러 왔습니다. 그때 저한테 견과 1푼트 사준 사람 아무도 없었는데, 오직 선생님께서만 저한테 견과 1푼트를 사주셨습니다.' 그때 전 행복했던 제 젊은 시절과 장화도 없이 뜰에 있던 불쌍한 아이를 기억해내고 가슴이 뭉클해서, '자넨 크게 될 젊은일세. 내가 자네 어렸을 때 사다준 그 견과 1푼트를 그동안 계속 기억하고 있었단 말인가?' 하고 말하고 젊은이를 끌어안고 축복했어요. 전 그때 울었어요. 젊은이는 웃고 있었지만, 울기도 했어요. 러시아인은 울 자리에서 웃는 적이 아주 많거든요. 하지만 젊은이는 실제로 울기도 했어요. 제가 봤어요. 그랬었는데 지금은……, 맙소사, 일이 이렇게 됐네요!"

"지금도 전 웁니다, 독일 출신 선생님, 저 지금도 울어요. 선생님은 신의 사람이세요!" 하고 드미트리가 자리에 앉은 채 갑자기 외쳤다.

뭐가 어떻게 됐든 이 일화는 청중 가운데에 긍정적인 이미지를 심어주었다. 하지만 드미트리에게 유리한 가장 큰 효과를 가져온 것은 카체리나 이바노브나의 증언이었다. 지금 그 이야기를 하련다. 전반적으로 보더라도, à décharge* 증인들, 즉

---

* 변호인 측. (프랑스어)

변호인에 의해 내세워진 증인들이 증언을 시작했을 때, 마치 갑자기 운명이 드미트리를 향해 미소 짓는 것 같은 분위기가 물씬 풍겼다. 그렇게 될 줄은 심지어 변호인 측도 짐작을 못 했다는 것이 재미있는 사실이다. 카체리나 이바노브나보다 먼저 알렉세이가 이미 심문에 응했었는데, 그는 검사 측이 내세운 하나의 중요한 사항에 맞서는 결정적인 증거가 된다고 볼 수도 있는 한 가지 사실을 문득 언급했다.

IV
드미트리에게 보이는 행운의 조짐

그것은 알렉세이로서도 의외였다. 그는 서약 없이 증언을 하게 되었고, 또한 양측에서 심문 첫마디부터 그에게 아주 부드럽고 친절하게 대했다고 나는 기억한다. 그것은 그에 대해 형성되어 있는 좋은 평판 덕이었음이 자명하다. 알렉세이는 겸손한 태도와 절제 있는 표현으로 심문에 응했으나 그의 증언 속에서는 불운을 겪게 된 자기 형에 대한 열렬한 호의가 드러나는 게 사실이었다. 한 질문에 대답하던 중 그는 자기 형의 인간성을 묘사했는데, 다혈질적이고 열정에 잘 휘말려 드는 건 사실이지만 고상하고 점잖고 너그러운 면도 있으며, 뿐만 아니라 필요한 경우라면 자기희생까지도 마다하지 않을 것이라고 했다. 하지만 자기 형이 최근 그루셴카에 대한 열정과 아버지와의 경쟁의식 때문에 견뎌내기 힘든 상황에 처해 있었음을 인정했다. 하지만 자기 형이 돈을 빼앗을 목적으로 살인을 할 수 있다고는 상상하는 것도 불가하다며 분개했다. 비록 그 3천이 드미트리의 머릿속에서 망상마저 불러일으켰다고, 그가 그 돈을 자기가 유산으로 받아야 하는 것이되 아버지의 기만으로 채 못 받은 돈으로 여겼다고, 물욕이 강한 사람도 아니면서 그 3천 얘기만 나오면 격한 흥분과 광기 없이는 그냥 지나칠 수 없었다고 인정한 것도 사실이지만 말이다. 검사가 두 '여인' 사이의 경쟁이라 표현한 그루셴카와 카체리나 사이의 경쟁에 대해서는 그가 대답을 얼버무렸으며, 질문 한 개 혹은 두 개에는 대답하기를 전혀 원치 않는 입장마저 보였다.

"증인의 형이 증인에게 아버지를 죽이겠다는 의도를 말한 적이 있습니까?" 하고 검사가 묻고는, "대답하지 말아야겠다고 판단되면 대답하지 않으셔도 좋습니다" 하고 덧붙였다.

"직접적으로 말한 적은 없습니다" 하고 알렉세이가 대답했다.

"그럼요? 간접적으로요?"

"형이 저한테 아버지에 대한 개인적 증오를 이야기한 적은 있으며, 상황이 극에 달하게 되어……, 극도의 혐오를 느끼게 되어 죽이게 될까 봐 걱정이라고 말했습니다."

"증인은 그 말을 듣고서 그 말을 믿으셨습니까?"

"믿었다고는 말을 못 하겠습니다. 하지만 저는 결정적인 순간에 형에게 고귀한 감정이 찾아와서 형을 상황에서 건져낼 것이라고 항상 확신했었습니다. 실지로 그렇게 되었습니다. 왜냐하면 우리 아버지를 죽인 건 드미트리 형이 아니기 때문입니다" 하고 알렉세이가 홀 전체가 울리도록 큰 소리로 말했다. 검사는 마치 나팔 소리를 들은 군마처럼 몸을 떨었다.

"증인께서 진실로 그렇게 확신하신다는 걸 저 역시 확실히 믿는다고 생각하셔도 좋습니다. 불쌍한 형에 대한 사랑 때문에 증인께서 그렇게 말씀하신다고는 생각하지 않는단 말씀입니다. 증인 가족 내에서 발생한 비극적 사건에 대한 증인의 독특한 관점은 이미 사전 심리 결과에 따라 우리가 알고 있는 바입니다. 증인의 관점은 아주 특별한 것으로서, 검사단이 얻은 모든 다른 증언들과는 반대되는 것입니다. 바로 그런 이유에서 반드시 드리고 싶은 질문이 있습니다. 증인께서는 증인의 형이 무죄이며, 유죄인 사람은 다른 사람이라고 하면서 사전 심리에서 그 사람을 직접 지목하셨는데, 그렇게 결정적으로 확신하시게 된 것은 무엇에 근거한 생각 때문입니까?"

"사전 심리에서 저는 질문에 대답한 것뿐입니다" 하고 알렉세이가 조용하고 침착하게 말했다. "스메르쟈코프의 유죄를 직접 주장한 적은 없습니다."

"하지만 그 사람을 지목한 건 사실이지 않습니까?"

"저는 드미트리 형의 말을 듣고 그렇게 한 겁니다. 저는 심문을 받기 전에 이미, 형이 체포당할 때 일어난 일과, 형이 그때 스메르쟈코프를 범죄자로 지목했다는 이야기를 들었습니다. 저는 형이 무죄라는 것을 확실히 믿습니다. 그리고 형이 죽인 게 아니라면, 그럼……."

"그럼 스메르쟈코프란 말입니까? 왜 반드시 스메르쟈코프여야 할까요? 그리고 증인의 형이 무죄라는 것을 어떻게 그렇게 결정적으로 확신하시게 됐습니까?"

"전 형의 말을 안 믿을 수가 없었습니다. 전 형이 저한테 거짓말을 안 하리라는 걸 압니다. 전 형이 거짓말을 하는 게 아니라는 걸 얼굴만 봐도 알 수 있었습니다."

"'얼굴만 봐도'라고요? 그게 증인이 내세우시는 증거의 전부입니까?"

"다른 증거는 갖고 있지 않습니다."

"스메르쟈코프가 유죄라는 점에 대해서도 근거를 두시는 증거가 증인의 형의 말과 그 얼굴 표정 외의 그 어떤 다른 것도 아닌 거네요."

"네. 다른 증거는 없습니다."

이 대목에서 검사가 심문을 마쳤다. 알렉세이의 대답은 청중에게 매우 큰 실망을 안겨주었다. 스메르쟈코프에 대해서 우리 읍에서는 이미 재판이 열리기 전부터 소문이 돌았었다. 누군가가 무슨 얘기를 들었고, 누군가가 사실을 지적했고, 알렉세이가 자기 형을 유리하게 하고 스메르쟈코프의 유죄를 증명할 결정적인 증거들을 모았다는 말이 돌았다. 그랬었는데 이제 보니 그가 피고인의 친동생으로서 당연히 가질 만한 심리적인 확신 말고는 아무것도, 아무 증거도 없는 것이었다.

어쨌든 페츄코비치도 질문을 던지기 시작했다. 피고인이 알렉세이에게 아버지에 대한 자신의 증오에 관해 말하고 자기가 아버지를 죽일지도 모른다고 말한 게 언제냐고, 알렉세이가 피고인에게서 그 말을 들은 게 예를 들어 사건이 터지기 직전에 만났을 때였냐고 물었다. 그 질문에 대답하다가 알렉세이는 방금 무언가를 기억해낸 듯 갑자기 몸을 떨었다.

"제가 까맣게 잊고 있던 걸 지금 하나 기억해냈습니다. 전에는 그게 확실하지 않았었지만 지금은……."

그러면서 알렉세이는 수도원으로 가던 길에 나무 밑에서 이루어졌던 드미트리와의 만남에서 드미트리가 자기 가슴을 쳐가며, '가슴의 윗부분을 쳐가며', 자기에게는 자기의 명예를 회복할 만한 수단이 있다고 그에게 몇 번씩 되풀이해 말한 기억을 묘사해냈다. 그때 드미트리가 '그 수단이 여기에, 바로 여기에' 있다고, 즉 그의 가슴에 있다고 말했다는 기억을 말이다. 알렉세이가 그 기억을 묘사해내는 일에 심히 몰두했으므로,

보는 사람들은 알렉세이가 그 기억을 실로 방금 문득 떠올렸다고 확신할 만했다. "전 그때 형이 자기 가슴을 치면서 자기 마음 얘기를 하는 줄 알았어요" 하고 알렉세이가 계속 말했다. "형의 앞에 놓여 있던 엄청난 수치, 형이 저한테도 도저히 고백할 수 없던 그런 수치의 상황으로부터 벗어날 힘을 자기 마음에서 찾아낼 거라고 말하는 줄 알았다고요. 지금 고백하는데, 전 그때 형이 아버지 얘기를 한다고 생각했어요. 형이 아버지한테 가서 폭력을 행사할 생각을 하면서 그걸 수치라고 생각하여 그 수치에 몸을 떤다고 생각했어요. 그런데 바로 그때 형은 자기 가슴에 있는 무언가를 가리키는 것 같았어요. 지금 기억하기론 그때 제 머릿속을 잠깐 스쳤던 생각이 있었는데, '심장은 가슴의 다른 쪽에 있는데' 하는 생각이었어요. 좀 더 아래에 있고 말이에요. 근데 형은 훨씬 더 위쪽을 쳤단 말이에요. 여기를요. 목 바로 아래를요. 계속 그 자리를 가리키는 거예요. 전 그때 제 머릿속을 스친 생각을 그리 중요하게 여기지 않았었는데, 지금 보니 어쩌면 형이 그때 바로 그 주머니를 가리킨 것일 수 있네요. 그 1500이 들어 있던 주머니 말이에요."

"그래, 맞아!" 하고 드미트리가 자리에서 소리쳤다. "그거 맞아, 알렉세이야. 맞아. 나 그때 주먹으로 그 주머니를 친 거야!"

페츄코비치가 황급히 드미트리를 향하여 제발 부탁이니 진정하라고 했다. 그래서 그다음부터 드미트리는 알렉세이를 다만 뚫어져라 바라볼 뿐이었다. 알렉세이는 스스로 되살려낸 자신의 기억에 자기도 모르게 도취되어 자신의 추측을 열렬한 어조로 발표했다. 그때 자기 형이 말한 그 수치란 아마, 카체리나 이바노브나에게 빚진 돈의 반액인 그 1500루블을 그녀에게 돌려줄 수도 있었는데 자기가 가지고 다니면서, 아무래도 그걸 그녀한테 안 돌려주고 다른 일에, 즉 그루셴카가 동의하는 경우 그루셴카를 데리고 떠나는 일에 사용하기로 작정했다는 데에 있었을 거라는 추측이었다.

"그거 맞습니다. 바로 그겁니다" 하고 알렉세이가 갑자기 흥분하여 외쳤다. "형은 그때 저한테, 절반으로부터는, 그러니까 수치의 절반(형은 절반이라는 말을 몇 번씩 반복했습니다)으로부터는 자기가 금방 벗어날 수도 있지만 자기 마음이 그리도 약해서 그렇게 하지 못하는 게 한이라고, 그렇게 할 수가 없으며 그럴 만한 힘이 없다는 걸 미리 안다고 했습니다."

"증인께서는 피고인이 가슴의 바로 이 부분을 쳤다는 것을 확실하게, 명확하게 기억하십니까?" 하고 페츄코비치가 기회를 놓치지 않으려고 집요하게 캐물었다.

"명확하고 확실하게 기억합니다. 왜냐하면 그때 저한테 바로 그런 생각이 들었기 때문입니다. '형이 왜 저렇게 위쪽을 치지? 심장은 밑에 있는데' 하고 말입니다. 하지만 전 그 생각에 그리 큰 의미를 두지 않았었습니다. 이제야 기억을 해내게 됐네요. 왜 여태까지 그걸 잊고 있었을까요? 형은 바로 그 주머니를 가리킨 것이었습니다. 자기한테 돈이 있는데, 그 1500을 돌려주지 못하겠다는 말이었습니다! 그리고 모크로예에서 체포당할 때 형이 외친 말이 있는데, 저는 그 말을 알고 있습니다. 전해 들었습니다. 무슨 말이었나 하면, 카체리나 이바노브나에게 진 빚의 절반을(확실하게 '절반'이라고 말했습니다!) 갚음으로써 카체리나 이바노브나 앞에서 도둑이 되지 않을 수 있을 만한 돈을 가지고 있으면서도 그 돈을 돌려주지 않기로 작정한 것, 돈을 내주느니 차라리 카체리나 이바노브나 앞에서 도둑이 되기로 마음먹은 것을 자기 생애를 통틀어 가장 수치스러운 일로 여긴다는 말이었습니다. 형이 얼마나 고심을 했는데요! 그 빚 때문에 얼마나 괴로워했는데요!" 하고 알렉세이가 외쳤다.

물론 검사도 끼어들었다. 그는 알렉세이에게 상황을 다시 한번 묘사해달라고 집요하게 부탁하면서, "피고인이 자기 가슴을 치면서 무언가를 가리켰던 것이 확실합니까? 혹시 그냥 주먹으로 자기 가슴을 친 거 아닙니까?" 하고 물었다.

"주먹으로 친 게 아닙니다!" 하고 알렉세이가 소리쳤다. "가리킨 겁니다. 손가락으로요. 여기를 가리켰습니다. 이렇게 위쪽을요. 어휴, 제가 어떻게 이걸 지금까지 잊고 있었을까요?"

재판장이 드미트리에게 본 증언과 관련해서 할 말이 있느냐고 물었다. 드미트리는 바로 그대로라고, 자기는 바로 자기 가슴에, 목 바로 밑에 있던 1500을 가리킨 거라고, 그리고 물론 그건 수치였다고 말했다. "그건 제 일생 동안 가장 수치스러운 행동이었습니다. 전 돌려줄 수 있었는데 안 돌려준 겁니다. 차라리 도둑이 되고 말겠다고 생각하고 돌려주지 않은 겁니다. 가장 큰 수치는 내가 안 돌려줄 것을 미리 알고 있었다는 겁니다! 알렉세이 말이 맞습니다. 고맙다, 알렉세이야!"

알렉세이에 대한 심문이 이렇게 마쳐졌다. 그 주머니가 실제로 존재했고 그 안에 1500이 들어 있었으며 피고인이 모크로예에서의 사전 심리에서 그 1500은 자기가 갖고 있던 거라고 한 말은 거짓말이 아니라는 것을 증명할 단 하나의 사실이나마, 아주 작은 것일지는 몰라도 단 하나의 증거나마, 혹 증거와 비슷한 그 무엇이나마 발견됐다는 점이 중요했다. 알렉세이는 기뻤다. 온통 발개진 얼굴을 하고 그는 자기에게 지정된 자리로 갔다. 그 뒤에도 그는 오랫동안, '내가 어떻게 그걸 잊어버렸었지? 내가 그걸 어떻게 잊을 수가 있었지? 그런데 그 기억이 정말 갑자기 떠올랐네!' 하고 속으로 되풀이하고 있었다.

카체리나 이바노브나에 대한 심문이 시작되었다. 그녀가 나타나자마자 홀 안에서는 무언가 범상치 않은 반응이 일었다. 여자들은 손잡이 달린 안경 혹은 쌍안경을 집어 들었으며, 남자들은 몸을 움직였고, 더 잘 보려고 자리에서 일어나는 사람도 있었다. 나중에 가서 모두가 입을 모으기를, 그녀가 들어오자마자 드미트리의 얼굴이 '손수건처럼' 하얘졌다고 했다. 온통 까맣게 입은 그녀가 자기에게 지정된 자리로 조신하게, 거의 소심하다고 보일 정도의 몸가짐으로 다가갔다. 그녀의 얼굴만 보아서는 그녀가 긴장했는지 아닌지 알 수 없었으되, 그녀의 어둡고 우울한 시선에서는 결단의 모습이 번뜩였다. 지적하고 넘어가야 할 점은, 나중에 가서 많은 사람들이 그녀가 그때 놀랄 만치 예뻐 보였다고 주장했다는 것이다. 그녀는 말소리는 작았지만 홀 전체에서 알아들을 수 있을 만큼 명료했다. 표현을 할 때 매우 침착했으며, 혹 그게 아니라면 적어도 침착한 태도를 취하려고 노력했다. 재판장이 조심스럽게, 아주 공손하게 질문을 하기 시작했다. 그녀가 겪는 큰 불행을 이해하는 입장에서 안 건드려야 될 점을 괜히 건드리게 될까 봐 조심하느라고 그러는 듯했다. 한편 애초에 카체리나 이바노브나 스스로가, 그녀에게 주어진 한 질문에 대답하면서, 자기가 피고인의 정식 약혼녀였다고 확실하게 발표했다. 그리고는 '피고인이 자기를 떠나기 전까지' 그랬다고 조용하게 덧붙였다. 그녀와 친족 관계에 있는 사람들에게 우편으로 보내달라고 드미트리에게 맡겨졌던 3천에 대한 질문을 받고서 그녀는, "저는 그 사람에게 당장 우체국으로 달려가 부치라고 준 게 아닙니다. 저는 그때 그 사람한테 돈이 매우 필요하다는 걸 예감했어요. 저는 그 사람이 그 3천을 한 달 내로만 보내면 된다는 조건 하에 그 사람에게 그 돈을 준 겁니다. 나중에 그 사람이 그 빚 때문에 꼭 그렇게 안 괴로워해도 됐었는데 말이에요…….”

나는 모든 질문과 그녀의 모든 답변을 속속들이 전하지는 않으련다. 다만 그녀가 한 증언의 중요한 의미만 전하련다.

"저는 그 사람이 그 3천을 언제든 전달해줄 수 있다고 확신했어요. 자기 아버지한테서 돈을 받기만 하면요" 하고 그녀가 질문에 응하면서 말했다. "전 그 사람이 욕심이 없고 정직하다고 항상 믿어왔어요. 돈과 관련된 문제에서 아주 정직하다고 말이에요. 그 사람은 자기 아버지에게서 3천 루블을 받을 거라고 확실히 믿고 있었고, 그 이야기를 저한테 몇 번씩 하기도 했어요. 전 그 사람과 그 사람 아버지 사이에 불화가 있다는 걸 알았고, 그 사람이 아버지에 의해 부당한 취급을 받았다는 걸 계속 알고 있었고 지금도 알고 있어요. 저는 그 사람이 아버지를 위협했다는 건 기억에 없어요. 적어도 저와 같이 있을 때는 그 사람이 그런 이야기를 한 번도 한 적 없어요. 만약 그때 그 사람이 저한테 왔더라면 그 사람이 저한테 빚진 그 3천 따위 때문에 마음 졸이지 말라고 제가 당장 그 사람을 안심시켰을 텐데 말이에요. 하지만 그 사람은 저한테 더 이상 오지 않았어요. 그리고 저는……, 제가 처한 상황이…… 그 사람을 오라고 하지 못할 상황이었어요. 게다가 저한테는 그 빚과 관련해서 그 사람에게 요구를 할 권리가 전혀 없었어요" 하고 그녀가 갑자기 마지막 말을 덧붙였다. 그녀의 목소리에서 단호한 태도가 드러났다. "저 스스로가 그 사람한테서 돈을 빌린 적이 있어요. 3천보다 더 큰 액수였어요. 저는 앞으로 언젠가 제가 그 빚을 갚을 상황이 될 것이라고 당시 내다볼 수 없었음에도 불구하고 그 돈을 받았어요."

그녀의 목소리에서 도전의 어조가 느껴졌다. 바로 그 순간 페츄코비치가 질문할 차례가 되었다.

"그건 이곳에서 있었던 일이 아니라 두 분이 알게 되신 지 얼마 안 됐을 때 있었던 일이었죠?" 하고 페츄코비치가 조심스러운 태도로 말을 받아 이어서 질문하면서, 순간적으로 긍정적인 징조를 직감했다(내가 괄호 안에서 언급하고자 하는 것은 다음과 같다. 부분적으로 그는 바로 카체리나 이바노브나에 의해 페테르부르크에서 초빙되어 왔음에도 불구하고, 드미트리가 다른 도시에 있을 때 그녀에게 준 5천에 대한 이야기를 전혀 알지 못했고, '땅에 머리가 닿도록 절한 것'에 대해서도 알지 못했다. 그녀가 그에게 그 얘기를 하지 않고 숨겼던 것이다. 그게 놀랄 만한 일일지는 몰라도, 어쨌든 그 이야기를 자기가 법정에서 할 것인지 하지 않을 것인지를 그녀 자신이 지금까지 몰랐고 다만 영감에 따라서 행동할 생각이었던 것이 확실하다고 할 수 있다).

나는 아무래도 이 순간들을 절대 못 잊을 것이다. 그녀가 이야기를 시작한 것이다. 그녀는 모든 것을 이야기했다. 드미트리가 알렉세이에게 해준 그 이야기 전부를 말이다. '땅에 머리가 닿을 정도로 절한' 얘기, 그 이유, 자기 아버지 얘기, 자기가 드미트리를 찾아간 얘기를 그녀는 다 했다. 다만 드미트리가 그녀의 언니에게 그녀가 자기한테 와서 돈을 가져가도록 하라고 했다는 데에 대해서는 일말의 암시도 없었다. 그 얘기는 그녀가 아량을 베푸는 입장에서 숨긴 것이며, 그때 그녀 스스로가 자신의 충동에 기인하여 무언가를 바라는 입장에서, 이 젊은 장교에게 돈을 달라고 부탁하기 위해 그에게 달려왔다고 표면상으로 밝히는 것을 부끄럽게 여기지 않았다. 그것은 그녀의 대단한 결심이었다. 나는 그녀의 말을 들으면서 소름이 끼쳐 벌벌 떨었고, 청중은 쥐 죽은 듯 조용히 들으며 한마디 한마디를 포착했다. 그녀의 증언 속에는 무언가 미증유의 것이 있었다. 그녀와 같이 자의식이 강하고 남을 깔보는 듯 도도한 여자한테서 그 정도의 솔직한 증언과 그 정도의 자기희생은 도저히 예상할 수 없었던 것이었다. 그녀가 자기 이미지를 손상시키는 이야기를 스스로 하고 있었으니 말이다. 무엇을 위한 것이었을까? 누구를 위한 것이었을까? 자기를 배반하고 모욕한 사람을 구하고자? 그에 대한 긍정적인 인상이 끼쳐지게 함으로써 그를 구하는 데에 조그만 것이나마 도움이 되고자? 그 결과 실지로, 자기가 가진 마지막 돈을, 그에게 남은 것의 전부였던 5천 루블을 내주고 순진한 아가씨 앞에 공손하게 절을 한 장교의 이미지가 다분히 긍정적이고 매력적인 것으로 드러났다. 그러나…… 나는 가슴이 아프게 저며왔다. 나중에 가서 엄청난 비방의 말이 나올 것 같다고 느껴진 것이다 (아니나 다를까, 나중에 실지로 그렇게 되었다. 엄청난 비방의 말이 나왔다). 그 이야기가 완전히 정확한 것은 아니었을 거라고, 특히 장교가 '아가씨에게 공손히 절만 하고' 자기 집에서 아가씨를 내보냈다는 대목에서 뭔가 왜곡된 것이 있을 거라는 비웃음이 섞인 말이 나중에 온 읍내에 돌았다. 뭔가 '빠뜨렸을 거'라는 거였다. '만약 빠뜨린 게 없고 모든 것이 진실이었다면, 아무리 자기 아버지를 구하려는 입장이었다지만, 아가씨로서 그렇게 행동하는 것이 고마움을 아는 사람의 행동으로서 나무랄 데가 없는 것인지는 아직 모를 문제'라고, 심지어 우리 읍의 점잖은 부인들마저 수군거렸다. 그런데 카체리나 이바노브나같이 현명하고 예리한 통찰력을 가진 사람이 과연 그런 소문이 돌게 될 것을 예상 못 했을까? 당연히 예상했다. 그러면서도 다 이야기하겠다고 작정한 것이었다. 물론 이야기의 진실성에 대한 그 모든 지저분한 의심들은 나중에 가서야 발생한 것이고, 처음에는 모두가 그저 충격을 받았을 뿐이었다. 재판관들은 경건한 태도로, 어색하다고나 할 침묵 가운데 카체리나 이바노브나의 말을 경청했다. 검사는 그 주제로는 질문을 더 이상 하나도 하지 못했다. 페튜코비치가 그녀에게 허리를 잔뜩 굽혀

절했다. 그는 거의 의기양양해 있었다. 많은 점이 그가 유리한 쪽으로 전진해 있는 상태였다. 자기가 가진 돈의 전부인 5천을 고결한 감정의 격발에 따라 내주는 사람이 나중에 3천이라는 돈을 빼앗을 목적으로 아버지를 죽인다는 것은 뭐랄까 잘 연결이 안 되는 이야기였다. 페츄코비치로서는 지금 적어도 강도 행위는 부인할 수 있는 처지였다. 사건 심리 과정이 새로운 빛에 휩싸이는 듯했다. 드미트리에 대한 호의적인 분위기가 느껴졌다. 그가 어떻게 행동했는지 사람들이 이야기한 바에 따르면, 그는 카체리나 이바노브나가 증언하는 동안 한 번 아니면 두 번 자리에서 벌떡 일어났다가 도로 의자에 주저앉아 양손 손바닥으로 얼굴을 가렸다. 그러나 그녀가 증언을 마치자 그는 그녀에게 양팔을 뻗으며 우는 소리로 이렇게 외쳤다.

"카체리나야, 나를 꼭 파멸로 몰고 가야겠니?"

그리고 온 장내가 울리도록 큰 소리로 통곡했다. 그러다가 뚝 그치고 다시 소리쳤다.

"이제 내가 유죄라고 결론이 날 게 분명해!"

그 뒤 그 자리에서 마치 굳은 듯이 되어 이를 악물고 양팔을 자기 가슴 위에다 십자형으로 포갰다. 카체리나 이바노브나는 홀에서 나가지 않고 자기에게 지정된 의자에 앉아, 창백한 얼굴로 멍하게 있었다. 그녀 가까이에 있던 사람들이, 그녀가 마치 열병에 걸린 듯 계속 덜덜 떨고 있었다고 말해주었다. 그루셴카가 심문에 응하기 위해 등장했다.

별안간 터진 사태, 어쩌면 드미트리를 파멸로 몰고 간 게 사실일 수도 있는 그 사태를 자세히 살펴보기로 한다. 왜냐하면 내 생각으로는, 아니, 이건 내 생각일 뿐만 아니라 모두의 생각이고 또한 법관들도 나중에 가서 말한 바인데, 그 일이 생기지만 않았더라면 죄인에게 적어도 죄를 경감시켜주긴 했을 거라는 것이었다. 하지만 그 이야기는 조금 나중에 하기로 하겠고, 지금은 일단 그루셴카에 대해 두어 마디만 하련다.

그녀 역시 온통 까맣게 입고 홀에 등장했다. 자신의 멋진 까만 숄을 어깨에 두르고 있었다. 걷는 듯 안 걷는 듯 소리 없는 발걸음으로, 통통한 여자들이 그렇게 하듯 몸을 약간씩 흔들어가며 그녀가 증인석으로 다가갔다. 시선을 재판장을 향해 똑바로 두고서 오른쪽이나 왼쪽으로 한 번도 돌리지 않았다. 내가 보기에 그녀는 그 순간 아주 예뻐 보였고, 나중에 여자들이 자신 있게 말한 바와는 달리, 얼굴이 전혀 창백하지 않았다. 그녀의 얼굴이 무언가에 심취되어 있고 화가 난 듯한 얼굴이었다고들 말하기도 했다. 나는 그녀가 단지, 어떻게 하면 또 가십거리를 건질까 하고 혈안이 돼 있는 우리 읍 사람들의 업신여기는 듯하고 호기심에 찬 눈길들을 힘겹게 몸에 받느라 신경이 곤두서 있었을 뿐이라고 생각한다. 그녀는 업신여기는 눈길을 견디지 못하는 도도한 성격이었고, 누군가가 자기를 업신여기는 것 같다고 조금이라도 느끼면 곧바로 분개하면서 반격의 기회를 노리는 성격이었다. 하지만 그녀에게는 소심함도 물론 있었다. 그리고 자기의 소심함 때문에 혼자서 심중에 남몰래 느끼는 부끄러움도 있었다. 그러므로 그녀는 말투가 고르지 못했다. 화를 내거나 경멸하는 태도를 취하는가 하면 도에 지나치게 거칠어지기가 십상이었다. 그러다가 갑자기 가슴속 깊은 곳으로부터의 진심 어린 자책과 자기비판의 어조가 터져 나오기도 했다. 어떤 때는 '뭐가 어떻게 되든 다 마찬가지지만 자기는 어쨌든 이렇게 말하련다'는 식으로, 심연에 빠지기라도 하듯 나 몰라라 하고 이야기하기도 했다. 표도르 파블로비치와의 관계에 대하여 그녀는, "난 신경 안 썼어요. 그 사람이 날 쫓아다닌 게 내 잘못인가요?" 하고 신경질적으로 대답했다. 그랬다가 잠시 뒤에는, "다 내 잘못이에요. 내가 노인네랑 이 사람 둘 다 약을 올렸기 때문에 두 사람을 그 지경까지 오게 만든 거예요. 다 나 때문에 일어난 일이에요" 하고 말했다. 삼소노프에 대한 이야기가 나오자 그녀는 곧바로 말투가 거칠어져서, "그게 어떻든 무슨 상관이에요? 그분은 나의 은인이세요. 우리 가족이 살던 집에서 내가 맨발로 쫓겨났을 때 그분이 나를 거두셨어요" 하고 퉁명스럽게 대답했다. 하지만 재판장은 그녀에게, 과도한 세부는 필요 없고 그냥 묻는 말에만 대답하라고 다분히 정중하게 충고했다. 그루셴카가 눈빛을 번득이며 얼굴을 붉혔다.

 돈이 든 봉투는 그녀가 보지 못했고, 표도르 파블로비치한테 3천이 든 무슨 봉투가 있다고 '나쁜 놈'한테서 듣기만 했다고 하면서, "하지만 다 헛소리였어요. 난 그냥 웃어넘겼어요. 절대로 그리로 가지는 않았을 거예요" 하고 말했다.

 "지금 '나쁜 놈'이라고 하신 게 누구 얘깁니까?" 하고 검사가 물었다.

 "하인 말이에요. 스메르쟈코프요. 자기 주인을 죽이고 어제 목매달아 자살한 놈이요."

 그러자마자 그녀에게 질문이 들어온 것은 당연한 일이다. 무슨 근거로 그 사람이 범인이라고 그렇게 단호하게 말하느냐고 말이다. 그러나 그녀에게도 근거가 아무것도 없음이 드러났다.

 "드미트리 표도로비치가 직접 나한테 그렇게 말했어요. 저 사람 말을 믿으세요. 이간질하는 여자가 저 사람을 망친 거예요. 아시겠어요? 그 이간질 하는 여자가 오로지 그 이유라고요" 하고 그루셴카가 증오에 부들부들 떨듯 하며 덧붙여 말했다. 악에 받친 목소리였다.

 누구 얘기냐고 다시금 질문이 들어왔다.

 "저 아가씨 말이에요. 카체리나 이바노브나요. 그때 나를 오라고 불러서 초콜릿을 대접하면서 날 매수하려고 했어요. 저

아가씨한테서는 진정한 양심을 찾아보기가 힘들어요. 아시겠어요?"

그러자 재판장이 이번에는 이미 엄중한 태도로 그녀의 말을 멈추고서 심한 표현을 삼갈 것을 요청했다. 그러나 질투로 가득한 그루센카는 이미 나락으로 떨어지는 것도 두렵지 않을 정도로 열이 올라 있었다.

"모크로예에서 체포가 이루어지던 당시," 하고 검사가 그때에 대한 기억을 떠올리며 물었다. "증인께서 다른 방에서 달려 나와 '다 제 잘못이에요. 강제 노동에라도 같이 갈 거예요!' 하고 소리치시는 걸 모든 사람이 보고 들었습니다. 그러니까 그때 이미 증인한테는 피고인이 부친 살해범이라는 확신이 있었던 것 아닙니까?"

"난 그때의 내 감정 상태를 기억 못해요" 하고 그루센카가 대답했다. "그때 다들 저 사람이 아버지를 죽였다고 소리쳤어요. 그래서 나는 내 잘못이라고, 나 때문에 저 사람이 살인을 했다고 생각한 거예요. 하지만 저 사람이 자기는 죄가 없다고 말했을 때 나는 그 말을 바로 믿었어요. 지금도 믿고, 앞으로도 언제나 믿을 거예요. 저 사람은 거짓말을 할 사람이 아니에요."

페츄코비치가 질문할 차례가 되었다. 내가 기억하기로는, 페츄코비치가 라키친에 대해서, 즉 라키친이 '그루센카에게 알렉세이 표도로비치 카라마조프를 데려온 대가로' 받은 25루블에 대해서 물어보았다.

"걔가 돈을 받아 간 게 뭐가 놀라운 일이에요?" 하고 그루셴카가 경멸과 혐오가 섞인 웃음을 띠며 말했다. "걘 계속 돈을 긁어내려고 나한테 오곤 했어요. 한 달에 한 30루블씩이요. 그걸 그냥 재미로 한 거예요. 먹고사는 건 내 도움 없이도 할 수 있었어요."

"그런데 증인께서 라키친 씨한테 인색하게 굴지 않으신 건 어떤 이유에서였습니까?" 하고 페츄코비치가, 재판장이 몸을 크게 움직임에도 불구하고 재빨리 말을 받아 질문을 했다.

"걔가 내 사촌동생이에요. 우리 엄마랑 걔네 엄마랑 친자매 간이에요. 근데 걘 이 얘기를 아무한테도 하지 말아달라고 나한테 간청했어요. 나를 창피하게 생각했어요."

알고 보니 이 새로운 사실은 모든 사람들한테 예상외였다. 이에 대해 지금까지 우리 읍에서 아무도 몰랐다. 수도원에서도 몰랐고 심지어 드미트리도 몰랐다. 그때 자리에 앉아 있던 라키친이 창피해서 얼굴이 시뻘게졌다고 사람들이 나중에 전해주었다. 그루셴카는 홀에 입장하기 전에 이미 어떤 경로를 통해서인지 라키친이 드미트리에게 불리한 증언을 했다는 것을 알게 되어 화가 난 상태였다. 아까 라키친이 했던 모든 고상한 말들, 농노제와 러시아 사회의 어지러움을 공격한 말들 등 모든 것이 순식간에 공동의 평판 속에서 완전히 뭉개지고 엉망이 되었다. 페츄코비치는 기분이 좋았다. 다시금 기대치 않았던 승산을 얻은 것이다. 그루셴카에 대한 심문은 오래 끌지 않았다. 그루셴카가 뭔가 특별히 새로운 사실을 말했을 리가 없기도 했고 말이다. 그녀는 청중 가운데에 다분히 안 좋은 인상을 남겼다. 그녀가 증언을 마치고 홀 안에, 카체리나 이바노브나한테서 꽤 멀리 떨어져 앉았을 때 수백 개의 경멸의 눈길이 그녀에게 쏠렸다. 그녀가 심문에 응할 때 드미트리는 눈길을 바닥으로 향하고 마치 돌이 된 듯 계속 침묵을 지키고 있었다.

이반 표도로비치가 증인으로 나왔다.

V
뜻밖의 사태

원래 그는 알렉세이보다 먼저 증인으로 나왔었다는 점을 언급하련다. 그러나 그때 집행관이 재판장에게 보고하기를, 이 증인이 갑작스런 건강의 문제 혹은 어떤 발작 때문에 현재 출두할 수 없는 상황이라고, 그러나 상태가 좀 나아지는 대로 언제든 증언을 할 준비가 돼 있다고 했다. 그 말을 직접 들은 사람은 아무도 없었으며, 단지 나중에 사람들이 알게 된 것이었다. 그가 처음에 나왔었던 것을 본 사람은 거의 없었다. 중요한 증인들, 특히 경쟁하는 입장에 처한 두 명의 여인은 이미 심문을 마쳤으므로, 공동의 호기심은 어느 정도 이미 만족된 상황이었다. 청중 가운데에서는 지친 기색마저 느껴졌다. 아직 몇몇 증인들의 증언을 더 들어야 했다. 그러나 그 증인들은 이미 청중이 다 들은 내용을 되풀이할 것이 거의 확실했으므로 새로운 사실은 아무것도 말하지 않을 것으로 여겨졌다. 시간도 이미 많이 흘렀다. 이반 표도로비치는 놀랄 만치 느린 걸음으로, 아무에게도 눈길을 주지 않으면서, 심지어 인상을 찌푸리고 무슨 생각에 잠긴 채 고개를 숙이고 걸어 들어왔다. 그는 옷을 멋지게 입었지만 그의 얼굴은 적어도 내가 보기에는 병적인 인상을 불러일으켰다. 그 얼굴에서는 왠지 이미 흙이 묻은 것 같은 느낌이 비쳤다. 죽어가는 사람의 얼굴과 비슷했다는 얘기다. 그는 자신의 몽롱한 눈을 들어 천천히 장내를 둘러보았다. 알렉세이가 별안간 의자에서 벌떡 일어나 "아!" 하고 신음 소리를 낸 것을 나는 기억한다. 하지만 그 순간을 포착한 사람은 많지 않다.

재판장은 이반이 선서를 할 필요가 없는 증인이라고, 증언을 해도 되고 안 해도 되지만 모든 증언은 양심에 따르는 것이어야 한다는 등의 말부터 했다. 이반 표도로비치는 몽롱한 눈으로 그를 쳐다보며 그의 말을 들었다. 그러나 별안간 그의 얼굴에 천천히 미소가 번져 갔다. 그리고 재판장이 놀란 눈으로 그를 쳐다보면서 말을 마치자마자 그는 갑자기 폭소를 터뜨렸다.

"그래, 또 뭐요?" 하고 그가 큰 소리로 물었다.

장내가 물을 끼얹은 듯 조용해졌다. 무언가 이상한 느낌이 든 것이다. 재판장이 불안하게 물었다.

"아직…… 건강이 회복되지 않으셨나요?"

그러면서 재판장이 눈으로 집행관을 찾았다.

"걱정하지 마십시오, 존경하는 재판장님. 전 충분히 건강하고, 재판장님께 흥미를 끌 만한 무언가를 말씀드릴 수 있습니다" 하고 갑자기 이반 표도로비치가 아주 침착하고 공손하게 말했다.

"무슨 특별한 내용을 말씀하실 게 있습니까?" 하고 재판장이 아직 완전히 그를 신임하지 못하는 태도로 물었다.

이반 표도로비치가 고개를 숙이고 몇 초간을 기다렸다가 도로 고개를 들고, 그리 자유롭지 못한 말투로 대답했다.

"아니요……. 없습니다. 특별한 건 아무것도 없습니다."

그에게 질문들이 던져졌다. 그는 마치 별로 원치 않는 듯이 대답을 했고, 대답들이 너무 간단했다. 마치 대답하는 일에 혐오마저 느끼는 것 같았다. 가면 갈수록 점점 더 그랬다. 하지만 알아듣게 대답하기는 했다. 많은 질문들에 대하여 모른다고 답했다. 부친과 드미트리 표도로비치 사이의 돈 계산에 대해서는 아무것도 몰랐다. "난 그 일에 관계하지 않았습니다" 하고 그가 말했다. 부친을 죽이겠다는 위협의 말을 피고인에게서 들은 적이 있다고 했다. 봉투에 든 돈에 대해서는 스메르쟈코프한테서 들었다고 했다.

"다 똑같은 얘깁니다" 하고 그가 갑자기 피곤한 기색을 하고 중간에 말을 끊었다. "나는 재판관님들께 특별한 증언은 아무것도 할 게 없습니다."

"제가 보기엔 증인께서 몸이 안 좋으신 것 같군요. 어떤 느낌이실지 이해가 갑니다" 하고 재판장이 말했다.

그는 양쪽에 위치한 검사와 변호인을 향하여, 필요하다고 여기면 질문을 하라고 말했다. 그때 이반 표도로비치가 갑자기 기진맥진한 목소리로 이렇게 요청했다.

"저를 가게 해주십시오, 존경하는 재판장님, 제 몸이 너무 안 좋은 거 같아서요."

이 말을 하고서 그는 허락을 받기도 전에 스스로 뒤로 돌아 홀에서 나가기 시작했다. 그러나 네 걸음쯤 걷고는 마치 갑자기 무슨 생각이 난 듯이 멈춰, 조용히 미소를 띠더니 원래 자리로 되돌아갔다.

"존경하는 재판장님, 저는 그 시골 처녀 같습니다……. 그거 아시죠? '간다 치면 뛰어들 것이고 안 간다 치면 안 뛰어들 것이여.'[52] 치마를 들고서 처녀를 따라다니다가 처녀가 치마 안으로 들어가면 묶어서 약혼시키러 보내는데, 그때 처녀가 '간다 치면 뛰어들 것이고 안 간다 치면 안 뛰어들 것이여' 하는 겁니다. 우리 어느 지방 민속 중의 하나입니다."

"그래서 하시고 싶은 말씀은 무엇입니까?" 하고 재판장이 엄한 어조로 물었다.

"이걸 보십시오" 하면서 이반 표도로비치가 별안간 돈 뭉치를 꺼냈다. "여기 돈이 있습니다. 바로 그 봉투에 들어 있던 돈입니다" 하면서 그는 물적 증거들이 놓인 상을 향해 고갯짓을 했다. "바로 이 돈 때문에 아버지가 살해당한 겁니다. 어디다 놓을까요? 집행관님, 전달 부탁드립니다."

집행관이 돈 뭉치를 재판장에게 전달했다.

"이 돈이 어떻게 해서 증인의 손에 들어갔습니까? 이 돈이 바로 그 돈인 게 사실이라면 말입니다" 하고 재판장이 놀라서 물었다.

"어제 살인범 스메르쟈코프한테서 받았습니다. 그자가 목을 매달기 전에 그자한테 갔었습니다. 아버지를 죽인 건 그잡니다. 형이 아니라요. 그자가 죽였습니다. 죽이라고 한 건 접니다. 아버지가 죽길 바라지 않는 사람이 어디 있습니까?"

"지금 제정신이세요, 아니세요?" 하고 재판장이 자기도 모르게 소리쳤다.

"바로 제정신 그 자체입니다. 완전한 제정신이요. 재판장님이 제정신이신 것처럼 저도 제정신입니다. 그리고 이 모든……

낯짝들이 제정신인 것처럼요."

그가 갑자기 청중을 향해 돌아서서 그렇게 말했다.

"아버지가 살해당했다고 해서 겁을 먹은 시늉들을 하고 있어요!" 하고 그가 분노와 경멸에 받쳐 이를 갈며 말했다. "서로 쳐다보면서 얼굴이나 찌푸리고 있어요, 거짓말쟁이들! 다들 아버지의 죽음을 원하잖아요! 흉물 하나가 다른 흉물을 잡아먹는 거예요. 부친 살해가 없었다면 그 흉물들이 다 화를 내면서 각각 흩어졌을 거예요. 서커스예요! '빵과 서커스*'요! 하긴 뭐 나라고 별건가요? 여기 물 좀 있어요, 없어요? 물 좀 실컷 마시게 해줘요! 제발요!" 하면서 그가 갑자기 자기 머리를 움켜쥐었다.

집행관이 즉시 그에게 다가왔다. 알렉세이가 급히 일어나 외쳤다. "형은 환자예요. 형의 말을 믿지 마세요. 형은 환각 증세를 보여요!" 카체리나 이바노브나가 소스라치게 놀라 의자에서 벌떡 일어나 이반 표도로비치를 보면서 움직이지 않고 서 있었다. 드미트리는 일어나서 왠지 모르게 비딱하게 미소를 지으며 자기 동생의 행동과 말에 주의를 기울였다.

"진정들 하세요. 난 미치지 않았어요. 단지 살인자일 뿐이에

---

* 고대 로마의 풍자 시인 유베날리스가 풍자시 제10편에서 자기와 동시대를 사는 로마 시민이 원하는 것을 묘사하면서 쓴 표현. 이반 표도로비치는 '서커스'라는 말을 하자마자 '빵과 서커스'라는 표현이 곧바로 연상되어 자기도 모르게 말한 것이다. - 역자 주

요!" 하고 다시금 이반이 말하기 시작했다. "살인자가 꼭 달변을 해야 하는 건 아니잖아요" 하고 무슨 이유에서인지 그가 갑자기 그렇게 덧붙이고는 이상한 웃음을 지었다.

검사가 당황한 기색이 역력하여 재판장에게 가 허리를 구부렸다. 재판관들이 분주하게 서로 귓속말을 주고받았다. 페츄코비치가 귀를 바짝 기울이고 그들의 말을 들었다. 청중이 결정을 기다리며 숨을 죽였다. 재판장이 마치 갑자기 정신을 차린 듯 말했다.

"증인의 말이 이 자리에서 있을 수 없는, 이해가 안 가는 말입니다. 진정하도록 노력해보십시오. 그리고 정말 하실 말씀이 있으면 해보십시오. 자신의 그런 고백을 무엇으로 증명할 수 있으십니까? 증인의 말씀이 헛소리가 아니라면 말입니다."

"바로 그게 문젭니다. 증명해줄 사람이 없다는 거요. 스메르쟈코프 그 개놈이 저 세상에서 증언 내용을 보내주진 않을 테니까 말입니다……. 봉투에 담아서 말입니다. 자꾸 봉투, 봉투 하시는데, 하나면 충분합니다. 저한텐 증인이 없습니다……. 오직 한 사람 밖에는요" 하면서 그가 생각에 잠긴 듯한 표정으로 피식 웃었다.

"그 증인이 누굽니까?"

"꼬리가 달렸습니다, 존경하는 재판장님. 보시기가 좀 이상

할 거예요! Le diable n'existe point!* 신경 쓰지 마세요, 시시하고 변변찮은 악마니까요" 하고 그가 갑자기 웃음을 멈추고 마치 은밀한 것을 말하는 듯한 말투로 덧붙였다. "그놈이 여기 어딘가에 있을 겁니다. 저기 물적 증거들이 놓인 상 밑에요. 거기가 아니라면 또 그놈이 어디 앉아 있겠습니까? 자, 제 말을 들어보세요. 제가 그놈한테 침묵하기 싫다고 말했어요. 그랬더니 그놈은 지질 대변동에 대해서 말을 하는 거예요, 바보 같은 놈! 자, 인간쓰레기를 풀어주세요. 인간쓰레기가 송가를 부르기 시작했어요. 그건, 나름대로 견딜 만하니까 입에서 송가가 나오는 거예요! 술 취한 사기꾼이 '이반 그놈, 페테르부르크 가버렸네' 하면서 고함치는 거나 마찬가지예요. 저는 단 2초라도 기쁠 수 있다면 1천 조에 1천 조를 곱한 값도 바칠 수 있어요. 당신들은 저를 잘 모르세요! 아, 당신네들 하는 건 왜 그렇게 다 바보 같아요? 자, 저 사람 대신 저를 잡아가세요! 내가 왔으면 목적이 있었을 거 아니에요? 왜, 왜 뭐든지 다 이렇게 바보 같은 거예요?"

그러면서 그는 다시금 천천히, 마치 생각에 잠긴 듯 장내를 둘러보기 시작했다. 장내는 더 이상 조용하지 않았다. 알렉세이가 자기 자리에서 일어나 이반 표도로비치에게 달려오려 했

---

* 악마는 더 이상 존재하지 않거든요! (프랑스어)

으나 집행관이 이미 이반 표도로비치의 손을 붙잡았다.

"이건 또 뭐야?" 하고 그가 집행관의 얼굴을 똑바로 쳐다보며 소리치고는 갑자기 그의 어깨를 잡고 그를 있는 힘껏 바닥에다 내팽개쳤다. 하지만 경비대가 벌써 다가와서 그를 붙잡았다. 그러자 그는 사납게 기성을 질렀다.[53] 그를 들고 나가는 동안 그는 계속 울부짖고 무언가 알아듣지 못할 소리를 질렀다.

소동이 일어났다. 나는 모든 것을 순서대로 다 기억하지 못한다. 나 스스로가 흥분했었기 때문에 다 보지를 못했다. 아는 게 있다면 다만, 나중에 모든 것이 진정되고 모두가 상황을 파악했을 때 집행관이 혼쭐이 났다는 것이다. 비록 그가 재판 당국에다, 증인이 계속 건강한 상태였으며 그보다 한 시간 전에 그가 약간 구역질이 난다고 했을 때 의사가 그를 검진해보았다고, 홀에 들어오기 전에 그는 말을 정상적으로 했기 때문에, 게다가 그가 스스로 반드시 증언을 하겠다고 고집했기 때문에, 그런 일이 일어날 것이라고는 예상할 수 없었다고 잘 설명을 했지만 말이다. 그러나 사람들이 어느 정도나마 진정이 되고 정신을 차리기가 무섭게, 조금 아까의 난리에 이어서 또 다른 난리가 터졌다. 카체리나 이바노브나가 히스테리 발작을 일으킨 것이다. 그녀는 큰 소리로 악을 쓰면서 울음을 터뜨렸으며, 자리를 뜨려고 하지 않으면서 자기를 내쫓지 말라고 발광을 하면서 떼를 쓰다가 갑자기 재판장에게 외쳤다.

"저는 한 가지 증언을 더 할 게 있어요. 지금 바로요, 지금 바로! 여기 쪽지가 있어요. 편지예요. 가져가서 읽어보세요. 빨리요, 빨리! 이 편지는 이 쓰레기 같은 인간이 쓴 거예요. 이 인간이요, 이 인간!" 하면서 그녀는 드미트리를 가리켰다. "이 인간이 아버지를 죽인 거예요. 지금 읽어보시면 알 거예요. 이 인간이 나한테 자기 아버지를 어떻게 죽일 건지를 쓴 거예요! 그리고 저 환자는, 저 환자는 헛것이 보인대요! 저 사람이 벌써 사흘째 저런 상태인 걸 난 알아요!"

그렇게 그녀는 정신없이 소리 질렀다. 집행관이 그녀가 재판장에게 내미는 쪽지를 가져갔다. 그러자 그녀는 자기 의자에 주저앉아 얼굴을 가리고 경련을 하면서 소리 없이 흐느끼기 시작했다. 몸을 부들부들 떨면서, 자기를 홀에서 쫓아낼까 봐 아주 작은 신음소리라도 애써서 다 죽이는 중이었다. 그녀가 건네준 쪽지는 드미트리가 주점 수도에서 쓴 바로 그 편지로서, 이반 표도로비치가 '수학적' 가치를 지니는 서류라고 칭했던 그것이었다. 안타깝게도 그 편지의 수학적 정밀성이 실지로 인정되었고, 이 편지가 아니었다면 드미트리는 파멸에 처해지지 않을 수도 있었다. 아니면 적어도 그토록 끔찍한 파멸은 안 겪을 수도 있었다. 되풀이해 말하건대, 자세한 사항들을 다 살펴볼 수는 없었다. 나는 지금도 이 모든 것이 그때의 소란 속에서 머릿속에 떠오른다. 아마 재판장은 새로 나타난

이 서류를 다른 재판관들과 검사와 변호인과 배심원들에게 즉시 전달했을 것이다. 내가 기억하는 것은 단지 카체리나 이바노브나를 다시 증인으로 심문하기 시작했다는 것이다. 재판장이 그녀에게 진정을 되찾았느냐고 부드러운 목소리로 묻자 그녀는 신속하게 외쳤다. "저는 준비됐습니다, 준비됐어요! 저는 답변할 만한 상태가 충분히 됐습니다!" 하고 그녀가, 그 어떤 이유로 인해 사람들이 자기의 말을 들으려 하지 않을까 봐 아직 무척 걱정이 되는 듯 그렇게 덧붙였다. 좀 더 자세히 설명해 달라고 그녀에게 요청이 들어왔다. 이 편지가 무슨 편지이며 어떠한 상황에서 그녀가 이 편지를 받았는지를.

"저는 범죄가 일어나기 바로 전날 이 편지를 받았습니다. 저 사람이 이 편지를 쓴 것은 그거보다 하루 전, 술집에서였습니다. 그러니까 범죄가 일어나기 이틀 전이겠죠. 잘 보세요. 이 편지는 그 무슨 계산서에다 쓴 겁니다" 하고 그녀가 숨을 몰아쉬며 소리쳐 말했다. "그때 저 사람은 나를 증오했습니다. 왜냐하면 자기 스스로 몹쓸 짓을 했고 저 망할 년을 데리러 갔기 때문입니다. 또 왜냐하면 그 3천을 저한테 빚졌기 때문입니다. 저 사람은 자기 자신의 비열한 행동 때문에 그 3천을 빌미로 화를 냈던 겁니다! 그 3천이 어떻게 해서 생겼는지, 제발 부탁이니까 제 말을 끝까지 들어주세요. 아버지를 죽이기 삼 주 전에 저 사람이 아침에 저를 찾아왔어요. 저는 저 사람한테 돈이 필요하다는 걸 알았어요. 무엇에 필요한지도 알았어요. 바로 저, 바로 저 망할 년을 유혹해서 먼 데로 데려가기 위해서 필요했던 거예요. 전 그때 알았어요. 저 사람이 나를 배반했고, 나를 버리려 한다는 것을요. 그때 전, 전 자진해서 저 사람한테 그 돈을 내밀었어요. 마치 모스크바에 있는 내 언니한테 보내야 한다는 것처럼 그렇게 부탁을 했어요. 그리고 그 돈을 내주면서 저 사람의 얼굴을 똑바로 쳐다보며 말했어요. 언제든지 보내고 싶을 때 보내면 된다고. 한 달 뒤에 보내도 된다고. 저 사람이 이해를 못 했을 리가 있나요? 내가 저 사람 얼굴에다 대고 똑바로 이 말을 하는 거나 마찬가지란 걸 말이에요. '너는 날 배신하고 네 망할 년을 유혹하기 위해서 돈이 필요하구나. 자, 그럼 이 돈을 가져라. 내가 직접 너한테 준다. 네가 그토록 비열해서 가질 수 있다면 가져라' 하는 걸 말이에요. 나는 저 사람이 어떻게 나오나 보고 싶었어요. 자, 그랬는데 어떻게 됐는지 아세요? 가지더라고요. 가졌어요. 가지고 갔어요. 그리고 저 망할 년이랑 그 돈을 하룻밤에 다 썼어요. 하지만 저놈은 내가 다 알고 있다는 걸 파악했어요. 파악했다고요. 정말이에요. 그때 저놈은 내가 자기한테 돈을 주면서 어디, 비열한지 아닌지, 돈을 가질지 안 가질지 자기를 시험하려고 했다는 걸 파악했어요. 내가 저놈 눈을 똑바로 들여다봤어요. 저놈도 내 눈을 똑바로 들여다보면서 다 이해하고 있었어요. 다 이해했다고요. 그러면서 가졌어요. 가졌다고요. 그리고 내 돈을 가지고 가버렸어요!"

"맞아, 카체리나야!" 하고 갑자기 드미트리가 소리쳤다. "눈을 보면서 이해했어. 내가 얼마나 비열한 놈인지 네가 시험해 보려고 한다는 걸 말이야. 그래도 난 네 돈을 가졌어! 자, 비열한 놈을 경멸들 하십시오. 다들 경멸하세요. 전 그래도 싸요!"

"피고인!" 하고 재판장이 소리쳤다. "한마디라도 더 하면 퇴장시키겠소."

"이 돈 때문에 저놈이 괴로워했어요" 하고 카체리나가 조급한 태도로 계속 말했다. "저놈은 나한테 돌려주고 싶었어요. 그건 사실이에요. 돌려주고 싶었어요. 하지만 저 망할 년 때문에 저놈은 돈이 필요했어요. 바로 그래서 저놈은 아버지를 죽인 거예요. 그런데 돈을 나한테 돌려주는 대신 저년과 함께 그 마을로 떠났어요. 거기서 저놈을 체포하신 거예요. 거기서 저놈은 그 돈으로 다시금 술판을 벌였어요. 자기가 죽인 아버지한테서 훔친 돈으로요. 그리고 아버지를 죽이기 하루 전에 나한테 이 편지를 썼어요. 술에 취해 가지고 이 편지를 썼어요. 제가 그때 보자마자 알았어요. 화가 나서 썼다는 거, 그리고 분명히 알고 썼다는 거. 내가 이 편지를 아무한테도 안 보여줄 거라는 걸 알고 썼다는 거. 설사 자기가 살인을 하더라도 내가 아무한테도 안 보여줄 줄로 생각했어요. 만약에 그렇지 않았다면 쓰지 않았겠죠. 저놈은 내가 자기한테 복수를 안 하려 들 거라고, 자기를 파멸로 안 몰고 갈 거라고 생각했어요. 하지만 자세하게 한번 읽어보세요. 좀 더 자세히요. 그러면 알게 되실 거예요. 저놈이 편지에다 모든 것을 이미 사전에 묘사해놓았다는 것을요. 어떻게 아버지를 죽일 것이며, 아버지한테 어디에 돈이 숨겨져 있다는 것을요. 잘 보세요. 빠뜨리지 말고 보세요. 거기 이런 구절이 있잖아요. '죽일 거야, 이반만 떠나준다면 말이야.' 그러니까 저놈은 어떻게 죽일지 미리 다 계획했다는 거예요" 하고 카체리나 이바노브나가 사악하고 독살스러운 미소를 띠고 재판관들에게 귀띔해주었다. 그녀가 그 치명적인 편지를 세세한 부분까지 정독했으며 한 획 한 획을 외울 정도로 연구했다는 것을 알 수 있었다. "술에 안 취했더라면 아마 나한테 쓰지 않았겠죠. 하지만 보세요. 거기 계획이 다 묘사돼 있어요. 저놈이 나중에 실제로 죽인 상황과 모든 것이 하나도 틀리지 않고 맞아떨어져요. 거기 프로그램이 다 적혀 있는 거예요!"

그녀는 자기로선 이제 어떤 결과가 나오든 다 마찬가지라는 듯 정신없이 그렇게 소리쳤다. 비록 물론 자기가 이렇게 행동하리라고 예측한 것도 사실이지만 말이다. 그것이 어쩌면 이미 한 달 전일 수도 있다. 한 달 전에 그녀가 분노에 떨면서, '내가 이걸 법정에서 읽어버려?' 하는 생각을 이미 했을 수도 있는 것이다. 지금은 이미 절벽에서 밑으로 떨어지는 상황이나 다름없었다. 이미 엎질러진 물이었다. 내가 기억하기로는 그때 즉시 서기에 의해 이 편지가 낭독되어, 모두에게 경악을 불러일으켰다. 드미트리에게 '자신이 이 편지를 쓴 것을 인정하느냐'는 질문이 들어왔다.

"네, 내가 쓴 거 맞아요!" 하고 드미트리가 소리쳤다. "술 안 취했었으면 안 썼을 겁니다! 우린 많은 걸 가지고 서로 미워했어, 카체리나야. 하지만 맹세하는데, 맹세하는데, 난 널 미워하면서도 사랑했어. 그런데 넌 그렇지 않았어."

그가 절망 속에서 괴로워하며 자기 자리에 주저앉았다. 검사와 변호인이 차례로 질문들을 던졌는데, 주요 내용은, '아까는 그 문서를 숨기고 완전히 다른 입장과 다른 톤으로 증언을 한 이유가 무엇인가?'라는 거였다.

"네, 네, 아깐 제가 거짓말을 했어요. 다 거짓말이었어요. 내 명예와 양심을 거스르면서요. 그러면서까지 난 아까 저 사람을 구하려고 했어요. 왜냐하면 저 사람이 날 그토록 미워하고 경멸했으니까요" 하고 카체리나가 미친 여자처럼 소리쳤다. "아, 저 사람이 날 얼마나 경멸했는데요! 그냥 쭉 경멸해왔어요. 내가 그 돈 때문에 저 사람 발 앞에 엎드려 절할 바로 그때부터 날 경멸해왔다는 거 아세요? 전 그때 그걸 눈치챘어요. 전 그때 바로 그걸 느꼈지만 오랫동안 자신의 느낌을 믿지 않고 있었어요. 저 사람이 '어차피 너 스스로가 그때 나한테 온 거였잖아' 하는 걸 제가 저 사람 눈에서 몇 번이나 읽었는지 아세요? 아, 저 사람은 이해 못 했어요. 아무것도 이해 못 했어요. 그때 내가 왜 저 사람한테 달려왔었는지. 저 사람은 그저 저질적인 의도만 알아채려고 하고, 다른 건 전혀 몰라요. 저 사람은 자기를 기준으로 저를 평가했어요. 나도 자기 같은 줄 알았어요" 하고 카체리나가 격분하여 이를 갈았다. 그녀의 분은 이미 극에 달해 있었다. "그리고 저 사람이 나하고 결혼하려고 했던 것은 단지 내가 유산을 상속받았기 때문이에요. 단지 그것 때문이에요! 난 항상 '그것 때문이 아닌가?' 하고 의심해왔어요. 아, 그건 정말 비열의 극치예요! 저 사람은 내가 그때 자기한테 왔었다는 것 때문에 평생 자기 앞에서 부끄러워 벌벌 떨 거라고, 그거 가지고 자기가 영원히 날 경멸할 수 있다고, 항상 내 위에 서 있을 수 있다고 항상 확신했어요. 그래서 나하고 결혼하려고 했던 거예요! 그건 맞아요. 그건 다 맞는 얘기예요! 난 내 사랑으로 저 사람을 복종시키려고 해봤어요. 끝없는 사랑으로요. 심지어 저 사람이 바람피우는 것도 참으려고 했어요. 하지만 저 사람은 아무것도, 아무것도 이해 못 했어요. 아니, 저 사람이 뭘 이해할 수가 있긴 있는 걸까요? 저 쓰레기 같은 인간이? 이 편지를 내가 받은 건 이튿날 저녁이었어요. 술집에서 저한테 갖다주더라고요. 아침에만 해도, 그날 아침에만 해도 전 저 사람의 모든 것을 용서할 생각이었어요. 모든 것을요. 배신마저도요!"

재판장과 검사가 그녀를 진정시키려 했음은 물론이다. 내가 확신하건대, 그녀의 그런 격한 감정 상태를 이용하여 그런 고백을 듣는 것이 자기들로서도 부끄러웠을 것이다. 그들이 그녀에게, "우린 증인께서 얼마나 힘드신지 이해해요. 사실이에요. 우린 그거 느낄 수 있어요" 등등의 말을 하는 걸 들었다고 기억한다. 그랬다손 치더라도 그들은 히스테리에 휘말려 광란하는 이 여자에게서 필요한 증언은 다 건져냈다. 그녀는 그런 긴장 상태에 처한 순간들에마저 비록 짧게나마 머릿속을 자주 찾아오는 형안의 통찰력을 발휘하여, 이반 표도로비치가 최근 두 달간 '인간쓰레기이자 살인자'인 자기 형을 구하기 위해 애쓰느라고 어느 정도로 정신이 이상해졌는지를 명료하게 묘사했다.

"그 사람이 얼마나 괴로워했는데요! 자기 형의 죄를 경감시키려고 말이에요, 저한테 사실 자기도 아버지를 좋아하지 않았고, 어쩌면 자기도 아버지의 죽음을 원했었다고 고백하곤 했어요. 아, 그건 심오한, 심오한 양심이에요! 그 사람은 양심 때문에 고통을 받은 거예요! 그 사람은 모든 얘기를 저한테 다 했어요, 모든 얘기를요. 그 사람은 절 찾아와서 저를 유일한 친구로 삼아 매일 얘기했어요. 저는 저 사람의 유일한 친구가 되는 영광을 누렸어요!" 하고 그녀가 눈을 번득이며 갑자기 어떤 도전의 기세를 띠기라도 하는 듯이 소리쳤다. "그 사람은 스메르쟈코프한테 두 번 찾아갔었어요. 언젠가 그 사람이 나한테 와서는 이렇게 말하는 거예요. '형이 아니라 스메르쟈코프가 살인범이라면(그런 얘기를 왜 했나 하면, 이곳 사람들이 다들 스메르쟈코프가 살인범이라는 낭설을 퍼뜨렸었거든요), 그러면 나한테도 죄가 있어. 왜냐하면 내가 아버지를 안 좋아하는 걸 스메르쟈코프가 알았기 때문에, 내가 아버지의 죽음을 원한다고 생각했을 수 있기 때문이야' 하고요. 그때 제가 이 편지를 꺼내서 그 사람한테 보여줬죠. 그랬더니 그 사람이 자기 형이 살인범이라는 걸 확신하게 됐어요. 그 뒤 그 사람은 완전히 충격을 받고 기가 죽은 거예요. 그 사람은 자기의 친형이 부친 살해범이라는 사실을 견딜 수가 없었던 거예요. 일주일 전에 전 그 사람이 결국 병이 난 것을 보았어요. 최근 며칠간 그 사람은 우리 집에 와서 헛소리를 하곤 했어요. 전 그 사람이 정신 이상이 오는 것을 봤어요. 그 사람이 헛소리를 하면서 거리를 다니는 것을 사람들도 보았어요. 제 부탁으로 오신 의사 선생님이 그 사람을 그저께 검진해보고 저한테 말씀하시기를, 그 사람이 환각 증세를 동반하는 정신병에 걸릴 우려가 있다고 했어요. 다 저놈 때문이에요, 저 인간쓰레기 때문이에요! 그리고 어제 그 사람은 스메르쟈코프가 죽었다는 걸 알게 됐어요. 그 소식에 충격을 받고 미친 거예요. 그게 다 저 인간쓰레기 때문이에요. 저 인간쓰레기를 구하려다가 그렇게 된 거라고요!"

아, 물론 그 정도로 격하게 말하는 것, 그 정도로 격하게 고백하는 것은 사람이 일생에 한 번 정도만 할 수 있을 것이다. 예를 들어 죽기 직전이라든지. 교수대에 오르면서라든지. 하지만 카체리나는 지금 바로 자기의 성격에 따라 그렇게 하고 있는 것이었다. 이는 지난날 아버지를 구하기 위하여 젊은 탕아에게 달려가던 바로 그 맹렬한 카체리나였다. 오로지 드미트리가 맞아야 했던 운명을 조금이나마 쉬운 것이 되게 하기 위하여 '그의 고결한 행위'에 대해 이야기함으로써 아까 이 수많은 청중 앞에서 자신의 도도함과 순결함, 그리고 여자로서의 자신의 염치를 희생했던 바로 그 카체리나였다. 그리고 지금도 역시 그녀는 자기를 희생하고 있었다. 그 대신 이번에는 다른 사람을 위해서였다. 그리고 어쩌면 바로 지금 이 순간에만 그러는 것일 수도 있었다. 그 다른 사람이 자기에게 얼마나 소중한지를 처음으로 느끼고 충분히 파악했으므로 말이다. 그 사람이 자기 형이 아니라 자기가 살인범이라는 증언을 함으로써 자기를 파멸로 몰고 갔다고 그녀는 별안간 상상하고 깜짝 놀라 자신을 희생한 것이다. 그를 구하기 위해서, 그의 명예와 그의 이미지를 되살려놓으려고 자신을 희생한 것이다. 한편 가슴 떨리는 생각이 돌연 뇌리를 스쳤다. 자기와 드미트리 사이에 있었던 전의 관계를 묘사할 때 그녀가 거짓말을 하는 것은 아닌가 하는 문제였다. 아니다. 자기가 머리가 땅에 닿을 정도로 절했다는 것 때문에 드미트리가 자기를 경멸해왔다고 그녀가 외치는 것은 일부러 터무니없는 말로 드미트리를 비방하는 것은 아니었다. 그녀가 스스로 그렇다고 믿었던 것이다. 그녀는 절을 하던 바로 그 순간부터 마음속 깊이 확신해왔다. 당시 아직까지만 해도 순박한 마음으로 그녀에게 큰 관심을 두고 있던 드미트리가 그것 때문에 자기를 비웃고 경멸하기 시작했다고 말이다. 그리고 그 뒤에 그녀는 단지 자존심 때문에 자신의 히스테릭하고 돌발적인 사랑으로 그와의 관계를 엮었던 것이다. 바로 자신의 그 상처 입은 자존심 때문에 말이다. 그런 그녀의 사랑은 사랑이라기보다는 복수에 더 가까웠다. 아, 어쩌면 그 돌발적 사랑으로부터 돌발성이 사라져, 그 사랑이 진짜 사랑으로 변했을 가능성도 있었다. 카체리나가 바로 그렇게 되기만을 원했을 수도 있다. 하지만 드미트리가 바람을 피웠기에 그녀 마음속 깊숙한 곳에 모욕을 심어주었고, 그것을 그녀 마음은 용서할 수가 없었다. 복수의 순간은 돌연 찾아왔다. 모욕당한 여인의 가슴속에 그리도 오래 아프게 쌓여오던 모든 것이 돌연 한꺼번에 표출되었다. 그녀는 드미트리를 지켜주지 않고 내버렸다. 그렇게 함으로써 자기 자신도 내버렸다. 그리고 그녀가 할 말을 다 하고 나니까 팽팽했던 긴장이 끊어지고 대신 수치가 그녀를 짓눌렀다. 다시금 히스테리가 시작되어 그녀는 주저앉아 악을 쓰면서 통곡을 했다. 사람들이 그녀를 들고 나갔다. 그녀를 들고 나갈 때 그루셴카가 울부짖으면서 누가 말릴 틈도 주지 않고 자기 자리를 떠나 드미트리에게 달려왔다.

"드미트리야! 저 독사가 네 운명을 망쳤어! 자기가 어떤 존잰지 당신들한테 다 보여줬네요!" 그러면서 그녀가 분에 겨워 떨면서 재판관들에게 외쳤다. 재판장의 손짓에 따라 사람들이 그루셴카를 붙잡아 홀에서 끌고 나가기 시작했다. 그녀는 순순히 끌려가지 않고 도로 드미트리한테 가려고 저항하며 몸부림을 쳤다. 드미트리도 울부짖으면서 그녀에게 달려가려 했으나 사람들에게 붙잡혔다.

자, 이렇게 해서, 구경꾼으로 온 우리 읍 여자들은 만족할 수 있었다고 나는 생각한다. 볼 만한 광경들이었으므로 말이다. 그 뒤로 기억하건대, 모스크바에서 온 의사가 등장했다. 아마 그전에 미리 재판장이 이반 표도로비치에게 의료 서비스가 베풀어지도록 집행관을 보내 부탁했던 것 같다. 의사는 재판관들에게 보고하기를, 환자가 매우 위험한 정신병 발작 상태에 있으므로 즉시 그를 데려가야 한다고 했다. 검사와 변호인의 질문들에 대답하면서 그는 환자가 그저께 자기한테 왔었고 자기가 그때 그에게 곧 발작이 일어날 거라고 미리 말해주었는데도 그는 치료받으려 하지 않았다고 말했다. "그 사람은 병적인 정신 상태에 있는 게 분명했어요. 스스로 저한테 그러더라고요. 생시에 유령을 본다고요. 거리에서 여러 사람들을 만나는데, 그 사람들은 이미 죽은 사람들이라고요. 그리고 매일 저녁 사탄이 자기를 찾아온다고요" 하고 의사가 말을 마쳤다. 증언을 마치고 이 저명한 의사는 홀에서 나갔다. 카체리나 이바노브나가 제시한 편지는 물적 증거들에 합류되었다. 토의를 거쳐 재판 당국은 법정 심리를 계속할 것과 예상 못 했던 두 건의 증언(카체리나 이바노브나와 이반 표도로비치의)을 의사록에 기입할 것을 결정했다.

하지만 그 뒤의 법정 심리 과정을 묘사하지는 않겠다. 더욱이 나머지 증인들의 증언이 전의 것을 되풀이하는 것이며 확증하는 것에 불과했기 때문이다. 비록 나름대로의 특징들은 다 갖고 있었지만 말이다. 하지만 되풀이해 말하건대 모든 것이 검사의 말 속에서 한 가지 결론으로 귀결되는 것이었다. 검사의 말을 지금 알아보기로 하겠다. 모든 사람들이 방금 일어난 뜻밖의 사태로 인해 흥분해 있었고, 결국 이 사건이 어떻게 해결될지를, 즉 양측의 말과 선고를 눈이 빠지게 기다리고 있었다. 페츄코비치는 카체리나 이바노브나의 증언에 충격을 받은 것 같았다. 그 대신 검사는 승리의 개가를 올리기 직전이었다. 법정 심리가 끝나자 휴정이 선포되어 거의 한 시간 계속되었다. 결국 재판장이 법정 변론을 시작하겠다고 했다. 우리 읍 검사 이폴리트 키릴로비치가 검사 측 의견 발표를 시작했을 때가 저녁 8시 정각이었던 것 같다.

VI
검사의 논고에 나타난 성격 묘사

 이폴리트 키릴로비치가 검사 측 논고를 시작했다. 그는 신경 경련으로 부들부들 떨었고, 온몸에 한기와 열기를 교대로 느끼면서 이마와 관자놀이에서 병적으로 식은땀을 흘렸다. 자기가 그랬다고 나중에 그가 직접 얘기해주었다. 그는 이 논고를 자신의 chef d'ouvre*로, 자기 전 생애에 걸친 chef d'ouvre로, 자신의 승전가로 간주했다. 하긴 그로부터 9개월 뒤 그가 악성 폐결핵으로 사망했으니, 그는 실지로 자기를 마지막 노래를 부르는 백조**와 비교할 권리를 가졌을 만도 했다. 만약 자신의 종말을 예감했다면 말이다. 이 논고에 그는 자신의 모든 열정과 모든 지성을 쏟아부어, 자기가 남의 죄를 캐묻는 질

---

*   걸작, 표본이 되는 작품. (프랑스어)

** 백조가 죽기 전에 노래를 부른다는 사실은 이솝 우화에도 기록되어 있다. - 역자 주

문들만 품고 있는 것이 아니라 공공심도 품고 있다는 것을 사람들의 예상을 깨면서 증명해주었다. 우리의 불쌍한 이폴리트 키릴로비치는 적어도 자기 속에 그것들을 함께 품고 있을 수 있던 것이 사실이다. 그의 말이 진심에서 우러나는 말이었으므로 그 점에서 효과가 거두었다는 게 중요하다. 그는 피고인이 유죄임을 진심으로 믿었다. 그가 피고인이 유죄인 것을 주장한 건 주문에 의해서도 아니었고 자기 직책이 그랬기 때문만도 아니었다. 그는 '보복'에 호소하면서 실로 '사회를 구하려는' 갈망으로 갈급해했던 것이다. 심지어 이폴리트 키릴로비치에게 원칙적으로 적대적 입장을 보이던 여성들도 자기들이 강한 인상을 받았음을 인정했다. 그는 다소 갈라지고 꺾이는 목소리로 논고를 시작했으나 그 뒤 그의 목소리는 빠르게 정상적인 목소리로 자리를 잡아, 논고가 끝날 때까지 온 장내에 낭랑하게 울렸다. 비록 논고를 끝내자마자 그가 하마터면 졸도를 할 뻔한 것도 사실이지만 말이다.

"배심원 여러분," 하고 검사는 연설을 시작했다. "본 사건은 러시아 전체를 뒤흔들었습니다. 하지만 그리 놀라울 것은 또 무엇입니까? 그리 특별히 몸서리를 칠 건 또 무엇입니까? 특히 우리로서 말입니다. 우리는 이런 모든 것에 익숙해진 사람들입니다. 바로 그 점에 우리의 비극이 있는 겁니다. 이런 음울한 사건이 우리에게 있어서 더 이상 거의 별로 몸서리쳐질 만한 것이 못 되는 상황 말입니다. 즉 우리는 개인의 개별적인 범행보다는 우리가 익숙해지는 것을 두려워하고 조심해야 합니다. 이런 사건들에 대한, 우리에게 탐탁지 않은 미래를 예언해 주는 이런 시대의 징조들에 대한 우리의 무관심과 우리의 미지근한 태도의 원인은 어디에 있습니까? 우리의 냉소주의에 있습니까? 우리 사회가 아직 다분히 젊지만 그토록 불시에 노쇠해짐으로 인해 그 지성과 상상력이 조기에 피폐해지는 점에 있습니까? 도덕적 원칙이 근본마저 흔들려버린 데에 있습니까? 아니면 그 도덕적 원칙이 혹시 우리한테 전혀 갖춰져 있지 않다는 데에 있습니까? 이 질문에 정답은 없지만 이 질문이 우리를 괴롭히고 있는 것은 사실이며, 우리 사회의 각 일원은 이 질문으로 인해 고통을 겪을 수밖에 없습니다. 우리의 언론이 비록 시작 시점에 있고 아직 소박하지만, 이미 사회에 그 어떤 용역을 베풀고 있습니다. 언론이 없었다면 우리는 의지의 방종과 도덕적 타락을 표방하는 끔찍한 사건들을 어느 정도나마 자세히 알아내지 못했을 것입니다. 현재 우리에게 선사된 새 공개 법정[54]을 방문하는 사람들이 아니더라도 우리 모두는 언론의 지면에 실린 소식을 끊임없이 전해 들을 수 있는 것입니다. 그런데 우리가 거의 매일 읽는 내용이 무엇입니까? 1분에 한 번꼴로 발생하는 그 사건들 중 우리는, 현재 우리 목전에서 다루어지는 사건조차 아무것도 아닌, 거의 평범한 사건으로 상상되게끔 할 정도의 사건들을 접합니다. 하지만 가장 중요한 것은, 우리 러시아에서, 우리 국가에서 일어나는 대다수의 형사 사건들이 전반적이며 공통되는 불행을 증명하고 있다는 것입니다. 그것은 우리 사회에 뿌리내린 불행이라서, 공공의 악인 그것을 퇴치하는 것이 이미 어려워졌습니다. 어느 한 곳에서 젊고 번듯한 상류 사회의 장교가 자신의 사회생활과 출세 가도를 시작하려 하는 시점에 말단 관리 한 사람을, 그것도 전에 자기에게 은혜를 베푼 적이 있는 사람을 남몰래 아무 양심의 가책도 없이 야비하게 죽이고, 그 사람의 하녀마저도 죽이고, 자기의 채무 증서를 훔쳐 갑니다. 관리에게 남아 있던 돈마저 같이 훔쳐 갑니다. '내가 상류 사회에서 삶을 즐기고 앞으로 출세 가도를 걷는 데에 필요할 거야'라는 생각으로 말입니다. 두 사람을 죽이고서, 그 죽은 사람들의 머리 밑에 베개를 놓아주고 갑니다.[55] 또 다른 곳에서는, 용맹을 기리는 십자 훈장들을 자기 몸에 가득 단 한 젊은 영웅이 큰길에서 자기의 지휘관이자 은인인 사람의 모친을 대상으로 살인강도 짓을 행합니다. 그는 '그 여자가 자기를 친아들처럼 사랑하니까 자기가 하라는 대로 다 따를 것이며 경계 조치를 취하지 않을 것이다'라며 자기 동료들을 부추깁니다. 그 사람이 인간쓰레기라고 칩시다. 하지만 나는 지금 우리 시대에 오로지 그 사람만이 유일한 인간쓰레기라고 더 이상 말할 수 없습니다. 어떤 사람은 죽이진 않을지라도 그 사람과 똑같은 생각을 하고 똑같은 느낌을 가질 것이고, 마음속이 그 사람하고 똑같이 비열할 것입니다. 조용한 곳에서 자기의 양심과 일대일로 마주보고 자기에게 이렇게 질문합니다. '정의란 게 도대체 뭐야? 사람들이 살인에 대해 갖는 생각이 선입견이 아닌가?' 어쩌면 사람들이 나한테 소리 지르며, 내가 병적인 사람이고 히스테릭한 사람이고 엄청나게 터무니없는 헛소리를 한다고, 과장한다고 할지도 모르겠습니다. 그러라고 하십시오. 제 말이 정말 그렇게 터무니없는 헛소리이고 과장이라면, 누구보다도 제가 먼저 기뻐할 것입니다. 그러니 제발 제 말을 믿지 마십시오. 저를 환자라고 생각해주십시오. 하지만 그래도 저의 말을 기억해주십시오. 제 말의 십분의 일이나 이십분의 일이라도 진실이라면, 그게 벌써 끔찍한 겁니다! 여러분, 생각해보십시오. 우리 젊은이들이 권총 자살을 합니다. '저 세상은 어떨 것인가?'[56]라는 햄릿식의 질문도 전혀 하지 않고서, 그렇게 질문할 조그만 조짐도 보이지 않고 말입니다. 마치 우리의 영혼에 대한, 사후 세계에서 우리가 접할 모든 것에 대한 이 구절이 그들의 성품 속에서는 오래전에 소멸되고 장사되어 모래로 덮인 듯 말입니다. 또한 우리 사회의 방탕함을, 우리 사회의 음탕한 사람들을 보십시오. 본 소송 사건의 불행한 희생자 표도르 파블로비치는 어떤 다른 음탕한 사람들에 비하면 순진한 아이나 마찬가지입니다. 우리 모두 그 사람을 알고 있었지 않습니까? 그 사람은 '우리 가운데 살았습니다.'[57] 그렇습니다. 러시아 범죄 심리는 어쩌면 언젠가 우리 나라와 유럽의 최고 지성들에 의해 연구될 것입니다. 연구할 가치가 충분하기 때문입니다. 하지만 그 연구는 나중에 언젠가, 시간이 남을 때 이루어질 것입니다. 현재 우리 앞에 놓인 비극적이고 난잡한 무질서가 다 먼발치에 놓이게 될 때, 그래서 그걸 예를 들어 나와 같은 사람들이 하는 것보다 좀 더 현명하고 냉정하게 살펴볼 수 있게 될 때 그럴 거라는 겁니다. 현재는 우리가 무서워서 몸서리치거나, 혹은 무서워서 몸서리치는 흉내를 내면서 사실은 그 반대로 우리가 자신의 냉소적이고 게으르고 태만한 태도에 자극이 될 수 있는 강렬하고 기묘한 느낌을 애호하면서 구경거리에 탐닉하거나, 혹은 조그만 아이들처럼 무서운 유령들을 손으로 떨쳐버리려 하면서 무서운 환상이 지나갈 때까지 머리를 베개에 파묻고 있다가 나중에 즐거운 유희에 정신을 팖으로써 그걸 곧 잊으려 합니다. 하지만 언젠가는 우리도 건강한 이성과 깊은 생각으로 우리의 삶을 시작해야 합니다. 우리도 우리 자신을 볼 때 사회를 보는 시선으로 보아야 합니다. 우리도 우리의 사회 활동 가운데의 무언가에 조금이나마 의미를 부여하든지 아니면 그런 의미 부여의 시도라도 해야 합니다. 전 시대의 작가가 자신의 작품들 중 가장 위대한 작품의 마지막[58]에서 러시아 전체를 미지의 목표를 향해 힘차게 돌진하는 러시아 삼두마차의 모습으로 형상화하여, '아, 삼두마차여, 새 같은 삼두마차여, 너는 누구의 아이디어로 탄생했느뇨?' 하고 외칩니다. 그 뒤, 맹렬한 속도로 돌진하는 삼두마차 앞에서 모든 민족들이 공손히 물러선다고 긍지와 환희에 차서 덧붙입니다. 네, 여러분, 그러라고 하세요. 물러서라고 하세요. 공손히 물러서든 안 공손히 물러서든 물러서라고 하세요. 하지만 죄송한 얘기가 될지는 몰라도 나의 관점에 따르면, 이 천재적인 예술가가 그렇게 작품을 마친 것은 어린애같이 순박하고 아름다운 생각으로 인한 것이든지, 아니면 그냥 당시의 검열이 두려워서였습니다. 왜냐하면, 그가 읊는 삼두마차에다가 그가 만들어낸 주인공들인 사바케비치, 노즈드료프, 치치코프 같은 사람들만을 매어놓는다면, 누구를 마부석에 앉히든 상관없이 그런 말들을 몰고서는 그 어떤 진지한 것에도 도달하지 못할 것이기 때문입니다. 그나마 그건 현재의 말들에 한참 못 미치는 옛날 말들입니다. 우리 시대에는 더합니다."

여기서 이폴리트 키릴로비치의 말이 박수 때문에 멈췄다. 러시아 삼두마차를 자기 나름대로 자유롭게 묘사한 것이 좋은 반응을 불러일으킨 것이다. 하긴 박수를 치는 사람이 두세 명밖에 안 됐기 때문에 재판장은 청중을 향해 퇴정시키겠다고 위협하는 말을 할 필요도 느끼지 못했고, 다만 박수 치는 이들을 엄한 눈길로 쳐다봤을 뿐이다. 어쨌든 이폴리트 키릴로비치가 용기를 얻은 것은 사실이었다. 그전까지 그는 박수를 받아본 적이 한 번도 없었던 것이다. 사람들이 그의 말을 듣기를 원치 않았던 것이 벌써 몇 년째냐? 그러다가 이렇게 전 러시아를 대상으로 말할 기회를 얻다니!

"사실 말씀입니다," 하고 그가 말을 계속했다. "카라마조프 씨네 가족이 과연 무엇이기에 이렇게 갑작스레 러시아 전국에 걸쳐 악명을 날리게 되는 겁니까? 어쩌면 제가 너무 과장하는 것일 수도 있습니다. 하지만 제가 보기에는 이 가족의 모습 속에서 마치 우리 현대 지성 사회의 일반적 기본 요소들이 눈에 띄는 것 같습니다. 물론 모든 요소들이 다 보이는 건 아니고, 눈에 띄었다고는 하지만 미세한 형태로 띄었다고 할 수 있습니다. '작은 물방울에 비친 태양'[59]처럼 말입니다. 그래도 무언가 반영되어 나온 것은 맞으며, 무언가 드러난 것은 맞습니다. '가장'이라 일컬어지는 그 미덥지 못한, 방종을 일삼는 음탕한 노인을 생각해보십시오. 자신의 삶을 그토록 비참하게 끝내버린 그 노인을 말입니다. 귀족 태생으로서 가난한 식객으로 사회생활을 시작했고, 무심코 급작스럽게 한 결혼을 통해 지참금 조로 어느 정도의 자본을 거머쥐게 됐습니다. 처음엔 하찮은 사기꾼이고 아첨꾼이자 어릿광대였습니다. 하지만 그만하면 머리가 꽤 괜찮은 편이었고, 무엇보다도 고리대금업자의 기질이 있었습니다. 해가 갈수록 자본이 늘어갔고, 그래서 그는 자신을 얻어가고 뻔뻔해져갑니다. 비굴함과 아첨은 사라지고 오로지 비웃기 좋아하는 못된 냉소주의와 음탕한 기질만 남습니다. 영적인 측면은 다 말살되고 삶에 대한 욕심만 엄청나게 커집니다. 음탕한 쾌락 외에 삶에서 아무 의미도 찾지 못하게 되어버리고, 자기 자식들도 그렇게 가르칩니다. 부친으로서 가져야 할 영적인 측면에서의 의무는 전혀 느끼지 않습니다. 그런 의무는 그에게 비웃음거리밖에 안 됩니다. 그는 자기의 어린 자식들을 뒤뜰에서 키우면서, 눈앞에 자식들이 안 보이는 걸 좋아합니다. 자식들에 대해 완전히 잊기까지 합니다. 이 노인의 도덕규범 전체가 après moi le déluge*60라고 할 수 있습니다. 즉 사회적 인간이라는 개념에 반대되는 모든 것이자, 심지어 사회에 적의를 품고 사회를 완전히 등지는 행위요, '온 세상이 불길에 휩싸인대도 나 혼자만 좋으면 된다'는 입장입니다. 그는 즐겁니다. 그는 다분히 만족하고 있는 상탭니다. 그런 식으로 20~30년은 더 살 생각이 절실합니다. 그는 친아들에게 돈 계산을 충분히 안 해주고 친아들의 돈으로, 그러니까 친아들이 모친에게서 응당 물려받아야 할 돈을 친아들에게 내주는 대신 그 돈으로, 자기 친아들에게서 정부를 빼앗

---

* 나 죽은 다음에야 홍수가 난들 어떠랴. (프랑스어)

으려 합니다. 저는 피고인을 옹호하는 일을 페테르부르크에서 오신 천재적인 변호인에게 양보하고 싶지 않습니다. 저 스스로 진실을 말하겠습니다. 그 사람이 자기 아들의 가슴속에 쌓아놓은 분노의 값어치를 저 스스로가 이해합니다. 그러나 그 저주받을 노인에 대해서는 그만해도 될 듯합니다. 그는 자신의 죄과를 치렀으니까요. 하지만 그 사람이 어차피 아버지라는 것을 상기합시다. 현대의 아버지들 중 한 사람이라는 것을요. 심지어 현대의 많은 아버지들 중 한 사람이라고 제가 말한다면 사회를 욕보이는 게 될까요? 안타까운 일이지만 그에게 꿀리지 않는 현대의 아버지들이 너무나도 많습니다. 다만 이 사람만큼 저속하게 드러나지 않을 뿐입니다. 좀 낫게 교양을 쌓았고 좀 낫게 교육을 받았으니까요. 하지만 본질적으로는 마음가짐이 이 사람이랑 거의 마찬가지입니다. 절 비관주의자라고 불러도 괜찮습니다. 네. 여러분들이 절 용서하시는 것으로 이미 약속이 됐습니다. 미리 정합시다. 여러분은 제 말을 믿지 마세요. 믿지 마십시오. 전 말을 할 테니 여러분은 믿지 마십시오. 그러나 어쨌든 제가 말을 끝까지 하게 해주십시오. 어쨌든 제 말 중 그 무언가는 잊지 마셔야 합니다. 자, 그런데 가장이라고 일컬어지는 이 노인의 자식들이 있습니다. 그중 한 사람이 우리 앞에, 피고인석에 앉아 있습니다. 이제부터 계속 이 사람에 대해서 말할 겁니다. 다른 자식들에 대해선 가볍게

만 언급하겠습니다. 다른 자식들 중 맏이는 눈부신 교육을 받은 현대의 젊은이들 중 하나로서 다분히 예리한 지성을 갖고 있는데, 한편 그는 아무것도 믿으려 하지 않습니다. 그리고 삶에서 많은 것을, 너무 많은 것을 부인하고 말살시켰습니다. 자기 부친과 조금도 다를 바 없이 말입니다. 우리 모두가 그가 하는 말을 들었습니다. 우리 사회에 들어오면서 그는 환영을 받았습니다. 그는 자기 의견을 숨기지 않았고, 심지어 그 반대였습니다. 완전히 그 반대였습니다. 그러므로 지금 제가 그 사람에 대해서 어느 정도 적나라하게 이야기할 용기를 얻습니다. 물론 한 개인으로서의 그 사람에 대한 이야기라기보다는 카라마조프 씨네 가족의 일원으로서의 그 사람에 대한 이야기 말입니다. 어제 이곳 읍 변두리 지역에서 병을 앓는 한 정신 지체아가 자살했습니다. 스메르쟈코프 그는 본 사건에 긴밀히 연관돼 있는 사람으로서, 표도르 파블로비치의 하인이었고, 그리고 어쩌면 표도르 파블로비치의 사생아일지도 모릅니다. 그는 사전 심리 때 제 앞에서 감정을 억제 못 하고 울면서, 자기는 그 젊은 카라마조프 씨, 즉 이반 표도로비치의 정신적 방종 때문에 무섭다고 말했습니다. '그 사람은 이 세상에서 모든 것이 다 허용되고, 앞으로 아무것도 금지되지 말아야 한다고 해요. 계속 저를 그렇게 가르쳐왔어요' 하면서 말입니다. 아마도 그 정신 지체아가 자기가 세뇌당하던 그 사상 때문에 결국 미친 게 아닌가 합니다. 물론 그의 정신이 이상 증세를 일으킨 데에는 간질의 영향도 있을 테지만요. 그리고 그의 집에서 일어난 그 끔찍한 사건 때문이기도 하겠죠. 그런데 이 정신 지체아를 관찰한 사람이 있다면 그의 관심을 아주 크게 끌고도 남을 만한 획기적인 사실이 하나 발견됐는데요, 바로 그래서 제가 이 이야기를 시작한 겁니다. 그 정신 지체아가 저한테 이렇게 말했답니다. '아들들 중에서 누가 표도르 파블로비치랑 성격상 가장 비슷하냐 하면, 그게 바로 그 사람입니다, 이반 표도로비치요.' 이런 그의 지적을 언급하면서, 제가 시작한 성격 묘사를 이만 멈추겠습니다. 계속하는 게 비신사적일 거 같아서요. 저는 말을 계속함으로써 결론을 내고 싶지 않은 겁니다. 젊은 사람의 운명에 재수 없는 까마귀처럼 파멸이나 예언하는 짓은 하고 싶지 않습니다. 우리는 오늘 이미 이 홀에서 목격했습니다. 그의 젊은 가슴속에 정의의 참된 힘이 아직 생존하며, 잘못된 사고방식으로 인한 것이라기보다는 물려받은 것일 가능성이 높은 불신과 냉소적 정신마저도 그에게 있던 가족 간의 정분을 짓눌러버리지 못했다는 것을 말입니다. 그다음에, 다른 아들이 있습니다. 이 사람은 아직 새파란 젊은이로서, 경건하고 겸손한 성격을 지녔고, 타락을 초래하는 자기 형의 음울한 세계관과 상반되게끔, 말하자면 '인민주의'를 추구하려고 애쓰는, 달리 말하면, 사고하는 우리 인텔리 계층의 이론적 시각 내에서 우리가 이해하기 어려운 말로 칭하는 그것에 점착하려고 애쓰는 사람입니다. 아시는 분은 아시겠지만 그는 수도원과 긴밀한 연관을 맺었고, 스스로 수도사가 되려고도 했습니다. 지금 갈급한 우리 사회 내에서는 아주 많은 이들이 사회에 만연한 냉소주의와 방탕에 혐오를 느끼고 모든 해악을 유럽 계몽사상에 원인이 있는 것으로 판단하면서, 그들의 표현을 빌리자면, '본토'를 향해, 말하자면 어머니 같은 고향 땅의 품속으로 유령에 겁먹은 어린아이들처럼 달려들고 있습니다. 힘 빠진 어머니의 여윈 가슴 안에서 다만 잠들기라도 했으면 하는 바람으로 말입니다. 자기들을 겁주는 끔찍한 현실을 보지 않을 수만 있다면 그 품안에서 평생 잠을 자도 좋다는 입장입니다. 그런 이들은 겁을 먹은 데에서 비롯된 필사적 태도를 가지고 본연의 것으로 귀의하고 있습니다. 제가 보기로는 지금 말씀드리는 그 아들에게 그런 입장이 마치 자기도 모르게 무의식적으로, 다른 사람들보다 일찍 나타난 것 같습니다. 저로서는 착하고 재능 있는 이 젊은이에게 복을 빌고 싶고, 젊은 그의 순수하고 아름다운 영혼과 인민주의로의 지향이, 흔히 접할 수 있는 경우처럼 나중에 가서 도덕적 측면에서 볼 때 음침한 신비주의로 변하고 사회적 측면에서 볼 때 꽉 막힌 쇼비니즘으로 변하는 일이 없기를 바랍니다. 신비주의와 쇼비니즘은 국민에게 더 큰 해악이 될 수 있는 존재입니다. 그의 형이 감염되어 앓고 있는 것, 즉 왜곡되어 이해된, 헛되이 획득된 유럽 계몽사상에서 비롯된 때 이른 타락보다도 말입니다."

쇼비니즘과 신비주의에 대한 말로 인해 다시 한번 두세 명에게서 박수가 터져 나왔다. 그랬으니 이폴리트 키릴로비치로서는 자기 연설에 도취될 수밖에. 그의 연설 내용은 본 사건에서 점점 더 멀어져갔다. 주안점이 불명확했음을 떠나서라도 말이다. 하지만 폐병쟁이인 데다가 한까지 품고 있던 이 사람은 자기 생애에 한 번이라도 마음껏 외쳐보고 싶은 마음이 너무 간절했다. 우리 읍 사람들이 나중에 전한 말에 따르면, 이반 표도로비치의 성격을 묘사하면서 그는 심지어 신사답지 못한 감정에 의거하기도 했다. 그것은 이반 표도로비치가 공적인 자리에서 그를 할 말 없게 만든 적이 한 번인가 두 번 있기 때문이다. 이폴리트 키릴로비치는 그걸 기억했으므로 지금 복수하고 싶었던 것이다. 하지만 꼭 그랬기 때문이라고 결론을 낼 수 있을지는 잘 모르겠다. 무엇이 어쨌든 이 모든 말은 다 서론이었고, 그 뒤에야 연설에서 사건에 좀 더 직접적으로 근접한 내용이 나왔다.

"자, 현대의 가족 내의 또 다른 아들이 지금 우리 앞에, 피고인석에 앉아 있습니다. 우리는 그가 한 일, 그의 삶과 그의 행적을 보아 알고 있습니다. 때가 이르니 모든 것이 활짝 펼쳐져 모든 것이 드러났습니다. 자기 동생들이 지닌 '유럽주의'와 '인민주의'에 반하여 그는 자신으로써 러시아 자체를 묘사하고 있습니다. 물론 러시아 전부는 아닙니다. 물론 전부는 아니지요. 러시아 전부였다면 그건 정말 큰일이었을 테죠! 하지만 어쨌든 여기서 우리의 러시아가 드러나는 건 사실입니다. 러시아 냄새가 나고, 그 소리가 들립니다. 우리의 어머니 러시아가요!* 우리는 직선적입니다. 우리는 너무나도 교묘하게 혼합된 악과 선입니다. 우리는 계몽을 좋아하고 실러를 좋아하며, 그와 동시에 우리는 술집들을 전전하며 난폭한 행각을 벌이며, 술꾼들, 우리 스스로의 술친구들의 턱수염을 잡아당겨 뽑습니다. 우리들은 훌륭하고 멋지지만, 그것은 우리가 지내기가 좋고 쾌적할 때뿐입니다. 그와 반대로 우리는 격동하기도 합니다. 고상한 사상들에 고취되어 격동을 합니다. 그러나 그것은 그 사상들이 저절로 얻어진다는 조건 하에서, 하늘에서 우리의 상 위로 뚝 떨어진다는 조건 하에서, 공짜이고 무료라서 조금도 값을 치를 필요가 없다는 조건 하에서만 그렇습니다. 값을 치르는 행위를 우리는 기가 막히게 싫어합니다. 그 대신 받기는 아주 좋아합니다. 무엇에 있어서나 다 마찬가집니다. 오,

---

* 전에 막시모프 지주의 말에서 보았듯이 여기서도 러시아어 언어 현실의 특징들 중 하나인 의인화를 볼 수 있다. 보통 우리가 우리 나라를 '모국'이라고는 하지만 어머니 자체, 즉 사람에는 비유하지 않는 것과는 달리, 러시아어 화자들은 나라, 혹은 다른 많은 사물, 현상, 개념 등을 사람에 비유하는 일이 훨씬 잦다. - 역자 주

우리에게 삶의 온갖 복락을 주십시오(실로 '온갖'이어야 합니다. 덜 받는 건 싫어합니다). 그리고 무엇에 있어서든 우리의 기질에 방해를 놓지 마십시오. 그러면 우리도, 우리가 훌륭하고 멋질 수 있다는 걸 보여드리겠소. 우리는 욕심이 많지 않습니다. 절대 그렇지 않습니다. 하지만 그래도 우리에게 돈을 주십시오. 좀 더 많이, 많이, 될 수 있으면 많이 주십시오. 그러면 마음껏 즐기는 떠들썩한 술 파티에서 하룻밤 만에 우리가 얼마나 큰 아량으로 돈을 날리는지, 얼마나 큰 경멸을 가지고 금전을 내던지는지* 당신들이 보시게 될 겁니다. 우리한테 돈을 안 주면, 그러면 우리가 돈을 꼭 갖고 싶을 때 어떻게 돈을 구하는지 보여드리겠습니다. 하지만 그건 나중에 하기로 하겠습니다. 순서대로 하기로 하죠. 일단 우리 앞에 버림받은 불쌍한 소년이 있습니다. 훌륭하고 존경해 마지않는 우리 읍민께서 아까 쓰신 표현대로, 그 불쌍한 소년이 '뒤뜰에, 장화도 안 신고' 있습니다. 하긴 그 표현을 쓰신 분이 안타깝게도 외국 출신이네요. 다시 한번 말씀드리지만, 피고인을 옹호하는 일을 아무에게도 양보하지 않겠습니다. 내가 비록 검사지만 변호까지 같이 하겠습니다. 네, 우리도 다 사람들입니다. 우리도 다 인간들입니

---

* 여기서는 '금전'의 뜻을 갖는 관용 표현이 사용되었는데, 그 관용 표현을 문자 그대로 직역하면 '경멸스러운 금속'이다. 그러므로 그 관용 표현이 포함된 구절을 문자 그대로 직역하면, '얼마나 큰 경멸을 가지고 경멸스러운 금속을 내던지는지'이다. - 역자 주

다. 우리도 헤아릴 줄 압니다. 어린 시절 자기 집에서 받은 처음 느낌이 성격에 어떻게 영향을 미칠 수 있는지를요. 하지만 그 소년이 이미 청년이 됐습니다. 벌써 젊은이이며, 장교입니다. 난폭하게 굴고 싸움을 걸고 하면, 그 벌로, 축복받은 우리 러시아 땅의 머나먼 국경 지방 소도시들 중 한 곳에 유형 보내질 수 있습니다. 거기서 근무하면서 거기서 진탕 놀고 즐기기도 합니다. 물론 큰 물고기는 큰물에서 놀아야죠. 피고인한테는 자금이 필요합니다. 무엇보다도 자금이요. 그래 이제 오랜 논쟁 끝에, 6천 루블 받는 걸 마지막으로 하기로 아버지랑 약속이 됐습니다. 그래서 그 돈이 옵니다. 피고인이 서류를 발급해줬다는 걸 기억하십시오. 피고인이 쓴 문서가 있습니다. 그 문서에서 피고인은 나머지 돈은 거의 안 받겠다고 하고서 그 6천으로 유산 문제에 따르는 아버지와의 분쟁을 끝냅니다. 이때 젊고 품위 있고 똑똑한 아가씨와의 만남이 이루어집니다. 저는 자세한 사항들을 감히 반복해 말하지 못하겠습니다. 그건 여러분께서 방금 다 들으셨습니다. 이건 명예의 문제요 자기희생과 관련된 문제이므로 저는 감히 거론하지 않겠습니다. 경솔하고 음탕한 게 사실이지만 진정한 고결함 앞에서, 높은 이상 앞에서 고개를 숙이는 젊은이의 모습이 우리에게 아주 좋은 인상을 줬습니다. 하지만 갑자기, 완전히 예상외로, 바로 그 뒤에 이 법정에서 이 젊은이의 전혀 다른 측면이 드러났습니다. 어떻게 하다가 그렇게 됐는지에 대해 이번에도 감히 뭐라 말을 하지 않기로 하겠고, 분석하는 일을 삼가도록 하겠습니다. 하지만 왜 그렇게 됐는지 이유가 있던 건 사실입니다. 바로 그 여자분께서 오랫동안 숨기고 계셨던 분노의 눈물을 흥건히 흘리면서 우리에게 발표하기를, 여자분의 행동을 가지고 바로 이 사람이, 바로 이 사람이 먼저 여자분을 경멸했다고 했습니다. 그 행동은 조심성과 절제가 결여된, 어쩌면 충동적 행동이라고도 할 수 있었지만 그래도 분명히 큰 아량에서 나온 고상한 행동이었습니다. 그 남자, 즉 이 아가씨의 약혼자의 얼굴에 조소가 번졌습니다. 여자분은 다른 사람의 조소는 다 참아도 그 남자의 조소는 참을 수가 없었습니다. 남자가 이미 자기를 배신한 걸 알고(여자분이 앞으로 그의 모든 것을, 심지어는 바람피우는 것도 참아야 하는 상황이라는 확신을 남자가 바꿔놓았습니다), 그 사실을 알고서 여자분은 일부러 남자에게 3천 루블을 건네주면서, 그가 바로 다름 아닌 그녀를 배신하는 데에 쓰도록 그 돈을 준다는 것을 그로 하여금 명백하게, 너무도 명백하게 알게끔 합니다. '그래, 받나 안 받나 보자. 네가 이 돈을 받으면서까지 나를 비웃을 준비가 돼 있는지를' 하고 그에게 소리 없이, 다만 자신의 시선으로만 말합니다. 그를 판단하려는, 시험하려는 시선으로요. 그는 그녀를 보면서 그녀의 생각을 완벽하게 파악하면서도(그가 이곳에서 여러분들이 앉아 계신 앞에서 스스로 고백했지 않습니까? 자기가 모든 것을 파악했다고요) 그 3천을 두말 안 하고 받아서 자기가 사랑하는 여인이랑 이틀에 걸쳐 그 돈으로 진탕 놉니다. 자, 어떤 쪽을 믿어야 하나요? 자기가 사는 데에 쓰려고 했던 마지막 남은 돈을 내주면서 덕행 앞에 머리를 숙이는 고결한 마음의 격발에 대한 첫 번째 가설을 믿어야 하나요, 아니면 그와 정반대되는 그토록 혐오스러운 측면을 고발하는 두 번째 가설을 믿어야 하나요? 보통 우리 삶에서 서로 반대되는 두 개의 무언가가 존재할 때 진실은 그 중간에서 찾아야 할 때가 있습니다. 하지만 주어진 경우에는 그렇지 않습니다. 첫 번째 가설에 따를 때 그의 고결함이 진실했고, 두 번째 가설에 따를 때 그의 비열함 역시 진실했습니다. 그건 거의 분명합니다. 왜냐고요? 그건 바로 우리가 폭이 넓은 성격의 사람들이기 때문입니다. 카라마조프적으로 말입니다. 제가 바로 그쪽으로 제 말을 끌고 가려는 겁니다. 우리의 성격이 카라마조프적이라는 말입니다. 즉 온갖 상반되는 것들을 품고서 양쪽의 심연을 다 한꺼번에 관조할 수 있는 능력을 가졌다는 겁니다. 그것은 바로 우리 위에 펼쳐져 있는 심연, 즉 최고의 이상의 심연, 그리고 우리 밑에 있는 심연, 즉 저속하고 악취를 풍기는 타락의 심연입니다. 카라마조프 씨네 가족 전체를 깊이, 가까이 관조해오신 젊은 관찰자 라키친 씨가 아까 발표하신 훌륭한 생각을 상기해보십시오. '이 고삐 풀린 방종의 화신들에게는 고결함의 느낌뿐만 아니라 저속한 타락의 느낌 역시 필요하다'고요. 그것은 사실입니다. 그들에게는 이 부자연스러운 혼합이 계속적으로, 끊임없이 필요합니다. 두 개의 심연, 두 개의 심연입니다, 여러분. 같은 순간에 두 개가 한꺼번에 존재합니다. 만약 그렇지 않으면 우리는 불행하고, 만족을 모릅니다. 우리의 존재에 뭔가가 빠진 것 같은 느낌이 있게 되는 거죠. 우리는 폭이 넓습니다. 네, 넓습니다. 우리의 어머니 러시아와 마찬가지로 말입니다. 우리는 모든 것을 다 한데 포함시킬 줄 알며 모든 것과 더불어 살 줄 압니다. 자, 배심원 여러분, 우리가 지금 이 3천 루블에 대해 언급했는데, 제가 다음과 같은 것을 좀 미리 말씀드릴까 합니다. 한번 상상을 해보십시오. 그 사람이, 여태까지 묘사된 그런 성격을 지닌 사람으로서, 그때 그 돈을 받고서, 게다가 그런 창피를 무릅쓰고, 그런 수치를 무릅쓰고, 비하의 마지막 단계에까지 이르러가며 그 돈을 받고서 말입니다, 상상해보십시오, 바로 그날 거기서 절반을 뚝 떼어서 방충제 주머니에다 집어넣어, 그 뒤 모든 유혹과 촉박한 필요에도 불구하고 한 달 내내 굳건히 그걸 자기 목에다 걸고 다녔다고 말이에요. 술집을 다니며 술에 취하며 진탕 놀 때에도, 자기가 사랑하는 여자를 자기의 경쟁자인 부친의 유혹으로부터 떼어놓기 위해 읍 밖으로 부리나케 나가느라고 돈이 절실히 필요했으므로 그 돈을 누군가에게서 구해야 했던 그때에도 그는 그 방충제 주머니를 감히 건드리지 않았다고 말이에요. 그는 자기가 그리도 질투를 품었던 노인의 유혹에 자기가 사랑하는 여자가 그대로 드러나 있는 상황에 그녀를 그대로 놓아두지 않기 위해서나마 그 방충제 주머니를 뜯었어야 했고, 자기가 사랑하는 여자가 와서 자기에게 결국 '나는 네 거야'라고 말할 순간을 기다리면서 집에 계속 남아 있었어야 됩니다. 주어진 치명적 상황으로부터 그녀와 함께 어딘가로 멀리멀리 달아나기 위해서 말입니다. 하지만 그는 그렇게 하지 않았습니다. 자기의 부적을 건드리지 않습니다. 어떠한 구실에서였을까요? 맨 처음의 구실은 우리가 말했다시피 바로 그거였습니다. '나는 네 거야. 어디로든 나를 데리고 떠나줘' 하는 말을 들었을 때 데리고 떠날 돈이 있어야 하므로. 하지만 이 맨 처음의 구실이, 피고인 자신의 말에 따르면, 두 번째 구실 앞에서 무색해졌습니다. '내가 이 돈을 가지고 있을 동안은 나는 비열한 놈일지언정 도둑은 아니다. 왜냐하면 나는 내가 모욕을 준 약혼녀에게 어느 때든지 가서, 그녀에게서 부정한 수단으로 착복한 금액의 이 절반을 그녀 앞에 내놓으면서, '봐라, 내가 네 돈 절반을 노는 데 날림으로써 내가 의지가 약하고 도덕성이 결여된 사람이라는 걸 증명한 셈이지만, 또 비열한 놈(저는 피고인 자신의 말대로 표현하는 겁니다)이라고마저 할 수 있지만, 내가 비열한 놈일지언정 도둑은 아니다. 왜냐하면 만일 내가 도둑이었다면 너한테 이 남은 절반의 돈을 가져오지 않고 이것도 나머지 절반처럼 내가 먹었을 테니까' 하고 언제든지 말할 수 있으니까'라는 겁니다. 놀랄 만한 설명이지 않습니까? 광기는 가졌어도 마음이 연약한 이 사람이, 그런 수치를 겪으면서도 3천 루블을 받을 유혹을 거부하지 못한 사람이, 바로 그런 사람이 마음속에 금욕주의자에게서나 발견되는 것 같은 그 정도의 굳건함을 지니고 목에다 수천 루블을 달고 다니면서 그것을 건드릴 생각도 감히 하지 못했다는 것 말입니다. 그런 행동이 우리가 분석하는 그 성격과 조금이라도 맞아떨어집니까? 그렇지 않습니다. 진짜 드미트리 카라마조프라면 그런 경우에 어떻게 행동했을지 제가 여러분께 말씀해드리겠습니다. 설사 진짜로 그가 자기 돈을 방충제 주머니에 넣어 지니고 다니겠다고 결심했더라도 말입니다. 첫 번째로 찾아오는 유혹에, 말하자면 그 돈의 처음 절반을 같이 탕진한 그 사랑하는 여자를 즐겁게 해주기 위해서나마, 그는 방충제 주머니를 뜯어서 거기서 이를테면 100루블이나마 뺐을 겁니다. 왜냐하면, 반드시 그 절반을 다, 그러니까 1500을 다 갖다줘야 될 필요가 뭐 있습니까? 1400루블이면 어떻습니까? 그렇게 해봤자 어차피 마찬가지 상황이 될 거 아니었습니까? 즉, '나는 비열한 놈이지만 도둑은 아니야. 왜냐하면 1400루블이나마 도로 가져왔잖아? 도둑이었으면 자기가 다 갖고 아무것도 안 가져왔을 텐데'

하고 말할 수 있는 상황이었을 테니까요. 그 뒤 또 얼마 있다가 다시금 방충제 주머니를 뜯어서 거기서 또 100루블을 꺼냈을 겁니다. 그다음에 또 100루블을, 그다음에 또 100루블을. 그렇게 하다 보면 그 달이 끝날 무렵 마침내 마지막 두 장 남은 것 중에서 100루블 한 장을 꺼냈을 겁니다. 그러면서, '남은 100루블은 돌려줄 거야. 그래도 어차피 내가 비열한 놈일지언정 도둑은 아닌 게 되잖아. 100루블짜리 스물아홉 장은 날렸지만 한 장은 돌려주니까 말이야. 도둑 같았으면 그 한 장마저 안 돌려줬을 텐데' 하는 겁니다. 그러다가 결국에는 이 마지막 100루블 바로 전 100루블을 날리고 나서 마지막 100루블을 바라보면서 자신에게 이렇게 말했을 겁니다. '200루블 달랑 갖다주는 게 그게 뭐야? 그냥 이것도 써버리자!' 네, 우리가 알고 있는 진짜 드미트리 카라마조프는 이렇게 행동했을 겁니다. 방충제 주머니에 대한 이야기는 상상할 수도 없이 현실에 모순되는 이야기입니다. 다른 건 다 상상이 가능해도 그건 불가능합니다. 하지만 이 얘기는 지금 다 하지 않을 거고, 나중에 다시 하게 될 겁니다."

재산권 분쟁과 가족 내 부자 관계에 대하여 재판 당국이 알고 있던 모든 것을 순서대로 지적하고서, 또한 알려진 자료에 따르면 유산 분배에 대한 문제에서 누가 누구에게 돈을 덜 지불했으며 누가 누구에게 얼마의 돈을 줄 것인지를 결정할 만한 가능성은 조금도 없다는 결론을 다시 한번 도출하고서, 이폴리트 키릴로비치는 드미트리의 머릿속에 틀어박혀 떠나지 않는 그 3천 루블 문제를 말하면서 의료 감정에 대해 언급했다.

VII
사건 진행 과정 개관

"의사들이 행한 감정은 피고인이 제정신이 아니며 미치광이라는 사실을 우리에게 증명해주기 위한 것이지만, 저는 피고인이 제정신이라고 확신합니다. 하지만 피고인이 제정신이라는 바로 그 점이 가장 심각한 문제입니다. 그가 자기 정신이 아니었더라면 어쩌면 훨씬 더 나았을 뻔했습니다. 그가 미치광이라는 데에 대해서는 제가 동의할 수도 있으나, 단 한 가지 사항에 있어서입니다. 의료 감정의 결과 지적된 바로 그 사항, 곧 그 3천을 자기가 아버지에게서 채 못 받은 돈으로 여기는 피고인의 관점 말입니다. 하지만 그 돈 문제와 관련하여 피고인이 계속적으로 격분하는 현상을 단순히 그가 미친 사람의 경향이 있어서라고 설명하는 것보다 그것을 훨씬 더 사실에 가깝게 설명할 수 있는 관점을 어쩌면 찾아낼 수 있을지도 모릅니다. 저 나름대로는, 피고인이 완전하고 정상적인 지적 능력을 가지고 있고 전에도 가지고 있었지만 단지 신경이 날카로웠고 화가 나 있었다는 젊은 의사의 의견에 십분 동의합니다. 그러니까 중요한 건 바로 이것입니다. 피고인이 계속적이고 격발적인 분노를 일으키던 대상은 3천이라는 액수에 있지 않았습니다. 그의 화를 돋우던 원인은 따로 있었습니다. 그것은 바로 질투입니다.”

이 대목에서 이폴리트 키릴로비치는 그루셴카를 향한 피고인의 치명적 열정을 활짝 펼쳐 속속들이 파헤쳐 보였다. 그는 피고인이 이 '젊은 여인'을 '패주러' 그녀에게 향한 순간부터 접근했다. 그는 피고인이 직접 쓴 표현을 사용하여 말하기를, '하지만 패주는 대신 그녀의 발밑에 무너지게 되었는데 그것이 바로 그 사랑의 시작'이라고 했다. “바로 그때 이 여자를 노인, 즉 피고인의 부친도 눈여겨보게 됩니다. 두 사람의 마음이 한순간에 갑자기 타올랐다는 것이 놀라우면서 치명적인 우연의 일치입니다. 두 사람 다 그전부터 그녀를 알고 있었고 만나기도 했는데 말입니다. 그리고 그 두 사람의 마음은 도저히 억제할 수 없는 카라마조프식 열정으로 타올랐습니다. 이때, 그녀 스스로가 고백하는 바에 따르면, 그녀는 '두 사람을 다 조롱하는 입장'이었습니다. 그렇습니다. 그녀에게는 두 사람을 다 조롱하고 싶은 마음이 갑자기 생긴 것입니다. 전에는 그런 마음이 없었다가 갑자기 그럴 의향이 그녀의 머릿속에 발발한 것입니다. 결국엔 두 사람이 다 자신을 망치고 그녀의 발 앞에 고꾸라진 꼴이 났습니다. 돈을 신처럼 숭배한 노인은 그녀가 자기 집을 방문하기만 하면 주려고 곧바로 3천 루블을 준비했으나, 얼마 안 있어, 그녀가 그의 법적 아내가 되겠다고 동의만 한다면 그녀의 발 앞에 자신의 명예와 자신의 전 재산을 기꺼이 갖다 바쳤을 정도까지 되었습니다. 이에 대해서는 우리에게 확고한 증거가 있습니다. 피고인과 관련해서는 그의 비극이 어떤 비극인지 자명합니다. 바로 우리가 보고 있으니까요. 어쨌든 이 젊은 여인의 '장난'이 이러했던 것입니다. 이 여자는 유혹을 하면서도 불쌍한 젊은이에게 어떤 희망도 주지 않았었습니다. 희망은, 진정한 희망은 맨 마지막에 가서야 비로소 그에게 주어졌습니다. 자신을 괴롭히던 이 여자 앞에 그가 무릎을 꿇고, 경쟁자였던 자기 아버지의 피로 얼룩진 두 손을 내밀 때에야 말입니다. 바로 그런 포즈로 있다가 그가 체포된 것입니다. '나를, 나를 이 사람과 함께 강제 노동에 보내주세요. 이 사람을 이 지경까지 만든 게 저예요. 제가 누구보다도 더 죄가 있어요' 하고 이 여자는 그가 체포되던 순간 진심으로 뉘우치면서 소리쳤습니다. 제가 이미 말한 적 있는, 본 사건을 묘사하려고 하던 재능 있는 젊은이, 즉 라키친 씨는 이 여자의 성격을 어느 정도 압축된 특이한 구절들로 정의하고 있는데, '이른 실망, 이른 기만과 타락, 바람둥이 약혼자의 배신이 있었고, 즉 약혼자가 그녀를 버리고 떠났고, 그 뒤 가난과 무명 가족의 불행이 이어지다가 종국에는 한 부유한 노인의 비호 하에 들어가게 되고 그녀는 이 노인을 은인으로 여기게 된다. 많은 좋은 것을 품었을 수도 있는 젊은 가슴에 너무 이른 시기에 벌써 분노가 자리를 잡게 된다. 타산적인 성격이 형성되어, 자본을 축적하게 된다. 사회를 비웃고 사회에 복수하려는 성격이 형성되었다'라는 겁니다. 이런 성격 묘사를 접해보면 그녀가 단순히 장난하려고, 사악하게 갖고 놀려고 두 사람을 모두 비웃었다는 게 이해가 갑니다. 피고인이 희망 없는 사랑에 몰두하고 도덕적 타락을 겪고 자신의 약혼녀를 배신하고 자기에 대한 신뢰에 부응하여 맡겨진 타인의 돈을 착복한 이 한 달 동안 피고인은 그 외에도, 다른 사람도 아닌 자신의 부친에 대한 끝없는 질투로 인해 거의 광란과 포악의 상태에까지 이릅니다. 그리고 중요한 것은 광기 어린 이 노인이, 그의 열정의 대상인 그녀를 유혹하고 꾀기 위하여 3천이라는 돈을 이용하는데, 그 돈은 그가 모친에게서 자기가 물려받아야 할 돈인데 아버지가 안 주고 있다고 생각하는 바로 그 돈이었다는 것입니다. 네, 그건 참기 어려운 것이었다는 데에 저는 동감합니다. 심지어 망상증에 걸릴 가능성도 충분한 상황입니다. 문제가 돈에 있었다기보다는, 바로 그 돈에 의해, 그 혐오스러운 냉소적 태도에 의해 그의 행복이 깨져갔다는 데에 문제가 있었던 것입니다."

그 뒤 이폴리트 키릴로비치는 피고인에게서 부친 살해 의도가 어떻게 점차적으로 발생해갔는지의 문제로 옮아가, 그 사실에 근거하여 그 의도를 추적해냈다.

"처음에 피고인은 술집에서만 소리를 지릅니다. 한 달 내내 소리를 지릅니다. 실로 우리는 사람들 보라고 무슨 일을 할 때가 얼마나 많습니까? 매우 악마적이고 위험한 우리의 모든 생각들을 사람들에게 다 말하고 사람들과 공유하기를 우리는 좋아하고, 왠지는 모르지만 그 사람들이 곧바로 우리에게 완전히 호의를 표현할 것과 우리의 모든 걱정과 불안 속으로 그들이 들어와 우리에게 고개를 끄덕여주고 우리의 기질에 걸림돌이 되지 말아줄 것을 우리는 바로 그 자리에서 즉시 요구합니다. 안 그러면 우리는 화를 내면서 술집을 다 박살을 냅니다 (여기서 스네기료프 대위에 대한 이야기가 이어졌다). 이 한 달 동안 피고인을 보고 그의 말을 들은 사람들이 결국 느낀 것은, 어쩌면 부친을 위협하는 소리만 지르는 것이 아니라, 위협이 저토록 격한 걸 보니 잘하면 실행으로 옮길 수도 있겠다는 것이었습니다(여기서 이폴리트 키릴로비치 검사는 가족이 수도원에서 만났던 일, 알렉세이와의 대화, 피고인이 점심 식사 뒤에 부친 집으로 침입하여 폭력을 휘두른 꼴사나운 사건을 묘사했다)." 그 뒤 이폴리트 키릴로비치가 계속 말을 이었다. "그 사건이 있기 전에 이미 피고인이 부친을 살해할 계획을 잘 세웠다고 완강하게 주장하지는 않으렵니다. 하지만 어쨌든 부친을 살해할 생각이 수차에 걸쳐 그의 머리에 그려졌으며 그는 그 생각을 신중하게 고려했습니다. 우리에게는 이에 대해 말해주는 사실들, 증인들, 그리고 그가 직접 한 고백이 있습니다. 배심원 여러분, 저는 인정합니다" 하면서 이폴리트 키릴로비치가 덧붙여 말했다. "저는 심지어 오늘까지도 망설였었습니다. 피고인에게 책임이 추궁되는 범죄를 피고인이 완전히 의식적으로 미리 계획을 세우고 행한 것인지에 대해 말입니다. 저는 그가 치명적인 순간을 몇 차례에 걸쳐 미리 마음속으로 상상해보았을 거라는 데에 대해선 굳게 확신을 했었습니다. 하지만 어떻게 될 것인지에 대해 상상만 해보았지, 범행의 시간이나 상황을 정해놓지는 않았을 거라는 거였습니다. 그러나 오늘까지만 그 점에서 제가 망설였다는 겁니다. 오늘 재판관들을 대상으로 베르호프체바 씨가 제시한 숙명적인 문서를 접하기 전까지 말입니다. 그분이 '이건 계획이에요. 이건 살인 프로그램이에요!' 하고 외치는 것을 여러분들 스스로가 들으셨습니다. 우리의 불행한 피고인이 술 취해서 쓴 편지를 그분은 바로 그렇게 정의했습니다. 그리고 실지로 그 편지에는 프로그램과 사전 계획이 고스란히 나와 있습니다. 그 편지는 범행 이틀 전에 쓰인 것입니다. 그러므로 우리는 이제, 피고인이 자신의 끔찍한 계획을 이행하기 이틀 전에, 만약 돈을 구하지 못하면 아버지를 죽이고 아버지의 베개 밑에, '빨간 리본이 감긴 봉투 속에 있는' 돈을 가져오기로 맹세했다는 것을 확실히 압니다. '이반만 떠나준다면' 말입니다. 아시겠어요? '이반만 떠나준다면'. 그러니까 이건 이미 다 계획이 됐다는 얘깁니다. 상황이 헤아려졌단 말이죠. 그래서 어떻게 됐습니까? 모든 것이 쓰인 그대로 이행이 됐어요. 미리 면밀히 계획했다는 것이 의심할 바 없고, 범죄는 돈을 훔칠 목적으로 이루어질 것이었습니다. 그 점이 그대로 표명돼 있어요. 씌어 있고, 누가 썼다는 서명이 돼 있어요. 피고인은 자기 서명이라는 걸 부인 안 해요. 이건 술 취해 쓴 거라고들 말하겠죠? 하지만 그렇다고 해서 뭐가 경감되는 건 없어요. 오히려 그게 더 중요해요. 술 안 취한 상태에서 생각해뒀던 걸 술 취한 상태에서 쓴 거예요. 술 안 취한 상태에서 생각을 안 해뒀더라면 술 취한 상태에서 쓰지 않았을 거예요. 피고인이 뭐 하러 술집에서 자기 의도를 큰 소리로 떠벌렸냐고 물을지도 모르겠네요. 그런 일을 행하겠다고 미리 계획하는 사람은 말을 안 하고 마음속에 숨겨두는 법이라고 하면서요. 맞습니다. 하지만 피고인이 큰 소리로 떠벌린 건 아직 계획을 미리 세우지 않았을 당시입니다. 그땐 그냥 그러고 싶은 마음만 있었고, 그러고 싶은 열망이 익어가는 중이었어요. 하지만 나중에 가서는 그가 이미 그 말을 떠벌리는 횟수가 적어집니다. 주점 수도에서 술을 진탕 마시고 이 편지를 쓴 그날 저녁에 피고인은 평소와 달리 말수가 적었어요. 당구도 치지 않았고, 한쪽 구석에 앉아서 아무하고도 이야기를 안 나눴고, 단지 이곳 상인한테서 일하는 종업원을 자리에서 쫓아낸 것밖에 없어요. 그 행동은 거의 무의식적으로 한 거예요. 실랑이를 벌이는 버릇 때문에요. 술집에 와서 실랑이를 안 벌이곤 못 배겼어요. 물론 최종 결정을 하고 나서 피고인은, 자기가 미리 온 읍에 걸쳐 너무나 많이 떠벌려놓았기 때문에 자기의 계획을 실행했을 때 그것이 자기의 소행이라는 의심을 쉽게 사서 죄가 들먹여질 거라는 걱정을 안 했을 리가 없죠. 하지만 어떡합니까? 자기가 하겠다고 떵떵거려 놨는데, 그걸 돌이킬 순 없는 거죠. 또 전에 운이 좋았듯이 이번에도 운이 좋을 수 있는 거 아니었겠습니까? 피고인은 운을 바랐어요, 여러분! 또 제가 긴히 말씀드릴 게 있는데, 피고인은 운명의 순간을 피해가려고 많은 노력을 했다는 겁니다. 피를 보는 일이 없도록 하려고 꽤 많은 노력을 했다는 말입니다. '내일 모든 사람들한테 3천을 달라고 부탁해볼 거야' 하고 그는 자신만의 독특한 언어로 글을 씁니다. '사람들이 주지 않으면 살인이 나는 거고.' 이것 역시 술 취한 상태에서 쓰인 것이고, 이것 역시 술 안 취한 상태에서 그대로 이행된 것입니다."

그러고 나서 이폴리트 키릴로비치는 드미트리가 범죄 행위 없이 돈을 구하기 위해 행한 모든 노력들을 자세히 묘사하기 시작했다. 그는 드미트리가 삼소노프한테 갔었던 얘기, 랴가 브이에게 다녀온 얘기를 모두 서류에 근거하여 풀어놓았다. "고생하고, 조롱당하고, 먹지도 못하고, 먼 길 가는 돈을 마련하기 위해 시계를 팔았어요(자기한테 1500루블이 있었는데도 그렇게 했다는 게 말이나 됩니까?). 자기가 사랑하는 사람을 읍내에 그냥 두고 떠나면서, 자기가 없을 때 사랑하는 사람이 표도르 파블로비치한테 갈까 봐, 질투에 몸을 떨었어요. 마침내 읍으로 돌아왔어요. 다행히도 그녀는 표도르 파블로비치 집에 가 있지 않았어요. 그는 그녀를, 그녀의 보호자인 삼소노프의 집까지 직접 데려다줬어요(이상하죠? 삼소노프한테는 질투가 안 나나 보죠? 그런 심리적 특성이 이 사건에서 아주 특별하다고 여겨지는 바입니다). 그 뒤 집 뒤쪽 망보는 자리로 달려갔는데, 거기서 스메르쟈코프가 간질 발작을 일으킨 상태고 다른 하인은 몸져누웠다는 걸 알게 돼요. 진입로에 장애물이 없는 셈이었죠. 게다가 '신호'는 자기가 알고 있죠, 그 얼마나 좋은 기회입니까! 그래도 그는 계속 저항합니다. 그는 우리 모두가 깊이 존경하는, 이곳에 잠깐 와서 거주하시는 호흘라코바 부인한테 갑니다. 호흘라코바 부인은 피고인의 운명에 오래전부터 연민을 품고 계셨어요. 그분이 피고인에게 아주 사려 깊은 조언을 해줍니다. 이 모든 방탕함이며 못 미더운 애정 행각하고 술집을 전전하며 빈둥거리며 젊은 힘을 낭비하는 행위를 다 집어치우고 시베리아 금광으로 가라고 말입니다." 이폴리트 키릴로비치는 그 대화의 결말을 묘사했고, 그리고 그루셴카가 삼소노프 집에 들어가지도 않았다는 소식을 피고인이 별안간 접한 대목을 묘사했다. 또, 그녀가 자기를 속이고 지금 표도르 파블로비치한테 가 있다고 생각하고 질투의 불길이 타오른 피고인이 순간적으로 광란한 것을 묘사했다. 그 뒤 이폴리트 키릴로비치는 그 일이 지니는 치명적인 의미에 주의를 돌리면서 결론을 맺기를, "그가 사랑하는 여자가 넘볼 수 없는 전 남자와 함께 모크로예에 있다는 말을 하녀가 적시에 할 수만 있었더라도 아무 일도 일어나지 않았을 겁니다. 그러나 하녀는 무서워서 정신이 없었어요. 그저 모른다고만 잡아뗐죠. 그때 피고인이 하녀를 그 자리에서 죽이지 않은 것은 자기가 사랑하는 여자가 자기를 배반했다고 생각하고 당장 잡으러 쫓아가느라고 그랬던 거예요. 하지만 생각해보십시오. 그가 아무리 화가 나서 제정신이 아니었다지만, 그래도 구리로 된 절굿공이를 들고 나갔어요. 왜 꼭 절굿공이인가? 왜 다른 무기가 아닌가? 하지만 벌어질 사건의 장면을 피고인이 벌써 한 달 내내 상상해왔고 거기에 마음의 준비를 해온 이상, 무언가 무기처럼 보이는 거 하나라도 눈에 띄자마자 그걸 무기로서 갖고 간 거예요. 그와 비슷한 물건이 무기가 될 수 있다는 점을 피고인은 이미 한 달 동안 상상해왔던 거예요. 바로 그래서 그 물건을 보자마자 그 물건의 무기로서의 용도가 그렇게 순간적으로 망설임 없이 파악된 거예요. 그러니까 그 절굿공이를 완전히 무의식적으로, 의지와 상관없이 가져간 건 아니라는 거예요. 결국 그는 아버지 집 정원에 이릅니다. 방해 요인도 없고, 목격자도 없습니다. 깊은 밤의 암흑 속에 그에게는 질투의 서슬만 퍼렇습니다. 그녀가 그곳에 있다는, 자기의 경쟁자인 아버지와 함께, 그 품에 안겨서 어쩌면 자기를 비웃고 있을 수도 있다는 의심이 그의 마음을 사로잡습니다. 그건 의심에 그치는 것이 아닙니다. 그녀가 이미 그를 속였는데, 그럼 더 이상 무슨 말이 필요 있습니까? 그녀는 여기 있습니다. 불이 켜진 저 방 안에 있습니다. 그녀는 아버지 방에, 병풍 뒤에 있습니다. '이에 우리의 불쌍한 피고인은 창문 밑으로 살금살금 다가가서 조신한 마음가짐으로 창문 안을 들여다보고는 착실한 태도로 상황을 이해하고 사려 깊은 후퇴를 한다'는 걸 지금 우리보고 믿으라고 하는데, 그러기에는 우리가 피고인의 성격을 너무나 잘 알고 있지 않습니까? 그의 기질이 어떤지, 사실들을 놓고 판단해볼 때 그가 어떤 마음 상태에 있었는지를 우린 너무나 잘 알지 않습니까? 게다가 피고인은 신호를 알고 있었어요. 그 신호만 사용하면 당장 집 문을 열고 들어갈 수 있었어요." 여기서 이폴리트 키릴로비치는 '신호'와 관련된 자기의 논고를 잠시 멈추고, 스메르쟈코프에 대하여 상세하게 이야기할 필요가 있음을 느꼈다. 스메르쟈코프가 살인범일 가능성에 대한 처음의 가설을 완전히 없애서 그런 가능성을 전혀 남겨놓지 않기 위함이었다. 그 작업을 그는 아주 신중하게 했으므로 모든 사람이 그의 진지한 의도를 파악했다. 비록 그런 가정을 자기는 말도 안 되는 것으로 여긴다고 그가 스스로의 의견을 발표했음에도 불구하고 그 가정을 무시해버리지 않고 진지하게 처리한다고 말이다.

VIII
스메르쟈코프에 대한 논설

"첫째, 그런 의심의 가능성이 어디에서 비롯됐습니까?" 하는 질문으로 이폴리트 키릴로비치가 다시금 말을 시작했다. "스메르쟈코프가 살인자라고 맨 처음에 소리친 사람은 바로 피고인입니다. 자기가 체포되는 순간에 피고인이 그렇게 소리친 겁니다. 하지만 피고인은 자기가 그렇게 소리친 순간부터 재판이 열린 지금까지, 자기가 지목한 사람의 범행 사실을 증명할 수 있는 단 하나의 사실도 제시하지 못했습니다. 사실뿐만 아니라, 사실에 대한 암시로서 인간의 상식에 어느 정도나마 부합하는 암시조차도 제시하지 못했습니다. 또한 그 사람이 범인이라는 것에 동의하는 사람은 단 세 명으로서, 피고인의 두 동생과 스베틀로바 씨입니다. 하지만 피고인의 첫째 동생은 자기가 누구를 의심하고 있는지를 오늘에 와서야 발표했습니다. 병에 걸리고 논란의 여지가 없는 정신 착란 및 환각을 보는 증세에 빠져서 말입니다. 그전까지는 두 달 내내, 우리가 확실히 아는 바, 자기 형이 범인이라는 확신을 뚜렷이 갖고 있었고, 그 생각에 반대 의견을 낸 적 없습니다. 하지만 우리가 이 문제를 나중에 좀 더 면밀히 다루어보겠습니다. 그다음에 피고인의 막냇동생은 아까 우리한테 직접 말하기를, 스메르쟈코프가 범인이라는 자신의 생각을 뒷받침해줄 만한 사실을 아무것도 갖고 있지 않다고, 아주 작은 것조차 갖고 있지 않다고 했으며, 자기가 그렇게 생각하는 것은 다만 피고인의 말에 따라서라고, 그리고 '그의 얼굴 표정'에 따라서라고 했습니다. 네, 이 대단한 증거가 아까 그 동생에 의해 두 번 언급됐습니다. 그리고 스베틀로바 씨는 어쩌면 더 대단한 표현을 했습니다. '피고인이 여러분들한테 말하는 대로 그의 말을 믿으세요. 거짓말을 할 사람이 아니에요' 하고 말입니다. 그것이 스메르쟈코프가 범인임을 주장하는 이 세 사람의 모든 실제적 증거입니다. 이 세 사람은 피고인의 운명과 너무나 긴밀히 연관돼 있는 사람들이고요. 그럼에도 불구하고 스메르쟈코프가 범인이라는 가설은 엄연히 존재해왔고 지금도 존재합니다. 그 가설을 믿을 수 있을 것 같습니까? 스메르쟈코프가 범인인 것을 상상할 수가 있습니까?"

여기서 이폴리트 키릴로비치는 '병적인 광기와 정신 착란 발작 속에서 목숨을 끊은' 고인 스메르쟈코프의 성격을 간단하게 짚고 넘어갈 필요가 있다고 느꼈다. 그는 스메르쟈코프를 어렴풋하게 교육을 받은 흔적을 지닌 백치로 간주하면서, 그의 지성이 소화하지 못할 철학 사상들 때문에 그의 정신이 갈팡질팡하게 됐으며, 또한 그에게 광범위하게 주어진 책임과 의무에 대한 현대적 교훈들 때문에 주눅이 들었다고 했다. 그중 실용적 교훈은 고인이 된 그의 주인이자 어쩌면 그의 아버지일지도 모르는 표도르 파블로비치가 누리던 무분별한 삶에 의해 주어졌으며, 이론적 교훈들은 주인의 큰아들 이반 표도로비치와의 여러 가지 기묘한 철학적 대화에 의해 주어졌다고 했다. 한편 이반 표도로비치가 그와 대화를 나누는 일을 기꺼이 재미로 삼은 것은 아마도 무료함을 달래기 위함이었든지 아니면 누군가를 비웃고자 하는 욕망을 푸는 대상으로 그보다 더 적합한 사람을 찾지 못했기 때문이라고 했다. "최근 자기 주인의 집에 있으면서 자기가 처하게 된 정신적 상태에 대해 그가 저한테 직접 이야기해줬습니다" 하고 이폴리트 키릴로비치가 설명했다. "한편 다른 사람들도 그와 마찬가지의 증언을 합니다. 피고인 자신과 그 동생, 그리고 심지어 하인 그리고리도, 그러니까 스메르쟈코프를 충분히 가까이에서 알고 지냈을 것임이 분명한 모든 사람들이 그렇게 증언합니다. 그 밖에도, 간질 때문에 고생을 겪어 스메르쟈코프는 '닭에나 비할 겁쟁이였다'고 합니다. '그놈은 내 발 앞에 엎어져 내 발에 입을 맞췄어요' 하고 피고인이, 그런 정보가 자기한테 어느 정도 불리한 것임을 알아채지 못했을 당시에 직접 이야기해주었습니다. '간질을 앓는 닭이에요' 하고 그는 스메르쟈코프에 대해서 자신의 독특한 언어로 표현했습니다. 그리고 바로 그런 스메르쟈코프를 피고인은(피고인 스스로 증언하는 바에 따르면) 자기의 일을 대신 해줄 사람으로 골라서, 스메르쟈코프를 위협하여 결국 자기한테 스파이 및 밀고자로서 봉사하도록 만듭니다. 이에 가정 간첩의 역할을 수행하면서 스메르쟈코프는 자기 주인을 배신하고 피고인에게 돈이 든 봉투가 존재한다는 것을 전해주며, 또한 주인이 사는 건물 안으로 침입해 들어갈 수 있는 신호에 대해서도 알려줍니다. 어떻게 안 알려줄 수가 있었겠습니까? '죽일 거예요. 제가 분명하게 눈치챘어요. 절 죽일 거라고요' 하고 스메르쟈코프가 심리 과정에서 말했습니다. 그를 위협하고 괴롭히는 자가 그땐 이미 체포되었으므로 그를 벌하러 올 수가 없는 상황이었는데도 그는 우리 앞에서조차 벌벌 떨면서 그렇게 말했습니다. '그분이 절 계속 의심했어요. 전 무섭고 떨려서, 그분의 분을 가라앉힐 수 있을까 하고 서둘러 비밀을 다 말해준 거예요. 제가 속이는 게 없다는 걸 그분이 알도록 말이에요. 절 죽이지 말고, 제가 살아남아 회개할 수 있게 해달라고 말이에요.' 이게 스메르쟈코프가 직접 한 말입니다. 제가 그 말을 적었고, 또 외웠습니다. '그분이 저한테 소리를 치시면 저는 그분의 앞에 무릎을 꿇곤 했어요' 하고 말하더군요. 그 젊은이는 본래 아주 정직한 성격을 지녔고, 그가 자기 주인이 잃어버린 돈을 찾아서 갖다줬을 때 주인이 그의 정직함을 알았으므로 그는 자기 주인의 신임을 얻게 됐습니다. 그 불쌍한 청년은 자기 주인을 은인으로서 사랑했으나 자기가 그를 배신한 걸 뉘우치면서 괴로워했습니다. 수준 높은 정신과 의사들의 증언에 따르면 간질로 크게 고생하는 사람들은 언제나 끊임없는 자책의 경향을 보입니다. 물론 병적인 자책이죠. 그런 사람들은 마치 자기가 누구한테 무슨 죄를 지은 것 같은 생각에 양심의 가책을 받아요. 그럴 만한 아무 일도 일어나지 않았는데도 그러는 경우가 많아요. 자기가 마치 어떠어떠한 죄를 범한 양 과장해서 생각하고, 없는 것도 꾸며내곤 해요. 스메르쟈코프는 그런 사람에 해당하기 때문에, 무서워서, 누가 위협하는 것에 겁을 먹어서, 실지로 자기가 죄인인 양, 범행을 저지른 자인 양 느껴요. 그 밖에도 그는 자기 눈앞에서 형성되는 상황을 보고서 안 좋은 일이 벌어질 것을 심하게 지레짐작했어요. 비극적 사건이 발생하기 바로 전 표도르 파블로비치의 큰아들 이반 표도로비치가 모스크바로 떠나려 하자 스메르쟈코프는 그에게 가지 말고 남아 있으라고 간청했어요.

물론 겁이 많은 성격이었기 때문에, 자기가 뭘 걱정해서 그런 부탁을 하는지를 명확하고 단호하게 말을 못 했어요. 그는 암시를 줬을 뿐이에요. 하지만 암시의 의미가 제대로 전달되지 못한 거예요. 그가 이반 표도로비치가 자기를 보호해줄 거라고 생각했다는 점을 염두에 둬야 돼요. 이반 표도로비치가 집에 있으면 일어날 큰일도 일어나지 않으리라 믿었어요. 드미트리 카라마조프가 술 취해서 쓴 편지에 있는 '이반만 떠나준다면 노인네를 죽일 거야'라는 표현을 기억해보세요. 그러니까 이반 표도로비치가 집에 있는 것이 집 안에서 고요와 질서가 보장되는 것으로 통한다고 생각된 거예요. 그런데 이반 표도로비치는 떠나고, 스메르쟈코프는 곧장, 그 주인 아들이 떠나고 거의 한 시간 만에 간질 발작으로 쓰러진 거예요. 그건 아주 이해할 만합니다. 여기서 언급해야 할 것은, 스메르쟈코프가 무서움, 그리고 말하자면 어떤 절망 탓에 기운이 빠져, 자기 몸 상태로 볼 때 간질 발작이 가까워져올 가능성을 그때 며칠간 특히 느끼고 있었다는 것입니다. 간질 발작은 전에도 항상 그가 정신적으로 긴장하고 불안을 느끼는 순간에 일어나곤 했으니까요. 이 발작이 일어날 날과 때는 예측할 수 없지만, 발작이 일어날 것 같은 느낌이 미리 오는 건, 간질 환자라면 누구에게나 그럴 수 있습니다. 의학 연구 결과가 그렇습니다. 자, 이반 표도로비치가 집에서 떠나자마자 스메르쟈코프는 자기가 홀로된 것 같은 생각을 하면서, 의지할 곳이 없다는 생각을 하면서 집안일로 지하실에 내려갑니다. 층계를 따라 밑으로 내려가다 생각합니다. '발작이 일어날까, 안 일어날까? 만약 지금 발작이 오면 어떡하지?' 그러자 바로 그 생각 때문에, 바로 그 걱정 때문에, 바로 그 의문 때문에, 언제나 간질 발작 전에 오곤 했던 목의 경련이 시작됐습니다. 그는 의식을 잃고 지하실 바닥으로 바로 떨어집니다. 그런데 바로 그 가장 자연스러운 우연의 일치를 가지고, 그가 일부러 환자인 척한 거 아니냐고 의심을 하는 사람들이 있습니다. 하지만 일부러 그런 거라면 그 즉시 의문이 생깁니다. 뭐 하러? 뭘 하겠다는 의도로? 어떤 목적으로? 저는 이미 의학 얘기는 안 합니다. 학문은 틀릴 때가 있으며 실수를 할 때가 있다고 합니다. 의사들은 허위와 진실을 구별 못 했습니다. 그럴 수도 있습니다. 그러라고 하십시오. 하지만 이 질문에 답해보십시오. 그가 꾀병을 부릴 이유가 어디 있었습니까? 살인을 계획하고서 발작이 일어난 것처럼 해 가지고 집 안에서 사람들의 관심을 미리 빨리 자기한테 쏠리게 하려고요? 배심원 여러분, 아실지 모르겠지만 범죄가 일어나던 날 밤에 표도르 파블로비치의 집에 있던 사람은 다섯 명입니다. 첫째, 표도르 파블로비치 자신. 하지만 그가 자기 자신을 죽이진 않았다는 건 명백하죠. 둘째, 그의 하인 그리고리. 하지만 그리고리 자신이 하마터면 살해당할 뻔했지 않습니까? 셋째, 그리고리의 아내인 하녀 마르파 이그나치예브나. 하지만 그녀가 자기 주인을 죽일 수 있다고는 잘 상상이 안 되지 않습니까? 그러니까 남는 사람은 피고인과 스메르쟈코프, 이렇게 두 명입니다. 하지만 피고인은 자기가 안 죽였다고 주장합니다. 그러면 스메르쟈코프가 죽인 것이어야 맞지 않습니까? 다른 답은 나올 수가 없습니다. 왜냐하면 살인을 했을 만한 또 다른 사람은 찾을 수가 없으니까요. 그러니까, 어제 자살한 불쌍한 정신 지체아를 범인으로 모는 그 '교활함'이 바로 여기에서 나오는 겁니다. 다른 누군가는 찾을 수 없다는 것, 바로 그것 때문에 말입니다. 만약 그 다섯 사람 말고 누군가 또 다른 사람을 의심할 수 있는 가능성이 조금이라도 있다면, 제가 확신하건대, 피고인 자신조차도 스메르쟈코프를 지목하길 부끄러워했을 것입니다. 차라리 누군가 또 다른 사람을 지목했을 것입니다. 이 살인 사건에서 스메르쟈코프를 범인으로 모는 건 전혀 터무니없는 일이기 때문입니다.

여러분, 심리 얘기를 일단 하지 맙시다. 의학 얘기도 일단 하지 맙시다. 심지어 논리조차도 들먹이지 말고, 오직 사실에만 주의를 기울여봅시다. 사실에만이요. 사실이 우리에게 무엇을 말해주고 있는지 봅시다. 스메르쟈코프가 살인을 했다고 칩시다. 하지만 과연 어떻게 했겠습니까? 혼자서요? 아니면 피고인과 힘을 합쳐서요? 처음의 경우를 일단 살펴봅시다. 그러니까 스메르쟈코프가 혼자 살인을 한 경우 말입니다. 물론 만약 살인을 했다면 무언가 목적이 있었을 겁니다. 어떤 이익을 얻고자 했을 겁니다. 하지만 스메르쟈코프는 피고인이 갖고 있던 살인의 동기, 즉 증오, 질투 등과 어렴풋이 비슷한 것이나마 전혀 갖고 있지 않았으므로, 살인을 했다면 오로지 돈 때문이었을 것에 의심의 여지가 없습니다. 주인이 봉투에 집어넣는 것을 스스로 보았던 바로 그 3천을 챙기기 위해서 말입니다. 자, 살인을 계획한 뒤 그는 다른 사람에게, 그것도 이 일에 아주 긴밀한 이해관계를 갖는 사람, 즉 피고인에게, 돈과 신호에 관한 모든 정보를 줍니다. 봉투가 어디에 있고, 봉투에 뭐라고 쓰여 있고, 봉투가 무엇으로 둘려 있다는 정보를, 뿐만 아니라 가장 중요한 것, 즉 주인이 있는 곳으로 들어갈 수 있는 그 '신호'를 알려줍니다. 그게 도대체 뭡니까? 그가 바로 자기가 살인범이라는 걸 직접적으로 알리기 위해 그렇게 한단 말입니까? 아니면 자기의 경쟁자를 만들기 위해서요? 누가 먼저 들어가서 그 봉투 빼오는지 시합이라도 하자는 식으로요? 그럴지도 모르겠죠. 하지만 사실은 그가 겁을 먹고 그 정보를 알려준 게 아닙니까? 어떻게 그럴 수가 있습니까? 눈도 깜짝 안 하고 그런 대담하고 잔인한 일을 계획하고 그 뒤 그것을 실행한 사람이, 온 세상에서 자기 혼자만 알고 있는 정보를, 자기만 입을 닫으면 세상 누구도 절대 눈치채지 못했을 정보를 알려준단 말입니까?

그건 아니죠. 아무리 겁이 많은 사람일지라도, 그런 일을 계획했을진대, 무슨 일이 있어도 아무에게도 말하지 않았을 겁니다. 다른 건 몰라도 봉투에 대해서와 신호에 대해서는 말을 안 했을 겁니다. 왜냐하면 그건 자기의 의도를 미리 완전히 드러내는 격일 테니까요. 반드시 무슨 정보를 줘야만 했더라면 일부러 뭔가 다른 것을 꾸며내고 거짓말을 했을 수는 있어도, 그것만은 비밀에 부쳤을 겁니다. 반대로, 다시 한번 말씀드리지만, 만약 그 사람이 돈에 대해서만이라도 알리지 않았다면, 그러면 살인을 행하고 돈을 자기가 가져갔더라도, 그가 돈을 취하기 위해서 살인을 했다고는 이 세상 아무도 말하지 못했겠죠. 왜냐하면 그 돈은 그 사람 말고는 아무도 못 봤고, 그 돈이 집 안에 있는 걸 아무도 몰랐으니까요. 설사 그 사람이 살인자로 지목됐더라도 무언가 다른 동기로 살인을 했다고 간주됐겠죠. 하지만 그에게 있을 만한 동기를 미리 눈치챈 사람이 없으며, 그 반대로, 그가 주인한테 사랑을 받았고 주인이 그를 신뢰했다고 모두들 알고 있었으니, 그는 용의자 목록에서 최하위를 점했겠죠. 반면 그런 동기를 갖던 사람, 자기가 그런 동기를 갖는다고 숨김없이 스스로 외치며 모든 사람 앞에서 드러내던 사람, 즉 한마디로 피살자의 아들 드미트리 표도로비치가 누구보다도 먼저 의심의 대상이 됐겠죠. 스메르자코프가 살인을 하고 돈을 가져갔더라도 아들이 범인 취급을 당했겠죠. 그러면 그게 바로 스메르쟈코프로서 이익이 되는 거 아니었겠어요? 그런데 말입니다, 그 아들, 즉 드미트리한테 스메르쟈코프가, 살인을 계획하고서, 돈에 대해, 봉투에 대해, 신호에 대해 미리 알린다는 말입니다. 어때요? 참 논리적이기도 하죠? 참 명백하기도 하죠?

자, 스메르쟈코프가 계획한 살인의 날이 옵니다. 그런데 그가 간질 발작을 가장하고 넘어지고 떨어집니까? 뭐 하러요? 일단 무엇보다도 첫째, 자기 몸을 치료할 생각이었던 하인 그리고리가 집을 지킬 사람이 아무도 없다는 걸 알고 자기 몸 치료를 미루고 망을 보도록 하기 위해서겠죠. 둘째, 주인이, 자기를 지키는 사람이 아무도 없다는 걸 알고, 아들이 올까 봐 언제나 적나라하게 두려워했듯이 이번에도 두려워하라고, 불신과 조심성의 수준을 높여 만전을 기하라고였겠죠. 그리고 무엇보다도 중요한 것은, 자기를, 즉 발작으로 쓰러져 누운 스메르쟈코프를 즉시, 그가 항상 혼자서 묵으면서 스스로 알아서 드나들던 주방으로부터 옮겨, 별채의 다른 쪽 끝에 있는 그리고리와 그 아내의 방에, 그들의 침대로부터 넘어지면 코가 닿는 칸막이 뒤에 있게 하기 위해서였겠죠. 예부터 그에게 간질 발작이 일어나기만 하면 주인과 동정심 많은 마르파 이그나치예브나가 그렇게 해왔듯이 말입니다. 거기 칸막이 뒤에 누워 있어야 그는 아마 환자의 흉내를 좀 더 그럴 듯하게 낼 수 있었을 겁니다. 신음도 하면서 밤새 그리고리와 그 아내를 잠도 못 자게 할 수 있었죠(그리고리와 그 아내의 증언에 따르면 실지로 그랬습니다). 그리고 이 모든 것이, 별안간 일어나 주인을 살해하기가 편했을 겁니다.

하지만 어쩌면 저한테 이런 말이 들어올 수도 있습니다. 스메르쟈코프가 환자를 가장한 것은 '환자인 자기가 의심을 받을 리 없다'고 생각해서 그런 것이고, 피고인에게 돈과 신호에 대해 알려준 것은 피고인이 혹해서 오도록, 와서 살인을 하도록 하기 위한 것이라고. 그런데 피고인이 살인을 하고 돈을 가지고 가면, 게다가 그렇게 하면서 한바탕 소란을 피우고 큰 소리를 내고 증인들을 깨우면, 그때 스메르쟈코프가 일어나서 갈 거라 이겁니까? 그런데 뭐 하러 갑니까? 주인을 다시 한번 죽이려고요? 가져가진 돈을 다시 한번 가져가려고요? 여러분, 그게 말이나 됩니까? 그런 가정을 한다는 건 저도 물론 창피할 따름입니다. 그런데 말입니다, 피고인은 바로 그걸 주장하고 있습니다. '내가 간 다음에, 내가 이미 그리고리를 쳐서 쓰러뜨리고 소란을 피우고 집에서 나간 다음에, 그놈이 일어나서, 가서 살인을 하고 돈을 가져갔어요' 하고 말입니다. 아들이 격분해서 와서는, 신호를 알면서도 오로지 창문을 조신하게 들여다보기만 하고, 스메르쟈코프 자기에게 노획물을 양보하고 퇴각할 거라는 걸 스메르쟈코프가 어떻게 미리 다 하나하나 계산을 했으며 어떻게 미리 알고 있었냐는 질문은 전 굳이 하지 않겠습니다. 여러분, 전 진지하게 이런 질문을 하겠습니다. 스메르쟈코프가 범행을 저질렀다고 뭘 가지고 말할 수 있습니까? 그 증거를 지적해보십시오. 그것 없이는 그를 살인자라고 말할 수 없습니다.

'어쩌면 간질 발작이 진짜였을지도 몰라. 아파서 누워 있던 그가 정신을 차렸을 때 비명 소리가 들려서, 그 쪽으로 나가본 거야'라고 하실지 모르겠지만, 그래서요? 그가 상황을 보고서, '가서 주인을 죽이자' 하고 마음을 먹었다고요? 그런데 그가 그 때까지 의식이 없는 상태로 누워 있었는데, 거기서 무슨 일이 벌어졌는지를 어떻게 알았을까요? 여러분, 상상에도 한계가 있는 법입니다.

'그렇다면,' 하고 섬세하신 분들은 말씀하시겠죠. '두 사람이 짠 거라면? 두 사람이 같이 살인을 하고 돈을 나눠 가진 거라면 어쩔 거야?' 하고요.

네, 정말 그런 의심은 해볼 만한 것입니다. 첫째, 그 의심이 옳은 것이라는 엄청난 증거가 곧장 나오죠. 한 사람이 살인을 하고, 일의 모든 성과를 자기가 가지고 가고, 다른 공범은 간질 발작을 가장하고 아무 일도 안 하고 누워 있습니다. 그건 모든 사람에게 의심을 불러일으키기 위한 겁니다. 주인한테서 불안을 불러일으키고 그리고리한테서 불안을 불러일으키고 말이에요. 의문이 나는 건, 두 공범이 바로 그런 미친 계획을 세운 것이 무슨 동기에서였을까 하는 겁니다. 글쎄요, 스메르쟈코프 측에서는 그렇게 적극적으로 협력하고자 한 게 전혀 아닐 수도 있죠. 그냥 수동적으로, 안 할 수 없으니까 협력한 것일 수도 있죠. 어쩌면 스메르쟈코프가 겁을 먹고, 살인을 방해만 안 하겠다고 동의했을 수도 있어요. 안 그러면, 주인을 죽이도록 가만 놔뒀고 소리도 안 지르고 저항도 안 했다는 말을 들으며 자기가 죄를 뒤집어쓸까 봐서요. 그래서 자기는 그 시간에 간질 발작이 일어난 양 누워 있겠다고 드미트리 카라마조프에게서 허락을 구한 거죠. '그럴 테니까 너는 알아서 죽여라. 난 모르겠다' 하고요. 하지만 진짜로 그랬다면, 그럼 그 간질 발작 때문에 그 집에서 대소동이 일어났을 텐데 드미트리 카라마조프가 그걸 예상하면서 그 말에 동의를 했을까요? 하긴 뭐, 동의를 했다고 칩시다. 그런데 그렇게 되면 어차피 드미트리 카라마조프가 살인범이라는 결론이 나올 거 아니었겠어요? 당연한 살인범이고 이 모든 일을 획책한 사람이라고 말이에요. 스메르쟈코프는 수동적으로만 범행에 참여한 사람일 뿐이고요. 아니, 참여했다고도 보기 어렵죠. 그냥, 그러고 싶지는 않았지만 겁이 나서 범죄를 방임한 자인 거죠. 법정에서 그 정도는 물론 다 참작해줄 거였으니까요. 자, 지금 상황이 어떻습니까? 피고인은 체포되자마자 순식간에 모든 것을 스메르쟈코프한테 넘기고 스메르쟈코프 한 사람이 범인이라고 주장합니다. 자기와 같이 범행을 저질렀다는 게 아니라, 그가 혼자 한 짓이라고요. 그가 혼자서 다 했다 이거죠. 살인도, 돈 가져간 것도 그 사람의 짓이다 이거죠. 아니, 그게 무슨 공범입니까? 공범들이 어떻게, 그중 한 사람이 다른 사람을 범인으로 지목할 수 있습니까? 그러는 적은 절대 없습니다. 그리고 염두에 두실 것은, 카라마조프가 얼마나 큰 위험을 지게 될 것인지입니다. 그가 주된 살인자고, 나머지 사람은 주된 살인자가 아니고 그냥 방임자일 뿐으로서, 칸막이 뒤에 누워 있었는데, 근데 바로 그 누워 있던 사람한테 죄를 뒤집어씌우는 행위가 말입니다. 그러면 그 누워 있던 사람이 그게 무슨 얼토당토않은 소리냐고 하면서, 오직 자기 보존 본능에 기인하여 모든 진실을 다 이야기할 수 있었으니까요. '둘이 공모한 거지만 자기는 살인을 안 했고 다만 겁을 먹고서 살인을 눈감아줬을 뿐'이라고요. 스메르쟈코프는 자기가 지은 죄의 정도가 얼마만큼인지는 법정에서 당장 판별이 날 거라는 걸 알았을 거 아닙니까? 그러므로 자기가 벌을 받게 되더라도, 모든 죄를 자기한테 뒤집어씌우려 한 주된 살인자에 비교도 할 수 없을 만큼 경미한 것이 될 것이라는 계산을 했을 거 아닙니까? 한편 그런 경우라면 아마 마지못해 고백을 했겠죠. 하지만 그런 건 우리가 보지 못했습니다. 스메르쟈코프는 공범 행위에 대해선 조금도 언급한 바 없습니다. 살인자가 굳건하게 그를 지목하면서, 바로 그가 유일한 살인범이라고 주장해왔지만 말입니다. 뿐만 아니라 스메르쟈코프는, 돈이 든 봉투에 대해서와 신호에 대해서 자기가 직접 피고인에게 알려주었으며, 자기 없이는 피고인이 그걸 알 수가 없었다고 심리 과정에서 증언했습니다. 만약 그가 진짜로 공범이었다면 심리 과정에서 그걸 그렇게 쉽게 밝혔을까요? 자기가 직접 피고인한테 다 알려줬다는 걸 말이에요. 그 반대로 딱 잡아뗐을 테고, 사실을 반드시 왜곡하고 증거를 가능하면 적게 하려고 했을 거예요. 하지만 그는 왜곡도 안 했고 증거를 감추려고 하지도 않았어요. 죄가 없는 사람만이, 자기가 공범으로 몰리게 될까 봐 두려워하지 않는 사람만이 그렇게 행동합니다. 그랬었는데 그가 자신의 간질과 발생한 비극적 사태로 인한 우울증 증세로 어제 목매달아 죽었습니다. 목을 매달면서 독특한 문체로 쪽지를 남겼습니다. '나 스스로의 의지로, 나 스스로가 원해서, 아무에게도 죄를 전가하지 않기 위해 스스로의 목숨을 끊는다' 하고 말입니다. 그 쪽지에 그가 무슨 말을 덧붙여야 했었습니까? '살인자는 나다. 카라마조프가 아니다'라고요? 그런데 그 말을 덧붙이지 않은 게, 그거 말고 다른 고백은 양심에 따라 했지만 그 고백을 하기엔 양심이 안 받쳐줬기 때문이라고요?

그래서 어떻게 됐습니까? 아까 이리로, 법정으로, 돈이 도착했습니다. 3천 루블이요. 물적 증거로서 상에 놓여 있는 거, '바로 그 봉투에 들어 있던 거'라는 겁니다. '스메르쟈코프한테서 어제 받은 거'라는 거요. 하지만 배심원 여러분, 아까 있었던 그 서글픈 장면을 다 기억하시지요? 제가 자세한 내용을 상기시키진 않겠습니다. 다만 아주 사소한 것들 중에서 골라서 두세 가지 생각만 말하도록 하겠습니다. 바로 그것들이 사소한 것이기 때문에, 그래서 누구나 다 눈치채지는 못했을 수 있으므로 망각될 수 있으니까요. 첫째, 스메르쟈코프가 이번에도 양심에 따라서 어제 돈을 주고 스스로 목숨을 끊었다고 칩시다(왜냐하면 양심의 가책이 없었으면 돈을 안 줬을 테니까요). 이반 카라마조프가 스스로 발표한 대로 하면, 그는 어제 비로소 처음으로 이반 카라마조프에게 자신의 범행을 고백합니다. 여태까지는 계속 침묵을 지키고 있다가 말입니다. 자, 그는 고백을 했는데, 그럼, 다시 한번 반복하지만, 왜 자기의 유서에서 모든 진실을 밝히지 않았을까요? 그 이튿날 죄 없는 피고인이 최후의 심판을 받는 걸 알면서 말이에요. 돈만 가지고는 증거가 충분치 않잖아요. 저하고, 또 이 자리에 계신 두 분이 일주일 전에 한 가지 사실을 완전히 우연히 알게 됐습니다. 이반 표도로비치 카라마조프가 금리 5푼이 붙는 5천짜리 증권 두 장을 현금으로 바꾸라고 주청 소재지 도시로 사람을 보냈습니다. 그러니까 1만 루블이 되는 거죠. 제가 이 말을 왜 하나 하면, 돈은 일정한 때에 누구에게나 생길 수 있으므로, 그가 3천을 갖고 왔다는 것은 그게 반드시 그 서랍 혹은 봉투에서 나온 돈이라는 것을 증명할 수가 없다는 말을 하고 싶은 겁니다. 또, 이반 카라마조프는 어제 진짜 살인자에게서 그런 중요한 말을 듣고 나서 가만있었다는 겁니다. 왜 그 즉시 알리지 않았을까요? 왜 그 이튿날 아침까지 미뤘을까요? 저는 짐작해볼 수 있을 거 같습니다. 벌써 일주일 동안 건강 상태가 좋지 않았던 그가, 환각이 보인다고, 이미 고인이 된 사람들을 본다고, 오늘 결국 드러난 그 정신병 증세의 전조를 스스로 의사에게와 가까운 지인들에게 고백한 그가, 스메르쟈코프의 죽음에 대해 갑작스레 알게 되고 나서, 부리나케 다음과 같은 판단을 합니다. '그는 어차피 죽었으니까 그를 살인범으로 지목하자. 그리고 형을 구하자. 돈은 나한테 있다. 이 돈 뭉치를 갖고 가서, 스메르쟈코프가 죽기 전에 나한테 줬다고 말하자.' 여러분들은 그건 부정한 행동이라고 하시겠죠. 죽은 사람에 대해서도 거짓을 말하는 건 부정한 일이라고, 아무리 자기 형을 구하기 위한 것이라지만 그건 옳지 않다고 하시겠죠. 그런데 그가 무의식적으로 거짓을 말한 거라면 어떻게 하시겠습니까? 그가 이 하인의 갑작스런 죽음에 대한 소식을 듣고 이성이 결정적으로 마비되어, 자기 스스로 그렇게 공상해버린 거라면 말입니다. 아까의 그 모습을 보셨지 않습니까? 그 사람이 어떤 상태인지를요. 그 사람은 버젓이 두 발로 서서 이야기했지만, 이성은 어디에 있었습니까? 정신병 환자가 행한 아까의 증언 뒤로는 서류가 뒤따랐습니다. 피고인이 범행을 저지르기 이틀 전에 베르호프체바 씨에게 보낸, 앞으로 저질러질 범행의 자세한 프로그램이 담긴 편지였습니다. 프로그램과 그 작성자를 어디 딴 데 가서 찾을 필요가 뭐 있습니까? 바로 그 프로그램과 똑같이 이루어졌고, 다른 사람이 아니라 바로 그 작성자에 의해 이루어졌는데 말입니다. 네, 배심원 여러분, 그렇습니다. '써놓은 것처럼* 이루어졌습니다.' 그런즉 피고인은 조신한 태도와 두려움을 갖고서 부친 방 창문으로부터 달아난 것이 절대 아닙니다. 게다가 자기가 사랑하는 여자가 지금 부친과 함께 있다고 확실히 믿는 가운데서 그랬을 리가 없습니다. 그건 말도 안 되고, 신빙성이 없습니다. 그는 들어가서 일을 끝냈습니다. 아마 자

---

* 이 말은 '청산유수같이', '어디 하나 걸림이 없이'라는 뜻을 갖는 관용 표현을 문자 그대로 직역한 것으로서, 현재 검사가 하는 말에는 그 표현의 직역이 더 어울린다. 하지만 그 표현 속에 존재하는 숨은 뜻이 모든 러시아어 화자에게 익숙하므로, 러시아어 화자는 그 표현에서 이중적인 의미를 파악하게 되어, 검사의 말에서 독특한 인상을 받게 된다. 독자의 이해를 돕기 위해 한국어 관용 표현을 예로 들어 설명하자면, 한 도둑이 있다고 치자. 그 도둑이 자기의 한쪽 발을 오래 깔고 앉아 있었기 때문에 그 발이 저리다고 치자. 그 사실을 알게 된 다른 사람이 그에게, "도둑이 제 발 저리네" 하고 얘기했다면, 그 말은 문자 그대로 사실이기도 하고, 또 그 말을 들은 사람에게 '어디서 많이 듣던 얘긴데' 하는 생각을 불러일으켜, 평범치 않은(예를 들어 자기도 모르게 웃음이 나오는) 상황을 만들지 않는가? 본문에서 검사의 말을 듣는 사람들이 받을 독특한 느낌은 바로 그런 원리에서 비롯된다. - 역자 주

기가 증오하는 자기의 경쟁자인 부친을 보자마자 그는 분에 차서, 화가 머리끝까지 치밀어서 살인을 저질렀을 겁니다. 하지만 구리 절굿공이를 든 손을 한 번 휘둘러 순식간에 살인을 저지르고 나서, 그리고 이미 그 뒤에 자세히 찾아봤더니 그녀가 거기에 없다는 것을 확신하게 됐을 텐데, 그리고 나서도 그는 베개 밑에 손을 집어넣어 돈이 든 봉투를 꺼내는 일을 잊지 않았습니다. 그 돈을 쌌던 찢어진 봉투가 지금 물적 증거로서 저 상에 놓여 있습니다. 제가 이 말을 하는 이유는 여러분께서 하나의 상황을 염두에 두시라는 의미에서입니다. 제가 보기에 그 상황은 아주 특별한 의미를 갖습니다. 그 사람이 경험 많은 살인자이며, 더욱이 돈을 취하기 위해 살인을 행하는 자였더라면 그 사람이 돈을 쌌던 봉투를 바닥에 놓아뒀을까요? 결국 그 봉투는 시신 옆에서 발견됐거든요. 자, 범인이 만약 스메르쟈코프, 그가 돈을 취하기 위해 살인을 저지른 거라면, 그는 그냥 봉투째로 갖고 갔을 겁니다. 뭐 하러 자기가 죽인 자의 시신이 누워 있는 곳에서 봉투를 굳이 뜯습니까? 미리 알았지 않습니까? 봉투 안에 돈이 있는 것을요. 바로 그가 보는 앞에서 봉투에다 돈을 넣고 봉했었으니까요. 그리고 그가 봉투째 갖고 갔더라면, 돈을 훔치는 행위가 발생했다는 것조차 감쪽같이 모르게 할 수 있었지 않습니까? 제가 여쭙고 싶습니다, 배심원 여러분. 스메르쟈코프 같았으면 그렇게 행동했겠습니까? 봉투를 바닥에 놓아뒀겠습니까? 아닙니다. 그렇게 행동하는 사람은 바로 격정에 휩싸여 이미 판단력이 흐려진 살인자입니다. 살인범은 원래 도둑이 아니었습니다. 전에 한 번도 뭔가를 훔친 적이 없었습니다. 게다가 침상에서 돈을 빼내면서도, 자기가 도둑으로서 그 돈을 훔치는 게 아니라, 자기 돈을 훔쳐 간 도둑한테서 자기 돈을 갖고 간다고 생각했습니다. 드미트리 카라마조프는 그 3천에 대해서 바로 그렇게 생각했기 때문에 그 3천 얘기만 나오면 거의 미칠 지경이었던 것입니다. 자, 이제 그가 봉투를 손에 들었습니다. 그는 전에 그 봉투를 본 적은 한 번도 없습니다. 그는 돈이 들었는지를 확인하기 위해 봉투를 뜯습니다. 그 뒤 돈을 호주머니에 넣고 달아납니다. 자기가 바닥에 놓아둔 찢어진 봉투가 자기의 범행에 대한 엄청난 증거가 될 줄은 상상조차 못하고 말입니다. 그것은 다, 스메르쟈코프 아닌 카라마조프가 생각을 미처 못 했기 때문입니다. 머리가 그쪽으로 미처 돌아가지 못한 거죠. 그럴 여유가 어디 있었겠습니까? 그는 달아납니다. 그는 자기를 따라온 하인의 고함 소리를 듣습니다. 하인이 그를 붙잡아 멈추려다 구리 절굿공이를 맞고 쓰러집니다. 피고인은 불쌍한 마음이 들어 그에게 뛰어내립니다. 상상이 가십니까? 그는 자기한테 불쌍한 마음이 들어서 밑으로 뛰어내렸다고 주장합니다. 연민이 생겨서, 어떻게 도움을 줄 수 없을까 보기 위해 그랬다는 겁니다. 하지만 그때 상황이 그렇습니까? 그때가 그런 연민이나 보이고 있을 땝니까? 아닙니다. 피고인이 뛰어내린 것은, 자기의 범행을 목격한 유일한 목격자가 살았는지 아닌지 확인하기 위해섭니다. 그게 아닌 다른 감정이나 다른 동기를 가졌다는 건 자연스럽지 못합니다. 그가 그리고리의 머리의 피를 손수건으로 닦고, 그가 죽었다는 걸 확인하고는 정신이 멍해져서 피가 온통 묻은 채로 다시 그곳으로, 자기가 사랑하는 여자의 집으로 도로 달려옵니다. 자기가 온통 피가 묻은 몸이기 때문에 자기의 범행이 당장 드러날 거라는 생각을 왜 못 했을까요? 하지만 피고인이 스스로 우리에게 말하기를, 자기가 온통 피투성이라는 것에 신경도 안 썼다고 합니다. 충분히 그럴 수 있습니다. 그런 순간들에 범죄자들은 항상 그러곤 합니다. 한 가지 계산은 철저하게 해놓지만 다른 계산은 해놓을 생각을 못 하는 겁니다. 그는 그때, 그 여자가 어디에 있는지, 그것만을 생각한 겁니다. 그는 그 여자가 어디에 있는지를 될 수 있으면 빨리 알아내야 했습니다. 그래서 그는 그 여자의 집으로 달려왔는데, 그때 예상 못 했던 엄청난 소식을 접하게 됩니다. 그 여자가 자기의 '전 남자', '넘볼 수 없는 전 남자'와 모크로예에 갔다는 소식을 말입니다.

IX

검사 논고의 결말에 등장한
빠른 심리 분석과 질주하는 삼두마차 이야기

 자신의 심취와 몰두를 절제 없이 표현하는 초조한 성격의 연설자들은 다들 일부러 엄격히 설정된 틀을 추구하면서, 말을 풀어나갈 때 시간적 순서에 따르는 서술 방법을 사용하기를 아주 좋아하는데, 바로 그런 방법을 택했음이 명백한 이폴리트 키릴로비치는 자기의 말이 이 대목에 이르자 '전 남자', '넘볼 수 없는 전 남자'에 대해 특히 장황하게 늘어놓으면서, 이 주제를 가지고 나름대로 재미있는 생각들을 몇 가지 발표했다. "광란에 가까운 질투를 모든 사람들을 대상으로 드러내던 카라마조프가 '전 남자', '넘볼 수 없는 남자' 앞에서 갑자기 순식간에 픽 쓰러지듯 성질을 죽였습니다. 그가 맞게 된 또 하나의 위험, 즉 그가 예상 못 했던 경쟁자가 가져다줄 위험에 전에는 그가 거의 신경을 쓰지 않았다는 점부터가 이상합니다. 하긴 그가, 그 위험이 아직 멀었다고 생각했던 모양입니다. 카라마조프는 언제나 현재의 순간에 사는 사람이라서요. 어쩌면 그 위험을 허상으로 여겼을 수마저 있습니다. 하지만 그녀가 이 새로운 경쟁자를 숨기고 아까 그를 속인 것이, 별안간 나타난 이 경쟁자가 그녀한테 있어 분명히 환상이 아니고 허상이 아니기 때문이었다는 것을 자신의 아픈 가슴으로 순식간에 이해하고서, 그는 상황에 승복했습니다. 자, 저는 말씀입니다, 배심원 여러분, 피고인의 마음에 나타난 이 갑작스런 특징을 아무 언급 없이 그냥 지나칠 수가 없습니다. 피고인은 그런 특징을 절대로 발휘할 줄 모르는 거 같았었는데, 진실, 여성에 대한 존중, 그녀의 마음이 지니는 권리의 인정에 대한 절실한 요구가 갑자기 나타난 것이었습니다. 그것도 언제입니까? 바로 그녀 때문에 그가 자기 아버지의 피로 자기 손을 물들인 그 순간이었습니다. 물론 그가 흘린 피가 그 순간에 이미 복수를 외치고 있던 것도 사실입니다. 왜냐하면 자신의 영혼과 자신의 이 세상 운명을 망친 그로서 그 순간 저절로 다음과 같은 질문을 자기에게 던지게 됐기 때문입니다. 언젠가 자기가 망친 여자에게 자기의 잘못을 뉘우치고 돌아온 그 '전 남자', 새로운 사랑을 가지고, 정직한 의도를 가지고, 행복한 새 삶에 대한 약속을 가지고 돌아온 그 '넘볼 수 없는 남자'와 비교할 때 자신의 의미가 무엇인지, 자기가 자기 영혼보다도 더 사랑하는 존재인 그녀에게 이제 자기가 어떤 의미가 될 수 있는지에 대한 질문이었습니다. 쓸모없는 인간인 자기가 이제 그녀에게 무엇을 줄 수 있으며 무엇을 제의할 수 있는지에 대한 질문이었습니다. 카라마조프는 그걸 다 이해한 것입니다. 자기의 범죄가 자기의 모든 길을 막아버렸으며, 이제 그는 형을 받아야 할 범죄자이지, 삶이 눈앞에 펼쳐져 있는 사람이 아니라는 것을 말입니다. 그런 생각이 그의 의기를 소침하게 했고 짓눌러버린 것입니다. 그래서 그는 하나의 광적인 계획을 택합니다. 카라마조프가 자기 성격상, 자기가 처한 끔찍한 상황이 반드시 그렇게 끝날 수밖에 없다고 생각한 게 있었습니다. 그런 종국이야말로 그에게 있어 유일한, 피할 수 없는 종국이었습니다. 바로 자살이었습니다. 그는 관리 페르호친에게 자기가 맡겨놓은 권총을 찾으러 달려갑니다. 달려가는 길에 자기가 갖고 있던 돈, 방금 아버지의 피로 자기 손을 물들인 원인이 된 그 돈을 모두 자기 호주머니에서 꺼냅니다. 자, 이제 그에게 돈은 그 어느 것보다도 더 필요합니다. 카라마조프가 죽기 때문입니다. 권총 자살을 할 것이기 때문입니다. 사람들은 그것을 기억할 것입니다! 카라마조프는 괜히 시를 읊은 게 아니며, 카라마조프는 자기의 삶을 괜히 불태우지 않았습니다. 양초를 양쪽 끝에서 다 태우듯 말입니다. '그 여자한테 가자, 그 여자한테. 그리고 거기서 나는 여태까지 그 정도 것은 없었을 정도의 잔치를 온 세상을 대상으로 벌이는 거다. 사람들이 기억하고 오래오래 이야기하도록. 거친 고함 소리, 집시들의 광적인 노랫소리와 춤 가운데서 우리는 축복의 잔을 들고 사랑하는 여인이 새 행복을 맞이한 것을 축하하는 거다. 그리고 바로 그 자리에서, 그 여자의 발 앞에서, 그 여자가 보도록 나의 머리통을 박살내어

나의 삶을 벌하는 거다! 언젠가 드미트리 카라마조프를 기억하고, 드미트리가 자기를 얼마나 사랑했는지를 기억하고 드미트리를 불쌍히 여기겠지!' 하는 생각이었습니다. 생생하고 낭만적인 격정, 카라마조프적인 거칠고 걷잡을 수 없는 감정, 또 뭔가 다른 여러 가지가 풍부하지 않습니까, 배심원 여러분? 마음속에서 소리 지르는 무언가가, 두뇌를 쉴 새 없이 지끈거리게 하며 심장을 감염시키는 무언가가 많지 않습니까? 그 무언가는 바로 양심입니다, 배심원 여러분. 그것은 양심의 심판이요, 무서운 양심의 가책입니다. 하지만 권총이 모든 것을 해결해줄 것이었습니다. 권총이 유일한 출구였고, 다른 것은 없었습니다. 그 뒤엔……, 글쎄요, 카라마조프가 그 순간에 '저 세상에선 어떻게 될 것인가?' 하는 생각을 했는지는 모르겠습니다. 카라마조프가 저 세상에 무엇이 있을지 햄릿식으로 생각할 줄을 아는지 저는 모르겠습니다. 아닙니다, 배심원 여러분. 그쪽 사람들한테는 햄릿 같은 인간형들이 있을지 몰라도, 우리한테 해당하는 건 아직 카라마조프 같은 인간형입니다!"

여기서 이폴리트 키릴로비치는 드미트리가 어떻게 떠날 채비를 했는지, 페르호친 집과 상점에서의 장면, 마부들과의 장면을 매우 자세하게 펼쳐서 묘사했다. 그는 증인들에 의해 확인된 많은 말들과 동작들을 인용했다. 그런 장면들이 듣는 이들의 확신에 매우 큰 영향을 미쳤다. 중요한 것은 사실이 총체적으로 확신에 영향을 미쳤다는 것이다. 격하고 난폭한, 이미 자기를 돌보지 않는 피고인의 모습에서 반박할 수 없는 범죄자의 형상이 두드러져 나왔다. "이미 자기를 돌볼 필요가 없었어요" 하고 이폴리트 키릴로비치가 말했다. "피고인은 완전히 자백을 할 뻔한 게 두세 번이었고, 거의 암시로 자기 상황을 말했지만 끝까지 말하지 않았을 뿐입니다(여기서 증인들의 증언이 이어졌다). 심지어 가던 도중 마부에게, '네가 지금 살인자를 태우고 가는 거 알고 있냐?' 하고 말하기도 했습니다. 하지만 완전히 끝까지 말할 수는 없었습니다. 먼저 모크로예촌에 가서, 거기서 서사시를 완성해야 했기 때문입니다. 그런데 가보니 그를 기다리고 있는 게 뭐였습니까? 모크로예에 도착하자마자 그는 거의 즉시, '넘볼 수 없는' 경쟁자가 어쩌면 전혀 넘볼 수 없는 게 아닐 수 있다는 걸 보아 짐작하다가 결국 완전히 깨닫게 됩니다. 그러므로 자기가 권하는 새 행복을 축하하는 축복의 잔이 받아들여지지 않는 것 역시 깨닫습니다. 하지만 배심원 여러분께서는 심리 과정에서 검토된 사실들을 이미 알고 계십니다. 카라마조프가 경쟁자에게서 거둔 승리가 누가 보나 당연한 것이었고, 그때 그의 마음속에서는 완전히 새로운 변화가 시작됐습니다. 어쩌면 그의 마음이 겪은 적 있는, 그리고 앞으로 언젠가 겪을 수 있는 모든 변화들 중 가장 획기적인 변화가 일어난 것일 수도 있습니다. 배심원 여러분, 확실히 인정할 수 있는 바," 하고 이폴리트 키릴로비치가 소리 높여 외쳤다. "자연스러움을 거슬러 가슴을 죄로 물들이면 그것이 그 자체로서 이 땅의 그 어떤 재판보다도 더 제대로 된 죄의 대가를 치르게 합니다! 그뿐만 아니라 이 땅의 재판과 형벌로 인해 자연이 내리는 형벌의 무게가 오히려 경감되기까지 하며, 그런 순간들에 재판과 형벌은 범죄자의 마음에 절망으로부터의 구원을 가져다줍니다. 제가 왜 이렇게 말하나 하면, 그녀가 그 남자를 사랑하지 않는다는 것을 카라마조프가 알게 됐을 때, '전 남자'이자 '넘볼 수 없는 남자'를 그녀가 그를 위해 거부한다는 것을 그가 알게 됐을 때, 바로 그를, 드미트리 카라마조프를 그녀가 새 삶으로 초청하며 그에게 행복을 약속한다는 걸 알게 됐을 때 그가 겪은 경악과 정신적 고뇌를 저는 감히 상상할 수 없기 때문입니다. 그게 어떤 상황에서였습니까? 바로 그로서는 모든 것이 끝난 상황, 이미 아무것도 가능하지 못한 상황에 서였지 않습니까! 여기서 피고인의 당시 상황의 진짜 본질을 설명하기 위해 우리에게 매우 중요한 한마디를 언급하고 넘어가겠습니다. 그가 사랑하는 그 여자는 바로 그 최후의 순간까지, 그가 체포되던 순간까지 그로서는 범접할 수 없는 존재였습니다. 그가 극도로 갈망하지만 얻을 수 없는 존재였습니다. 왜, 왜 그가 그때 바로 권총 자살을 안 한 걸까요? 왜 자신의 결정을 저버리고 심지어 권총이 어디 있는지도 잊어버린 걸까요? 바로 이 불타는 사랑의 열정, 그리고 그 열정을 당장 그 자리에서 해소할 수 있으리라는 희망이 그를 멈추게 했던 것입니다. 술 파티의 여파로 정신이 혼란한 가운데 그는 자기가 사랑하는 여자의 곁을 떠나지 않았습니다. 그때 그 여자 역시 그와 함께 술 파티에 참여했으며, 그로서는 다른 어떤 때보다도 여자가 더욱 매력적으로 보였고 유혹적으로 보였습니다. 그는 그 여자한테서 떠나지 않으며 여자를 넋 놓고 보면서 자신을 잊습니다. 그 열정적인 갈망으로 그는 자기가 체포당할 것에 대한 걱정뿐만 아니라 심지어 양심의 가책도 잠시 동안 잊을 수 있었습니다. 잠시 동안이었습니다. 안타깝게도 잠시 동안만이요. 저는 당시 세 가지 요인에 의해 완전히 장악되어 어찌할 수 없는 노예적 굴종 상태에 있던 범인의 마음을 상상할 수 있습니다. 첫째, 술 취한 상태, 마비된 이성, 왁자지껄한 분위기, 춤추는 이들의 발 구르는 소리, 노래하는 이들의 목청 째지는 소리, 그리고 그녀, 술로 얼굴이 발개진, 노래하고 춤추는 그녀, 도취하여 그를 향해 웃는 그녀. 둘째, 숙명적 결말은 아직 멀었다는, 적어도 가깝진 않다는 데에 대한, 용기를 주는 먼발치의 꿈, 즉 이튿날에야, 아침이 되어야 사람들이 와서 자기를 체포해갈 거라는 생각. 그러니까 몇 시간이 남아 있던 거죠. 그건 많은 시간이었습니다. 아주 충분한 시간이었습니다. 몇 시간 동안 많은 것을 생각해낼 수 있었으니까요. 저는 범죄자를 사형시키기 위해 교수대로 데려갈 때 드는 마음 상태 비슷한 것이 그에게 있었다는 것을 상상합니다. '아직도 기나긴 길을 더 이동해갈 수 있어. 또 천천히 걸어서 수천 명의 사람들 옆을 지날 거야. 그다음에는 모퉁이가 있어. 거길 돌아야 비로소 다른 거리가 나와. 그 다른 거리 끝에 가야 비로소 공포의 광장이 있어…….' 저는, 사형수가 교수대를 향해 이동하는 길의 시작 시점에 그 치욕의 마차 위에 앉아 있을 때 자기 앞에는 아직도 삶이 많이 남아 있다고 느낄 거라고, 저는 바로 그렇게 생각합니다. 그래도 이제 건물들이 멀어져가고, 마차는 계속 이동합니다. 하지만 괜찮습니다. 이제 모퉁이를 돌아야 다른 거리가 나오는데, 모퉁이까지 아직 많이 남았으니까요. 그래서 그는 아직도 씩씩하게 오른쪽, 왼쪽을 둘러봅니다. 자기한테 호기심에 찬 냉담한 눈길을 박은 수천의 사람들을 살펴봅니다. 그는 자기가 아직도 그 사람들하고 다를 바 없는 사람이라고 여겨집니다. 하지만 벌써 다른 거리로 도는 모퉁이가 나옵니다. '아, 괜찮아, 괜찮아. 아직도 긴 거리가 남았잖아.' 건물들 몇 개가 뒤로 멀어져가도 그는 아직도 이렇게 생각할 겁니다. '아직도 건물들이 많이 남았는걸.' 그렇게 끝까지 생각합니다. 광장에 이를 때까지요. 저는 당시에 카라마조프도 그랬을 거라고 상상합니다. '아직 사람들이 발견 못 했을 거야' 하고 그는 생각했을 겁니다. '아직 무언가 길을 찾을 수가 있어. 내 자신을 보호할 계획을 세우기에 시간이 아직 있을 거야. 어떻게 반격할지 생각할 시간이. 지금은, 지금은…… 그녀가 너무 예쁘다!' 마음이 불안하고 무섭지만 그는 자기가 가진 돈 중 절반을 떼어 어딘가 숨기는 데에 성공합니다. 그게 아니라면 그가 부친의 베개 밑에서 방금 가져온 3천 중 절반이 어디로 사라졌는지 저는 설명을 못 하겠습니다. 그는 모크로예에 이미 처음 온 게 아닙니다. 그는 거기서 이미 이틀을 진탕 논 적이 있습니다. 그 큰 오래된 목재 가옥을 그는 잘 압니다. 헛간이며 회랑을 잘 압니다. 저는 돈의 일부가 바로 그때, 그가 체포당하기 얼마 전에, 바로 그 집에, 어느 틈에, 어떤 틈바구니에, 어느 마루청 밑에, 어느 구석에, 혹은 지붕 밑에 숨겨졌다고 추측합니다. 왜 숨겼을까요? 그건 당연한 거 아니겠습니까? 곧 큰일이 벌어질 건데, 그는 아직 어떻게 처리할지 결정을 못 했어요. 시간도 없었고, 머릿속은 계속 지끈거렸고 몸은 자꾸만 그녀에게 끌렸거든요. 그런데 돈은 어떻게 해야 됐었습니까? 돈은 어떠한 상황에서든 필요한 거예요. 돈 있는 사람은 어디서나 사람대접을 받습니다. 어쩌면 그런 순간에 그런 계산이 나온다는 게 부자연스럽다고들 생각하실지 모르겠네요. 하지만 피고인이 여러분한테 확실히 하는 말을 들으셨지 않습니까? 그보다 한 달 전에 이미, 그때도 역시 아주 불안했던, 피고인으로서 아주 치명적이었던 순간이었는데도, 피고인이 3천에서 절반을 떼서 방충제 주머니에 집어넣었다지 않습니까? 비록 그게 사실이 아닐지라도, 그게 사실이 아닌 건 이제 증명할 텐데, 비록 그게 사실이 아닐지라도, 카라마조프가 그렇게 할 가능성을 생각한 적이 있는 건 확실하지 않습니까? 그 밖에도, 피고인이 나중에 예심판사에게, 자기가 1500을 떼서 방충제 주머니에 넣었다고 주장할 때(사실 그런 건 전혀 존재한 적도 없지만), 그 방충제 주머니 얘기는 피고인이 그때 순간적으로 꾸며낸 얘기였을 것인데, 그 얘기를 꾸며낼 생각을 그렇게 금방 하게 된 것이 바로 그 두 시간 전에 돈의 절반을 떼서 거기 모크로예 어디에다 숨겨놓았기 때문입니다. 적어도 아침이 되기 전까지는 숨겼을 것입니다. 자기 몸에다 두면 안 된다는 영감이 불현듯 찾아와서 말입니다. 두 개의 심연을 기억하시죠, 배심원 여러분? 카라마조프는 두 개의 심연을 사색할 줄 압니다. 그것도 두 개를 한꺼번에요! 그 건물에서 우리가 수색을 행했지만 찾지 못했습니다. 어쩌면 그 돈이 아직 거기 있을지도 모릅니다. 어쩌면 그 이튿날 사라져서 지금 피고인한테 가 있을지도 모릅니다. 아무튼 피고인을 체포한 건 그 여자 옆에 있을 때였습니다. 피고인이 여자 앞에 무릎을 꿇고 앉아 있었고, 여자는 침대에 누워 있었습니다. 피고인은 여자에게 팔을 벌린 상태였는데, 그 순간 모든 것을 다 잊었는지, 체포하러 온 사람들이 가까이 다가오는 소리도 듣지 못했습니다. 피고인은 어떤 대답을 해야 하는지도 머릿속에 생각해놓지 못한 상태였습니다. 우리가 갑자기 덮쳐서 그는 마음의 준비를 못 해놓았던 것입니다.

그리하여 그는 지금 재판관들 앞에 있습니다. 자기 운명을 결정해줄 사람들 앞에요. 배심원 여러분, 임무를 수행하면서 우리는 어느 한 사람 앞에서 거의 무서움에 비할 것을 느끼는 적이 있습니다. 이 일은 사람을 다루는 일이라 무서운 법입니다. 모든 것이 끝장이라는 걸 스스로 느끼면서도 끝까지 저항하고 버티려 하는 범죄자를 볼 때, 그 안타깝고 끔찍한 장면을 관조하는 순간이 무섭습니다. 그것은 바로, 범죄자 안에서 모든 자기 보존 본능이 한꺼번에 고개를 들고, 처한 상황에서 빠져나오려고 그가 의문이 담긴 괴로운 시선으로 당신을 뚫어져라 쳐다보며 당신의 얼굴을 쫓고 당신의 생각을 잡으려고, 꿰뚫어 보려고 하는 순간입니다. 그는 당신이 어떤 식으로 자기를 공격할까 기다리며, 자기의 떨리는 마음속에서 순식간에 수천 개의 계획을 짜면서도 그걸 말하기는 두려워하고, 혹 말이 튀어나올까 봐 두려워합니다. 인간의 영혼이 굴욕을 겪는 그 순간들, 인간의 영혼이 거치는 그 역경, 자기 구원의 동물적 열망……, 이런 것들이 다 소름끼칩니다! 재판관도 그것을 보고 전율에 몸을 떨며, 범죄자에 대한 연민이 저절로 불러일으켜집니다. 우리가 그때 그 모든 것을 직접 목격했습니다. 처음에 그는 놀라서 아무 말도 못 하다가, 두려운 감정에 싸인 채 결국 몇 마디를 했는데, 그 말들이 다 그를 불리하게 하는 말들이었습니다. '살인 사건이라고요? 네, 그럴 만합니다!' 하는 말들이었습니다. 하지만 피고인은 금방 자숙을 했습니다. 무슨 말을 할 것인지, 어떻게 대답할 것인지를 말입니다. 그 모든 것이 아직 피고인에게 준비돼 있진 않았습니다. 하지만 밑도 끝도 없는 부인의 말은 준비돼 있었습니다. '아버지의 죽음에 있어 전 결백합니다!' 하는 말이었습니다. 일단 그 말을 해서 방어벽을 만들어놓고, 그 안쪽에서 또 무슨 책략을 세우고 무슨 바리케이드를 마련할 생각이었죠. 자기가 처음에 내뱉은, 자기를 불리하게 한 말을 피고인은 우리가 물어보기도 전에 서둘러 설명합니다. 하인 그리고리의 죽음에 있어서만 자기 죄를 인정한다고요. '그 죽음에선 제가 유죄입니다. 하지만 아버지는 누가 죽였습니까, 여러분? 누가 죽였습니까? 제가 아니라면 과연 누가 죽였단 말입니까?' 하고 말했습니다. 아시겠습니까? 피고인은 우리한테 물어봤습니다. 그 질문을 하러 자기한테 온 우리한테 말입니다. 미리 앞서 하는 그 말을 유심히 생각해보십시오. '제가 아니라면'이라는 말이요. 그 여우같은 교활함, 그 순진함, 그 카라마조프식 성급함을 보십시오. '죽인 건 내가 아니에요. 나라고는 생각도 하지 마세요' 하는 거 아니겠습니까? '죽이고 싶었어요, 여러분, 죽이고 싶었다고요' 하고 그는 재빨리 고백을 합니다(서둘러 고백을 합니다. 얼마나 서둘렀다고요!). '하지만 죄는 없습니다. 내가 죽인 게 아닙니다!' 하더라고요. 피고인은 죽이고 싶었다고 하면서 일단 우리에게 양보를 합니다. '내가 얼마나 솔직한지 아시겠죠? 그러니까 내가 죽인 게 아니라는 것도 믿게 되실 거예요'라는 겁니다. 그런 경우들에 있어 범죄자는 믿기 어려울 정도로 경솔하고 생각이 없는 태도를 보이곤 합니다. 그런데 그때, 마치 우연히 묻는 것처럼 우리가 물었거든요. '스메르쟈코프가 죽인 게 아닐까요?' 하고요. 그랬더니 우리가 예상했던 결과가 나왔어요. 피고인은 자기가 그 말을 하기 전에 우리가 먼저 물어봤다고 엄청나게 화를 냈어요. 스메르쟈코프 얘기를 꺼내는 게 가장 좋을 순간을 자기가 잘 보고 선택해서 꺼내려고, 아직까지는 기회를 노리고 있는 중이었는데 우리가 갑자기 꺼냈다고 말이에요. 피고인은 곧장 극단적인 태도를 보이면서, 스메르쟈코프가 죽였을 리가 없다고, 스메르쟈코프는 죽일 만한 능력이 안 된다고 알아서 먼저 주장하며 우리를 설득하려고 무진 애썼습니다. 사실 피고인이 보인 그런 극단은 그의 성격에 맞는 것이었죠. 하지만 그의 말을 믿지 마십시오. 그가 그렇게 나온 건 단지 교활함에서였습니다. 피고인이 스메르쟈코프를 완전히 부인하는 것은 전혀 아니었습니다. 그 반대로 그는 기회를 보아 스메르쟈코프를 내세울 생각이었어요. 왜냐하면, 스메르쟈코프 말고 누구를 내세우겠어요? 하지만 당장 내세울 건 아니었고, 좀 나중에 그럴 생각이었어요. 왜냐하면 그때 당장은 자기가 일단 스메르쟈코프를 부인했거든요. 피고인은 어쩌면 그 이튿날이나 혹은 며칠 뒤에 기회를 봐서 직접 이렇게 말할 생각이었어요. '아시다시피 당신들보다 내가 스메르쟈코프를 더 많이 부인했어요. 그건 당신들이 잘 기억하시잖아요. 하지만 이제는 나도 확신을 하게 됐어요. 그자가 죽인 거예요. 그자인 것이 당연해요!' 하면서 말이에요. 일단 그는 음울하고 초조하게 부인하는 입장을 우리에게 보입니다. 그런 반면, 참을성 없고 화를 잘 내는 성격 때문에 그는 아주 어설프고 신빙성 없는 설명을 하게 됩니다. 자기가 창문으로 아버지 방을 들여다보다가 조신하게 그 자리를 떴다고 말입니다. 하지만 그는 상황이 어떻게 됐는지 아직 몰라서 그렇게 말한 겁니다. 정신을 차린 그리고리가 한 증언에 대해서 모르고 말입니다. 우리는 몸수색으로 들어갑니다. 몸수색을 한다고 그는 화를 냅니다. 하지만 우리가 3천을 다 찾아내지 못했고, 아무리 조사해보아도 그가 가졌던 돈이 1500밖에 안 된다는 데에 머물렀으니, 그는 그 점에서 용기를 얻었습니다. 모두들 화가 나서 침묵하며 그럴 리가 없다고 생각하고 있을 때, 그제야 피고인은 방충제 주머니에 대한 아이디어를 생애 최초로 떠올린 겁니다. 그가 자기가 떠올린 아이디어가 말도 안 되는 거라고 느끼며 고민을 한 것은 의심할 바 없습니다. 그 아이디어를 어떻게 하면 좀 더 신빙성 있는 이야기로 들리도록 할까 하고 엄청나게 고민을 합니다. 그런 경우에 수사 당국이 무엇보다도 먼저 해야 할 일은 준비할 시간을 주지 않고 불시에 질문을 퍼붓는 겁니다. 범죄자가 정리가 안 되어 어수룩하고 신빙성 없고 모순투성이인 심중의 아이디어를 진술하도록 말입니다. 범죄자가 그것을 말하도록 하는 일은 그에게 새로운 사실을 갑자기 우연인 양 말함으로써만 가능합니다. 그 의미는 중요하되 범죄자가 여태까지 절대로 예상하지 못했을, 절대로 내다보지 못했을 정황을 말함으로써 말입니다. 그런 사실이 우리한테 준비되어 있었습니다. 이미 오래전부터 준비되어 있었습니다. 정신이 든 하인 그리고리가 한 증언입니다. 문이 열려 있었으므로, 그 안으로부터 피고인이 달려 나왔을 거라는 증언 말입니다. 그 문에 대해서 피고인은 완전히 잊고 있었습니다. 그 문을 그리고리가 봤을 수 있다는 것을 피고인은 완전히 잊고, 추측도 못 했습니다. 대단한 효과가 나왔습니다. 피고인이 벌떡 일어나서 갑자기 우리들한테 외쳤습니다. '스메르쟈코프가 범인이에요, 스메르쟈코프가요!' 하고 말입니다. 그럼으로써 자기가 마음속에 품어 가지고 있던 자신의 주된 작전을 자기도 모르게 정리 안 된 형태로, 신빙성 없이 들리는 형태로 발표한 것입니다. 왜냐하면, 스메르쟈코프가 죽였다면, 그는 피고인이 그리고리를 쓰러뜨리고 달아난 다음에야 죽일 수 있었기 때문입니다. 그리고리가 문이 열려 있는 것을 본 것은 쓰러지기 전이었으며 자기 침실에서 나올 때 그가 칸막이 뒤쪽에서 스메르쟈코프의 신음 소리를 들었다고 피고인에게 알리자 피고인은 진짜로 기가 죽었습니다. 저와 같이 일하는 우리의 훌륭하고 슬기로운 니콜라이 파르표노비치 님이 나중에 저한테 말씀하셨는데, 그 순간에 눈물이 날 정도로 피고인이 불쌍하게 여겨졌답니다. 바로 그 순간에, 상황을 바로잡고자 피고인은 우리에게 그 방충제 주머니 얘기를 서둘러 하게 된 겁니다. '알았어요, 그냥 말하죠. 어떻게 된 건지 들어보세요' 하면서요. 배심원 여러분, 그때로부터 한 달 전에 돈을 꿰매 붙였다는 이야기는 난센스일 뿐만 아니라 주어진 경우에서 꾸며낼 수 있는 가장 신빙성 없는 날조된 이야기라고 제가 간주하는 이유를 저는 이미 여러분께 밝혔습니다. 그것보다 더 신빙성 없는 이야기를 꾸며내나 못 꾸며내나 내기를 한다고 해도 아마 못 꾸며낼 겁니다. 중요한 것은, 자기가 이야기를 잘 꾸며냈다고 생각하고 승리감에 도취해 있는 자를 세부 사항들을 가지고 포위하여 까부술 수 있다는 것입니다. 현실에 항상 아주 풍부하게 존재하지만 전혀 큰 의미가 없는 듯이, 불필요한 듯이 보이는 사소한 것들이라서, 어쩔 수 없이 이야기를 꾸며내야 하는 불쌍한 이야기꾼들이 간과하거나 혹은 전혀 생각도 못 하는, 그런 세부 사항들 말입니다. 그런 이야기꾼들은 그런 순간에 거기까지 생각이 미칠 수가 없습니다. 그들의 두뇌는 전체적인 거대한 것만 창조해냅니다. 그런데 그들에게 그런 사소한 것에 대한 이야기를 불쑥 꺼내, 바로 그것으로 그들을 포획하는 것입니다. 피고인에게, '어디서 재료를 구해서 그 방충제 주머니를 만드셨어요? 누가 꿰매줬어요?' 하고 묻자, '제가 직접 꿰맸습니다'라고 하더군요. '헝겊은 어디서 구하셨는데요?' 하니까 피고인이 화를 내더군요. 자기로선 너무 화가 나는 사소한 일이었나 봅니다. 정말로 화가 날 정도로 사소한 일이라고 생각한 모양이더라고요. 사실 그런 대목에서는 다들 그렇게 나오는 법이에요. '내 셔츠에서 뜯어냈어요.' 그러더라고요. '좋습니다. 그러면 우리가 내일 드미트리 표도로비치 씨의 옷장을 뒤지면 한 조각이 뜯겨 나간 셔츠를 발견할 수 있겠네요.' 했습니다. 한번 생각해보세요, 배심원 여러분, 만약 우리가 진짜로 그 셔츠를 발견해냈다면(그런 셔츠가 진짜로 존재했다면 트렁크라든지 서랍장 속에서 발견 못 할 리 없지 않습니까?), 그럼 그건 피고인의 증언이 옳다는 명백한 증거가 되겠죠. 그러나 피고인은 그런 생각을 하지 못합니다. '전 기억이 안 납니다. 어쩌면 셔츠에서 뜯어낸 게 아니라 주인아주머니의 보닛을 쓴 것 같아요.' 그러더라고요. '무슨 보닛이요?' 그랬더니, '제가 주인아주머니의 것을 가졌어요. 나뒹굴고 있더라고요. 오래된 캘리코 천이요.' 그러더라고요. '그거 확실히 기억하시는 겁니까?' 했더니, '아니요, 확실히 기억하는 건 아니에요.' 그러더라고요. 그러면서 계속 화만 냈어요. 그런데 생각을 해보세요. 그게 어떻게 기억이 안 날 수 있어요? 사람이 겪을 수 있는 가장 무서운 순간들에는, 예를 들어 사형을 시키러 끌고 간단 말이에요, 그럴 땐 그런 사소한 것들을 기억하게 되어 있어요. 다른 건 다 잊어버려도, 길에서 무심코 보았던 초록색 지붕이랄까, 아니면 십자가 위의 갈까마귀 같은 것은 기억한단 말입니다. 피고인이 방충제 주머니를 꿰매 붙일 때 집에서 아무도 못 보게 혼자서 꿰매 붙였을 거 아니에요? 그러니 그는 자기가 바늘을 손에 들고서, 누가 갑자기 와서 자기가 들킬까 봐 조마조마해야 했던 그 굴욕적인 순간을 기억해야 맞는 것 아닙니까? 두드리는 소리가 들리자마자 벌떡 일어나 칸막이 밖으로 달려 나가야 했을 거 아닙니까(그의 집에 칸막이가 있습니다)? 하긴, 배심원 여러분, 제가 뭐 하러 이걸 꼬치꼬치 다 말씀드리는 거죠? 이건 다 세부 사항들이고 사소한 것들인데 말이에요!" 하고 이폴리트 키릴로비치가 갑자기 소리 질렀다. "그런데 피고인은 바로 지금 이 순간까지 그 얼토당토않은 설을 고집하고 있답니다. 이 두 달 동안 내내, 그의 숙명적 밤이었던 그날 밤부터 계속, 그는 자기가 먼젓번에 행한 공상에 가까운 증언을 이해가 가도록 풀어 말하지도 않았고, 그걸 설명해줄 만한 실제 상황도 전혀 갖다

붙이지 않았습니다. '그건 다 사소한 거고, 당신들은 그냥 내 말을 진실로 믿어라.' 이겁니다. 네, 우린 기꺼이 믿겠습니다. 우린 믿고 싶어 안달입니다. 증거 없이 그냥 말만 가지고 말입니다. 우리가 뭐 인간의 피에 굶주린 자칼이라도 됩니까? 피고인을 유리하게 하는 사실 하나라도 우리에게 지적해주신다면 우리는 기쁘겠습니다. 하지만 명백하고 실제적인 사실이어야 합니다. 피고인의 친동생이 피고인의 얼굴 표정을 보고서 맺은 결론 같은 것 말고 말입니다. 자기 가슴을 치면서 반드시 방충제 주머니를 가리켰을 거라는, 그것도 어둠 속에서 그랬을 거라는 지적 말고 말입니다. 우리는 새로운 사실을 접하게 되면 기쁠 것입니다. 그러면 우리가 먼저 우리의 논고를 빨리 취소하렵니다. 그렇지 않은 지금은 정의가 부르짖고 있습니다. 그러므로 우리는 우리의 주장을 고수하며, 아무것도 취소할 수 없습니다." 여기서 이폴리트 키릴로비치는 결말로 진입했다. 그는 마치 열병에 걸린 것 같았다. 그는 '돈을 훔치려는 저속한 의도를 가진' 아들에 의해 살해당한 아버지의 목숨을 개탄하는 것이었다. 그는 억울하게 울부짖는 비극적 사실의 총체를 확실히 드러내주려는 입장이었다. "그리고 제아무리 출중한 재능을 가지신 피고인의 변호인께서 무슨 말을 하시더라도," 하면서 이폴리트 키릴로비치가 참지 못하고 말을 터뜨렸다. "이 자리에서 여러분의 감각에 호소하는 달변과 감동적인 말들이 울려 퍼진다 할지라도, 여러분, 기억하시기 바랍니다. 지금 이 순간 여러분께서는 우리 성스러운 법정에 와 계시다는 것을 말입니다. 여러분이 우리의 정의를 옹호하는 분들이시며 우리 숭고한 러시아를, 그 근본과 그 가족과 모든 신성한 것을 수호하는 분들이라는 것을 말입니다. 여러분들께서는 지금 이 자리에서 러시아를 대표하고 계십니다. 그리고 여러분들이 내리실 판결은 이 홀에서만 울려 퍼질 것이 아니라 전 러시아에 울려 퍼질 것이며, 여러분의 말을 러시아 전체가 자기를 수호하는 재판관들의 말로서 듣고서, 여러분의 판결로 용기를 얻거나 혹은 고통스러워할 것입니다. 러시아에 고통을 주지 마십시오. 러시아가 거는 기대를 무색하게 하지 마십시오. 우리의 숙명적 삼두마차는 쏜살같이 질주합니다. 어쩌면 파멸을 향해 질주하는지도 모릅니다. 온 러시아에서 이미 오래전부터, 앞뒤 안 가리는 미친 질주를 멈추라고 두 팔을 쳐들고 부르짖는 물결이 일고 있습니다. 질주하는 삼두마차로부터 지금 아직 다른 민족들이 비켜선다면, 어쩌면 그것이 시인이 원하는 바처럼 삼두마차를 숭배해서가 아니라, 그냥 무서워서 그러는 것일 수도 있다는 점을 염두에 두시기 바랍니다. 무서워서 그러는 것일 수도 있고, 아니면 혐오스러워서 그러는 것일 수도 있습니다. 그나마 비켜서니까 그게 벌써 다행입니다. 어쩌다 갑자기 더 이상 비켜서지 않게 될 수도 있으니까요. 질주하는 환상 앞에 굳건한 장벽이 되어 버티고 설지도 모릅니다. 그래서 우리의 재갈 풀린 제멋대로의 미친 질주를 멈출 것입니다. 자기의 구원을 위해, 계몽과 문명을 위해 말입니다. 유럽으로부터의 그 다그치는 목소리들을 우리는 이미 들은 바 있습니다. 그 목소리들이 이미 울려 퍼지기 시작합니다. 그들을 미혹케 하지 마십시오. 계속 자라가는 그들의 증오를 친아들에 의한 친부 살해를 정당화하는 판결로 축적하지 마십시오!"

한마디로 말하자면, 비록 이폴리트 키릴로비치가 스스로 자기 말에 매우 몰두한 것은 사실이지만 말을 끝낼 때는 강한 감동을 주면서 끝냈다. 그가 불러일으킨 감명은 실로 큰 것이었다. 자신의 말을 마치고 그는 서둘러 나갔다. 그리고 되풀이하여 말하는데, 다른 방에 들어가서 그는 거의 졸도하다시피 했다. 박수가 울려 퍼진 것은 아니지만, 진지한 사람들은 그의 말이 마음에 들었다. 그의 말이 아주 썩 마음에 들지 않은 것은 여자들뿐이었고, 그래도 그의 달변 자체는 여자들도 마음에 들어 했다. 게다가 여자들은 그의 말이 가져올 결과를 전혀 두려워하지 않았고, 페츄코비치가 결과다운 결과를 낼 것이라고 기대하고 있었다. '결국 페츄코비치가 말을 시작할 거고, 물론 모두를 진압해버릴 거야!' 하고 말이다. 모두가 드미트리를 쳐다보았다. 검사가 연설하는 동안 그는 아무 말도 없이 주먹을 꽉 쥐고 이를 악물고 고개를 숙이고 앉아 있었다. 가끔가다 한 번씩만 고개를 들고 귀 기울여 듣곤 했다. 특히 그루센카에 대해 이야기가 나왔을 때 그랬다. 검사가 그녀에 대한 라키친의 의견을 말할 때 드미트리의 얼굴에는 경멸에 찬 독기 어린 미소가 떠올랐으며, 그만하면 꽤 잘 들리게, "베르나르 같은 놈들!" 하고 내뱉었다. 이폴리트 키릴로비치가 모크로예에서 자기가 드미트리를 어떻게 심문하면서 괴롭혔는지 이야기할 때 드미트리는 고개를 들고 강렬한 호기심을 갖고 귀 기울여 들었다. 연설의 한 부분에서 심지어 벌떡 일어나서 뭐라고 소리칠 듯했으나 그 욕망을 극복하고 단지 경멸하는 투로 어깨만 한 번 들썩였다. 연설 마지막 부분, 바로 모크로예에서 검사가 범인 심문 시 행한 업적들에 대한 그 부분과 관련하여 나중에 우리 사회에서는, "그 사람 결국 못 참고 자기 실력 자랑하더라" 하며 이폴리트 키릴로비치를 조롱해댔다. 휴정이 선포되었으나 아주 짧게, 15분만, 길어봤자 20분 휴정이었다. 청중 가운데에서 이야기들과 환호성들이 오갔다. 그중 나는 몇 가지를 기억해뒀다.

"대단한 발언이에요!" 하고 사람들의 한 무리에 섞여 있던 한 신사가 심각한 표정으로 말했다.

"인간 심리 얘기가 심하게 많았어요" 하는 다른 목소리가 들렸다.

"근데 다 사실이잖아요. 뭐라 반박할 수 없는 진실이잖아요."

"맞아요, 저 사람 그 방면에서 선수죠."

"그냥 결론을 내버렸잖아요."

"우리가 어떤 사람들인지도 가르쳐줬잖아요" 하고 또 한 목소리가 합세했다. "연설 시작할 때 들으셨죠? 우리 모두가 다 표도르 파블로비치 같은 사람들이라고."

"끝낼 때도 그랬잖아요. 비록 틀린 말이었지만."

"이해 안 가는 부분도 있었어요."

"자기 말에 자기가 좀 도취했었어요."

"억지가 많아요, 억지가."

"아니에요, 저 정도면 말 잘한 거죠. 사람의 운명이 어찌될지 몰랐었는데 저 사람이 답을 말해버렸네요, 헤헤!"

"변호인은 뭐라고 할까요?"

한편 다른 무리에서는 이런 대화가 오갔다.

"저 사람이 페테르부르크에서 오신 분 얘기를 한 거 있잖아요, 그건 안 했으면 나을 뻔했어요. '감각에 어필하더라도 어쩌고……' 그 얘기 말이에요."

"맞아요, 그 얘기는 괜히 했어요."

"얘길 하기 전에 한 번 더 생각해봤어야 되는데 말이에요."

"느긋하지 못한 성격이라서 그렇죠."

"우린 지금 이렇게 웃으면서 얘기하고 있지만, 피고인은 과연 심정이 어떨까요?"

"그러게 말이에요. 드미트리는 어떨까요?"

"변호인이 뭐라고 할지 궁금하네요."

또 다른 무리 가운데에서는 이런 대화가 들렸다.

"저 여잔 누구죠? 저 끝에 앉아 있는, 손잡이 달린 안경 갖고 있는 저 뚱뚱한 여자 말이에요."

"있어요. 장군 부인이었는데 이혼한 여자예요. 내가 알아요."

"아, 그래요? 손잡이 달린 안경 갖고서 아주……"

"저질이에요."

"뭘 그래요? 나름대로 괜찮은데."

"그 옆으로 두 자리 건너서 금발 여자 앉아 있잖아요. 저 여자가 더 안 나아요?"

"흠, 그건 그렇고, 그때 모크로예에 가 있는 걸 수사 당국이 그냥 정통으로 덮쳐버린 거네요. 그죠?"

"그게 뭐 어려운 일이었나요? 저 사람이 다 말했었는데요 뭐. 자기가 모크로예 간다고 여기서 벌써 몇 명한테 말했는데요?"

"떠벌리질 말았어야 하는데. 자기 자랑은 도대체 참질 못하니……"

"자기가 피해자라고 생각해서 그랬겠죠. 헤헤!"

"피해망상증은 아니고요? 어쨌든 듣자 하니 말이 너무나 많네요. 웬 말들이 다들 그렇게 긴지……"

"일부러 장중하게 보여서 기죽이려고 그러는 거죠. 삼두마차 얘기한 거 들으셨죠? '그쪽 사람들은 햄릿 같을지 몰라도, 우린 아직 카라마조프 같은 인간형들입니다!' 아, 그 말 괜찮았어요!"

"그거 자유주의를 신봉하는 흉내를 약간 내느라고 그런 거죠 뭐. 자기가 꿀린다고 생각하나 봐요."

"변호사한테도 자기가 꿀린다고 생각할걸요."

"그래, 페츄코비치 씨가 무슨 말을 할까요?"

"무슨 말을 하더라도 우리 촌놈들은 감동 못 시켜요."

"그럴까요?"

또 다른 무리에선 이런 대화가 오갔다.

"삼두마차 얘긴 참 멋있었어. 민족들 얘기한 거 말이야."

"그래, 맞아. 민족들이 그냥 가만있지 않을 거라고 얘기한 거 들었지?"

"응. 근데 왜?"

"영국 의회에서 지난주에 한 의원이 허무주의자들 얘기하느라고 일어났다가 정부 부처에다 물었대. 우리 같은 교육 못 받은 미개한 민족한테 간섭해서 교육을 시킬 때가 되지 않았냐고. 이폴리트가 한 건 바로 그 의원 얘기였어. 내가 알아, 그 의원 얘기란 거. 지난주에 그러지 않아도 그 얘기 했었거든."

"그놈들이 그게 맘대로 될까?"

"안 될 건 또 뭐 있어?"

"우리가 크론슈타트항을 걸어 잠그고 식량을 안 주면 어떡할 거야? 그놈들이 식량을 어디서 구할 거야?"

"뭐 아메리카에서 구하면 되잖아. 지금은 아메리카에서들 구한대."

"네가 어떻게 알아?"

그때 종소리가 울려 다들 자기 자리에 가 앉았다. 페츄코비치가 연단으로 올라왔다.

X
변호인 진술에서 언급된 이중적 측면

유명한 연설자의 첫마디가 터지자 모두가 숨을 죽였다. 홀 안의 모든 사람이 그를 뚫어져라 바라보았다. 그는 아주 직선적으로, 쉽게, 신념 있게 말을 시작했고, 오만함은 조금도 찾아볼 수 없었다. 말을 멋있게 하려는 시도도, 감흥을 불러일으키는 어조도, 감정에 어필하는 여운을 지니는 단어들도 전혀 없었다. 동정하는 사람들로 구성된 친밀한 동아리 내에서 말을 시작한 사람 같았다. 그의 목소리는 훌륭했고 컸고 듣기가 좋았다. 목소리 자체에서 이미 무언가 진실하고 순박한 것이 들리는 듯했다. 하지만 그의 말을 듣던 모든 이들은, 이 연설자가 순식간에 진정 애절한 어조로 넘어가 '불가사의한 힘으로 감동의 도가니를 창출할'[61] 수 있다는 생각을 즉시 한 것도 사실이다. 이폴리트 키릴로비치와 비교할 때 그는 연설의 규칙에 들어맞게 말을 한 건 아니었어도 장황한 문장을 쓰지 않았고, 정확한 표현에 있어서는 더 나았다. 단 한 가지가 여자들의 마음에 안 들었다. 그는 왠지 계속 허리를 굽히려 들었다. 특히 연설 시작 시점에 그랬다. 그건 절하는 게 아니었고, 마치 자기 말을 듣는 사람들한테 몸으로 가까이 가려는 몸짓인 듯했는데, 자신의 그 기다란 몸뚱이의 딱 절반이 청중 쪽으로 기울어 있었다. 마치 그 기다랗고 가느다란 그의 등 한 중간에 허리를 거의 90도로 꺾을 수 있도록 경첩이라도 달려 있는 것 같았다. 그의 연설 시작 부분은 어쩐지 산만하고 체계가 없는 것 같았다. 사실들을 연결 고리 없이 다 제각각으로 다루는 것 같았다. 하지만 종국에 가서는 총체적인 그림이 그려졌다. 그의 연설은 전반과 후반으로 양분할 수 있었는데, 검사의 논고에 대한 비판과 반박이었던 전반에선 매섭게 비꼬는 투도 가끔씩 나왔다. 그 반면 연설의 후반에서는 그가 갑자기 자신의 톤뿐 아니라 태도마저 바꾸어, 듣는 이에게 강렬한 감흥을 끼치는 쪽으로 확 옮아갔다. 청중은 바로 그것을 기다렸다는 듯 기뻐 날뛰었다. 그는 사건을 직접적으로 파고들어 말하기를, 자기 무대는 페테르부르크지만 자기는 피고인들을 변호하러 여러 차례 러시아 도시들을 방문해왔다고, 하지만 그것은 자기가 변호를 맡은 피고인들이 무죄라는 확신 혹은 예감이 있는 경우였다고 했다. "지금의 경우도 마찬가지였습니다" 하고 그가 설명했다. "처음에 나온 신문 기사들을 볼 때부터 저는 이미, 피고가 무죄라는 느낌이 뇌리를 거세게 때렸습니다. 한마디로 저는 법률적 사실에 가장 먼저 관심을 갖게 되었습니다. 비록 그런 사실은 재판 때 자주 반복되는 것이긴 하지만 말입니다. 하지만 지금의 경우만큼 그런 사실이 그토록 눈에 띄게 부각된 적은 없었습니다. 그 사실을 말로 표현하면 무엇인지는 제 말의 결말 부분에 가서 밝혀야 하겠습니다. 제가 말을 마칠 때 말입니다. 하지만 제가 하는 생각은 처음 부분에 말할 수 있습니다. 왜냐하면 저는 대상에 막 바로 뛰어들지 않고는 못 배기는 성격이라서 말입니다. 거두고자 하는 효과와 끼치려고 하는 인상이 아무리 나중을 겨냥한 것이라 해도 저는 일단 그것들을 숨기며 아끼는 수법을 잘 쓸 줄 모릅니다. 제가 계산이 부족해서 그런 건지는 몰라도, 그 대신 전 솔직합니다. 그 저의 생각이라는 것은, 제가 갖고 있는 공식은, 다음과 같습니다. 대부분의 증거들이 피고인을 불리하게 하는 것이지만, 그럼에도 불구하고 그것들을 각각 살펴볼 것 같으면 그 자체로서 비판에 처해지지 않을 만한 증거는 하나도 없습니다! 소문들과 신문들을 계속 조사해보면 볼수록 저는 점점 더 제 생각을 굳히게 되었는데, 그러던 중 갑자기 피고인의 가족들에게서 피고인을 변호하러 와달라는 초청을 받았습니다. 저는 곧장 이곳으로 서둘러 왔고, 이곳에 와서 저는 최종적으로 제 생각을 굳히게 되었습니다. 무서운 증거들의 총체를 파괴하고, 피고인이 유죄라는 증거 하나하나를 개별적으로 따져 그 불충분성과 비현실성을 내보이기 위하여 저는 이 사건에서 변호를 맡았습니다."

변호인은 그렇게 운을 떼고 나서 별안간 엄숙하게 선언했다.

"배심원 여러분, 저는 이 고장에 온 지 얼마 되지 않은 사람입니다. 제가 여기서 받은 인상은 모두 선입견 없이 받은 인상입니다. 피고인이 성격이 다혈질적이고 행동이 방종적이라지만 전에 피고가 저한테 잘못한 것은 하나도 없습니다. 이 읍에 사시는 분들 중 피고인에게서 무례한 행위나 모욕을 당한 적 있는 분이 어쩌면 백 명쯤 될지도 모르지만 말입니다. 바로 그래서 많은 사람들이 미리부터 피고인에 대하여 부정적인 선입견을 갖고 계신 거겠죠. 물론 이곳 사회의 윤리 의식이 피고인에 대하여 적대적으로 야기된 건 정당한 일이라고 저도 인정합니다. 피고인이 난폭하고 방종을 일삼으니까요. 하지만 이곳 사회에서 피고인을 있는 그대로 받아들인 것도 사실입니다. 심지어 우리의 재능 많으신 검사님의 가정에서도 피고인에게 친절히 대해주셨습니다(Nota bene. 그가 이 말을 할 때 청중 가운데서 두세 명의 웃음소리가 들렸다. 비록 얼른 그치긴 했지만 모두가 다 들었다. 검사는 드미트리를 자기 집으로 들이는 게 싫었지만 그의 아내가 왠지 드미트리가 호기심이 가는 사람이라고 했으므로 할 수 없이 집으로 들였었다. 그의 아내는 아주 덕이 많고 예절 바른 사람이었으나 공상이 심하고 변덕스러웠으며, 어떤 경우에는, 그것도 주로 사소한 일에 있어서 자기 남편한테 반론을 펴곤 했다. 한편 드미트리가 그 집을 방문하는 건 자주 있는 일은 아니었고, 다분히 드물었다). 어쨌든 저는 감히 이런 가정을 해보렵니다. 검사님께서 갖고 계신 그런 자주적이고 정의감에 넘치는 성품 속에서도 불쌍한 제 의뢰인을 유죄로 모는 잘못된 선입견이 형성될 수 있었다는 가정 말입니다. 그것은 자연스러운 현상입니다. 불쌍한 제 의뢰인의 행동을 보면, 충분히 사람들이 선입견을 가지고 그를 대할 만합니다. 윤리관에 대한, 뿐만 아니라 특히 미적 감각에 대한 모욕은 용서받을 수 없는 경우가 있습니다. 물론 재능 많으신 검사님의 연설을 통해 우리 모두는 피고인의 성격 및 행동의 엄밀한 분석을 들었고, 사건에 대한 엄격한 비판적 태도를 이해했습니다. 더욱 중요한 것은, 우리에게 사건의 본질을 설명하기 위하여, 어느 정도나마 의도적이고 앙심이 동반된 선입견에 기인하여 피고인 개인을 대했더라면 그런 심오한 분석을 절대 해내지 못했을 거라는 심오한 심리학적 명제가 내세워졌다는 것입니다. 하지만 이와 유사한 경우들에, 사건에 대하여 고의적으로 앙심을 품는 태도보다 심지어 더 나쁜, 더 치명적인 것들이 있습니다. 예를 들어 그 어떤, 말하자면, 예술혼의 작열, 열렬한 창작 정신, 말하자면 소설을 창조하고 싶은 열의[62]가 우리를 사로잡는다면 바로 그렇게 된다는 겁니다. 특히 신이 선사하신 풍부한 심리학적 재능이 갖춰진 가운데라면 더욱더 그렇게 될 우려가 있습니다. 제가 아직 페테르부르크에 있을 때, 이곳으로 오려고 준비할 때, 섬세하고 심오한 지식을 가진 심리학자가 이곳에서 저의 맞수가 될 것이라고 저는 미리 통보를 받았습니다. 사실 굳이 통보를 받지 않아도 스스로 알고 있었습니다. 역사가 아직 오래되지 않은 우리의 법조계에서 자신의 심리학적 자질로 이미 특별한 명성을 날린 분인 것을 알았습니다. 하지만 여러분, 심리학이라는 건, 물론 그게 심오한 학문이기는 해도, 이중적 측면을 지닌 존재입니다(청중 가운데 웃음이 일었다).* 여러분, 제 비유가 너무 진부했다면 용서하십시오. 저는 아주 멋들어진 달변에 능통치 못합니다. 하지만 어쨌든 예를 들어보기로 하겠는데요. 검사님의 말씀 중 처음으로 귀에 들어온 것부터 들기로 하죠. 피고인이 밤에 정원

---

* 여기서 변호사가 '이중적 측면을 지닌 존재'라는 뜻으로 이해되는 표현을 사용했는데, 이는 관용 표현이며 '두 개의 끄트머리가 있는 막대기'라고 직역할 수 있다. 그러므로 듣는 사람들이 단어들을 곧이곧대로 알아듣는다면, 자기도 모르게 느껴지는 문체의 기복 같은 것 때문에(예를 들어, 세련된 말들만 계속 나오다가 갑자기 너무 촌스럽거나 평범한 말이 나온 경우) 웃을 수 있다. - 역자 주

에서 달아나던 중 담을 넘다가, 자기 발을 붙잡은 하인을 구리 절굿공이로 쳐서 쓰러뜨립니다. 그 뒤 즉시 정원으로 다시 뛰어내려, 5분 동안이나 쓰러진 피해자를 이모저모 살피며 죽었는지 아닌지 알아내려 합니다. 이 대목에서 검사님은, 자기가 그리고리 노인이 불쌍하게 여겨져서 뛰어내렸다는 피고인 진술의 정당성을 조금도 믿으려 하지 않습니다. '그런 순간에 그런 동정심이 있을 수가 있느냐? 그건 부자연스럽다. 피고인이 뛰어내린 것은 자기의 악행을 목격한 유일한 목격자가 살아 있는지 죽었는지 확인하기 위해서다. 피고인이 다른 동기로, 다른 갈망이나 감정에 따라 정원으로 뛰어내렸을 리는 없으니까'라는 겁니다. 그게 바로 심리라는 거죠. 하지만 똑같은 심리를 사건에 적용시키되, 다른 쪽 끝에서 접근시켜봅시다. 그러면 훨씬 그럴 듯하게 들릴 겁니다. 살인자가 조심을 기하느라고, 즉 목격자가 살았는지 죽었는지 확인하느라고 뛰어내립니다. 그런데 그는, 검사님 스스로의 증언에 따르면, 자기가 죽인 아버지의 방에다 자기를 살인범으로 몰리게 할 만한 엄청난 증거를 남겼습니다. 뜯어진 봉투, 그 안에 3천이 들어 있었다고 표면에 쓰인 봉투 말입니다. '그가 그 봉투를 가지고 갔더라면 봉투가 존재했고 그 안에 돈이 있었다는 것을 이 세상 아무도 알아내지 못했을 거다. 그러므로 돈은 피고인이 훔쳐 간 것이다.' 이 말은 검사님이 스스로 하신 말씀입니다. 어떻게 그럴 수가 있습니까? 거기서 피고는 조심성을 기하지 못하고 겁을 먹고 당황하여 바닥에 증거를 남겨놓고 달아났습니다. 그런데 그로부터 2분쯤 뒤에 다른 사람을 쳐서 죽인 다음에는 곧바로 그렇게 냉정하고 계산적인 태도가 발현되어, 증거가 발견될까 봐 조심성을 기합니다. 좋습니다. 어쩌다 보니까 그렇게 됐다고 칩시다. 바로 그 점에 심리의 미묘한 측면이 있는 거겠죠. 한 상황에선 내가 코카서스의 독수리처럼 독하고 예리하지만 그다음 순간엔 보잘것없는 두더지처럼 맹하고 소심한 법이겠죠. 하지만 쳐서 쓰러뜨린 뒤에 뛰어내려 목격자가 살았는지 아닌지 보려고 할 만큼 내가 독하고 치밀하고 계산적이라면, 내가 죽인 두 번째 사람을 살펴보느라고 5분이나 소비할 필요가 있었나요? 그새 또 다른 목격자나 만들게요? 피해자 머리의 피를 닦아 내 손수건을 적실 필요는 왜 있어요? 나중에 그 손수건이 나를 불리하게 만드는 증거가 되라고요? 그렇지 않아요? 피고인이 만약 그렇게 계산적이고 치밀하다면, 뛰어내린 다음에 그 쓰러진 하인의 머리를 바로 그 절굿공이로 다시 한번, 다시 한번 쳐서 확실히 죽일 필요가 있었지 않겠어요? 그렇게 해서 증인을 없애야 걱정이 없겠죠. 그뿐만 아니라 또, 나에 대해 불리한 증언을 할 목격자가 살았는지 아닌지 확인하러 내가 뛰어내린다 이겁니다. 그 뒤 길에다가 또 다른 증거를 남길 거 같습니까? 내가 두 명의 여자가 보는 앞에서 챙겨 갖고 온 그 절굿공이 말입니다. 그 두 여자는 언제든지 그 절굿공이가 바로 그 절굿공이라며, 내가 바로 자기네 집에서 갖고 간 거라며 증언할 수 있을 텐데 말이에요. 그것도 당황해서, 정신이 없어서 절굿공이를 길에다 떨어뜨리고 안 갖고 간 게 아닙니다. 피고인은 그 무기를 힘껏 내던진 겁니다. 그게 그리고리가 피해를 입고 쓰러져 있던 곳에서 열다섯 발짝쯤 떨어진 곳에서 발견됐으니까요. 피고인이 왜 그렇게 행동했을 거 같습니까? 왜냐하면, 괴로웠던 거예요. 자기가 사람을 죽였으니까, 늙은 하인을 죽였으니까요. 바로 그래서 그렇게 행동한 거예요. 그래서 어찌할 바를 몰라서 저주를 퍼부으며 절굿공이를 내던졌겠죠. 살인의 도구니까요. 그게 아니라면 그걸 그만큼 멀리 던질 이유가 없어요. 자기가 사람을 죽였으므로 그 사람이 불쌍하고 자기 마음이 아팠다는 것은 물론 부친을 안 죽였다는 거예요. 부친을 죽였다면, 또 다른 피해자가 불쌍해서 다시 뛰어내렸을 리가 없어요. 그래도 뛰어내렸다면 그건 무언가 다른 감정 때문이었을 거예요. 불쌍하다고 느낄 상황이 아니었으니까요. 자기 달아나기 바빴으니까요. 그건 물론입니다. 다시 말하지만, 뛰어내렸다면 머리를 박살을 내기 위해 그랬을 거예요. 5분이나 안절부절못하고 있을 필요가 어디 있습니까? 불쌍해하는 선량한 감정이 든 것은 양심이 깨끗하기 때문이었어요. 이건 그러니까 다른 심리네요. 배심원 여러분, 제가 지금 일부러 심리를 들먹여 얘기한 겁니다. 심리 분석을 통해서도 나오는 결론은 아주 여러 가지일 수 있다는 걸 보여드리기 위해서요. 심리 분석을 누가 하느냐에 달려 있습니다. 심리학에 골몰하면 아무리 진지한 의도를 가진 번듯하신 분일지라도 소설을 쓰게 되기 십상입니다. 전혀 자기도 모르게 그렇게 되는 겁니다. 저는 심리학에 심하게 심취하는 경우를 말씀드리는 겁니다, 배심원 여러분. 심리학을 악용하게 되는 경우를 말입니다."

이때 청중 가운데서 다시금 동의의 뜻이 담긴 웃음소리가 들렸다. 검사를 두고 하는 소리인 걸 알아차린 것이다. 변호인 진술을 다 속속들이 여기에 늘어놓진 않겠고, 중요한 몇 군데만 취하기로 하겠다.

XI
돈은 없었고 도난 사건도 없었다

변호인의 진술에서 모두를 깜짝 놀라게 한 대목이 있었는데, 그것은 그 운명의 3천 루블의 존재를 그가 완전히 부인한 일이다. 그랬으니 물론 훔쳤을 가능성도 부인된 것이다.

"배심원 여러분," 하면서 변호인이 말을 이었다. "본 사건에서 선입견을 안 갖는 사람이라면 한 가지 특이한 상황에 놀라게 될 것입니다. 그것은, 절도죄가 들먹여지고 있는데, 그럼에도 불구하고, 그 죄가 성립된 것을 실제적으로 증명할 수가 없다는 것입니다. 무엇이 도난당한 겁니까? 돈이 도난당했다고들 합니다. 3천이라는 돈이요. 하지만 그 돈이 실재했습니까? 그건 아무도 모릅니다. 판단해보십시오. 첫째, 3천이라는 돈이 있었다는 걸 우리가 어떻게 알았습니까? 누가 봤습니까? 그 돈이 문구가 쓰인 봉투에 넣어져 있었다는 건 하인 스메르쟈코프만 보았고, 그가 그렇다고 증언했습니다. 사건이 터지기 전에 바로 그가 피고인과 그의 동생 이반 표도로비치에게 그 정보를 알렸습니다. 스베틀로바 씨한테도 알려졌습니다. 하지만 이 세 사람은 그 돈을 보진 못했습니다. 본 건 오직 스메르쟈코프입니다. 그런데 여기서 저절로 의문이 생깁니다. 그 돈이 있었고, 그 돈을 스메르쟈코프가 보았다는 게 사실이면, 스메르쟈코프가 그 돈을 마지막으로 본 게 언젭니까? 주인이 그 돈을 침구 밑에서 빼내어 다시 함에 집어넣고 그걸 스메르쟈코프에게 말을 안 했을 수도 있지 않습니까? 스메르쟈코프의 말에 따르면 돈이 침구 밑에, 쿠션 밑에 있었습니다. 그러므로 피고인은 그 돈을 쿠션 밑에서 꺼내야 됐던 게 맞겠지요? 그런데 잠자리는 하나도 흐트러지지 않은 상태였습니다. 그 점은 조서에 상세히 적혀 있습니다. 피고인이 침구를 어떻게 조금도 흐트리지 않을 수 있었을까요? 게다가 손에 피까지 묻었을 텐데,

그때 일부러 깔았던 얇은 새 시트를 어떻게 안 더럽힐 수 있었을까요? '그럼 바닥에 있던 봉투는 뭡니까?'라고 물으시겠죠? 바로 그 봉투에 대해 이야기를 할 필요가 있습니다. 전 아까 어느 정도 놀라기까지 했습니다. 재능 많으신 검사님께서 이 봉투에 대해 말씀을 꺼내시고는 갑자기 스스로, 아시겠어요, 여러분? 스스로 그렇게 말씀하셨어요. 스메르쟈코프가 살인범이라는 추측은 말도 안 된다고 말씀하시는 그 대목에서 말이에요. '이 봉투가 없었더라면, 이 봉투가 바닥에 증거로서 남지 않았더라면, 절도범이 가지고 갔더라면, 봉투가 있었고 그 안에 돈이 있었다는 사실을 알게 될 사람이 이 세상에 아무도 없었을 것이므로, 이는 곧 피고인이 훔쳐 간 것이다'라고요. 자, 그러면, 문구가 쓰여 있는 그 찢어진 종잇조각이, 검사님 스스로가 인정하신 대로, 피고인이 절도범이라는 유일한 증거가 됐다는 겁니다. '안 그랬다면 절도가 이루어졌다는 것을 아무도 몰랐을 거고, 어쩌면 돈이 있었다는 것도 아무도 몰랐을 수 있습니다.' 그러셨단 말입니다. 하지만 그 종잇조각이 바닥에 널브러져 있었다는 것이 곧 그 안에 돈이 있었고 돈이 도난당했다는 것의 증거가 된다고 할 수 있습니까? '하지만 봉투 안에 돈이 든 걸 스메르쟈코프가 봤지 않습니까?' 하시겠죠? 하지만 제 말은, 그가 마지막으로 본 게 언제냐는 겁니다. 제가 스메르쟈코프와 이야기를 나눠봤는데요, 사건이 터지기 이틀 전에 자기가 봤다고 하더군요. 자, 예를 들어 이런 상황도 가정해볼 수 있지 않습니까? 표도르 파블로비치 노인이 문을 잠그고 집 안에 혼자 있으면서 안달을 하며 자기의 사랑하는 여자를 기다리다가, 할 일이 없으니까 갑자기 봉투를 꺼내서 뜯어볼 생각을 한 거예요. '음, 봉투에 넣어져 있으니까 어쩌면 안 믿으려 할 수도 있겠네. 100루블짜리 지폐 삼십 장 뭉치를 그냥 보여주는 게 낫겠다. 그러면 분명히 효과가 더 금방 날 거야. 갖고 싶은 마음이 금방 생기겠지' 하면서 그는 봉투를 뜯어 돈을 꺼내고, 봉투는 바닥에 버립니다. 자기 봉투를 자기가 버리는데, 증거가 되느니 어쩌느니 걱정할 필요가 전혀 없죠. 배심원 여러분, 잘 들어보십시오. 이런 추측이 매우 신빙성 있지 않습니까? 그렇게 되지 말았으리라는 법이 어디 있습니까? 한편 그런 일이 일어났다면 절도죄는 저절로 무효가 되겠죠. 돈이 없었으니 도난도 없었던 거죠. 만약 봉투가 바닥에 놓여 있던 게 그 안에 돈이 있었다는 증거가 된다면, 그럼 제가 그 반대의 것을 주장하지 못할 이유가 뭐 있습니까? 봉투가 바닥에 널브러져 있던 것은 그 안에 돈이 없었기 때문이라고요. 돈은 주인이 스스로 미리 봉투에서 꺼냈다고요. '그렇다면, 봉투에서 표도르 파블로비치가 돈을 꺼냈다면, 그 돈은 대체 어디로 갔느냐? 그 집을 수색해봤는데 못 찾았다'고 하시겠죠. 첫째, 그의 함에서 돈의 일부가 발견됐고요, 둘째, 그가 아침에, 혹은 그 전날 벌써 돈을 꺼내서 어떻게 처리를 했거나 누구한테 주었거나 보냈거나 혹 자기의 생각과 행동 계획을 근본적으로 바꾸고 거기에 대해 스메르쟈코프에게 사전 보고를 할 필요를 전혀 느끼지 못했을 수도 있죠. 그리고 그런 추측이 가능하기만이라도 하다면, 절도 목적의 살인 행위가 피고인에 의해 이루어졌으며 절도 행위가 실제로 있었다고 어떻게 그렇게 집요하고 확고하게 주장할 수 있습니까? 그러다 우리는 소설의 영역으로 들어가게 됩니다. 그 무언가가 도난당했다면 그 도난당한 것을 보여주거나 아니면 적어도 그것이 존재했다는 것을 확고하게 증명해야 합니다. 그런데 지금 우리는 그 도난당한 것을 아무도 보지 못한 상태입니다. 얼마 전 페테르부르크에서 소규모 행상인으로 일하던 한 젊은이가, 거의 소년이라 할 수 있는 만 열여덟 살짜리 젊은이가 벌건 대낮에 도끼를 들고 환전상에 들어가 좀처럼 보기 드문 대담함으로 상점 주인을 죽인 후에 1500루블을 가져갔습니다. 그는 다섯 시간쯤 뒤에 체포되었는데, 그가 그 시간 안에 써버린 15루블 말고는 그 1500이 그에게서 그대로 발견되었습니다. 또 살인 사건이 일어난 다음에 상점에 돌아온 점원이, 도난당한 돈의 액수뿐만 아니라 그 액수가 어떠한 지폐들로 구성됐었는지, 즉 무지갯빛 지폐가 몇 장이었고 파란색 지폐가 몇 장이었고 붉은색 지폐가 몇 장이었고 금화가 몇 닢이었는지, 그게 다 얼마짜리였는지도 경찰에 알렸는데, 체포된 살인범한테서 발견된 것이 바로 그런 지폐와 그런 동전들이었습니다. 게다가 살인범이 자기가 살인을 했고 바로 그 돈들을 갖고 갔다고 완전히 솔직하게 자백을 했습니다. 이런 것을 저는 증거라고 부르렵니다, 배심원 여러분! 그런 경우라면 제가 돈을 눈으로 보고 만질 수 있으므로 돈이 없다느니 없었다느니 하고 말할 수 없습니다. 하지만 지금이 그런 경우입니까? 게다가 지금 이 사건은 한 사람의 생사가 걸린, 한 사람의 운명이 걸린 사건입니다. '하지만 저 사람이 그날 밤 진탕 술 마시고 노는 데에 돈을 물 쓰듯 썼잖아요. 1500루블이 저 사람한테 있었던 것으로 드러났잖아요. 그 돈은 어디서 난 거예요?' 하고 물으시겠죠. 그렇지만 바로 1500밖에 없었던 것으로, 나머지 절반은 아무리 찾아도 찾아내지 못했던 것으로써 바로 증명되는 것입니다. 그 돈이 바로 그 봉투에 들어 있던 그 돈이 아니라는 것이 말입니다. 사전 심리 과정에서 이루어진 시간 계산(아주 엄밀한)에 따라 확인되고 증명된 바, 피고인이 하녀들한테서 달려 나와 관리 페르호친에게 향할 때 집에 들르지 않았으며, 뿐만 아니라 아무 데도 들르지 않았습니다. 그리고 그다음부터 계속 사람들과 같이 있었습니다. 그러니까 3천에서 절반을 떼서 읍내 어디다 숨길 수가 없었다는 얘깁니다. 바로 그것이 검사님에게 있어서는 모크로예촌 어딘가에, 무슨 틈 같은 데에 돈이 숨겨져 있다고 추측하는 이유가 된 겁니다. 하지만 우돌포 성 지하실에 숨겨져 있지는 않을 거 아닙니까, 여러분?⁶³ 그 돈이 어디에 숨겨져 있다는 건 비현실적이고 소설적인 가정 아닙니까? 잘 생각해보십시오. 그 가정만 없애면, 모크로예에 숨겨져 있다는 그 가정 하나만 없애면 절도죄는 성립되지 않는 거 아닙니까? 그 1500이 도대체 어디에 있을 수 있단 말입니까? 피고인이 아무 데에도 들르지 않았다는 게 증명됐다면, 그 돈이 대체 어떤 기적을 만나서 사라질 수 있었습니까? 우리가 소설을 써 가지고 인간의 삶을 망치려 하고 있습니다! '그래도 저 사람이 자기한테서 발견된 그 1500을 어디서 구했는지 설명해내지 못했잖아요? 그날 밤 전까지는 저 사람한테 돈이 없었다는 걸 모두가 알고 있었고 말이에요' 하고 나오시겠죠. 하지만 누가 알고 있었다는 얘깁니까? 게다가 피고인은 자기가 어디서 돈을 구했는지 확실하고 굳건하게 증언을 했습니다. 배심원 여러분, 이렇게도 이야기할 수 있습니다. 피고인이 한 그 증언보다 더 신빙성 있는 다른 증언은 언제든 존재할 수가 없었고 현재도 존재할 수가 없습니다. 게다가 피고인의 성격과 마음과 더할 나위 없이 잘 매치되는 증언입니다. 검사 측은 스스로 쓴 소설이 마음에 들었겠죠. 의지가 약한 사람이라, 자기 약혼녀한테서 그토록 수치스럽게 받은 3천을 착복하기로 마음먹은 사람이라, 반을 떼어서 방충제 주머니에 꿰매 붙일 수 없었으며, 만약 꿰매 붙였더라도 이틀에 한 번씩 뜯어서 100루블씩 빼내서 결국 한 달 만에 다 썼을 것이라는 거 말이에요. 기억을 떠올려보면 아시겠지만 이 이야기는 반대 의견이 나오는 것을 도저히 용납하지 못하겠다는 톤으로 서술되었습니다. 하지만 사실 모든 일이 전혀 그렇게 된 것이 아니라면 어쩌시겠어요? 검사 측은 소설을 썼지만 그 소설의 주인공은 실제와는 상관없는 전혀 다른 인물이라면 말이에요. 바로 거기에 문제가 있는 겁니다. 다른 주인공을 창출하셨다는 데에요. '저 사람이 베르호프체바 씨한테서 받은 3천을 사건 터지기 한 달 전에 모크로예에서 진탕 술 마시고 노는 데에 한꺼번에 마치 1코페이카 쓰듯이 다 썼다고 말하는 증인들이 있어요. 그러니까 거기서 절반을 떼놓았을 리가 없는 거예요' 하며 저한테 반대하고 나서시겠죠. 하지만 그 증인들이 누굽니까? 그 증인들의 증언들이 얼마나 믿을 만한지는 법정에서 이미 드러났지 않습니까? 그 밖에도, 남의 손에 들린 떡은 항상 더 커 보이게 돼 있습니다. 또 그 증인들 중 아무도 그 돈을 직접 세 보진 않았습니다. 그냥 눈대중으로 판단한 겁니다. 막시모프 증인이 피고인의 손에 이만이 있었다고 증언하지 않았습니까? 아시겠습니까, 배심원 여러분? 심리학에는 이중적 측면이 있습니다. 이리 보면 이런 것 같고 저리 보면 저런 것 같단 말입니다. 제가 다른 쪽에서 볼 테니 어디 같은 결과가 나오나 봅시다.

사건이 터지기 한 달 전에 베르호프체바 씨가 피고인에게 우편으로 보내달라며 3천 루블을 맡겼습니다. 하지만 여기서 이런 질문이 생깁니다. 아까 우리가 들은 그런 수치스럽고 모욕적인 동기를 가지고 돈을 맡기는 게 정의로운 일입니까? 돈을 맡길 당시의 상황에 대한 첫 번째 증언에서는 베르호프체바 씨가 그와는 다른 말을 했습니다. 전혀 다른 말이었습니다. 두 번째 증언에서 우리가 들은 것은 격분한, 복수심에 불타는 사람의 부르짖음뿐입니다. 오랫동안 품어온 증오의 부르짖음이었습니다. 하지만 그 증인이 한 첫 번째 증언이 옳지 않은 증언이었다는 점을 보면 두 번째 증언도 옳지 않은 증언일 수 있다는 결론을 낼 수 있지 않습니까? 검사님께선 그 사랑 이야기는 '건드리고 싶지 않고 감히 건드리지 않겠다'(이건 그분의 말씀입니다)고 하셨습니다. 뭐, 맘대로 하십시오. 저도 건드리지 않겠습니다. 하지만 이 의견은 말하겠습니다. 깊이 존경해 마지않는 베르호프체바 씨처럼 두말할 나위 없이 깨끗하고 고결하신 분이, 그런 분이 법정에서 피고인을 파멸시키려는 적나라한 의도를 가지고서 자신의 첫 번째 증언을 갑자기 순식간에 바꾸셨다면, 그러면 그 증언 역시 공정하게 이루어진 증언이 못 된다는, 감정에 좌우되지 않고 차분하게 이루어진 증언이 못 된다는 의견입니다. 복수심에 불타던 여자분께서 많은 것을 과장할 수 있었다는 결론을 낼 권리조차 우리가 빼앗기는 건 아니겠죠? 네, 돈을 받으면서 피고인이 겪었다는 창피와 수치, 바로 그것을 과장했을 수 있습니다. 사실은 그 반대로, 그 돈을 받는 것이 충분히 괜찮았을 분위기 속에서 그 돈이 주어졌을 수 있습니다. 더욱이 우리 피고인과 같은, 사소한 일을 너무 깊이 생각하지 않는 그런 성격의 사람이 받기에는 말입니다. 중요한 것은 피고인이 그때, 계산에 따르면 부친이 그에게 빚진 3천을 부친에게서 곧 받으리라는 생각을 했다는 겁니다. 그 생각은 경솔한 생각이었지만, 바로 경솔했기 때문에 피고인은 부친이 그 돈을 자기에게 내줘서 자기가 받게 될 것이라고 확신했던 겁니다. 그러니까 베르호프체바 씨가 그에게 맡긴 돈 만큼의 돈을 나중에 언제라도 우편으로 보내서 자기가 진 빚을 청산할 수 있는 거였어요. 하지만 검사님께서는 피고인이 바로 그날, 즉 피고인이 범죄를 행했다고 주장하시는 그날, 자기가 받은 돈에서 절반을 떼어 방충제 주머니에 꿰매 붙였을 가능성은 절대 내다보지 않으시네요. '그 사람 성격이 그렇지 않아요. 그런 의도를 가졌을 리가 없어요'라는 거죠. 하지만 검사님 스스로가 외치시지 않았습니까? 카라마조프는 폭이 넓다고요. 카라마조프가 사색할 줄 아는 두 개의 상반되는 심연에 대하여 스스로 외치시지 않았습니까? 카라마조프는 바로 그런 성품입니다. 두 가지 측면이 있는, 두 개의 심연이 있는 성품 말입니다. 진탕 술 마시고 놀아야 할 필요가 걷잡을 수 없을 만큼 있더라도, 다른 측면에서 볼 때 무언가가 그의 마음을 사로잡으면 그는 멈출 수 있습니다. 그 다른 측면이라는 건 사랑입니다. 바로 그때 화약처럼 새로 타오르기 시작한 그 사랑입니다. 그런데 그 사랑을 위해 돈이 필요했던 것입니다. 바로 그 사랑하는 여인과의 술 파티에 필요한 것보다도 훨씬 더 절실했던 것입니다. 그 여인이 그에게, '나는 네 거야. 표도르 파블로비치한테 안 갈래' 하고 말하면 그는 그 여인을 잡아채어 멀리 데리고 갈 거였습니다. 그게 술 파티보다 당연히 중요했지요. 카라마조프가 그걸 모를까 봐요? 그는 바로 거기에 완전히 사로잡혀 사는 사람이었어요. 그가 그 돈을 떼서 나중을 대비해서 감춰 갖고 있던 게 왜 있을 수 없는 일이에요? 아무튼, 시간이 흘러도 표도르 파블로비치가 3천을 피고인에게 주지 않았습니다. 오히려 피고인이 사랑하는 여자를 유혹하는 바로 그 일에 그 돈을 쓰기로 정했습니다. '표도르 파블로비치가 돈을 안 주면' 하고 피고인은 생각합니다. '그러면 내가 카체리나 이바노브나 앞에서 도둑이나 마찬가지잖아.' 그때 그에게는 그런 생각이 납니다. 자기가 베르호프체바 씨를 찾아가서 그 방충제 주머니에 넣어서 자기 몸에 계속 갖고 다니던 바로 그 1500을 그녀 앞에 내놓고 이렇게 말하겠다고요. '난 비열한 놈이지만 도둑은 아니야.' 그러니까 벌써 그 1500을 소중히 간직해야 할 이유가 두 가지나 있는 거였어요. 절대로 방충제 주머니를 뜯어서 100루블씩 빼 쓸 수 없었어요. 피고인에게 정직함과 명예를 중시하는 마음이 없다고 하시겠습니까? 왜요? 그렇지 않습니다. 있습니다. 일반적으로 사람들에게 있는 것과 좀 다르다고 하더라도, 어쩌면 잘못된 것이라고까지 하더라도, 그래도 있습니다. 정직함과 명예를 열렬하게 중시합니다. 그리고 그는 그걸 증명했습니다. 하지만 일이 복잡해져서, 질투 때문에 겪는 괴로움이 극에 달하고, 바로 그 문제, 전부터 있던 그 두 문제가 피고인의 격한 감정으로 갈팡질팡해진 머릿속에서 점점 더 모습을 뚜렷이 드러냅니다. '카체리나 이바노브나에게 돈을 돌려주면 내가 그루센카를 무슨 돈으로 데리고 떠나지?' 하고 그는 고심합니다. 그가 한 달 내내 술집을 전전하며 술을 진탕 마시고 분별없이 날뛰었다면 그건 참을 수 없이 괴로웠기 때문일 겁니다. 그 두 문제가 아주 첨예해져서 그는 절망적일 정도까지 됐을 겁니다. 그는 자기 막냇동생을 아버지한테 보내서 그 3천을 달라고 마지막으로 청해보라고 부탁했습니다. 하지만 그 대답을 얻기도 전에 직접 집으로 침입해 들어와 목격자들이 보는 가운데 노인을 구타합니다. 그렇게 됐으니 이제 돈은 다 받았죠. 구타당한 부친이 돈을 줄 리가요. 그날 저녁 그는 자기 가슴을 칩니다. 바로 그 방충제 주머니가 달린 가슴의 위쪽을 말입니다. 그러면서 동생한테, 자기한테는 비열한 놈이 되지 않을 방법이 있으나 그래도 그는 비열한 놈으로 계속 있을 거라고, 왜냐하면 그 방법을 쓰지 않게 될 것 같기 때문이라고. 그러기에는 용기가 나지 않을 거고 성격이 안 받쳐줄 거라고 말합니다. 알렉세이 카라마조프가 그리도 깨끗한 마음으로, 그리도 진실하게 한 증언을, 미리 준비한 것도 아닌 증언을, 그리도 신빙성 있는 증언을 검사 측은 왜, 왜 안 믿는 겁니까? 왜 그와 반대로 어느 틈 속에, 우돌포 성 지하실에 돈이 있다고 저보고 믿으라는 겁니까? 그날 저녁, 동생과 얘기를 나눈 후 피고인은 그 운명적 편지를 쓰게 됩니다. 바로 그 편지가 피고인이 절도를 행했다는 가장 중요한, 가장 대단한 증거가 되는 거란 말씀이죠? '사람들한테 다 부탁해보고, 사람들이 주지 않으면 아버지를 죽이고 아버지 방 쿠션 밑에 있는, 분홍색 리본이 묶인 봉투에서 꺼내 올 거야. 이반만 떠나 준다면.' 이게 완벽한 살인 프로그램이다 이거죠? 물론 그러실 테죠. '쓰인 대로 이루어졌도다!' 하고 검사 측이 환호하는데요. 하지만 첫째, 편지는 술 취해 쓴 거고, 아주 흥분해서 쓴 겁니다. 둘째, 봉투에 대해 피고인이 쓴 건 어차피 스메르쟈코프의 말에 의거하여 쓴 겁니다. 왜냐하면 직접 봉투를 본 적은 없거든요. 셋째, 편지가 그렇게 쓰인 건 사실이지만, 쓰인 대로 이루어졌다는 걸 무엇으로 증명합니까? 피고인이 베개 밑에서 봉투를 꺼냈는지 아닌지, 돈을 발견했는지 아닌지, 돈이 거기 존재했는지 아닌지를 어떻게 압니까? 게다가 피고인이 돈을 가지러 달려온 건가요? 잘 생각해보십시오! 피고인이 그리로 쏜살같이 달려간 건 돈을 빼앗기 위해서가 아니었어요. 단지 그 여자가 어디 있는지, 그의 마음을 그렇게 괴롭게 한 그 여자가 어디 있는지 알아내기 위해서였어요. 그러니까 프로그램에 따라 그렇게 한 게 아니라고요. 쓰인 각본대로 그리로 달려간 게 아니었다고요. 즉 돈을 빼앗기 위해서가 아니라, 돌연 문득 질투로 홱 돌아서 달려간 거라고요. '그렇죠. 하지만 달려와서 죽이고는 이왕 그렇게 된 거 돈도 가져간 거죠'라고들 하시겠죠? 자, 그렇다면, 그가 정말 죽이긴 죽인 겁니까? 절도죄는 제가 분에 겨워서 부인하는 바입니다. 무엇이 도난당했는지 정확하게 증명할 수 없으면 절도죄를 성립시키면 안 됩니다. 그건 자명한 이치입니다! 하지만 또 살인은 했나요, 안 했나요? 훔치지는 않았는데, 살인은 했나요? 그거 증명됐습니까? 그것도 소설 아닙니까?"

XII
게다가 살인도 범하지 않았다

"배심원 여러분, 이건 사람의 생명이 달린 문제이므로 조심을 기해야 합니다. 피고인이 완전히 사전 계획에 따라 살인을 한 것인지에 대해 검사 측이 최근까지, 재판이 열리는 날인 오늘까지 망설였음을 스스로 증언하는 것을 우리는 들었습니다. 오늘 법정에 제출된 그 운명의 '술 취한' 편지가 나오기 전까지 망설였다고 했습니다. 그런데 알고 보니 '써놓은 것처럼 이루어졌다' 이거죠? 하지만 되풀이하여 말하건대 피고인은 그 여자한테 달려간 겁니다. 그 여자를 데리러요. 오직 그 여자가 어디 있는지 알아내려고요. 그건 확실한 사실 아닙니까? 그 여자가 집에 있었다면 피고인은 아무 데로도 안 달려갔을 거예요. 그 여자랑 같이 남았을 거고, 편지에서 약속한 말을 지키지 못했을 겁니다. 피고인은 돌연 갑작스럽게 달려간 거예요. 자기가 쓴 '술 취한' 편지에 대해서는 피고인이 그때 전혀 기억을 못했을 수도 있어요. '절굿공이를 집어 갖고 갔다'고 했는데, 이 절굿공이 하나 때문에 엄청난 심리 묘사가 나온 걸 기억하시죠? '왜 피고인이 그 절굿공이를 무기로 사용할 생각을 하고 무기로서 갖고 갔는가?' 등등의 말이 나왔잖습니까? 여기서 저는 아주 평범한 생각이 듭니다. 피고인이 선반 위에 놓여 있던 절굿공이를 갖고 갔는데, 만약 그 절굿공이가 선반 위처럼 잘 보이는 곳에 놓여 있지 않고 장 속에 넣어져 있었다면 어땠을까요? 그럼 피고인의 눈에 띄지 않았을 테니까 피고인은 무기 없이 맨손으로 달려갔을 거예요. 그리고 만약 그랬다면 어쩌면 아무도 죽이지 못했을 거예요. 절굿공이를 피고인이 사전 계획에 따라 무기로 들고 간 거라고 과연 어떻게 증명할 수 있습니까? 네, 물론 피고인은 술집을 전전하며 아버지를 죽이겠다고 소리쳤었죠. 그리고 사건 이틀 전, 그 술 취한 편지를 쓰던 저녁에 피고인은 술집에서 조용히 있었고, 단지 상인한테서 일하는 점원하고만 실랑이를 벌였죠. '왜냐하면 카라마조프는 실랑이를 안 벌이곤 못 배기니까'라고 했죠. 근데 저는 여기에 대해서 이렇게 말하렵니다. 피고인이 그런 살인을 범할 계획이었다면, 그것도 자기가 쓴 것대로 행동할 계획이었다면, 점원과 실랑이를 안 벌였을 겁니다. 게다가 술집에도 안 들렀을지 모릅니다. 왜냐하면 그런 일을 계획하는 사람은 조용하고 그늘진 곳을 찾게 돼 있으니까요. 사람들 눈에 안 띄려고 해요. 사람들이 자기를 보지 못하고 자기 말을 듣지 못하도록요. '가능하면 절 잊어주세요' 하는 격이죠. 그렇게 하는 건 계산적으로 일부러 그러는 것도 있겠지만 본능적으로 그렇게 되는 거예요. 배심원 여러분, 심리학은 이중적인 측면으로 구성되고, 우리도 역시 심리학을 이해할 줄 압니다. 한 달 내내 술집에서 떠벌렸다고 했죠? 아이들이나 술 취한 건달들이 술집에서 나오며 서로 싸우면서 '너 그러다 나한테 죽는다' 하는 적이 어디 한두 번입니까? 하지만 실지로 죽이진 않잖아요. 게다가 그 운명적 편지라는 것도 역시 술 취해 흥분해서 갈겨쓴 것 아니겠습니까? 술집에서 나오는 사람이 '죽일 거야, 너희들 다 죽일 거야!' 하고 지르는 소리랑 다를 게 뭐 있습니까? 그렇게 된 것이 아니라 하시겠습니까? 그 편지가 왜 꼭 운명적 편집니까? 그 반대로, 우스운 편지 아닙니까? 부친의 시신이 발견되었고, 무기를 들고 달아나는 피고인을 목격자가 정원에서 목격했고, 목격자가 피고인에 의해 피해를 입었고, 쓰인 그대로 다 이행된 거니까, 그러니까 그 편지가 우스운 게 아니라 운명적인 거라는 거 아닙니까? 우리는 드디어 결론에 이르렀네요. '피고인이 정원에 있었다. 그러므로 그가 살인범이다'라는 거 아닙니까? '있었다'는 거 때문에 반드시 '그러므로'가 나와야 됩니까? 그게 답니까? 피고인이 유죄라는 주장이 다 '있었다, 그러므로'에 귀결됩니까? 하지만 '있었'는데도 '그러므로'가 아니라면요? 네, 저는 물론 동의합니다. 사실들의 총체, 사실들의 상호 일치가 실로 다분히 그럴 듯합니다. 그러나 이 사실들을 서로 연결시키지 말고 다 개별적으로 한번 고찰해보십시오. 예를 들어, 자기가 부친 방 창문 밑으로부터 달아났다는 피고인의 증언이 옳은 것일 가능성을 검사 측은 왜 죽어도 고려하지 않으려는 겁니까? '살인범의 정중함, 살인범을 갑자기 사로잡은 경건한 감정'을 운운하는 검사 측의 빈정대는 투도 기억해보십시오. 여기 진짜로 그 비슷한 것이 있었다면 어쩌시겠습니까? 정중함은 아닐지라도 경건한 감정은 있었다면 말입니다. '그 순간에 어머니가 날 위해 기도했나 봐요' 하고 피고인이 심리 과정에서 증언했습니다. 그래서 달아났다는 겁니다. 스베틀로바가 부친한테 안 와 있는 걸 확인하자마자요. '하지만 창문으로 보고 어떻게 확인할 수 있었지요?' 하고 검사 측이 반대하겠죠. 하지만 왜 그럴 수 없었습니까? 피고인이 보낸 신호에 따라 창문이 열렸지 않습니까? 그때 표도르 파블로비치의 입에서 그 무슨 말 한마디가 터져 나왔을 수 있어요. 무슨 비명 소리가 났다든지. 그래서 스베틀로바가 거기 없다는 걸 피고인이 퍼뜩 깨달았을 수 있어요. 왜 반드시 우리가 상상하는 대로만 가정해야 합니까? 왜 반드시 우리가 상상하리라 가정한 대로만 가정해야 합니까? 실상에서는 극히 섬세한 소설가도 미처 관찰해내지 못 하는 수많은 것들이 잠깐씩 나타나고 아른거릴 수 있습니다. '네, 하지만 그리고리가 열린 문을 보았다지 않습니까? 그러니까 피고가 건물 안에 있었던 게 확실하고, 그러니까 살해한 겁니다' 하시려나요? 그 문 말이죠, 배심원 여러분······. 열려 있던 문에 대해 증언하는 사람은 한 사람뿐이며, 그 사람이 그때 처해 있던 상태가 말이죠······. 하긴, 뭐, 그러라고 하죠. 문이 열려 있었다고 하죠. 피고인이 자기 방어 본능에 따라 거짓말로 우겨댔다고 가정하죠. 피고인 같은 입장에 처해 있을 때 자기 방어 본능이 나오는 건 이해가 아주 잘 가니까요. 네, 그렇다고 가정해보죠, 피고인이 건물 내로 들어갔다고. 건물 안에 있었다고. 그래서 뭐죠? 있었다면 당연히 죽였다는 건가요? 피고인은 들어가서 이 방 저 방 다니며 부친을 밀쳤을 수는 있고, 심지어 때렸을 수도 있지만, 스베틀로바가 거기 없다는 걸 알고는 달아났어요. 기뻐하며 달아났어요. 부친을 죽이지 않고요. 어쩌면 바로 그랬기 때문에, 잠시 후 자기가 흥분해서 피해를 준 그리고리를 살피러 담장에서 뛰어내렸던 거예요. 깨끗한 감정, 동정과 불쌍히 여기는 마음을 느낄 만한 상태에 있었어요. 왜냐하면 아버지를 죽이려는 유혹으로부터 벗어나 달아나는 중이었으니까요. 깨끗한 감정, 그리고 아버지를 죽이지 않았다는 기쁨을 마음속에 느꼈으니까요. 모크로예촌에서 피고인에게 새로이 열린 사랑이 그를 새 삶으로 오라고 손짓할 때, 그러나 피 흘린 부친의 시신을 두고 온 입장에서, 사형이 그를 기다리고 있었으므로 사랑을 할 수 없음을 알던 그의 끔찍한 상태를 검사님께서는 무서울 정도의 달변으로 묘사하십니다. 하지만 검사님께서는 사랑은 인정하셨습니다. 술 취한 상태 얘기, 범죄자를 사형시키러 데려가는 얘기, 아직 오래 남았다는 얘기 등등을 하셨습니다. 하지만 검사님, 다시 한번 여쭙는데, 다른 인물을 창조하신 건 아닙니까? 피고인이 정말 부친을 살해해놓고 그 순간에 사랑에 대한 생각, 법정에서 어떻게 발뺌을 할 것인지에 대한 생각을 할 정도로, 그렇게 비인간적이고 비정한 사람입니까? 정말 그렇습니까? 그렇지 않습니다. 절대 그렇지 않습니다! 그 여자가 그를 사랑하며, 같이 가자고 그를 부르며, 새로운 행복을 그에게 약속한다는 것이 방금 밝혀졌습니다. 제가 장담하는데, 그때 그는 자살하고 싶은 마음을 두 배, 세 배나 더 느꼈을 것이며, 반드시 자살했을 것입니다. 그가 부친의 시신을 뒤로하고 온 거였다면 말입니다. 자기 권총이 어디 있는지 절대 잊어버리지 않았을 것입니다. 저는 피고인을 알고 있습니다. 검사 측은 피고인을 목석같고 더할 나위 없이 매정한 사람으로 몰지만, 그런 특징은 피고인의 성격과 공존할 수 없는 것들입니다. 그는 자살했을 겁니다. 그건 확실합니다. 그가 자살하지 않은 것은 '어머니가 그를 위해 기도했기' 때문입니다. 그리고 그의 가슴은 부친의 죽음에 있어 결백합니다. 그가 그날 밤 모크로예에서 괴로워하고 상심했던 것은 그리고리 노인이 피해를 당했기 때문이며, 그는 그 노인이 정신이 들어 일어나기를, 자기가 가한 타격이 죽을 정도의 것은 아니었기를, 그 노인 때문에 자기가 형을 받는 일이 없게 되기를 속으로 신께 기도했습니다. 사건의 그런 해석을 왜 받아들이지 않는 겁니까? 피고인이 우리한테 거짓말을 하고 있다는 확고한 증거는 뭡니까? 그런데 부친의 시신은 존재하므로, 지금 즉시 우리한테 이런 말이 들어오겠죠. '그가 달아났고, 죽이지는 않았다면, 그러면 그 노인을 누가 죽인 거야?'

되풀이해 말씀드리지만, '피고인이 죽이지 않았다면, 그럼 누가 죽였나?' 하는 게 검사 측의 논리의 전붑입니다. 피고인 대신에 피고인 자리에 세울 사람이 아무도 없다는 거죠. 배심원 여러분, 그게 사실입니까? 정말 그렇게, 거짓말 하나도 안 보태고 전혀 아무도 없단 말입니까? 우리는 그날 밤 그 집에 있던 모든 사람들을 검사 측에서 한 사람 한 사람 꼽아본 것을 들었습니다. 다섯 명이 꼽혔습니다. 그중 세 명은 범죄를 저질렀을 가능성에서 충분히 제외시킬 만한데, 그것은 피살자 자신과 그리고리 노인과 그의 아내입니다. 그러므로 피고인과 스메르쟈코프가 남습니다. 피고인이 스메르쟈코프를 지목하는 것은 지목할 만한 다른 사람이 없기 때문이라고, 누군가 또 다른 사람이 있었다면, 심지어 또 다른 사람의 유령이라도 있었다면 피고인은 스메르쟈코프를 지목하는 것이 창피한 일이므로 그 일을 당장 그만두고 바로 그 또 다른 사람을 지목했을 거라고 검사님께서 열정에 찬 어조로 주장하십니다. 하지만 배심원 여러분, 제가 그와 완전히 반대되는 결론을 내지 못할 이유가 어디 있습니까? 피고인과 스메르쟈코프라는 두 사람이 있습니다. 여러분께서 제 의뢰인을 범인으로 모는 것이 범인으로 몰 만한 다른 사람이 아무도 없기 때문이라고, 그게 유일한 이유라고 제가 말하지 못할 이유가 어디 있습니까? 그리고 아무도 없는 것은, 여러분께서 완전히 선입견에 사로잡혀 스메르쟈코프를 미리 의심의 대상에서 제외시켰기 때문입니다.

네, 스메르쟈코프를 지목하는 것은 피고인, 그의 두 동생, 스베 틀로바뿐인 게 사실입니다. 하지만 다른 증인들 중에서도 좀 있지 않습니까? 사회 내에서 그 어떤 의문과 그 어떤 의심이 비록 명백하지는 않지만 일고 있으며, 그 어떤 불분명한 소문이 들리며, 그 어떤 기대가 존재한다는 게 느껴집니다. 뿐만 아니라 그 어떤 사실들을 비교 조사해보면, 비록 그게 막연한 것이라고는 저도 인정하지만 다분히 특이한 것도 사실인데, 그 비교 조사 결과를 증거로 삼을 수 있습니다. 이는 첫째, 사건이 터진 바로 그날 발생한 그 간질 발작입니다. 왠지는 몰라도 검사님께서는 그 발작을 그리도 애써서 변호하고 옹호하셨습니다. 그 뒤 재판을 하루 앞두고 스메르쟈코프의 뜻밖의 자살이 발생합니다. 그 뒤, 여태까지는 자기 형이 범인이라고 믿고 있던 피고인의 첫째 동생이 오늘 재판에 갑자기 돈을 가지고 오면서 역시 뜻밖의 증언을 합니다. 그 역시 살인범은 스메르쟈코프라고 외칩니다. 물론 저 역시 이반 카라마조프가 환각 증세를 일으키는 병을 앓고 있다는 점, 그리고 그의 증언이 죽은 자에게 죄를 뒤집어씌워 자기 형을 구하려는, 그가 역시 몽롱한 의식 속에서 앞뒤 안 가리고 행한 시도라는 점을 법관단 및 검찰과 더불어 확신합니다. 하지만 어쨌든 스메르쟈코프라는 이름이 언급됐고, 다시금 수수께끼에 싸인 어조가 들립니다. 마치 뭔가가 끝까지 말해지지 않은 느낌이 있습니다, 배심원 여러분. 뭔가가 마쳐지지 않은 느낌이 말입니다. 그리고 어쩌면 앞으로 끝까지 말해지는 경우가 생길지도 모릅니다. 하지만 이 얘기는 일단 접어둡시다. 앞으로 할 기회가 있을 겁니다. 법정은 아까 재판을 계속하겠다고 결정했는데, 지금 아직 기다리는 중에 저는, 예를 들어, 고인이 된 스메르쟈코프의 성격 묘사와 관련하여 뭔가를 지적해보렵니다. 그의 성격을 검사님께서 그리도 섬세하고 훌륭하게 묘사해주셨습니다. 그 재능에 놀라면서도 저는 다른 한 편으로는 그 성격 묘사의 본질에 충분히 동의의 뜻을 표할 수가 없습니다. 저는 스메르쟈코프를 찾아가 그를 만나서 이야기를 나누었는데, 저는 그로부터 전혀 다른 인상을 받았습니다. 건강은 약했습니다. 그건 사실입니다. 하지만 성격은, 마음은 그렇지 않았습니다. 검사 측이 내린 결론처럼 그렇게 약한 사람이 아니었습니다. 특히 검사님께서 그리도 강조하여 묘사해주신 그 소심함을 저는 그에게서 찾아내지 못했습니다. 순박함 같은 건 그에게 전혀 없었고, 그 반대로 저는 그가 사람을 신뢰하지 못하는 성격이 강한 것을 알게 되었습니다. 그런 성격이 순진함의 연막 뒤에 숨어 있었습니다. 그리고 상당히 많은 것을 사색할 능력이 되는 지능을 저는 그에게서 발견했습니다. 그가 백치라는 검사 측 판단은 안타깝게도 너무 순진한 판단입니다. 제가 그에게서 받은 인상은 다분히 확실한 거였습니다. 스메르쟈코프와의 만남 뒤에 저는 그가 다분히 사악하고 야심만만하고 복수심과 질투심에 불타는 존재라는 확신을 가졌습니다. 저는 수집한 정보가 몇 개 있습니다. 그는 자신의 출신을 증오했고 부끄러워했습니다. 자기가 '스메르쟈쉬야에게서 태어났다'는 걸 상기하면서 이를 갈았습니다. 그가 어렸을 때 은혜를 베풀어준 하인 그리고리와 그 아내를 그는 존경하지 않았습니다. 러시아를 저주했고 비웃었습니다. 그는 프랑스로 가서 프랑스인으로 탈바꿈하는 것을 꿈꿨습니다. 그러기에는 자금이 부족하다는 걸 그는 이미 전부터 여러 번 자주 논해왔습니다. 제가 보기에는 그가 자기 외에는 아무도 좋아하지 않은 것 같습니다. 자기를 이상할 정도로 깊이 존경했습니다. 옷을 깨끗하게 잘 입고 장화를 빤질빤질하게 닦아 신는 것을 계몽이라 생각했습니다. 그가 자기를 표도르 파블로비치의 사생아로 여기면서(여기에 대한 증거도 있습니다) 표도르 파블로비치의 적출자들과 비교되는 자신의 처지를 증오했을 수 있습니다. 그들에게는 모든 것이 주어지고 자기한테는 아무것도 주어지지 않는다고, 그들한테는 모든 권리가 주어지고 유산이 주어지지만 자기는 다만 요리사일 뿐이라고 말입니다. 그는 자기가 표도르 파블로비치와 더불어 돈을 봉투에 넣었다고 저에게 알려주었습니다. 그는 그 돈이 자기의 출세에 도움이 될 수도 있음에도 불구하고 다른 용도로 쓰이는 것이 물론 증오스러웠을 겁니다. 게다가 그는 화사한 무지갯빛 100루블짜리 지폐로 된(제가 일부러 그것에 대해 그에게 물어봤습니다) 그 3천 루블 뭉치를 보았습니다. 여러분, 샘 많고 자존심 강한 사람한테 절대로 큰돈을 한꺼번에 보여주지 마십시오. 그는 그만한 액수의 돈을 한 손으로 쥔 장면을 난생 처음 봤습니다. 무지갯빛 돈 뭉치를 본 기억이 그의 상념 속에 아픈 인상으로 남을 수 있었습니다. 당장 결과가 난 것은 아니었습니다. 재능 많으신 검사님께서 우리에게, 스메르쟈코프가 살인범일 가능성에 대한 추측의 pro와 contra를 비범한 섬세함으로 묘사해주셨고, 특히 이렇게 물으셨습니다. '그 사람이 발작을 가장할 필요가 어디에 있었는가?' 네, 그는 전혀 가장을 안 할 수도 있었죠. 발작은 완전히 자연스럽게 올 수 있었습니다. 하지만 발작이 완전히 자연스럽게 끝날 수도 있었습니다. 그래서 환자가 정신이 들 수 있었습니다. 그러니까 다 낫는 건 아니더라도 언젠가는 제정신이 들 수 있습니다. 발작을 일으키고 나서 그럴 수 있습니다. 검사 측은 '스메르쟈코프가 살인을 행할 만한 시간이 언제 있었는가?' 하고 묻지만, 그 시간을 지적하는 것은 너무나 쉽습니다. 그가 깊은 잠에서 깨어나(왜냐하면 그는 다만 잠을 자고 있었을 뿐이거든요. 간질 발작이 온 다음에는 항상 깊은 잠이 찾아옵니다) 일어난 것은 달아나던 중 담장 위에 올라앉은 피고인의 발을 그리고리 노인이 붙잡고 온 동네가 울리도록 '부친 살해범!' 하고 고함친 바로 그 순간이었습니다. 고요와 암흑 속에 울려 퍼진 그 고함은 평범한 고함이 아니었기 때문에, 그 고함에 스메르쟈코프가 잠을 깰 수 있었습니다. 그때쯤 그의 잠이 그리 깊지 않을 수 있었고요. 물론 그는 그보다 한 시간 전부터 잠을 깨는 중이었을 수도 있습니다. 침상에서 일어나 그는 거의 무의식적으로, 아무 의도도 없이 고함이 들린 쪽으로 가기 시작합니다. 무슨 일인지 보려고요. 그는 병 증세의 여운으로 머리가 어질어질하고 정신이 아직 맑지 못합니다. 하지만 정원에 이른 그가 불이 켜진 창문으로 다가가, 주인에게서 무서운 소식을 전해 듣습니다. 주인은 그가 와준 것을 물론 다행으로 여깁니다. 그때 그의 머릿속에서 순간 생각이 번뜩입니다. 겁먹은 주인에게서 그는 모든 상세한 사항들을 알아냅니다. 그러자 서서히, 그의 뒤죽박죽된 병든 두뇌 속에서 아이디어가 만들어집니다. 끔찍하지만 유혹적이고 반박할 수 없을 만큼 논리적인 아이디어가 말입니다. 죽이고 돈 3천을 가진 다음 나중에 주인 아들한테 다 덤터기 씌우자고 말입니다. 이제 바로 주인 아들 말고 과연 누구한테 의심이 떨어질 것이며, 주인 아들 아니면 과연 누굴 범인으로 몰겠냐는 거였죠. 모든 증거가 있고 주인 아들이 여기 왔었으니까요. 돈을 갖고 싶은 끓어오르는 갈망이 그의 마음을 사로잡았을 수 있습니다. 게다가 자기는 형벌을 면할 수 있다는 생각이 들었고 말입니다. 그런 갑작스럽고 저항할 수 없는 충동이 와서 살인을 할 때가 있습니다. 게다가 그런 충동이 오는 사람들이 1분 전만 해도 자기가 살인 의도를 가질 줄은 몰랐었다는 게 중요합니다. 그래서 스메르쟈코프는 주인의 방에 들어가 자신의 계획을 이행할 수 있었습니다. 무엇으로 그랬냐고요? 어떤 무기로 그랬냐고요? 그가 정원에서 집어든 아무 돌로나요. 뭐 하러, 무슨 목적으로 그랬냐고요? 3천이라는 돈을 소지한다는 건, 그건 사회로의 진출을 의미하거든요. 아, 내가 스스로의 말에 모순되는 말을 하는 건 아니에요. 돈은 있을 수도 있었단 말입니다. 심지어 있었을 확률이 큽니다. 어디서 돈을 찾아낼 수 있는지는 스메르쟈코프 혼자 알았어요. 자기 주인이 돈을 어디에 갖다놓았는지를요. '그럼 돈을 싸고 있던, 바닥에 있던 찢어진 봉투는요?' 하시겠죠. 아까 검사님께서 그 봉투에 대해 이야기하실 때, 그것을 바닥에 남겨두는 일은 숙달되지 못한 도둑만이 할 수 있다고, 그건 바로 카라마조프 같은 사람이고, 스메르쟈코프는 자기한테 불리한 그런 증거를 절대 남길 사람 아니라는 자신의 매우 섬세한 판단을 진술하셨습니다. 아까, 배심원 여러분, 제가 그 말을 들으면서 갑자기 느꼈습니다. 제가 무언가 아주 귀에 익은 말을 듣고 있다고요. 그런데 말입니다, 카라마조프가 봉투를 어떻게 처리했을 거라는 바로 그 판단을, 그 추측을 저는 이미 들은 바 있답니다. 이틀 전에 스메르쟈코프한테서요. 어디 그뿐인가요? 그는 그 말을 해 가지고 저를 깜짝 놀라게 했답니다. 저는 그가 거짓으로 순진한 척한다고 느껴졌어요. 그 생각을 나한테 불어넣느라 미리 그 말을 하는 거였어요. 제가 알아서 그와 같은 판단을 도출시키도록 저한테 그 판단을 마치 암시를 해주는 거였다고요. 그가 검찰 측에도 그런 판단을 귀띔해준 거 아닌가요? 재능 많으신 검사님께도 그가 그런 판단을 불어넣은 거 아닌가요? 또 이렇게 질문하시겠죠. '그리고리의 아내 노파는요? 스메르쟈코프가 밤새 자기 옆에서 내는 신음 소리를 노파가 들었잖아요'라고요. 그렇죠, 들었죠. 하지만 그건 너무 신빙성 없는 증언이에요. 제가 아는 한 여자분이, 마당에서 개가 밤새 짖어 잠을 못 자게 했다고 불만을 토로했는데, 알고 봤더니 그 개는 억울하게 누명을 쓴 거였어요. 밤에 짖은 적이 두세 번밖에 안 됐던 거예요. 그건 당연한 거예요. 사람이 자다가 갑자기 신음 소리를 듣는단 말이에요. 그래서 잠이 깨면, 신음 소리 때문에 자기가 잠이 깼다고 투덜거리고는 다시 금방 잠들어요. 두 시간쯤 뒤에 다시 신음 소리가 나서 또 깼다가 다시 잠들어요. 그리고 또다시 신음 소리가 나요. 두 시간 뒤에요. 그러니까 밤 동안 세 번이었어요. 자던 사람이 아침에 일어나 불만을 토로해요. 누군가가 밤새 신음 소리를 내서 쉴 새 없이 자기를 깨웠다고요. 사실 그 사람은 그렇게 생각할 수밖에 없는 거예요. 처음에 잠을 깬 때와 그다음에 잠을 깬 때의 중간 시간, 두 시간에 해당하는 그 시간에 그 사람은 잠을 자서, 신음 소리가 났는지 안 났는지 몰라요. 자기가 잠을 깼을 때만 기억하는 거예요. 그래서 그 사람은 밤새 자기가 계속 잠을 깰 수밖에 없었던 것처럼 생각되는 거예요. 하지만 왜, 검사 측은 왜 스메르쟈코프가 유서를 통해 고백을 하지 않았다고 자신 있게 외치는 겁니까? '한 가지 일은 양심에 따라 했지만 다른 일은 양심이 안 받쳐줬다'라면서요. 하지만 말입니다, 양심이란 이미 뉘우침입니다. 하지만 자살한 사람에게는 뉘우침이 없고 다만 절망만 있었을 수가 있습니다. 절망과 뉘우침은 서로 전혀 다른 겁니다. 절망엔 악이 품어져 있을 수 있고, 절망이란 좋게 해결할 수 없는 상태입니다. 사람은 자살을 하면서, 자기가 평생 질투를 품어왔던 사람들을 그 순간 두 배는 더 증오할 수 있습니다. 배심원 여러분, 오심을 주의하십시오! 제가 지금 여러분께 제시하고 묘사한 것이 어느 점에서 개연성이 없습니까? 제 진술에서 오류를 찾아내보십시오. 불가능성이나 무의미함을 찾아내보십시오. 만약 제가 한 가정이 옳은 것일 가능성의 기미라도 있으면, 그런 개연성의 기미라도 있으면, 판결을 내리기를 삼가십시오. 하지만 여기에 있는 게 과연 기미뿐입니까? 모든 성스러운 것을 두고 맹세하건대, 저는 살인 사건에 대하여 지금 제가 여러분께 제시한 저의 해석을 확실히 믿습니다. 그리고 중요한 것은, 피고인이 유죄라는 주장을 위해 산더미 같이 쌓아 올려진 수많은 사실들 중 어느 정도나마 정확하고 확실한 것이 하나도 없는데, 불쌍한 우리의 피고인이 단순히 그 사실들의 산더미에 치여 파멸한다는 것을 생각하면 당황하지 않을 수가 없고 화가 날 수밖에 없다는 겁니다. 그렇습니다. 그 산더미는 끔찍해 보입니다. 그것은 피, 손가락에서 뚝뚝 떨어지는 피며, 피에 물든 옷이며, '부친 살해범!' 하는 고함 소리가 진동하는 캄캄한 밤이며, 고함친 사람은 머리가 깨져 쓰러지며, 그 뒤엔 그 진술들, 증언들, 동작들, 비명들입니다. 이 모든 것이 자아내는 끔찍한 인상 때문에 판단력이 흐려질 정도입니다. 하지만 배심원 여러분의 판단마저 그 끔찍한 인상에 홀려서 흐려지면 되겠습니까? 여러분에게는 무한한 권력이 주어져 있음을 기억하십시오. 매기도 하고 풀기도 할 권력이 말입니다.[64] 하지만 권력이 강하면 강할수록 거기에 첨가되는 것의 부담이 커집니다. 저는 제가 지금 말한 바로부터 조금도 후퇴하지 않으나, 어디 한번 제가 검사 측과 잠시만 동의해볼까요? 불쌍한 제 의뢰인이 부친의 피로 자기 손을 적셨다고요. 그건 가정일 뿐입니다. 되풀이해 말씀드리지만 저는 그가 무죄라는 것을 일순간이라도 의심하지 않습니다. 하지만, 어디 한번 그래보자는 겁니다. 피고인이 부친을 살해했다고 가정해보자는 겁니다. 하지만 제 말을 끝까지 들어보십시오. 비록 제가 그런 가정을 감히 해봤다고는 하지만 말입니다. 저에게는 여러분께 말

쏟드릴 무언가가 마음속에 또 있습니다. 왜냐하면 저는 여러분의 가슴속과 머릿속에서 큰 갈등이 일고 있는 것을 예감하니까요. 배심원 여러분, 여러분의 가슴속과 머릿속을 터치하는 말을 해서 죄송합니다. 하지만 저는 끝까지 정의롭고 진실한 입장을 고수하고 싶습니다. 우리 모두 다 진실한 입장을 고수해야 합니다!"

이 대목에서 꽤 큰 박수가 터져 변호인은 말을 멈춰야 했다. 실로 그가 마지막 말을 할 때 그의 어조가 너무나도 진실하게 들렸으므로, 그에게 진짜로 무언가 말할 게 있으며 그가 지금 말할 것이 가장 중요한 것일지 모른다고 모두가 예감했다. 하지만 재판장은 박수 소리를 듣고는, '이와 유사한 경우'가 다시 한번 되풀이되면 퇴정 조치 하겠다고 큰 소리로 위협했다. 모두가 잠잠해졌고, 페츄코비치는 새로운, 신념이 어린 듯한, 여태까지의 것과는 전혀 다른 목소리로 말하기 시작했다.

XIII
궤변가

"제 의뢰인을 파멸시키는 것은 산더미처럼 쌓아 올려진 사실들뿐만이 아닙니다, 배심원 여러분" 하고 그가 큰 소리로 엄숙하게 의견을 내세웠다. "제 의뢰인을 진짜로 파멸시키는 것은 따로 있습니다. 단 하나의 사실입니다. 그것은 부친의 시신입니다! 단순한 살인 사건이었다면, 그리고 여러분이 사실들을 뭉뚱그려서 보지 않고 하나하나 개별적으로 살펴보았다면, 그 사실들이 사소하고 신빙성이 없고 실제적이지 않은 것들이므로 여러분은 피고인의 유죄를 부인했거나, 그게 아니라면 적어도, 피고인이 유감스럽게도 여러분께 형성시켜놓은 선입견이 있기는 해도, 한 사람에 대한 선입견만 가지고 그의 운명을 망쳐놓으면 안 되겠다고 생각하셨을 겁니다. 그런데 이 사건은 단순한 살인 사건이 아니라 부친 살해 사건이라 이겁니다. 그게 그렇게 무섭고 엄청난 인상으로 와 닿기 때문에, 피고인의 유죄를 증명하는 것처럼 보이는 사실이 아무리 사소한 것이고 불충분한 것일지라도 그게 별로 사소하지 않은 것처럼 보이며 별로 불충분하지 않은 것처럼 보이는 겁니다. 심지어 아무리 선입견이 없는 태도로 보아도 그렇게 보이는 겁니다. '그런 피고인을 어떻게 무죄로 선언할 수 있느냐?'라는 거죠. 살인을 했으면서 형벌을 안 받고 풀려나면 어떻게 하느냐는 느낌이 모든 사람 마음속에 거의 저절로, 본능적으로 나타나게 됩니다. 네, 부친을 죽인다는 것은 정말 끔찍한 일입니다. 나를 낳고 나를 사랑하고 나를 위해 자신의 삶을 돌보지 않은 분을, 내가 어렸을 때부터 내가 아프면 같이 아팠던, 나의 행복을 위해 평생 고생하고 나의 기쁨과 나의 성공만을 바라며 살아온 분을 말입니다! 그런 아버지를 죽인다는 것은 상상도 할 수 없는 일입니다! 배심원 여러분, 아버지란 무엇입니까? 진정한 아버지란 무엇입니까? 아버지라는 말은 얼마나 위대한 말입니까? 그 호칭 속에 얼마나 위대한 의미가 담겨 있습니까? 우리는 지금, 진실한 아버지가 무엇이며 진실한 아버지는 무엇이어야 하는지를 부분적으로만 언급해보았습니다. 그런데 우리가 지금 다루고 있는 사건에서는, 우리가 마음 아파하며 다루고 있는 본 사건에서는, 고인이 된 아버지 표도르 파블로비치 카라마조프가 지금 우리 마음속에 드러난 그런 아버지의 개념에 조금도 접근하지 못합니다. 그건 불행입니다. 네, 실지로 어떤 아버지는 다만 당신의 불행일 뿐입니다. 그 불행이 어떤지 좀 더 가까이에서 살펴보겠습니다. 앞으로 내려야 할 판결이 아주 중요한 것이라 해서 두려워하실 건 아무것도 없습니다, 배심원 여러분. 우리는 심지어 두려워해서는 안 되는 게 분명한 입장입니다. 재능 많은 검사님의 훌륭한 표현대로, 우리가 마치 무슨 어린아이들이나 겁 많은 여자들인 양 그 어떤 생각을 피하려고, 떨쳐버리려고 해서는 안 됩니다. 저의 적이신(제가 이 말을 하기 전부터 적이었던) 존경하는 검사님께서 열변을 토하시면서 몇 번씩 외치셨습니다. '저는 피고인을 다른 사람이 변호하지 못하도록 하겠습니다. 저는 페테르부르크에서 온 변호인에게 피고인에 대한 변호를 양보하지 않겠습니다. 제가 검사이면서 동시에 변호인입니다!'라고요. 그 말을 몇 번씩 외치셨어요. 한편 피고인이 어려서 아버지 집에 있을 때 자기한테 잘해줬던 유일한 사람에게서 받은 견과 1푼트 때문에 23년 동안이나 그토록 감사하는 마음을 간직하고 있었다면, 피고인이 그런 사람일진대, 자애로우신 게르첸슈투베 의사 선생님의 표현대로, '자기가 아버지 집 뒤뜰에서 장화도 안 신고, 단추 하나 달린 판탈롱 입고' 맨발로 뛰어다니던 일 역시 그 23년 내내 기억하고 있지 않았을 리도 없습니다. 배심원 여러분, 우리가 왜 그 '불행'을 더 가까이 살펴봐야 하고 왜 다들 이미 알고 있는 것을 되새겨봐야 하는 거 같습니까? 제 의뢰인이 부친을 만나러 이곳으로 와서 알게 된 게 뭡니까? 그리고 제 의뢰인을 왜 냉혹한 이기주의자로, 피도 눈물도 없는 사람으로 묘사해야 합니까? 그는 방자하고 거칠고 난폭합니다. 우리가 지금 그것을 가지고 그를 판단하려 하고 있는데, 그의 그런 운명이 만들어진 것이 누구의 잘못입니까? 좋은 성격과 고상하고 다감한 마음을 지녔는데도 그가 인성 교육을 그렇게 안 좋게 받은 게 누구의 잘못입니까? 누군가가 상식과 이지를 그에게 가르쳤습니까? 그가 학문 속에서 계몽을 거쳤습니까? 그가 어렸을 때 누군가가 조금이나마 그를 사랑해주었습니까? 제 의뢰인은 오로지 신의 비호 하에서만, 즉 야생 동물처럼 컸습니다. 그는 어쩌면 오랫동안 헤어져 있던 아버지를 뵙는 것을 갈망했을지도 모릅니다. 어쩌면 그는 자신의 어린 시절을 어렴풋이 기억하면서, 어린 시절에 자기 꿈에 나왔던 혐오스러운 환영들을 일찌감치 마음속에서 천 번쯤 쫓아내려 하면서, 자기 아버지가 사실은 괜찮은 사람이라고 생각하고, 그를 만나 포옹할 것을 진심으로 갈망했는지도 모릅니다. 그랬는데 어떻게 됐습니까? 그가 와서 본 것은 시니컬한 조소와 의심, 그리고 논쟁의 대상이 되던 돈을 자기 몫으로 남기려는 잇속 다툼뿐이었습니다. 그에 귀에 들리는 것은 매일 '코냑 한잔 하면서' 주고받는 진저리 나는 대화들과 일상의 법칙들뿐이었고, 결국 아들인 자기한테서 아들의 돈과 애인을 가로채려는 아버지를 보게 됩니다. 배심원 여러분, 그건 혐오스럽고 가혹한 일입니다! 그리고 그런 노인이, 아들이 불손하고 몰인정하다고 모두에게 불평을 하고 다니고, 사회에서 아들의 이름을 더럽히고 못되게 굴고 헐뜯고 그의 어음을 사들여 그를 감옥에 처넣으려고 합니다. 배심원 여러분, 제 의뢰인과 같은 그런 영혼들, 겉으로는 몰인정하고 난폭하고 방자해 보이는 사람들은 마음이 아주 부드러울 때가 많습니다. 물론 그걸 내보이지는 않지만요. 이런 제 생각을 비웃지 마십시오! 재능 많으신 검사님께서는 아까 제 의뢰인을 무자비하게 비웃으셨습니다. 그가 실러를 좋아하고 '멋지고 고상한 것'을 좋아한다는 걸 들먹이면서요. 제가 검사님 입장이라면 그걸 갖고 비웃진 않겠습니다. 피고인과 같은 사람들의 마음은……, 제가 그런 마음들을 변호하게 해주십시오. 그런 마음들은 다른 사람들이 이해해주는 적이 드물고, 보통 잘못 이해합니다. 그런 마음들은 부드럽고 멋지고 정의로운 것을 갈망할 때가 아주 많습니다. 자신의 난폭함에, 자신의 무자비함에 대조가 되게 말입니다. 무의식적으로 갈망합니다. 말 그대로 갈망합니다. 겉으로는 다 혈질적이고 무자비하지만 그런 사람들은 고뇌를 겪으면서까지 사랑할 줄을 압니다. 예를 들어 여자를, 그리고 반드시 영적이고 고상한 사랑으로요. 저의 이 말을 절대 비웃지 마십시오. 그런 성품의 사람들은 대부분 바로 그렇습니다. 그런 사람들은 자신의 열정을 숨기질 못하고, 그 열정은 아주 난폭할 때가 있습니다. 그래서 주위에서 놀라고, 그래서 주위에서 그 사람을 그렇게 기억하는 겁니다. 사람의 속을 보지 못하면서 말입니다. 그 반면 그 모든 열정은 금방 해소가 되고, 이 거칠고 무자비해 보이는 사람은 고상하고 멋진 존재 곁에서 새로워지길 원하고 자신을 고쳐서 더 나은 사람이 되고 고상하고 성실한 사람이 되길 원합니다. '고상하고 멋진' 사람이 되길 원합니다. 이 말이 아무리 비웃음의 대상이 된들 말입니다. 아까 저는 제 의뢰인의 베르호프체바 씨와의 연애 문제를 감히 건드리지 않겠다고 말했습니다. 하지만 아주 조금은 말할 수 있습니다. 우리가 아까 들은 것은 증언이 아니라, 격분한 여인의 복수의 부르짖음이었습니다. 그리고 그 여자분은 바람피운 것을 책망할 자격이 없습니다. 왜냐하면 자기 스스로도 바람을 피웠으니까요. 그분이 다시 한번 생각해볼 시간적 여유가 있었더라면 그런 증언은 안 하셨을 겁니다. 여러분, 그 여자분의 말을 믿지 마십시오. 제 의뢰인은 그 여자분이 칭하신 것과는 달리, 인간쓰레기가 아닙니다. 십자가에 달리신, 인간을 사랑하신 그분께선 십자가에 달리시기 전에 이렇게 말씀하셨습니다. '나는 선한 목자라.[65] 선한 목자는 양들을 위하여 목숨을 버리므로 양 한 마리도 죽지 아니하느니라.' 우리도 인간의 영혼을 파멸시키지 맙시다! 제가 방금 질문을 던졌습니다. 아버지란 무엇이냐고요. 그리고 아버지란 단어는 위대한 단어이고 소중한 호칭이라고 외쳤습니다. 하지만 배심원 여러분, 단어를 올바로 써야 합니다. 저는 올바른 단어를 써서, 올바른 명칭을 써서 사물을 부르겠습니다. 살해당한 카라마조프 노인과 같은 아버지는 아버지라고 불릴 수 없으며, 그렇게 불릴 자격이 없습니다. 아버지에 대한 사랑에 부응하지 못하는 아버지라면 그에 대한 사랑은 무의미하며 불가능합니다. 무에서 사랑을 창출할 수는 없습니다. 무에서 무언가를 창조하는 건 오로지 신뿐입니다. '아비들아, 너희 자녀를 슬프게 하지 말라'[66] 하고 마음이 사랑으로 불타는 사도가 기록했습니다. 이 거룩한 말을 제 의뢰인을 위해서 인용하는 게 아니라 모든 아버지들을 위해서 상기시키는 겁니다. 아버지들을 가르칠 권리를 누가 저한테 줬냐고요? 아무도 주지 않았습니다. 하지만 저는 인간으로서, 국민으로서 호소합니다. Vivos voco!*[67] 우리는 이 땅에 오래 있지 못합니다. 우리는 나쁜 짓을 많이 하며 나쁜 말을 많이 합니다. 바로 그렇기 때문에, 서로 좋은 말도 해주기 위해서, 우리는 같이 이야기를 나누기에 좋은 기회를 잡으려고 합니다. 저도 그렇습니다. 제가 이 자리에 있는 동안은 이 기회를 살립니다. 이 연단이 최고 의지에 의해 우리에게 주어진 것은 공연한 일이 아닙니다. 이 연단에서 나오는 우리의 말은 러시아 전국에서 듣습니다. 이곳의 아버지들만을 위해서 말하는 것이 아닙니다. 모든 아버지들에게 외칩니다. '아비들아, 너희 자녀를 슬프게 하지 말라!'라고요. 그리스도의 유훈을 우리 스스로가 먼저 이행하고, 그다음에야 우리 자녀들에게 무언가를 요구하기로 합시다. 그렇게 하지 않으면 우리는 아버지가 될 수 없고, 우리 자녀들의 적밖에 못 됩니다. 그리고 그렇게 되면 그들은 우리의 자녀들이 아니라 우리의 적인 것입니다. 우리가 스스로 그들을 적으로 만든 것입니다! '너희가 헤아리는 그 헤아림으로 너희도 헤아림을 도로 받을 것이니라.' 이 말은 제

---

* 살아 있는 자들에게 호소합니다! (라틴어)

말이 아니라 복음서의 가르침입니다. 자기가 헤아림을 받을 그 헤아림으로 헤아리라는 말입니다. 자녀들이 우리에게 우리가 한 대로 헤아린다고 어떻게 자녀들을 탓할 수 있습니까? 얼마 전 핀란드에서 한 하녀가 몰래 아기를 낳았다는 의심을 받게 되었습니다. 그래서 사람들이 그 하녀를 감시하기 시작했는데, 집 다락 구석의 벽돌들 뒤에서 그 하녀의 궤를 발견했습니다. 하녀에게 그런 궤가 있는 줄은 아무도 몰랐습니다. 잠겨 있던 그 궤를 따서 여니 거기서 그 하녀가 죽인 신생아의 시체가 나왔습니다. 그전에 그 하녀가 낳자마자 죽인 어린아이 두 명의 해골도 같이 나왔습니다. 그 하녀가 자기 죄를 인정했습니다. 배심원 여러분, 그 여자가 자기 아이들의 어머니입니까? 네, 그 여자는 그 아이들을 낳았습니다. 하지만 그 아이들의 어머니 맞습니까? 우리 중 누가 감히 그 여자를 어머니라는 거룩한 이름으로 부르겠습니까? 용감해집시다, 배심원 여러분, 대담해집시다. 현재 우리는 그렇게 되어야 하며, '금속'과 '불과 유황'을 무서워하는 모스크바 상인 여자들처럼 그 어떤 말들과 생각들을 두려워하지 말아야 합니다.[68] 그와 반대로 우리는 최근 몇 년 사이의 진보가 우리의 발전에도 관여했음을 증명하고, 낳기만 했다고 다 아버지가 아니며, 아버지는 아버지다워야 한다고 똑바로 말합시다. 물론 '아버지'란 단어의 다른 뜻과 다른 해석도 있습니다. 아버지가 비록 인간쓰레기이고 자기 자식들에게 악한이지만 그래도 나를 낳았으니 어차피 나의 아버지라는 해석도 있습니다. 그러나 그런 의미는 말하자면 신비주의적이라 할까요, 저는 지성으로 이해 못 하겠고, 단지 믿음으로 받아들이는 것만은 가능합니다. 혹은 믿기로 작정하는 것만이 가능하다고 해야 더 맞는 말일 것 같습니다. 이해는 가지 않지만 종교가 나보고 믿으라고 요구하는 다른 많은 것들처럼 말입니다. 하지만 그런 것에 해당한다면 현실적 삶의 경계 밖에 남겨야 할 듯합니다. 현실적 삶은 우리에게 권리만 주는 게 아니라 커다란 의무들 역시 지워주는데, 그런 현실적 삶의 경계 안에서 우리가 만약 인도주의적이고자 한다면, 혹은 적어도 크리스트교인들이고자 한다면, 우리는 분석의 용광로를 거친 이성과 경험에 의해 정당화된 신념만을 밀고 나가야 합니다. 한마디로, 꿈속에서와 비몽사몽간에서처럼 무분별하게가 아니라 분별 있게 행동하여, 사람에게 해를 끼치지 말고, 사람을 괴롭히거나 파멸시키지 말아야 합니다. 그렇게 될 경우 비로소 신비주의에 그치는 것이 아닌 진정한 크리스트교적 행동이요 이성적이고 진실로 인류애에 넘치는 행동이 될 것입니다."

이 대목에서 홀 여러 곳에서 우레와 같은 박수가 터져 나왔지만 페츄코비치는 자기 말을 끊지 말고 계속 말하게 해달라고 애원하는 듯 양손을 내젓기까지 했다. 홀 전체가 즉시 조용해졌다. 연사는 말을 계속했다.

"배심원 여러분께서는 그런 문제들은 우리 자녀들, 어쩌면 청소년이 되어 이미 판단 능력을 갖게 된 우리 자녀들과는 관계없을 거라고 생각하십니까? 그렇지 않습니다. 관계가 없을 수가 없습니다. 그리고 자녀들에게서 절제를 요구하는 것도 불가능합니다. 특히 자기 또래의 다른 아이들이 가진 훌륭한 아버지들과 비교할 때 자기 아버지는 그 자격에 의심이 가는 모습을 보이는 경우, 청소년은 괴로운 질문에 싸이게 됩니다. 그가 하는 질문에 사람들은 교과서적으로 대답을 해줍니다. '그분이 너를 낳으셨고 너는 그분의 혈육이니까 너는 그분을 사랑해야 하는 거야'라고요. 청소년은 자기도 모르게 생각에 잠깁니다. '아버지가 나를 사랑해서 나를 낳은 거야?' 그는 점점 더 의문과 상념에 빠져듭니다. '아버지가 나를 위해서 나를 낳은 거야? 아버진 나를 몰랐잖아. 내가 남자일지 여자일지도 몰랐잖아. 그 순간에 말이야. 그 정욕의 순간에 말이야. 어쩌면 술을 마시고 흥분했었을 수도 있고. 나한테 물려준 건 술 많이 마시는 습관밖에 없어. 그게 아버지가 나한테 베푼 은혜의 전부야. 내가 왜 아버지를 사랑해야 돼? 나를 낳기만 하고 그 다음부턴 날 전혀 사랑하지 않았는데.' 어쩌면 여러분은 이런 질문들이 조야하고 가혹하다고 상상되겠죠. 하지만 어린 지성에게 한번 절제를 요구해보십시오. 그걸 어린 지성이 갖기가 불가능함을 아시게 될 겁니다. '자연을 문으로 들여보내려 하면 자연은 창문으로 들어갈 것입니다.'⁶⁹ 한편 중요한 것은, 중요한 것은 '금속'과 '불과 유황'을 두려워하지 말고, 신비주의적 개념들의 조언에 따라서가 아니라 이성과 박애가 조언해주는 대로 문제를 해결하자는 겁니다. 어떻게 해결하냐고요? 이렇게 하면 됩니다. 아들이 자기 아버지 앞에서 이렇게 이성적인 질문을 하도록 하십시오. '아버지, 이것 좀 말해주세요. 내가 왜 아버지를 사랑해야 되죠? 아버지, 내가 아버지를 사랑해야 한다는 걸 증명해주세요.' 그때 그 아버지가 대답을 해내고 증명을 해낼 상태와 능력이 된다면 그 가족은 정상적인 가족이고, 오직 신비주의적 선입견의 기반 위에만 서 있는 가족이 아닌, 자명한 이성적 기반 위에서, 엄밀한 인도적 기반 위에서 확립된 가족인 것입니다. 그렇지 않은 경우라면, 즉 아버지가 증명을 못 해낸다면, 그러면 그 가족은 당장 끝장입니다. 그 아버지는 아들에게 있어서 아버지가 아니고, 아들은 앞으로 자기 아버지를 자기의 타인으로, 심지어는 적으로 여길 자유와 권리를 얻습니다. 배심원 여러분, 우리의 연단은 진실과 건전한 개념들의 학교가 되어야 합니다!"

이 대목에서 연사는 걷잡을 수 없이 터진, 거의 격정에 휩싸인 박수로 인해 연설을 잠시 멈춰야 했다. 물론 청중 전체가 박수를 친 건 아니었지만 적어도 반 이상은 박수를 쳤다. 부모 입장에 놓인 사람들이 박수를 쳤다. 여자들이 앉아 있던 위쪽에서는 쇳소리와 외치는 소리가 들렸고, 손수건을 흔드는 모습도 보였다. 재판장이 종을 있는 힘껏 울리기 시작했다. 그는 청중의 행동에 화가 난 듯했으나 아까 위협했듯이 퇴정 조치를 취하는 일은 감히 하지 못했다. 심지어 재판장 뒤쪽의 특별석에 앉아 있던 고관들, 연미복에 별을 단 노인들도 연사에게 박수를 치고 손수건을 흔들고 그랬으므로, 소란이 가라앉았을 때 재판장은 전에 이미 한 적 있는 퇴정 조치 약속을 아주 엄하게 또 하는 것으로 그쳤다. 승리감에 차고 흥분한 페츄코비치는 다시금 연설을 계속했다.

"배심원 여러분, 오늘 무수히 이야기된 비극의 그날 밤으로 돌아갑시다. 아들이 담을 넘어 아버지 집으로 침입해, 자기를 낳은 자기의 적을 눈앞에 두고 있습니다. 다시 한번 강조해 말씀드립니다. 그는 그때 돈을 빼앗으러 달려온 게 아닙니다. 제가 전에 말씀드렸듯, 피고인이 돈을 빼앗았다는 가정은 무의미합니다. 그렇다고 죽이러 쳐들어온 것도 아닙니다. 만약 그럴 의도가 있었다면 적어도 무기라도 미리 준비해놓았을 겁니다. 절굿공이를 들고 온 건 자기도 모르게 들고 온 겁니다. 왜 그래야 하는지 자기도 이해 못 하면서요. 그가 아버지를 속이느라고 신호를 보냈습니다. 그리고 집 건물 안으로 들어갔다고 치죠. 제가 이미 말씀드렸지만 저는 그런 가설을 잠시라도 믿어본 적 없습니다. 하지만 한번 잠시 그 가설대로 따라가보죠. 배심원 여러분, 제가 여러분께 모든 거룩한 것을 두고 맹세하는데, 그 사람이 그에게 아버지가 아니라 서로 남남인데 그를 화나게 한 사람이었다면, 그는 방들을 한 바퀴 돌고 나서 그 여자가 그 집 건물 안에 없다는 걸 확인하고는 자기의 경쟁자한테 아무 해도 끼치지 않고 쏜살같이 달아났을 겁니다. 글쎄, 어쩌면 한 대 때리거나 밀었을 수는 있습니다. 하지만 그뿐이었을 겁니다. 왜냐하면 그에게는 그 이상의 여유가 없었으니까요. 시간이 없었단 말입니다. 그는 그 여자가 어디 있는지 알아야 했기 때문입니다. 하지만 그의 앞에 서 있는 사람은 아버지였습니다. 말이 아버지지, 사실은 자기가 아버지인 척만 한 사람이었습니다. 그가 어렸을 때부터 미워해온 사람이며, 그의 적이자 그를 모욕한 사람이며, 이제는 또 용서 못할 경쟁자까지 된 사람이었습니다. 증오의 감정이 자기도 모르게 그를 휩쌌습니다. 걷잡을 수 없을 만큼, 이성적 판단이 불가능할 만큼 말입니다. 모든 것이 한순간에 훅 올라왔습니다. 그것은 앞뒤를 안 가리게 되는 광기의 발작이었으나, 그와 동시에 자연의 발작이었습니다. 자연이, 자신에게 영원한 법칙이 주어진 것에 대해 하는 복수 같았습니다. 자연 속 모든 것이 그러하듯 그 복수는 억제할 수 없이 무의식적으로 나왔습니다. 하지만 우리의 살인범 양반은 그래도 살인을 하지 않았습니다. 전 그 점을 확실히 소리 높여 말합니다. 살인을 한 게 아닙니다. 그는 단지 혐오와 분노 속에서 절굿공이를 한 번 휘둘렀을 뿐입니다. 죽이려고 그런 것이 아니었고, 그렇게 하다가 죽일 수도 있다는 것을 모르고 그랬습니다. 이 운명의 절굿공이만 손에 안 쥐고 있었더라면 그가 부친을 때렸을 수는 있어도 죽일 수는 없었겠죠. 달아나면서 그는 자기가 타격을 가한 노인이 죽었는지 알지 못했습니다. 그런 살인은 살인이 아닙니다. 그런 살인은 부친 살해가 아닙니다. 네. 그런 부친을 살해한 것은 부친 살해라고 칭해질 수 없습니다. 그런 살인은 오로지 선입견에 의해서만 부친 살해로 인정될 수 있습니다. 하지만 말입니다, 발생했습니까? 그 살인이 실제로 발생했느냐 말입니다. 제가 다시 한번, 또다시 한번 마음속 깊은 곳으로부터 여러분께 호소합니다. 배심원 여러분, 우리가 피고인을 유죄라고 결정하면 피고인은 자기 자신에게 이렇게 말할 것입니다. '이 사람들은 나의 운명, 나의 양육과 교육을 위해 아무것도 한 일이 없다. 내가 좀 더 나은 사람이 되게 하기 위하여, 나를 인간으로 만들기 위하여 한 일이 아무것도 없다. 이 사람들은 나에게 음식을 대접하지 않았고, 마시게 하지 않았고, 옥에 갇혀 헐벗었을 때에 와서 보지 않았다. 그런데 이제 이 사람들이 날 강제 노동으로 보내기로 결정했다. 이제 난 값을 치른 거니까 이제 이 사람들 앞에서 빚진 게 하나도 없고 영원히 아무에게도 빚진 게 하나도 없다. 이 사람들이 나를 독하게 대하니까 나도 독하게 대해야겠다. 이 사람들이 몰인정하니까 나도 몰인정한 사람이 돼야겠다.' 이렇게 말할 거란 말입니다, 배심원 여러분. 그리고 제가 단언하건대, 여러분이 피고인이 유죄라는 결정을 내리시면 피고인의 마음을, 그의 양심을 가볍게 하시는 결과만 내실 겁니다. 그는 자기가 희생시킨 자를 저주하기만 하고 동정하지는 않을 겁니다. 그와 동시에 여러분은, 아직 인간으로서 존재할 가능성이 그에게 남아 있었는데 그것마저 망치시게 될 겁니다. 왜냐하면 그가 평생 원한을 품고 갱생의 모든 가능성을 스스로 차단해버릴 것이기 때문입니다. 혹 여러분께서 그에게 무섭고 준엄한, 상상 가능한 가장 끔찍한 형벌을 내리시길 원하시되, 그의 삶을 구하고 갱생시키는 것이 그 목적입니까? 그렇다면 그에게 자비를 베풀어 그를 압도하십시오. 여러분은 그의 마음이 얼마나 크게 떨릴지, 그가 얼마나 무서워할지 보시게 될 겁니다. '이런 호의를 나보고 감당하라고? 이렇게 큰 사랑을 나보고 받으라고? 난 그럴 자격이 없어' 하고 그는 외칠 거란 말입니다. 여러분, 저는 그런 마음을 잘 압니다. 거칠지만 고상한 마음을 말입니다, 배심원 여러분. 그 마음이 여러분의 위업 앞에 고개를 숙일 겁니다. 그 마음이 사랑의 위대한 실현을 갈망하며, 불타오르고 부활하여 영원을 내다볼 것입니다. 마음이 넓지 못한 사람들은 온 세상을 탓합니다. 하지만 이 영혼을 자비로 압도하고 이 영혼에 사랑을 베풀어보십시오. 그러면 이 영혼은 자신의 일을 저주할 것입니다. 왜냐하면 이 영혼 속에는 선량함의 싹이 매우 많기 때문입니다. 이 영혼은 넓어져서, 신께서 얼마나 자비로우시고 사람들이 얼마나 훌륭하고 정의로운지를 보게 될 것입니다. 그는 참회하는 마음으로, 그리고 자기가 이제 무한한 빚을 진 셈이라는 느낌으로 떨며 아연실색할 것입니다. 그리고 '나는 값을 치렀다' 하고 생각하는 게 아니라 '나는 모든 사람들 앞에서 죄인이고 누구보다도 부족한 사람이다' 하고 말할 겁니다. 참회의 눈물이 글썽글썽하여, 싸한 고통의 눈물을 머금고 그는 외칠 겁니다. '나는 나쁜 사람이지만 다른 사람들은 좋은 사람들이다. 나를 파멸시키려 한 게 아니라 구하려 했으니까.' 여러분은 참 쉽지 않습니까, 그 자비의 행동을 하는 것이 말입니다. 게다가 어느 정도나마 진실과 비슷한 증거가 없으므로 여러분은 '유죄입니다' 하고 말하기가 어려우실 겁니다. 죄 있는 자 열 명을 풀어주는 것이 죄 없는 자 한 명에게 형벌을 내리는 것보다 낫습니다. 들리십니까? 우리의 영광스러운 역사 중 지난 세기에 울려 퍼진 이 위엄 있는 목소리가 들리십니까?[70] 러시아의 법정은 단지 징벌인 것이 아니라 파멸한 사람의 구원이기도 하다는 말을 꼭 저 같은 보잘것없는 사람이 여러분께 상기시켜드려야 할까요? 다른 민족들에게는 글씨*와 징벌일지 몰라도 우리에게는 파멸한 자의 영혼과 의미, 구원과 갱생이 되도록 합시다! 그런 이상, 러시아와 그 법정이 정말로 그러하다면, 러시아는 전진하게 돼 있습니다. 그 미친 듯 질주하는 삼두마차, 모든 민족들이 혐오스러워 피하는 그 삼두마차를 가지고 우리를 위협하지 마십시오! 미친 듯 질주하는 삼두마차가 아니라 위엄 있는 러시아의 전차가 장중하고 침착하게 목적지에 다다를 것입니다. 여러분의 손에 제 의뢰인의 운명이 있습니다. 여러분의 손에 우리 러시아적 진리의 운명이 있습니다. 여러분께서 그 진리를 구하실 겁니다. 여러분께서 그 진리를 고수하실 것입니다. 그 진리를 지키는 자들이 존재하며 그 진리는 믿을 만한 자들의 손에 맡겨져 있다는 것을 여러분께서 증명해주실 것입니다!"

XIV
자존심을 세운 촌사람들

페츄코비치가 그렇게 말을 마치자 청중의 환호가 걷잡을 수

---

* 죄인의 피부를 인두로 지져 글씨를 남기는 것을 염두에 두고 한 말임. - 역자 주

없는 폭풍과 같이 터졌다. 진정시키는 것이 이미 의미가 없을 정도였다. 여자들은 울었고, 남자들 중에서도 우는 사람이 많았다. 두 명의 고관들마저 눈물을 흘렸다. 재판장은 그런 분위기에 승복할 수밖에 없었으므로 종을 치는 것도 주저하고 있었다. "그런 열광적인 분위기에 맞선다는 건 성스러운 존재에 맞서는 거나 마찬가지였을 거예요" 하고 차후에 우리 읍 여자들이 입을 모았다. 연사는 환호에 진심으로 감사하고 감동하는 태도였다. 그랬는데 어느 순간 갑자기 우리의 이폴리트 키릴로비치가 '반대 의견을 내세우기 위해' 일어났다. 사람들이 증오가 담긴 눈길로 그를 쳐다보았다. '뭐야? 왜 저래? 이 마당에서 저 사람이 뭘 또 반대하고 나서겠다고?' 하고 여자들이 조잘댔다. 하지만 온 세상의 여자들이 그렇게 조잘댔다손 치더라도, 그리고 그 여자들의 패거리를 이끄는 이가 바로 다름 아닌 검사의 마누라였다 하더라도, 그 순간에 그를 말리는 것은 불가능했을 것이다. 검사는 창백한 얼굴로 흥분에 떨었다. 그가 입 밖에 낸 첫마디를 사람들이 못 알아들을 정도였다. 그는 숨이 찬 데다 발음이 엉기고 말이 뒤죽박죽이었다. 하지만 조금 후 상태가 괜찮아졌다. 나는 그의 두 번째 연설 중 몇 구절만 소개하기로 하겠다.

"우리 측이 소설을 썼다며 우리 측을 비판하시는데, 그러는 변호인의 말은 소설을 바탕으로 한 소설이 아니고 뭡니까? 이제 시만 마저 쓰시면 딱 되겠네요. 표도르 파블로비치가 애인을 기다리다가 봉투를 찢어서 그걸 바닥에다 버린다고요? 그것만 해도 놀랄 만한 상상력인데, 그때 표도르 파블로비치가 무슨 말을 했는지까지 말씀하셨어요. 그게 서사 문학이 아니고 뭡니까? 그리고 표도르 파블로비치가 돈을 꺼냈다는 증거는 또 어디 있습니까? 그가 무슨 말을 했는지를 누가 들었습니까? 지적 능력이 약한 백치 스메르쟈코프가 바이런 시의 주인공으로 변신하여, 자기가 사생아인 것에 대해 사회에 복수를 한다? 그게 바이런 풍의 서사 문학이 아니란 말입니까? 그리고 아버지 집으로 침입하여 아버지를 죽인 아들이 아버지를 안 죽인 아들이기도 하다고요? 이건 심지어 소설이나 서사 문학이라기보다는, 이건 자기도 못 풀 수수께끼를 낸 스핑크스네요. 죽였으면 죽인 거지, 죽였는데 안 죽인 거라는 게 말이 됩니까? 그걸 이해할 사람이 누구 있습니까? 그다음에, 우리의 연단이 진리와 건전한 이성의 연단이라고요? 바로 그런 '건전한 이성'의 연단에서, 부친을 살해한 것을 부친 살해라고 칭하는 것이 단지 선입견일 뿐이라는 공리를 선포하십니까? 그것도 장담을 해가면서요? 자, 부친 살해가 선입견이고, 어떤 자식일지라도 '아버지, 내가 왜 아버지를 사랑해야 돼요?' 하고 자기 아버지를 심문하려 든다면, 우리는 어떻게 되는 걸까요? 사회의 기초가 어떻게 될까요? 가족이 어떻게 될까요? 부친 살해는 말입니다, 모스크바 상인 여자의 '불과 유황'일 뿐입니다. 러시아 법정의 사명과 본질에 있어서의 가장 귀중한, 가장 거룩한 교훈을 곡해하고 경솔하게 해석하여 소개하셨군요. 오로지 목적에 도달하기 위해서, 무죄로 인정할 수 없는 사람을 무죄로 인정하는 일을 이루기 위하여 그렇게 한 것이죠. '피고인을 자비로 압도하십시오' 하고 변호인께서 외치시는데, 범죄자가 얻고자 하는 게 바로 그거지요. 그 압도당한다는 게 과연 어떤 모습일지 내일 당장 보시게 될걸요. 아니, 피고인을 무죄로 인정하라고 요구하시는 변호인, 너무 소박하신 거 아닙니까? 아니, 왜, 부친 살해범의 이름으로 장려 기금을 설립하라고 요구하시지 그래요? 그의 위업을 후손과 젊은 세대가 영원히 기억하게 하기 위해서 말이에요. 복음서와 종교가 개정되는군요. 다 신비주의라는 거죠? 오로지 우리한테만 이성과 상식에 따르는 분석을 통해 점검된 진정한 크리스트교가 있다고요? 그러면서 우리 앞에 그리스도와 유사한 가짜를 내놓으시네요. '너희가 헤아리는 그 헤아림으로 너희도 헤아림을 도로 받을 것이니라' 하고 변호인이 외치고 나서 바로, 자기가 헤아림을 받는 그 헤아림으로 헤아리라는 계명을 그리스도가 주셨다고 결론을 내시네요. 그 말이 바로 이 진리와 건전한 이성의 연단에서 울려 퍼진 말이었습니다. 연설 전야에 벼락치기로 복음서를 들여다보는 건 이해합니다. 필요에 따라 그 어떤 효과를 거두는 데에 소용이 있을 만한 다분히 독특한 글을 알고 있다는 사실로 좋은 인상을 끼치기 위해서겠죠. 필요에 따라서 말입니다. 하지만 그리스도의 명령은 그렇게 하지 말라는 겁니다. 잘못해서 그렇게 하는 일이 없도록 하라는 겁니다. 왜냐하면 악한 세상이 그렇게 하기 때문이라는 겁니다. 우리는 용서하고 자신의 뺨을 돌려대야 하는 거지, 우리를 박해하는 자들이 우리를 헤아리는 그 헤아림으로 우리도 헤아려서는 안 되는 겁니다. 바로 그러라고 우리의 신께서 우리를 가르치셨습니다. 자식들이 아버지를 죽이지 못하게 하는 것이 선입견이라고 가르치신 게 아니라 말입니다. 그리고 우리는 진실과 건전한 이성의 연단으로부터 우리 신의 복음서를 수정하지 맙시다. 변호인께서는 우리의 신을 '십자가에 달리신, 인간을 사랑하신 그분'이라고만 칭하셨습니다.[71] 정교를 신봉하는 러시아 전체가 신께 '당신은 우리의 신이십니다!'[72] 하고 외치는 것과는 반대로요."

　검사가 자기 말에 온통 몰두한 것을 보고 재판장이 개입하여, 과장을 삼가고 지켜야 할 마땅한 선을 지켜달라는 등, 보통 그런 경우에 재판장들이 하는 말을 하면서 검사를 자제시켰다. 뿐만 아니라 청중도 조용히 있지 않았다. 술렁이면서 심지어 화가 나서 소리치기도 했다. 페츄코비치는 반대 의사를 발표하려는 시도도 하지 않았다. 그냥 올라와서, 손을 가슴에었고서, 모욕을 당한 듯한 말투로 아주 점잖게 몇 마디만 했다. 그는 '소설'과 '심리학' 이야기를 다시 한번 건드렸으되, 단지 가볍게, 비웃듯이 건드렸다. 그러다 한 대목에서 이런 표현을 삽입했다. "주피터, 당신이 화를 내는 것으로 보아 당신의 말은 옳지 않습니다."* 이 표현으로 그는 자기편인 청중에게서 의미심장한 웃음을 자아냈다. 왜냐하면 이폴리트 키릴로비치는 주피터와는 전혀 다른 인상을 풍겼기 때문이다. 그다음에, 마치 페츄코비치가 젊은 세대에게 부친 살해를 허락하는 양 그의 말이 받아들여져 그에게 들어온 비난에 대하여 그는 아주 점잖게 지적하기를, 그런 비난에 대해서는 굳이 뭐라고 말을 할 필요도 없으니 가만있겠다고 했다. '그리스도와 유사한 가짜'에 대한 말과 관련해서, 그리고 그가 그리스도를 신이라 부르지 않고 단지 '십자가에 달리신, 인간을 사랑하신 그분'이라고만 불렀다는, '진리와 건전한 이성의 연단으로부터 정교회를 거스르는 말이 나올 수 없다'는 말과 관련해서 페츄코비치는 그게 '중상'이 아니냐면서, 이 고을로 올 채비를 하면서 자

---

* 이 표현이 처음 발견되는 것은 고대 그리스 문학 작가인 루키아노스(2세기)의 풍자 문학 작품들 중 하나에서이다. 그 작품에서 이 작가는 프로메테우스와 제우스(로마식으로 하면 주피터) 사이의 논쟁을 묘사한다. 프로메테우스를 말로 이기지 못하여 화가 난 주피터가 프로메테우스에게 쏘려고 번개를 집어 들자 프로메테우스가 "당신은 대답 대신에 번개를 집어 들었으니 당신의 행동은 옳지 않소" 하고 말했다. 프로메테우스의 말에 기원을 두는 이 말은 차후에 유럽 사회에서 비유적으로 널리 사용되었다. - 역자 주

기는 적어도 이곳의 연단이 '충심에 찬 국민인 자기가 위험을 느낄 정도의' 비난에는 처해지지 않을 수 있는 연단이길 바랐다는 것을 슬쩍 암시했다. 그러나 그 말이 나왔을 때 재판장이 페츄코비치에게 역시 표현을 자제할 것을 요청했으므로 페츄코비치는 절을 한 뒤, 자기를 지지하는 청중의 와글거림을 배경으로 답사를 마쳤다. 우리 읍 여자들의 의견에 따르면 이폴리트 키릴로비치는 '영원히 압도당했다.'

그 뒤 피고인 의견 진술이 있었다. 드미트리가 일어났으나 말은 많이 하지 않았다. 그는 육체적으로도 정신적으로도 심하게 지쳐 있었다. 그가 아침에 홀에 들어올 때 보였던 꿋꿋하고 힘찬 모습은 거의 사라졌다. 그는 마치 이날 무언가 평생 못 잊을 경험을 한 듯했다. 그가 전에 이해하지 못 했던 무언가 매우 중요한 것을 배워 알게 된 듯했다. 그의 목소리에서는 힘이 빠졌고, 그는 이미 아까처럼 소리를 지르지 않았다. 그의 말에서는 무언가 전에는 없던, 압도당해 누그러지고 수그러진 어조가 들렸다.

"제가 무슨 말을 할 수 있을까요, 배심원 여러분? 나의 심판의 때가 왔습니다. 저의 운명에 신의 손이 드리운 것을 느낍니다. 행실이 천박한 인간의 종말입니다! 하지만 신께 고백하듯이 여러분께 말씀드립니다. 아버지의 죽음에 저는 죄가 없습니다! 마지막으로 다시 한번 되풀이해 말씀드립니다. 제가 죽인 게 아닙니다. 저는 방탕했지만 선을 사랑했습니다. 나쁜 행실을 고치려고 순간순간 노력했지만 살기는 야수처럼 살았습니다. 저에 대해 제가 몰랐던 많은 이야기를 해주신 검사님께 감사드립니다. 하지만 제가 아버지를 죽였다는 건 사실이 아닙니다. 검사님께서 잘못 판단하신 겁니다. 변호인님께도 감사드립니다. 변호인님의 말씀을 들으면서 울었습니다. 하지만 제가 아버지를 죽였다는 건 사실이 아닙니다. 그런 가정을 하지 말았어야 했습니다! 그리고 의사들의 말은 믿지 마십시오. 저는 정신이 말짱합니다. 다만 마음이 무거울 따름입니다. 만약 자비를 베풀어주신다면, 만약 풀어주신다면, 여러분을 위해 기도하겠습니다. 더 나은 사람이 되겠습니다. 약속합니다. 신 앞에서 약속합니다. 만약 제가 유죄라고 하신다면 그 치욕을 달게 받겠습니다. 저에게 더 이상 아무 체면도 명예도 안 남은 상황을 받아들이겠습니다. 하지만 자비를 베풀어주십시오. 저에게서 저의 신을 빼앗지 마십시오. 안 그러면 신께 불만을 토로할 겁니다. 저의 마음은 무겁습니다, 여러분······, 자비를 베풀어주십시오!"

그는 허물어지다시피 자기 자리에 앉았다. 목소리가 갈라져 나와, 마지막 구절을 그는 간신히 발음해냈다. 그 뒤 재판관들이 질문들을 정하여 양측에 최종 결정을 요청하기 시작했다. 하지만 자세한 절차는 묘사하지 않겠다. 마침내 배심원들이

회의를 하러 나가기 위해 자리에서 일어났다. 재판장이 매우 피곤했으므로, 홀을 나가는 배심원들에게 아주 힘없는 말투로, "침착하게 결정하도록 하십시오. 변호인 측의 달변에 좌우되지 말고 잘 생각하여 헤아리십시오. 여러분께 중대한 의무가 놓여 있음을 기억하십시오" 등의 말을 했다. 배심원들이 나가고 휴정 시간이 되었다. 일어서서 돌아다니며 자기가 받은 인상을 서로 얘기하고 식당에 가서 허기도 채울 수 있는 시간이었다. 이미 야심한 시간이었다. 밤 1시쯤 됐다. 그러나 집에 간 사람은 아무도 없었다. 모두들 긴장하고 마음을 다잡았으므로 잠도 오지 않았다. 모두가 숨을 죽이고 결말을 기다렸다. 하긴 모두가 그런 건 아니었다. 여자들은 히스테릭한 초조 속에 있었을 뿐 숨은 죽이지 않았다. '무죄 인정이 불가피하다'고들 생각했다. 여자들은 모두 공동의 열정을 분출할 감동적 순간을 기대했다. 사실 남자들 중에도 무죄 인정이 불가피하다고 확신하는 사람들이 매우 많았다. 어떤 이들은 기뻐했고 어떤 이들은 인상을 찌푸렸고 또 어떤 이들은 기분이 완전히 가라앉았다. 피고인이 무죄라고 인정되는 걸 원치 않아서였다. 페츄코비치는 승리를 확신하고 있었다. 그는 사람들에게 둘러싸여 축하의 말과 아첨의 말을 듣는 중이었다.

나중에 사람들이 전해준 바에 따르면, 그는 한 무리에 섞여서 이렇게 이야기했다.

"변호인을 배심원들과 이어주는 눈에 보이지 않는 끈들이 있습니다. 연설을 할 때 벌써 그 끈들이 매어진다는 게 느껴집니다. 제가 느꼈습니다. 그런 끈이 존재하는 것을요. 우리 측이 이겼으니 안심하셔도 됩니다."

"아이고, 이제 우리 촌놈들이 도대체 무슨 말을 할까요?" 하고, 뚱뚱하고 얼굴이 얽은 근교 출신 지주 한 사람이, 이야기를 나누고 있는 한 무리의 신사들에게 다가와 인상을 찌푸리고 말했다.

"거기 촌놈들만 있는 거 아니잖아요. 관리도 네 명 있잖아요."

"하하, 네, 관리들도 있죠" 하고 지방자치회 의원 한 사람이 무리에 끼어들면서 말했다.

"근데 나자리예브라는 사람, 프로호르 이바노비치라고 불리는 사람 아세요? 휘장을 달고 나온 상인 계급 사람이요. 배심원으로 나온."

"그 사람 왜요?"

"똑똑하기로 이름난 사람이에요."

"계속 잠자코 있던데요."

"잠자코 있는 거야 그래야 되니까 잠자코 있겠죠. 아무튼 아무리 페테르부르크에서 온 사람이라 해도 그 사람을 자기 맘대로 주무를 순 없을 거예요. 오히려 그 사람이 페테르부르크 전체를 주무르려면 주물렀지. 지금 그 사람이 열두 명을 거느

리잖아요. 그러니 어떻게 되겠어요?"

"아니, 설마 무죄가 아니라고는 안 하겠죠?" 하고 다른 무리에서 우리 읍의 젊은 관리들 중 한 사람이 소리쳤다.

"틀림없이 무죄가 인정될 겁니다" 하는 누군가의 자신 있는 목소리가 들렸다.

"무죄를 인정 안 하는 건 창피하고 수치스러운 일일걸요" 하고 관리가 소리쳤다. "그 사람이 죽였다고 치더라도 말이에요, 아버지도 아버지 나름이죠! 게다가 그 사람이 그렇게 흥분 상태에 있었잖아요. 정말로 절굿공이를 한번 휘두른 것뿐인데 아버지가 맞고 쓰러진 거겠죠. 하인을 걸고넘어진 건 잘못한 거예요. 그건 그냥 우스운 에피소드예요. 내가 변호인이었다면 그냥 그렇게 직접 대고 말했을 거예요. 죽였다. 하지만 죄는 없다, 에이, 젠장, 알아서들 해라!"

"그 사람 실제로 그렇게 말했잖아요. '에이, 젠장, 알아서들 해라!'만 빼고."

"아니에요, 미하일 세묘노비치 씨, '거의' 그렇게 말한 거죠" 하고 또 다른 목소리가 끼어들었다.

"왜 그 있잖아요, 우리 대사순절 때 그 여배우한테 무죄 판결을 내렸잖아요. 자기 애인인 유부남의 정식 아내의 목을 칼로 그은 여자 말이에요."[73]

"긋긴 했어도 죽이진 못했잖아요."

"그게 무슨 차이예요? 그은 건 사실인데."

"그건 그렇고 그 사람이 자식들 이야기한 거 들었죠? 정말 멋지지 않아요?"

"멋지고말고요."

"또 그 신비주의 얘기도요, 네? 신비주의 얘기 있잖아요."

"신비주의 얘기는 됐어요" 하고 또 누군가가 소리쳤다. "이폴리트 입장도 한번 돼 보세요. 이제 그 사람 운명이 어떻게 될지도 한번 생각해보라고요. 드미트리 편드는 그 마누라가 악이 받쳐서 내일 그 사람 눈깔 후벼 판다 할걸요."

"그 마누라가 지금 와 있어요?"

"여기 와 있긴요? 만약 여기 와 있으면 여기서 당장 눈깔 후벼 팠겠죠. 지금 이빨 아파서 집에 있대요, 하하하!"

"아하하하!"

또 다른 무리에선 이런 얘기가 오갔다.

"아마 드미트리가 무죄라는 결론이 나겠지?"

"그럼 또 내일 주점 수도가 박살나겠네. 한 열흘은 술판을 벌이지 않을까?"

"아, 진짜! 에이, 환장하겠네! 빌어먹을!"

"진짜로 빌어먹을지도 몰라. 그래도 먹을 술은 꼭 먹을걸."

"말장난도 좋지만, 생각을 좀 해보라고. 자기 아버지 머리통을 대저울로 까부수면 돼, 안 돼? 그런 걸 계속 오냐오냐했다간 우리 사회가 뭐가 되겠어?"

"전차 얘기! 전차 얘기한 거 기억나지?"

"응. 짐마차를 전차로 격상시켜버렸어."

"다음엔 또 전차를 짐마차로 격하시킬걸. '필요에 따라서, 다 필요에 따라서' 그렇게 되는 거겠지."

"약아빠진 사람들이 나타나기 시작했어. 우리 러시아에 진리란 대체 존재하는 건가? 아니면 눈 씻고 봐도 없는 건가?"

그때 종소리가 났다. 배심원들이 더도 덜도 아니고 딱 한 시간 동안 회의를 가진 후였다. 청중이 도로 자리에 앉자마자 엄숙한 고요가 진을 쳤다. 드디어 배심원들이 들어왔다. 질문들 하나하나를 다 열거하진 않겠다. 다 기억도 못 하고 말이다. 단지 재판장의 가장 중요한 첫 질문, 즉 '사전 의도를 가지고 금품을 훔칠 목적으로 살인을 했느냐'(문자 그대로는 기억하지 못한다)는 질문에 대한 답은 기억한다. 온 장내가 숨을 죽였다. 배심원들 중 가장 젊은 관리가 배심원 대표로서, 온 장내가 쥐죽은 듯 고요한 가운데 또박또박한 큰 소리로 선언했다.

"네, 유죄입니다!"

그 뒤 모든 항목에 따라 똑같은 말이 나왔다. 유죄, 유죄, 계속 유죄였다. 한 옴큼의 관용도 없었다. 이렇게 될 줄은 아무도 기대하지 않았다. 관용이 베풀어질 것으로 적어도 거의 모두가 확신했었다. 쥐죽은 듯한 장내 고요는 계속되었다. 마치 모두들 돌이 된 것 같았다. 피고인이 유죄라는 결론이 나기를 바라던 사람들도, 무죄라는 결론이 나기를 바라던 사람들도 모두 마찬가지였다. 하지만 첫 몇 분간만 그랬다는 것이다. 그 뒤 엄청난 혼란이 일었다. 알고 보니 남자들 중에서 아주 만족해하는 사람들이 많았다. 자신의 기쁨을 아예 감추지 않는 사람들도 있었다. 결과에 불만인 사람들은 기가 눌린 듯 어깨를 들썩이며 귓속말을 주고받긴 했어도 마치 아직 제정신을 차리지 못한 것 같았다. 한편 우리 여자들은 어땠겠는가? 나는 여자들이 폭동을 일으킬 거라고 생각했다. 처음에 여자들은 자기들이 잘못 들었나 생각하는 것 같았다. 그러다 갑자기, "어머, 이게 도대체 무슨 일이래? 도대체 이게 어떻게 된 거야?" 하는 외침들이 온 장내에 울려 퍼졌다. 그러면서 자기 자리에서 벌떡 일어나는 여자들이 많았다. 그들은 아마 이 모든 것을 당장 도로 바꾸고 다시 할 수 있다고 생각했나 보다. 그 순간 갑자기 드미트리가 일어나, 양팔을 앞으로 내밀어 벌리고 뭐랄까 가슴이 찢어지는 울부짖는 소리를 냈다.

"신을 걸고, 신의 최후의 심판을 걸고 맹세합니다. 우리 아버지의 죽음에 전 죄가 없습니다! 카체리나야, 너의 죄를 사한다! 형제들이여, 친구들이여, 다른 여자에게 자비를 베풀어주십시오!"

그는 말을 맺지 못하고 온 장내가 울리도록 통곡하기 시작했다. 그에게서 그런 소리가 나올 줄 몰랐을 만큼, 우는 목소리가 왠지 그의 목소리 같지 않았고 어쩐지 처음 듣는 목소리였다. 도대체 어디서 그런 목소리가 그에게 생겼는지 모를 지경이었다. 합창단석 가장 뒤쪽 구석에서 귀청을 째는 듯한 여자의 통곡 소리가 들렸다. 그루셴카였다. 그녀는 이미 아까 자기를 다시 들여보내달라고 누군가에게 애원을 해서, 구두 변론이 시작되기 전부터 들어와 있었다. 사람들이 드미트리를 데리고 나갔다. 형을 선고하는 일은 내일로 미뤄졌다. 장내의 모든 사람들이 뒤숭숭한 분위기 속에서 자리를 떴다. 나는 이미 뭘 더 기다린다든지 귀를 기울인다든지 하지 않았다. 기억해둔 것이란 이미 출구 계단에 나와서 들은 몇 마디밖에 없다.

"이십 년은 광산에서 썩어야 할걸."**74**

"응. 최소한 그 정돈 될 거야."

"그래, 우리 읍 촌놈들이 자존심을 세웠군 그래."

"결국 그래서 드미트리만 저 꼴 난 거지 뭐!"

마지막 제4부 끝

에필로그

I
드미트리를 구할 계획들

드미트리에 대한 재판이 열린 날로부터 닷새째 되는 날 아침 일찍, 9시도 되기 전에, 알렉세이가 카체리나 이바노브나를 찾아왔다. 두 사람 모두에게 상당히 중요했던 일과 관련하여, 어떻게 할 것인지 최종적으로 이야기를 나누기 위해서였다. 뿐만 아니라 그는 그녀에게 심부름 보내진 것이기도 했다. 그녀는 전에 그루셴카를 손님으로 맞았던 바로 그 방에 앉아 그와 이야기를 나눴다. 옆의 다른 방에는 병든 이반 표도로비치가 인사불성으로 누워 있었다. 카체리나 이바노브나는 그때 법정에서 벌였던 소란 이후 즉시, 병으로 의식을 잃은 이반 표도로비치를 자기 집으로 데리고 오라고 지시했다. 나중에 반드시 사회에서 일게 될 나쁜 소문과 그녀에 대한 비난 따위에는 신경도 쓰지 않았다. 그녀와 같은 집에 살던 그녀의 두 친척 여자들 중 한 명은 그 법정 사건 직후 모스크바로 떠났고, 다른 한 명은 남았다. 하지만 만일 둘 다 떠났더라도 카체리나 이바노브나는 자기가 작정한 바를 바꾸지 않고 병든 이반 표도로비치를 밤낮으로 계속 간호하며 보살폈을 것이다. 바르빈스키와 게르첸슈투베가 그를 치료하러 다녔다. 모스크바에서 왔었던 의사는 이반 표도로비치의 병이 어떻게 발전해갈 것인지에 대해 자신의 의견을 말하기를 거부하고 도로 모스크바로 돌아갔다. 나머지 두 의사는 비록 카체리나 이바노브나와 알렉세이에게 용기를 주는 말을 하긴 했지만, 그들 역시 확고한 희망은 예견 못 한다는 것이 눈에 띄었다. 알렉세이는 병든 형에게 하루에 두 번씩 가보았다. 하지만 그날은 그가 해결이 쉽지 않은 특별한 과제를 앞에 둔 상태였다. 자기 형에 대해 말을 꺼내기가 아주 어려울 것을 그는 예감했지만, 그래도 서둘러야 했다. 그에게 미룰 수 없는 또 하나의 일이 그날 아침에 다른 곳에서 있었기 때문에 서둘러야 했던 것이다. 그들은 지금 이미 15분 정도 이야기를 나눈 상황이었다. 카체리나 이바노브나는 얼굴이 창백했고 매우 피곤했다. 그러나 그와 동시에 비정상적으로 흥분해 있었다. 알렉세이가 자기한테 왜 왔는지를 예감했기 때문이다.

"저 사람이 내린 결정 때문에 걱정하지 마세요" 하고 그녀가 확고한 어조로 알렉세이에게 말했다. "뭐가 어찌 됐든 반드시 저 사람은 자기 형이 탈옥을 해야 한다고 할 거예요. 불쌍한 사람……. 책임감과 양심이 똑바른 사람이라서 그래요. 드미트리 표도로비치하고는 전혀 달라요. 자기 형 때문에 고민하다가 저 사람 저 지경이 된 거예요" 하고 카체리나가 눈을 번득이며 마지막 말을 덧붙였다. "저 사람은 벌써 오래전에 저한테 탈주 계획을 말했어요. 그때 벌써 연락을 다 취해놓은 상태였어요. 제가 알렉세이 표도로비치 씨한테 그것 관련해서 뭔가 말하기도 했었죠. 자, 들어보세요. 유형수들을 시베리아로 호송하는 경로에서 세 번째 숙박지에서 일을 해결해야 돼요. 아직 시간이 많이 남았어요. 이반 표도로비치가 그 세 번째 숙박지 담당자한테 벌써 다녀왔어요. 그런데 호송을 맡은 책임자가 누군지는 아직 몰라요. 게다가 그건 미리 아는 것이 불가능해요. 가능하면 내일 제가 알렉세이 표도로비치 씨한테 계획을 자세하게 다 이야기해드릴게요. 이 계획은 이반 표도로비치가 재판이 열리기 전날 저한테 전달해준 거예요. 무슨 일이 생길 경우를 내다보고요. 그게, 저랑 저 사람이랑 싸웠을 때 알렉세이 표도로비치 씨가 온 바로 그날 저녁이었어요. 저 사람이 아직 계단을 내려가고 있었고, 제가 알렉세이 표도로비치 씨를 보고서 저 사람한테 다시 돌아오라고 한 날이요. 기억나시죠? 그때 우리가 무슨 일 때문에 싸웠는지 아세요?"

"아뇨, 몰라요" 하고 알렉세이가 말했다.

"물론 그때 저 사람이 알렉세이 표도로비치 씨한테 말 안 했겠죠. 바로 이 탈주 계획 때문이었어요. 저 사람이 그날보다 사흘 전에 벌써 중요한 건 다 말했었어요. 그때부터 우리는 계속 싸우기 시작해서 사흘을 계속 싸웠던 거예요. 왜 싸웠나 하면, 드미트리 표도로비치가 유죄라는 결정이 나는 경우 그 못된 여자랑 같이 국외로 탈주할 거라고 저 사람이 나한테 말하자 내가 갑자기 화가 났던 거예요. 그걸 가지고 왜 화를 냈는지는 말을 못 하겠어요. 저도 모르겠어요. 아, 물론 그 못된 여자 때문이죠. 그 못된 여자 때문에 제가 화를 냈던 거예요. 바로 그 여자가 드미트리하고 같이 국외로 나갈 거라는 것 때문에요!" 하고 카체리나 이바노브나가 갑자기 분노로 입술을 떨면서 소리 질렀다. "이반 표도로비치가 그때, 내가 그 못된 여자 때문에 그렇게 화를 내는 걸 보고, 내가 그 여자랑 드미트리가 잘되는 것 때문에 질투를 한다고 금방 생각해버렸어요. 그러니까 내가 계속 드미트리를 사랑하고 있다는 거라고 받아들인 거죠. 바로 그래서 그때 처음으로 싸우게 된 거예요. 난 내 입장을 설명하는 거 하기 싫었어요. 내가 잘못했다는 말도 하지 못했어요. 난 또 저이 같은 사람이 내가 그…… 내 전 남자를 계속 사랑한다는 망측한 생각을 할 수 있다는 게, 그게 나로선 미칠 지경이었어요. 내가 그이한테 이미 오래전에, 드미트리를 안 사랑하고 그이만을 사랑한다고 직접 내 입으로 말했는데도 말이에요. 내가 그때 화를 낸 건 단지 그 못된 여자 때문이었단 말이에요. 사흘 뒤에, 그러니까 알렉세이 표도로비치 씨가 온 그날 저녁에, 저이가 나한테 봉해진 봉투를 갖고 왔어요. 만일 자기한테 무슨 일이 벌어지면 즉시 나보고 뜯어보라고 했어요. 그러니까 저 사람은 자기 병을 예견한 거예요! 저 사람은, 봉투 안에 탈주 계획이 자세히 들어 있으니까, 만약 자기가 죽거나 심각한 병에 걸리면 나 혼자서 드미트리를 구해야 한다고 했어요. 그러면서 나한테 돈을 남겼어요. 거의 1만 루블에 이르는 돈을요. 저 사람이 돈을 바꾸러 사람을 보낸 적 있다는 걸 검사가 누군가에게서 듣고 연설 때 그 말을 했잖아요. 그게 바로 그 돈이었어요. 저는, 이반 표도로비치가 나한테 느끼는 질투의 감정 때문에 괴로워하면서도, 내가 드미트리를 사랑한다고 아직까지 확신하면서도 자기 형을 구할 생각을 버리지 않고, 형을 구하는 일을 그것도 바로 나한테 맡긴다는 사실이 너무나도 놀라웠어요. 네, 그건 바로 희생이었어요! 알렉세이 표도로비치 씨는 그런 자기희생을 완전하게 이해하진 못하실 거예요! 전 저이한테 고마워서 발 앞에 엎드리고 싶었어요. 하지만 갑자기, 드미트리를 구하게 되는 게 기뻐서 내가 그러는 것으로 저이가 생각하면 어쩌나 하는 생각이 나는 거예요(저이는 반드시 그렇게 생각했을 거예요!). 저이가 그런 당치도 않은 생각을 할 수 있다는 생각 하나 때문에 제가 너무 신경이 예민해져서 그때 또 신경질을 부리고, 저이의 발에 입을 맞추는 대신 또 한바탕 옥신각신하고 말았어요. 아, 저는 불행한 여자예요! 제 성격이 그래요. 끔찍하게 불행한 성격이에요! 앞으로 또 그렇게 될지도 몰라요. 저이가 드미트리랑 마찬가지로, 딴 여자 때문에, 같이 지내기가 더 편한 딴 여자 때문에 저를 버리는 상황을 제가 만들게 될지도 몰라요. 만약 그렇게 되면……, 그렇게 된다면 전 더 이상 견디지 못할 거예요. 제 자신을 죽이고 말 거예요! 근데 그때 알렉세이 표도로비치 씨가 오셨을 때 제가 들어오시라고 하면서 저이한테도 돌아오라고 해서 저이가 같이 들어왔는데, 그때 저이가 나를 쳐다본 그 증오와 경멸에 찬 눈길 때문에 저는 너무나도 화가 나서, 기억하시겠지만, 제가 알렉세이 표도로비치 씨한테 갑자기 소리쳤잖아요. 드미트리가 살인범이라고 나한테 확실하게 말한 게 바로 바로 저이라고, 그렇게 말하는 사람은 저이 한 사람뿐이라고요. 전 저이를 움찔하게 하려고 일부러 헐뜯는 말을 한 거예요. 사실은 저이가 자기 형이 살인범이라고 주장한 적이 한 번도 없어요. 오히려 내가 저이한테 그렇게 주장했어요. 아, 모든 것의 원인은 저의 이 이상한 성격이에요! 법정에서 그런 지독한 말썽을 연출한 것도 제가 준비한 거예요! 저이는 자기가 마음 착한 사람인 것을 증명하려고 했어요. 비록 내가 자기 형을 사랑하더라도 자기는 복수와 질투 때문에 자기 형을 파멸시키지는 않는다는 걸 나한테 증명하려고 했어요. 그런 입장으로 저이가 법정에 섰어요……. 다 내 탓이에요. 다 나 한 사람의 잘못이에요!"

 카체리나가 알렉세이에게 그런 고백을 한 적은 그전까진 없었다. 알렉세이는, 그녀가 지금 겪는 고통이 자신의 꼿꼿한 자존심을 아프게 깎아내릴 수밖에 없을 정도이며 비애에 무릎을 꿇을 수밖에 없을 정도인 것을 짐작했다. 그리고 알렉세이는 그녀가 지금 겪는 고통의 또 하나의 이유를 알고 있었다. 드미트리에게 유죄 판결이 내려진 후부터 그녀가 알렉세이에게 아무리 그것을 숨기려 했을지라도 알렉세이는 알고 있었다. 하지만 만약 그녀가 지금 그의 앞에 엎드려 그 또 하나의 이유를 스스로 말한다고 치면 그는 그녀가 너무 불쌍하여 마음이 아플 것이었다. 그녀는 법정에서 자기가 저지른 '배반 행위' 때문에 고통을 받는 것이었다. 알렉세이의 추측으로는, 그의 앞에서 그녀가 자기를 주체 못 하며 눈물을 쏟고 통곡을 하며 머리를 바닥에 박으면서 사죄를 하라고 그녀의 양심이 자꾸 부추기고 있었다. 하지만 그는 그렇게 되지 말기를 바랐고, 고통을 겪는 불쌍한 그녀를 용서할 생각이었다. 그가 맡아 가지고 온 일을 이행하기가 점점 어려워지고 있었다. 그는 다시금 드미트리 얘기를 꺼냈다. 그러자 카체리나가, "아무것도, 그 사람과 관련해서 아무것도 걱정하지 마세요!" 하고 다시금 강경하고 단호하게 말을 시작했다. "그 사람의 그런 행동은 다 일순간뿐이에요. 제가 그 사람을 알아요. 제가 그 사람 마음을 너무나도 잘 알아요. 그 사람은 탈주하는 데에 결국 동의할 거라고 확신하셔도 돼요. 그리고 중요한 건, 지금 그래야 되는 게 아니라는 거예요. 그 사람이 결심을 굳힐 시간 여유가 아직 있어요. 이반 표도로비치가 그때쯤 건강을 되찾고 다 알아서 해줄 거예요. 그래서 내가 해야 할 일도 아무것도 없을 거예요. 걱정하지 마세요. 탈주하겠다고 할 거라니까요. 지금도 동의한 거나 마찬가지예요. 그 사람이 자기의 그 못된 여자를 그냥 가만 놔둘 거 같아요? 강제 노동에는 그 여자가 같이 갈 수 없거든요. 그러니 어떻게 탈주를 안 하겠어요? 단지 그 사람이 알렉세이 표도로비치 씨 때문에 선뜻 말을 못 하는 거예요. 알렉세이 표도로비치 씨가 도덕적 측면에서 그 사람의 탈주를 안 좋게 볼까 봐 말이에요. 하지만 알렉세이 표도로비치 씨는 넓은 아량으로 그 사람의 탈주를 허락해주셔야 돼요. 이 시점에서 알렉세이 표도로비치 씨의 승인이 그토록 필요하다면 말이에요" 하고 카체리나가 독한 성격이 드러나는 말투로 마지막 말을 했다. 그리곤 말을 그치고 이상한 미소를 지어 보였다.

"그 사람 거기서⋯⋯" 하고 그녀가 다시 말을 시작했다. "무슨 송가니, 자기가 져야 할 십자가니, 무슨 의무니 하는 말을 하고 있다고 나한테 이반 표도로비치가 그때 여러 번 전해줘서 기억하고 있어요. 그걸 전해줄 때 그이가 어땠는지 아세요?" 하고 카체리나가 갑자기 감정을 주체하지 못하는 듯 소리쳤다. "그때 그걸 전해줄 때 그이가 그 보잘것없는 사람을 얼마나 사랑했는지 아세요? 또 어쩌면 미워했을 수도 있고요. 아, 그런데 나는 그때 그이의 이야기를 듣고 그이의 눈물을 보면서 오만하게 비웃었어요! 아, 못된 년! 내가 바로 못된 년이에요! 내가요! 저이의 병을 돋운 것도 나예요! 그런데 유죄 판결 받은 그 사람 말이에요, 그 사람이 정말 고난을 받을 준비가 됐을까요?" 하면서 카체리나가 신경질적으로 말했다. "그런 사람이 고난을 받을 자격이나 있나요? 그 사람 같은 사람들은 절대로 고난을 받지 못해요!"

이미 증오와 혐오에 가깝다고나 할 감정이 그 말에 배어 나왔다. 그를 배신한 사람이 바로 그녀였는데도 말이다. '형 앞에서 자기 잘못을 느끼지만 때때로 형이 미워지나 보다' 하고 알렉세이가 생각했다. 그는 그게 단지 '때때로'이기를 바랐다. 카체리나의 마지막 말 속에서 그는 도전의 느낌을 받았지만, 그걸 굳이 들먹이지는 않았다.

"제가 오늘 알렉세이 표도로비치 씨를 오시라고 부른 건, 그 사람을 설득하시겠다는 약속을 받아내려고 부른 거예요. 혹시 탈주하는 게 정직하지 못한 짓이고 용감하지 못한 짓이라고 하시겠어요? 아니면, 뭐랄까, 크리스트교적이지 못하다고 하실 건가요?" 하고 카체리나가 도전의 느낌이 더 강하게 느껴지는 말투로 덧붙였다.

"아니에요. 괜찮아요. 형한테 다 말할게요" 하고 알렉세이가 웅얼거렸다. "형이 카체리나 이바노브나 씨보고 좀 와달래요" 하고 그가 그녀의 눈을 똑바로 보면서 불쑥 말했다. 그녀가 깜짝 놀라 몸을 떨고는 소파에 앉은 채 몸을 그에게서 약간 뒤로 뺐다.

"나보고요? 그게 가능한 일인가요?" 하고 그녀가 얼굴이 창백해져 자신 없이 말했다.

"가능할 뿐만 아니라 그래야만 되는 일입니다" 하고 알렉세이가 생기를 되찾은 듯 강경하게 말하기 시작했다. "형한테 카체리나 이바노브나 씨가 아주 필요하세요. 바로 지금 말이에요. 그런 필요가 만약 없었더라면 제가 카체리나 이바노브나 씨를 이렇게 미리 번거롭게 해드리진 않았을 거예요. 형은 아파요. 형은 미친 사람같이 되어 계속 카체리나 이바노브나 씨를 만나고 싶어 해요. 형은 화해하자고 카체리나 이바노브나 씨보고 오시라는 게 아니에요. 카체리나 이바노브나 씨는 그냥 가셔서 문턱에서 모습을 보이시기만 하면 돼요. 그날로부터 형한테서는 많은 일이 일어났어요. 형은 카체리나 이바노브나 씨 앞에서 자기가 지은 죄가 한없이 많은 걸 깨닫고 있어요. 그렇다고 카체리나 이바노브나 씨보고 용서해달라는 건 아니에요. 형은 '나는 용서받을 수 없어' 하는 입장이에요. 다만 카체리나 이바노브나 씨께서 문턱에 모습을 드러내시기만 하면 된대요."

"지금 갑자기 저한테……" 하고 카체리나가 당황하여 말했다. "저 요즘 계속 예감하고 있었어요. 알렉세이 표도로비치 씨가 와서 그 말을 전해주실 거라고요. 전 그렇게 알고 있었어요. 그 사람이 나보고 와달라고 할 거라고요. 하지만 그건 불가능해요!"

"불가능한 일일지라도 해주세요. 형이 자기가 카체리나 이바노브나 씨를 모욕했다고 하면서 저렇게 참회하는 것이 처음이에요. 살아오면서 처음이에요. 전엔 한 번도 지금과 같은 태도를 가진 적이 없어요. 형은 카체리나 이바노브나 씨가 오지 않겠다고 하면 자기가 '앞으로 평생을 불행할 거'래요. 있잖아요, 20년 강제 노동에 처해진 사람이 '그래도 어떻게 하면 행복할까?' 하는 생각을 해요. 불쌍하지 않아요? 한번 생각해보세요. 죄 없이 파멸한 사람을 한번 찾아가주세요."

알렉세이에게서 도전적인 어조가 자기도 모르게 튀어나왔다. 그가 계속 말했다.

"형은 결백해요. 형의 손은 피 묻은 손이 아니에요! 형이 앞으로 겪을 수 없는 고통을 생각해서라도 형을 지금 한번 찾아가주세요! 가셔서, 암흑에 떨어지는 형을 마지막으로 전송해주세요. 문턱에 서시기만 하면 돼요. 카체리나 이바노브나 씨가 그렇게 해주셔야 해요. 꼭 그렇게 해주셔야 해요!" 하고 알렉세이가 '……야 한다'는 표현에 큰 힘을 실어 강조하면서 말을 마쳤다.

"그래야 하죠. 하지만…… 못 하겠어요" 하고 카체리나가 신음하듯 말했다. "그 사람이 날 쳐다볼 거 아니에요? 그걸 어떻게 견디라고요?"

"형과 눈을 마주치셔야 해요. 지금 그 결심을 못 하시면 평생을 어떻게 사시려고요?"

"평생을 고통 속에서 사는 게 차라리 나아요."

"꼭 가셔야 해요. 가셔야 한다고요" 하고 알렉세이가 다시금 완고하게 강조하여 말했다.

"근데 왜 오늘이어야 돼요? 왜 지금 가야 돼요? 난 환자를 여기 그냥 두고 갈 수가 없어요."

"잠깐은 그러셔도 돼요. 조금밖에 안 걸리잖아요. 안 가시면 형이 밤에 열병에 걸릴지도 몰라요. 거짓말은 하지 않기로 할게요. 형을 좀 불쌍히 여겨주세요!"

"나는 안 불쌍한가요?" 하면서 카체리나가 슬프게 항의하고 울음을 터뜨렸다.

"가주실 거죠?" 하고 알렉세이가 그녀의 눈물을 보고 확인을 받고자 말했다. "제가 가서 형한테, 카체리나 이바노브나 씨가 곧 오실 거라고 얘기할게요."

"안 돼요. 절대로 얘기하지 마세요!" 하고 카체리나가 깜짝 놀라 외쳤다. "나 가줄게요. 하지만 그 사람한테 미리 말하지 마세요. 왜냐하면 내가 간 가더라도 들어가지 않을지도 모르거든요. 저 아직 모르겠어요……."

그녀의 목소리가 갈라졌고, 숨이 가빠졌다. 알렉세이가 자리를 뜨기 위해 일어섰다.

"근데 거기서 제가 누굴 만나면 어떡하죠?" 하고 그녀가 갑자기 다시금 얼굴이 창백해져서 작은 소리로 말했다.

"그러니까 지금 바로 가셔야 하는 거예요. 거기서 아무도 안 만나시도록 말이에요. 아무도 없을 거예요. 정말이에요. 그럼, 오실 줄로 알고 있을게요" 하고 그가 확고하게 말을 마치고 방에서 나갔다.

II
잠시 진실이 된 거짓

그는 현재 드미트리가 입원해 있는 병원으로 서둘러 갔다.

법원 판결이 내려진 이튿날 드미트리가 히스테리 증세를 일으켜 우리 읍내 병원의 죄수 수용 병실로 옮겨졌다. 하지만 바르빈스키 의사가 알렉세이와 다른 많은 사람들(호흘라코바, 리자 등)의 요청에 따라 드미트리를 다른 죄수들과 함께 쓰지 않고 따로 쓰는 병실로 들여보내주었다. 그곳은 바로 전에 스메르쟈코프가 입원해 있던 작은 방이었다. 단, 복도 끝에는 보초가 지키고 있었고 창문에는 철망이 쳐져 있었으므로, 죄수를 죄수 병실에 두지 않는 것이 완전히 합법적인 행위가 아니었음에도 불구하고 바르빈스키는 그런 자신의 처사와 관련하여 안심을 할 수 있었다. 그는 친절하고 동정심이 강한 젊은 의사였다. 그는 드미트리와 같은 사람이 살인범 및 사기꾼들의 사회로 곧장 발을 들여놓는 것이 얼마나 힘든 일인지를 잘 이해했다. 혈족들과 지인들의 방문은 의사와 감시인에 의해서, 심지어 군 경찰서장에 의해서 역시 허락되어 있었으므로 문제가 전혀 없었다. 하지만 드미트리를 방문한 사람은 단지 알렉세이와 그루셴카뿐이었다. 라키친이 그를 만나려고 두 번이나 시도했었지만 드미트리가 그를 들여보내지 말라고 바르빈스키에게 단단히 부탁해놓았다.

알렉세이가 들어가자 드미트리가 환자복을 입고 침대에 앉아 있었다. 그는 열이 조금 있어, 초를 푼 물에 적신 수건을 머리에 감고 있었다. 들어온 알렉세이를 그가 무어라 형언하기 어려운 시선으로 쳐다보았으나, 약간 놀란 것 같은 기미가 비쳤던 것도 사실이다.

재판 후부터 그는 계속 깊은 생각에 잠겨 지냈다. 사람이 옆에 있는데도 무언가에 대한 힘들고 괴로운 생각에 잠겨 30분씩이나 침묵하기도 했다. 그러다 잠겨 있던 생각을 벗어나 말을 시작할 때에는 왠지 항상 갑작스럽게 말이 튀어나왔고, 항상 정작 자기가 해야 하는 말이 아닌 다른 말을 하곤 했다. 어떤 때는 고통스러운 눈길로 동생을 쳐다보았다. 그는 그루셴카와 함께 있을 때가 알렉세이와 함께 있을 때보다 편한 것 같았다. 비록 그루셴카와 거의 한마디도 나누지 않았지만 말이다. 그래도 그루셴카가 올 때면 그는 그녀를 보자마자 얼굴에 온통 희색이 돌았다.

알렉세이가 말없이 그의 옆에, 침대 위에 앉았다. 이번에는 알렉세이가 오기를 드미트리가 초조하게 기다리던 중이었는데도 드미트리는 알렉세이에게 차마 뭔가를 물어보지 못하고 있었다. 그는 카체리나가 오겠다고 동의한다는 건 상상도 못할 일이라는 생각이었지만, 그와 동시에, 만약 그녀가 오지 않는다면 무언가 전혀 상상할 수 없는 일이 일어날 것 같다는 느낌을 갖는 것도 사실이었다. 알렉세이는 그의 감정을 이해했다.

"트리폰 보이스이치 있잖아," 하고 드미트리가 어수선한 태도로 말을 시작했다. "자기 여관 건물을 다 부서뜨렸대. 마룻

장들을 들어내고 널빤지들 뜯어내고 회랑을 다 산산조각을 냈대. 숨겨놓은 돈 찾는다고. 내가 거기 숨겼다고 검사가 말한 그 돈 1500을 찾겠다고 말이야. 자기 여관에 도착하자마자 즉시 그 추태를 부렸다네. 그 사기꾼 꼴좋지 뭐야! 여기 지키는 파수꾼이 어제 얘기해줬어. 걔가 거기 출신이거든."

"형," 하고 알렉세이가 말했다. "온대. 근데 언제라곤 얘기 안 했어. 어쩌면 오늘일 수도 있고, 근 며칠 내일 수도 있고, 언제가 될지 몰라. 하지만 오는 건 확실해."

드미트리가 깜짝 놀라 몸을 떨고 무슨 말을 하려다가 그만뒀다. 들은 소식에 큰 충격을 받은 것 같았다. 대화의 자세한 내용이 아주 궁금했지만 물어보기가 두려운 모양이었다. 지금 상황에서 가혹하고 경멸에 찬 카체리나의 말을 전해 듣게 되면 그건 아마 그에게 있어 칼을 맞는 것 같은 느낌이 되었을 것이다.

"참, 그런데 카체리나 씨가 나한테 이런 말을 했어. 탈주와 관련해서 양심의 가책을 느낄 필요 없다고 형한테 꼭 말해주라고. 그때쯤 이반 형이 병이 안 나으면 카체리나 씨가 직접 그 일을 맡아서 진행시키겠대."

"그 말은 네가 나한테 벌써 했었어" 하고 드미트리가 깊은 생각에 잠긴 듯 말했다.

"그 말을 형이 그루셴카한테 전했지?" 하고 알렉세이가 물었다.

"응" 하고 드미트리가 대답하곤 계속 말했다. "그루셴카가 오늘 아침엔 안 올 거야." 그러면서 그는 자기 동생을 소심한 눈길로 쳐다보았다. "저녁때 돼야 올 거야. 카체리나가 행차한다고 내가 어제 말했더니 아무 말이 없더라고. 입술만 찌그러뜨리고. 그러다가, '오라 그래' 하고 속삭이는 소리로 말하고 말더라. 중요한 일 때문이라고 알아먹었을 거야. 난 더 이상 그루셴카를 괴롭게 하고 싶지 않았어. 그루셴카가 아마 지금은 이해하겠지? 카체리나가 나 말고 이반을 사랑하는 걸."

"그럴까?" 하고 알렉세이가 자기도 모르게 물었다.

"뭐 어쩌면 아닐지도 모르지. 아무튼 아침엔 안 올 거야" 하고 드미트리가 빨리 말을 돌리면서 아까 했던 말을 되풀이했다. "내가 심부름을 하나 시켰거든. 야, 그건 그렇고, 동생아, 이반이 누구보다도 제일 잘될 거야. 우리가 아니라 바로 이반이 잘살 거야. 병도 나을 거고."

"응, 형, 있잖아, 카체리나 씨가 이반 형 때문에 초조해하긴 해도, 그래도 이반 형이 건강을 회복할 거라는 데에 거의 의심을 안 해" 하고 알렉세이가 말했다.

"그럼 그건 바로, 그 여자가 이반이 죽을 거라고 확신한다는 얘기구먼. 그 여자는 그런 자기의 확신이 무서워서, 이반이 건강을 회복할 거라고 억지로 믿는 거야."

"이반 형은 본래 건강한 체질이잖아. 나 역시 이반 형이 건강을 회복할 거라는 희망을 거는데" 하고 알렉세이가 걱정스럽게 말했다.

"그래, 이반은 건강해질 거야. 하지만 그 여자는 이반이 죽을 거라고 확신하고 있어. 걱정거리가 참 많은 여자야……."

이후 둘 다 말이 없었다. 드미트리가 무언가 아주 중요한 문제 때문에 고심하는 듯했다.

"알렉세이야, 나 그루센카를 죽도록 사랑해" 하고 그가 갑자기 눈물을 잔뜩 머금은 떨리는 목소리로 말했다.

"근데 그루센카를 형이랑 같이 보내주진 않을 거야" 하고 알렉세이가 기회를 살려서 말했다.

"또 너한테 하고 싶은 말이 이거야" 하고 드미트리가 갑자기 낭랑해진 목소리로 말을 계속했다. "거기 가는 길에, 아니면 가서 내가 구타를 당하게 되면, 난 가만 놔두지 않을 거야. 잡아 죽일 거야. 그럼 나 총살당하겠지. 나보고 거기서 20년을 살라고? 여기서 벌써 나한테 낮춤말들을 쓰기 시작했어. 파수꾼들이 나한테 다 낮춤말이야. 나 어젯밤에 누워서 밤새 생각해 봤어. 결론은, 내가 준비가 안 됐다는 거야. 상황을 받아들일 준비가 안 됐어. '송가'를 부를 생각이었지만, 파수꾼들이 낮춤말 쓰는 것엔 숙달이 안 돼. 그루센카를 봐서라도 다 참아야 할 테지만 말이야……. 구타만 빼고. 그런데 그루센카는 따라가게 해주지도 않는다니……."

알렉세이가 조용히 미소를 띠고 말했다.

"형, 내 생각을 말해줄 테니까 형이 꼭 기억에 담아뒀으면 해. 형은 내가 형한테 거짓말 안 하는 거 알지? 자, 들어봐. 형은 준비가 안 됐고, 형이 그런 십자가를 져야 하는 것도 아니야. 뿐만 아니라 준비가 안 된 형으로서 그런 대순교자의 십자가를 지는 건 필요하지도 않아. 형이 만약 아버질 죽였더라면 난 형이 자기 십자가를 거부하는 게 안타까웠을 거야. 하지만 형은 죄가 없으니까 그런 십자가는 형한테 너무 심해. 형은 고통을 겪어서 새사람으로 태어나려고 했지? 하지만 형이 새사람으로 태어나려고 했던 걸 형이 어디로 도주하든 평생 항상 염두에 둔다면, 그것으로 충분할 거라고 난 생각해. 형이 십자가의 큰 고난을 받아들이지 않게 되면 그것으로 인해 형이 큰 의무감을 자기 속에 간직하게 될 테니까, 그런 느낌을 계속 갖고 있으면 그것이 앞으로 형이 새로 태어나는 데에 계속해서 도움이 될 거야. 형이 거길 가는 것보다 어쩌면 더 도움이 될 수 있어. 왜냐하면 거기 가면 형이 상황을 견디지 못하고 형한테 불평만 가득 찰 거고, 어쩌면 마침내 '나 값을 치렀다' 하고 진짜로 말하게 될지도 몰라. 변호사가 그 점에선 올바로 말한 거야. 무거운 짐을 지는 게 어떤 사람들한테는 가능할지 몰라도, 다른 어떤 사람들한테는 그게 불가능할 수도 있어.[75] 이게 내 생각이야, 형이 내 생각을 듣고 싶었다면 말이야. 만일 형의 탈주에 대하여 장교들, 군인들 같은 다른 사람들이 책임을 져야 한다면, 그러면 내가 형한테 탈주를 허락 안 했을 테지만," 하면서 알렉세이는 미소를 지었다. "하지만 잘만 하면 큰 벌은 내려지지 않을 수 있고 아무것도 아닌 것처럼 넘어갈 수도 있대(숙박지 담당자가 직접 이반 형한테 말했어). 물론 매수를 하는 건 어떤 경우에라도 정직하지 못한 일이지만, 내가 여기서 절대로 그걸 가지고 이렇다 저렇다 하진 않겠어. 그건 왜냐하면, 만약 예를 들어 이반 형하고 카체리나 씨가 나보고 이 일에서 형을 위해 애써달라고 부탁을 했다면 나도 가서 사람을 매수했을 거라고 생각하기 때문이야. 내가 형한테 진실을 그대로 다 말해야 되기 때문에 이렇게 말하는 거야. 그래서 난 형이 하는 행동에서 형을 판단하지 않을 거야. 난 형을 절대로 비판하지 않을 거야. 그리고 내가 마치 이 일에서 형을 판단하는 사람이 될 수 있다는 거 자체가 이상하지 않아? 뭐, 이 정도면 내가 해야 될 생각을 다 하지 않았나 싶어."

"하지만 그 대신 내가 나를 비판할 거야!" 하고 드미트리가 소리쳤다. "내가 탈주할 거라는 건 너한테 물어보기도 전에 이미 결정된 거였어. 드미트리 카라마조프가 탈주를 안 할 수 있을 거 같아? 하지만 나 자신을 비판할 거고, 거기 가서 끊임없이 사죄할 거야. 예수회 교도들이 그렇게들 말하지? 안 그래? 자, 우리 그렇게 하는 것으로 정하는 거다. 어때?"

"그래" 하고 알렉세이가 조용히 미소를 지었다.

"네가 항상 진실을 다 말하고 아무것도 숨기지 않아서 난 네가 좋아" 하고 드미트리가 환하게 웃으며 외쳤다. "그러니까 내가 예수회 교도 얘기를 해서 알렉세이 널 설득한 거네! 널 100번 뽀뽀해도 모자라겠다, 이놈아! 자, 그럼 이제 나머지 얘기를 들어봐. 내 마음의 나머지 반을 너한테 열어 보일게. 내가 생각해봐서 얻은 결론이 이거야. 내가 탈주를 시도하는 건, 비록 돈과 여권을 가지고 아메리카로 탈주한다고 해도, 그게 행복한 삶을 향해 하는 탈주가 아니라, 또 다른 강제 노동을 향하여, 어쩌면 여기서 치러야 할 강제 노동보다 더 심한 강제 노동을 하러 가는 거라는 생각이 들어서, 나는 더욱더 탈주를 추진하게 돼. 여기서 치러야 할 강제 노동보다 더 심한 강제 노동일 거라고, 알렉세이야. 이 말은 정말이야! 난 빌어먹을 아메리카를 지금 벌써부터 증오해. 그루셴카가 나와 함께 간다지만, 한번 그루셴카를 생각해봐. 그루셴카가 아메리카에서 적응을 할 거 같아? 그루셴카는 러시아 여자야. 영락없이, 뼛속까지 러시아 여자야. 그루셴카는 모국 러시아가 그리워 애수에 젖을 거야. 나는 그루셴카가 나 때문에 애수에 젖는 걸 끊임없이 봐야 될 거야. 나를 위해서 그루셴카는 그런 십자가를 지는 것일 테지. 도대체 무슨 죄가 있어서? 또 나는 그곳 양키 놈들 하는 짓거리를 견뎌낼 거 같으냐? 아무리 그놈들이 예외 없이 나보다

다 낫다고 치더라도 말이야. 그놈의 아메리카를 난 지금 벌써 증오해! 그놈들이 다 예외 없이 대단한 기관사들 아니면 또 뭣일지라도, 젠장, 내가 알 바 아니지, 아무튼 다들 나랑 다른 놈들일 거 아냐? 마음이 통할 리가 없을 거 아냐? 난 러시아를 사랑해, 알렉세이야. 러시아의 신을 사랑해. 비록 내가 비열한 놈일지라도! 나 거기 가서 아마 죽을 거야!" 하고 그가 갑자기 눈을 번득이며 소리 질렀다. 목소리가 울음이 섞인 것처럼 떨렸다.

"그래서 난 이렇게 하기로 했어, 알렉세이야. 들어봐" 하고 그가 흥분을 억누르고 다시 말하기 시작했다. "그루셴카랑 같이 거기 도착해서, 거기서 당장 밭을 갈면서, 되도록 멀리 떨어진, 야생 곰들이 사는 외딴 곳에서 일을 하는 거야. 거기도 동떨어진 곳이 있을 거 아니야? 거긴 홍인종이 산다더라. 거기 어디 지평선의 끝 쪽에 말이야. 그 끝 쪽으로 갈 거야. 최후의 모히칸족들이 사는 곳으로.[76] 그리고 당장 문법을 공부하는 거야. 나랑 그루셴카랑. 일을 하고 문법을 공부하면서 3년을 지내는 거야. 3년이면 영어를 영국인들처럼 똑같이 말하게 되겠지. 터득하기만 하면, 그러면 아메리카 생활은 끝이야! 이리로 달려올 거야. 러시아로. 아메리카 국민이 돼서 말이야. 걱정 마, 이 읍으로는 안 올 거야. 어디 먼 데로 숨어 들어갈 거야. 북쪽이나 남쪽으로. 그때쯤이면 나도 변할 거야. 그루셴카도 역시. 거기 아메리카에서 의사가 나한테 사마귀를 하나 만들어 붙여줄 수 있을 거 아냐? 그놈들이 괜히 기계공들인 건 아닐 테니까. 아, 차라리 그냥 눈을 하나 애꾸로 만들고 턱수염을 1아르신 길이로 기르지. 희끗희끗한 턱수염을 말이야(러시아를 그리워하느라고 턱수염이 저절로 하얘질 거야). 그러면 사람들이 아마 날 몰라볼걸. 그래도 만약 알아본다면 유형을 보내든지 하라지. 어쨌든 상관없어. '운명인가 보다' 해야지. 여기 와서도 벽지 어디에서 밭을 갈 거야. 그러면서 평생 아메리카 사람 행세 할 거야. 그 대신 고국에서 죽을 수 있잖아. 내 계획이 이래. 이건 확고한 거야. 네 생각엔 괜찮은 거 같아?"

"괜찮은 거 같아" 하고 알렉세이가 말했다. 그에게 반대하기가 싫어서였다.

드미트리가 잠깐 조용하더니 갑자기 다시 말하기 시작했다.

"거 참, 어떻게 그 따위로 재판을 해서 날 이 지경으로 만들 수가 있어, 안 그래?"

"어떻게 됐든 어차피 형은 유죄 판결을 받았을 거야" 하고 알렉세이가 한숨을 쉬며 말했다.

"내가 이곳 사람들한테 밉게 보인 거지. 뭘 어쩌겠어? 하지만 힘든 건 사실이야!" 하고 드미트리가 괴로운 신음 소리를 내뱉었다.

다시금 잠시 침묵이 흘렀다.

"알렉세이야, 차라리 날 지금 죽여라!" 하고 그가 갑자기 소리 질렀다. "그 여자 지금 온대, 안 온대? 말해봐! 그 여자가 뭐랬어? 어떻게 말했어?"

"온다고 했어. 근데 오늘일지는 잘 모르겠어. 결정하기가 힘들대" 하고 알렉세이가 조심스럽게 자기 형을 쳐다봤다.

"그래, 힘들겠지! 안 힘들 리가 있나? 알렉세이야, 나 이러다가 미쳐버리겠다. 그루셴카가 계속 날 보고 있어. 이해하면서. 아이고, 맙소사, 날 좀 진정시켜줘. 내가 요구하는 게 뭐냐고? 카체리나가 오는 거! 야, 내가 지금 그런 요구를 할 처지이긴 한 거냐? 진중하지 못하고 경건하지 못한 거 카라마조프답다! 아, 난 아무래도 고난을 당할 능력이 안 되나 봐! 그냥 비열한 놈이야. 그게 다야!"

"저기 오셨네!" 하고 알렉세이가 소리쳤다.

그 순간 홀연히 문턱에 카체리나가 나타났다. 그녀는 잠시 움직임을 멈추고 난처한 눈길로 드미트리를 살폈다. 드미트리가 발로 바닥을 짚고 벌떡 일어났다. 그의 얼굴은 창백해졌고 겁먹은 표정을 띠었다. 그러나 곧 미안해하는 듯한 소심한 미소가 그의 입술을 스쳤다. 그리고 갑자기 자기도 억제할 수 없는 듯이 카체리나를 향하여 양손을 내밀었다. 그걸 보고 카체리나가 부리나케 그에게 달려왔다. 그녀는 그의 손을 잡아, 거의 강제로 그를 침대에 앉히고는 자기도 옆에 앉아, 손을 계속 놓지 않고 경련이 일기까지 단단히 꽉 쥐었다. 둘 다 몇 번씩 무슨 말을 하려고 애쓰다가도 멈추고 다시금 말없이 서로의 얼굴에 눈길을 박고 이상한 미소를 띠고 서로를 응시했다. 그렇게 2분쯤이 흘렀다.

"날 용서했어? 안 했어?" 하고 마침내 드미트리가 멋쩍은 듯 말을 꺼냈다. 그리고는 곧장 알렉세이에게로 고개를 돌리고는 기쁨에 겨워 일그러진 얼굴을 하고 그에게 소리쳤다.

"나도 참! 물어볼 걸 물어봐야지! 안 그래?"

"그 대신 관대한 마음을 가진 당신을 사랑했어!" 하고 카체리나가 자기도 모르게 말했다. "나한테 용서는 굳이 안 받아도 돼. 나도 당신한테서 굳이 용서 안 받아도 되고. 당신이 용서를 하든 안 하든 다 마찬가지로 당신은 나의 마음속에 아픔으로 남을 거야. 나도 역시 당신의 마음속에……. 그게 당연해."

그녀가 숨을 돌리기 위해 말을 멈추었다.

"내가 왜 왔냐고?" 하고 그녀가 다시금 감정이 격하여 서둘러 말하기 시작했다. "당신의 발을 끌어안고 손을 잡으려고. 이렇게, 아프도록. 모스크바에서 내가 당신의 손을 잡으면서 당신은 나의 신이고 나의 기쁨이라고 말한 거 기억나? 미치도록 당신을 사랑한다고 한 거?"

그녀가 고통 속에서 신음하듯 그렇게 말하고는 갑자기 고개를 숙여 그의 손에다 입을 맞추었다. 그녀의 눈에서 눈물이 왈칵왈칵 쏟아져 나왔다.

알렉세이가 말없이 서서 어찌해야 될지를 몰랐다. 이렇게 될 줄은 몰랐던 것이다.

"사랑은 지나갔어, 드미트리 씨" 하고 카체리나가 다시 말을 시작했다. "하지만 지나간 그게 나한테는 아프도록 소중해. 그걸 꼭 기억해둬. 그리고 어쨌든 지금은 잠시 동안이나마, 이루어질 수도 있었던 일이 이루어졌다고 상상해봐" 하고 그녀가 입술이 일그러지는 미소를 띠고 다시금 기쁜 듯 그의 눈을 쳐다보며 뇌까렸다. "그래, 당신은 지금 다른 여자를 사랑하지? 나는 다른 남자를 사랑하고. 하지만 그래도 난 당신을 영원히 사랑할 거야. 당신은 나를 영원히 사랑할 거고. 당신 그거 알고 있었어? 알겠어? 나를 사랑하라는 말이야. 평생토록 나를 사랑해! 알았어?" 하고 그녀가 떨리는 목소리로 거의 위협하듯 소리쳤다.

"사랑할게. 그리고…… 저기 말이야, 카체리나야,"

드미트리가 단어 하나 말할 때마다 숨을 돌리며 말했다.

"저기 말이야, 난 널 닷새 전에도, 그날 저녁에도 사랑했어. 네가 쓰러져서 사람들이 너를 들고 나갔을 때 말이야……. 평생 사랑할게! 그러도록 할게, 영원히…….”

두 사람은 그렇게, 격정에서 비롯된 거의 의미 없는 말들을 서로에게 지껄였다. 옳은 말이 아니었을 수도 있었으나 그 순간에는 모든 것이 정말이었고, 그들 스스로가 자신들의 말을 진심으로 믿었다.

"카체리나야," 하고 드미트리가 갑자기 소리쳐 말했다. "내가 살인을 했다는 걸 믿니? 지금은 네가 믿지 않는다는 걸 알아. 하지만 그때는……, 네가 증언을 할 때는…… 믿었었니? 정말 그랬어?"

"그때도 믿지 않았었어! 믿었던 적 한 번도 없어! 당신이 미워서 나도 모르게 믿기로 해버렸던 거야, 그 순간에……. 증언을 할 때 말이야……. 믿기로 해버려서 결국 믿게 된 거야. 그리고 증언을 다 하고 나서는 곧바로 다시 안 믿게 됐어. 그걸 다 당신이 알았으면 좋겠어. 내가 나 스스로를 벌하러 왔다는 걸 잊었네!" 하고 그녀가 얼굴 표정을 갑자기 바꿔, 조금 전에 사랑 타령을 할 때와는 영 딴판인 얼굴 표정을 하고 말했다.

"내가 보니 너 힘들구나!"

드미트리가 자기도 모르게 갑자기 그렇게 내뱉었다.

"나 갈게" 하고 그녀가 속삭였다. "나중에 다시 올게. 지금은 너무 힘들어!"

그녀가 일어나서 가려다가 갑자기 "악!" 하고 큰 소리를 지르며 뒤로 비틀 물러섰다. 느닷없이 그루셴카가 소리도 내지 않고 병실로 들어왔다. 그루셴카가 올 줄은 아무도 몰랐다. 카체리나가 재빨리 문 쪽으로 걸음을 내딛었으나 그루셴카의 옆을 지나면서 문득 걸음을 멈추고 얼굴이 온통 백짓장처럼 하애져서 작은 소리로, 거의 속삭이는 소리로 그루셴카에게 신음하듯 말했다.

"나를 용서해주세요!"

그루셴카가 그녀를 똑바로 쳐다보고 약간 시간을 두었다가, 독기가 어린, 적의가 서린 목소리로 말했다.

"당신이랑 나는 원수야. 서로 간에 용서는 무슨 용서? 당신이 저 사람을 구해봐. 그러면 평생 당신을 경배할 테니까."

"그렇게 용서가 하기 싫어?" 하고 드미트리가 격한 목소리로 그루셴카를 야단쳤다.

"걱정하지 마. 구해줄 테니까!" 하고 카체리나가 빠르게 말하고 병실을 뛰쳐나갔다.

"저 여자가 너한테 직접 용서해달라고 했는데도 넌 용서를 안 해주냐?" 하고 드미트리가 다시금 한탄하듯 소리쳤다.

"형, 그루셴카한테 뭐라고 하지 마. 형은 그럴 자격 없어!" 하고 알렉세이가 드미트리에게 강경한 어조로 소리쳤다.

"저 여자 그 잘난 입만 놀려서 말한 거야. 마음에서 우러나오는 말이 아니었어" 하고 그루셴카가 진저리가 나는 듯 말했다. "널 구해주라 그래. 그러면 다 용서해줄 테니까."

그녀가 마음속의 무언가를 억누르는 듯 말을 그쳤다. 그녀는 아직 완전히 제정신을 못 차린 것 같았다. 나중에 밝혀진 사실이지만 그녀는 자기가 누구를 만나게 될지 전혀 모른 채 우연히 병실에 들어왔던 것이었다.

"알렉세이야, 빨리 쫓아가봐!" 하고 드미트리가 자기 동생에게 급히 부탁했다. "네가 저 여자한테 말 좀 해줘……. 무슨 말을 할지 모르겠네……. 그래도 그냥 저렇게 가게 내버려두지 마!"

"저녁때 즈음해서 올게" 하고 알렉세이가 말하고는 카체리나를 뒤따라 달려 나와, 이미 병원 영역을 벗어나 가고 있던 그녀를 따라잡았다. 그녀는 빠른 걸음으로 서둘러 가는 중이었다. 알렉세이가 자기를 따라잡자 그녀가 빠르게 그에게 말했다.

"저 여자 앞에서는 나 자신을 벌하지도 못하겠어요! 내가 저 여자한테 날 용서해달라고 한 것은 나 자신을 완전히 짓뭉개기 위해서였어요. 그런데 용서를 안 한댔죠……. 저 여자 그 점이 마음에 들어요!" 하고 카체리나가 일그러진 목소리로 마지막 말을 덧붙였다. 그녀의 눈이 사납게 번쩍였다.

"형은 전혀 예상 못 했어요" 하고 알렉세이가 머뭇거리며 말했다. "형은 그루셴카가 안 올 거라고 확신하고 있었어요."

"물론 그렇겠죠. 아무래도 좋아요" 하고 그녀가 잘라 말했다. "저기요, 나 지금 알렉세이 표도로비치 씨랑 같이 장례식에 못 가요. 나 관에 놓으라고 그 집에 꽃을 보냈어요. 그 집에 돈은 아직 있을 거예요. 만약 필요하게 되면 말씀해주세요. 앞으로 나 그 집 식구들 절대 잊지 않고 돌봐줄 거예요. 그냥 내버려두지 않을 거예요. 자, 이젠 절 가게 내버려두세요, 네? 지금 벌써 늦으셨으니까 빨리 가셔야 될 거 아니에요? 2부 예배 종소리가 들리네요……. 저를 그냥 좀 내버려두세요. 부탁이에요!"

III
일류샤 장례식과 바위 옆 대화

알렉세이는 정말로 늦었다. 사람들이 그를 기다리다 못해 그냥 관을 교회로 옮기자고 결정을 보았다. 자그마한 관은 꽃으로 아름답게 잘 단장되어 있었다. 불쌍한 소년 일류샤의 관이었다. 일류샤는 드미트리에게 판결이 내려지고 나서 이틀 뒤에 숨을 거두었다. 알렉세이가 그 집 대문께로 다가가자, 아이들, 곧 일류샤의 친구들이 소리쳐 그를 맞았다. 모두들 알렉세이를 눈이 빠지도록 기다리고 있다가 그가 오자 환호를 올린 것이다. 모인 소년들은 열두 명쯤 됐는데[77] 모두들 배낭과 가방을 어깨에 멨다. "아빠가 우실 테니까, 아빠 곁에 좀 있어 주라" 하고 일류샤가 죽기 전에 남긴 부탁을 소년들은 기억하고 있었다. 콜랴 크라소트킨이 그들의 대표였다.

"와주셔서 얼마나 기쁜지 몰라요, 카라마조프 씨!" 하고 그가 알렉세이에게 손을 내밀며 외쳤다. "여기 처지가 아주 안돼서, 보고 있으려니 힘들어요. 스네기료프 씨가 술은 안 취하셨는데요, 오늘 아무것도 마시지 않으신 걸 우리가 확실히 아는데요, 그런데도 마치 술 취하신 것 같아요. 저는 항상 잘 버티고 있지만, 힘들긴 힘들어요. 카라마조프 씨, 제가 오래 잡고 있지는 않을 거고요, 그냥 들어가시기 전에 제가 하나만 물어볼게요."

"응. 뭔데, 콜랴야?" 하고 알렉세이가 멈춰 섰다.

"카라마조프 씨, 형이 유죄예요, 무죄예요? 그 사람이 아버지를 죽인 거예요, 아니면 하인이 죽인 거예요? 카라마조프 씨의 말을 그대로 믿을게요. 나 그 생각 하느라고 나흘 밤을 잠을 설쳤어요."

"하인이 죽인 거야. 형은 무죄고" 하고 알렉세이가 대답했다.

"거 봐. 내가 그랬잖아!" 하고 갑자기 스무로프가 소리쳤다.

"그러니까 그분이 정의를 위하여 죄 없는 희생자가 된다는 거죠?" 하고 콜랴가 소리쳤다. "그분은 파멸했지만 행복하시죠? 전 그분을 부러워할 용의가 있어요!"

"부러워할 건 또 뭐야? 뭐가 부럽다고? 뭐 하러 부러워하려고 해?" 하고 알렉세이가 놀라서 물었다.

"제가 언젠가 정의를 위하여 자신을 희생할 수만 있다면……. 그건 정말 멋진 일일 거예요!" 하고 콜랴가 열광하여 말했다.

"하지만 우리 형이 당한 거 같은 일 말고 다른 일을 통해서 그러길 바란다. 우리 형이 당한 일은 너무 수치스럽고 끔찍하잖아" 하고 알렉세이가 말했다.

"물론 그렇긴 하죠······. 저는 인류 전체를 위하여 죽고 싶어요. 수치스럽든 아니든, 그건 다 마찬가지예요. 우리의 이름들은 다 소멸될 거예요.[78] 저는 카라마조프 씨의 형님을 존경해요!"

"나도요!" 하고 무리 가운데서 별안간 예상외로 한 소년이 소리쳤다. 트로이를 누가 건설했는지 안다고 했던 그 소년이었다. 그때도 그랬던 것과 마찬가지로 그 소년은 소리치자마자 얼굴이 귀까지 새빨개졌다. 새빨개진 걸 보니 작약을 방불케 했다.

알렉세이가 방으로 들어갔다. 하얀 프릴을 두른 푸른색 관에 눈을 감은 일류샤가 양손을 포개고 누워 있었다. 깡마른 얼굴의 윤곽은 거의 전혀 변하지 않았고, 시신에서 전혀 냄새가 나지 않는 것이 이상했다. 얼굴 표정은 마치 생각에 잠긴 듯 진지했다. 포개어진 양손이 특히 예뻐 보였다. 마치 대리석으로 깎아놓은 것 같았다. 꽃이 손에 쥐어져 있었고, 뿐만 아니라 관의 겉과 안 전체에 꽃 장식이 되었다. 꽃은 이른 아침에 리자 호흘라코바가 보낸 것이었고, 또 카체리나 이바노브나가 보낸 꽃들도 도착했다. 알렉세이가 문을 열자 대위가 떨리는 손으로 자기의 사랑하는 아들의 몸에 꽃 한 묶음을 더 뿌리는 중이었다. 그는 들어온 알렉세이를 힐끔 쳐다보기만 했다. 그는 아무도 보고 싶지 않았다. 정신이 이상한 자신의 아내마저 보려고 하지 않았다. 그 '애들 엄마'는 죽은 자기 아들을 가까이에서 보기 위해 자기의 아픈 다리로 일어서려고 자꾸 애쓰는 중이었다. 니나는, 아이들이 니나의 의자를 들어 관에 가까이 붙여놓아주었으므로, 관에 자기 머리를 갖다 대고 앉아서 역시 조용히 우는 것 같았다. 스네기료프의 얼굴은 활발한 표정이었음과 동시에 망연자실한 표정이었고, 또 분노의 표정이기도 했다. 그의 몸짓, 그리고 그에게서 튀어나오는 말들에는 무언가 광기라고나 할 것이 느껴졌다. "아들아, 사랑하는 아들아!" 하고 그가 일류샤를 보며 계속 쉬지 않고 뇌까렸다. 일류샤가 아직 살아 있을 때에도 그는 아들을 '아들아, 사랑하는 아들아!' 하고 친근하게 부르는 버릇이 있었다.

"애들 아빠, 나도 꽃 좀 줘. 걔 손에서 빼줘. 저 하얀 거, 응? 나 줘!" 하고 정신이 이상한 '애들 엄마'가 흐느껴 울며 부탁했다. 일류샤 손에 있던 조그만 흰 장미가 그렇게 마음에 들어서 그러는 거였든, 아니면 일류샤 손에 있던 꽃을 일류샤에 대한 추억으로 간직하려고 그러는 거였든, 어쨌든 그녀는 꽃을 가지려고 팔을 뻗으며 버둥거렸다.

"아무한테도 아무것도 안 줄 거야!" 하고 스네기료프가 박정하게 소리쳤다. "꽃은 애 거야, 당신 게 아니라. 다 애 거야. 당신 건 하나도 없어!"

"아빠, 엄마한테 꽃 좀 주세요!" 하고 갑자기 니나가 눈물로 젖은 얼굴을 들고 말했다.

"아무것도 안 줄 거야. 더욱이 엄마한테는 안 줄 거야! 엄마는 얘를 사랑하지 않았어. 저번에도 애한테서 대포를 뺏었잖아. 그리고 얘가 엄마한테 양…… 보…… 했고."

일류샤가 그때 자기 대포를 엄마한테 양보한 것을 회상하면서 대위가 갑자기 통곡하기 시작했다. 정신이 이상한 이 불쌍한 엄마는 얼굴을 양손으로 가리고 흐느껴 울기 시작했다. 소년들은 아버지가 관을 내주지 않으려 하는 것을 보고, 하지만 벌써 옮겨 갈 시간이었으므로, 일제히 관 주위로 몰려들어 관을 들려고 했다.

"묘지에다 안 묻을 거야!" 하고 갑자기 스네기료프가 울부짖었다. "바위 옆에 묻을 거야. 우리 바위 옆에! 일류샤가 그렇게 해달라고 했어. 너희들 어디로 들고 가려는 거야?"

그는 사흘 전부터 계속 바위 옆에 묻겠다고 말해왔다. 하지만 알렉세이, 크라소트킨, 집주인 할머니, 그 여동생, 그리고 소년들이 모두 그러지 말라고 했다.

"아이고, 부정 타게 웬 바위 옆에 묻으려고 그래? 누가 목 졸려 죽기라도 했나?" 하고 집주인 할머니가 엄하게 말했다. "묘지에는 십자가가 있잖아. 거기선 사람들이 아이를 위해 기도할 거라고. 교회에서 노랫소리도 들리고 말이야. 부제의 낭독

소리가 한마디 한마디 아주 생생하게 들리니까, 매번 아이한테 그 소리가 다 갈 거라고. 아이 무덤 앞에서 낭독하는 거랑 똑같을 거야."

마침내 대위가, '그래, 들고 가고 싶은 데로 들고 가' 하는 듯 손을 내저었다. 아이들이 관을 들었다. 그러나 엄마 옆을 지날 때 엄마 앞에 멈추어, 엄마가 일류샤에게 작별을 고할 수 있도록 관을 잠시 내려놓았다. 하지만 그전까지 사흘 동안 어느 정도 거리 간격을 두고 보아 오다가 그 소중한 얼굴을 문득 가까이에서 보게 되자, 엄마는 갑자기 온통 몸을 떨면서 관 위에서 머리를 히스테릭하게 앞뒤로 흔들기 시작했다.

"엄마, 성호를 그어줘. 축복을 하고 입을 맞춰줘" 하고 니나가 엄마에게 소리쳐 말했다. 그러나 엄마는 마치 자동 기계인 양 계속 머리를 흔들면서, 마음의 고통으로 일그러진 얼굴로 말없이 자기 가슴을 주먹으로 치기 시작했다. 아이들이 다시금 관을 옮겨 갔다. 관이 니나 옆을 지날 때 니나가 죽은 동생의 입술에 마지막으로 입을 맞추었다. 그 집에서 나와서 알렉세이는 집에 남는 사람들을 좀 돌봐달라고 집주인 할머니에게 부탁했으나, 알렉세이가 말을 미처 다 마치기도 전에 집주인 할머니가, "당연한 거 아니겠소? 내가 돌봐줘야지. 우리도 크리스트교인들인데" 하고 울먹이는 소리로 말했다.

교회까지 들고 가는 길은 멀지 않았다. 300보 정도만 가면 됐다. 청명하고 고요한 날이었다. 추워지긴 했지만 많이는 아니었다. 예배를 알리는 종소리가 계속 울렸다. 스네기료프가 거의 여름 것같이 짧은 자기의 낡은 외투를 입고, 부드러운 질감의 차양이 넓은 오래된 중절모를 머리에 안 쓰고 손에 들고서 관을 뒤따라 갈팡질팡 분주하게 쫓아왔다. 그는 계속 초조해하면서, 갑자기 손을 내밀어 관의 머리 쪽을 받치느라 들고 가는 소년들에게 방해가 되기도 하고, 관의 옆쪽으로 가서 어떻게 운반자들의 대열에 낄 수 없나 하고 기회를 노리기도 했다. 꽃 한 송이가 눈 위로 떨어지자 그는 그걸 주우려고 후닥닥 뛰어왔다. 마치 이 꽃 하나가 없으면 무슨 큰일이 일어나는 것처럼 말이다.

"빵 조각을 가져오는 걸 잊었네" 하고 그가 갑자기 큰 충격이라도 받은 듯 소리를 질렀다. 하지만 소년들이, 빵 조각을 그가 아까 벌써 챙겼다고, 그의 호주머니 안에 있다고 즉시 말해주었다. 그가 재빨리 호주머니에서 빵 조각을 꺼내 확인하고는 안심을 했다. "일류샤가 그러라고 그랬어요, 일류샤가" 하고 그가 즉시 알렉세이에게 설명해주었다. "밤에 일류샤가 누워 있고 나는 옆에 앉아 있었는데, 갑자기 나한테 이러는 거예요. '아빠, 내 무덤에 흙을 덮으면 그 위에다 빵 조각을 부서뜨려서 뿌려줘. 참새들이 날아들게. 그럼 내가 참새들이 날아온 소리를 듣고 기분이 좋을 거야. 나 혼자 쓸쓸히 누워 있는 게 아니니까'라고요."

"그거 좋은 생각이네요" 하고 알렉세이가 말했다. "자주 갖다줘야겠네요."

"매일이요, 매일!" 하고 대위가 마치 생기를 되찾은 양 주절거렸다.

마침내 교회에 들어와 그 중앙에 관을 내려놓았다. 소년들이 예배가 끝날 때까지 관 주위에 점잖게 서 있었다. 교회는 오래되고 가난한 것이어서, 성상들이 금속함에 넣어져 있지 않은 것이 많았다. 하지만 그런 교회에서 왠지 기도가 더 잘되는 법이다. 오전 예배가 진행되는 중 스네기료프는 어느 정도 마음이 가라앉은 듯했다. 비록 당황함에서 비롯되는 그의 그 무의식적인 배려가 별안간 발산되어 나오기도 했지만 말이다. 그는 관으로 다가와서 뚜껑과 화환을 바로잡았는가 하면, 촛대에서 양초 하나가 떨어지자 재빨리 그걸 꽂으러 달려들어, 그걸 꽂는 데에 엄청나게 많은 시간을 들였다. 그 뒤 좀 진정을 하고, 마치 뭔가가 이해가 안 간다는 멍하고 염려스러운 표정으로 조용히 관 머리맡에 서 있었다. 사도서 낭독 뒤에 그는 옆에 서 있던 알렉세이에게 갑자기 속삭이기를, '사도서는 저렇게 낭독하는 게 아니다'라고 했다.[79] 하지만 자기 생각을 자세히 풀어 말하지는 않았다. 지천사 노래가 나오자 따라 부르기 시작했으나[80] 끝까지 따라 부르지는 못하고 무릎을 꿇고 이마를 돌로 된 교회의 바닥에 댄 상태로 꽤 오래 있었다. 결국 장례 순서가 시작되어, 사람들에게 초를 나누어주었다. 정신이 멍해진 아버지는 또다시 안절부절못하는 상태로 돌입했으나, 감동적이고 큰 인상을 끼치는 추모의 노래를 듣고 마음에 감동을 받았다. 왠지 갑자기 몸을 움츠리고서 짧게 자주 울음을 터뜨리기 시작했다. 처음에는 소리를 죽여서 울다가 나중에는 큰 소리로 흐느꼈다. 망자와 작별 인사를 하고 관 뚜껑을 덮으려 할 때 그는 마치 일류샤를 덮어버리지 못하게 하려는 듯 관을 양팔로 붙잡고, 자기의 죽은 아들의 입에 정신없이 입을 맞추며 좀처럼 떨어지지 않으려 했다. 결국 사람들이 그를 설득하여 그를 계단 밑으로 인도하려 했는데, 그가 갑자기 휙 팔을 뻗어 관에서 꽃 몇 송이를 잡아 빼냈다. 그 꽃들을 바라보고 그는 마치 새로운 아이디어가 떠오른 듯, 그래서 지금 상황에서 중요한 게 무엇인지 잠시 잊은 듯했다. 조금씩 생각에 잠겨가는 듯, 관을 들어 무덤으로 갖고 갈 때 이미 저항도 하지 않았다. 무덤은 거기서 가까운 묘지에, 교회 바로 옆에 있었다. 비싼 무덤이었다. 카체리나 이바노브나가 그 돈을 대주었다. 일반적 의식이 끝난 후 산역꾼들이 관을 내렸다. 꽃을 손에 든 스네기료프가 아직 흙을 덮지 않은 무덤 위로 몸을 굽혔는데 너무 심하게 굽혔기 때문에 소년들이 놀라서 그의 외투를 잡고 뒤쪽으로 끌었다. 하지만 그는 지금 무슨 일이 진행되는지 잘 이해를 못 하는 상태인 것 같았다. 무덤에 흙을 덮기 시작하자 그는 관 위로 쌓이는 흙을 걱정스럽게 가리키며 무슨 말을 하기 시작했으나 그게 무슨 말인지 아무도 알아듣지 못했다. 그러다가 한순간에 갑자기 스스로 말을 그쳤다. 이때 빵 조각을 부서뜨려 뿌려야 한다고 누군가가 그에게 귀띔을 해주었다. 그러자 그는 크게 흥분하여 빵을 꺼내 뜯어내어 그 조각들을 무덤 위에 두루 던지기 시작했다. "날아들 오너라, 새들아, 날아들 오너라, 참새들아!" 하고 그가 염려스러운 말투로 중얼거렸다. 소년들 중 한 명이, 손에 꽃을 들고 빵을 뜯기가 불편하지 않냐고, 누군가가 꽃을 대신 들고 있으면 되지 않느냐고 말했다. 그러나 그는 꽃을 내주기는커녕, 심지어 누군가가 꽃을 빼앗아 가기라도 할 듯 겁을 먹었다. 그리고는 무덤을 쳐다보고, 빵 조각들이 뿌려졌고 해야 할 모든 일이 다 되었음을 확인했다는 듯, 갑자기 아주 침착한 태도로 돌변하여 몸을 돌려 집으로 가기 시작했다. 그런데 그의 걸음이 자꾸만 빨라지고 급해져, 거의 달리다시피 가게 되었다. 소년들과 알렉세이도 그에게 보조를 맞추어, 뒤처지지 않았다.

"애들 엄마한테 꽃 줘야지. 애들 엄마한테 꽃 줘야지. 애들 엄마한테 좀 심했어" 하고 그가 갑자기 소리쳤다. 누군가가 그에게, 지금 추우니까 모자를 쓰라고 말해주었다. 그러나 그 말을 듣고 그는 마치 화가 나는 듯 모자를 눈 위에 내팽개치고,

"모자 쓰기 싫어, 모자 쓰기 싫어" 하고 혼잣말로 외쳤다. 스무로프가 모자를 집어 들고 그의 뒤를 따랐다. 소년들이 모두 울고 있었다. 콜랴, 그리고 트로이의 비밀을 알게 된 소년이 제일 많이 울었다. 대위의 모자를 손에 든 스무로프 역시 많이 울었다. 그럼에도 불구하고 그는, 눈 덮인 길 위에서 발견한 깨진 벽돌 조각을 달리면서 집어 들어, 날아가던 참새 떼를 향해 휙 집어던졌다. 물론 맞추진 못했고, 계속 울며 발걸음을 재촉했다. 가야 할 길을 반 정도 지나왔을 때 스네기료프가 갑자기 발걸음을 멈추고 마치 무언가에 놀라기라도 한 듯 30초 정도 서 있다가, 돌연 교회 쪽으로 방향을 틀어 무덤을 향하여 도로 달려가기 시작했다. 그러나 소년들이 순식간에 그를 따라잡아 사방에서 그에게 달라붙었다. 그러자 그는 쇼크를 받아 힘이 빠진 사람처럼 눈 위로 털썩 엎어져 버둥거리며 통곡하면서 "아들아, 일류쉬야야, 사랑하는 아들아!" 하고 소리치기 시작했다. 알렉세이와 콜랴가 그를 일으켜 애원하고 설득하기 시작했다.

"대위님, 그만하세요. 남자다운 사람은 참고 견뎌야 해요" 하고 콜랴가 웅얼거려 말했다.

"꽃 다 망가지겠어요" 하고 알렉세이도 거들었다. "'엄마'가 기다리시잖아요. 아까 일류샤한테 있던 꽃을 안 내주셨기 때문에 지금 울고 계실 거예요. 일류샤가 누웠던 침상도 아직 있고요……."

"그래, 맞아, 애들 엄마한테 가야지!" 하고 스네기료프가 문득 기억을 해냈다. "침상 치울라! 치울라!" 하고 그가 진짜 침상을 치우면 어떡하나 하고 겁을 먹은 듯 덧붙여 말하고 벌떡 일어나 다시금 집으로 달리기 시작했다. 이미 그리 멀지 않았다. 모두가 같이 달려왔다. 스네기료프가 서둘러 문을 열고, 아까는 그렇게도 박정하게 대하던 아내에게 소리쳐 말했다.

"애들 엄마, 애들 엄마, 일류샤가 당신한테 꽃을 보내왔어. 다리 아픈 엄마 불쌍하다며" 하고 그가, 좀 전에 눈에서 뒹굴 때 얼어붙고 부러진 꽃 한 묶음을 내밀면서 말했다. 그러나 바로 그 순간 일류샤의 침상 앞 한 구석에서 나란히 서 있던 일류샤의 장화가 그의 눈에 띄었다. 집주인 할머니가 방금 그렇게 정리해놓은 것이다. 오래되어 빛이 바랬고 표면이 거칠어진, 여러 군데 기워 붙인 장화였다. 그 장화를 보고 그는 양팔을 번쩍 들고 그리로 달려가 무릎을 꿇고 앉아 장화 한 짝을 집어 들고 거기에 허겁지겁 입을 맞추면서, "아들아, 일류샤야, 사랑하는 아들아, 네 발은 어디 갔니?" 했다.

"당신 걔를 어디로 데리고 갔어? 당신 걔를 어디로 데리고 갔어?" 하고 정신이 이상한 그의 아내가 가슴을 찢는 소리로 울부짖었다. 그러자 니나도 엉엉 울기 시작했다. 콜랴가 방에서 뛰쳐나갔다. 그를 뒤따라 다른 소년들도 나가기 시작했다. 그들의 뒤를 따라 결국 알렉세이도 나왔다. "실컷 울게 놔두자" 하고 그가 콜랴에게 말했다. "위로를 한들 소용이 있겠니? 잠시 기다렸다가 들어가자."

"맞아요. 위로해도 소용없겠죠. 정말 안됐어요" 하고 콜랴가 동의하고는, "저기요, 카라마조프 씨," 하면서 갑자기 목소리를 낮추어, 아무도 듣지 못하도록 조용히 말했다. "나 너무 슬퍼요. 일류샤를 다시 살려낼 수만 있다면 난 이 세상 모든 것을 다 내줄 수 있어요!"

"그래. 나도 마찬가지다" 하고 알렉세이가 말했다.

"어떻게 생각하세요, 카라마조프 씨? 오늘 저녁에 저희가 이리로 와야 될까요? 저분이 또 술을 진탕 마실 거 아니에요?"

"그럴지도 모르지. 우리 둘만 와보자. 그러면 충분할 거야. 와서 한 시간 정도만 같이 있어주고 가자. 엄마랑 니나랑. 만약 우리들이 다 한꺼번에 오면 저 사람들이 슬픈 기억이 되살아날 거 아냐?" 하고 알렉세이가 자기의 의견을 말했다.

"저기서 집주인 할머니가 상을 차리는데요. 추도 모임인지가 있을 거래요. 사제가 올 거래요. 우리도 지금 저기로 돌아가야 하나요, 카라마조프 씨?"

"꼭 그래야지" 하고 알렉세이가 말했다.

"참 이상하네요, 카라마조프 씨. 이렇게 슬픈 일이 있는데 난데없이 맛있는 음식을 준비하고……. 우리 종교 의식이 좀 이상하지 않아요?"

"연어도 나올 거래" 하고 트로이를 발견한 소년이 갑자기 한마디했다.

"야, 카르타쇼프, 그런 철딱서니 없는 말로 끼어들지 말았으면 좋겠어. 특히 너랑 이야기를 나누는 것도 아닌데 말이야. 우린 네가 이 세상에 있는지 없는지 관심도 없거든" 하고 콜랴가 신경질적으로 그에게 잘라 말했다. 카르타쇼프가 잠깐 발끈하려 했으나 결국 아무 말대답도 하지 못했다. 다들 오솔길을 따라 천천히 걷는 중이었다. 스무로프가 문득 소리쳤다.

"저게 일류샤가 말한 바위야. 저 밑에다 묻어주려고 했었던 그 바위."

모두들 큰 바위 앞에서 걸음을 멈추었다.[81] 알렉세이가 보니, 스네기료프가 언젠가 일류샤에 대해 해주었던 이야기, 일류샤가 울면서 자기를 끌어안으며 "아빠, 아빠, 그 사람이 아빠한테 어떻게 그렇게……!" 했다는 이야기가 생각나면서, 그 장면이 기억 속에서 눈앞에 생생히 그려졌다. 그의 마음속에서 무언가가 부르르 떨렸다. 그는 일류샤의 친구들인 이 어린 학생들의 귀엽고 해맑은 얼굴들을 진지하고 근엄한 표정으로 쭉 훑어보다 문득 말했다.

"얘들아, 내가 여기서, 바로 이 장소에서 너희들한테 할 말이 하나 있어."

소년들이 그를 둘러싸고, 그가 무슨 말을 할지 기다리며 그의 얼굴을 뚫어져라 쳐다보았다.

"얘들아, 우린 곧 헤어지게 될 거야. 내가 지금 두 형들과 같이 어느 정도 시간을 보내야 돼. 형들 중 한 명은 유형 보내질 거고, 한 명은 몸져누워 위독한 상태야. 나도 곧 이 읍을 떠날 거야. 어쩌면 아주 오랫동안 떠나 있을 거야. 그러니 헤어지게 되는 거지. 여기 일류샤의 바위 앞에서 약속하자. 절대로 잊지 말자고. 첫째, 일류샤를 잊지 말고, 둘째, 서로서로를 잊지 말자. 나중에 살아가면서 무슨 일이 벌어질지라도, 비록 우리가 20년 동안 만나지 못할지라도, 그래도 우리가 불쌍한 소년의 장례를 치러준 걸 기억하자. 전에는 그 소년에게 돌을 던졌었지만, 기억나지, 저 다리 근처에서 돌 던진 거? 그랬었지만 나중에는 모두들 친구가 됐잖아. 일류샤는 훌륭한 소년이었어. 착하고 용감한 소년이었어. 아버지의 위신과 아버지가 당한 설움을 느끼고 저항했어. 자, 그러니까, 첫째, 일류샤를 평생토록 기억하자, 얘들아. 우리가 비록 아주 중요한 일에 몸담게 될지라도, 높은 지위에 이르렀을지라도, 혹은 큰 불행에 처했을지라도, 어떠한 경우에라도 절대로 잊지 마. 우리가 여기서 선량하고 착한 감정으로 다 함께 하나가 됐을 때 얼마나 좋았는지를 말이야. 우리가 이 불쌍한 소년을 사랑하던 그때에 그런 감정 덕분에 우리는 어쩌면 더 좋은 사람들이 될 수 있었고, 사실상 우리는 더 좋은 사람들로 남았다는 것을 말이야. 비둘기 같은 내 사랑하는 친구들아,[82] 내가 너희들을 비둘기 같은 친구들이라 부를게. 왜냐하면 내가 너희들의 번듯하고 선량한 얼굴들을 지금 이 순간 보고 있자니 너희들이 다 그 푸릇푸릇한 예쁜 새들하고 아주 닮아 보이거든. 내 소중한 친구들아, 어쩌면 너희들이 내가 지금 하는 말을 이해 못 할지도 모르겠다. 왜냐하면 나는 이해가 안 가게 말할 때가 많기 때문이야. 하지만 그래도 너희들이 내 말을 기억해두면 언젠가는 내 말에 고개가 끄덕여질 때가 있을 거야. 또 말이야, 좋은 추억, 특히 어린 시절에 대한 추억, 자기가 나서 자란 집에 대한 추억만큼 소중하고 강한 것이 없고, 앞으로 우리가 사는 데에 그것만큼 유익한 것이 없을 거라는 걸 알아둬. 너희들은 교양과 인성 교육이 아주 중요하다는 말을 많이 들을 테지? 그런데 말이지, 어린 시절부터 간직되어온 멋지고 소중한 추억이야말로, 그게 바로 가장 좋은 교양이 되는 거고 가장 좋은 인성 교육이 되는 거야. 살면서 그런 추억을 많이 쌓으면 그 사람은 평생을 행복하게 살 수 있어. 좋은 추억이 설사 하나만이라도 가슴속에 남는다면, 그것만으로도 사람은 언젠가 그것을 통해 좋은 상황으로 옮아갈 수 있을 거야. 어쩌면 우리가 나중에 못된 사람들이 되어, 나쁜 행동을 할 수밖에 없게 되고, 인간의 눈물을 비웃는 사람들이 되고, 아까 콜랴가 '모든 사람들을 대신해서 고통을 겪고 싶어요' 하고 말했던 것처럼 바로 그렇게 말하는 사람들을 비웃고 놀리는 사람들이 될지도 몰라. 하지만 우리가 아무리 나쁜 사람들이 되더라도, 비록 그렇게 안 되길 바라지만, 어쨌든 나쁜 사람이 되는 경우에라도, 우리가 일류샤를 장사 지내던 것을 기억하고, 우리가 일류샤 삶의 마지막 순간들에 일류샤를 얼마나 사랑했는지를 기억하고, 우리가 지금 이렇게 이 바위 앞에서 친근하게 이야기를 나누던 것을 기억한다면, 우리 중 누군가가 가장 잔인하고 가장 비웃기 좋아하는 사람이 될지라도, 그래도 속으로는 자기가 지금 이 순간에 가졌던 착하고 선량한 마음을 감히 비웃지는 못할 거야. 그뿐만 아니라 어쩌면 바로 이 추억 하나가 그 사람으로 하여금 큰 악을 행하지 못하도록 막아줄지도 몰라. 그러면 그 사람은 생각에 잠겨서 이렇게 말하겠지. '그래, 내가 그땐 착하고 용감하고 정직했어' 그러면서 속으로 픽 웃어도 좋아. 그래도 괜찮아. 사람은 착하고 훌륭한 것을 비웃을 때가 많아. 그건 그냥 경솔해서 그렇게 되는 거야. 하지만 얘들아, 내가 확실히 말하는데, 그 사람은 비웃고 나자마자 마음속에서 이렇게 말할 거야. '아니야. 내가 비웃은 건 잘못한 거야. 그건 비웃으면 안 되는 거야!'"

"꼭 그렇게 될 거예요, 카라마조프 씨. 난 카라마조프 씨를 이해해요!" 하고 콜랴가 눈을 번득이며 말했다. 소년들이 감정이 북받쳐, 자기들도 무슨 말을 외치려고 했으나 자제하고, 감동에 젖은 눈으로 알렉세이를 빤히 쳐다보았다.

"이건 우리가 만일 나쁜 사람들이 될까 봐, 그러지 말자는 의미에서 말하는 거야" 하고 알렉세이가 말을 계속했다. "우리가 나쁜 사람이 될 필요가 뭐 있어? 안 그래, 애들아? 우리는, 첫째, 착한 사람들이 되고, 둘째, 정직한 사람들이 되고, 그 담에, 절대로 서로서로 잊지 말자. 이 말은 꼭 반복해서 말하고 싶다. 애들아, 내가 약속할게. 나는 너희들을 한 명도 잊지 않을 거야. 지금 나를 쳐다보고 있는 얼굴 하나하나를 다 기억할 거야. 30년이 지난다 할지라도. 아까 콜랴가 카르타쇼프한테, 마치 우리가 '걔가 이 세상에 있는지 없는지 알고 싶지도 않다'는 것처럼 말했잖아. 하지만 카르타쇼프가 이 세상에 있으며, 그때 트로이의 비밀을 알게 됐을 때 얼굴이 빨개졌던 것과는 달리 지금은 얼굴이 안 빨개지고 있는 것, 멋지고 착하고 유쾌해 보이는 눈으로 나를 쳐다보고 있는 것을 내가 과연 잊을 수가 있겠니? 애들아, 내 사랑하는 친구들아, 우리 다 일류샤처럼 관대하고 용감한 사람들이 되고, 콜랴처럼 똑똑하고 용감하고 관대해지자(비록 더 크면 더 똑똑해지겠지만). 그리고 카르타쇼프처럼 부끄러움을 타더라도 똑똑하고 멋있는 사람들이 되자. 아, 굳이 내가 이 두 사람에 대해 말할 필요가 뭐 있겠니? 애들아, 지금 내가 보기엔 너희들 모두가 다 멋지다. 너희 모두를 내 마음속에 담을게. 너희도 나를 너희 마음속에 담길 바란다. 그리고 이런 착하고 훌륭한 감정으로 우리가 하나 될 수 있게 한 사람은, 우리가 지금 평생 기억하기로 결심한, 우리에게 영원히 소중한, 바로 그 착하고 멋진 소년 일류샤가 아니고 누구겠니? 일류샤를 절대로 잊지 말자. 일류샤가 우리 마음속에 영원히 좋은 기억으로 남도록 하자. 지금으로부터 영원까지!"

"네, 맞아요, 영원히 기억할 거예요" 하고 소년들이 모두 감동한 얼굴을 하고 낭랑한 목소리로 소리쳤다.

"일류샤의 얼굴을 기억하고, 옷을 기억하고, 그 다 해진 장화, 관, 그리고 불쌍한 그 아버지를 기억하고, 일류샤가 아버지를 변호하느라 혼자서 용감하게 학급 전체에 대항했다는 것을 기억하자!"

"네. 기억할 거예요!" 하고 소년들이 다시금 소리쳤다. "용감하고 착했던 일류샤를 기억할 거예요!"

"아, 내가 일류샤를 얼마나 사랑하는데!" 하고 콜랴가 외쳤다.

"얘들아, 내 사랑하는 친구들아, 삶을 두려워하지 마라. 무언가 좋은 일, 정의로운 일을 하면 삶이 얼마나 행복해지는데!"

"네, 맞아요" 하고 소년들이 또다시 열광하여 말했다.

"카라마조프 씨, 우리는 카라마조프 씨를 사랑합니다!" 하는 음성이 갑자기 튀어나왔다. 카르타쇼프인 것 같았다.

"우리는 카라마조프 씨를 사랑합니다, 사랑합니다!" 하고 모든 소년들이 따라서 말했다. 많은 아이들의 눈에서 눈물이 반짝였다.

"카라마조프 씨 만세!" 하고 콜랴가 환희에 젖어 크게 외쳤다.

"죽은 일류샤를 영원히 기억하자!" 하고 알렉세이가 감정에 겨워 다시 한번 외쳤다.

"영원히 기억하자!" 하고 소년들이 다시금 일제히 외쳤다.

"카라마조프 씨," 하고 콜랴가 불렀다. "우리가 진짜로 다 죽은 자들 가운데서 일어나고 다시 살아나 다들 서로를 다시 보게 되고[83] 일류샤도 다시 보게 될 것처럼 종교에서 말하는데, 그게 사실인가요?"

"반드시 일어날 거야. 반드시 서로 보게 될 거야. 그리고 자기한테 있었던 일들을 서로에게 기쁘고 즐겁게 이야기하게 될 거야" 하고 알렉세이가 반쯤 웃으면서, 반쯤 환희에 젖어 대답했다.

"아, 그러면 얼마나 좋을까!" 하고 콜랴가 자기도 모르게 말했다.

"자, 그러면 이제 말을 그만하고, 추도 모임에 가기로 하자. 맛있는 걸 먹게 될 거라고 해서 이상하게 생각할 필요 없어. 그건 오래전부터 있어 왔던 옛 풍습이고, 거기엔 좋은 면이 있어" 하고 알렉세이가 웃으며 말했다. "자, 가자! 우리 지금 다 같이 손잡고 가자."

"영원히 그러기로 해요. 평생을 다 같이 손잡고 가요! 카라마조프 씨 만세!" 하고 콜랴가 다시 한번 기쁨에 가득 차 크게 외쳤다. 그러자 소년들도 모두 다시 한번 그를 따라 외쳤다.

주석

1. 니콜라이 네크라소프의 시 「비 오기 전」을 부정확하게 인용했다.

2. I. I. 드미트리예프의 우화 '수탉과 고양이와 생쥐'의 첫 부분을 살짝 변형한 것이다.

3. 그레이트데인 품종에 속하는 개를 가리킨다.

4. 니콜라이 체르니셰프스키가 소설 『무엇을 할 것인가?』를 통해 연구한 이성적 이기주의 이론을 암시한다.

5. 『마호메트의 친척-치료 효과를 갖는 어리석은 행위. 조각된 형태들이 참여하는 윤리적 저작』 제1~2부(프랑스어 번역본, 모스크바, 1785)를 두고 하는 말이다.

6. 반동적 성향의 국민계몽부 장관 D. A. 톨스토이(1823~1889)가 고전어 과목들을 교과에 도입했는데, 이는 당시 자라나고 있던 혁명 운동으로부터 학생들을 단절시키려고 의도되었다. 실용 교육과 고전 교육에 대한 문제는 1860~1870년대 언론에서 광범위하게 논의되었다.

7. 비사리온 벨린스키가 『N. V. 고골에게 보내는 편지』에 쓴 말을 나름대로 해석한 것이다.

8. 『캉디드-낙천주의』는 영국 계몽가 A. 포프(1688~1744)와 독일 철학자 G. W. 라이브니츠(1646~1716)의 낙천주의 철학을 비웃는 볼테르의 철학 소설이다.

9. 여기서 콜랴는 『1855년 북극성』 제1권에 실린 '황제 알렉산드르 2세께 드리는 서신들'에서 A. I. 게르첸이 한 말을 따라 했다.

10. 여기서, 또 이후에 콜랴가 하는 말 속에서는 'N. V. 고골에게 보내는 편지'에 쓰인 V. G. 벨린스키의 말의 여운이 들린다.

11. 비사리온 벨린스키의 『알렉산드르 푸시킨의 저작들』에 대한 아홉 번째 논고를 말한다.

12. 황제 직속 관방의 제3부서가 1838년부터 페테르부르크 체프노이 다리(현 페스텔랴 다리) 근처 '폰탄카, 16'이라는 주소에 위치해 있었다.

13. 『1861년 북극성』 제6권에 실린 시 「서한들」의 제1부('페테르부르크에서 모스크바로').

이 시의 두 번째 부분(첫 번째 부분을 제외한), 곧 '모스크바에서 페테르부르크로'는 1866년 6월 1일자 『콜로콜』 제221호에 실렸다.

14 『콜로콜』지는 A. I. 게르첸과 N. I. 오가료프가 발행하던 혁명 신문으로 1857~1867년에는 국외에서 인쇄되어 러시아에 불법으로 배포되었다.

15 시라쿠사시(市)는 시칠리아 섬의 남동쪽 해변에 위치한다.

16 시편 137편 5~6절.

17 부녀자가 거처하는 방.

18 스코토프리고니예프스크를 묘사한 대목에서는 도스토옙스키가 러시아의 여러 지방 행정 구역에서 받은 인상이 드러나는데, 그중 스타라야루사에서 받은 인상이 주를 이룬다.

19 푸시킨 동상에 대한 문제는 1862년에 이미 언론에서 대두되었다. 동상 개막은 1880년 6월 6일에 있었고, 축하 행사가 수반되었다. 그중 한 행사(6월 8일)에서 도스토옙스키가 푸시킨에 대한 연설을 행했다.

20 발작적 정신 이상이란 사람이 자신의 행동을 깨닫는 능력을 상실하는 병적인 상태를 말한다. 개혁 이전의 러시아에 있던 형법에 따라, 발작적 정신 이상이 범죄의 이유일 경우 감형이 이루어졌으므로, 변호사들이 늘 이 방법을 많이 이용했다.

21 외경 복음서들이란 그리스도의 삶을 서술하는 것이되 교회가 인정하지 않는 책들이다.

22 클로드 베르나르(1813~1878)는 프랑스의 자연과학자, 생리학자, 병리학자다. 동식물의 생명을 좌우하는 공통 원칙을 찾으려 애썼다.

23 라틴어 문장 'De gustibus non est disputandum(취미 가지고는 논쟁을 안 하는 법이다)'을 바꾸어 말한 것이다.

24 라키친의 이 시는 A. S. 푸시킨의 시 「화려한 도시, 가난한 도시」에 대한 D. D. 미나예프(1835~1889)의 다음과 같은 패러디를 기반으로 한다.

다리 때문에 나도 애가 타.
다리 때문에 가슴이 아파.
여기 보도를 한번 걸어봐,

다리 안 빼고 걸을 수 있나.

25 드미트리의 말은 그리스도의 산상보훈 중의 한 비유(마태복음 5장 23~26절)를 연상시킨다.

26 그리스도의 제자들 중 한 사람. 도마는 자기의 선생인 그리스도가 부활했다는 이야기를 믿으려 하지 않다가, 부활한 그리스도가 직접 그에게 나타났을 때 비로소 믿었다(요한복음 20장 19~29절).

27 심령술사들이란 망자의 영혼들이 사는 저 세상을 인정하고 망자 영혼들과의 교통 가능성을 인정하는 사람들이다. 도스토옙스키는 1876년 『작가의 일기』를 통해 심령술 추종자들과 많이 논쟁을 벌였다.

28 테렌티우스(기원전 약 195~159년)의 희극 『고행자』 제1막 제1장 제25절을 약간 고친 것이다.

29 창세기(1장 7절)를 인용했다.

30 A. A. 가트추크(1832~1891)가 1870~1880년에 모스크바에서 『A. 가트추크의 신문』과 『십자가 달력』을 발행했다. 일주일에 1회 부록도 발행했다.

31 N. V. 고골의 희극 『검찰관』 제3막 제6장에 나오는 홀레스타코프의 말이다.

32 프랑스 철학자 R. 데카르트(1596~1650)의 저서 『방법서설』의 한 대목이다.

33 1826년 니콜라이 1세가 만들고 1880년에 폐지된, 황제 직속 관방의 정치범 수색을 위한 제3부서를 암시한다.

34 A. S. 그리보예도프의 희극 『지식인의 고뇌』 제4막 제4장에 나오는 레페칠로프의 말이다.

35 학문, 예술, 수공업의 발전으로 점차적인 '기질의 약화'(19세기에 와서야 상투 어구가 된 단어 조합)가 이루어지는지는 18세기 프랑스 계몽사상가들이 관심을 갖던 문제다. 장자크 루소(1712~1778)와는 달리 볼테르는 그 문제를 긍정적으로 이야기했다.

36 성경 이야기에 따르면 요나 선지자는 신의 말씀에 대한 불순종 때문에 고래에게 먹혀 '밤낮 3일을 고래 배 속에 있었다.'(요나서 제1장 17절)

37 예프렘 시린(4세기)의 기도를 시로 개작한 작품인 A. S. 푸시킨의 『은둔하는 신부들과 흠 없는 여자들』에서 인용했다.

38 I. F. 고르부노프(1831~1896)는 배우이자 작가, 천부적 재능을 지닌 즉흥 만담가다. 도스토옙스키와 개인적으로 아는 사이였다.

39 이 일화는 A. S. 푸시킨의 다음 풍자시를 기반으로 한 것으로 보인다.

치료받아. 안 그럼 넌 팡글로스 꼴.
위험한 아름다움에 희생당하고,
게다가 넌 거둔 것도 전혀 없을걸.
공연히 아까운 코만 박탈당하고.

40 유명한 프랑스 여배우 J. C. 고생(1711~1767)을 읊은 짧은 풍자시와의 연계에서 익살스러움이 느껴진다.

41 코카서스의 러시아 관리들에게 가끔 수여되곤 하던 페르시아 훈장.

42 괴테의 비극 『파우스트』 제3장에 나오는 메피스토펠레스의 다음 말에 대한 이야기다.

나는 힘의 매개 입자.
항상 악을 원하면서, 오직 선을 행하는 힘.

43 여기서 '말씀'이란 그리스도를 말한다. 복음서에 따르면 그리스도가 십자가에 못 박힐 때 그 양편으로 두 강도가 못 박혀 있었다. 그리스도는 그중 한 강도(회개한 강도)를 천국으로 데려가겠다고 약속했다.

44 독일에서 종교 개혁을 이끈 마틴 루서(1483~1546)는 악마의 존재를 믿었다. 루서가 성경을 번역할 때 악마가 방해하자 그가 악마에게 잉크병을 던졌다는 말이 전해진다.

45 M. J. 레르몬토프 작 『악마』의 다음 대목에서 인용한 것일 수 있다.

빛의 거처에서 그가
성결한 천사로 빛을 발하던 그때

46 옛 민간 신앙에 따르면 자정은 유령이 사라지고 마법이 풀리는 시간이다.

47 민간 신앙에 따르면 악마는 어떤 형상도 취할 수 있는데, 개나 고양이의 형상을 취하는 적이 가장 많다.

48 여기서는 창녀를 의미한다.

49 도스토옙스키는 변호사들이 사용하는 널리 알려진 수법들 중 하나인 이 수법을 V. D. 스파소비치(1829~1906)에게서 발견했다며 『작가의 일기』 1876년 2월호에 적었다.

50 그리고리는 여기서 드미트리가 아니라 이반을 표도르 파블로비치 카라마조프의 큰아들이라 칭한다. 그가 이반을 그렇게 칭하고 나서 검사도 역시 이반을 그렇게 칭하게 되었다.

51 묵시록(요한계시록 4장 1절)에서 부정확하게 인용했다.

52 옛날 프스코프 지방을 비롯한 시골에 존재했던 약혼 풍습들 중 하나이다. 부모가 바닥에 따로 원을 그리거나, 혹은 치마를 둥그렇게 펼치고 신랑감을 발표하면, 시집 갈 나이의 처녀는 이 구절을 읊는데 시집을 가고 싶으면 동그라미 안으로 뛰어들고 그렇지 않으면 울음을 터뜨렸다.

53 귀신 들린 자가 지르는 소리를 말한다.

54 1864년의 사법 개혁에 따라 러시아에는 배심원이 참가하는 공개 재판이 도입되었다.

55 1879년 7등 문관 블라소프와 소시민 여자 세메니도바를 살해한 란츠베르그 사건을 말한다. 이 소설 전체와 마찬가지로 여기서 언급되는 범행도 러시아 언론에서 조명된 실지 형사 소송 사건에서 인용되었다.

56 셰익스피어의 비극 『햄릿』 제3막 1장에 나오는 햄릿의 독백을 가리킨다.

57 A. S. 푸시킨이 A. 미츠케비치를 읊어 지은 시의 첫 줄

58 N. V. 고골의 서사 문학 『죽은 혼』의 마지막 부분을 의미한다.

59 G. R. 제르쥐아빈의 송시 「신」에서 인용했다.

60 루이 15세(1715~1774년 재위한 프랑스 왕)와 그의 정부 퐁파두르 후작부인(1721~1764)이 썼다고 하는 표현이다.

61 A. S. 푸시킨의 시 「무명씨에게 쓴 답장」에 있는 말이다.

62 '소설을 창조한다'는 모티브는 예멜리야노프 사건 심리에서 벌어진 A. F. 코니(1844~1927)와 V. D. 스파소비치 간의 논쟁 중 다음과 같은 검사의 논고에서 영향을 받아 나타났다. '검사인 나의 말을 스파소비치가 소설이라 칭하며 열렬히 공격했음에도 불구하고 배심원들은 나의 말에 찬동했다.'(A. F. 코니 문집. 전8권. 제4권. 모스크

바, 1967. p. 130)

63 『우돌포의 비밀』은 19세기 전반 러시아에서 인기 있던 영국 여류 작가 앤 래드클리프(1764~1823)의 소설로서, 이 작가의 작품들을 도스토옙스키가 어린 시절에 탐독했다.

64 마태복음의 구절들(18장 18절 등)이 암시되었다.

65 요한복음의 구절들(10장 11절, 14~15절)이 암시되었다.

66 바울 사도가 골로새 사람들에게 쓴 편지(3장 21절)에서 부정확하게 인용했다.

67 이 말은 '종의 노래'에 붙여 F. 실러가 읊은 제사(題詞)의 처음에 나오는 말이다. 이 말은 A. I. 게르첸과 N. P. 오가료프가 발행하던 『콜로콜』의 슬로건이었다.

68 A. N. 오스트로프스키의 희곡 『힘겨운 나날』 제2막 제2장이 암시된다. '금속'과 '불과 유황'에 대한 변호인의 말은 도스토옙스키가 E. L. 마르코프(1835~1903)를 패러디한 것이다. E. L. 마르코프는 자유주의적 작가이자 비평가로서, 자신의 비평 기사들을 통해 도스토옙스키를 반대하는 의견을 낸 적 있다.

69 N. M. 카람진이 번안한 장 드 라 퐁텐의 우화 「여자로 변신한 고양이」에서 인용했다. 카람진은 이 구절을 「감각적이고 냉냉한 두 성격」이라는 자신의 수필에 사용했다.

70 표트르 1세의 군사 규정에 나오는 표트르 1세의 말을 어느 정도 바꾼 것이다. V. D. 스파소비치가 한 연설의 결말 부분에서 이 말을 인용했다(V. D. 스파소비치 문집 제5권. 제2판. 상트페테르부르크, 1913. p. 66).

71 그리스도를 인간으로만 간주하고 신으로 인정하지 않는다는 뜻이다.

72 그리스도를 향한 기도를 담은 많은 기도문들에 존재하는 구절이다.

73 여기서 말하는 것은 카이로바 사건이다. 도스토옙스키가 『작가의 일기』 1876년 5월호 제1장에서 그 사건을 자세히 분석한 바 있다.

74 드미트리의 모티프가 된 일리인스키 준위가 부친 살해의 누명을 쓰고 그만한 기간의 형에 처해졌다. 하지만 강제 노동이라는 형벌은 형 경감 사유가 존재하는 경우라서 가능했을 테고, 모든 항목에서 유죄로 인정된 드미트리는 러시아제국 법에 따른다면 사실 종신 강제 노동에 처해졌어야 옳다.

75 이 말은 "또 무거운 짐을 묶어 사람의 어깨에 지우되……"(마태복음 23장 4절 등)라는, 서기관들과 바리새인들에 관한 그리스도의 말을 근거로 한다.

76 『모히칸족의 최후』(좀 더 원제에 가깝게 번역하면, 『모히칸족들 중 최후에 남은 사람』) 는 미국 작가 F. 쿠퍼(1789~1851)의 소설이다.

77 열두 사도, 즉 그리스도의 열두 제자를 연상케 하는 대목이다.

78 콜랴의 이 말 속에는 프랑스의 정치가이자 유명한 연설가로 지롱드 파에 속했던 베르니오(1753~1793)가 공회에서 했던 연설의 일부가 들어 있다.

79 여기서 '사도서'란 신약의 책, 곧 사도행전, 사도들의 서신, 사도 요한의 계시록을 포함하는 책의 제목이다.

80 '지천사 노래'란 교회 성가들 중 하나의 제목이다.

81 이것은 상징적인 모티프다. 바위(반석)가 의미하는 것은 미래에 건설될 화합의 전당의 첫 토대로서, 알렉세이와 소년들, 곧 그의 제자들에 의해 이미 다져지고 있음이 여기서 그려진다.

82 크리스트교 상징체계에서 비둘기는 성령을 의미하기도 하고 사도를 의미하기도 한다.

83 '죽은 이들의 부활과 후세의 영생을 굳게 믿고 기다리나이다. 아멘'이라는 크리스트교 신앙 고백을 다른 말로 풀어 말한 것이다.

옮긴이 김환

고려대학교 노어노문학과, 한국외국어대학교 통역대학원 한국어 통번역학부 한노과를 졸업했다. 상트페테르부르크 국립대학교에서 어문학 박사학위를 취득했고 상트페테르부르크 소재 출판사에서 번역가로 활동했다. 상트페테르부르크 국립대학교 한국어 강사, 러시아 게르첸국립사범대학교 동양어과 조교수를 역임했으며 현재 출판번역에이전시 베네트랜스에서 러시아어 통번역 프리랜서로 활동 중이다. 2019년 제17회 한국문학번역상 러시아권 수상자로 선정되었다.

카라마조프 가의 형제들 3

초판 1쇄 발행 | 2022년 9월 22일

지은이 | 표도르 도스토옙스키
옮긴이 | 김환

펴낸이 | 이삼영
펴낸곳 | 별글
블로그 | http://blog.naver.com/starrybook
등록 | 제 2014-000001호
주소 | 경기도 고양시 덕양구 고양대로 1393, 4층 403호(성사동)
전화 | 070-7655-5949   팩스 | 070-7614-3657

• 이 책은 저작권법에 따라 보호를 받는 저작물이므로 무단 전재와 복제를 금지하며, 이 책 내용의 전부 또는 일부를 사용하려면 반드시 저작권자와 별글 출판사의 서면 동의를 받아야 합니다.

• 책값은 뒤표지에 있습니다. 잘못된 책은 바꾸어 드립니다.

ISBN 979-11-89998-49-3
　　　979-11-89998-14-1 (세트)

• 별글은 독자 여러분의 책에 대한 아이디어와 원고 투고를 기다리고 있습니다. 책 출간을 원하시는 분은 이메일 starrybook@naver.com으로 간단한 개요와 취지, 연락처 등을 보내주세요.